黄河傳

张中海 著

山东人民出版社 · 济南
国家一级出版社 全国百佳图书出版单位

图书在版编目（CIP）数据

黄河传 / 张中海著 . -- 济南：山东人民出版社，2021.12（2023.6重印）
ISBN 978-7-209-13627-3

Ⅰ.①黄… Ⅱ.①张… Ⅲ.①纪实文学－中国－当代 Ⅳ.①I25

中国版本图书馆CIP数据核字（2021）第255838号

黄河传
HUANGHE ZHUAN
张中海 著

主管单位 山东出版传媒股份有限公司
出版发行 山东人民出版社
出 版 人 胡长青
社　　址 济南市市中区舜耕路517号
邮　　编 250003
电　　话 总编室（0531）82098914
　　　　 市场部（0531）82098027
网　　址 http://www.sd-book.com.cn
印　　装 山东新华印务有限公司
经　　销 新华书店

规　　格 16开（170mm×240mm）
印　　张 42
字　　数 560千字
版　　次 2021年12月第1版
印　　次 2023年6月第2次
ISBN 978-7-209-13627-3
定　　价 98.00元

——献给 XM. L 先生

我们属于这片国土以前，她已属于我们。她成为我们的国土，比我们是她的人民更早一百年！

序

王兆胜

在中国人的血脉中，可能没什么比“长江”与“黄河”更有分量。如果将这两条河进行比较，在人们的情感世界里，长江又远不能与“母亲河”黄河相提并论。因为“母亲”以无与伦比的重要性渗入了“人之子”的灵魂。因此，当人们说起“黄河”，总不免动容，因为那是“母亲”——“母亲河”——我中华儿女共有的母亲。

我曾站在壶口瀑布前领略黄河的壮怀激烈。与人不同，我不是将它看成一个景致，而是在全身心地想念母亲——曾带着我度过十三个春秋的早逝的母亲。母亲的逝去像飘散的云彩，我再也找不回记忆；然而，站在黄河面前，我止不住泪水长流，壶口瀑布的烟气与我的泪水一同弥漫，因为我真正见到了“母亲”——黄河。

基于此，当我看到张中海写的《黄河传》，知道他三十年而磨一剑，从河口溯源而上又顺流而下，反复考察研究，颇能感到他与黄河的深厚感情。他也是把黄河当成母亲，才能那样跋山涉水、登山攀崖，不辞劳苦，正如古希腊神话中安泰之于大地母亲，只要和母亲在一起，就有无穷无尽的力量。否则，很难想象是什么力量在后面推动着，让他用半生时光完成这部著作。在此，张中海有担当大任的鸿鹄之志，但也离不开更深厚的母子情愫。换言之，“母亲”与“祖国母亲”“母亲河”是不可分割的存在，是一个好男儿的内在召唤。

怀着这种敬意和共鸣读这本《黄河传》，我最感兴趣的是书中丰富的知识。以前，对黄河也有不少了解，但本书让我知道了自己的局限。想急于了解自己的母亲，我从黄河源头开始，沿着它所流经的省份、地段，包括禹河故道曾经流过的河北，徐淮故道流过的江苏，业已消失的济水，伴着两岸的名胜古迹、人物、动植物，顺流而下，进入历史文化的长河。有哪个孩儿不想了解母亲更多的历史，尤其是那些不为人知的秘密及其密码，仿佛是用长线串起知识的珠玉。本书呈现的是关于河、黄河、母亲河及与之相关的世事纷纭，犹如进入山丰海富的大千世界。我一向好学，对读书乐此不疲，常如海绵吸水如饥似渴般学习，因此，一册在手可尽情浏览“黄河远上白云间”的无尽风光。比如，黄河源头那些不知名的花花草草，少数民族的风俗习惯，关于黄河的一些边缘知识令我大开眼界。其中，有植物学、动物学、人类学、水文学、土壤学、考古学、历史学、文学、治水学等各方面的知识。比如，壶口瀑布每年上移一米多。又如，“埽”竟是为了治水的，是用柳、草、山梢和土石等制作而成，以防河水冲刷堤岸的底部。还有它本身所具有的形而上意义。还有“揭河底”“河喘气”“龙虎大淦”等颇具神性的水文现象和水文用词。这样的博物学知识极有助于丰富自己，读来颇有韵味。

故事性，特别是传奇故事让《黄河传》颇具魅力，它会粘着读者一直读下去。仿佛磁石吸着铁屑，我们的目光被一个个故事吸引，内心被奇妙的故事震动。作者叙述了黄河上游偶然断流后出现的“河府”景象：“奇形怪状的巨石，静静躺卧，一块挤着一块，又保持一定距离，构成了河府世界的‘主建筑群’。大的如列车车厢、卡车车身，小的也比写字台大。”“巨石虽面貌各异，却全是优美的曲线组合。那当然来自黄河万古不息的爱抚……”更重要的是，这些石头都是有石根的，是一些深藏不露者。还有牌匾被收到博物馆、孔祥榕的故事等，都很有吸引力。

与一般人写黄河不同，张中海的《黄河传》是有文化、思想、智慧的，也充满一定的哲思。这在大量的文化分析、现代性思考以及哲学阐释中多有体现。作者虽然是写黄河历史，其实也是用“文化思想”进行串联，像万千支流与大河的融合，少数民族部落与中原民族融合，马家窑文化、宋代文化与现代文化融合，河流让上下游结合成命运共同体，再怎么艰难曲折也要“走出巴颜喀拉”的民族精神……这些都因黄河精神而进入一个共在的场域，都是《黄河传》的骨骼，与知识血肉一起构成作品的精神谱系并显示其价值。如作者认为，河流不仅只是河水，而是一个多样性的系统，与国家兴衰联系在一起。论及河流伦理，作者借鉴河流伦理专家的这样一段话：黄河所带有的神性是民族文化的隐秘源泉，是民族文化心理的集体无意识，这种集体无意识在思维中会成为一种自动过滤系统，在使用词义时自觉避开把河用在贬义、阴柔之美上。而她本身所具有的神性又转化为人的主观心理，即便如“不到黄河心不死”“跳进黄河洗不清”这样一些非赞颂之词，却也表现了黄河混沌、浑厚、浩然、浩荡的力量。这样的认识是有文化思想深度的，一下子将作品提升到一个较高的境界，有豁然开朗之感。另外，在《宿命：“河伯”遭遇“海若”的那一场〈秋水〉》一节中，作者有着哲学的“大小之辨”，他说：“或许，海若还没说出的话是，井蛙小自不必自卑于小，四海大也不必自矜于大。宇宙万物，各安其所，大小生命都是同等的，要紧的是完善自我，而不必像五帝三皇、古今列强那样去争那‘毫末’一样的霸。”这就与水、黄河连在一起，也提升了《黄河传》的境界。

作为诗人的张中海，在《黄河传》书中让作品充满诗性的灵光。诗意像戏眼，也如洞见世界的天窗，它一下子将人的意识中许多“明”与“不明”之间的晦暗照亮，有一种春暖花开的艺术感受。可以说，是诗意点亮心灵，照亮世界，开辟前行之路，使《黄河传》有了文学性和诗魂。因此，诗意在作家传记中不只是激情，而是一种化解世界有效的审美方法。在

《孕育：聆听古湖的“地层韵律”》一文中，作者写道：“一望无垠的水面深浅有序，水光潋滟，群山倒影于镜面一样平的水中，有鱼欢跳却无渔歌唱晚，有鸟飞过但无桨荡舟泛。湖外林间动物出没，无忧无虑，因为这时还没有人、人类——那最可怕的动物。或者有了，它们还没见识他们的厉害，人类和另一群色彩斑斓的动物还在和平共处。”这是写古老之湖——河的胚胎，也是写自然静谧之美。诗意情怀将水、湖一下子点染得那么自然美妙，也使锈迹斑斑的挖掘具有了现代意识斑驳的阳光。

张中海的《黄河传》是一本将情与理、知识与智慧、现实与历史、爱与恨、宏观与微观熔为一炉的重要著述，它一定会给读者带来美好的享受，特别是给母亲、黄河母亲、祖国母亲带来更大的荣光。

（作者为《中国社会科学》杂志社副总编辑、博士生导师）

目　录

楔 子

白日依山尽，

黄河入海流。

约1200年前，唐诗人王之涣登鹳雀楼远望的河水，从这里入海。

2021年10月20日，习近平总书记伫立黄河口湿地瞭望台。

2019年9月18日至今，习近平总书记五次莅临黄河。2021年国内第十一次考察，山东之行第一站，也仍然是黄河。“今天来到这里，黄河上中下游沿线就都走到了。”他说。

黄河三角洲湿地自然保护区监测中心大屏幕前，在技术人员的引导下，总书记目光从河海交汇处水生动物的产卵场移向索饵场，最后停留在越冬场：黄河鲤鱼、蓝点鲅鱼、松辽鲈鱼、圆头梭、翘嘴鲌……水中舰艇一样的方阵，其中一条，凌空一跃，把嘴里逮住的猎物近前亮相后，再向远处游去……

2021年10月，就在莅临河口的前几天，国家主席习近平在世界《生物多样性公约》第十五次缔约方大会领导人峰会上，向全世界宣告：为加强生物多样性保护，中国正加快构建以国家公园为主体的自然保护地体系，逐步把自然生态系统最重要、自然景观最独特、自然遗产最精华、生物多样性最富集的区域纳入国家公园体系……

继三江源国家公园之后，几年过去，这入海口，自然更上一层楼了。

万千候鸟凌空而起，一群白鹭直冲云霄，紧随其后，是早已经落户三角洲湿地多年的东方白鹳，再后是今年三月刚来这儿的火烈鸟、白鹈鹕、勺嘴鹬……鸟群越过“观礼台”，绕场一周，才又飞向远处——实际上，哪里是刻意表演接受检阅，而是每天每天，即便“观礼台”上空无一人，它们也为了自己的欣悦而翱翔不已，享受这王者般的自由！

《黄河保护法》酝酿多年，终于出台；《黄河流域生态保护和高质量发展规划纲要》自2019年9月提出，也已出台。

在众多接踵而至的好消息中，母亲河也振奋不已，她正把自己今年第三号洪峰，以多年不见的5090个流量的汹涌，从潼关推至入海口。

此时，我就混在守堤防洪的队伍里，从济南泺口，撵着浪头跑。“两涘渚崖之间，不辩牛马”，守堤人员也把3000年前庄子描绘过的秋水，当成风景欣赏。

不经历20世纪连续22年断流，最远至河南开封704公里断流之苦的三角洲人，是无从体验这一场仅仅5000多个流量的洪峰，即是“天下之美为尽在己”的喜悦的。

在川上曰“逝者如斯”的先师孔子就是这样。以至他的弟子子贡忍不住问：“君子见大水必观焉，何也？”孔子在历数了水所具有的“仁”“义”“智”“勇”“察”诸德之后，最后归结是“万折必东”。

26次改道？5次大改道？2600多次决口？金戈铁马，潮起潮落，黄河平，天下宁。

河流是宇宙慈悲的载体，是上苍安放于天地间的灵气之所。古人指“衰世之主，钻山石，挈金玉……覆巢毁卵……竭泽而渔”。那在中华民族复兴、雄立世界民族之林的盛世，我们该做的又是什么呢？

恢复、保养母亲河健康生命，让东流到海、万古不息的一条大河，包括她所孕育的思想、精神、文化，一如既往地再给我们、我们子孙万代以养育和呵护，而我们也像对待给我们生命的母亲一样，给母亲河以反哺——不正是今天上下同欲、响彻中华的新一曲《黄河大合唱》吗！

“但愿皇天念赤子，河清海晏三千秋。”作为母亲河的子孙，我自1989年10月由河海交汇处上溯，又顺流而下，几上几下的朝圣寻根，应无愧于黄河子孙这一称谓了！

第一章

横空出世（源头）

疏圃之池……帝之神泉，以和百药，以润万物……

——［西汉］刘安《淮南子·地形训》

朝圣的人们，多从自己的居住地出发，溯河而上，先在西宁落脚，然后过日月山——中华版图的农牧分界线。如果从史上溯，则是中原王朝与边疆政权的分界线；再上溯，则是人与神的分界线了。

分界线为什么叫日月山？古人认为，太阳和月亮从山头后落下去，就分别在这紧挨着的两座山头后歇息，这里是人类的边界。越过这里——当然不能越过——就是神居住的地方。想想也是，如此坦荡如砥的高原，如此云天相接的巨峰，如此冰清玉洁的世界，也只有神才能安身，才能栖居。

但也有例外。传说公元前10世纪，周朝第五代帝王穆天子驾车西巡，就越过了界线。

他从黄河中游的洛邑溯流而上，征犬戎、出燕门、入河套、祭河伯，越过日月山后又一路西行，最后登上了昆仑山脉的最高峰——那包括黄河在内的三江源之上，在那众河之宗、万山之宗之上——在瑶池会见了王母娘娘。不用说几个月的近距离接触，不用说天子回返之前西王母翩翩的歌舞，仅初见时，当西王母接过天子奉上的织锦、玉璧，西王母又以闪着琥珀光的美酒回敬，四目相对的那一刻，恐怕就已碰出凡间男女的火花。英雄美女自古如此，何况又是在那最易产生激情的蛮荒之地！

神话故事看似空穴来风，却又往往都是生活实质的反映。无论是周天子一步步从中原走向高原，还是炎黄从高原顺流而下，其中此一部族与彼一部族的交汇，高山种群与低地种群的融合，无论羌、戎、汉、藏，由此上溯，今日的中华儿女，也许本来早就同宗、同室、同属。

多年之后，有人在河南汲县发掘了一座战国古墓，竟然发现了记载这次旅行的竹简《穆天子传》。只是怎么也弄不明白，即便仅仅在这海拔3520米的山口，伫立日月亭下，仅仅朝着我们梦想中的源头，朝远处雪峰望了一眼，我似乎也已是气喘吁吁、心有余悸了。高处不胜寒，千古帝王当年是怎样率领他的五万兵卒，完成海拔4600米以上的征伐，或者说是探寻的呢？

兵卒大多出身黄河中游以下的平原，那里海拔最多也就200米吧？

无论如何，我们，包括我们先人寻找母亲河源头的行旅，并不是孤旅。我们正是循着天子脚印，一步一步接近心中的圣迹……

两眼泉

一掬银盘似的泉水。大小好似月轮，深浅又像面盆，如果不仔细观察，几乎看不出它的涌动，只从泉眼周围草丛间溢出的水渍，才感觉到它的涌淌。

确切地说，它的泉水不是涌出，而是溢出。

这是巴颜喀拉山卡日扎穷北麓的约古宗列盆地西南隅。四面环山，山体碎石覆盖，岩层上面是一层薄薄的壤土，淡紫绛色。这种土壤在学术上被称作高山寒漠土。由于常年积雪的融冻作用，壤土松软，草被稀薄，大大小小的尖棱石块散乱地铺在山体之上。山坡间有雨水或融雪冲刷的浅沟。

呈现在我们面前的山就是长江与黄河的分水岭，藏语称“玛曲曲果日”，意思是“孔雀河的源头山”，海拔4698米。脚下的盆地，海拔4500米。这片东西长20公里、南北宽13公里的盆地，藏语称“约古宗列”，意思是“炒青稞的浅锅”。我们所注目的泉，就在“锅底”的中央；另一眼稍小一点的，则在这一眼的西侧，和上述一眼几乎没什么两样。

如果再仔细寻找，花草掩映下，似乎还有一眼，又一眼……只是小，小到你认为它只是水洼而不是泉。

从月轮一样大小的泉眼开始往下，草就丰茂起来了。有凤毛菊、垂头菊、龙胆、马先蒿、金莲花等。其中最茂盛的一种草是垂穗披碱草，半米高，细而长的穗就像它的名字，披在高原的肩上。这是一种对土壤条件要求不高、抗旱耐活、根系发达的草。它的根系深入地下近1米，比地上秆茎还长，平原高原均能生长，在滩地和山的阴坡，与矮蒿草、紫花针茅组成草甸。在稍干旱的环境，常能占领芨芨草的空间，形成以它为主的草场，给牛羊提供着适口性强的食物，又涵养着高原盆地，以及盆地的这一眼泉。已是开花季节，却看不到它细碎的花萼。

“约古宗列”位于青藏高原东北部，海拔高度在4200—4800米，地势西北高，东南低。站在脚下小泉边，抬眼先看到的是西面距我们最近的雅合拉达合泽山——1952年新中国第一个河源查勘队曾认定的黄河源头山。南望，远处最高的雪峰是长江黄河的分水岭巴颜喀拉山；视线左移，东方蓝天白云下，同样白雪皑皑的是阿尼玛卿山。以约古宗列为中心辐射，在这东西长约220公里，南北最大宽150公里的高山草甸带与高山草原带的过渡地带，东面阿尼玛卿山阻挡了东南暖湿气团西进，南面巴颜喀拉山又削弱了溯谷地北进的西南季风势头，再加之北面布尔汉布山的屏障作用，把源区与干旱的荒漠地区隔开，这里年平均气温在零下4度左右。青藏高原半湿润地区气候和远处雪山冰川的不断融化，使母亲河上源的两眼泉，其他那些数不清的泉，源流不断，经年汩汩。

噢，对了，随风起伏的花草之间，这一眼泉的地理坐标在哪儿呢？

泉在坐东朝西的源头碑前，碑在约古宗列盆地，盆地在玛曲曲果日山下，玛曲曲果日山在巴颜喀拉山南麓，巴颜喀拉山在白雪覆盖的莽莽昆仑东端，昆仑在蓝天白云之上，白云蓝天在泉水的胸怀……

东经95°59′24″，北纬35°1′18″，澎湃而下，一路斩关夺隘，纵横十万年，奔腾一万里，终于入海的这一条大河，就是起源于这一眼泉？起源于这涓涓细流？

这就是泱泱大河的源头？

泱泱大河的源头就是这样子？

想必先前到过或以后将到此地的人们都会和我一样，面对实在不起眼的泉水，发出同样的疑问。

而眼前的泉水，完全不理会人们煞有介事的疑惑。她明澈清纯的眸子，映出同样明澈的蓝天白云和远处皑皑雪峰，静若处子。

图腾龙
浑浊的泪行
宽厚的母亲
粗暴的父亲
高悬在东方头上的铡刀

没有谁比你更残忍你承认不承认？
那天我看你吞噬一野牛群
一丝回声也没留下，一星浪花也溅不起来
淹死那么多男人、女人，母亲和儿子
从来就不动声色，扬长而去

没有谁比你更贪婪你相信不相信？
……
没有谁比你更暴虐

……

没有谁比你更宽厚

……

养一代又一代子孙，芦苇、玉蜀黍、向日葵、粟、稻、陶，育一个又一个城郭、村庄，然后再把它掩埋。把龙王庙冲倒，把镇河铁犀沉进泥沙，把清明上河图的光景抛进汪洋如一片落叶。

三月河水不发，四月青黄不接，五月六月大汛没到，就早已让人夜半惊坐。

“只许水不来，不许我不防！”这是20世纪80年代第三个春天，我在兰考故道小村看到的用白石灰抹在村墙上的标语。黄河，你就是这样让人不安生，让人时时刻刻提防着？

喝黄河水，吞黄河沙，染黄河肤色。爱黄河，恨黄河，不放心黄河，又离不开黄河。离不开黄河却又诅咒黄河，这就是我——一个黄河子孙的全部骄傲和不幸。

兴也是河，衰也是河。生也是河，死也是河。生生死死，或哭或歌，黄河是我的，我们的！斥责它、诅咒它只有我有权利，而你、你们——我蔑视——你？你们？那山，也算是山？那河，也配称河？

请你看别的河，请你看地球上哪一条河能像我母亲河那样高昂着头，高昂着青藏高原巴颜喀拉雪白的头颅，咆哮着天上之水奔流到海，激荡，澎湃，泛滥……五千年不衰，一万里不倦，在命运可怕的重负下，为一个新大陆的梦想，日夜不停地搬运。匍匐着身子，屏住气，一点也不聪敏和机灵。破坏，创造；再破坏，再创造。冲刷，淤积；再冲刷，再淤积……人们因为离不开你而怕你、敬你；因为敬你、怕你而防你。处心积虑，时时刻刻。从老翁老妪到黄嘴雏儿，从天子到草民，举一国之力，而你一个翻身就跳出他们苦心经营的规范，把自己创造并延续的一切，蛇蜕一样，毫无怜惜地扔在故道。

恣意之所，一片泽国
流经之地，无垠息壤

你是母亲，比母亲慈悲为怀
又是父亲，比父亲专制粗暴
你雌雄一体，
自己养育自己。①

这是我在1985年的秋天，“仿美国桑德堡《芝加哥》体”，写于沂蒙山下教书小屋中的《黄河》。在远离黄河数百公里的沂蒙山下，甚至还没有与黄河有过一次亲近，就斗胆书写母亲河，也许，这就是多少年之后我为母亲河立传的源起！

北魏郦道元在《水经注》中引先人典籍说河：

《春秋说题辞》曰：河之为言荷也，荷精分布，怀阴引度也。
《释名》曰：河，下也，随地下处而通流也。
《考异邮》曰：河者，水之气，四渎之精也，所以流化。
《元命苞》曰：五行始焉，万物之所由生，元气之腠液也。
《管子》曰：水者，地之血气，如筋脉之通流者也。
《新论》曰：四渎之源，河最高而长，从高注下，水流激峻……②

① 见1986年6月《黄河诗报》、1990年1月号《诗刊》。
② 陈桥驿校证：《水经注校证》，中华书局2013年版，第2页。

［晋］成公绥《黄河赋》：

览百川之洪壮兮，
莫尚美于黄河。
潜昆仑之峻极兮，
出积石之嵯峨。
……

［唐］徐夤《河流》：

洪流盘砥柱，
淮济不同波。
莫讶清时少，
都缘曲处多。
远能通玉塞，
高复接银河。
……

这里，就不再说如李白“黄河西来决昆仑，咆哮万里触龙门”“西岳峥嵘何壮哉，黄河如丝天际来”等千古传唱的诗句了。

作为中国古四渎之首，作为世界第五大长河、中国第二大长河，作为世界四大文明古国之中唯一延续至今的国家的孕育者，我泱泱大河的源头就是这样子？

是的，就是这样子！

从源头碑下的两眼泉再继续往下寻找，200米开外，两眼泉水各自形成的细流汇合，似乎就是一条溪流了。再回首望去，这口“炒青稞的浅锅”中间山体呈龙头形铺展开来，草甸中的两条细流，恰似龙须。溪流潺潺，七八寸高的绿草被水流抚得有些摇摆，颜色由深绿向浅黄次第渐变，配之远处山体的紫色和湛蓝的天空，天地之间，俨然一幅巨型油画。而在两股溪流汇合的山体合抱处，有当地藏民修建的一座八宝塔。懂行的人介绍，源头好些地方名字都带有一个“曲”字，在藏族同胞的心目中，只有两水汇合处才称得上“曲”。而这样的“曲”，总给藏族同胞以吉祥，所以藏族同胞才修塔以示崇拜。

顺着塔抬头望去，但见一缕炊烟在远处袅袅升起。即便炊烟和随风飘过的牛粪味不断提醒我们，我们也仍然感到，这不是人间烟火。

多年之后，时为黄河水利委员会河源考察队成员的陈维达在回忆此次河源之行的时候，还处在一种迷醉状态：

“我们正沉浸在曲水前草甸子缅想，突然，奇迹出现了。较小的一个草甸子下方，一下子涌出一股金黄色的水流。和泉眼、泉周围的清水相反，这股刚才还不见的浑水悄悄从马蹄坑边角涌出，闪一个身，又汇入它前头汩汩流动的小溪中。”

“异重流？这不是异重流吗？”“咦！”大家一阵惊讶……

异重流系一水文专业名词，是指两种不同比重的水流因密度差异而产生的相对运动。如湖库清水与浑水之间，入海口咸水与淡水之间，火力发电厂取、排水口的冷水与温水之间的逆向流动。而考察队驻足的这片草甸上，原本就没有让水产生异重的条件，怎么凭空就有不同于清流的浑水涌出呢?

像黄河下游泥沙参半的一样浑的浑水。

“啊呀！”同行的玉树自治州州长突发奇想，“这是在告诉我们，这里就是黄河源呢！”说话之间，大家纷纷蹲下，忍不住用手轻轻抚触这一股金流，看它还有什么异样。金流并不理会人们的爱抚，仍然静静地喷涌，这一现象，持续了大约15分钟。①

① 2015年3月黄河水利委员会侯全亮访谈。

以地理术语分类，约古宗列为高寒草甸谷地。夏日，各种花草组成绿茵如毯的高寒植被，各色鲜花点缀其间，所以被称作五花草甸。

你看这枝紫花针茅，斜贴着地面，新芽如小鸟的舌头，懵懂的唇瓣颤抖着，在风的吹拂下，吸吮着湿凉的空气。到了夜间，热度骤降，它害冷一样缩起自己柔软鲜嫩的身子，已经鼓起的花苞却把清香溢出，一呼一吸间，为第二天的绽放蓄足了力气。

这里的气温，即便在夏天，夜里也常下降到零下六七摄氏度，花花草草都被冻成硬硬的冰棒，而待到第二天太阳出来，它们又没事人一样，开出花朵。所有红的、黄的、紫的、蓝的花朵，就又像姑娘的脸，含苞欲放，洋溢出满满的笑意。

高寒草原上的植物，在二至三个月的温暖天气中，用最快的速度走完萌芽、生长、开花、结籽的过程。它们的一生那么短暂，在千万年的冰天雪地中，一代又一代地生长繁衍，根须扎进泥土，花朵开在人们看不见的地方。

而我们脚下的这月轮一样的泉，这一眼，那一眼，就掩映在一片花丛中，不动声色。当黄河从这里出发，汇流百川，归宿大海，成为一条浊浪排空、泥沙滚滚的洪流时；当它奔涌中原，以桀骜不驯的狂放，冲决强加在它身上的枷锁时；谁能想到它的初始，竟是这么静谧，这么安然，这么稚气呢！

白夜，星星宿“夜”的海

从泉眼到溪流再到河流，生命才有了表达。但在最初的源头，找到一条像样的溪流，真还不是一件容易事。好不容易寻着它的蛛丝马迹，以为循着它就可以找到下面更大一点的溪水或者往上更小的分支，但它却往往跟你捉迷藏似的，消隐在草甸上的砾石或草丛里。

终于找到一条。缘“玛曲曲果日”向北约一公里，原先如月轮的泉眼已发育成众多大小不一的小湖泊，再继续下行20公里，多条溪流汇成的河宽已由原来的七八米达到10米，水也从没过脚踝深至没膝。接着再向前行18公里后从孔雀峡冲出，至此，约古宗列曲止。从两眼泉始，它的行程已达49.5公里。以下流水藏语称为“玛曲”，意为孔雀河，也就是汉语所称的黄河，以上则称“玛曲曲果”。“曲果”，藏语是小河源头的意思。河出峡谷进入“玛涌”，意为孔雀滩，因状如孔雀开屏而得名。其间河水变宽至21米，因为又纳右岸支流加核曲。再向东近20公里后，便进入星宿海。这是一片长约二十公里、宽五六公里的水泊群集的沼泽草甸区。藏语称“错岔”，即花海子，汉语意“星宿海”——每当黑夜逝去，白日降临，满天繁星都在这宿藏！

湖泊星罗棋布，红、黄、绿、蓝、紫的野花也如繁星点点。其间，长势最好、花冠呈淡紫色的一种花名为“天山报春”，顾名思义，当大地还在沉睡，霜雪未尽，它已在高原沼泽边报告春天到来的消息了。

金莲花又名“旱荷”，比报春高出一截，荷叶圆形，花近似喇叭，有黄橙红各色，而同种同属的银莲则更具仙气，色白，花蕊黄。另一种碎叶、花黄的黄花棘豆，则被牧民称之为“马绊肠”——无疑是毒草，对马危害最大。

海韭菜也有毒性，却是各种牲口的好饲料。这种和内陆普通韭菜差不多的沼泽野草，天生就喜潮湿环境，以种子和根系生发两种方式繁衍，与苔草、华扁穗草、矮蒿草、水蒿草、花葶驴蹄草等植物组成群落。藏族同胞对海韭菜和与此同属的水麦冬评价甚高，统称这两种草为“活鲁”草。赶着羊群去这两种草多的地方放牧，称“赶活鲁”。

如此高寒沼泽草甸一般分布在海拔4000—4700米的地带。多处于土壤潮湿、通透性差的湖滨、山间盆地、高山分水岭的鞍部和高山冰雪带下缘。

这些地段气候严寒、地形平缓，因而形成不透水的永冻层。这样，无论大气降水还是冰雪融水，都不易下渗而积聚于地表，使地面形成终年积水的沮洳地。抬眼望去，盆地内到处都是一汪汪的清泉，有如晴夜点点星空，间或一条小溪与清泉相接，则形成绮丽的彩练。夏日鲜花映衬下，恰似孔雀展屏于绣毯之上。

星宿海见诸文字，最早始于元代《河源志》："河源在吐蕃朵甘思西鄙，有泉百余泓，或泉或潦，水沮洳散涣，方可七八十里，且泥溺不胜人迹，逼观弗克。傍履高山下瞰，灿若列星，以故名火敦恼儿。""火敦恼儿"即星宿海。

星宿海无疑是神州为数不多的蛮荒地区。玛多河局罗延德先生所述"红狐狸站在远处与人瞪眼，野驴与吉普车赛跑"的场景，对任何一个到过河源的人来说，都不陌生。而早在1952年黄河考察队工程师董在华的考察报告中，对星宿海的描述则是："在土岗旁以及沮洳地上，都是大小不一的海子，扁的，圆的，方的，长的，隔不远就有一个。海子里的水并不深，约三五公分，青青的草铺在海子的外围……在傍晚太阳将落的时候，阳光从小海子里反射出来，真是和星宿颇有仿佛的样子。黄河就从这里弯曲通过……"

是的，星星藏宿的海，从玛曲曲果日下的两眼月轮一样的泉，到星宿海数不清的泉，到沮洳地里随处都可以看见的马蹄坑，再到仅可没膝，甚至看不清流淌的、没有一朵浪花的水流，我忍不住发问：

这就是我母亲河的源头？

这就是我"黄河之水天上来，奔流到海不复回"的那一条大河？

那动辄把一间房子大小的煤块揭起，把三层楼高的冰块竖起，生生砸向两岸大堤，在凌汛"武开河"时，山一样聚起的冰坝，生生把河岸推后两米的大河？

那一夜之间让千万人流离失所，或人为鱼鳖，或鱼鳖在树梢嬉耍，舟船在林梢盘桓，千秋功罪也让人难以评说的大河？

那一个摆尾西到太行，又一个摆尾南扫徐淮，把故道像蛇蜕一样扔在旧地，把入海口一会儿调换冀津，一会儿又调换黄海，一会儿再调换齐鲁，几千年来野性不改的大河？

那三年两决口，有史以来26次改道，5次大改道，2600多次大决口的大河？

那一年搬运16亿吨泥沙，把整个华北古洋推出1000里开外，把退海后的不毛之地淤淀成一望无垠的平原，让百万都市在它脚下崛起，让万家灯火在它怀中点亮，让世世代代中华儿女据此生生不已的大河？

那让人被她养育，一方面五体投地、感恩戴德称她为母亲，一方面又战战兢兢，视他为暴君父亲，视他为头上利剑、心腹之患的大河？

……生生把河岸推后两米！怎样蛮横的一条大河啊？

是的。就是这条大河。

是的。这就是它的源头。

请让我们再把目光投向约古宗列盆地那两眼泉一样的马蹄坑。

各色山花绿草掩映下，水汪无辜天真，波澜不惊。但随着水势渐涌和地势的略倾，应该还有时光的流逝，水汪下沿即出现淙淙“跌水”——若放大一万倍十万倍，那它的学名就叫瀑布。小瀑布跌入下方的坑里，慢慢地，上一个马蹄坑即和下一个马蹄坑贯通。这时，一条小河虽小，却这样诞生了。而盆地里数不清的原始小溪，对自己的威力深信不疑，坚韧不拔地侵蚀着地表，下切着岩石，从四面八方向低洼流注，最终汇成一股继续下切的力量。这就是河流溯源冲刷的初始状态。不要小觑这小小童稚襁褓摇篮中那无声的挪拥、踢扭，时间和水的韧性，会让它以自然的力量见水就汇，见路就夺，没有路也冲决出一条路，而最终形成我们面前这条泱泱大河！

恰如一个历史巨人，谁能取笑他在母腹中的孕育于无和刚出生时懵懂啼哭腾挪的纤弱呢？

往求黄河源：另一源头，另一条河

河源确定约古宗列盆地，几十年来，学术界一直存有争议。1978年7月，青海省测绘局组织多方面专家在黄河源头进行一个月的勘察后，提出“定卡日曲为黄河正源比约古宗列更为合适”。

“卡日曲”为藏语，意为铜颜色的河。海拔高度4830米，五条从山坡切沟流出的泉水，形成宽约1米、深不及1米的卡日曲河谷溪流，由西南向东北流100公里后，在巴颜禾欠山与约古宗列汇合，注入玛曲河。

再一代表意见为河流发育史专家杨联康，他徒步360天走完黄河全程后提出，黄河正源应该是拉浪情曲，因拉浪情曲还长于卡日曲11.9公里。

对于河源确认，国际公认原则是“河源为远，河源为长”，再还有流量考虑。如果以以上原则考量，后两种意见恰合本人认知，但曾任青海民族学院院长的丹果解释，当地藏族同胞一直认为玛曲曲果日为黄河正源这一历史事实，就给人以豁然开朗的感觉。他说，河流从来都是溯源贯通，即便一条小小支流也是这样。人类历史的前若干年，玛曲曲果或许是黄河最长最古老的正源，由于青藏高原不断运动，卡日曲流域的比降上升较快，切割速度在后世某个时期超过了玛曲曲果，这段时光也许是千年，也许是万年，但同时也不可否认，我们祖先对世界的认知能力也是超乎我们想象和理解的。玛曲曲果，孔雀河，我们世世代代居住在这里的藏族同胞，对于母亲河的亲和力，在这个称谓里，无疑得到了准确表达。

河源探寻，作为科学考察，随着时间的流逝和自然形态的不断变化，总会存有不同发现和不同观点，如果说最后的结果让人穷追不舍，其过程中对历史的探访和对大自然的饱览，早已让人的心超越具象而飞向高远。

我是谁？我从哪里来，又到哪里去？自古至今，人类对自身源起及最终归宿的探寻，都有原始的冲动。对母亲河源头的探究，也理所当然没有停止过。

“河出昆仑虚”，是中国最早的一部词典《尔雅》对河源的理解，以后《山海经》《水经注》都有“河出昆仑”的记载。只是我们不知道，这里的昆仑是巴颜喀拉所在的昆仑，还是于阗葱岭的昆仑？

黄河有两个源头。一是青海“昆仑”，二是于阗（又作“于寘”）“昆仑”。谬误出于汉时出使西域的归来者张骞给汉武帝的奏报：

“于寘之西，则水皆西流，注西海；其东，水东流，注盐泽。盐泽潜行地下，其南则河源出焉……盐泽去长安可五千里……”对此，班固所著《汉书·西域传》也有载：“其河有两原：一出葱岭山，一出于阗……皆以为潜行地下，南出于积石，为中国河云。”这就是黄河“两源说”的肇始。

《禹贡》说大禹“导河积石”，是说河出甘肃地面的积石山。此河源和塔里木河的终点罗布泊，距离2600公里，前人何以将黄河与塔里木河连在一起？根本原因是上古时西域人从西方沿着塔里木河东行，行到罗布泊时，只见一片汪洋，却不见外流出口。塔里木河天天东流，为什么积年累月罗布泊总没表现过涨溢？而再从河西走廊一路东行，忽然遇见一条同样东行的巨川，因而认定，黄河是从罗布泊潜行而出。

或者相反，内地人西出阳关看到罗布泊和罗布泊之上塔里木河，想到罗布泊水经年不消不长，想到内地黄河，从而判定罗布泊是黄河上源。

因此，黄河研究专家岑仲勉断定，黄河重源说最先出自西域土人，以后，随着东西交流及相互迁徙而传至内地。①

人类思想的诞生，首先源于自然。山顶的泉池，崖下的瀑布，经年滔滔，人们自然要探讨它的来龙去脉。其中，地下潜流确让人感觉神秘，但

---

① 岑仲勉著：《黄河变迁史》，中华书局2004年版，第35—40页。

在结结实实的一块大陆上面，说几千里之外，有水潜行地下，后再露出地面为大河，岑仲勉解释，唯沙漠民族才有这个认知。因沙漠最易渗透，水从这里渗没，又从那里冒出来，流经沙漠的无定河就这个特点。对此，清康熙帝也曾说，伏流，“蒙古人甚详”。有人认为，蒙古族文化多从突厥族传承，而亚洲西北的草原及沙漠，正是突厥族摇篮。这一认知，在黄河正源也有表现，如1952年新中国第一个考察队在雅合拉达合泽时，当地藏族同胞就说，山下的水向北流入柴达木盆地，向南流入了长江上源通天河。他们所认为的柴达木盆地，即是黄河上源。藏民因此把这座山认作黄河源头。他们说，雅合拉达合泽与约古宗列只有一小土岭相隔，约古宗列的水，是由这里经地下潜流过来的。

汉武建元二年（前139），张骞领衔出使西域，没有完成武帝所交给他的策动大月氏联合夹击匈奴的使命，却“探清”了河源。如果说，张骞的黄河重源说给后人对河源认识带来谬误，但以后成为“东西文化主轴”的丝绸之路却由此开通！这条被国际学术界公认为“中国文化承载的大运河”的丝绸之路，不也是像黄河一样的历史文化河流！

中原民族真正进入黄河源地区，是在隋唐时代。公元609年，隋炀帝率大军平吐谷浑。“追之，至曼头城，攻拔之……乘胜至赤水城，复拔之。”战事结束后，置西海、河源等郡，置所古赤水城、曼头城，都在西平临羌城之西的青海黄河沿岸。

以后，唐将李靖因吐谷浑犯境，又曾率军出击至柏海，也就是现在的扎陵湖、鄂陵湖。然而，史上有载真正以探寻黄河源头为目的的实地考察，是在元、清两朝皇帝的主持下完成的。

公元1280年，元世祖忽必烈命荣禄公都实为招讨使，佩金虎符，往求河源，历时4个月，查明鄂陵、扎陵两大湖位置，称星宿海为“火敦恼儿”。元人潘昂霄据此写成《河源志》一书。

四百年后的公元1704年，清康熙帝在平定了蒙古准噶尔部族和西藏地方政权的叛乱后，为稳固大清万代基业，命侍卫拉锡、舒兰等赴青海察黄河源，发现星宿海西面有三条源流注入，并绘有《星宿河源图》，撰《河源记》。此次考察无疑比元朝都实之行更进了一步。拉锡一行四月四日自京启程，五月十三日至青海……六月初七日至星宿海之东，并观察鄂陵、扎陵二湖相隔三十里。初九日至星宿海，登高山视星宿海之源，小泉亿万，不可胜数。在叙述周围群山之后记：三山之泉，流出三支河……三河东流，入扎陵泽，自扎陵泽一支流入鄂陵泽，自鄂陵流出，乃黄河也。

康熙四十七年即1708年，为编制《皇舆全览图》，康熙又派人前往河源实地测绘。自康熙四十三年至五十七年的15年间，先后三次深入河源。所绘《皇舆全览图》，现存大英帝国博物馆。

清乾隆四十七年即1782年春，因河南青龙岗漫口久堵不合，且认为河源图存疑，乾隆又派大学士阿桂之子乾清门侍卫阿弥达前往青海，“务穷河源，告祭河神，事竣复命，并据按定南针绘图具说呈览”。

定南针即指南针。现代化设备无疑给了阿弥达以更大底气，阿弥达不辱使命，不仅祭祀了河神，还把自己新的发现呈献给皇帝。说星宿海西南有一条河叫“阿勒坦郭勒”，即“黄金河”，这条河就是黄河上源。此外，这条河的西南还有一巨石，高数十丈。奇怪的是，1952年黄河水利委员会查勘队在约古宗列怎么也没找到这块名为“阿勒坦葛达素齐老”的黄金北极星石。

中华先人穷究母亲河秘密，国外探险家和殖民主义者也不甘寂寞。1881年至1907年，先后有法国人、俄国人、美国人、英国人、德国人9次踏足河源。

1882年，法国人窦脱勒依与格勒纳尔，两次进入西藏、青海，实地测量后绘有《西藏全图》。

1904年，德国人费士勒前来探险，著《横贯东部西藏》一书；1907年，同是德国人的台斐尔又前来测绘了星宿海至两湖以东及西部通天河支流等水系，摄有阿勒坦葛达素巨石照片，并测定其地理位置为北纬35° 06′ 30″、东经96° 04′。

此类活动，最引人注目的是1884年5月，俄国普尔热瓦尔斯基所率21人的武装探险队，经宁夏潜入青海西部，至河源星宿海东口，南行到通天河，六月返回，途经扎、鄂二湖，明知此湖中国早有命名，还仍把扎陵湖命名为“探险队湖”，把鄂陵湖命名为“俄罗斯人湖”。并在此期间与当地藏族同胞发生冲突，杀死杀伤我藏族同胞40余人。①

1949年新中国诞生，共和国先后在1952年、2004年、2008年组织队伍，就源头确定、南水北调西线选择等宏伟设想，对河源及三江源进行多次考察。其中，最早的一次是由当时水利电力部黄河水利委员会等相关人员组成的一支队伍进行的。

1952年8月2日，队伍从开封出发，先乘火车三天至兰州，又坐九天长途客车至西宁，做好应有的准备后，这支由“173头牦牛、62匹马、62个人”组成的队伍，从西宁向源头进发。

“每人一身20多斤的老羊皮袄，另外还有皮背心、皮裤、皮袜、皮靴、皮帽、皮手套——这些穿戴共40多斤。”“还有预先给藏族同胞准备的红茶、纸烟、丝绸、棉布及三个月的给养……”历时4个月又20天，行程1万里，烧饭用的是牛粪，一开始还嫌脏下不了手，到后来，反而吃着牛粪烤的馒头格外有香味……唯一的卫生员感冒了，高烧不退，在卫生员的指导下，项立志不仅学会了打肌肉针，还学会了静脉注射——新华社记者雷行于当时《文汇报》的报道。

好像是冥冥中有一个召唤和指引，距新中国第一次河源考察63年之后的2015年6月，曾经半途而废的黄河探源之旅又终于启动，我积聚20年之力，又与这一世纪老人一路同行。

---

① 温存智著：《黄河源头大事记》，《黄河源头考察文集》，青海人民出版社1982年版，第120—126页。

但这次是老人的灵魂。99岁的风雨人生，现在就浓缩至这一小小的匣子内。

“再溯黄河源·项立志·1952—2015”。2015年6月22日一大早，我在西宁水利厅门前，与为老人送行的一支来自西安的越野车队会合。

老人女儿项英介绍说，老人早年从军，带队伍去源头勘查时刚退伍至黄河水利委员会，操劳一生，最大的愿望就是再回源头看看。2014年春，老人以99岁高龄去世，次年端午，他们筹划了这次陪老人再溯黄河源之行。

马塞巴，雅达约古塞

约塞巴，雅合拉达合泽

此为当地藏族同胞唱给项立志他们考察队听的藏家歌谣，意思是：

黄河水从哪里来？约古宗列

约古宗列曲的老家在哪里？雅合拉达合泽

也许是基于项立志、董在华等老一代黄河人的感情，尽管多方争议，黄河的最高主管机构黄河水利委员会，还是在1985年确定约古宗列盆地为黄河正源，并在12年后的1997年6月8日，在这里，玛曲曲果，位于巴颜喀拉山脉卡日扎穷山北麓约古宗列盆地西南隅，青海省玉树藏族自治州曲麻莱县麻多乡，竖立起了黄河源头碑。

曲麻莱位于青海省西南部，玉树藏族自治州西北部，因境内有曲麻莱河而得名。这片以丘原地貌为主的莱央大滩，整个地势由东南向西北逐渐升高，在4000—5990米海拔之间，雄伟的巴颜喀拉、昆仑，由西北向东南贯穿其中。

黄河源头碑具体坐标是东经95° 59′，北纬35° 1′ 35″。碑体高近2.9米，其中碑座0.9米，碑身高1.99米，表示立于1999年；碑宽0.5464米，隐喻黄河干流全长5464公里。花岗岩呈乳白色，巨大、简洁、庄重。正面是“黄河源”三个大字，背面是骈文体的黄河源碑铭。

巍巍巴颜，钟灵毓秀；
约古宗列，天泉涌流。
造化之功，启之以端；
洋洋大河，于此发源……

扎陵、鄂陵：松赞干布迎娶文成公主的“柏海”

河出玛涌后分岔七股，在星宿海以下河滩漫延，后又合为三股注入源头第一大湖泊——扎陵湖。此时黄河已从约古宗列与卡日曲汇口下行22公里，从青海玉树藏族自治州曲麻莱县的麻多乡进入果洛藏族自治州玛多县境，再以后又汇右岸纳河源区最大支流多曲，再向前纳右岸支流勒那曲，进入沼泽，随后折向东北流3.2公里，散乱地穿过峡谷，在西南隅注入鄂陵湖。

扎陵，藏语意思是“白而长”，它上游一半在果洛藏族自治州的玛多县，另一半在玉树藏族自治州的曲麻莱县。湖水面积542平方公里，平均水深8米左右，最大水深13.1米。

鄂陵，藏语意思是“青而长”，即“青蓝色的长湖”。湖水面积610.7平方公里，平均水深17.6米，湖心偏北部最大水深达30.7米。站在两湖之间牛头山上，极目远眺，但见群峰环绕，万山奔涌，两湖波光粼粼，云蒸霞蔚，分不清洁白的云彩是在天上还是水里，湖水和高原的天空一样蓝。

2016年6月22日17时，我们穿过鄂陵湖畔的积雪，一步一喘登至湖畔牛头山4610米海拔的高度，贪婪地饱览着状如仙境的鄂陵风光，完成了历时半年的再一次溯源而上的阶段性考察。

如果说扎陵的形状像和尚的木鱼，鄂陵则像一个倒挂的金钟。而蜿蜒的黄河，在两湖之间则像一条长长的金链，将宛如晶莹闪亮的蓝宝石的湖水串在一起，挂在巴颜喀拉山雄伟的胸襟上。又像是手拉手、肩并肩、亭亭玉立的黄河源头的姊妹，所以人们又称两湖为姊妹湖。

扎、鄂两湖古称柏海。柏海最早见于史书为公元635年，《新唐书·吐谷浑传》记载唐贞观九年唐将李靖出击吐谷浑一役："次星宿川，达柏海上，望积石山，览观河源。"

唐贞观十五年（641）正月，柏海又见证了藏汉兄弟化干戈为玉帛的历史性一幕。这年夏天，平时孤寂静默的鄂陵湖畔，一群显然不是牧民的藏族同胞在这里扎下了营帐，原来吐蕃王松赞干布要在此迎接他求婚八年才如愿以偿的大唐文成公主。文成公主在其父礼部尚书、江夏郡王李道宗和吐蕃迎亲专使禄东赞陪同下，自长安出发，越黄河，翻日月山，风餐露宿半年之后，两支队伍相会柏海。松赞干布谒见唐江夏郡王李道宗，行子婿礼，在众藏汉公使亲属见证下，以吐蕃最隆重礼仪把文成公主迎娶进大王帐内。以此为标志，人种血统研究结论同出一源的藏汉两家，又加深了一层关系。

文成公主进藏不仅带去了佛塔佛经，还带去了青稞、豌豆、小麦、油菜、荞麦物种以及铁匠、木匠、石匠，以及养蚕、酿酒等技术，再加上众多典籍，为藏汉两族文化融合，开出一条历久不衰的"唐蕃古道"。

贞观二十三年，唐高宗册封松赞干布为西海郡王。几百年间，这类册封一直没断。对此，《旧唐书·吐蕃传》载文成公主进藏，松赞干布"率其部兵次柏海，亲迎于河源"。

21世纪的鄂陵湖源头标志性景点已经过人工开发，湖畔公路铺了石子或沥青，湖岸段险要地方也竖起了围栏。而在远处，有钻塔一样的机械兀立于山前，是钻探金矿还是石油我们不得而知。

这似乎并不影响更远处成队的野驴在它世袭的领地上静静地游逛，有兀鹰停落在环境保护者专门给它们准备的落脚和窥探猎物的水泥柱上，有鼠兔探头探脑，一边觅食，一边还警惕地望着这些直立行走的朋友或敌人。

鼠兔学名旱獭，前肢的趾爪发达，在它精心营造的巢穴里，有主洞、副洞、临时洞之别，分支复杂如地下宫殿，鼠兔喜食嫩草和草根，对其有两种评价。一种说对草原破坏性极大，另一种说鼠兔觅食有利于草根发育。鼠兔在早晨和黄昏时间活跃，出洞前总先探出头来张望，觉得安全后，先露出半个身子，晒晒太阳后，发出舒服的鸣叫声。此时，临近的同类立即响应，然后开始觅食。

秃鹫是青藏高原的猛禽，以鼠兔为食，所以当地人把它看成天神的使者，称神鹰。秃鹫体重在5—8公斤之间，双翅展开，宽度可达3米多，长空搏击，雄健有力，更擅长滑翔，降落急遽无声，给人以忽从天降的神秘感。其视觉和嗅觉都极敏锐，能在远距离发现猎取对象。

水边，成群鸥鸟飞过或在水里嬉戏。“一群一群的鱼在湖边嬉水，我们接近湖边时，鱼仍畅游不惧，再投以石子，鱼不但没有被惊跑，反而争向石子溅起的水花处聚集……”——这已不只是我所亲见，是20世纪70年代末，黄河水利委员会南水北调工程查勘队员葛腾的日记。

藏俗敬鱼为神，不捉不食，因而使高原水域成为鱼无忧无惧的乐园。初来乍到的汉人或其他食鱼民族进入高原，也往往尊重藏族同胞习惯而不加害，以致骑马踏过水坑，也会有鱼被马蹄踏翻。高原天气寒冷，水温低，鱼类每生长一斤，需要七八年还多的时间。湖里的鱼无鳞，以适应严冷的水温。

两湖地区还是白唇鹿的栖息地。关于白唇鹿的热情好客，据20世纪70年代查勘队队员回忆，一天午后，他们的考察船绕过一个岸嘴准备例行考察，猛然看到两只白唇鹿在岸边好奇地打量着这些不速之客。他们马上靠岸，两只鹿竟热情地迎上前来，远处又跑来三只大鹿和两只小鹿，他们走到鹿群中给它们喂草，并合影留念，鹿儿配合默契，伸着头嗅他们的手……

那时的湖岸，大小洞穴比比皆是，一个洞里，鼠鸟同穴，彼此相安无事。

高原水域是鸟的乐园，特别是鄂陵湖中间的小岛。有以斑头雁、灰雁、赤麻鸭、绿头鸭、棕头鸥为主的水禽，以及血鸡、石鸡、岩鸽、草原百灵等几十种水鸟。1978年7月18日，查勘队员第一次接近它，鸟群飞起，遮黑了半个天空。登岛一看，地上全是鸟蛋和刚孵化出的幼雏，一不小心，人就会踏在鸟蛋上。

这样的场景，直到1985年7月，中日合拍《黄河》纪录片摄制组人员再次到来，还没有多少变化。

东西相距十公里的鄂陵湖与扎陵湖之间，靠近鄂陵湖的上游，有一座藏名“措哇朵什则”的山峰，海拔4620米，山顶竖着一通巨大的石座铜碑，碑体以牦牛角为形，硕大的一对牛角强劲有力地指向蓝天。这座位于果洛藏族自治州玛多县的源头碑，离位于玉树藏族自治州麻莱县麻多乡的源头碑还差200公里，海拔高度也差了一些。但这一座牛头山的碑，似乎更接近一般民众所瞩望并可能达到的高度。或许它的潜台词是：接近我，你只是迈出的第一步；即便你再翻一座山，再上一个海拔高度，到达远我200多公里的教科书上所标记的源头，那也离源头的源头——巴颜喀拉或者说包括巴颜喀拉的昆仑—喜马拉雅，还差得远呢！

一次，向导、牛广武和我三个人一早从营地出发，沿预定的线路查勘。正说笑间，走在前面的向导“妈呀”惨叫一声，跌坐在地。牛广武和我紧赶两步，也不由得被吓呆了。只见左前方十多米处，一只硕大的黑熊两个前爪蹬在倒地的巨大树干上，正面目狰狞地看着我们。我们俩赶紧收脚步靠着向导蹲下来，一动也不敢动，黑熊竖着耳朵，张着嘴，露着下牙，两只眼睛透出凶光。我们对峙了足足有十分钟，黑熊才收回了它的前爪，扭过身慢悠悠地走开了……

这是1959年黄河水利委员会南水北调西线勘测设计队队长谈英武对三江源查勘期间一段往事的回忆。

如果说与黑熊一类野物狭路相逢毕竟不常遇见，而风雪雨雹、高寒缺氧，则就是每时每刻都要面对的了。

河源年均气温-6℃以下，最冷月平均气温-20℃以下，最热月平均气温也小于5℃。河源多风，中午过后最易起风。风向以西风、西北风或东北风为主，4月份最大，2月份最小。风速每秒大于17米、造成灾害的大风，多发于11月至次年3月，尤以3月为最。1972年7月，一次挟带冰雹的大风，把一生产队11群羊、14群牛席卷而去，一名藏族姑娘被卷至河对面，双目失明。

一年无四季，一天有四时。六月刚进春天，九月冬寒就来。上午风和日丽，看天天高，看水水蓝，转过午去，说话间已是乌云翻涌，风雪扑面。

河源查勘的日子里，有谈英武空悬于河流悬索上再不能前进一步，手一松就葬身无底深渊而终被队友舍身救回的惊险；有车陷海拔5000米的高山泥沟，在严重缺氧的情况下熬过高原寒夜的经历；有一批人受伤、牺牲于高原的壮举。而最让人唏嘘的是一位测绘队员无法排尿，大家尽一己之力帮他渡过难关的一件小事。

既然是在渺无人烟的荒蛮之地，长时间逗留，伤病自然谁也免不了。而这位队员的症状是无法排尿，已经延续20个小时。

怎么办？同行的卫生设备有限，所带药物也无济于事，而要把病号送下山至有条件的医院，十几个小时的山路，上上下下的颠簸，病人的膀胱恐怕不等胀破就早已颠破。

队员排成队，用嘴，轮流，一口一口、一口一口地将他的尿液吸出……

“花石峡不吃饭，玛多不住店。”花石峡和玛多是由西宁至玉树三江源的必经之地，每一探寻源头的人都知道当地这一俗语。从西宁出发，沿214国道前行，无论是只到玛多鄂陵扎陵两湖，还是翻过巴颜喀拉山至玉树踏足长江流域，或者从玉树再翻唐古拉山直达西藏拉萨或四川，途中，在花石峡吃饭，至玛多住店，是不二的选择，因为再也别无更好的地方让你驻足稍做停留。但话为什么还这样说，是因为这两个地方海拔都已达到4200米。4200米海拔，对于一般人来说，已是危途。

这里，高原反应厉害的人可能一夜不能入睡，也可能在一夜昏睡之后，第二天一早就再也不能醒来。

2016年的6月20日夜，我就住在玛多店里，一夜无梦，尽管晚饭还喝了玛多黄河局罗延德先生率当地友人所敬的16盅白酒。

人既然委顿，烟自然也旺不到哪里去。这里的水无论怎么烧，也只能达到七八十度，馒头也只能蒸个夹生。因为缺氧，火怎么也烧不开水。

源头至康定途中，每遇陡坡，司机都要下车给发动机充氧，要不，车就爬不上去。

在海拔4200米的鄂陵湖，橡皮艇的发动机，也因氧气不足只能达到内地马力60%的程度。而一来到湖中心，人也像发动机一样，一下子就精神起来。与站在岸上相比，好像是从深深的水底一下子浮出了水面，又像从闹市一下子置身于荫翳蔽日的森林，终于可以轻松地喘口气了——1986年中日《黄河》摄制组陈汉元这样回忆。

山为水宗

作为旅游目的地标志的河源碑立于果洛自治州玛多县，作为地理标志的河源碑立于玉树自治州麻多乡，这一个麻多和那一个玛多在读音和字义上怎么区别？青海省水保专家张延得先生告诉我们，在藏语中，这两个字词不仅读音相同，也是一个意思。包括青海地图上许多以“多”命名的地方，如杂多、治多、称多，意思也一样，都是玛曲，黄河源头之意。

这么广阔的地方，都是黄河源头？对，都是。

河源区多丘陵，丘陵下又是一个一个巨大的盆地，每一个盆地都像一掬巨大的手掌，汇聚四角帚状的水系后，寻找低洼处，然后切开垭口，使之成为微型峡谷，从而形成萌芽的河流。如果此一阶段的河流逐步发育粗壮了，比它更年轻的则在它的上方又形成了。

现在，让我们循着汩汩流水，来到并未得到源头确认的卡日曲与支流拉浪情曲的汇合点之上看河流发育。在这里，两条小河均为小峡谷，其河流有如孟浪稚子，一刻也不停地跳跃。而再往上，两条小河汇口之上，则是平缓的草甸沼泽坡地，待穿破这一座石灰岩之后，比降陡然增大，把地表切为3—5米左右的小峡，湍急地向卡日曲汇合处奔去。而再上溯，拉浪情曲又分叉，有一条叫那扎陇查河的水流，由巴颜喀拉山分水岭最东角呈一片沼泽的一泓又一泓清泉汇集而成。

是的，清泉。如源头碑前那两眼泉一样大小的泉。

一样的天真，一样的稚气，一样的安然。

我们说这一片土地都是源头，是因为它的沮洳，还有濡湿之下再也不能往下通透的冻土层，即便它不以沮洳或水流的形式涌出地面，它也在地下，在你看不见的地方，从海拔稍高的地方往下涌流。

而这涌流又源自哪里？

啊，壮丽的阿尼玛卿！

啊，雄伟的巴颜喀拉！

啊，莽莽昆仑！喜马拉雅！

5214米海拔的雅合拉达合泽是阿尼玛卿山下的一座小山，藏族传说中，它是阿尼玛卿专门派来守护玛曲的孩子，而阿尼玛卿山的“阿尼”，当地藏语的意思是“先祖老翁”，含有美丽、幸福、博大无畏的意思；“玛卿”，则是“黄河源头最大的山”之意，也含有雄伟壮观的意思。

阿尼玛卿山在汉文典籍中又被称为大积石山，因《禹贡》“导河积石”而得名，以区别早它认知的甘肃“小积石山”。被藏族同胞视为开天辟地九大造化神之一的阿尼玛卿山和西藏的冈仁波齐山、云南的梅里雪山、青海的尕朵觉沃山并称藏传佛教的四大神山，是藏民的保护神。史诗《格萨尔王》中的“战神大王”，即指阿尼玛卿山山神，每当例行的藏族节日来临，当地居民就煨桑祭祀。

在藏族传统的山系观念中，西藏、青海南部及内地的山系被看成是一个统一的不可分割的整体。藏族同胞歌唱：

上面能见的那座山，
它是拉萨的香茅山……
对面能见到的那座山，
它是俺的玛卿山……
下面能见到的那座山，
它是尊崇的五台山……

那么，后面那座山呢？

目光从阿尼玛卿山左移，转身，转向约古宗列再往上的更高更远处，那一座峰头白皑、连续起伏与青天相接的山峰又姓甚名谁呢?

巴颜喀拉！是的，巴颜喀拉。

巴颜喀拉山蒙古语意为“富饶的青色的山”，藏语叫“职权玛尼木占木松”，也是祖山的意思。

巴颜喀拉山连绵山峰多在海拔5000米以上，其中最高峰为年保玉则，海拔5369米。年保玉则又称果洛山。山上是冰川，山下则是冰雪融水形成的众多湖泊。仙女湖、妖女湖，星罗棋布的小海子300多个。“河水出昆仑东北陬”，无疑，这些雪山融水，这些小海子里的点点滴滴，多少日月之后，都将会化身我母亲河的浪花，从巴颜喀拉山北麓，开始遥远的行旅……

还不能忽略祁连。从我们神圣的巴颜喀拉再转过头来，目光越过阿尼玛卿山峰，落到青海与甘肃交界处那另一座巨峰，是的，就是它了。

认识祁连，国人大多始自启蒙课本，不是地理而是历史。大汉与匈奴的纠葛、丝绸之路，都离不开祁连。人们印象中的祁连早就不仅仅是地理上的轮廓，还有积淀丰厚的历史上的概念。

其实，祁连不仅仅属甘肃，更属青海，更是黄河源的山。

祁连源出匈奴语，意思是“天”，天山，和新疆天山同名。因耸立于甘肃河西走廊以南，故而在历史上又称“南山”。西起当金山口，东至刘家峡一带黄河谷地，总长度达850公里，疏勒南山团结峰海拔5826.8米，是祁连最高峰。

平行山脉间分布众多的纵向谷地是祁连山有别于其他山峰的地貌特点。其中大通河谷长450公里。它的再一特点就是森林，由于东部季风能吹到祁连东部西宁一带，降雨的丰沛使这里分布了一座座茂密的森林。而在季风吹不到或风力较弱的中西部，则呈现荒漠景象。一定海拔之上，则是雪山和冰川。即便这些荒漠之地，由于水平地带和垂直地带性的双重控制，在一些季风吹不到的地方，也会在某一海拔高度形成一个降雨带。由于有雨，东西祁连的南部和北部都会看到这样的景象：在一片光秃秃的大山半腰，一下子会冒出一条森林带，树木主要是四季常青的祁连圆柏。尤其在冬季，当山坡白雪覆盖，那半腰的森林则成墨绿，在天寒地冻的凛凛中，似乎要为即将到来的春天抹上任性的一笔。

当我们站在母亲河的源头，向远处群山仰望的时候，谁也不能否认自己的敬畏之情。祁连、阿尼玛卿、巴颜喀拉早已让人高山仰止，但与巍巍昆仑相比，它们只能甘居其后。

有“万山之祖”“亚洲脊柱”之称的昆仑，从帕米尔高原横空出世，以5000—7000米海拔的雄姿，从神州母亲的怀抱自西向东横贯莽莽2500公里，北侧连接海拔1000米的塔里木盆地，南侧则跟喜马拉雅拱成世界屋脊。可可西里山、巴颜喀拉山、阿尼玛卿山等众多山脉，都是其衍生支系。阿尔金山-祁连山，为青海与新疆、甘肃两省的天然界山；唐古拉山，青海与西藏天然分界线，平均海拔5000米以上。复杂的地质构造，独特的地理景观，使昆仑如一部永恒的史诗，记录着近3000万年的地质变迁历史，沧桑，却同时散发着年轻的活力。粗犷和俊美、运动和静止、毁灭和新生，完美地结合在一起。成为横亘中国西部的神州脊柱，成为世界上保存最完整、最壮观、最新的地质遗址。

嶙峋的岩崖与花红草绿的盆谷之上，蓝天白云之下，皑皑雪峰、莹莹冰川，这不沾一丝尘埃的世界，让世俗的人们望而生畏。

以下是《格萨尔王》中对岭国部落血祭阿尼玛卿神山的祈祷：

> 这内供、外供、密供三者，如云般聚集；可饮的甘露，如海浪翻涌，如须弥山一般高……您，玛卿博姆热，岩赞、战神之王！请来享用这些供物。这上千种芬芳的香料，在焰火里焚烧，它的烟云，使天空布满了蓝色的迷雾。您，土地之神，伟大的凯念，带着您的随从，请来享用这些供物吧。

藏族同胞对神灵坚信不疑，其虔诚程度在一步一个长头的叩拜中表现得最为淋漓尽致。十里、百里，十天、百天……一步一个长头的五体投地，风雪雷雹都不会成为他们的障碍。在他们的认知中，诸神均居住在神山或神湖中，所以转山或转湖就成为他们对神灵顶礼膜拜的形式。对阿尼玛卿山的朝拜为藏历马年最盛，因阿尼玛卿属马，每逢藏历马年，藏区所有神灵都到阿尼玛卿山会集，马年来此转山转湖，就等于朝拜了所有神山。

朝拜的人们携简单的行装、灶具、食物，顶风冒雪，跋山涉水，绕山瞻拜一周，才算达到了清除自己罪孽、灵魂升天之目的。绕山一周，徒步、骑马或者磕长头，那得需要多少时间？没有一种虔诚的信仰，一般人恐怕难以做到吧？

万物有灵，是藏族本教核心教义。远古时代，人与自然构成十分密切的依赖关系，特别是高原，缺氧、气候恶劣，人类畏惧大自然的力量，同时也产生了主动认识自然，与自然交好、相处的生存理念，他们把自然与人类自身类比，按照自身感受，设想自然物也像人一样，有各自的灵魂存在。于是，一个个被想象出来的形态各异、法力无边的神便诞生了。诸如日月星辰、风雨雷电、高山大川、古树怪石、飞禽走兽，无不具有神的灵性。

当然，最具灵性的还是它所孕育的江河，正是它终年皑皑的巨峰，给了祖国母亲河以雷霆万钧的高度和不竭的动力。

冰川：悬挂于巨峰之上的河流

《礼记·礼运》郑玄注曰：“鬼神，谓山川也。山川，助地通气之象也。”这里所谓的气，是指时雨时霁的山川气象。

在一定海拔范围内的雨或雨后，山上树丛中，会蒸腾起弥漫的白气，白气和山连在一起，缓缓地向上浮动，越来越高，就和天上的云霓连在了一起，变成了云。云由白变暗、变黑，随风飘动。雨大时，山上白云把整个山和天空都笼罩起来；雨小时，云不是从整个山顶升起来，而是此处一团、彼处一团地从树丛中冒出来，向上飘浮，有一种安静的和动的神秘。

云、雨、雹、雪，一定的气温之下和海拔之上，则是雪帽和冰川了。

阿尼玛卿主峰玛卿岗日由3个海拔6000米以上的峰尖组成，最高海拔6282米，其间分布有50多条大大小小的冰川。相对约古宗列或卡日曲的两眼泉和星宿海，这就是可以再往上溯的河源了？或者说是“黄河之水天上来”的“天上”部分——悬挂于巨峰之上，凝固的河流！

冰斗、角峰、刀脊、冰水扇，从这些映着太阳七色瑰丽的地质学名词，我们可以清晰地看到冰蘑菇、冰瀑布、冰漏斗等冰川遗迹。

高山阻截了高空中的气流和云团，故而在高山发育了众多雪山和冰川。冰川可分为古冰川和现代冰川，前者以昆仑山最高峰玉珠峰冰川为代表，后者以惊仙谷两侧山地为代表。

玉珠峰海拔6178米，冰川加积雪面积6714平方公里。惊仙谷冰川分布于青藏公路、青藏铁路通过的山地顶部，共18条。远看有排山倒海之势，近观却静如止水。冰丘下面则是永不枯竭的涓涓潜流，一旦冰层爆裂，随惊天巨响，地下水便喷涌而出……

巴颜喀拉的年保玉则被誉为“万卷书”。65万年以来，致密坚硬的年保玉则山地，经历了不同时期的冰川消融及冰蚀作用，演化成了众多的峭壁石崖、峰林谷梁等冰蚀地貌。

而另一座源头山祁连的“六月飞雪”，则像一条经历了无数个年轮的白色巨龙，在上亿年的时光里隐姓埋名，直到1958年7月1日，才被中科院兰州分院科技工作者和苏联冰川学家发现，命名为“七一”冰川。

冰层平均厚度78米，最厚处120米，冰峰海拔5150米，远远看去，那巨大冰层的纹理如同树的年轮，是融雪沿山坡而下，在流泻过程中因遇到阻力发生回旋所形成的圆缓曲线。有了这些纹理，冰川就有了它一圈圈“年轮”。

4500米左右的海拔常有风雪，那河、海或者土地中水分蒸发后的再一次凝结、循环，不能直接流进大河而凝结在了这儿，从而形成倒悬的河流。岁月越久，冰川冰的透明度就越高，甚至如同夹了蓝色水晶一般。

高山上的冰川是活的，它在重力作用下沿着山坡缓缓流动，让人丝毫无法察觉它的流动。

冰川的最前沿是冰舌，也叫雪线。凹凸不平的冰洼上，远观清晰可见的纹理，靠近冰舌的前沿，排排冰柱如椽如柱，顺着冰川整齐细密地垂下去，仿佛一面窗帘，侧身倾听，冰舌下传来哗哗水声。春秋季节，瀑布飞泻，山坡上时有雪鸡栖息，雪莲与冰晶争芳斗艳；而山脚下河谷平原则牛羊遍野，牧人的帐篷炊烟袅袅，这时，从山上冰川淌下来的水，就成为纵横于土地上的河了——这是冰川的另一形式，河从天上来到了人间。

黄河总水量的49%，长江总水量的25%，澜沧江总水量的15%，全出自这里。包括它中途所汇的任何一点一滴，都成为我中华民族生生不已、系生死于一线的命脉保障。

西汉淮南王刘安《淮南子》说：“昆仑阊阖之中，是其疏圃。疏圃之池……是谓丹水……帝之神泉，以和百药，以润万物。”

是吗？这以后被现代人称为“中华水塔”的三江源头，这从白云蓝天相接处冰川雪峰潺潺而下的泉水，即便在它汇千流百川百折而东时已浑黄，泥沙俱下，但那每一滴，不也还是源自此“帝之神泉”的“神水”？

沧桑：高原上的贝壳梁、海虾山

一道全部由贝壳和沙碛堆砌而成的山梁，长3公里，底宽70米，顶宽30米，高5—10米。贝壳最大如铜钱，小的如指甲盖，尽管早已失去生命，也仍有不甘地拥挤成堆，窃窃私语。是追忆亿万年之前曾经的风光，还是侧耳倾听早已远去的海之喧响？

怎样的风光？怎样的喧响？海天之间，唯余莽莽，时而海晏风清，时而滔天巨浪，曾经的沧海桑田，而今，都凝固如铸。

是我们后来流连禹河故道所遇冀津渤海湾的贝壳堤？是现代黄河三角洲入海口六合村萧神庙的贝壳山？

不是。是海拔4600米以上的青藏高原，柴达木腹地。

那时，青藏高原还是古地中海一部分，像今天任何大洋一样，平静中也蕴藏着滔天巨浪。突然一天，大洋狂退，海沦为湖，湖又突起成陆，剧烈的喜马拉雅运动在造就南昆仑、北祁连、西阿尔金山的过程中，湖也斜着竖起。鱼、虾、贝涌向中心水洼，挤在最低处，以后湖水枯竭，沙土覆盖一层，再后湖底耸起、夷平，经过漫长剧烈的地质年代，形成今天人们研究高原、盆地十亿年、几亿年、千百万年以来，地质演变、气候变化乃至预测后来变化的生物标本。

地质学家告诉我们，那发生于2.1亿年前至6500万年前，也是地质学名词晚三叠世至白垩世之间中国区域内发生的地壳运动为燕山运动。以北京附近燕山生成为代表，地壳因地球内部强力挤压褶皱隆起，形成长江上游的唐古拉山脉。以后，古地中海继续后撤，大兴安岭、太行以西，鄂尔多斯、四川、准噶尔、塔里木盆地形成，并连续接受河、湖相沉积，太行以东，造成系列平行斜裂的褶皱断裂山地和大量断陷盆地。古华夏地貌格局由此呈现。燕山运动所承续的是更早它2亿年的吕梁运动。

其间，前赴后继的造山运动中，漂移大陆中的印度板块经长途跋涉，终于撞上了欧亚板块，使整个欧亚板块东部再次受到南北向的挤压作用，在剧烈挤压下，喜马拉雅和青藏高原几经抬升。这发生在3000万年前接连三次剧烈的造山运动，地质学家称为喜马拉雅运动，使中国东西地势高差增大，季风环流加强，青藏高原隆起为世界最高的高原；使缅甸、马来西亚、菲律宾、日本以及中国台湾在内的亚太平洋岛弧形成，中印之间的古地中海消失。之前第三纪的热带、亚热带环境被高寒荒漠取代，西北地区内陆性不断强化而处干旱环境，东部则成湿润季风区。此次地质变迁，按年代划分，地质学家习惯地把它分为三幕：先是青藏变海洋为陆地；接着是大幅度隆起；到更新世，喜马拉雅横空出世。

中国海拔最高的山，自南向北依次是喜马拉雅山、冈底斯山、唐古拉山、可可西里，整个青藏高原所达到的海拔高度，都源于燕山运动所造最初轮廓和喜马拉雅运动最后一幕上升成型，并导致昆仑山、天山、阿尔金山、祁连山和阿尔泰山抬升以及塔里木盆地、准噶尔盆地、柴达木盆地和新疆地区“三峡两盆”地貌形成。

喜马拉雅崛起的同时，阿尔卑斯山亦在欧洲中部屹立。此后，地质年代进入专业名词所说的第四纪。

青藏高原所留大海扬波的遗迹还有中国最大盐湖，格尔木以北40公里的察尔汗湖。贝壳岭就在盐湖边上，而更让人惊心动魄的还有距离贝壳岭不远的江门沟虾山。山岩全是青黑色的海虾，密密麻麻，几乎就是全须全尾地镶嵌在岩石之中，立体浮雕一样质壳清晰可辨。忍不住伸手抚摸，早已石化在时光中的海虾，滑、腻，似乎油渍还殷殷浸出……

孕育：聆听古湖的“地层韵律”

当多少年之后成为贝壳堤、虾山的那片水域里的各色水物，怀着绝望的惶恐向越来越近枯竭的高原湖泊中心游去或者偎岸的时候，黄河流路上上下下的断陷盆地，正成为水中大小物种的乐园。

一望无垠的水面深浅有序，水光潋滟，群山倒影于镜面一样平的水中，有鱼欢跳却无渔歌唱晚，有鸟飞过但无桨荡舟泛。湖外林间动物出没，无忧无虑，因为这时还没有人、人类——那最可怕的动物。或者有了，它们还没见识他们的厉害，人类和另一群色彩斑斓的动物还在和平共处。对形若大洋的巨浸没丝毫影响——这是处于陕西关中、山西南部、河南西部三省毗邻地区的古三门湖，地质学家根据地下钻探和散落在周围山上曾经积水积淀的遗迹，推断湖泊存在于200万年前，面积2.3万平方公里还多。

是诞生于第四纪初的湖泊。

自白垩纪末，燕山运动使晋陕豫及整个华北地区大面积爬升，南侧秦岭也还继续生长，而处其边缘的断层中间却相对陷落，形成汾渭盆地雏形。然后，数千万年前的第三纪时期，华夏古陆又在一部分崛起的同时，一部分继续断陷，盆地持续扩展。此时，作为黄河主要支流的渭河、汾河尚未成型，在现今黄河“几”字形的河道上下，同时存在着一系列与三门古湖相类似的姊妹湖，各各独处，自成水系。系列湖群，就是母亲河孕育过程中的胚胎。

最上是青海境内共和古湖，接下是宁夏境银川古湖、内蒙古境河套古湖，再下是汾渭古湖和三门古湖。接近渤海，则是任丘古湖及以后的大泽。

不一样空间的大湖，一样的磅礴，这些都将成为多少年之后所诞生的这条大河的组成部分。

1918年，地质学家丁文江在三门古湖所处位置进行田野调查时，发现一套岩性为黏土、亚黏土和砂层叠置一起的地层，并在此中找到很多软体动物化石，后来学界把此地质发现称为“三门系（组）”。以后，地质工作者又在“三门系”地层下部，发现原脊象、贺风三趾马、祖鹿等化石。古三门湖面纱被地质工作者一层层揭开。

古湖有三个沉积中心，一在西安之西，一在渭南之北，另一在运城之南，沉积厚达1000余米。就是说，那时湖底就在我们脚底一公里之下。

考察者发现，从湖边缘向湖中心，沉积物颗粒呈现由粗变细规律。南岸，即秦岭北麓，沉积物为粗砂颗粒，向北渐多细砂，再继续向北则是砂黏土，以至黏土。这种沉积表现了古湖由滨湖、浅湖，逐步深湖的过程，也表现了地壳运动中气候升降所带来的冷暖干湿变化。这种由或细或粗沙土，砾石由远及近包含古地质演变、古气候变化信息的地质层，被地质学家命名为“地层韵律”①。与1918年地质学家丁文江研究勘查相呼应，1964年夏，巴颜喀拉雪峰下面北麓半腰的累累石岩上，也有两三个人影在蠕动，不像采挖雪莲等珍贵药材的当地藏民，也不像珠穆朗玛的征服者。但从他们锲而不舍连续几天的寻寻觅觅看，确像什么宝物的寻找者。是的，这是中科院地质研究所地质专家为聆听远古喜马拉雅崛起所留给后人的“地层韵律”所进行的寻觅。或许，是在寻找其中一个音符。

功夫不负有心人，在海拔5900米的新第三纪砂岩中，他们终于发现高山栎和疑似黄背栎化石。此两种植物现生存于中国西南部，平时分布于海拔2200—3600米的范围。就是说，大约2000万年前，这高山栎和黄背栎所生长的地方，比现在要矮3000米。

---

① 王苏民、吴锡浩、张振克等著：《三门古湖沉积记录的环境变迁与黄河贯通东流研究》，《中国科学（D辑）》2001年第9期，第760—768页。

也就是说，2000万年来，高原上升了3000米。

后来，地质工作者又在海拔4000米的地方，发现晚第三纪三趾马动物群。华北和南亚动物生活记录表明，此三趾马得以生息繁衍的海拔高度都小于1000米。这也说明，三趾马消失过程中和消失以后，此间高原上升了3000米。

地质学家论断，在地中海退后、喜马拉雅成陆至海拔5000米左右的阶段，此中期隆起的地壳曾长期保持稳定达一千多万年，诸多山峰经剥蚀、夷平后，仍在海拔1000米以下。那时，高原属热带、亚热带气候，地貌起伏微弱，河流湖泊交替，贝壳岭和虾山，正是那一地质年代留给我们的遗迹。

此后的一千万年，三门古湖经过长期孕育发展，进入它的鼎盛时期。而三门古湖以上的汾渭、内蒙古、宁夏、共和等系列古湖，正以各自独立成形的胚胎，在骚动不安的地质周期运动中，为一个伟大奇迹的诞生而孕育着、准备着……

华　诞

240万年前，也就是地质学名词的第三纪中新世早中期，大陆漂移的欧亚板块、印度板块与西太平洋板块的相互作用造成强力挤压应力，太行山以西的黄河中上游地区发生强烈地壳升降运动，形成众多内陆盆地，各主要盆地周围的河流以盆地内的湖泊为归宿，自成水系，互不相通。这是其一，黄河水系奠定阶段。

大约距今240万年至180万年前后，地壳再次强烈构造运动，卫宁盆地西部的河流溯源侵蚀，将陇西盆地水系贯通，150万年左右，作为阶段性的黄河在陇西盆地成型。与此同时，晋陕峡谷被上游来水打通，成了联系河套平原和汾渭盆地的水系通道。再130万年前后，黄河在陇西盆地至汾渭盆地地段已经显现，不过，那时，黄河的归宿是汾渭盆地中的三门古湖。

此时，黄河的源头是湟水，甘肃循化积石峡以西的黄河还没有迹象。

自西而东，黄河现行河道上，此时已成大河胚胎的古湖盆依次是共和、西宁、陇西、宁南、银川、河套、陕北、晋西、陇东、汾渭、沁阳及华北等古湖盆。晚早更新世又增古扎陵、鄂陵湖和若尔盖湖。今天的渤海，当时也是湖，各自成独立水系。这些湖盆以及连接上下湖盆的河流，已经使即将出世的大河十月临盆。年代距今在150万—115万年。

此为其二，黄河水系孕育阶段。

第三阶段黄河水系形成。

黄河中游河段形成以后，进入一个拓宽河谷时期，大约130万年至110万年前后，喜马拉雅地质构造运动和气候变化叠加席卷整个青藏高原和现黄河流域，山地的剧烈上升使河流比降加大，河流溯源侵蚀活跃，三门峡东西两侧河流集聚延伸，三门古湖即将切开。

三门古湖打开，即形成河东出太行格局，此为其四，黄河水系发展阶段。距今110万年至14万年，是黄河孕育生成发展中的突进期。河流急剧下切，不仅使早具雏形的古河道继续加深增宽，而且除共和盆地以西和沁阳盆地以东仍为独立湖盆水系外，贵德以上共和水系已尽收黄河干流，完成了由多元独立水系向统一古黄河的过渡，缘起还是14万年前青藏高原的再一次隆起。此时，古黄河已经从天津湖外溢入海。①

当古黄河贯通古湖盆入海后形成海洋水系，海平面就成为全河统一的侵蚀基准，距今8万年至1万年，黄河河床进入统一的调整阶段。上升段的河流作用以负向侵蚀为主，而急剧下沉的裂谷段则大量淤积，削高填低。

① 潘保田著:《黄河发育与青藏高原隆起问题》，兰州大学1991年博士学位论文。

距今一万年前后，青藏高原最新一次抬升，造成黄河源头溯源侵蚀加剧，河延入若尔盖盆地，若尔盖古湖外泻，使黄河最终延伸到青海玛多，也就是我们今天所溯的源头。此为黄河孕育生成最后一个阶段，整个水系定型。

河水上下贯通，古湖盆渐次消亡，沟系发育迅猛，尤其是黄土高原，出现“千沟万壑”，河水泥沙剧增。泥沙剧增和海平面升高，使河水畅流受阻，因而造就华夏的远古洪荒时代，造就大禹治水的传说。

黄河在形成之前，上述青藏高原普遍在海拔1000米以下；距今247万年左右，高原海拔上升到2000米以上；距今160万年左右，地质构造史中惊心动魄的一幕在青藏高原上演，在猛烈的地壳抬升运动中，原来分布广泛的湖泊，由于下切和溯源冲刷，终至形成一条泱泱巨川。其间，以三门古湖的打通为关键，随着青藏高原的横空出世，一条大河终于呱呱坠地。

此时此刻，作为同属华夏版图的世界第三大河——长江，作为同源的喜马拉雅那面的印度河、恒河，是否亦同时诞生？或早已诞生？

此时此刻，世界第二大河亚马孙河、第四大河密西西比河，则已在南美洲和北美洲运行了多少纪年。6500万年前奠定我华夏版图的燕山运动到来之时，南美洲安第斯山脉亦同时崛起，由于安第斯崛起，亚马孙河由原先的从东向西流入太平洋，改由西向东入大西洋。①

亚马孙雄风已劲，黄河还显稚嫩。至今，我们依稀能听到她或细若游丝或惊天动地的那一声啼哭……

① 金计初、钱明德编著：《亚马孙河：生命王国之旅》，黄河水利出版社2006年版，第10页。

第二章

奔突与融合（青海）

走出巴颜喀拉……

自黄河沿到入海口，直线距离2160公里，屈曲环绕中，黄河起码走了比直线距离多一倍的路程。就从这里，母亲河走出襁褓，开始了她5464公里的远行。诞生她的山脉封锁了她走向目标的道路，她只能迂回千曲，或者涌流于静深，或者奔突于崇峻，不舍昼夜，不拒细流。为了一个新大陆的梦想，为了归宿大海，她从初始的孟浪天真，游戏玩耍一样腾挪欢跳，到匍匐前行，再到急湍咆哮，一泻千里，那是长够了身量，又经了多少等待和屈曲之后的爆发。

或许像那成就覆地翻天伟业的巨人，源头初始，只能把抱负当作隐秘的愿望，或许只是听任本能，而不斤斤计较。

只知道走出巴颜喀拉。

走出巴颜喀拉，必须。

至于归宿哪，她一点也不知道。

阿尼玛卿挡住去路，她只能绕过去，再绕回来。但恰恰这个绕，让她集起了若尔盖白河、黑河的力量。龙羊峡之前的八盘峡、小三峡，龙羊峡之后的刘家峡、李家峡……三门峡，则能撞则撞，能切则切。其间，大夏河、洮河、湟水、大通河、无定河、汾河、渭河，上下219条支流，就这样加入她的洪流，或在前面准备加入。所以，当绕过贺兰山、阴山脚下河套那最大的几字形弯，即便她被迫变向，西向东变北向南，而面对吕梁、太行双重关山时，她已不容置疑，撕出大河上下最大的峡谷——晋陕峡谷。黄土高原以无量的累积滞缓她的步履，反而更使她具有了泥沙俱下的力量，并且以它填海造陆。以至到了冀津豫鲁——她联手淮河、海河共同造就的这片大平原时，简直就肆行无忌了。

……大洋就在前面。

是的，这是一个民族的血脉。半个中国的土地上，干流、支流、支流的支流，像一个人的血管蜿蜒，由她所养育的粟、黍、薯，包括芦芽和百草所荟萃；由她名姓各异的子孙，羌、突厥、鲜卑、蒙古族、藏族、回族、汉族，五十六个甚至更多的基因所融汇。这是一个民族的血脉，由此直入心脏地带，自上而下地传递着……

“黄河沿”的“草芥”和牦牛

正如密西西比河源头明尼苏达州有“千湖之州”称谓，母亲河起步的果洛自治州玛多县，则有“千湖县”之名。

包括扎陵、鄂陵，这里的“湖”，共有5300多个，除去两个最大的，湖水面积大于5平方公里的湖泊还有5个，其中有星星湖、哈江盐池等。湖多，是因为它是黄河最新部分。

地质学家考证，青藏高原大规模隆起所导致湖盆水系收缩，全面脱离片状漫流状态，黄河在星宿海上下发育为新的成型河道。黄河上游的扎曲、玛曲、卡日曲各自东流于星宿海，汇合成今天的样子。

1954年，北京地质学院冯景兰，针对此段最新河道支流的反常现象，做出了富有说服力的解释。

黄河在青海共和县以上许多支流，如戛戛尔赤河、胡鲁木鲁河、多拉昆都仑河等，与黄河干流相交均成锐角，不按一般规律将其尖端指向下游，而将锐角指向上游。冯先生解释说，这些黄河上源的小支流，以前是向着现在相反的方向流动，后经黄河水系强有力的溯源侵蚀，才逐渐把这些激流都拉拢过来，成为新加入黄河水系的部分。但时间显然还不够长，改造尚未完成。这个不合规律的畸形由新形成的河道造就，也必将在随后的继续演变中调整过来，就像它下游的一个一个古湖最终全变为曲折有致的河道。而此一星宿海、约古宗列盆地古湖的消失和最新河道的形成，恰恰成为其他古湖诞生、消亡，河道新生的一个模式标本。

这个标本的下端就是鄂陵湖的下端出口，人们习惯上称它“黄河沿”。

就是从这里，母亲河开始了她5464公里的历程。

黄河源区古为羌地，党项、发羌、吐谷浑、吐蕃等部落势力此消彼长。中原王朝对高原的统治自隋朝始，曾在河源设西海、河源二郡；唐贞观元年（627）设陇右道，封吐谷浑王为“河源郡王”。

元、明两代，政教合一，明朝在少数民族地区推行千户、百户制度，对部落头人、僧人等进行册封。清代为加强对青海藏区统治，雍正二年即1724年，设立青海特别区。民国及新中国成立以后，河源区治理基本沿袭旧制，藏族同胞自治。

也像九条支流同汇星宿海，清一色的源区藏族同胞分别隶属历史上自然形成的九个部落，其最大部落为米福堂部落。

“黄河沿”所在地玛多隶属果洛自治州，果洛州府新城在黄河以北，又在黄河以南。因为黄河先在它的南面流进四川，转了一个小几字形的弯，又从它的北面经甘肃流回了青海。黄河伸开它巨大的臂膊，把玛沁和阿尼玛卿山揽入怀中，山河之间，入夏的果洛草原，俨然一片花的海洋。

那紫色的花朵名叫紫花针茅，类内地茅草，杆直立，高可半米，叶片如剑，因既耐旱又耐寒，以它为首，与蒿草、苔草、金露梅、羊茅等组成部落。5月下旬萌发，8月抽穗开花。抽穗开花前茎叶柔软，适口性好，各种牲畜都喜欢采食。只是种子成熟后，针芒尖锐能刺伤羊羔的皮肤，是它天生的自我保护本能。对此，成年牛羊就不怕了。

扁穗冰草并非不喜欢优良环境，水肥土壤气候条件好的地方它高可没至人的腹部，在寒旱高原，也只长到半米稍多一点。叶片绒毛，耐碱，耐贫瘠干旱，不耐夏季高温。夏季干热时候停止生长，休眠，进入秋季又开始生长。早春返青快，因其叶脆嫩，营养高，马牛羊均爱。又因为生长期长，保沙性强，所以又是草地改良、沟壑治理的首选草种。

与不见花色的扁穗冰草的朴素相比，一簇簇分布的露布筋骨草花呈深紫或浅紫。同样是紫色，它就没有高山鸢尾鲜艳。高山鸢尾是蓝紫，花朵喇叭状伸展，花肋嫩黄，花管长达10厘米，子房纺锤形。也许是对自己花色的自恋和自信，它从来不把自己藏在深处，而习惯生在灌木边缘和湿地周围，药用可消肿止痛。

不同于以上土生土长的高原植物，遍布于平原草甸的披碱草为“洋货”，20世纪50年代初从苏联引进，对水分、温度要求不高，种子在萌芽前会先从空气中吸足水分，一粒种子中水的成分占种子重量的60%以上，气温5℃就可发芽，超过30℃则拒绝发芽。返青至拔节前慢慢腾腾，从拔节到开花，则不动声色地迅猛。

开花时间多在13—16时内。雨天及气温较低或温度过高天气，也不开花。一朵花从初绽到完全闭合需30—45分钟。

它抗寒抗旱还耐碱。

第一次去高原缺氧地区旅行的人所必备的红景天，是高寒无污染地带石生稀疏草本植物，因生长环境恶劣，具极强的生命力和特殊适应性。根圆锥形，肉质褐黄色，叶圆宽卵形，花红间粉黄颜色，一般常见于山坡、林下、草坡缺氧、低温、干燥的地方，耐狂风、紫外线照射。

像冬虫夏草、红景天一样可以入药的草，源区有200多种，仅药典有记载的，就有川贝母、大黄、柴胡、黄芪、羌活、忍冬、狼毒等。

狼毒，别名野葛，常绿木质藤本。

其药作用祛风攻毒，散结消肿，止痛，适应疥癞、湿疹、瘰疬、痈肿、疔疮——全是恶症。

以毒攻毒，因为它根茎叶三部分均有剧毒。

除药用外，从古希腊到阿拉伯，所印经书用纸均选狼毒做材料，用狼毒纸印的经书，虽历经百年，虫不蛀不咬，也不易腐朽。

此外，传说它还是毒杀炎帝的祸首。炎帝尝百草创医药，有时一天中毒数次，都凭着一种解药祛除毒害。一天，他尝了狼毒，感觉不好，解药吃下去也无济于事，觉得自己的肠子一节节断了，所以狼毒又名“断肠草”。

藏医像中医一样，多用自己采的药，其中还有动物脏器，或者把药煎熬口服，或者艾灸，像巫医，却都有效。和中医一样，他们也讲究阴阳平衡。藏族的“门巴”（医生）号脉不像汉族中医那样单手进行，而是双手并举。果洛草原，玛曲草原，高原上每一草木每一动植物，都是宝。如果说帝王穷究河源是为了一统江山，草原部落之间的纷争也还是为了这一片草原的归属。也正因为此，因为拥有草原、草原上的牛羊，20世纪80年代中期，黄河第一县玛多，才成为全国首富县。我们把最不值钱的东西比喻为“草芥”，而这里靠的却全是“草芥”。

如果说“草芥”给人以抚慰，山腰的羚羊、麋鹿、麝鹿还有雪豹，则给人以力量了。雪豹，全身灰白色，有黑色斑纹，一般栖息于海拔2000米至6000米的高山石岩、高山草甸的固定洞穴中，喜夜行独居。以伏击式捕食岩羊、斑羚等各种高山动物。黄昏，岩羊离开岩崖到草地觅食，雪豹则随岩羊群活动，为了猎食，雪豹往往出行很远，常按一定路线绕行于一个地区，许多天后能沿原来走过的溪谷返回。那经长时间潜伏后猛然向斑羚或岩羊发起进攻的凌厉，真可谓美与力的艺术杰作。

藏羚羊是珍稀野生动物，由于其羊绒可做一种叫作“沙图什”的昂贵披肩，并且此羊绒只能从冬季获取，诱人的暴利，使藏羚羊急剧减少，只剩十万只不足，不足一百年前的十分之一。对此，国家专门为藏羚羊建了保护区，大批志愿者也为藏羚羊保护奔走呼号或赶赴保护区，与偷猎者展开殊死的斗争。

下雪了。牦牛依然扒开积雪，专心啃食雪下的牧草，包括刚落下还有些温热的雪花。

“没有牦牛就没有藏族。”十世班禅大师这样说。

有着4.5万年历史的牦牛在严酷的生态地理条件下繁衍，经过漫长的自然选择，形成独有的生理特性和遗传特性。首先，它对缺氧低温环境适应性强，在海拔3000米以上，还能生存繁衍并供人骑乘驮载，是因为它气管比普通牛短而粗大，使其频速呼吸，单位时间内增加气体交换量，获得更多的氧。

被毛也有特殊结构，它们全身既有长而密的粗毛，又有短的绒毛。特别是腹部、肢部、尾巴等处的裙毛，形如连衣裙。有的部位如双肩、大腿等，毛长达20—60厘米。冬季，粗毛间密生绒毛，可有效帮助机体御寒防湿，减少散热，避免冻寒。

憨厚、忠诚、悲悯、坚韧、尽命。这种牦牛精神，应该包涵了藏族同胞的优良品格吧？

如果说藏族同胞所养牦牛多为驮运，汉族所养黄牛多为农耕，值得一提的是，在农牧结合的青海天祝一带，人们已热衷养犏牛。

就是在黄牛群里放上一两头公牦牛，或在牦牛群里放上一两头公黄牛，如此杂交繁衍。不消说，牦牛黄牛所具有的优良品质，犏牛就都具备了。相比而言，以牦牛为父系的犏牛更威猛一些。

藏民多用牦牛帐篷。

晴天出太阳的时候，牛毛会干燥收缩，阳光就会通过空隙透进帐篷。而雨雪天，牦牛毛就会受潮膨胀，将雪、冷气挡在帐外。

喜马拉雅阳面恒河平原的人们视牛为神，认为一罐牛粪水，可除去污浊；在喜马拉雅阴面，青藏，牛粪同样是宝贝，牧民烧水做饭，那是最好的燃料。在青藏高原，一早出门逢上拾牛粪的女人，被认为是吉兆。而牛粪干，则是小伙子投向姑娘们的吉祥物。南来北往的汽车，也对它们礼让三分，尽量不碾在上面。

寻常日子，我们习惯了穿戴整齐、语言得体、道貌岸然，在天高地阔的高原，就没那么多顾虑了。

躺在八月草原的花草中，让草的青汁和花的黄紫还是别的什么颜色，肆意地染满你的衣背，一丝清澈如水的感觉，一丝什么都不存在的空灵，细细回味，那应该就是超凡脱俗。虽然一瞬，虽然过后也还从这片净土回到鸡毛满天飞的尘世，但是有这源头一瞬，也已足矣。

九曲之首，沼泽下泥炭厚十米以上

山孕育了河，也阻挡了河。从黄河沿起步，迎头就是阿尼玛卿山，知道自己弱小的她只能顺着山根，在阿尼玛卿山与巴颜喀拉山之间的果洛草原向东缓缓流淌。等终于绕过阿尼玛卿，迎面而来的又是岷山。在这里，她也还是附就拐了一个180度的大弯，呈小几字形又回到青海，这个几字形就是人们通常说的黄河第一曲。

又是草原，又是山与水所塑造的盆地。如果有条件坐上飞机，于九曲之首俯瞰大地，壮阔与优美便尽收眼底。一边是四川境内的松蕃草地，绿草如茵；一边是甘肃玛曲草原，一碧千里。此时此地的黄河蜿蜒其间，川甘以河为界，一样的河水，一样的羊群，黄河从源头至唐克，它的行程虽已近一千公里。但它还是清的。还没有奔涌宽阔的河面，但水量显然比刚流进果洛草原时大了。

黄河第一条支流白河，穿过四川松蕃草地，汇入黄河。

白河发源于四川红原县查勒肯，自南向北，全长270公里，在若尔盖县的唐克镇入河。

民间传说富有想象而又切合自然。相传，黄河白河是一母所生的两个儿子，弟弟白河出生在巴蜀，却始终被困在若尔盖的泥沼中。哥哥大了，心就野了，要到东方去看看外面的风景，一路跋涉，毫不停留，但在一个西风啸叫的黑夜，他听到了弟弟向着巴颜喀拉山发出的呼喊，就向南一转，绕道千里来到四川北部，接走了他的弟弟。

同时接走的还有白河的孪生兄弟黑河。黑河在当地还有一个土名，墨曲。白河则称嘎曲。

就在这里，以自然色彩命名的黄、白、黑三条河，因了一个向往，走出巴颜喀拉的向往，融汇到了一起。黄、白、黑，融汇到一起。藏、羌、汉，融汇到了一起。

神话和民间传说都是浪漫的，对于三河相融和黑白两河的出身，地质学家自然有专业的考察和论证。3000万年前后，形成华夏地貌的一轮又一轮的造山运动，使巴颜喀拉和阿尼玛卿崛起，同时它的断陷盆地使若尔盖成为古湖，也称唐克古湖，就像黄河以后行程中的共和古湖、河套古湖一样，浩渺不见边际。再以后，古昆仑继续隆起致古湖外泄，在此期间，还有下游早已成型的河道溯源冲刷，上推下拉，终于使古湖成为沼泽，白河黑河河道成形。在阿尼玛卿山的指引下，这些本来封闭、互不来往的独立王国，形成上游新的黄河河道，相比三门古湖和共和古湖所形成的河道，显然是晚了许多世纪。

其出露的地质证据就是黑河的“黑”，又称墨曲的黑河，发源于四川红原与松蕃两县交界岷山西麓洞西恰，由东南流向西北，经若尔盖县，于甘肃省玛曲县曲果果芒汇入黄河，河道长456公里。由于两岸泥炭发育，河水呈灰色而得名。白河流经地势略高，泥炭出露不明显，相对来说河水较清。

最先汇入黄河的两条支流只在她的上游丘陵地段有明显河谷，其余河段都在沼泽间串流蛇曲，形成中国最大的沼泽地。由于河道平缓，排泄不畅，底层又为黏土性土质，渗透性差，而且日照强烈，植物生长繁茂，这就给泥炭性沼泽的发育提供了充足条件，泥炭厚达十几米以上。泥炭名字很容易让人联想到煤炭，它们确有共同之处。泥炭发热量每千克可达3000大卡，大致与木柴相仿。它不仅是一种能源，还是良好的有机肥料，还可以从中提炼稀有金属和化工原料。

更具本质意义的是，这片地跨四川若尔盖、红原、阿坝以及甘肃玛曲、碌曲等县，总面积近16000平方公里的沼泽地，是黄河上游最大的水源涵养地，其草原沼泽是世界上最大的“固体高原水库”。仅从若尔盖湿地注入黄河的流量，就占了黄河上游流量的百分之三十，因此被誉为黄河蓄水池。

谁都知道，四川属长江流域，但这从青藏高原奔腾而下的黄河，顺阿尼玛卿南麓一个绕行，轻轻擦过川西北，就把它纳入自己版图。千里草原，天地相接的远方，那迂回曲折的就是黄河，没有奔腾的急浪，河面不过百十米，两岸刀削一般整齐，淡绿色的水面清晰地映照着白云，白云下则是我们的母亲河，似歇息，又像沉思，于迟缓中积蓄着什么，期待着什么。

20世纪60年代初期，很多关于黄河的书籍都说黄河流经中国八省区，青、甘、宁、内蒙古、晋、陕、豫、鲁，没有四川。直到70年代初，黄河工作者才发现搞错了。号称黄河天下第一曲的玛曲，“肚子”就腆在四川境内，从红原、若尔盖草原蜿蜒而来的白河、黑河，每年给黄河带来21亿立方米的水量，大水水文站就设在黑河下游，按水文行话讲，叫黑河把口站。

不通邮、不通车、不通电、不通话。那时，“四六”不通的水文站，夜晚只能靠蜡烛照明。寂寞的日日夜夜，水文人每天面对空寂的草原无以排遣，只能狼一样号叫，包括放歌一曲。1988年10月28日，黑河突然涨水，在实测完水情去县城发完电报回返的途中，老水文人老杨突遇6条野狗包围，他一边驾摩托车躲避，一边甩起早已有备的打狗鞭，也正像在三年以后到过河源的美国人比尔所说：“你越打，它就越咬。这时候，你不会再有办法，只得让它咬上一口。”

比尔幽默，是因为他没被野狗咬上，而一旦咬上，那就不是一口两口。

草原少人烟，就连狗也因长期的寂寞而凶狠无比。果然，一条野狗把他从摩托上拖下，刹那间6条野狗全扑上来，他一边搏斗一边呼救，等闻讯赶来的藏族同胞把野狗驱散，他早已浑身上下没一囫囵地方。即便这样，他还在站上坚持了7天，直到上面来人把他接到兰州治疗。[①]

水文测量人员苦则苦矣，但和当年从这里走出、以后又横扫天下的那支队伍相比，显然还不足为道。

"一位战士在黑泥浆里挣扎，一位战士伸手去拖，结果也陷进去了。我拖他不出来，想喂他一把炒青稞，但那位战士已经无力咀嚼……"

是史沫特莱1937年所发现长征老兵莫许日记中的一段。

"夏日里，一望无际的草地是一幅鲜花织成的魔毯，朱红色、紫罗兰色、蓝色、黄色、玫瑰色、紫色、白色等，你所能想象出天下所有的颜色，在这里应有尽有。"长江与黄河流域之间海拔3400米的高地上静伏着的这片魔藻之海，"看来像春天英国康瓦尔丘陵草原一样的平静"，"但要是把这片隐藏着邪恶的草原同波德莱尔的《恶之花》相比，《恶之花》会显得像天使一般美好"。

《长征——前所未闻的故事》作者美国人索尔兹伯里如此描绘。

70多个红军小战士，"他们都静静地背靠背坐着，一动不动，我逐个察看，全都没气了"。1995年，王平将军回忆说："我把他们一个个放平，他们还都是一群孩子呀！"

这里还有一位幸存者。一个在藏族女同胞怀里醒来，又隐姓埋名一辈子的战士，张照新。那一年，他十七岁。

河东河西，牧牛放羊，一辈子转多少场，搬多少次家，始终带在身边的是比他婆姨戴在身上的金银还要宝贵的三件宝贝：

---

① 2015年3月22日黄河水利委员会张帆采访笔记及资料。

一只单耳铁锅，一个粗瓷大碗，一颗手雷（至今还没拉响）。

多少年之后，当我循着1985年中日《黄河》联合摄制组的线索，去寻找这位老人时，老人已不在人世。

三件如半坡出土的鱼钩、石斧，像沼泽掘出的泥炭块一样斑驳的物什，一直在我眼前闪着因锈迹而更灼目的光泽——单耳铁锅，粗瓷大碗，手雷。

盘桓在松蕃草地的白河黑河，在形成自己的河道前，在这个古湖或这片泥潭中已度过多少岁月？它加入黄河主流后又辗转迂回多少个日夜才终于走上一路奔突的历程？它一路奔突后终于到达大海，但哪一朵浪花才属于它？它不知道。就像从这险恶之地走出的队伍，并不知道以后终于在高原深处找到一个积蓄与壮大的立足之处，也不知道以后何时冲破高原围困而一统华夏。河水只知道一路向前。虽然也曾迷失，曾经困竭，曾经误入歧途，但它还是一路走来，向着它的归宿，向着人类文明的大海……

已经都成为过去。硝烟散去，险象丛生的草甸子远处，是牧民的炊烟和一片又一片的牛羊和鲜花。

若尔盖，现在是松蕃草原一个新城的名字。

走出巴颜喀拉：从官仓峡到“小三峡”

史诗般的黄河，既是地理，又是历史。

松蕃草原以上第一个峡谷，是阿尼玛卿山脚下的官仓峡。与以后海拔日趋低走的峡谷相比，这个峡谷好似还在天上，站在谷口，白云就在脚下翻卷。

面对不可逾越的阿尼玛卿山，黄河知道仅凭一己之力，无法与横亘连绵的巨峰对抗，直到集合起沿途溪流和雪山融水后，才把官仓切成一条峡谷。第一条峡谷。这时候的她，羽翼未丰，即便在若尔盖又集合起白河、黑河两支力量，但还不能恣意妄为。为了绕过又一座挡在前头的雪山——岷山，她只能绕180°的弯，转过身子，从阿尼玛卿山西麓，向偏北方向前行。

黄河九曲十八弯。九，意取其多。河从源头到入海口5464公里，其间，180度的大回转3个，90度的折角4个，其他众多曲弯数不胜数。贴着阿尼玛卿山从青海久治县门堂入甘肃玛曲，而后从南、东、北三面环绕玛曲，形成180度大弯之后，又从玛曲北隅重回青海，经海南藏族自治州，进入黄南藏族自治州。其间，有拉加峡、石羊峡、野狐峡、龙羊峡。从黄河沿冲直东到龙羊峡，直线距离不足500公里，而它环绕阿尼玛卿山和穿越以上山峡的路程，却足足满了1500公里。

目光掠过眼前的阿尼玛卿，最高最远处是巴颜喀拉。这时的朝阳，正照在它的高峰之上，也普照着同样积雪皑皑的阿尼玛卿主峰，千峰万壑浴一片金光，山顶是冰清玉洁的世界，山腰则是潜流暗涌的清泉，羚羊在山涧攀缘，麝鹿在溪中饮水，林莽与雪峰间，间或灵光一闪的则是已成稀有的雪豹……这里的每一山涧、每一草木，都留下了黄河无忧无虑的童年记忆，怎能不让她踏上征途前流连又缠绵！

一曲三折，缘于阻拦。神州千山万壑，哪一座小丘不想参天？哪一道溪流不梦想大海？但走出去的毕竟还是少数。

河出阿尼玛卿山脚下川、甘、青交界的官仓峡，来到青海境内的“小三峡”。

从河卡小镇出发，沿河卡草原东行30公里许，转共和县通往贵南县的沿河公路，不久你会发现草原戛然而止，前面出现一条又宽又深的丫形巨壑，将河卡草原与对面的贵南草原截然分开。凭空鸟瞰，汹涌湍急的黄河就在脚下，像一条桀骜不驯的灰色巨龙，于谷底夹峙中，咆哮、冲撞，那气势仿佛非要把整个峡谷撼倒才肯罢休。[1]

原来，黄河从川、甘、青交界的官仓峡穿过，再过青海境内的拉加峡，进富饶美丽的唐乃亥后，已来到远近闻名的尕玛羊曲。尕玛羊曲，藏语是河水向右旋转的地方。这里，黄河掉头向北而流，并形成一个巨大漩涡。往下，则是地势险峻、峡谷相连的石羊峡、野狐峡和拉干峡，后人把它称之为“小三峡”。

石羊峡全长三公里多，峡谷宽一般都在10米左右，最窄的地方石羊似乎可一纵而过。石羊峡两岸地势低回平坦，河岸陡直深邃，峡谷峻而不险，犹如葫芦的脖颈。河水流出石羊峡后，前面是一个半方半圆的平坦沙洲，滔滔黄河在这盆地稍稍喘息之后，便来到野狐峡。野狐峡既高又窄，远望犹如一座巍巍石门，相比于它之上的石羊峡和之下的拉干峡，野狐峡之险不禁让人望而却步，但只要踏足这里的人，都按捺不住一探究竟的冲动。

探野狐峡，只能先到峡顶。从峡顶到峡底，坡度大致60度至70度，个别局部则直上直下。只一条蜿蜒崎岖的羊肠小道，上下至少需要三个小时。

忽而满坡卵石，忽而粉尘沙梁，忽而陡直崖坎，忽而峭立石壁。及至半坡，山体突然奇危谲诡，岩石嶙峋，石隙中冒出清泉，喷珠溅玉，飘然落入河底。

紧贴悬崖，攀至峡口西岸一小但稍能立足的坎台，只见狭长约500米，两岸峭壁却有200多米，40层楼那么高。峡底仰望，峡壁拔地摩天。峡顶之间只一线之宽，整个峡谷窄如甬道，深不可测，立台坎俯视，河如巨龙翻滚，又如万马奔腾，那志在必夺，走出巴颜喀拉的气势，舍我其谁！

就是这汹涌澎湃的大河！就是这花岗石坚硬，一滴水也被摔成八瓣，顷

① 祝咸录著：《寻胜野狐峡》，见《青海日报》1985年11月28日版。

刻间乌有的石峡，而当它越过石峡汇成大河时，却斩关夺隘，移山填海……

从河底攀爬至崖顶，再回头一看，蓦然发现河卡草原与对岸的贵南草原几乎一样高，一样平。看来黄河没有流经此地时，隔峡相对的两大草原是连在一起的。

这种直观印象，果然被地质学家验证。3.3万年之前，青藏高原经过抬升、夷平、又抬升的三幕后，河在距目前河面之上88米高的高处流淌；距今2.6万年左右，河切至河拔54米之下，后又切至目前一级阶地的河拔16米之下。黄河从胚胎发育至一统大河形成源于地质运动，距今120万年至60万年前的喜马拉雅运动，黄河干流切入青藏高原；以后的共和运动，河又切穿龙羊峡，高原达到现在高度，青海湖由此孤悬天外。而在距今3.38万年前后，黄河才溯源冲刷切开贵南南山，形成野狐峡上下“小三峡”。

第二曲藏族同胞的出牧节：顺着河流的方向

“天下黄河贵德清”的贵德，坐落在上游龙羊峡和下游松巴峡之间的川谷。黄河进入贵德，已进入黄土高原与青藏高原接壤区，水土流失已经开始，为什么仍然清呢？河入贵德前，流经之地大多是基岩峡谷，如野狐峡、龙羊峡，带入泥沙量少，加之贵德盆地良好的植被等因素，但最主要的原因是经过了上游龙羊峡水电大坝和拉西瓦水库沉淀。

2015年6月25日上午，我就见识了贵德清湛的河水。半米以上水深，河底下的石子清晰可数。

从野狐峡折向东北90公里，即龙羊峡。沿悬崖峭壁上新开的山路一路向下，就见好不容易冲决出野狐峡束缚的黄河越来越细，最后终于被两岸高山挤成一条大蟒，蜿蜒在深深的峡谷里。由于再一次被挤压，它也就再一次焕发出固有的野性，扭动的身子如狂飙旋卷，发出一阵接一阵的怒吼。再往前走，就看不见了，眼前一片起伏不平的黑黝黝的山岩挡住了视线。转过山岩，忽然一片汪洋展现眼前。洋？是的。相比源头那两眼、千万眼暗自涌动的泉和星宿海，这当然是一片“洋”了。

人造的“洋”。龙羊峡水电站枢纽大坝。1955年黄河综合开发规划中最上游一个工程，黄河梯级开发中的龙头大坝。

从山上俯瞰，龙羊峡“汪洋”是一个巨大盆地，千万年来，龙羊峡谷就如上游野狐峡一样，被黄河切割，一厘米一厘米地切割划深，200米的深堑，最宽处只有30多米。在这里，漫长的地质年代也许是以百万年计，但你一眼就可以直观地发现或领悟地质变迁在一条河流形成过程中留下的痕迹。道路两边的崖壁，本来还是从上到下的绿装，接近贵德就变成了暗红，再往前走，红又变为黑，山形巨大如魑魅怪兽矗立在峡谷两面。特别是在夏天，忽晴忽雨，雨后的崖壁在迷雾中更加梦幻，此恢宏气势所造就的美妙山河，地质学称之为丹霞地貌，也源于黄河的切割。

最有代表性的阿什贡七彩峰，从山谷狭长的羊圈湾开始，西至达卡沟口，峰丛由红色、橙色、青灰色、白色等七种不同颜色的砂砾石、砂岩、亚黏土等层组成。在近于水平垂直裂隙发育的岩层区，由于黄河千万年以来的切割，故形成了石峰、石柱、石墙等地貌形态。地质学家的解释是这样的：数万年前的地质运动使贵德盆地结束沉降而开始隆升，河湖溯源冲刷，先切穿松巴峡，后逐渐切穿早更新世100多米厚的河湖相地层，造成阿什贡一带底层的挤压、破碎、逆掩，使不同世纪积累不同颜色的地层变形，形成了峰丛地貌雏形。黄河切蚀作用伴随气候的变化，在距今7000年左右达到高潮，此时，阿什贡下第三系红岩层进一步抬升，黄河坡地带冲沟密集发育，本地区峰丛地貌进入快速发展阶段，这一段的黄河也由原始湖的胚态发育成河。

世间万物的发展似乎都如这河流——当然是大河，束缚和阻挡反而产生强大反作用力。在此前后的峡谷中，黄河以每秒3米以上流速左奔右突，天地轰响之间，黄河似走完它第一轮的峡谷历程，到达兴海县的唐乃亥。

在经过阿尼玛卿山下180度的唐克湾之后，受共和古湖及周围山地的影响，黄河到唐乃亥又是一个近似180度的S型转弯，从而形成黄河第二曲。

第二曲是青藏高原与黄土高原的衔接区，以拉加峡凤凰山为标志，两大高原的两种地貌形态各异，相互对比，又相互吻合地衔接一起。从这里往上，属于黄河源地区，地质地貌上，高山、深谷、草原、溪流、冰川各异；往下，开始有农业出现。

这里，有黄河水利委员会所设水文站。在唐乃亥水文断面上，黄河在深深的河槽中汹涌奔流，两岸呈多级地台递升，河岸全部是大小不等的鹅卵石，似乎随时都会滑入河中，但你上去用脚踹一踹，却发现它们是一个坚实的整体，似乎用混凝土凝铸，这是地壳抬升过程中火山岩浆的高温作用所致。这种地貌，青藏高原河段常见。

八个民族居住于此的唐乃亥，仍以藏族为主。40年代初，这里还是一个没有人烟的荒滩。是顺河而下的藏族同胞，首先发现了河谷。

藏族同胞生活离不开帐篷、牦牛、羊、糌粑。所有家当，都装在几个皮箱或木头箱内，以便搬运。一般情况三月搬一次家，以寻找更好的牧场。

客人进帐，要沿着右首方向行进，然后坐在主人预先铺好的毛毡上。

毡房是牦牛皮做的，里面有铁炉子，进门的地方堆着燃料——一堆晒干的牦牛粪；门的另一侧，则是齐腰高的一堆固态酥油。

石制的灶具，搬家转场时则留在原地，等再一年这个季节转牧到这儿，它就像老朋友，还在这里等着。

一只袖子耷拉在外面，是为了当风雪突然来临时随时穿上。天气晴好时，则褪下袖子半敞着怀。这样一种习俗，是为应对冷暖无常的天气。

家当多少，标志是“腿子”，这个六口之家，拥有1750只羊，195头牦牛，8匹马，外加一部卡车。卡车也有四条“腿”，不知在不在他们的“腿子”数里。

瞧，女主人镶着水獭和豹皮的锦缎服饰，足以让天下公主羡慕不已。项链、宝石、珊瑚，还有一些不知名的银饰，都戴在头上或缀在背后的“热瓦”上，头发上、帽子上、衣襟上。藏族同胞不设防，青藏高原也不是内地闹市，心地坦荡，人就漂亮。

牙齿白；眼睛，比草甸子上的泉水还清还深；脸黑，那是太阳晒的、风刮的，是健康色。因为觉得漂亮，所以干起活来也有精神。他们白天骑马照看牛羊，一大早起来，就已磨好了青稞，挤好了牛奶。青稞面用奶油一和一拌，攥起来就叫糌粑。那是藏族同胞除去牛羊肉之外的主食。

磨青稞用手摇石磨，走到哪里都得带着。

像内地一样，帐篷里或草地上那一缕炊烟，是他们称为“额吉”的母亲燃起的。

帐里做糌粑，帐外挤牛奶，那放牧也往往是女人。一早出牧，晚上九点才回来，从早到晚，陪伴的是牲口。而男人擅长的往往是骑马、打枪、饮酒……

正对着帐门的是神龛，而悬挂在帐篷上花花绿绿的旗幡，在风中猎猎作响，就像转经筒转一遍就等于念了一遍经一样，风中作响的旗幡发出的声音也是经，这样，他们就随时聆听到神的声音，也通过经幡，让自己诵经声直达天庭，以保一年四季的平安和牲畜的茁壮，当然，也包括了草原的丰美和黄河日夜不停地流淌……

一团雪放进锅，烧沸了就是水。锅里放上酥油，再加牦牛奶、茶叶和糖，就是酥油茶了。

藏族同胞很少吃蔬菜，以喝茶代替吃蔬菜。

六月的雪给已经换上绿装的草原又增加一层妖娆。虽然气温急剧下降，但是牧民知道，一年的春天已经来临，憋了一个冬天的牛羊该到远处的草地上撒撒欢、吃个饱了。

位于四川西北边缘的松蕃草地和甘肃甘南的玛曲草原，同果洛草原一样，春暖花开，一家一户的牧民都赶上牛羊，各奔东西。春天分手，滴水成冰时再相会，宗教讲究仪式，这临行前也有一个仪式：火把、旗幡、酥油香气和马儿的奔腾，还有高扬飘洒在空中彩色的纸片，这是一年一度的出牧节。

出牧节的一个重要项目是赛马。

赛马顺着河流的方向。他们相信，如果胡乱选择一个方向跑，那就会打乱神给予的和谐，自己也会遭报应。

撒拉人婚礼与东乡人的临夏

黄河从四川玛曲折回青海后，开拓出一连串的峡谷和盆地相间的地貌。峡谷间的一个个盆地，就是人类最早的农垦区。春夏季节放眼望去，谷地炊烟袅袅，草绿花黄，“马放滩，羊放湾，牦牛上高山”。一样的高原风光，不一样的黄河大家族的兄弟，而就在我们探访唐乃亥之下的循化撒拉族自治县时，正巧遇上男婚女嫁的喜事。

和藏族婚礼不同，撒拉人婚礼更接近汉族风俗。先是男女双方各自先奉上隆重彩礼，出嫁的日子到了，由新娘姑妈给予梳妆，本家叔父抱起新娘骑上马背。这里需要说明的是，上马须从右边，凡事都靠右边，就像藏族同胞赛马顺着河流的方向。一人出嫁，全村人送行。走过一个又一个村庄，沿途也不断有人等在路旁，手端奶茶、红枣、苹果，拦住送亲的队伍，请新娘和送亲的人品尝。

婚礼高潮是骆驼舞表演。图的不仅仅是热闹喜庆，更是让人们在这人生最重要的时刻，给本民族历史一个回溯。

国内外历史学家考证，撒拉族先民是从中亚细亚的撒马尔罕迁徙而来，那是14世纪中叶的元朝年间，至今有600年历史。那时，撒马尔罕有尕勒莽、阿合莽兄弟二人，因勇武遭国王忌恨，为逃避国王迫害，兄弟两人率18个部族人，用白骆驼带着全部家当，向东方行进，寻找乐土。

家当中有皮囊带的水，一把沙土，还有部《古兰经》。

越过白雪皑皑的天山，又越过塔克拉玛干沙漠，一天，他们来到目前定居的街子乡这个地方歇息，半夜起来发现白骆驼不见了。一群人点上火把四处寻找，最后在山根下发现了一眼泉，骆驼已化为泉边的一块巨石。众人取《古兰经》寻找缘由，又尝了尝这里的水土，色泽、味道，都与故乡带来的无异。撒拉人认定这是神明给的启示，于是就不再走了。

由骆驼传说演化而来的骆驼舞，撒拉人叫作“对委奥依纳”。

骆驼由藏在道具中的两人扮演，牵骆驼的人扮演的是撒拉族祖先尕勒莽，另一个扮演本地的蒙古人。两人采取一问一答形式，向人们演示了撒拉族不远万里迁徙到循化的经历。

撒拉族没有本族文字，只有自己的语言。

这真是一片早就为撒拉族兄弟准备好了的乐土。黄河横贯循化县北部边缘，两岸地貌变化各异，既有地形平坦的黄河川道，也有鬼斧神工的险峻山峰。澄明如镜的孟达天池下，是绿荫的原始森林，林中有500多种植物，被称为青海高原的西双版纳。

600年前，从遥远的天山那边迁徙而来的18位撒拉兄弟姐妹，繁衍至今已有7万人口。“不可用不洁之手触摸”经书，街子乡清真寺阿訇介绍，一本从故乡带来的《古兰经》手抄本，浸润着撒拉兄弟几代人的手温。这样的手抄本，目前世界上只有三本，另外两本一部在叙利亚，一部在俄罗斯。

大家河渡。甘肃、青海在这里以河为界，河西是青海循化撒拉自治县，对岸是甘肃临夏回族自治州。渡船来来回回，每一船渡过去的乘客都不会是单一民族。正如汉人俗语“百年修得同船渡”，这个河州，回、汉、东乡、撒拉、保安等多个不同民族的兄弟和平相处。

继松蕃草地的白河、黑河以后，大夏河是黄河又一大支流，经夏河县城东北流，出土门关进入临夏盆地，过临夏至康家湾后注入刘家峡水库上游的黄河。上游河湾，有一个东乡族自治县。东乡族先人曾经是成吉思汗西征中亚古国花拉子模时带回的雇佣兵，与撒拉族兄弟同一出处，即临夏以西3000多公里外的撒马尔罕，今天的乌兹别克斯坦。十三世纪初，东乡人的祖先追随成吉思汗来到大夏河边，战事结束，或者战事之中，他们看中了临夏地区，而在此之前，穆罕默德死后不久，穆斯林的信徒就曾到过临夏，并在这里建起了教堂，信奉伊斯兰教的东乡人到了这里，就感觉回到了自己故乡。

这个说法，恰好解释了东乡族人为什么体型面貌极像阿拉伯、中亚人，而语言又属蒙古语族这一矛盾现象。

调查者经录音鉴定，东乡族语言的基本词汇，跟十三四世纪的蒙古语几乎完全一致。有着“小麦加”之称的临夏，约62万人口的东乡族历史，正是定居在此已经几百年的十几个少数民族历史的一个缩影。

20世纪60年代初，一支主要由汉人组成的黄河查勘队入住临夏一个小村，村长千嘱咐万叮咛，要照顾好查勘队“少数民族兄弟”。查勘队员大惑不解，最后一想不免哑然失笑，在这以东乡人为主、多民族汇聚的临夏，汉人不是“少数民族”又是什么？

从大夏河边草甸子走出，顺河而行经过一个小镇保安三庄，街道两旁的手工作坊里，不时传出叮叮当当的击打声，这是著名的保安腰刀的产地，主人当然是保安族人。人口不足两万的族群，一家男女老少都是行家里手，所打的月牙形短刀，能剪羊毛、切肉，也能防卫。刀把多用牛角、羊角雕刻而成，金黄、翠绿、湛蓝、澄紫、黛黑、银白、桃红……五彩缤纷，并夹有朵朵梅花。刀鞘也更讲究，银白色的刀鞘，包着三道枣红色的铜箍，分外璀璨夺目，让人一见就禁不住想摸一摸。此刀远销尼泊尔、印度。这个族群无疑也是蒙古人后裔，是成吉思汗蒙古骑兵的后代。想当年他们打制的腰刀，曾经为大汗一族带来多大的声威，而今刀剑入鞘，元明两朝以来，保安族人就此垦田、放牧，以农业为主，再也不跟随大汗骑兵后头，每天夜里都忙着给大汗打造利刃。保安腰刀与维吾尔族英吉沙刀、阿昌族户撒刀并称我国少数民族三大名刀，保安腰刀制作工艺是保安族最重要的非物质文化遗产。现在的保安腰刀，是生活的品位，也是文化的传统赓续。

吐谷浑，“虽有城郭，而不居之”

《礼记·王制》说青海：“广谷大川异制，民生其间者异俗。”相比内地人常说的“三里不同俗”，集全国各少数民族于一川一谷的青海，其异风异俗可谓洋洋大观了。其中的土族颇具代表性。

土族主要居住地是黄河支流的大通河，在黄河边的互助、大通、天祝一带。在祖国56个民族中，如问哪一家姑娘最漂亮，肯定有不少人都回答：土族姑娘！

漂亮首先是因为热情，像土里的金子，像淙淙清泉，因质地而无从掩饰的那一种光。

土族男人好客。客人来了，临门三杯酒，土族人称“拦门盅”，为远道而来的客人洗尘；进门三杯酒，是为高贵的客人祝福；炕上三杯酒，是为友好的客人暖心。不能喝酒的人也不强求，用中指蘸三滴，朝着空中弹三下即可免喝。

即便路遇不相识的老人，也一定下马问候。

有关土族来源，一说是源于蒙古族，居住在互助一带的土家，自称“蒙古尔”。土家语词汇有一半以上和蒙古语中的喀喇沁方言相似。《华夷译语》《蒙古秘史》所记十三、十四世纪蒙古语词汇，现在还有一部分保留在土语中。再一来源是吐谷浑。互助县地区的合尔郡、合尔屯、合尔吉、贺尔川等地，古代都是吐谷浑部族居住地，湟水两岸，现今互助和大通的土族地区有十几个村庄，土语都称“吐浑”。公元663年，吐谷浑被吐蕃吞并后，一部分人走向青藏高原，一部分人仍留居原地。

也有人认为，土族原本“胡儿”，这就把土族来源上推到了匈奴、契丹历史的更悠久时期。

到元末明初，土族已形成稳定的共同体和聚居区。

土族女人漂亮还因为她们的服饰，色彩华丽，式样别致；还表现在土族人的歌舞上。在世界上最长的狂欢节——纳顿会上，表现得淋漓尽致。

纳顿，土族语“娱乐和玩耍”的意思。起源于农业对丰年的喜庆或祈愿，供奉的是传说中给土族带来丰年的“二郎神”。供桌上有比磨盘还大的白面馒头，能容纳百人的白色帐房，按辈分排列的旗手，高扬的三角旗和经幡，仿真的古代兵器，扮成耕牛的小娃崽。这天，“家家酿酩馏酒，户户蒸大馒头”，杀猪宰羊，除尘去污，男女老幼着节日盛装，唱歌、跳舞、磕头、游行，敲锣打鼓，燃放鞭炮，最独特的是摆阵法，有一字长蛇阵、天上龙门阵、中心八卦阵等，都是古代军队打仗时队形的转换与变化，演绎着吐谷浑先民金戈铁马的风采。从农历七月十二日至九月十五日，前后持续63天——哪个国家、哪个民族的狂欢节能持续63天而不衰，哪个民族能有这样的精气神？

而在龙羊峡以西不远的海南藏族自治州共和县石乃亥乡铁卜加村西南，则有一座古城遗迹，名伏俟，是北魏时期吐谷浑王伏连筹所建都城。史书记：伏连筹之子“夸吕立，始自号为可汗。治伏俟城，在青海西十五里。

虽有城郭，而不居之，恒处穹庐，随水草畜牧”。

内城东西200米、南北200米，外城南北1400米，东西残长700米，均系用泥沙堆积而成。城内自城门向西有一条中轴大道，大道两旁各有长50米、宽30米的三个相连的房屋基址遗迹。最西端有一东西70米、南北68米的小方院。这种城内有城、城外有郭以及中轴线为基础的建筑布局，是吐谷浑与中原汉族文化交融的结果。

吐谷浑历史上有一位杰出的首领阿豺，不仅开拓疆土，而且与中原地区南朝宋睦邻修好。安定的外部条件，使吐谷浑休养生息、发展。生命垂危之时，留下了著名的“折箭教子”故事。此故事曾被收入小学课本。故事中的箭在青海省土族中被当作护神箭，一直供奉着。

南北朝、隋唐时期的吐谷浑族，原是辽东鲜卑慕容部的一支，游牧于今辽宁省义县东北。3世纪至4世纪初，鲜卑单于长子吐谷浑因与继单于位的嫡弟慕容廆不和，率部1700余户从辽东鲜卑中分离出来，辗转西迁，先后到今内蒙古阴山、甘肃临夏、青海羌族地区，建立了自己的部落。公元329年，吐谷浑孙子叶延正式建立了吐谷浑国。公元663年，吐谷浑被吐蕃兼并。

从建国到灭亡，共15代22王，延续350年，是华夏历史上地方割据政权中最长的一个。唐代，吐谷浑亡，一部分吐谷浑西迁而去，一部分被吐蕃同化，另小部分族人仍在湟水流域生存，被吐蕃称为霍尔人——以后土族的祖先。[①]

吐谷浑人善于做买卖，他们的商队经常出没于益州和黄河中下游地区。553年，一支拥有600头骆驼、240人的庞大商队，一次就运回数以万计的杂彩丝绢，当然他们去时也是满载各种地方土产的。史称吐谷浑人曾得波斯良马，说明他们和波斯也有贸易往来。1956年，西宁隍庙街就一次挖出近百枚波斯银币。

---

① 唐韵著：《秘境青海》，青海人民出版社2014年版，第61页；中国地理学会编，朱祖希主编：《美丽青海》，蓝天出版社2015年版，第126页。

青海古有“海藏咽喉”“天河锁钥”之称，是中原进入西藏、新疆以至中国西南国家的要冲。而吐谷浑古城东连今青海西宁的西平、今甘肃兰州的金城，南下可达今四川成都，西通今新疆若羌的鄯善，无疑在中西交通线上发挥过相当重要的作用。特别是在4世纪至6世纪河西走廊一度阻塞不通的情况下，东西商旅往来多取道祁连山南，经青海西达南疆。这样，伏俟城就成为这条交通孔道上的重要枢纽。

随着吐谷浑在唐龙朔三年（663）被新兴的吐蕃消灭，吐谷浑雄风不再，这座大漠中的古城也逐渐被黄沙湮没。

赤岭界碑：“不以兵强而害义，不以为利而弃言”

青海文物考古研究所现保存古丝绸残片千余件，仅都兰热水沟出土的就有350多件、130余种。在这些丝绸残片中，有112种为中原汉地制造，18种为中亚、西亚出产——都兰，恰处西方与中原三点一线的中间位置。

魏晋南北朝时期，古羌路中断，新丝路从羌中道的西宁出发，经德令哈、茫崖到达新疆且末、和田，然后与丝绸之路西端的古路重合。其中，西宁附近新发掘的一座吐谷浑王族墓，丝绸残片上的图案以及丝绸品种，又给丝路西端东西文化的融合做另一呈现。

这是一片用作旗帜的丝绸，为希腊崇拜图腾太阳神图案，上有中国吉、昌字样，人物弥勒型足，头戴的幞头却是中国式。从出土丝绸的品种、纺织工艺看，百分之八十二来自中原，百分之十八来自西亚。

其中一片有“黄州”字样，它的出产地可能是今天湖北武汉黄陂区。黄陂与都兰相距数千公里，可见当时贸易范围之广阔。

至于出土的带有“含绶鸟”图案的丝绸，就远不是中原土产而兼有波斯王朝、粟特，甚至拜占庭色彩了。

而一幅“伟大的、光荣的王中之王”文字，经德国专家鉴定，确认为波斯萨珊王朝使用的婆罗钵文字，此片丝绸理应产自波斯。

从634年松赞干布迎娶文成公主，到消灭吐谷浑王朝，这条起源于6000年之前新石器时代、成型于汉朝，连接东西中外，长达3000多公里的唐蕃古道才又繁盛起来。

唐代时赤岭以西建立了颇为强盛的吐蕃地方政权，吐蕃与中原摩擦不断，松赞干布迎娶文成公主后，吐蕃与中原关系日益密切，后两方关于划分疆界的会谈中断，关系又紧张起来。此后经唐中宗景龙三年（709）嫁吐蕃赞普的金城公主敦促，吐蕃于开元十九年（731）派使者到长安，向唐玄宗恳请划分疆界，请求“交马于赤岭，互市于甘松岭”，甘松岭系今四川松潘。玄宗降诏：“乃听以赤岭为界，表以大碑，刻约其上。”开元二十一年，金城公主请刻石碑于赤岭，明确划分了中原与吐蕃的疆界。

赤岭就是现今的日月山，因土质呈红色，所以初唐时称赤岭，是黄河水系和内陆水系的分水岭，向东林木苍翠，向西人烟稀少。以此作为东西部农牧两区的界山，当是自然不过的事情。

按照事先约定，唐蕃赤岭界碑刻了两通，一通竖立赤岭以东，一通竖赤岭以西。按传统古代阴阳之说，东为阳称日，西为阴称月，这才是日月山名的真实源起。

双方愿望：“不以兵强而害义，不以为利而弃言。”中华大家族和睦相处，其乐融融。

唐穆宗长庆三年（823），唐蕃又竖立“长庆会盟碑”，也是两通，一通立于西安，一通立于“逻些”，也就是今天的拉萨。竖立西安的会盟碑今已不存，竖立于拉萨大昭寺前的会盟碑至今保存完好。碑文用汉藏两种文字刻制，强调“舅甥二主，商议社稷如一，结立大和盟约，永无沦替”。

立于日月山东侧的碑，由于唐开元二十六年唐蕃大战，已被拆除。立于日月山西侧土山上的一座，在1983年被发现，常年风雨剥蚀，文字已不可详读。现立存于青藏公路日月山豁垭西山的日月亭内，是湟源县级文物保护单位[①]，作为历史见证留存至今。

就是在这一古道旁，2006年7月1日，青藏铁路全线开通运营。

青藏线大部分处于高海拔地区和无人区，最高海拔5072米，与此前最高的秘鲁中央铁路相比，高出200多米；与俄罗斯西伯利亚冻土铁路比，其气候条件与土质构成更为复杂。

青藏铁路的建成通车，结束了占中国八分之一土地的西藏没有铁路的历史，其修建艰难被人们称之为“天路”。

青藏铁路，包括1954年通车的青藏公路109国道所通过沿线，就是那条载于青史的唐蕃古道。

湟水谷地，百万年前的黄河源头

地图上的黄河像一条长长的藤蔓，一条条支流，犹如主干的分支，在黄河两岸延伸开去。细枝之上，又有溪流谷涧，作为黄河的二级支流或三级支流，织成细蔓、叶梗一样的脉络。

湟水，就是黄河200余条支流中的一支，从源头往下数，是上游来水最大的支流。

像上天送给高原一条洁白的哈达，湟水发源于青海海晏县祁连山的包呼图山，在兰州西达家川入黄河，长374公里，流域面积3200多平方公里。河谷北面是祁连山系的达坂山，南面拉脊山，西面日月山。这些山高均在

① 2015年6月3日青海水土保持局韩成军访谈及史志资料。

海拔4000米以上，而入黄口海拔却只有1650米。特殊的地理结构使河湟谷口面朝东南，能够尽可能吸纳东来水汽；而河从源头流出后，峡谷与盆地相间分布，巴燕峡、湟源峡、小峡、大峡、老鸦峡，湟源盆地、西宁盆地、平安盆地、大通盆地、乐都盆地、民和盆地等，一束一放，形成串珠状的河谷地貌。

正像黄河吸纳无数支流才得以壮大一样，湟水两岸也汇入支流40多条，其中最大支流是大通河。

大通河发源于祁连山系托勒南山南麓和青海省刚察县的木里山，河源高程4520米，流经门源，至民和县享堂汇入湟水，河道长554公里，比干流湟水长180公里。因此，学术上有湟水和大通河谁是干流，谁是谁的支流之争。

而大通河支流也比湟水多一倍还多，达百条以上。

受盆地走向和高山影响，湟水流域气候垂直变化明显，愈向上游气温愈低，降水量增大，蒸发量反而小，多潮湿沼泽草地。由于谷地海拔相对高，雨水又大，所以夏季气温凉爽，冬季相对温和。春天源头冰雪融化，形成洪流，“湟流春涨”成为西宁古八景之一。

生态景观的多样性，使谷地浓缩了荒漠草原、草甸草原和森林、高山草甸、冰川等各类型，尤其海拔2700—3300米的森林草甸草原带内，白桦林、红桦林、青扦、冷松林此起彼伏。如果是夏季，缓坡上大面积绽开的油菜花，宛如黄金地毯，徜徉湟谷，误为江南。

青海省互助土族自治州土族居住地威远镇，历史上的名字叫“诺科”，意思为茂密的森林。宋代改称“牧马营”，因为这里草丰水美。

地质学家告诉我们，大约130万年前，黄河胚胎刚在陇西盆地、汾渭盆地成形，发育中的黄河以三门古湖为归宿，黄河的源头就在这湟水河谷。那时的青藏高原、喜马拉雅还没有今天这么高，甘肃、循化积石峡以西的黄河也还仅仅是湖泊，待青藏高原再一次抬升，黄河溯源冲刷延伸至积石峡以西，这里便以得天独厚的条件，成为中华先民最早的农业发生区。

有关湟谷农业的发生，《后汉书·西羌传》如此描述：秦厉公（前476年—前443年在位）时，羌人无弋爰剑被抓去做了秦国奴隶。在秦国，无弋爰剑学会了当时先进的农耕技术和畜牧经验，后来，无弋爰剑伺机逃脱，在秦兵追逐下，藏进了山洞。“秦人焚之，有景象如虎，为其蔽火，得以不死。”

无弋爰剑出洞后西行，遇见一受刑被割掉鼻子的女子，二人结为夫妻，一路来到青海湟水流域。土著羌人听说其经历，十分敬畏，纷纷前来投靠，拥戴他为首领。无弋爰剑之妻因羞于鼻子被割而披发覆面，当地妇女以为时尚，纷纷仿效。所以，头发覆面遂成为羌人妇女的习俗。

此时的河湟地区，“少五谷，多禽兽”，人们多“以射猎为事”。无弋爰剑把中原先进的生产技术传授给羌人，把野羊野马驯服，把凶猛的狻猊驯养为忠实的藏獒，把野牦牛驯养成性情温和的驮载负重的“高原之舟”。除了畜牧外，还破天荒开始农业生产，培育出麦类作物青稞，使之成为青藏高原的主要粮食。

无弋爰剑的后代——羌人，在创造了最早的高原文明后，渐渐从历史长河中退出身影。他们中的一部分沿黄河上行迁徙到青藏高原腹地，和当地土著融合，成为藏族先民之一，其余大部分一直在青海河湟地区游牧耕作，直至南北朝时期，渐渐融合到吐谷浑、吐蕃、鲜卑、汉等民族中。其中，湟源的柳湾墓地就是他先民留下的遗迹。

乐都盆地高庙镇名字叫柳湾的小村，是湟水北岸台地上一个普通的村庄，20世纪70年代中期一个解放军医疗队的老军医在一次送医下乡中，偶然发现村民家中用于放置杂物的旧陶罐，距今已有4000多年。1974—1980年，考古者在柳湾发掘出1730多座墓葬，清理出3.7万余件文物，其中，最多和最醒目的彩陶1.7万余件，柳湾因此被誉为彩陶之都。

水，水的波动与荡漾。无论彩陶是水波纹还是星云纹、蛙形纹，它留给我们的都是黄河、湟水流过的声音。一件默默无语的彩陶，像一粒千年不朽的琥珀，像经时光和流水打磨的黄河石，以动人的色彩和完美的形式，将岁月凝固，穿越时光之上游，呈现给中游或下游的我们。

遥想远古先人，食不果腹，衣不蔽体，生命随时被自然灾害所胁迫，仍不失悠然又全神贯注的美感欣赏和表达冲动，给我们留下他们的记忆与想象，也焕发我们对人类童年的记忆或想象。

眼前这件陶罐是裸体人像，大口硕耳，性器官突出，像女性，又像男性，这件被后人称为“阴阳合体壶”的陶器让专家们争论不休。有人说它表现的是古人由女性崇拜到男性崇拜的过渡，还有人说是半人半神。也许后人猜想都复杂化了，他们这样造型，仅仅是为了好玩。

而再一件彩陶就明白无误了。陶面等矩地分列着三组舞蹈人形，每组五人，正手拉手起舞。另一件与上一件类似，所不同的是两组，每组十三人。

这你就知道了这一方水土养育出来的我们土家族、撒拉族、藏族，再前则是吐蕃、吐谷浑、羌家儿女，为什么具有那么让人倾倒的浪漫情怀了。

柳湾墓地长达五年所发掘的1700余座古墓，前后历时一千多年，说明当时人们都过着稳定的安居生活。除去相当数量的绿松石饰、蚌饰外，还有下腹绘有符号的679件彩陶，可分为139个不同符号，有几何形、动物形，比较常见的还有“+”“–”“×”“1”“△”等十多种符号，可是华夏一族最先的文字符号？

四千年前是什么年代？那时汉在哪里？秦又在何方？甚至商也还得一千年后才萌芽。而河湟的先人，不仅把稻菽种得随风飘扬，还把陶罐——那藏谷盛水的实用生活用具，创成艺术品。这种农耕文明的田园风光，一直到唐宋，也历久不衰。北宋李运描述：“羌多依水筑屋而居，激流而硙。”“宗河（湟水）行其中，夹岸皆羌人居，间以松篁，宛如荆楚。”

硙，是石磨，或许以水流带动。想湟水流湍，石磨旋转，该是怎样一种田园诗意。

有清乾隆年间《观猎》诗为证：

雨罢风和黄鹂鸣，高原原上景清明。
无营散兵东郊出，麋鹿不猜弄晚晴。

茂密的丛林中动物嬉戏，麋鹿等食草动物也悠游其间，很少受到人类惊扰。面对散兵游勇黑洞洞的枪口，麋鹿怔怔地望一会儿，就兀自注目那倒映在湖水中波光粼粼的夕阳了。它不是搔首弄姿，只是两小无猜地在享受这片它从幼时就静谧而熟悉的湖光倒影。或者，那散兵正举起的枪支，不过像它头顶那葱郁密林中刚落完叶子的一枝丫杈。

亘古未见的黄河露底

对边疆来说，青海是内地；对内地来说，青海是边疆。青海的实际风貌超出人们有限的视野，肥沃的河湟谷地，高耸的昆仑山脉，神秘的三江源头，富饶的柴达木盆地，别具生命力的可可西里……多姿多彩的自然风光和人文景观在青海融合交汇，演绎出中华大地的别样风采。

这里，马上要领略的是千万年以来谁也不曾见过的黄河露底，河宫。

在人们心目中，“黄河无底，大海无边”，黄河怎么会有干枯的那天？

然而，黄河居然干了。地点是在上游河深流急的峡谷地段。时间是1986年10月15日至1987年2月15日，计120天。原因是黄河上游龙羊峡水电大坝下闸蓄水，龙羊峡至刘家峡段500里河道主流断水。黄河水干了，黄河露底了，万里黄河百分之四的河段向世人洞开了它神秘的河府。

地质工作者海飞有幸目睹了这一千古奇观，不只是因为好奇，还有对黄河母亲的牵挂，地质工作者的专业本能。

已是最后一天。1987年2月15日，龙羊峡大坝将重启放水，再不赶去就没有机会了。

临夏回族自治州州长陪他前往。州长也想一探究竟，再就是他应该去河底、河边看一看，看在大水重来之前，还有没有民众在河底探宝。

他们选择的是河流平时最为急湍的积石关。

黄河河底会是什么样子呢？凭着海飞多年黄河生活的经验，他深信万变不离其宗，黄河河底应该是泥沙的世界，而在峡谷上游，至多还多些卵石而已。他曾在黄河下游的古河道徜徉，譬如说聊城，百多公里的河道，一色黄沙，黄河下游决口改道后暴露在阳光下的故道，甚至整个黄河古三角洲的鲁西鲁北及至冀津平原，那简直就是一个沙的世界。单手抓，抓不住；两手捧，细沙或者沙土也会从指缝里流个精光。

"咯噔"——越野车的刹车声，让海飞猛然听到自己胸腔的一声心跳。等他站在雄伟的积石关前俯瞰河底，只见被一条汹涌大水覆盖了340万年的上游河底，赤条条地裸露在那里。他像被什么魔法定住了，一动也不敢动，甚至连一声惊叹也没有。直到州长飞来一巴掌，他才被拍醒。

"顾不上看天，顾不上看山，顾不上看关。"多少年之后，海飞回忆当时的急迫，简直就是连滚带滑，一气跑到河沿，踏进"河府"。

其实，刚才他在崖顶已感到河底令人脊背一阵一阵发凉的气息。阴森？肃穆？冷峻？什么形容词也表现不出它本来面貌。不动声色的铁灰中，他一步一步慢慢靠近，干涸的河床，竟像什么天神摆的巨阵。说是水底石林，未免轻飘了。

奇形怪状的巨石，静静躺卧，一块挤着一块，又保持一定距离，构成了河府世界的"主建筑群"。大的如列车车厢、卡车车身，小的也比写字台大，连他一米七八的个头，巨石空档里，像置身万仞峭壁威压下的一只壁虎。巨石之侧，相形见绌。

过了好一会儿，他才恢复冷静与理智，像神经内科大夫，拿一个小锤叩问人身体内部看不见的秘密。又像外科手术大夫，在剖开的、心脏已经停止跳动、血管也被扎住的腹腔胸腔里，一探究竟。

他手里拿的是地质锤。

这时，他开始以专业眼光，忘情地欣赏河石的曲线美。

巨石虽面貌各异，却全是优美的曲线组合。那当然来自黄河万古不息的爱抚，他忍不住收回地质锤，用温热的手，去抚一抚巨石的肌肤：没有一条直线，没有一处棱角，周身上下，滑润如冰。

地质锤举起来，先轻后重，由弱而强的一连串“咚咚”回声，如同金属与金属的撞击，优美悦耳。地质锤连击数十下，河底石除了露出花岗岩略带黄白的本色外，竟丝毫无损。

这一层岩石，应该是千万、百万年前后喜马拉雅运动的杰作吧？千万年来水流的冲击锻打，已经使石头百炼成“钢”了！

看着地质朋友对河府河石如此痴迷，州长提醒：“蹲，蹲下，看看石头的根。”

石头怎么会有根呢？看来，他这专业工作者还不如当地土著对河了解。不看不要紧，一看又吃一惊，河底的石头无论大小，竟然全与河床结为一体，天衣无缝。原来，河上游的河底石都是有根石，黄河上游河道陡峭，从龙羊峡到刘家峡，河道每公里平均落差1.66米，湍急的河水把上游泥沙和无根石都一扫而过，只有那些有根有砥的本来就属于基岩一部分的河底石，才留在河府。

地质学认为，只有无根石才称石头，凡有根石，均称为山。即便它高出地面只有5公分。如此说来，积石关河府“石头”无论大小，都是和阿尼玛郡、喜马拉雅并称的山——虽然它经年藏于河底，永无出头之日。

“百姓都称这些岩石为藏金石，有一牧民在黄河涸水后第三天，在一块大石下的洞里捡到一块价值5000多元的黄金块。”州长说的是20世纪80年代中期的5000元。

顺着州长所指方向，海飞看到了一块大鱼状的巨石，巨石中间被水切割出一道道长长的豁口，越到背水一面，豁口越大，最后竟成了一个直径1米、深1.6米的圆洞。这样的洞往往都是当地百姓认定的“藏金洞”。俗话说，大浪淘沙，沙里淘金，滔滔黄河就是这样把大自然里最珍贵的金子纳入怀中。州长告诉他，黄河断水为青海、甘肃沿河人们提供了淘金致富的机会，数万农牧民涌向河道，拣金、采金，平均每人每天收获5—7元。四个月的冬闲变成了大忙，都是因为这条流淌了千古也从没露底的黄金水道。

在州长的怂恿下，海飞也想试试自己的运气。他们信步绕到一个一尺圆的石洞跟前，洞里结着冰：“这洞还没人掏过，看看你运气怎样？”海飞一本正经地掏开了洞，冰掏出来，噼里啪啦砸开，金子没有，掏出一条满身金黄的灰鸽子鱼。

“鸽子鱼！我们这里还有鸽子鱼！”没等海飞反应过来，州长已一把抢过，如获至宝地端详起这外形像鸽子的宝物。灰鸽子鱼是黄河鲤鱼中最名贵的上乘鱼种，只产于河上游湍急河段，历史上曾作为“贡鱼”献给皇上，多年以来已经绝迹，想不到在这里发现了。

下午3时10分，龙羊峡大坝闸门升起，被斩成两截的黄河巨龙又再生为一体，河水奔腾咆哮51个小时，于2月17日下午5时许进入刘家峡水库。

这次河底见闻，让一个地质专业技术人员海飞文思骤来，其撰文刊发在了同年9月17日的《羊城晚报》上。[①]

地质学家断定，从黄河发生发育起，至今已有250万年到300万年历

① 黄河水利委员会黄河志总编辑室编：《黄河志·黄河人文志》，河南人民出版社1994年版，第687页。

史，“不废江河万古流”，万古黄河在20世纪新中国的建设高潮中露底，曾被视为不可思议。多少年之后，作为一个老地质工作者，当海飞忆起这次河府之行，还难抑内心的激动。只是感情已从当年的巨大的自豪转为一种忧伤。他忘不了当年在河边烧香上供的当地人，一边给黄河磕头，一边用海飞听不清的语言念念有词，州长解释说，意思好像是“大神宽恕……我自作孽……甘愿报应……”之类。

当时他有些反感，觉得是落后迷信，不对战天斗地的社会主义建设抱积极态度。现在上了年纪，倒是有了些许同情理解。

“昔”：“禹导河积石”的洪水记忆

地质工作者看黄河露底的河段叫积石峡。

黄河从青海高山峡谷夺关斩隘，由青海循化撒拉族自治县河谷盆地进入甘肃积石山保安族东乡族撒拉族自治县，进入甘肃。这时，面临的又是一道比刚刚奔突而出的重重障碍还要艰难的险阻——积石峡。

比源头阿尼玛卿山被命名“大积石”还早多少年的“小积石”。也是西域归来的张骞所报黄河重源潜行5000里，“积石复出”的积石。

从山下积石镇出发，沿黄河南岸向东一路前去，河岸两旁的山势低矮平缓，虽重峦叠嶂，但只是贴着大地起伏。路两边，撒拉族同胞的院落和内地农家大同小异，厚实的土墙，平整的泥顶，随坡就坎，顺着河岸铺陈。

不知不觉间，河两岸的山势陡峭了，远处拥挤成堆的山丘渐渐探出头来，随着我们前行速度的加快，有条不紊地向前拥来。这时的黄河也像我们后代行者，不由自主地紧张起来。原来宽广的河身收缩，再收缩，再收缩——为了走出巴颜喀拉，为了不可避免的一场决斗，聚起全部力量！

南岸已成绝壁，公路也已变成窄窄的土路，车小心蠕动，擦窗而过的利石好像随时都会伸出魔掌，将胆敢冒犯它的任何什物掀下深渊。而北岸山势也越来越挺拔，刀劈斧凿的崖壁记录着谁的神工？苔藓青黑，似历史的云烟凝结。

峡谷越来越窄，就在两边危岸就要轰然合闭的最后时刻，黄河以雷霆万钧之力，冲撞而出。这时候你站在高处两岸，看不到河的雄姿，只见丝丝缕缕的白烟升腾；只听到隐隐沉雷，从地层深处传来。

有人描绘河水冲撞峡口的动静："震得车窗玻璃啪啪作响。"

在殊死的搏击中，两岸悬崖要死死卡住她的腰身，但没有得逞。又一次，黄河获得了新生。

禹"导河积石，至于龙门，入于海……"战国时期成书的《禹贡》把积石认作黄河源，把这一切功劳都归于大禹。

大禹传说在华夏民族家喻户晓，是因为他治水。大禹神话产生的背景是洪水。

"汤汤洪水方割，荡荡怀山襄陵。"《尚书·尧典》开篇即是洪水描述，与《圣经》所述洪水大致同期。如果说自从黄河切穿三门古湖，使大河上下各自萌发、先不连贯的胚胎成长为一统大河，三门古湖以下华北平原从此开始了洪水泛滥的世纪，更不如说是世界冰期结束，积累万年以上的冰雪融化造成海平面上升。而在黄河所创造的土地上，洪水则是二者的双重作用。专家考证，古三角洲天津一带发现只有亚热带沿海才适应生长的长牡蛎壳，长江上游葛洲坝岔道五米深处所发现卵石层内的巨树化石，都是这次洪水所留的遗迹。经碳14测定，都在距今7000年至6500年间。

这一时期，就是华夏产生大禹，产生精卫填海、女娲补天传说的时期，幼发拉底河、尼罗河也产生了挪亚方舟故事。如果说，洪水记忆在华夏三千多年前甲骨文中所反映的是“昔”——、的样子——所谓往昔，就是发洪水的日子。那再早甲骨文一千年，距今五千年的次大陆，印度河畔早已消逝的古城摩亨佐·达罗城、哈拉帕城，留下的只是埋藏它的层层淤泥。

“尼罗河上的云，润泽着遥远的恒河岸边的土地。”诗人如是说。原来，地球村并非起源于当下信息时代的互联网，早在六千年前，一场洪水已把互相隔绝的区域、国家、部族联为一体。[①]

冰期消逝，气候转暖，我们先祖离开栖身的山岩洞穴迁居平原，先后在成陆不久的滨海河湖边择土定居。而在这时，大河也因上下连通而更加汹涌，再加之它本身所挟泥沙不断淤积原来河道，又不断开辟新的河道，在西至太行、南至江淮这么一个广阔的地带翻滚往复，先人备尝水之利，又饱受洪之害，“洪水滔天……帝乃命禹卒布土以定九州”——《山海经》如此说。

一条大河横空出世，禹也随之诞生，有着九州方圆并在黄河强力推动下从高原走来并还将继续走得更远的炎黄一族，注定与这一条大河息息相关，生死与共……

---

① 法国生物学家居维叶援引美洲印第安人同时具有的与希伯来雷同的挪亚方舟故事，及希腊、波斯、印度、叙利亚、巴比伦各民族同样的洪水传说，断定这次冰期后的洪水和海浸是世界性的。

第三章

皇天后土（甘肃）

众生依蔽，诸草出地，无量有利。诸物为载。

从西域飞越唐古拉山再东，云海散开，机翼下汹涌的冰雪海洋，转瞬变为黄褐色的凝固的波浪。飞机近兰州，飞行高度下降，这时，只见浑黄波谷中出现一条闪光的飘带，“啊，黄河！”

兰州，有黄河穿过的省会城市。古属雍、凉之地，华夏陆域版图的几何中心。

从中国地貌第一级阶地的青藏高原，到第二级阶地的黄土高原，黄河从天上来到了人间。

人担、驴驮、马拉的“水客子”卖水，曾是20世纪初兰州开埠前后独有的风景。

如果说巴颜喀拉巨峰下的“星宿海”和“千湖”是母亲河襁褓的话，从甘肃上下起始的方圆40万平方公里的黄土高原，就是她的帷帐了。

丛林突然一阵哗啦哗啦作响，密草中竹鼠和枝头上琼鸟远去，棕熊仍平静觅食，狮虎诸兽相安无事……此情此景，不是南美洲热带丛林的亚马孙河畔，而是被后来主人命名甘肃庆阳、现代高原的地方。

1973年出土的距今300万年至200万年前的黄河剑齿象化石在证明；2001年出土的距今6500万年前的恐龙足印化石也在证明。

海水倒流，喜马拉雅崛起，浩渺的黄土高原湖消逝，或许只化为母亲河之所以孕育的胚胎……而在母亲河诞生前的2000万年前，上天已为她准备了，也为她以后所养育的子孙准备了，让她蹒跚、让她茁壮、让她一展雄姿——天地间偌大的可以裹身、又可以翩跹的舞台！这既深且厚、且广的息壤。

黄土、黄河、黄种人。母亲呵，从此你才有了个性。

黄河第三大湾：屏障中原，襟带万里

龙羊峡以下，川峡相间，黄河在兰州上下连续出现四个小湾，总的流向是先东后北，在兰州构成90度转弯，称兰州湾，是黄河第三大湾。

黄河到兰州，已由上游的窄促变成一条大河，并不湍急，向着时空流逝的方向行走。她先看羌人拽着马尾巴扑入怀里，又看他们做巧弄筏，她则以前所未有的好脾气容他们渡过。此前的黄河，从甘肃玛曲向北700公里重入青海，过龙羊峡后，又绕回来，从积石峡进甘肃，穿过刘家峡、盐锅峡、八盘峡山谷地带，进入兰州，使兰州成为大河上下唯一有黄河穿过的省会城市。

由此，黄河终于从仙界来到凡尘。河水已经变黄，但街上卖水车给你盛到碗里的水却是清的，尝一口，甘甜甘甜，因是黄河水，是从神仙居住的地方流下来的“神水”。

20世纪二三十年代前后兰州开埠，没有自来水，市民生活用水全靠人担、驴驮、车拉，直接从黄河取水。当年的水北门一带，挑水卖水的“水客子”曾是兰州一景。现在已经没有了，中外扬名的白兰瓜还有。

白兰瓜，又名兰州蜜瓜。白皮绿瓤，瓜糖满溢，还没等咬一口，远远闻着就已浓香扑鼻。在干旱少雨的长旅，一碗水已经让你暑消乏解，何况一个又脆又甜的香瓜了。

瓜本“洋货”。20世纪30年代初，一徐姓农民不知从哪里得了苏联几粒瓜子，种到地里，长出两株，让当地人大饱口福，遂取名“俄瓜”。徐姓农民精心培育了9年，到1944年，美国副总统华莱士路过兰州，临行把美国带来的甜瓜籽留给了当时甘肃建设厅厅长。这些瓜子以后又与徐姓农民种植的“俄瓜”杂交，随后有了中美交流的结晶——“华莱士瓜”。

由“俄瓜”更名为“华莱士瓜”，是为了纪念美国副总统送籽之情。新中国成立后一度改名为“兰州瓜”，后取此瓜皮纯白而获源于兰州之意，更名为“白兰瓜”，沿用至今。

“俄瓜”—“华莱士瓜”—“白兰瓜”——想一枚小可盈手的白兰瓜前世今生，再品咂它的香甜，突然就有了一丝时代沧桑的滋味。

作为全国经济总量排名最后的黄河上游的居民，之所以还把日子过得有滋有味，在步履匆匆的现代节奏中气定神闲，是因为流淌在血管里的祖上记忆。曾经沧海，那烽火连天的岁月，那日夜不停走过门前的驼队，那一世的繁华，谁又没见过呢？到最后，还不是要回到原初的一瓢饮，一碗面，一抔黄土！

兰州地处青藏高原向黄土高原的过渡地带，城市坐标正好位于中国陆域版图的几何中心，如果我们以兰州为圆心画一个圈，就会发现，从兰州到华夏的四周边界几乎都是等距离的。一百年前的孙中山就曾设想，等革命成功，就把连接东西的古丝绸路上的重镇兰州建设为陆都。战国时期，秦国的疆域已扩张到甘东甘南；汉武帝时，除去甘南天水、安定两郡外，河西走廊又先后设武威、酒泉、敦煌郡。军屯和民屯加中原生产技术的传入，这块“仓廪丰足、牛马布野”的富庶之地，在隋唐以后被称为“陇右”。

黄河两岸谷地及河湟地区是人类最早发祥地之一。先人一个河谷一个河谷地往下走，结果发现一个比一个好，就禁不住由河西渐过河东了。而河东之民，却也怀着同样的心理溯流而上，与其说是寻找更好的草地和牛羊，不如说是寻找河山中的江山。无论东上还是西下，既定的通道都是河西走廊。敦煌西北的玉门关是进入中原的大门，进门沿古丝绸之路东南行即到河湟，然后就可由此直达长安。那时，河东河西，征战不息，还没开埠的兰州以上有黄河古渡炳灵寺，以下有红石峡，东来西去的除去商队，便是军旅。兰州先人梦中惊醒的往往不是黄河拍岸，也不是商队的驼铃，而是刀枪剑戟的撞击声。这黄河两岸的每一土墩，每一河滩，随便掀开一页，都是人类史上的血渍、白骨。一方面是唐诗人令狐楚的壮志未酬：“未收天子河湟地，不拟回头望故乡。”一方面是杜甫对帝王穷兵黩武的泣诉：“君不见，青海头，古来白骨无人收……”

黄河在兰州峡谷盆地蜿蜒100多公里，南有皋兰山、五泉山，北有白塔山、寿山。西南积石奇峰峭壁，东有兴隆山莽林丛树，其中五泉山得名与霍去病西征有关。说是大军到此无水可饮，霍去病剑开五泉，兵士才有了水喝。只是我不明白，五泉山就在河边，怎么会没有水呢？

兰州之所以取名金城，是取固若金汤之意，因此有了那么多石关、古堡、古燧台遗迹。一个王朝走了，一个王朝来了，城头大旗几经变幻，最终甚至一缕布条也留不下，而黄河却依旧流淌。

炳灵寺：“黄河飞渡”与“西来鳌柱”

雨，暴雨！抬眼望去，刚才还是晴空丽日，迎头而泼的雨是哪来的？循骤然的轰鸣声往下看去，原来云团是从坝下喷卷而上，卷到半空，又跌落下来。白云白雾，像原子弹爆炸一样的蘑菇云亭亭而上，上升到半空，又凝结住了一样岿然不动，坝上的人们还没转过神来，全身已被淋漓的“大雨”浇了个透湿。

原来是大坝溢洪。接连几天的暴雨和上游来洪已使大坝超过安全水位，大坝溢洪，恰巧让一群突然而至的不速之客遇上了。或者是大坝主人为了欢迎远方客人，给他们一个惊喜。

当客人明白了是怎么回事，再举首远望，只见坝底峡谷内烟雾缭绕，浪涛翻滚，发出如同万千惊雷同时引爆的轰鸣。被束缚已久的黄河如巨龙飞旋而下，冲起的雪白浪头竟比岸上山头还高。

这是刘家峡水电大坝。黄河在这里是高峡出平湖。

兰州八盘峡、盐锅峡水电大坝以上，积石峡、李家峡、龙羊峡之下，刘家峡水电大坝是自黄河源头起第十二座大坝。

大坝建设始于1958年，历时16年，以78万立方米的石子、水泥混凝土，再一次把黄河拦腰斩断。

全长65公里的水面，连接永靖、东乡、临洮、临夏、积石县和青海民和县。

从大坝乘快艇不到半小时，即达水库上游的全国十大佛教石窟之一的炳灵寺。炳灵，藏语，千佛万佛之意。由寺沟右至上寺去文管所，迎面是一尊大佛，高27米，传说是一千多年前文成公主入藏时所带工匠所造。佛像外部原建有多层楼阁，清代毁于战火，坐佛两旁崖壁所留栽木桩的凹坑旁，有横跨黄河天险的渡槽，刘家峡大坝建成后，用来引渡渠水浇灌黄河以北高坡地的庄稼。

炳灵寺建自西秦，至今已1600多年。仅下寺就存石窟、龛183个，佛像800多尊，壁画900多平方米。上下寺之间幽静的峡谷属丹霞地貌，山山相连，峰峰相望，山头各具情态，有的似互诉衷肠，有的像并肩而坐，有的似仰天长啸。驻足下寺栈道，重叠山峦与淡淡雾岚中，可见“五佛争渡峰”，佛在这里，也忍不住要渡河了？

古丝绸路上的临津渡，就在大坝修建前永靖县莲花镇。从这里，可以西去青海，北上河西走廊。张骞出使西域，霍去病出征吐谷浑，隋炀帝大业五年出巡祁连，都是从这里渡过去的。至今，在炳灵寺下寺山口黄河北岸大崖半腰，还有横排四个石刻大字“黄河飞渡”，传神地写出了此段黄河气势。

沿“黄河飞渡”摩刻再往上，炳灵寺石窟对岸也就是黄河南岸石崖上，一块约有两间房子大小的巨石上，刻有“天下第一桥”五个大字，每字约半米见方。

第一桥原名河历桥，十六国之一的西秦首领乞伏氏所建。唐贞观年间，名将李靖征伐青海北部、新疆南部一带的吐谷浑族，从此桥过，题写“天下第一奇观”，后人由此将河历桥改名“天下第一桥”，并请欧阳询书写刻石。

《河州志》云：“西秦时造浮梁于黄河上，今摩崖字犹存。”摩崖石在夏秋黄河涨水时常灭顶不见，入春水落，石方见形。

有“天下第一桥”的临津渡是古丝绸之路要冲。丝绸之路陇右段南线，由临洮、临夏取道“第一桥”渡河，经青海的扁都口，直出张掖，进入河西走廊，是公元前二世纪以来的主要交通线。1099年，宋、西夏两军交战，西夏李乾顺放火焚毁了“第一桥”。此一战事，宋将何灌有记镌刻炳灵寺崖壁，摩崖石刻保存至今，但和“天下第一桥”石刻及古代匠人在石崖上开凿搭桥拴绳的十几个石眼，因1967年刘家峡水库蓄水，淹没于水中。

同时淹没于水底的还有炳灵寺山口对岸，也就是黄河南岸河崖上“龙窝”诗刻。

相比而言，“西来鳌柱”刻石由于河床南移，至今还留在河岸的庄稼地里。巨石原在黄河激流之中，称“中流砥柱”。清康熙《重纂靖远卫志》载：“砥柱石在城北五里黄河中，峭壁耸峙，屹立中流，方正如削，上有芳树，下垂洪涛，东注激触分流，俗名‘独石头’。”以后由于黄河河道南移，这块“独石头”落于台地之上。现位于靖远县城西北5里，黄河东岸糜滩乡独石头村东南，从地面量起，巨石高有20多米，石质为红砂岩。

传说南宋高宗初年，约1127年，陕京西诸路宣抚使张浚奉命出师阻遏金人，途经靖远。见河中巨石独立，傲然霸气，挥毫就题写了“西来鳌柱”4个大字，镌刻在“独石头”上。四字竖排，每个大字约有30厘米见方，“柱”字距地面约有4米，正楷字体双勾阴刻。由于张浚的题刻，“独石头”便以“西来鳌柱”更名。现在柱石四周皆为农田，保护不善，加之砂岩易于风化，“柱”字下半部分已漫漶不清。

别树一帜的汉族

炳灵寺河边上有村庄名塔拉坪，现居住人口1000多人，百分之九十以上为汉族。可从风俗民情看，却与汉族迥异。

一是饮食习惯不同。炳灵寺周围自古为河州临夏所属，当地汉人每逢八月十五吃月饼，大年三十晚上吃长面，初一早上吃饺子，全国范围内汉族习惯大同小异。可塔拉坪村的人八月十五吃菜瓜，大年三十晚上吃熟菜，初一早上吃馍馍，正月初五吃“搅团”，其寓意为“填穷坑”；正月二十才吃饺子，其寓意为庆贺豆子的生日。

二是姓名字数不同。男女老少一半以上人姓名为四字者多，上至清末民初的老者，下有刚满月的孩童。如，王来才花、谢里生发、白六十七、杨英西梅、王天主女、顾韩家保、张四斤二等。

三是地名字义不同。塔拉坪是一平坦的地方，自古以来从没塔一类建筑，为什么称为塔拉坪？有的说“塔拉”二字是藏语“扎娃”的译音，意思是穷苦人的居住之地；有的说是炳灵寺最高的石塔顶与此地一样平，故名“塔拉一样平”，简称“塔拉平”；有的说昔日此处一片草地，有动物獭喇很多而得名。但还有许多地名如班布岭、达布拉壑岘、西番念路、沙巴科陀、达拉圾等，都无法用今天的汉语解释。

四是红白喜事风俗迥异。男女青年结婚之日，天亮之前，男方要手提灯笼，将“熟衣”，即穿过但不破烂的衣服让新娘穿上，再把“头巾”即阴阳先生包过经卷的布幅让新娘戴上，方可从娘家的炕头把新娘抱出门，而抱者不是新郎。新郎新娘拜天地入洞房，娘家人吃过宴席辞行时，男方一定将方桌拦住院门，要打擂台。其擂台是桌上摆各种鱼状器皿，娘家男女老幼个个需要同男方划拳吃酒，当“鱼肚”也就是一碗酒让娘家人喝上，方才罢休。

青年男女不幸夭折，村人要在尸体上钉钉子，落葬入土后要在坟堆顶上压石板，或用犁铧插入，各家各户均要在大门顶挂箩避邪。

老年人寿终正寝，其子要剃“孝头”。头发剃光但头心需留一撮头发，百日后才许再留发。办理丧事，不得动荤。即一不杀猪，二不宰羊。更令人不解的是，孝子贤孙都不戴孝。就连嫁往他地的女儿及女婿，参加葬礼时，只将发给的白色孝服拿在手里或装入口袋，而不着身。①

春节时，村里一不玩秧歌，二不“打脸子”，即不化妆。

中国汉族，尤其在乡村，每当父母逝世，均要杀羊宰猪，大办丧事，孝子贤孙披麻戴孝，而这里的乡俗显然不同。联系上游谷地霍尔人或蒙古人或西夏人或不远万里转道而来的土族、撒拉族、白族同胞，难免让人产生无穷猜想。

好像为了佐证这种猜想，刘家峡人还告诉我们两个故事：老君洞道徒均不是凡人。至清光绪年代，刘姓道徒文武双全，琴棋书画，无一不通。洞内太上老君神像，即是他亲手所塑。还带两徒弟，在洞前山坡上植育松柏近千株，并拓宽了攀登老君洞的盘旋山道，同时，“驯养石羊一只”。

另一个故事是1951年秋，考古学家冯国瑞先生第一次勘察炳灵寺时，遇老君洞一道人，举止谈吐不凡。待时间长了，道人才自称俗姓贾，名玉清，曾任新疆迪化城防司令。他为什么流落到这里？他没解说专家也没问。

① 据2015年5月18日甘肃省水保局朱民采访笔记、20日刘家峡水库资料。

与塔拉坪村村民来路同样扑朔迷离的还有宁夏中卫市沙坡头古村南长滩，它坐落在黄河右岸黄河从甘肃进入宁夏的拐弯处，三面环山，一面绕水。五百多年前的老梨树，树身得几人合抱，三百年以上的梨树有190多棵，百年以上的枣树100多棵。每年四月，千树梨花竞相吐蕊，小村周围俨然笼罩在无涯无际的白雪之中。而夏季枣花盛开时，南长滩又被一片金黄色的枣花包裹，枣花香浓得像化不开的蜜。

古村建于何时？最先选这里落脚的先祖又来自何处？自古以来，隐身于民间的脱尘不俗者都有来历，确实，这个2009年被文化部命名的全国历史文化名村，还真有背景。一千多人的村民虽然都是汉族，但却是复姓：拓跋。再刨根问底，他们拿出了保存已久拓跋一族的完整族谱，并承认自己是西夏人后裔。

史家介绍，西夏亡后党项人的下落有两个主要去向：一是一支以党项人为主的队伍，跋涉千里，在今四川省甘孜藏族自治州名叫木雅的地方定居下来，建立了一个小政权，与元朝并行存在一个世纪。二是一部分党项王族迁到了西藏的后藏地区，后来同藏族融为一体。时光倏忽折回公元1227年那一个月黑风高的夜晚，成吉思汗的魔鬼骑兵攻破了西夏都城中兴府，在杀死每一个西夏成年男子后，将已投降的西夏宫中的妇孺粉黛三百余名，统统绑到黄河边沉河处死，曾叱咤风云的党项一族就这样被灭门、灭族、灭国。而天无绝人之路，党项族人西夏军师一门，不知怎么竟躲过命定的一劫，辗转逃到了甘肃，后沿河而下至中卫南长滩定居下来，繁衍生息，成为当今拓跋氏之遗民……[①]

① 2015年6月2日宁夏水土保持局卜崇德、齐晓磊访谈并提供资料。

大夏河边：花儿与少年

山高高不过凤凰山，
凤凰山站在白云端。
花儿为王的红牡丹，
红牡丹它开在春天……

走在西北，空旷的天底下常传来嘹亮的“调子”，高亢、粗犷，西北风一样抑扬顿挫，回旋在山野间。这调子就是“花儿”，发源于古河州即今日临夏，流传在甘、青、宁三省区。千百年来，无论各条水路上的筏子客，还是丝路上奔走的“脚户哥”，兴头一上来，拦住迎面而来走在河边或者走在塬上的行者，张嘴就是一曲。与内蒙古的“爬山调”、苗族的“飞歌”、藏族的“拉依”、陕西的“信天游”、广西的“瑶歌”，竞秀媲美。

这是大夏河中游岸上，六月，远近闻名的松鸣岩山会。

大夏河是黄河入甘肃后所汇第一条支流，古名漓水，藏人称桑曲，发源于青海、甘肃交界的大不勒赫卡山。黄河在完成青藏高原的奔突后，在兰州前后，突破积石峡、刘家峡、八盘峡、桑园峡、乌金峡，并在此过程中，把大夏河、洮河、湟水河、大通河、庄浪河、阿干河、蔡家河、苑川河等揽入胸怀。这些河盆谷地，干流与支流，支流与二级、三级支流的交汇处，聚集了包括党项、蒙古、东乡、撒拉、回、汉等多个民族的儿女。至此，黄河在从源头到东归大海的5464公里征程，已经走过三分之一；这个河湾聚集的民族，也约占中华56个民族的三分之一。

其源头桑多镇的建镇史，恰是大河畔民族发展史的一个缩影。五百年前，桑多还是一片湿地，千百只羚羊和零星的土著在此已有多年了。后来，桑多人的祖先来了，湿地渐渐变成了干地，羚羊只好选择给人类让位，集体迁徙他处了。羚羊迁走不久（不足60年），又一批躲避战争的流亡者来了，有的扛着旗帜，有的骑着白马，有四海为家的商人，也有身无分文的流浪汉，但他们都有强壮而野蛮的躯体。他们毫不生分，早他们居住在这儿的人也不排斥，结婚生子，建寺院和茅屋，放牧。随着草地和树林的减少，小镇越长越大——拿着残缺不全的蜡版油印《桑多镇秘闻》的藏族诗人扎西才让讲这些故事时，满脸忧伤。

而大夏河边每年一度的松鸣岩山会，则俨然是各民族青年男女比俏斗艳的盛会。涌动在树林山谷间的人流像黄河支流的支流，或者来自四川、内蒙古，或者来自青海、甘肃，夜晚露宿山间的一顶顶帐篷，一夜之间，从草地林下蘑菇一样地冒出，似乎平添了浓郁的苏格兰风情。

全长203公里的大夏河经夏河县城流向东北，出土门关进入临夏盆地，过临夏后至康家湾注入刘家峡水库。刘家峡水库上游，炳灵寺花儿会则在五月端午举行。每到端午，这儿便成了人的海洋，花儿的海洋。

大红的桌子上献莲花，
灵坛里化着个纸了，
阎王的跟前么把跪了，
小阿哥丢下个我了。

这厢痴情女子还在拜佛请愿，那厢阿哥却不知跑到什么地方去了。想必是人流中的他，看到了久别未见的妹妹中的另一个？不然，他怎么会丢下牵手而来的心上人而跑得不见了踪影？

或许小阿哥迫不及待，为了更好地照顾妹妹，去药水泉取包治百病的神水了?

人山人海的朝拜人流中，到炳灵寺取神水的占一半还多。2015年端午这天，我就亲历了花儿会和药水泉的魅力。

对药水泉的记载，据说最早可见北魏郦道元《水经注》：洁而白，能服之不老。

因此，庙会、花儿会均从喝药水演变而来。每年农历五月初四这天，各地人们经水路或旱路赶到炳灵寺，初五一早喝药水拜佛，随后就游山观景，漫起花儿。

花儿又称少年，本来就是边地少男少女那些年轻人的歌。

川美美不过大草原，
大草原铺上绿绒装。
人间英俊的是少年，
少年是人间的春天。

此为《花儿与少年》名篇中的后一段，本节开始引用的则是前一段。每当唱起它，谁不会忆起共和国蓬勃向上的五六十年代，忆起花儿一样的少年时代?

但谁是这首歌的作者呢?

王洛宾?20世纪90年代初才逐渐被重新承认的西北歌王。对。但又不完全对。

一般人不知道，这首《花儿与少年》以及王洛宾的成功，与青海当时一个军阀有关。

1945年抗战胜利，遥远的边地，曾经找来本地诸多民族歌手表演的军阀，和王洛宾商量，要为马上举办的胜利会演联合创作一首花儿，就是这首在胜利会演比赛中一举夺魁的《花儿与少年》。一曲歌唱民族抗战胜利的花儿，就这样脱颖而出，远比当时名震于世的照片《胜利之吻》更热烈更悠扬。是的，能够超越时间、空间还有作者身世的作品，是真正的艺术。这样的艺术，必然是人民的大众的，只能姓“民”，无论它是出自王家、刘家、李家，还是马家。

洮河岸畔，马家窑是啥子窑？

这儿一座古窑，也称马家。

自刘家峡上溯，洮河中游临洮县西南郊外，有一个叫马家窑的小庄，它坐落于黄土丘岭下，依傍着静静的河水，在黄土高原千万个同样的村庄中，并无吸引人之处。多少年以来，没有人问，马家窑是什么窑？砖窑还是石灰窑？没见你马家有什么窑啊？

其实，还真有窑。藏在几米深地下，留在远古生死记忆中。

1923年，瑞典地质学家兼考古学家安特生溯黄河而上，循仰韶文化支脉一路追寻，来到了临洮县，在马家窑村西南的黄土坪发现了一些零碎的陶片。他找老乡搭讪，老乡说，往往是一场风刮过之后，这片土坡上就会露出一些“鬼罐”。这些“鬼罐”，往往被当地村民视为不洁而被随手砸碎。这时候的安特生眼睛已经异乎寻常地亮了……马家窑文化从此受到世人瞩目。

一边是碧波静流的洮河，一边是阡陌相连的田野，到河畔一个沟口，眼前出现一座大丘，芳草萋萋的黄土下，这个长约350米、宽约280米的台地，就是马家窑文化遗址。

遗址出土文物中，最具魅力的是它形态各异的彩陶。敛口碗、曲腹盆、长颈瓶……纹饰则有蛙纹、贝叶纹、网格纹、水波纹等，均比例谐和、线条流畅，让生活在5000年后的我们，不禁跌入一幅幅远古的画卷。

无法想象，没有尺寸规矩，没有美术概念，没有先进设备的先人，是什么功夫使他们以最朴素的无染之心，让手中的黄土呈现出不掺任何矫饰也无任何矫揉造作痕迹的原始朴素之美！

其间，最为人称道的是后来才发现并命名的“彩陶王”。红陶。平口、短颈、阔肩，腹部逐渐下收，平底。高46厘米，瓮口边沿4只提耳，陶器表面用黑彩绘出上、中、下三层纹饰，上层为花卉纹，中层为漩涡纹，下层为水波纹。其中，4个波浪式大漩涡纹，构成后浪催前浪的卷浪式，三角空间处又补以同心圆纹，形成一种循环往复的旋转感，让人想到太极思维的顺势而为和时光的周而复始。是身边洮河、洮河最终归宿的黄河，所给作者最初的灵感。而在洮河发源地鸟鼠山那边渭河岸畔，则有早马家窑文化2000年的大地湾文化遗址，从出土的陶器、文字符号看，虽然还处于母系氏族阶段，但是已具相当水平。

洮河是黄河进入甘肃之后的第二条支流，也是黄河第二大支流，其53亿立方米的年流量仅次于渭河。它发源于甘肃、青海两省边境西倾山东麓，经临洮县到永靖县城附近入黄河。东以鸟鼠山与黄河的第一大支流渭河分水，西以长岭山与大夏河为界，北临黄河干流，南以西秦岭与白龙江为界。全长673公里，流域面积25527平方公里。

洮河横跨青藏高原东北边缘的甘南高原和陇西黄土高原，河源高程海拔4260米，河口1629米，相对大的比降和下游常见的水土流失，使下游河水变得浑浊。2015年端午下午，我从炳灵寺乘船回刘家峡大坝，恰逢洮河下游有雨，在临近大坝的右岸，见识了什么叫“泾渭分明”。绿波荡漾的水库右岸，贴山根一条黄带缓缓流动。遥想制作陶罐的先人，他们把盛粟或盛水等仅作生活之用的陶罐，按照水波粼粼的样子，涂上花纹，爱不释手地看上半天。天地，山河，草木，禽兽……人与自然，自然与人，大自然的馈赠，人类的适量撷取，都是何等的和谐，何等的融洽！

受地质构造影响，洮河流域褶皱起伏，河道弯曲多峡，尽管下游沟壑纵横，山水失色，它的上中游两岸，却是森林草原，水源涵养能力强，再加之周科河、博拉河、大峪河等百多条支流的不断加入，多少年以来，这里河是清的，草是绿的，土是肥的。因此，也就成为我们先人最好的生息繁衍之地。

包括马家窑、半山、马厂三个分期类型的马家窑文化，遗址东起渭河上游，西到河西走廊和青海省东北部，北达宁夏回族自治区南部，南抵四川省北部，黄河及其支流洮河、大夏河、湟水以及宁夏泾河上游、庄浪河、清水河流域都有分布。从出土墓葬品看，男的多拥有石斧、石镰，女性则拥有纺轮、日用陶器，这时候的马家窑人早从母系氏族过渡到父系氏族，男女分工，农业、畜牧业、手工业分工已经明晰。当马家窑上空升起那一缕白烟，白烟下窑火无疑烧得正红。那是前承鸟鼠山下渭河旁大地湾、后继湟谷柳湾先人薪火，闪耀至今的黄河文明的曙光。

而也就在这时候，印度河畔的达罗毗荼人，已有青铜制造的镰刀、斧头、锯、刀、鱼钩、箭镞；幼发拉底、底格里斯的两河流域，已有了驴拉战车；再前5000年，他们已把麦菽种成片，把猪羊牧成群。

马家窑先人并不孤独。

祁连脚下，寻找黄河古象

地处神州二级阶梯的甘肃，在向一级阶梯的过渡中，跨度之大，令人诧异。自东南向西北，从陇南青山绿水到西北大漠戈壁，山青青处，似南国清秀；黄沙漠漠，有壮阔苍茫。

这一切，东则离不开秦岭，西则源起祁连山。

祁连横亘在新疆天山和兰州中间，绵延1000公里，平均海拔4000米以上。距今20亿年前的震旦纪初，祁连山被南来海水淹在底下。寒武纪初，这一狭长陆地上升从海水中露出，形成古祁连山。又过了大约两亿年，一次大的地质构造运动使祁连山群浸水越来越浅，山脉因一系列褶皱和冲断变得高峻挺拔，这是祁连山在地质史上第一个黄金时期。

石炭纪中晚期的海侵，使祁连山再次成为汪洋，古祁连沦为长条形岛屿突兀在海面之上。到第四纪以来，它和青藏高原一起经历了阶段性的大幅度整体上升，才又一次傲然挺立在河西走廊的南方，向荒漠和戈壁炫耀着它翠绿的新装和晶莹的雪山。

祁连山终年积雪，冰雪从海拔4000—5000米左右的山顶一直覆盖到海拔3000—3500米的雪线附近，由于受太平洋吹来的东南季风的影响，祁连山东部西宁一带，分布着茂密的森林，中段森林少而草原分布广，西段则一片荒漠。即便荒漠地带，由于春夏时节的冰融雪化也养育出山脚下一块块绿洲和盆地。在祁连山北坡，冰雪融水汇合后形成石羊河、黑河和疏勒河等多条内流河；祁连山东部，融雪形成大通河和湟水汇入黄河，史称河西走廊。由此成为居于祁连山北方匈奴唯一可耕可牧的丰饶之地。位于甘肃永昌的焉支山，是祁连群峰之一，出产高级化妆品。公元二世纪，河西走廊被中原王朝收归中国，匈奴悲歌：

失我焉支山，令我妇女无颜色；
失我祁连山，使我六畜不蕃息！

想惯于征杀的匈奴那让人感动的情怀——为自家女人再也没有胭脂添色而悲歌，这支歌无疑是匈奴由盛转衰的挽歌了。

2300年前，横行天下的匈奴被秦将蒙恬赶出河套，河西走廊由一袭丝绸飘逸成一条风沙弥漫的商路，那再早它300万年，我们此时脚下甘肃庆阳大河两岸，是什么样子呢？

好像为了佐证黄河石林地区当时河湖荡漾、丛林密布的气候环境，1973年春，庆阳合水县穆旗村马莲河畔，出土了一具迄今世界上保存最完整、时代最早、个体最大的剑齿象化石。古生物学家和文物考古学家将它命名“黄河剑齿象”。

现存北京自然博物馆的黄河古象化石，身长8米，高4米，门齿长3.2米。根据化石头盖骨愈合程度、骨盆形态、牙齿生长和磨损程度，专家推断它为百岁左右的剑齿公象，依照地层对比和共生的脊椎动物化石，研究人员认为它是在大约300万—200万年前失足陷入泥沙被掩埋的。

而更令人不可思议的是，整头大象骨骼化石完好，甚至鼻子内的鼻骨和脚趾直径仅3、4厘米的末端趾骨都完好如初，唯尾椎骨踪影全无。[①]

发掘人员在原地附近的岩石层里多次挖掘，期望找到尾椎骨下落，但都没有收获。

大象是具灵气的一种动物，其智力与类人猿、狗、鸟相似。象群之间以次声波进行信息交流，无干扰时能传11公里，有气流干扰时只传4公里。出现干扰不易交流时就一起跺脚，强大的轰鸣能传32公里。远处的大象接受信息不是趴在地上听，而是让声波沿脚掌通过骨骼传至内耳。其扩音器是面部脂肪，像有的海底动物一样。

象还是感情动物，能把陷入泥坑的宝宝拉出，还能以长鼻给其他象以安抚。

黄河剑齿象食性与非洲象相似，不吃草，只吃树叶树枝或嫩树干和树根。每天食量4吨，喝水6吨。根据上述大象性格特征和此一被发掘大象的趔趄形态，人们推测，正在喝水或正在摘食树叶的它恰逢地震或泥石流或山体滑坡，它滑了下去，再也无力抽身。

---

① 董恒年主编：《美丽甘肃》，蓝天出版社2015年版，第37、38页。

专家依据当时热带亚热带水草丰茂的自然环境和气候条件，以及大象喜成群结队、互相救助的生活习性，结合大象自身巨大身躯所产生的承载力等综合考虑，乡贤马步升先生编织了这么一个令人心揪的故事——

“……即时，整个陇东大地被黄河象群吼声所震颤，原来，象群中的一头公象到塘边喝水，一不小心，踏在前面的双足滑下。公象发出求救呼喊，象群跑了过来，但为时已晚。公象的大半个身子已陷入泥淖，只有臀部和甩动的尾巴还露出水面。领头的大象奋力用长鼻子挽住公象尾巴死死不放，就像它平时挽住那一棵巨树而终把巨树扳倒或连根拔出。头象只想把伙伴从泥沼里拽出，但泥沼却正把它的猎物一步步吞噬，公象越陷越深。突然之间，公象尾巴被拉断了，渐渐，公象完全消失在泥潭中。象群发出阵阵哀鸣，它们只好把公象的尾巴拖到空旷的林间草地，然后，每一头象抓几片树叶把公象的尾巴盖住……”

20世纪70年代黄河象化石出土，进入新世纪的2001年，黄河刘家峡大坝所在地的永靖县境内，又出土了120多个1.6亿年前的恐龙足印化石。

恐龙是一类史前动物，在成功地统治地球亿年后，又在距今约6500万年前全部神秘消失。新发现的足印，无疑成为人类研究其生理习性、生活习惯，以及从出现到繁盛、从衰落到灭绝这一演化过程中环境变迁的资料。由于恐龙足印从产生到石化所需要的条件十分苛刻，较之恐龙骨骼和恐龙蛋，它的足印更难留下化石，即使留下也难为人类发现。永靖县所发现恐龙足印化石，藏地下50米的岩层中，是经人工层层剥露出来的，不仅足印清晰，而且在同一岩层上，还留有恐龙躺卧的痕迹。经专家发掘考证，现已挖出的120多个足印，是生活在侏罗纪或早白垩纪的10只恐龙所留，分属3个种类，其中一只由巨型蜥脚恐龙踩出的约有半个乒乓球桌大小的足印，是迄今为止世界上发现最大的一只恐龙足印。

遥想1亿多年前或200万年前，我们今天荒漠的黄土高原森林遍布，湖水荡漾。当恐龙在湖边戏水、大象在林中徜徉时，它们当然是无敌于天下的主人，但它们没有想到突然有一天会灭绝而成为被后来考古学家所发现的化石。相比之下，我们人类，当多少年之后山被啃光、河被喝完，在不期而至的再一次自然变迁中，我们能不能像它们那样留下点化石？如果留下，当后来者在层叠的岩石中偶尔发现我们的遗迹，也许他们只是困惑地发问：看，这两条腿的动物是什么东西？

什么东西！

苦脊甲天下

……一道灿烂的阳光照到舷窗，飞机穿透云层，云雾之下耸立的雪峰像雕塑，又像汹涌的海洋。从乌鲁木齐翻越唐古拉山再往内地，云海忽然逝去，机翼下展现的已是深褐色的土地，太阳像打起万道聚光灯，把河山照亮。这时，冰雪的海洋已变为黄褐色凝固的波浪。随飞行高度下降，只见浑黄波谷中出现一条闪光的飘带，有时纷披如散，有时凝一细线把山一分两半：黄河就这样，把我们从天上带到人间。高原之上，机翼之下，云彩遮着的黄河呈深褐色，阳光直射的地段，河则泛着银光，其大美非语言所能形容。

就像艺术欣赏中的美总是让人忧伤，天上和人间自然是两个天地。远观和近视也不一样，甚至截然相反。

这时，让我们再换一个视角，从河下游的华北平原溯河而上，远离河谷往高原深处走，那印象就只焦、渴，甚至不是黄。山庄零零散散坐落山坡或谷洼，挤成堆的是低矮的房屋。沟谷有河，但多是干的，偶见一星半点的溪流或山泉，在无边的黄土弥漫中，更见纤弱、无助。

对高原刻骨铭心的回族作家张承志如此描绘："只要你凝视着它，只要你能够不背转身而一直望着它，这片焦黄红褐的裂土秃山就会灼伤你的双目。在恐怖的酷日直射下，眼睛会干涩、皱裂、充血，一种难以形容的旱渴会一直穿透肺腑。"干渴是因为缺水。

水是世间一切生物赖以繁衍生存的基础，还是一切营养能够让人体消化和传输的动力。

庄稼、瓜果、菜蔬，包括人体之所以丰盈，之所以蓬勃，那也全是因为它50%以上的成分都是水，如果把水拧干，那就只剩一把柴火。

"水能载舟，亦能覆舟。""上善若水。水善利万物而不争。""以其不争，故天下莫能与之争"……古往今来，人们在享受水的恩泽时，还创造出以水为喻的普天下皆准的哲学思想。但在高原深处，水却没有那么浪漫，只有形而下，因为它，也只有它，才能活命。

甘肃定西机关干部回忆自己的公务员经历说，那时，机关干部的一项常规性工作就是每当干旱来临，给乡下百姓送水。每当送水车来临，牛、羊、鸟，全都围了过来。

一头老牛把头抵在送水汽车前，宁愿被撞死，也不挪一步。当送水车被迫停下，它朝着远处哞哞呼唤，一头小牛从山沟跑来。原来，它是为了自己的骨肉而不惜以命相抵，就是为了那口水。

2015年6月19日，我前往定西最穷的安定考察当地水土保持，由于国家政策扶持，退耕还林特色农业兴起，安定的土豆已经远销北京、广州、上海等大城市，并且他们还引进加拿大、荷兰品种，生产炸薯条专用薯，包括特色中药材和花卉，农民生活已经较前好了许多。经过打地坝地堰、梯田整修等一系列水土保持措施，农民把坡地还给了山林，不种地也有国家补助的粮食，腾出工夫正好出去打工挣钱，这片贫瘠荒芜了多少辈子的黄土高坡才得以休养生息，才渐渐变绿，山沟地才积累起一汪一汪让人看着湿润、看着心疼的水。

“苦脊甲天下”，缘起清朝左宗棠给光绪皇帝的奏章，“陇中苦瘠甲于天下”，后做一地域概念被广泛使用。它原指甘肃定西市安定区、陇西县、漳县、岷县以及临夏一部分，后又包括周边会宁、静宁、甘谷、武山和秦安等县。严酷的自然环境使这里的生活像凝固又不断坍塌的千沟万壑一样，时光已经过去了一个世纪，又一个世纪，这里却还是原来的样子。

自然交替，时代轮回，1949年以后的新国家新制度，无疑给穷人带来了新希望，但老天却好像仍无动于衷。九山一川难见水的定西仍然是十年九旱。1972年连旱三年，百姓看人民公社生产队的地实在是养活不了人了，集体扒火车逃荒；1982年又旱，五六万农民簇集兰州火车站扒火车。天旱，种一葫芦收一瓢，人可以逃荒，那牛呢？来春还指望黄牛耕地驮粪，而牛也需要吃草喝水。杀了，舍不得，卖掉又不值钱，那真是农民的哈姆雷特式的烦恼。这年12月，国务院召开甘宁两省救灾专题会议，除去发放数额庞大的粮款，还制定了修梯田、集雨栽培、集雨补灌、打窖拦蓄等诸多措施。

在我们固原，有十万大山。
大山夹着平川，平川里长着野牡丹。
在我们固原，女人嗑麻子，男人嚼豌豆。
……
一碗洋芋面能盛三斤，锅盔似磨盘，
罐罐茶能苦死癞蛤蟆……

在我们固原，几千年就没出过状元，
写在史书里的是响马，土匪，棒客……

甘肃诗人单永珍的诗，《在我们固原》。

水窖与水井，水车与天车

把头插向河里或山泉里一顿痛饮，或用手捧着把水送进嘴里，这曾是我和我乡村伙伴的拿手好戏，当然也是我们先人最先取水的方法，几乎和林间野物如狮、豹、狼及后来的家畜马、牛、羊没有什么两样。以后先人尝试用阔大的树叶、中间有凹面的石片盛水，这些方法对于濒水而居来说，很是轻松，但对于被洪水赶上山腰或土丘之上的先人，就远水不解近渴了。

出土于四五千年前柳湾或马家窑的陶罐，显然是人类史前期最伟大的发明，它不是我们今天视角之下的艺术品或文物，是生活用具，装盛粮食，如粟菽，更重要的是用来盛水。

汲水的女子从河边泉子里盛一陶罐水扛在肩上，赤脚、裸露着胸乳向我们走来，当这一画面被画家定格于画框，人们显然不满足于欣赏这一古典美，而立马就要临渴掘井了。或早已掘井?

《史记》载:“后瞽叟又使舜穿井，舜穿井为匿空旁出……”但传统上我们的先人更认同“伯益作井”。就在大禹“尽力乎沟洫”灌溉庄稼的同时，水井，古代文明中富有意味的符号，也在这片厚土上，以揽入白云明月的光亮仰望它头上的皇天了。

周代实行“井田制”有多种解释，而我只取一种，那就是田头或村头，至少必须有一口井。

一锹下去见水，那井就毫无必要。一个人凿不了一口井，两个人三个人也难。所以，井的出现也就标志着村庄、部落以及小农小生产条件下集体生产方式出现了。

掘井的前提是有地下水。在没有地下水的干旱地区，人们只能收集地表水。这种储存地表水的“器皿”，人们称为“水窖”。

水窖也称旱井，是甘肃、宁夏西海固地区人们储水以解决人畜用水的设施。雨后或冰雪融化后的洼地水汪，牛羊可饮，人也可以刮来烧水做饭。宁夏专业人士吴尚贤和张万海调查，宁夏阳山有1920年大地震后修建的水窖，到现在用了90年也还在使用；同心地区高家岭有一眼水窖，至今120年了；而盐池县麻黄山一眼容积为80立方米的水窖，则距今已有200余年历史，目前仍完好无损，正常使用。一般情况，一眼水窖使用年限在20—50年上下。

水窖的传统做法和规格，一般都是上下小，中腰大，状如古瓶，地面距水面一丈五。深藏地下的窖不为观赏用，但它美，美在它的科学道理。

首先，上下小、中间大是两个截头椎体连在一起，具稳固性，既符合力学原理的结构，也是存水最大的一个形体。

其次，水面距地面5米，水深5米，符合只有水深达到6米，水才有自清作用的道理。如果水深不足6米，或距地面不足6米，存水时间一长，水质就会腐臭。地表浅水如水塘水汪容易腐坏而深水不腐，就是这个道理。由于水窖具一定深度且有自净作用，其水质是时间越久越好。在刚蓄水时，较为浑浊，需要沉淀一月左右水才能清凛。

一个蓄水量达40立方米左右的水窖，可供五口之家全年用，如一户两窖，就能抗两年无雨，还能养十头大牲口，100只羊。①

水窖还能蓄冰雪。每当冬季下雪，男女老少都会出动，连同草根羊粪都统统收进。那时，村民娶妻说媳妇不问粮食囤多少、房屋几间，而是问水窖。有没有水窖，几乎就是财富的标志了。

安定采风还有一个故事，20世纪20年代，一个没有水窖的农家，大旱之年去十里开外的一眼泉取水，等了一天一夜，好歹才挨上号取满了一担水。

① 2015年6月2日宁夏水土保持局卜崇德、齐晓磊座谈并提供资料。

回家的路上，一个趔趄，前面瓦罐打碎，平衡失去，后面罐子也碎了。跌坐在地的老汉爬起身，解下腰带，干脆把自己吊在了一棵唯一的树上……

现在看，水窖或水窨，就是干旱地区人们在没有地下水的地方借鉴先人掘井的方式给自己修建的一个大水缸，而在河边，特别是黄河边，濒水而居的人们提水用的更多的是水车。

物质生活水平提高了，人们自来水龙头一拧，就可以让水龙头喷上半天，或习惯了站在离天三尺三的高处，看大马力的电灌站，只要把电闸合上，几百米之下的河水就会如涌泉一样喷上来，自然无法想象先人当拥有最初的一只陶罐或拥有一架水车，让水按自己的意愿汩汩地流进自家田里那种由衷的欣喜。

较早把水车应用于农业生产的是三国时期的魏国扶风人马钧。马钧住在京城洛阳，城里有一片菜园，因地势高无法取水灌溉，马钧研究了以前多种灌溉方法，经多次试验，设计制造了一种可以直接提井水的“车”，而且还可以从黄河或黄河支流上提水。可以用人力，也可以用畜力，如牛、马、驴。效率是原先提水工具的百倍之多。

而马钧以前，实际上已经有了辘轳和东汉毕岚造过的“水车”。

辘轳的结构是在井口两边竖起两木架，再把轮轴原理制成的辘轳头置于木架之上，辘轳上缠有绳索，利用人力摇动，把水从井里打上来。在人力提水与水车提水之间，辘轳是决定性的一环。

黄河流域大规模使用水车提水以灌溉农田，历史上记载有两次，一次是公元828年的唐大和二年闰三月，《旧唐书·文宗本纪》载：朝廷“出水车样，令京兆府造水车，散给缘郑白渠百姓，以溉水田”。水车从民间发明到沿河仿效，进而形成政府行为，是因他看到了新技术装备对农业生产、国力增强的促进作用。

而这种促进的原始诱因，则是河水。是的，河水。黄河千古，不仅能灌田、生发庄稼，还能催生更加先进的技术、工具。

兰州地区对水车的再一记载是《甘肃新通志》：“续里居时，创翻车，倒挽河流，以灌田，致有巧思，沿河农民皆仿效焉。”

段续，明嘉靖二年进士，官至云南道御史，宦游南方数省时，就对当地筒车产生极大兴趣，派人绘成图样，保存身边。晚年回乡，致力于水车仿制，嘉靖三十五年也就是1556年春，段续创制的第一台翻车架在了今广武门外的黄河北岸，接着又在今镇原路北口架了三台。“水车园”地名即由此而来。靖远一带农民也由此开始了仿制。

晋南渡，作为北人向南方大规模迁徙的开始，躲避中原战乱的同时，也带去了黄河流域先进的科技文化，包括水车技术。江南本多水田，北方的水车一到南方，无疑得到更优地改进。而回乡士绅段续以南方技术仿制的“翻车”一经出现在黄河岸上，立即形成一种别致的风情。黄河静流，水轮咿呀，又黄又浓的河水从低处扬向高处，又漫进田垅，田间麦谷青葱，远处黄土映照，白云蓝天下，也许只有这偌大的天轮的转动才可以匹配雄浑的河流！所以，兰州人把这种从江南引进过来的水车称“天车”。

不过也有人认为，兰州水车既非从西南引进，也非始于明代，公元907年至960年间的五代时期，“大食”，也就是唐代所指阿拉伯帝国，伊本·墨哈墨尔所作的《游记》中，就载有“中国王城”也就是今甘肃张掖古城用水车灌田的情况。我认为两种说法都对，只是五代时期张掖的水车形制与引水量可能都小了些，关键还是没有直接架在黄河之上。支流和主流的推动力，究竟还有差别。

与南方龙骨水车不同，兰州水车酷似巨大古式车轮，轮辐直径大的近20米，小的也有10米，可提水达15米至20米高处。轮辐中心是合抱粗的轮轴，轮轴周边装有两排并行的辐条，如自行车辐条，每排辐条尽头装有一块刮板，刮板之间挂有可以活动的长方形水斗。轮子两侧筑有石坝，为了固定架设水车支架，也是为了从水车下面聚引河水。而在水车上面，则横空架有木槽，水流推动刮板，驱水车徐徐转动，水斗则依次舀满河水，缓缓上升，当升到轮子上方正中时，斗口翻转向下将水倾入木槽，由木槽导入水渠，再由水渠流入田间。

天车虽然提水量不大，但是昼夜旋转不停且不费人工，从每年三月、四月间河水上涨开始，到冬季水降，一架天车，大的可浇六七百亩农田，小的也能浇二三百亩，所以甫一出现，就受黄河两岸百姓欢迎，上至贵德，下至宁夏中卫，都可见天车身影，成为黄河沿岸唯一自动提灌工具。

至1949年，这种天车在兰州发展到361架之多，9万多亩水浇田在今天看来微不足道，但在当时对于解决沿河旱地农人的吃粮问题，其作用无疑大如天。1955年农业合作化时期，天车架数下降。以后，天车先是被以煤做燃料的锅驼机抽水替代，以后又是柴油机、汽油机，以后又是电机。从小马力到大马力，从单机抽水到沿河一系列集发电、灌溉的水电水利枢纽建成运用，天车终于退出历史舞台。

黄壤时代和它的董志塬

地质年代结束，海洋退后，广袤无边的盐卤之地成为中华儿女生息繁衍的家园，是因为黄河。黄河搬运造陆不止，是因为有黄土高原。

天造地设。为了成全黄河一个新大陆的梦想，上天在让青藏高原横空出世后，与蒙古高原同时，又赐以黄土高原。

河套贺兰山以东，晋陕峡谷太行山以西，长江与黄河的分水岭秦岭以北，及青藏高原东缘40万平方公里的广大地域，耸起成为华夏神州继喜马拉雅之后的又一高度。

正如美国诗人弗罗斯特所叹美国西部比美国更早诞生了百年，而我们的高原呢？像它孕育的黄河，她成为中国国土比属于她的人民更早十万年、百万年，高原属于黄河，或者说黄河属于它，它属于中华儿女，则更早千万年。

地质学家站在甘肃永靖距岸80米之下的河面断层，指着黄河切开的“天书”给我们看——离河面最接近的是河溯流侵蚀刚切割完成的由泥沙形成的河湖沉积层，那是三千万年前还没形成上下一统的黄河在孕育生成时古湖留下的痕迹。再往上是古地层，再往上是马兰黄土，以现代技术测定，那是黄土高原形成之前落在黄河岸上的第一层黄土。距今大约2200万年。

有关黄土高原成因，有风成说、冲积说、洪积说、冰川说等多种解释。

1925年，李仪祉根据德国人李希霍芬著述，对中国黄土形成画出较为清晰的轮廓。

2200万年以前，青藏高原反复抬升以至最终崛起为今天的高度，汾渭古湖上下系列古湖作为最早的黄河胚胎，因喜马拉雅崛起而溯源冲刷，开始上下贯通，逐渐隆起的青藏高原阻挡了印度洋水汽，亚洲内陆从此陷入干旱。气候变干，湖泽消逝，中亚西亚到中国北部成了一个广大的沙漠。强劲的冬季风在风化后的沙漠卷起沙尘暴，沿青藏高原边缘持续向东推进，在今天甘肃、陕西、山西境内，遇到六盘山、吕梁山、太行山、秦岭阻挡，沙尘颗粒在山脉之侧不断沉降。这样经过几万年、百万年，沙尘落地，植被生长，又被沙尘掩盖，又生新的，又被掩盖，循环不已。距今260万年前，沙尘沉降更加剧烈，不起眼的小小沙粒，居然在地表上堆积出巨厚的黄土，最厚之处可达600米，包括黄河的河漫滩，包括城堡状的丹霞地貌，包括条状交织带地层。地质演变进入了黄壤时代。①

---

① 黄河水利委员会黄河志总编辑室编：《黄河志·黄河科学研究志》，河南人民出版社1994年版，第34—44页。

业界一般把早、中更新世的沉积称老黄土，也称红色土，晚更新世以及以后的沉积物称黄土或砂质新黄土，也称马兰黄土，覆盖于老黄土之上。

根据黄土呈现的岩性及结构剖面的一致性，分布的连续性，多层重复埋藏以及粒度由西北向东南逐渐变细的方向性等，专家推断形成黄土高原的地质营力应该是：不受地形条件的制约，源于同一区域，具有相同方向的作用，就是以中国北方常见的西北风为主导，将远处的黄土物质搬运而来，源于同一补给区。

这些判断，在中国古籍也能找到例证。《汉书·五行志》记公元前32年的成帝建始元年四月，“壬寅晨，大风从西北起，云气赤黄，四塞天下，终日夜下著地者黄土尘也”。说明黄土是由西北风带来的。

青藏高原是一群弧形山脉构成的高地，其间是大小不等的纵谷与盆地，黄河穿过这些山脊与纵谷，因底岩软硬不同，谷宽常有变化，遇红色岩系，谷盆就扩大成盆地，遇到硬岩，河道就缩窄成峡，如贵德盆地西缘的龙羊峡，盆地以东的松巴峡和李家峡等。黄河由中卫县黑山峡峡口的沙坡头至河口镇，多行于宽广冲积平原中，由黑山峡至青铜峡为卫宁平原，青铜峡至石嘴山为宁夏平原，三盛公以下为后套平原。

从托克托到龙门，黄河在晋、陕交界峡谷中奔流，逐渐斜过吕梁山脉，亦即穿过汾渭地堑西北面的断层崖。此区新生代地层黄土、红黄土及红土的发育，虽不及陕甘黄土高原深厚，但因雨量较大，又为泾、渭、洛、延诸水及清涧河、无定河等枝状水系所割切，成为岭壑纷繁的崎岖地形。以下呈东西向的黄河与走向东北西南的燕山褶皱带相交，河道主要沿着某些断层破碎带以横过，如遇较坚硬岩层，就构成大小不一的峡谷，如三门峡、王家滩、任家堆、八里胡同、小浪底等。

地质时期，黄土高原古地面为黄土所覆盖，并经地壳运动以及气候变化和多次水流侵蚀割切，形成了黄土高原地区塬、梁、峁自然景观。宋沈括《梦溪笔谈》说：“予观雁荡诸峰，皆峭拔险怪，上耸千尺，穹崖巨谷，不类他山……今成皋、陕西大涧中，立土动及百尺，迥然耸立，亦雁荡具体而微者，但此土彼石耳。”

铁森对黄土高原地貌的描述则是：“沟壑复曲，有如迷境，崖土矗立，如壁如柱。”①

以董志塬为例。董志塬位于庆阳中南部，地处泾水之北，马莲河和蒲河两大河流之间，塬面面积910平方公里，约合9万公顷。南北最长110公里，东西最宽50公里。

这是黄土高原形成又被切割后，目前整个黄土高原上最大的塬，是西周“太原”被分割后的残余部分。即便现在董志塬已远不是西周“太原”，即便仅庆阳境内的塬也被切割成孟坝、临泾、平泉、西华池等11个小高原，使它们如手牵足立的一母同胞的兄弟，又像一个极不规则的叶片模样，与千沟万壑的广大高原相比，它的塬面也仍然平坦而宽广，不仅在庆阳黄土残原中排行第一，而且在全国所有黄土高原的残原中，仍然是面积最大、保存最完整、土层最厚。这座“天下第一塬”，因雨量充沛、日照充足、气候温和，自先秦至唐宋至今，“陇东粮仓”之美誉历久不衰。

因为要绕道。要绕过那些沟壑，直线距离十里就可能变成三十里、五十里了。原先一个时辰抬脚就到，现在驾着方向盘也得跑一小时还多。

如此尴尬，史念海先生就曾遇到。

史念海，陕西师范大学历史地理教授，1972年，他受命查勘西北军事地理。军事地理离不开疆场营寨，取水开泉，运粮道途及古堡关隘研究，如汉时“陇坻之隘，隔阂华戎”的陇关及萧关，由此开始了他持续20年之久的高原田野调查。而让他没想到的是，在完成有关军事地理考察期间，他的兴趣已从军事地理转向《黄土高原历史地理研究》，以煌煌百多万字的《河山集》而成为黄土高原研究的一代大家。当他考察董志塬上最大的

① 史念海著：《黄土高原历史地理研究》，黄河水利出版社2001年版，第19—20页。

城镇时，发现西丰镇这个地方，现在已夹处东西至少5条沟头之间。

曾几何时，大原被分割成小原，原又分割成一道道“梁”，“梁”又分割成一座座“坪”或一个个“峁”。浑然一体的一个“太原”终演变成千沟万壑。黄河功在造陆，造陆缘有高原。天生一条大河，天生一个高原，由此才成就黄河子孙得以庇佑的皇天后土啊！

第一大支流渭河

海拔2000多米的甘肃渭源县，有一座桥谓“霸陵”。

桥从南到北，以一个三四米的凌空大步，跨过清源河。南侧的桥头，竖着的是霸陵桥石刻，旁边石刻则是全国重点文物保护单位的标记。桥廊房13间，桥底纵列13排粗壮圆木，每排两层共20根。

桥廊悬挂着近现代名人留下的一幅幅赞辞，左宗棠题写“南谷源长”，于右任题写“大道之行”。

人们印象中霸陵无非洒泪两别、折柳送友，霸桥应该在西安西出阳关的当口，这里怎么又冒出个同样名字的桥？原来是明洪武年间大将军徐达的任性。当年他率部下远逐元军大功告成而建此桥，有着命名嗜好的徐大将军宣告部下：“渭水通长安绕霸陵，当为玉石栏杆霸陵桥。”即名此桥为霸陵。看来，这是一介武夫对渭河的最大看重了。霸陵桥“既济行人，复通车马”，至今已640多个寒暑，清、民国间都曾重修。

渭河横跨甘肃东部和陕西中部，以75.7亿立方米的年径流量和49200万吨的泥沙输送量列黄河200余条一级支流之首，是黄河第一大支流。从甘肃定西市渭源县鸟鼠山始，由陕西潼关入黄河，全长818公里。

在宝鸡以下，渭河南为秦岭，北为高原，所以它创造的又名秦川的关中平原就只有水利而无泛滥之灾。

渭河原称禹河，《尚书·禹贡》记载：大禹“导渭自鸟鼠同穴”。改称渭河，是因为支流密布，大支流镶嵌小支流，渭在古文中有容纳、葆含之意，所以称渭河。还有一种说法，三国时曹魏统治渭河流域，魏王为感谢渭河养育之恩，遂以国号谐音，改禹为渭。还有第三种说法，与唐相魏徵有关，取魏姓谐音，并封魏徵为渭河龙王。如今，源头渭河庙中，还供着魏徵塑像。

根深叶茂，源远流长，就像它最终投入的母亲河。渭河之所以成为黄河第一大支流，是因它两岸支流无数。以渭源首阳县西南鸟鼠同穴山定界，渭河两岸就有五大支流。南岸清源河、铁峪河、莲峰河，北岸唐家河、秦祁河，河流长度均大于渭河。

流域500平方公里以上的支流，北岸还有散渡河、葫芦河、牛头河、通关河、漆水河、泾河、石川河、北洛河等，南岸则有榜沙河、大南河、藉河、石头河、黑河、涝峪河、沣河、灞河。

鸟鼠山海拔3495米，因山上鸟鼠居一穴和平共处而得名。在古首阳县即现今渭源县清源镇渭首亭，有三河溪交汇，从南来的是源于豁豁山的清源河，从西而来的是龙王沟，北边是唐家沟——“三源合注”后流向东南。

清源骆驼项沟有太宗“遗鞭泉”，与吐云泉、禹仰泉照映。

唐太宗西征时路过骆驼项沟，饮水时不慎将马鞭掉入泉中，打捞多时也未能找见，便在泉旁大石上写了“遗鞭”二字作记号，以便以后打捞。这次西征之初，太宗踌躇满志，但遗鞭后突生犹疑，心觉不吉，收兵回长安，才有了文成公主嫁松赞干布“和亲”的历史篇章。由此可见，一些荒诞无稽的传说故事实质上有其愿望的合理性，征伐固不可免，而和平还是大势所趋，无论和与战，都事关国家大计，这些大计的产生，有时或源于生活中一些细枝末节突发奇想。而传说的更为诡异之处是，太宗班师回京后，却在长安边的渭水里找见了遗失的马鞭，似乎隐含着送回它的是渭河暗流。

暗流，即一定深度的水下一定时间内做逆方向或侧方向暗涌的水流，往往决定主流方向，决定舟的载或覆。看来源头编造这一“遗鞭”故事的人，并不仅仅用来无聊解闷。

渭河流域包括横贯陕甘的秦岭山脉北坡及六盘山、陇山、断陷盆地，包括关中冲积平原及黄土台塬、高原部分，特殊的地理条件使这里成为黄河文明的发祥地。伏羲母亲因踏巨人脚印而受孕，在母系氏族年代，作为巨人后裔的伏羲显然不知生父是谁，但他知道自己是有来头的人，如伏羲庙挂的牌匾：“开天明道”。他借鉴蜘蛛结网，发明了网鱼虾、捕禽兽，由于捕获量大增，便有了畜牧业，进而萌生了原始农业，这无疑是划时代的。同时，伏羲改革婚制，定嫁娶之礼，提倡一夫一妻的对偶婚姻。同时，伏羲造书契以记事，对特别重要的事，就用一个特定的符号契刻或画在一个较固定的地方，这无疑比以前的结绳记事又前进了一步。

后来，他创造了八卦，以后又演变为阴阳五行学说，成为中国传统文化最神秘的部分。

传说伏羲因推行一夫一妻对偶婚制而得罪了大群男子，太多的荷尔蒙没地方发泄，就冲伏羲而来。一身血污的伏羲只好率他的追随者顺河而下，一路曲折，结果因祸得福，来到了今陕西关中一带，继续他教民稼穑的事业。在他以后，同是发祥黄河支流黄河上游的轩辕及周人、秦人亦步亦趋，就像无数支流都汇于黄河又汇于大海一样，这些母亲河养育的中华儿女的长子，从渭河顺流而下并由此风云际会，这里，先说说麦积石窟。

商周时期，甘肃南部陇右天水一带，是周秦部族发祥地之一。公元前688年，秦武公在此设置邽县，是黄河流域县治最早的记载。两汉时期，麦积是丝绸之路开拓前就已发展起的东段南北主干道上的重要一栈。至今，丝绸之路的车辙和马蹄痕依然清晰可辨。其中，麦积石窟由此而发展为佛教圣地。

麦积跨长江、黄河两大水系，境内小陇山林区是天水最大的一片森林，汇集南北植物多样种群，花岗岩地貌与喀斯特、丹霞地貌兼容，周围又有香积山、豆积山、天池坪、三扇岩等，其中最为人称道的莫过麦积烟雨。

石窟创建于公元388年至417年间的十六国后秦时期，保存至今的石窟有后秦、西秦、北魏、北周、隋、唐、元、明、清等各朝洞窟209个，泥塑、石雕7800多身，壁画1100多平方米，因此有“东方雕塑馆”之称。

与龙门、云冈石窟不同的是，由于麦积特殊地理条件所致，石窟造像以泥塑为主，先有内部木骨架，再垫内有麦草、麦衣的粗泥，再敷掺有棉花、麻道的细泥，最后涂粉施彩。一般塑像的手指、襟带等细部还用铁筋、竹筋、粗布支撑或提携，所以一些伸出的手指变化自如，衣袖衣摆挺直而又柔韧。有的塑像细泥中还掺入料礓石粉，历久而不淡散，具石质感，而且光洁润泽。

近乎万计的塑像中，从高约16米的佛陀到10余厘米大的影塑，从神圣的大佛到天王脚下“金角银蹄”的牛犊儿，均塑造得如同现实中有血有肉的人。佛在这儿，都人格化了。

由于石窟开凿在20—80米高的悬崖峭壁上，洞与洞之间有栈道相连，烟雨云雾笼罩，更给麦积添了一份神秘色彩。其中，散花楼里一尊遗失40年之后又失而复得的佛手让人觉得异常蹊跷。

散花楼即第四号崖阁，位于麦积山石窟东崖最上层，龛内外现存身高2米以上大型泥塑和石胎泥塑造像85尊，小型影塑757身。失而复得的造像之手是散花楼第五龛右壁右侧菩萨右手。此菩萨体躯修长，高髻长裙，袒胸露腹，是宋代泥塑艺术上佳作品，曾入选1988年出版的《中国美术全集》，图中该菩萨即无右手，1953年所拍摄照片亦无右手。

菩萨手送回的时间是1990年1月12日，下午下班时，执勤人员在东崖下部第29号窟左侧外的残龛内发现一个纸包，打开一看，原来是用两张《兰州晚报》包着的一只泥塑佛手。手为半握拳，长宽均为17厘米，厚7厘米。查对人员根据手的大小在相关石窟中仔细查对，终于使此断手在第五龛右壁右侧菩萨身上完璧归赵。[1]

佛手是何时丢失，又是何人送回？时间最少跨越了47年，到底发生了什么离奇故事？暂时是无法破解了。

黄河第一桥，八十岁生日收到的问候

黄河第一桥即中山桥，兰州黄河铁桥。清光绪三十二年（1906）九月十一日开工，1909年8月19日的宣统元年七月初四建成通行，坐落于白塔山下，是兰州历史上第一座跨越黄河的永久性桥梁。

黄河在甘肃流经甘南、临夏、兰州和白银四州市，全长999公里，把甘肃分割为河东河西。面对这道既可流通又是阻隔的天然屏障，怎样使天堑变通途，一直是政府，也是商旅、普通百姓的愿望。特别是丝绸之路开通后，兰州上下就出现索桥、浮桥、飞桥、冰桥种种，但大多因战火毁坏或随建随撤，没留下痕迹。

明洪武五年，宋国公冯胜奉命征伐河西一带的元朝残余势力，为运送兵卒，在兰州城西七里处的黄河上架了一座镇远浮桥。当时浮桥两端竖立的用以栓系浮桥铁缆的铁柱，后世称之为“将军柱”，共有四根。迄今仅存的一根“将军柱”竖立在中山桥南端东侧的纪念亭中央。

清同治五年即1866年，左宗棠出任陕甘总督，为军运需要，拟修建兰州黄河铁桥，因德商预算工程费用需六十三万两白银，无力承担暂时搁浅。光绪三十年（1904），镇远浮桥又一次被洪水冲断。此后，随着老龙头桥于1904年在天津建成，京汉铁路黄河大桥于1905年在郑州竣工，兰州修建一

① 2015年6月28日麦积石窟采访考察笔记。

座永固铁桥就成了大势所趋。

光绪三十一年（1905），陕甘总督升允设立甘肃全省洋务总局，并任命兰州道彭英甲兼洋务总局总办。次年6月，德商天津泰来洋行经理喀佑斯游历至甘肃，彭英甲与其接触并洽谈了合作建桥，并拟定了初步的包修合同草案。但当时保守派对建桥一事“群相疑沮，胥动浮言”。为了解除中方的疑虑，喀佑斯表态：“黄河水性虽云湍急，若如所议章程架修铁桥，甘愿保固八十年。”总督升允表态：“所拟包修铁桥合同甚属周妥，应准照此签押。”

合同规定：“保固八十年限期之内，无论冬夏，倘因起蛟，河水涨发……因蛟水神力将桥冲坏，与泰来行无干。除起蛟外，桥有损坏，泰来行一定赔修。”外方全权代表是：德国泰来洋行喀佑斯。

工程总价为十六万五千两白银。设计由美国桥梁公司完成。物料运输，先海运到天津，再由铁路从丰台运至新乡，再马车运至兰州。历时21个月，洋务总局清册统计，所转运的桥料建材总重达228.15万斤。

而就在兰州黄河铁桥即将择日开建之际，仍有保守派在妄议建桥的利弊得失，甚至上书反对。其中，庄浪举人牛献珠向彭英甲封递了一篇禀文：“为请停修黄河铁桥……”彭英甲阅此禀文后驳斥：“当此推广路政之世界，铁桥之修，所在皆有。岂人皆昧于后患，而该举人独知预防耶？至请移桥宁夏……岂在兰州，铁桥有后患，省移宁夏，铁桥即无后患耶？谅该举人无词以自解也。”

宣统元年七月四日即1909年8月19日，长七十丈，宽二丈二尺四寸的兰州铁桥在建设者和当地民众的期望中开通使用。为加强对铁桥的管理和养护，甘肃洋务总局专设12名巡兵管理，并规定桥板每年八月必须粉刷油漆一次，以保持色泽明亮。油桥物料，“用鱼油和红色膏为之，每斤兑松香水三两，不计斤两多寡，总以油完为止”，“铁桥上下一切螺丝钉，凡用白粉油者，每七日上紧一次”，“稍有损坏，当即更换”。并对车马行人往来做了详细规定。

新桥通行伊始，总有人试个新鲜，间有马勇或无赖强徒在桥上跑马飞车，风驰而来，浩荡而去，铁桥巡兵阻挡不住。对此，洋务总局又专门《告示》：“无论车马，务须缓辔徐行，不准驰骤急跑。倘敢不遵，即由站岗巡兵扭送来局。轻则责罚，重则枷号示众。”

通车最初12年，过桥的都是行人、人力车、马车乃至牲畜。直到1921年，第一次有汽车驶过。1925年，冯玉祥率国民革命军入甘，从此铁桥开始通行大型军车。

1937年，兰州成为国际援华物资中转站以及中国空军的训练基地之一，这座设计能力仅通马车的中山桥成为为中方前线提供后勤补给的关键性桥梁。为躲避日寇轰炸，中山桥的桥体颜色由原本的橘红色被改涂成铅灰色，并一直保持至今。

2009年8月，兰州举行“中山铁桥百年庆典”纪念活动。次年，又对中山桥进行了自建成以来的第18次维修。2013年又做决定禁止各种机动车辆通行，从而结束百年通车历史，成为一座永久性的步行桥。[①]

百年庆典前20年的1989年8月，兰州市政府意外收到一封来自德国的函件，来函先询问铁桥状况，同时，申明合同到期。那负全责的兰州铁桥合同签字人喀佑斯还活着还是早已到天国？那德国泰来洋行早已“跑路”不知所终还是已成为桥梁集团公司？我们不得而知。只知此一来函像一块石头从遥远的地球那边投进铁桥下滚滚东去的黄河，涟漪转瞬不见，但那一声遥远的回响却久久不曾散去……

① 参见赵文著：《百年中山铁桥10个故事》，甘肃新闻网2009年8月26日；吴振兴著：《控扼要冲五百年》，《兰州日报》2008年3月14日版。

第四章

得天独厚（宁夏）

黄河百害，唯富一套。

——俗语

冲出黑山峡以上系列峡谷，黄河擦过腾格里沙漠南缘，从甘肃由中卫南长滩入宁夏，过上游最后一条峡谷青铜峡，从与内蒙古交界的麻黄沟出镜，在宁夏流出397公里。此时，她已走完归宿大海全程的一半里程——2770公里。

她看到了两岸稼穑的农人，她托起筏子和小船，让筏子鼓起白帆尽兴地与她怀抱里的云影嬉戏——以一个胜利者的宽容和大度。

急湍乍收，母亲河才有余力在创造华北大平原之前，先创出她第一片平原——银川平原。在贺兰山、阴山遮护下，河自西向东，再折而北，而东，再复折西南，迂回两千华里，形成全河最大的几字形弯——河套。

河佐山佑，被称为“朔方之屏障，沙漠之咽喉”的贺兰山，既削弱了西北寒风的侵袭，又阻挡了腾格里沙漠东移，从而使这片土地有了“黄河百害，唯富一套”的盛名。先是“胡地”，后是“河南地”，再是“塞上江南”。得天独厚的自然与地理，使一代代黄河子孙趋之若鹜，从4万年前的“水洞沟人”，到以后的羌、吐谷浑、突厥，包括盛极一时创立西夏王朝的党项，马一样奔来，又风一样消失，至今，也还在朔风中回响着阵阵剑戟的碰撞声和踏踏的马蹄声……

河流发育史专家告诉我们，黄河挟带的泥沙色白，不同于风吹来的黄沙。石子也一样，随河水推移的石子，均为光滑质硬的卵石，不同于当地山洪推移来的棱角分明的砾石。以此可判断同样沙土、同样砾石的沉积层是不是黄河故道。由此，地质学家断定，黑山峡上下包括河套黄河生成孕育，应该在1300万年以前。

河佑山佐，从“胡地”到“河南地”

宁夏面积小。如果把宁夏与周边相邻的新疆维吾尔自治区、内蒙古自治区、甘肃或青海相比，其面积可称得上袖珍，但假如你真的在宁夏走上一圈，便会发现，它虽小，却有山有水，有平原大漠，有湖泊湿地。既有塞北的粗犷，又有江南的灵秀。

从地图上一眼就可以看出，在宁夏的西面、北面至东面，分布着腾格里沙漠、乌兰布和沙漠、毛乌素沙漠，南面则与黄土高原相连。然而，就是这么一个貌似被沙漠和黄土包围的地方，竟然还有连片的绿洲。它的形成，除却河的滋润外，还有山的护佑。

“宁夏川，两头尖，东靠黄河，西靠贺兰山。”当地民谣如此描述。

“贺兰”，蒙古语骏马的意思，名字源于1700年前西晋时代。那时，从大漠以北南迁的贺兰部匈奴人在这一带驻牧，随后，民族的名字成了山名。远望3556米海拔的贺兰山群，确有万马奔腾之势。

贺兰山是中华西北地区自然地理分界线。大兴安岭—阴山—贺兰山—巴颜喀拉山—冈底斯山，居其间的贺兰山既削弱了西北寒风的侵袭，又阻挡了潮湿的东南季风西进，在古代，还一度阻挡过匈奴、鲜卑等游牧民族南下的马群，同时，它更阻挡了腾格里沙漠的东移，成为银川平原的“朔方之屏障，沙漠之咽喉”。

和祁连山中腰以上草木茂盛而山脚荒凉相似，贺兰山海拔500米以下砾石遍地，植被稀疏，1500米以上，则是植物覆盖度大的山地草原和旱生灌木带。海拔2000米以上，有云杉、油松为主要成分的森林。粗壮挺拔的乔木矗立于大山深处，有的直径可达1尺多，覆盖了几乎整个山壁。海拔

3000米的森林带以上，有高山灌丛草甸，植物多耐寒抗风，生长期短，是良好的夏季牧场。

气候气象从来都是山水条件下的自然反映。特殊的地理构成，使贺兰山降雨量与其他地方迥异，高山气象站给出的数字是，山上年均降雨量421.9毫米，比银川的228毫米高出近一倍，使1900—3100米海拔地带，成为荒漠中升起的条形绿岛，虽不能和江南青山绿水媲美，但却别有韵致。从苏峪口进入森林地带，只见油松、杜松、云杉等天然林木一望无际，一年四季葱郁茂密，低处的山杨林秋叶正黄，远山的云杉则青装素裹，万壑松涛犹如钱塘大潮。而在林木深处，厚达10厘米的苔藓绿意逼人，紫蘑菇、白蘑菇、大银盘等山珍遍地。大自然的精灵马鹿、岩羊、蓝马鸡等珍稀动物则时有出没……

当贺兰山在远古地质运动中隆隆崛起之时，六盘山还在下沉，直到地质运动趋于平静，六盘山才悠悠然从深沉中挺立，是神州最年轻的山峰。与贺兰的高大雄奇相比，六盘则相对柔和圆缓，敦厚低调。正是它横贯陕甘宁三省200公里的山势，使它成为关中平原的天然屏障和银川平原的襟护。

六盘山还有一个土名米缸山，伸向甘肃的南端则称陇，主峰最高海拔2492米。

六盘，不是确数，是多盘重重的意思。

叠嶂重重的峭壁峡谷，使山中溪流交错，水至陡处便飞泻成瀑或落地成潭，形成潭、瀑、泉、涧等多种水体。

北方的雄浑和南方的温润，大陆性、海洋性季风边缘的气候特点，造成山中“春去秋来无盛夏”之气象。72%以上的森林覆盖率，年680毫米降雨量，使山中水资源得以涵养，源于北侧的清水河向北流入黄河，东侧则是泾河发源地；西南诸水汇入葫芦河，后入渭河，再通过渭河汇入黄河。

银川平原的前身是银川古湖，向南与卫宁盆地连在一起，向北通河套古湖。距今6000万年左右，现宁夏平原陷落成为古湖。大约1300万年以前，连续不断的地质运动使香山、贺兰山地区强烈抬升，给卫宁盆地、银川盆地及河套盆地河流以强大溯源侵蚀能力，往上切穿香山地块，把陇西盆地水系与卫宁盆地串接，向下贯通河套盆地，古湖渐为平原。是黄河走出巴颜喀拉后所造的第一块大陆。①

河套之名，始于明代。河套一词的由来，是和这一地区西、北、东三面环河，南有边墙阻隔的套状地理形势有关。《河套图考》序说："河以套名，主形胜也。河流自西而东，至灵州西界之横城，折而北，谓之出套。北折而东，东复折而南，至府谷之黄甫川入内地，迂回二千余里，环抱河以南之地，故名曰河套。"包括今宁夏北部、内蒙古鄂尔多斯市全部、巴彦淖尔市的后套一带和陕西北部。春秋战国前后，因为游牧部族林胡和匈奴已长期在这里活动，此地被称为"胡地"。得天独厚的水草与适宜的气候，自然把胡人的马养得膘肥体壮，来如疾风的马队就成为边疆最不安定的因素。

秦始皇统一六国后，为消除驻牧于阴山、贺兰山一带匈奴的侵扰，始皇三十二年（前215），派大将蒙恬率兵三十万北击匈奴，"略取河南地"，即今宁夏与内蒙古河套及鄂尔多斯市；第二年又西北逐匈奴，在自榆中并河以东直到阴山的广大地区内设34县，其中有今吴忠、灵武地区的富平县，青铜峡附近的神泉县和陶乐境内的浑怀县。同时，从内地迁来大批贫民和罪犯与士卒一同戍守边防。从此，宁夏河套就成了历代王朝防御北方游牧民族南下东进而屯垦戍边的前线。

已有大军防守，再加内地迁徙过来的居民和罪犯，粮食得吃多少？从内地运送千里迢迢，"率三十钟而致一石"，就是说起运200石粮食，到目的地就只剩一石了。虽夸大其词，但沿途消耗损失巨大却是实情。要解决

① 潘保田著：《黄河发育与青藏高原隆起问题》，第50—60页。

给养，只有就地垦殖，生产粮食。

《汉书·匈奴传》载："以秦始皇之强，蒙恬之威，带甲四十余万，然不敢窥西河，乃筑长城以界之。"蒙恬在河套地区以黄河为界，除去修了长城之外，所干第二件事就是修渠，变牧地为耕地。河套由牧到农，也由此开始。

秦亡汉兴，文帝采纳晁错建议，"募民徙塞下"，继续秦朝屯垦战略。此时，匈奴经常越过黄河侵扰内地，使得北部边境"不得田畜"。到汉武帝时，经过数十年的休养生息后，武帝于元朔二年（前127），派大将卫青等"击胡之楼烦……取河南地，筑朔方，复缮故秦时蒙恬所为塞，因河为固"。置朔方郡后，又发"数万人渡河筑令居……斥塞卒六十万人戍田之"。"自是之后，用事者争言水利。朔方、西河、河西、酒泉皆引河及川谷以溉田。"

此时汉家将军，已不是如秦时蒙恬"带甲四十余万，然终不敢窥西河"了。

经六七十年垦殖，到汉元帝时，宁夏至内蒙古河套已由荒漠草原变为富饶之地。"沃野千里，谷稼殷积……牛马衔尾，群羊塞道……因渠以溉，水春河漕。用功省少，而军粮饶足。"历史上有名的高渠、光禄渠、七星渠、汉渠等古渠，其原始渠道即开自秦汉。

对于这么一块风水宝地，想历史上任何一朝的王者、农者或者牧者，都不会无动于衷。先是匈奴马踏南山，后被蒙恬逐出，秦亡后匈奴卷土重来，又被汉武帝重新夺回。东汉以后，历经魏晋十六国凡200年，宁夏、内蒙古河套为匈奴、鲜卑和羌族再次占据，屯田遂废，到鲜卑拓跋统一北方建立北魏政权后，屯田水利又得恢复。《魏书》记载：太武帝太平真君五年（444），刁雍任薄骨律镇将，四月到任，见"官渠乏水，不得广殖……兵人口累，率皆饥俭"。于是上表请开艾山渠，"溉官私田四万余顷"，不仅使官课常充，民亦丰赡。刁雍到任后的第三年，就奉诏用船将囤谷50万石下运到沃野镇，以供军需。到任第五年，又造城储谷，置兵备守，使薄骨律镇成为北魏六镇之一。其间，迁5万户至此。所迁入人口多江南人士，《太平寰宇记》卷三六评价：“江左之人崇礼好学，习俗相化。”是说江南人不仅很快就适应了塞上风俗生活习惯，也更把江南习俗在塞上发扬光大。更有河套完备的灌溉系统所造成的自然环境以及自然环境所衍生的文化，不似江南，胜似江南。

“塞北江南”的说法遂不胫而走，至今已1400多年。[①]

青铜峡与“百八塔”

黄河穿过牛首山，长8公里、高出水面数十米的陡壁青铜峡，因河流映照，时作青红色而得名，是黄河上游最后一道峡谷。它真正进入国人视野，是于1955年以后它和上游龙羊峡、李家峡、刘家峡一样成为国家投资的第十八座水利枢纽。1958年动工，1967年发电。

而在大坝建设以前，青铜峡的地标是108塔。大坝以上两公里，峡口内黄河左岸，宋代塑造的108座佛塔，又称百八塔或百塔寺。

塔坐西朝东，背山面河，随山势分阶而建，自上而下按奇数排成十二列，构成一个等边三角形体的大型塔群。除去第一层塔高3.5米，其余均为2.5米。塔形一层为覆钵式；2—8层为八角鼓腹尖锥状；5—6层葫芦状；7—12层宝瓶状。塔用砖石砌成，外镶黄泥，再涂白灰。百八塔能保存至今，应归功于水利岁修。河套最大的唐徕渠引水口就在百八塔下的黄河上，唐徕渠口春工岁修时，修渠者都不会忘了也同时给塔以草泥裹护，再

① 2015年6月2日宁夏水土保持局卜崇德、齐晓磊访谈并提供资料。

抹一层白灰。

百八塔依山而建，身临其境，有壁垒森严之感，这也难怪民间传说塔是抗金英雄穆桂英的点将台。而作为佛教建筑，为什么当时修塔人修了108座塔而不是再多一些或少一些？佛家认为人生有烦恼108种，为祛除众多烦恼才修建此塔。也有水利科研者认为，塔本来作用是水位标识，古时青铜峡黄河水位比现在高，修塔是为了估测黄河水位之高低，从淹没石塔层数，可知水涨或者水落的程度，以利下游有备无患。

郭守敬治水，河渠“封”与“俵”

河比降自上而下1000比1到6000比1，在银川平原，比降就更小。海拔1000米略高的宁夏平原地势南高北低，而屹立于中部的青铜峡，又将平原分成南北两块，形似葫芦，黄河由西偏南而来，纵贯整个平原，使平原且溉且粪，宜麦亦稻。所以，当羌、戎、匈奴等游牧民族的马蹄踏进这片水丰草美之地并扎下营寨时，他们即从单纯游牧演变为田牧兼营。以至赫连勃勃建立大夏国，在银川平原黄河沿岸建城。《水经注》记：“薄骨律镇城在河渚上，赫连果城也。桑果余林，仍列洲上。”直至唐代，该处“桃李千余株郁然犹在”。

一方面是舟楫咿呀，田园风光，一方面又刀光剑影，随风来去。或者田园家园或者阵地疆场，皆是因为黄河造就的这片沃土。

黄河从高原峡谷奔突而下，在穿过兰州盆地、陇西、中宁盆地以后，下河沿至石嘴山，河经宁夏317公里，河宽400—3000米。磴口至河口镇，河蜿蜒内蒙古河套平原之上，河长585公里，河宽500—2500米。

舒缓的河水节奏更映衬出战乱之下河套日子的逼仄，那赖以活命的河渠每历一战乱，就遭一次浩劫，河渠时息时流，倒映的都是时代的光影。

隋唐强盛，边塞繁荣。贞观二十年（646）唐太宗李世民出巡灵州，开元九年（721）唐玄宗置朔方节度使，治所在灵州，辖兵64700名，有马4300匹，可谓兵强马壮，“天下劲兵在朔方”。由于驻军在灵州兴修水利，虽然所需粮食辎重浩大，却是“不烦秝籴之费，无复转输之艰”。

黄河流进北宋，与宋、辽三足鼎立的党项族首领李继迁父子攻占灵州后，就是凭这一片山水称帝建国。元昊时期，不只修复旧有各渠，并且屡开新渠，如青铜峡灌区黄河两岸，贺兰山下规模宏伟的昊王渠，全长150公里，1949年以后所建新渠即是在这些遗迹之上所开。今卫宁灌区黄河南岸，南山台子下也有古渠，世称“李王渠”。

西夏全民皆兵，国人“凡六十以下、十五以上，皆自备弓矢甲胄”，反过来说，所驭马操刀军人，下了马即下田的农夫。这就使沿河各县均成为西夏粮仓。《金史·西夏列传》称：“自汉、唐以水利积谷食边兵。”

“以水利积谷食边兵”，“皆支引黄河”。

蒙古兴起漠北后，成吉思汗为打通西征之路，六次攻打西夏，连年战祸的“塞北江南”，遂满目疮痍，“民间相恐动，窜匿山谷”。

元世祖忽必烈即帝位后，首要目标就是进攻南宋，打仗需要足够的粮食供应。他的目光自然注意到了有河渠之利的西夏故地，当时的著名水利学家、天文学家郭守敬自然地进入他的视野。

郭守敬，祖籍河北邢台，出身书香门第，少年时从学于著名学者刘秉忠和张文谦。元世祖中统三年（1262），担任中书左丞的张文谦见郭守敬水利工程构想“巧思绝人”，遂向忽必烈推荐。元世祖召见于上都，郭守敬面陈华北水利大事，每奏一事，元世祖叹曰：“任事者如此，人不为素餐矣！”当即授予郭守敬提举诸路河渠。与此同时，为使郭守敬大兴水利的计划减少障碍，元世祖还特意下诏，让举荐郭守敬的伯乐张文谦任封疆大吏。

对于《元史·郭守敬传》所述“灌田九万余顷”，后人有疑，但宁夏河套经郭守敬重整而焕发生机则无人异议。至元三年（1266）五日，元世祖诏令西夏中兴府“凡良田为僧所据者，听蒙古人分垦”。七月又诏令“西夏避乱之民还本籍”者，都给田种，并发农具。随后又有大量随州、鄂州等地移民至此，“天下黄河富宁夏”之说也由此传播。

河渠为生民命脉，劳费在一时，享利则久远。其间，修建之初就如何求完固，修毕使用之后如何修葺，上下游用水如何管理，长期的引水灌溉，河套人创造积累了一系列管水、用水制度。如沿用已久的“民办、公助、官督”的水利修、管、用方式；春秋两季的岁修；先下游、后上游的“封俵”灌水；“碱地生效、开沟种稻”的垦殖盐碱地措施；“两年旱作、一年稻作”的“三段轮作”以及“草土埽工”、植柳固堤兼防风沙等等行之有效的方法、措施。这里，特以唐徕渠为例做一描述。

唐徕渠亦汉故渠。民国时期，唐徕渠由青铜峡出口一百零八塔处引水，流经宁朔、永宁、银川、贺兰，到平罗县城北惠威乡梢坝止，尾水入古西河、黄河，全长212公里，有大小陡口551个，灌地46.75万亩。由于源长弯多，输水不畅，从渠口进水流到渠梢需要七天七夜，平均每小时流程1.2公里。下游灌区来水难，群众中流传顺口溜说：“常信堡的爷爷，洪广营的爹，镇朔堡的孙子要水跑断靴。”

上游近水楼台，下游鞭长莫及，引黄闸门一开，水量怎么分配才能做到大致公平，这是首要。其次还有渠道疏浚、修理，用工怎么出？资金怎么筹？以农为本的中国，治水常是治国安邦大计，水利事业的进退，历来都是朝代兴衰的标志。宁夏河套水利，自秦汉以来在黄河开口引水的大渠39条，是仅次于四川都江堰的大型古老灌区之一。一条渠，把上中下、前后左右互不联系的小农小生产者联系在一起，也把时间和空间带到现代管理的河渠文明中。

先说“封俵”制度。那时灌溉都是“立夏”节前开口放水，放水后上中段渠口都采用“严封实闸，逼水到梢”的办法，待水到渠梢，下段即将全部灌完时，中上段开始“俵”水。“俵”就是有节制、有秩序地开口灌溉，故有“封俵如号脉”之说，因为俵水封水与当时当地的作物长势、气候条件、河渠水量、渠道状况都密切相关，过犹不及均非所宜。开灌后的“头轮水”，紧接着的“二轮水”，再后冬灌，都须送水到梢，由下而上地轮灌。当下游灌水完毕时，还须取得当地受水群众代表的“梢结”，即灌水完毕的证明文件，渠梢方可断流，叫“收水”。这时上中段集中轮灌，下游则“撬梢坝”，指封水人员向上游撤走，下游停水渠段，群众自由抢用余水。

且溉且粪的引黄灌溉富有实效，但由于黄河泥沙多，每年灌溉之后，渠道内的淤积需要清除。所以，春分前后都要用柴木封堵渠口，断绝水源，涸干渠身，到清明节时再疏浚渠道，维修闸坝，立夏前全部竣工，前后时间一个半月，名曰春工，年年如此，成为岁修。

岁修需要工料和资金。每年冬灌结束后，农历冬至来临，官府便召集各渠乡绅，对下年应浚应修工程及所需人工、物料进行踏勘估算，各渠岁修所用工料由本渠受水户按亩均摊，各渠不一。民国二十七年丈量地亩后，水费征收统一规定每亩四角，后因货币贬值改征黄米2.5公斤，柴草1—2束，每束重8公斤。对于出工，则规定河西灌区每60亩地出夫一个，河东及卫宁灌区每百亩地出夫一个，做工时间统一定为30天。出工延迟或逃避者，计日倍罚。为使渠道清淤彻底，每年春修时，任用绅士练达渠务者分段督修，被任用者成为委管。各段负责岁修的委管，竣工放水后半月内有无倾陷、滑坡或阻碍水流等情况出现，作为考核其工作业绩和过失的依据。有功者奖，有过者罚。

对水费征收，有“本色”与“折色”之分，所谓本色，只征柴草，以柴草价折顶水费，不再征款。所谓折色，只征现金，不征实物，现金作为采购石料、木料、白灰、胶泥等物料和管理人员的费用开支。为方便管理和减轻农人负担，还有“近征本色”与“远征折色”区别，即距工地近者缴纳实物，距工地远者缴纳现金，以及六本四折、七本三折之详细规定。

河套灌区运营历来都是以民办官督为主，以源养源，量出定入，岁清年结。出工出料保持渠道正常运转，成为河套人的自觉自愿，一盘散沙的小农小生产积习，被从大渠引来的黄河水荡涤几净。

银川有“七十二连湖”之名，其实，大大小小的湖泊有200多个，都是灌溉尾水积潴或地下水位升高所致。地下水位升高，地就泛碱，干旱地区，存水洼田是好田；银川则相反，高田才是好田。大自然给河套人自古成习的无量灌溉敲响警钟。

“河套人”的水洞沟遗址

河水永恒的流逝像时光一样，她把河边发生的巨大的事件联系起来，并留下物证传至后人。几万年前，当幼发拉底河人捡起一枚贝壳，对着太阳作美的打量时，贺兰山下母亲河边，是否也有先人置温饱于不顾，或温饱之后，悄悄生出观察认知的萌芽？如果没有，这个四万年前经磨制又钻孔的鸵鸟蛋壳又是做什么用的？20世纪20年代初，距今四万年前的河套人水洞沟遗址的发现，给这个疑问作了解答。

1920年6月，一位名叫肯特的比利时人来到银川平原灵武临河的水洞沟，河套里一个普通的小村，西距黄河有18公里。这个荒凉的鄂尔多斯台地西南部，举目所及的都是大自然造就的一片雅丹地貌，雄浑、险峻，沟壑纵横，是史前地质构造运动后又经千万年风沙雕饰后大自然的杰作。一路行走，坐骑的蒙古马已显疲惫，突然，沟头出露的一块石头让比利时人精神一振。靠前打量再轻轻挖出，拭去黏结的泥沙后，他发现此石是一块披毛犀牛的头骨化石，接着，他又从断崖掀出一块石英石石片，显然是经过人工打磨的那种。虽然职业的隔阂还不能使他对此有一个明晰的判断，但是他断定目前所处的地方，肯定曾有古人类居住过。四年后，法国地质古生物学家德日进和桑志华专程到此地考察，还没放下行装，就已发现其北部悬崖上裸露的是古代灰烬，还有化石、石器。在随后进行的发掘中，他们又发现出土的石器，其制作技术竟与出现于欧洲石器中期的莫斯特、奥瑞纳一类文化形状极为相似，代表物为以长石叶为毛坯，两侧经修理左右对称、背面有脊的三角形尖状石器；另一类为一端修理出半圆形刀刃状的刮削器。数年后，总结这次发现成果的学术论文《中国的旧石器》发表，自此，“中国没有旧石器文化”的论断终于被打破。寂寂无闻的水洞沟从此以“河套人”闻名，成为中国最早发现的旧石器时代文化遗址。从此，中西考古学者陆续来到这里，寻找河套人的文化萌芽。1963年，古生物学家裴文中先生在水洞沟的考古挖掘中，发现了古人用鸵鸟蛋皮经磨制穿孔制作的装饰品、数以万计的打制石器和部分骨器、装饰品以及用火的遗迹。后来在黄河西岸，也发现了类似水洞沟遗址的石器。他们从哪里来？是从北京山顶洞，还是陕西蓝田溯河而上？还是从非洲漂洋过海，又从海水退后的大陆架进入古华夏版图，然后顺河而下？这一切，我们无法确知，但知道那些先民来到河套的时候，河水已经给他们足够的养育，这个时候的他们，已经学会用火烧烤猎获的羚羊，聚群成为部落，大约属于母系氏族阶段，狩猎、采集，一代又一代。

一直到五六千年前，他们的部落又进入母系氏族社会的繁荣阶段，磨制出更精细的石器，并发明了弓箭、陶器，还开始饲养家畜。这一切，在银川市西郊的镇北堡、贺兰县暖泉都有细石器文化遗存给予佐证。也有大河上游黄土高原的大地湾、柳湾部落予以呼应。他们营建了浅地穴式的房屋，室内有取暖、照明和烧烤食物用的圆形“火膛”，其旁还放置保存火种用的红色夹砂圈底罐。再后，考古人员还发现了用来研磨谷物的石磨盘和磨棒。这是银川地区已经发现的最早的居民村落，位于贺兰山山前洪积扇与黄河冲积平原的交界地带。这里，地下水位高，山上还有泉水，不受洪水的威胁，既靠近森林，又依傍草原；既有狩猎采集之利，又有夏游冬牧之便。历史上曾把这里视为“胡地”，以后又命名为“河南地”，而为了这一片风水宝地，部落与部落之间、民族与民族之间不惜大动干戈，浇灌在这片土地上的不仅有“且溉且粪”的黄河水，更有胡人，出征战士，戍边人的血、泪、汗。而当他们手中的武器由打制的石块、砍削的木棒变为弓箭和铁矛，丈量征途或领地由两条腿步量变为坐骑蒙古马，时光便倏忽自秦汉穿越至大明王朝。水洞沟除却是国内最早发掘的旧石器时代遗址之一外，它还是一处中国北方明代长城的一个重要关口。明长城东起鸭绿江，西至居庸关，全长12700余公里，在宁夏境内分布为北长城、西长城、东长城。水洞沟段属东长城。筑城时，工匠就地取材，多用黄土夯实，靠近黄河时，就取用河水。黄河水本为紫铜色，长城及其他设施筑成后，呈紫色，故又有“紫塞”之称。

被称为“紫塞”的明长城下，还有秦将蒙恬在把“胡地”掠为“河南地”后建的兵沟和古堡——“浑怀障”。时间为公元前214年。

而此时此刻，远离母亲河的尼罗河、两河流域是什么样子呢？

早秦将蒙恬建“浑怀障”380年的公元前594年，雅典执政官梭伦已在尼罗河畔建立了公民会议跟司法陪审制度，各国平民参政由此始并发扬光大至今。

再前半个世纪的公元前776年，希腊人在奥林匹克平原举行竞技大会，奥林匹克运动由此始。

更前的公元前1790年左右，幼发拉底河和底格里斯河两河流域，巴比伦王朝创《汉穆拉比法典》，内容包括类似河套分俵制度的水利、灌溉，还有社会治理，如“发扬正义于世”……“使强不凌弱”等。[1]

---

① 刘健编著：《幼发拉底河　底格里斯河：探寻失落的文明》，黄河水利出版社2006年版，第22页；柏杨著：《中国人史纲》，时代文艺出版社1987年版，第127页。

筏子与筏子客

流水从来不会让人失望。就在水洞沟人以鸵鸟蛋壳做审美工艺品的前5000年，距今45000年前，印度尼西亚群岛的智人，发明了第一艘船。捕鱼、探险、贸易，船于航海，其对人类文明之推进，不亚于哥伦布抵达美洲或是阿波罗11号登上月球——《人类简史》作者如是评价。

无论渡海还是渡河，渡总是一种推进。在还没有船的年代，穿峡过河，藏民最原始的办法是拽着马尾巴，一边过，一边还喊出凄厉的叫声，可能认为这样喊叫，就能吓跑河里时而平静时而张牙舞爪的鬼怪。以后，不安分的羌人过河时发现，遗落在河里的盛水盛马奶的羊皮囊浮在水面不沉下去，就把它吹起来渡河时用，再以后，就把皮筏当作河上运输的工具了。

皮筏见诸文字记载是《后汉书·邓训列传》。章和二年，即公元88年，护羌校尉邓训率兵在青海贵德一带击逐迷唐羌，“发湟中六千人……缝革为船，置于箄上以渡河”。在宁夏，浑脱的使用至少已有一千多年历史。

羌人发明皮囊浑脱，汉人大规模使用，用来渡河征伐羌人，这一点，羌人大概没有想到。

浑脱，从字面上理解就是全脱，完全地脱。浑脱由生活用具到交通用具再到作战装备，宋朝曾公亮《武经总要·水战》记载：“浮囊者，以浑脱羊皮吹气令满，系其空，束于腋下，人浮以渡。”1253年，元军渡金沙江攻西南诸藩及大理，所“骑”革囊，即浑脱。当时西夏军队装备中就有浑脱一物。

浑脱制作第一道工序是制皮，要用肥壮的山羯羊。羊宰杀放血后，从后腿交裆处开口，完整地将羊皮从后面往前脱，不得损伤羊皮。这样剥皮即“浑脱”法，整解地“脱”。皮剥好后要去毛，将羊皮泡在水中三至四天，待有恶臭味后去毛。这项工作过去必须在夏天进行，现在一年四季都可进行，方法是使用一个较大的塑料袋将羊皮密封，夏季约需24小时，就可以顺利地将羊毛连毛根都拔掉，制成原皮。

羊皮在盛夏密封的塑料袋中沤一天，取出后要立即将原皮放入盆中，倒入提前配置好的饱和盐水消毒杀菌，反复揉搓、浸泡，待入盐均匀后晾干。这时，原皮外表因水蒸发而全是干盐粒。去掉盐粒，再灌进适量胡麻油，使原皮均匀浸润，并挂起来晾晒，至皮表面渗出油，变成红褐色为止。

已熟之皮有四处开口：颈部、两个前腿、后交裆处。先将皮囊后交裆处开口边缘均匀打孔，孔径比筷子稍大，然后用一根比筷子稍粗、约8厘米长的圆木棍依次穿进小孔，再用细麻绳将穿在木棍上的羊皮扎紧，反复缠绕数十圈，以保证不漏气。颈部及两只前腿的开口亦如此制作。

羊皮筏或牛皮筏即由众多羊皮浑脱或牛皮浑脱在木排上组并而成。每只浑脱相当于轮船的一个独立隔舱，破损一两只仍无大碍。

皮筏的载重大小，可依浑脱的数量任意组拼。一般来说，大型皮筏用41排460只浑脱组拼，可载15吨；中型用30排396只浑脱组拼，可载10吨；小型用27排330只浑脱组拼，可载5吨。其区别是捆绑浑脱木排的大小和浑脱数目。

皮筏作为货物运输工具，从贵德至兰州再至包头，运输的大多为皮毛、药材、烟叶、木料、食用油等。不仅筏上可装货物，还可将较轻货物如羊毛装在皮囊内，每囊可装60余公斤。货物运到目的地，有的将皮囊和货物一并卖掉，有的将皮囊装在骆驼上运回。

宁夏段黄河大规模羊皮筏水运是在公元386—534年的北魏时期。446年，薄骨律镇镇将刁雍曾以皮筏将河西历年屯垦积存的50万斛的粮食，运至今内蒙古原县西的沃野镇。明嘉靖十一年（1532），居住在河套内的鞑靼族吉囊部，用牛浑脱把整个部族的男女老少渡送到河西，然后越贺兰山转入阿拉善草原。其渡河位置在今陶乐至石嘴山一带。

著名水利专家李仪祉先生于1934年10月到黄河上游考察，1936年《大公报》记者范长江从兰州到宁夏采访，也都是乘筏而行。这种载客皮筏都是大型皮筏，筏上搭有帐篷，供乘客生活起居。

1956年10月，石嘴山煤矿筹建电厂，曾使用牛皮筏将1台重14吨、高5米的锅炉，从兰州安全运抵石嘴山，创造了皮筏大件运输之最。

20世纪60年代以后，随着黄河上游陆续筑坝，长途货运的皮筏消失。

宁夏长途水运消亡的原因首先是航道被人工构造物截断。宁夏与内蒙古的河套地区自古属同一天然航道，上起中卫南长滩，经中宁、吴忠、横城、石嘴山、磴口、包头直达托克托县，全长一千多公里。1961年，三盛公、青铜峡水利枢纽工程施工，均无过船设施。青铜峡大坝本来设计有船闸，施工初期"按预留船闸位置处置"，后期又将位置占用建成泄洪闸。包兰铁路的乌海黄河桥净空又小，不能过船。这样，航道被截为四段。因此航道被截断，船只出路被堵死，这是宁夏水上长途货运消亡的根本原因；铁路、公路等现代交通的兴起，则是水上交通没落的直接原因。①

过去乘皮筏从兰州顺流而下，进入第一个峡谷是小峡，峡长20公里，有急流三处。其中距桑园以下三公里地方，河底不平，湍急的水流声十里可闻，人称"响水子"，水小时行筏危险。距桑园以下七公里处，右岸沟石堆积，坡度陡变，浪涛奔腾翻滚，因此得名"扫荡激流"。出小峡5公里又入大峡，峡长35公里，险滩不下10余处。峡口河中偏左有一高约10米的巨石挡路，形似骆驼伏在河中，称"骆驼巷"。距河口村2公里的一处险滩，浪涛起伏有2米之高，犹万马腾空，所以称"白马浪"，枯水时不好通过。再往下行3公里是"大床拐弯"，因河随山崖陡拐90度，浪高也在1.5

① 达慧中著：《黄河上游独特的水运工具——皮筏》，《黄河史志资料》1988年第4期。

米左右。再行半公里，两岸石崩流堵，峭壁外伸，河槽变深，形成左右两大漩涡，人称“蒸锅”“煮锅”。筏工讲，皮筏在此只能从中间相对平顺稳定的水流通过，不得有半点偏航，不论误入哪个漩涡，不是被“蒸”，就是被“煮”，很难再驶出。

出大峡30公里后即北湾村，其间是乌金峡，峡长20公里，内有大浪急弯一处，从乌金峡至红山峡，自保和口以下大河分为四支，入红山峡后，河至黄沙湾才汇为一支。红山峡长120公里，有大浪7处，入峡4公里处，右岸峭壁使河水左折，河宽80米，再下紧接有一平顶大石名“洋人招手”。据传，清末有一位洋教士乘筏而下，筏行此处迎石冲去，洋教士被眼前的惊涛骇浪吓得手足无措，在皮筏将要与巨石相撞的瞬间，用力跃上巨石。其实在这段激浪滔天的水路中，皮筏必须迎石冲去，然后筏工们运用娴熟的技艺使桨用力推石，再顺流而去，才可避免误入漩涡之险。洋教士哪里见过这等场面，慌乱之中跳上巨石。但见一个个皮筏擦边而过，他不停地招手求救，可是水流湍急，谁也无法靠拢援救。数日后，洋教士冻饿而死，从此筏工们将这块巨石称为“洋人招手”。

其他若干险处，如距老龙湾17公里，有处急流折右而复左，湾中布满块块大黑石，名曰“一窝猪”。距老龙湾35公里处，一段布满牛样大小的红石，则称为“红毛牛”。像这些水路在枯水季节，乱石裸露更多，筏行其中必须左躲右闪，分外小心，否则便会发生筏散货漂的事故。出了红山峡再行15公里是黑山峡，黑山峡长100公里，有大浪8处。入峡15公里，左岸有一长方巨石露出水面，称“龙王炕”。再行5公里，又有一片乱石布满河中，称为“一台戏”。又行10公里至南长滩，有“九姐妹”“老俩口”和“三兄弟”三处险滩。“九姐妹”是九块石头排列河边，使水流变急。“三兄弟”和“老俩口”为五块石头排列于河流转弯处，水小时，行筏还无甚威胁；水大时，行筏则有倾覆之险。行过这段险路，又有石靠近左壁，名曰“拦门虎”。再下行3公里，有段河底凹凸不平，支流汇集，泄流不畅，再加之左岸峭壁曲折而生漩涡，使乘筏人望而生畏，此处称“五雷旋”，皮筏常在此发生事故。当年行驶于这段河道上的皮筏，大多要用重金聘请多年闯荡这一带的老筏工为之领筏，方能安全渡过这一险关。[①]

此外，制、乘筏子都有讲究，忌讳说“破”“沉”“断”等字眼，“排子匠”首次出行，还要挂放红炮、焚香、祭河神，以图吉祥。

“三龙”相会沙坡头

黄河流经她所创造的第三大湾——兰州湾后，随即转向东北，依次穿过桑园峡、红山峡和黑山峡，进入宁夏中卫的沙坡头。

中卫地名起自明朝。

明朝实行军政合一体制，不设府、州、县等地方政府，而只设镇——这里的“镇”当然不是今天乡镇的概念，是镇守一方的意思。宁夏镇辖属7个卫，宁夏卫、宁夏左屯卫、右屯卫、中屯卫等。卫下设所，所下管堡。“卫”属军政合一，“护卫”属警卫单位，“屯卫”属军垦部队。宁夏中卫名从何来?《明实录》载，明朝初建，实行分封罔替制度，开国皇帝朱元璋将自己的十多个儿子以“亲王”爵位安置到了全国各地，被世人称为藩王，分别拥有自己的王府和军队。每个“王都”有左护卫、中护卫、右护卫三支部队，总兵力达到9000—15000人，其中势力较大者从东北到西北分别是辽王、宁王、燕王、谷王、代王、晋王、秦王、庆王、肃王，如同九大军区，分别担负着守护边界的任务。军屯是明朝初期创设的一种特殊

① 据2015年6月19日对甘肃水土保持局朱民访谈及所示资料。

制度，就是当兵的自己养活自己，打仗的时候当兵，没战事的时候当农民，自己种粮种菜，剩余的粮食交给国家。到了明永乐王朝，朱棣上台后就改朱元璋“以同姓制异姓”基本国策为“以异姓治同姓”，即委派心腹太监到全国各大军镇去监边、监军，实际上主要是监视各封地的亲王，也就是他的本家兄弟。同时，采取釜底抽薪的办法，削弱各亲王的护卫部队。在这种背景下，宁夏庆王原有的三支警卫部队，只能保留一个就在情理之中了。庆王右护卫改为宁夏中卫，从军事建制改变为军政合一的地方混合建制，这就是“宁夏中卫”的来历。

中卫市以沙坡头闻名中外。

和甘肃敦煌鸣沙山、内蒙古响沙湾一同被称为中国三大鸣沙之一的中卫沙坡头，地处腾格里沙漠南部边缘，是一座高约100米，长约2000米的陡峭沙坡，背靠浩瀚沙丘，脚踏滔滔黄河。沙坡下有泉眼自沙中涌出，合为一池，其中一泉因泉畔产艾且品质佳，故名艾泉。相传这里旧为藩王园，今称童家园子，三面环山，一面临水，有村舍、田园，又有鸣沙，因而自古以来即受游人青睐。《中卫县志》载：“童家园子沙坡头上，沙山峭立，人坐其上，向下滑行，沙随人下，钟声雷鸣，与山谷河声相互齐鸣，因名之。”

1959年夏天，科学家竺可桢教授曾考察过沙坡头，并爬到沙顶长滑而下，体验过后他著文说，沙丘坡陡，以细沙为主，矿物成分大部分是石英，表层干燥，被太阳晒热，再经摩擦，便会发出声响来。

1954年10月，华北至西北的主要交通干线之一包兰铁路动工。这条沿黄河两岸、乌拉山南麓、贺兰山脉西行的交通干线，将要在三盛公、三道坝和东岗镇三跨黄河，中经河套平原和银川平原，并在中卫和甘塘间通过腾格里沙漠南缘。

由此造成中卫“三龙”相会格局。一条是黄龙，一条是沙龙，新来的一条是铁龙。

西夏："宜附中国"，以五十四良马换中原九经

国力的基础是经济，对此，西夏不仅引入中原王朝的农业种植、手工业制作等，着力发展的还有商业。由于有丝绸要道河西走廊，因此西夏与北宋、辽朝、金朝、西州回鹘及吐蕃诸部都有频繁的商业贸易。第一大贸易市场称"榷场"，在边境设立，也是由国家管理的大贸易市场；第二等的是"会"，即定期的集市；第三是"窃市"，也就是走私市场。三者相互弥补，相互促进。

西夏从宋、辽、金取得的商品主要有丝绸、帛、香料、瓷器、漆器、茶叶、铁制品等，输出的有羊、马、牛、骆驼、盐、玉器、毡毯，以及甘草、麝香等中草药，其中以牲畜、毛皮制品和毛纺制品为大宗。两国关系紧张时，则严禁马匹贩卖至中原。西夏从回鹘或中亚商人那里抽取实物或承买转卖，从中获取厚利。因此西夏卖力地修筑驿道，东西二十五驿、南北十驿，从光庆东北十二驿至契丹，驿道的兴修无疑促进了丝绸之路的发展，但太过的盘剥又让东亚西亚的商旅为之头疼。为逃避西夏的"买路钱"，丝路上的部分商人往往改走柴达木盆地，经鄯州即今青海西宁，沿湟水到达宋朝的秦州天水，史称吐谷浑路或唐蕃古道。

虽然军队能决定一时胜败，国力强弱能决定话语权的多少，但是真正能够使一个民族或者国家长治久安的还是文化。拥有自己的文化传统，才有治下百姓对国家的认同，危难当头时不至于瞬间瓦解。没有自己深厚的文化，则只有盛极一时而不可能长久。对此，当时的西夏人也明白，所以有了二百年的风云叱咤，存续时间甚至比灭了它的蒙古王朝

还久一些。

西夏甫一建国，就在文化礼仪上实行“西部蕃礼，东部汉仪”，一方面吸收吐蕃、回鹘文化，更吸收汉族文化与典章制度，到毅宗谅祚，就干脆“去蕃礼，从汉仪”。一是他自己就是两个汉族乳母哺养长大，自幼熏陶，还有其父元昊临终遗言：“宜附中国，不可专从契丹。盖契丹残虐，中国仁慈，顺中国则子孙安宁。”此为《西夏书事》卷一九黄祐元年条目所录。所以谅祚之子惠宗继位时，就对中原文化更加青睐。“每得汉人，辄访以中国制度，心窃好之，乃下令国中悉去蕃仪，复行汉礼。”①

大到政治制度、经济布局、文字创立、思想教育以及礼仪，拿来就是。以至当时宋人富弼有言：西夏“得中国土地，役中国人力，称中国位号，仿中国官属，任中国贤才，读中国书籍，用中国车服，行中国法令”。就是说“全盘东化”了。

“全盘东化”的官僚体制与政治文化制度，无疑离不开儒家文化保驾护航。李继迁“潜设中官，尽异羌人之体，曲延儒士，渐行中国之风”。李德明“大辇方舆，卤簿仪卫，一如中国制”。其间，在推行西夏学、蕃学同时，专门设“大汉太学”。夏人庆三年也就是1146年，尊“万世师表”“至圣先师”的孔子为他们的“文宣帝”。中原名士“推孔子为天子”的梦想，终于被西夏人实现。

据说，西夏毅宗执政时一次向宋贡马，只是希望以此换回儒家经典。看到梦寐以求的五十匹宝马，宋仁宗喜不自胜。不过大国皇帝毕竟不失大国气派，不就是要几本书吗？皇帝大手一挥，让文昌阁找来《易》《书》《诗》《左传》《礼记》《周礼》《论语》等九部送上，并让毅宗使臣把五十匹好马怎么赶来的，就再怎么赶回去，“还所献马”。

① 2015年6月26日中卫水保局采访及资料。

回溯或仰望："我的心儿在高原"

"东尽黄河，西界玉门，南接萧关，北控大漠，地方万余里"的西夏，因1227年成吉思汗蒙古铁骑的第六次进攻而破亡。曾与宋、辽三分天下的"大白高国"寿终正寝，留给我们今天的也只有当时被蒙古人掘地三尺的王陵。

银川城西25公里处的贺兰山东麓，随地势起伏，坐落着9座西夏王陵和70余座皇族与文武勋臣的陪葬墓，南北长10公里，东西宽4公里。《嘉靖宁夏新志》载："李王墓，贺兰之东，数冢巍然，即伪夏所谓嘉、裕诸陵是也。其制度仿巩县宋陵而作。"每座陵园都是一组完整的建筑群体，面积都在10万平方米以上，坐北朝南，呈纵向长方形。陵园地面建筑均由角楼、门阙、碑亭、外郭、内城、献殿、灵台、神墙等多个建筑组成。与中国其他皇家陵墓不同，这九座帝陵不是常见的大丘，而是用干泥砖砌成的金字塔。砖上又覆盖绿瓦。由于蒙古军队的挖掘和以后的风雨侵蚀，地面建筑除黄土夯筑的鹊台、灵台、神墙还依然屹立外，其他部分均已倾圮废毁。但从地面残留的造型生动的琉璃鸱吻、兽头，制作精工的雕龙石柱和碑碣残片，仍可看出当年西夏王陵的宏伟与豪华气象。

让我们从历史的长河溯流而上，寻一个西夏王国从高原走向黄河的行迹，寻找它的源头，以此完成对它的祭奠。

西夏1227年最强盛时亡于元人。此时已历十代君主189年，领土包括今天的宁夏、甘肃、内蒙古西部、陕西北部、青海广大地区。

1044年前后，西夏军连续重创宋、辽军队，开国皇帝李元昊不可一世，甚至将儿子宁令哥的妻子纳为自己的皇妃。为报夺妻之恨，儿子挥刀向父，将父元昊鼻头全部削掉，帝血尽而死。元昊子谅祚继位，此时宋神宗曾派五路兵马攻夏，大败，损失人马40余万，耗费无数。

1032年，李德明之子李元昊继夏国公位，首弃大唐王朝所赐李姓，自称嵬名氏，自创年号。同时建宫殿、定兵制、创文字，夺取吐蕃瓜州、河州、肃州之战略要地。此时，元昊已拥有夏、银、绥、宥、静、灵、会、胜、甘、凉等十数州，领土扩张前所未有。

982年，宋赵光义削藩镇兵权，把李氏亲族一锅端到京城，意扶持亲宋的王公继位。李继捧族弟李继迁借故逃离，遁入茫茫草原。宋朝认为逃跑的小股匪帮不会成大气候，却不知多少年之后，恰恰是此人渐渐坐大并开始与宋分庭抗礼。

唐僖宗时，党项部首领拓跋思恭被大唐王朝封为夏州节度使，因助唐平黄巢收长安有功，被赐姓李，封夏国公。这部分党项羌武装也被称“定难军”，其势力以夏州为中心，包括夏、绥、宥、银四州。

盛唐时，西夏的先人党项一族还在高原，那时，党项羌和吐谷浑经常联合对抗强大的吐蕃。唐高宗时，吐谷浑被吐蕃所灭，失去依附的党项请求内附，被大唐安置在松州，安史之乱后，唐代宗又将当时在庆州的党项部迁至银州以北和夏州以东地区，即南北朝时期的赫连勃勃的“大夏”旧地，当时称为平夏，这一部落人即日后西夏皇族先人。

而再继续溯源，初唐，党项是羌族一支。《隋书》载：“党项羌者，三苗之后也。”《旧唐书》则说：“党项……汉西羌之别种也。魏晋之后，西羌微弱，或臣中国，或窜山野……”

上溯西夏历史，我们就会发现，它的行迹与我们母亲河又是何其相似乃尔！由小到大，由弱到强。

由青藏高原，母亲河支流，支流的支流，一步步走下，一直到母亲河的臂弯。作为古羌抑或西戎的后来者，本能地回归故地般地、向如它一样出身的先行者靠拢，边地向中原，野蛮向文明。

羌人元弋爰剑先被秦人俘获又伺机逃回羌地，教当地羌人稼穑，而俘获他的秦人，不正是比此一羌人更早一点从高原而走下的彼一羌人？

包括打败炎帝的黄帝，灭了殷商王朝的周人，灭了周的秦人，不都是早年从此一高原，比其他先民先行一步至中原，到达一定文明程度后又肩负起教化后来的羌人？

包括视西夏为敌的吐蕃，吐蕃之前的吐谷浑，吐谷浑之前的突厥，这些一旦相见分外眼红而互不见容的仇敌，五百年前不正是一家？

殷墟卜辞中的“羌”字，字形似人饰羊首，《说文》对羌的解释：“西戎牧羊人也。”

西戎是对西北支系繁多的各游牧民族总称。戎，古之弓、矛、戈、戟等兵器总称，以此引申为军旅披甲执戈、征战。

这些中原先民，周秦先人羌、戎，这些西北各游牧民族部落，不正是从云贵高原进入以后华夏的那一支？逐步内迁的路线图恰恰从黄河流域得到验证。

他们沿云贵高原西侧向北跋涉，最终在一万年前到达河套及黄河上中游盆地，被称为先羌的一支与原来族群分离，原族群逐步迁徙他处，羌戎一支却留了下来，保持了游牧习性。

经河套人旧石器文化后一万年到五千至六千年间，新石器文化出现，这在黄河第一大支流渭河、第二大支流洮河流域出土的大地湾遗迹、马家窑遗迹以至河套柳湾遗迹都可以找到考古证据，其中最代表华夏文明的两个符号：粟、陶，都出现于此。

新石器时代后农业出现人口增长，定居这里的先民又沿河而下，寻找新的栖息地。而此大族群的另一支群则一路东行到渭河停下，开始农耕，渐渐融合演化为华夏、汉人群。另外一群或因战败或为寻找新的家园离开黄河流域向西南而去，最后在喜马拉雅南麓立足，就像被吐蕃打败的吐谷浑余部，就像被蒙古人所灭的西夏族人，或者溯河而上至喜马拉雅，或者顺河而下至“南长滩”“党家村”“塔拉坪上村”。所以，藏族同胞的送魂歌中都要把亡灵送回北方……

对于生养我们先人、羌人的高原、大河，地质学家自有科学分析的考证，青藏高原沧海桑田的变化，在藏文古籍中也有记述：“海面上有被风吹起的沉渣，状如新鲜酥油”，“均淹没于大海中……观音菩萨为处水深火热中的众生祈祷，热海始而冷却平静，像注入水桶一般，经贡布之曲拉消逝”。

大禹治水是神话，大禹何许人也？我们知道他由治水而创华夏天下，也应该知道本是羌人。《史记・六国年表》说：“禹兴于西羌。”《路史・后纪・夏开氏》言禹为“西夷之人”。

周人先妣姜嫄，为羌部落之女，生子后稷，为周人先祖，文王的祖父（周太王）约定以后周王均娶姜女为后。

武王姬发灭商建周，依凭的是姜子牙所率羌人大军，周廷以青铜铸鼎为“羌伯敦”，铭文铭记——这已不是神话而是考古发现。

即便没有到过高原的人，也都知道藏族人民——这古羌的其中一支有“转山”习俗，转山是因为敬山，敬山是因为敬天。在党项人极为深长的凝视中，他们把自然界看成是“有心情的东西”，不仅感受到了天空至大无比和至高无上，而还臆测到了天空的生命品格和神性力量。[①]

这和夏商中原人已产生的“天人合一”思想，不正有异曲同工之妙？当我们溯流而上循西夏人足迹溯本求源，然后再顺流而下回到立足的这一条大河边，我们不禁发现：炎帝教民稼穑，虽败犹荣；黄帝以一位战神名义再造华夏一族；夏禹废禅让，其子夏启创立国家；周礼文质彬彬令孔老夫子“克己复礼”；秦一统天下，二世而终；刘汉勃兴，大风起兮云飞扬……而我们今天特意祭奠的西夏呢？西夏全面“东化”后来居上，

① 张迎胜著：《西夏人的精神世界》，宁夏人民出版社2009年版，第120—126页。

一百八十九年是非成败转头即空，同样西夏敬仰的大宋不是同样让金人给灭了？而紧随其后，灭了西夏灭了金灭了辽灭了南宋的一代天骄不也同样像雄鹰一样飞过，只在天空留一道转瞬即逝的灵光？那些时代英雄已经过去，无论灭还是被灭，最终灭亡的只是他们的江山而不是河山。风水轮转，春秋代序，朝廷亡了，国家还在；“国家”被灭，山河依旧。山还是绿的，水还是清的，黄河还是黄的，黄河一如在他们出世以前的一万年、十万年、几十万年之前一样流淌，不舍昼夜……

像玛曲、卡曲、拉朗情曲那些两眼泉、三眼泉汇成的小溪，像无数小溪聚成无数支流，无数支流又汇成黄河，黄河又汇入大海一样，高原尽管历经冲刷，千沟万壑，水土不保，但那一年16亿吨的泥沙不是随着河水奔腾造出一大片又一大片沃野，成为后人繁衍生息的乐土家园！而以藏语“多”命名的意为发祥之地的高原，既是羌、吐谷、吐蕃，又是西夏，自然也是以后由羌、党项等族人的发祥之地，也是这一条大河的发祥之地！即便沟壑纵横，满目疮痍，那也还是源！原！

我的心儿在高原

追逐着鹿儿……

第五章

鄂尔多斯兴亡（内蒙古）

在这个世界上，如恐龙一般消逝的庞然大物比比皆是。

——警语

如果说黄河到宁夏已从容不迫，而到后套，那就更散淡平静了。在包头河边，在内蒙古湖所孕育的湖迹河上，扔一块石头，能看到它一圈圈荡漾的涟漪，似乎看不出明显的流淌。

早等在包头河边的友人看出我们一行人的疑惑，便搭话："看不出流淌是吧？那你伸进手去试试。"蹲下，探身把手伸水里，随即又抽回来，水里有什么东西打得手背生疼。

显然是泥沙。大河毕竟是大河，平静中也蕴藏着凌厉的力量。

也许就在这时，我们才知道了黄河的高含沙水流为什么能够"揭河底"，为什么能够摧枯拉朽了。

如果说宁夏前套的河有贺兰山庇佑，在后套，庇佑她的则是阴山及周围草原。作为古湖遗迹的偌大草原，从来就是黄河子孙游牧一族的福地，因之留下了诸多遗迹：洪格尔岩画、天然石雕群、神秘的石人。当然，也有全河上下都已消失而唯它新生的大湖乌梁素海。

曾几何时，包括大夏锥探不入的统万城，让大宋也战战兢兢的西夏，西夏的黑水城，不都像那不可一世的恐龙而被时光掩埋于流沙之下？

黄河上游结束的地点是内蒙古托克托河口镇，至此，河流已长达3472公里，落差3464米。与青甘峡谷河道巨大的落差相比，在河套，无论前套还是后套，落差就微乎其微。所以，黄河在这里没有波浪。经过少年的孟浪和青年的激越，她走向成熟……

第四大湾：阴山下的草原与森林

距今三千万年、五百万年、一百六十万年前后，河套平原一如上游银川平原，在反复的地质运动中历经抬升、沉降、再沉降、再抬升过程，辽阔的古湖，受上下游河道溯源冲刷作用而逐渐消逝，逐渐发展为黄河河道。黄河先北流穿过银川盆地，再东流横过河套盆地，至托克托又南折入晋陕峡谷，形成了5400公里黄河上下最大的“几”字形河套河湾，弯曲环抱鄂尔多斯台地，为黄河第四大湾。

如果说银川平原自形成那天起就有贺兰山庇佑，在河套平原，庇护它的则是阴山了。

这里，先让我们摘引侯德封先生撰、1937年“国立”编译馆编《黄河志·地质志略》片段，看河套地理形制。

> 贺兰山北行至磴口山势渐杀，至绥远之临河境山势又起，东折沿河套以北与蒙古沙漠为界，是为狼山，高峰逾二千米。狼山东端以南安北间有色尔腾山，山峰海拔一千八百至二千二百米。安北南与黄河之间有乌拉山，包头岚萨县归绥以北为大青山，北与蒙古高原相连接，南为黄河平谷……而大青山岭峰则在二千米之上也。故自黄河平原北望高原，自觉悬崖绝壁形势险峻，但赖巨沟急涧破山而出为北通蒙古之孔道。以上所述绥远各山均走向东西，东入察热境，统称阴山山脉。[1]

---

① 侯德封编：《地质志略》，《黄河志》“国立”编译馆1937年版，第3—4页。

阴山横贯黄河几字形顶部的北岸，绵延600多公里，高度在1000米至2000米之间，是以前中原与游牧民族最北分界线。阴山之北，沙漠瀚海；中原人屯垦，只限阴山之南，唯一希望就是游牧者到此止步，所以就有唐诗“不教胡马度阴山”。但那又怎么可能？虽然那时游牧者却视饮马黄河应理应分。而黄河母亲又怎么凭空祖护一个，见外一个呢？

敕勒川，阴山下，
天似穹庐，笼盖四野。
天苍苍，野茫茫，
风吹草低见牛羊。

“匈奴失阴山之后，过之未尝不哭也。”阴山于匈奴之不可或缺，汉人当然心知肚明。

南北朝民歌所颂的即内蒙古河套境内分布的六大草原：呼伦贝尔、锡林郭勒、乌兰察布、巴彦淖尔、鄂尔多斯、阿拉善。其中锡林郭勒最具代表性。锡林郭勒，蒙古语是“丘陵地带的母亲河”，其间分布着20多条大小河流，470多个大小湖泊，还有乌拉善河一带40多万亩的芦苇荡。就是这一片草原，有史前巨兽恐龙墓地通古尔遗址，有原始人类留的印记洪格尔岩画，有宝德尔楚鲁天然石雕群，还有突厥人竖的神秘石人。多少年之前，秦、燕古长城横贯草原中部，成吉思汗就是从这里扬鞭跃马奔向中原，忽必烈在这里建了元上都，明成祖朱棣五次北征留下了铭碑“玄石坡”“立马峰”……

遥远的北面矗立着阴山紫色的影子，影子下，大河静静地流淌。

大青山，自东向西横亘于内蒙古中部数百公里的山脉，是阴山山脉中段。由于属于断块山地，这就使它南北两侧极不对称。东南部巨大正断面，与土默川平原截然分开；北部则趋于平缓，与高原无明显分界。季节变化使这里的冬季漫长寒冷，夏季短促炎热，春季常有大风，而大青山就如隔着南北之间的一道天然屏障，北坡干燥低温，南坡温暖湿润。活脱脱一座自然形成大佛的大青山，与它的象形石、峰林、冰臼群相呼应的还是它由于四季变化所呈现出的各有妙处的山色。疏林与高大乔木、低矮灌木丛相互交织，形成富有层次的立体空间。春天姹紫嫣红，夏天青山苍翠，秋天枫红桦白，冬季银装素裹，那高山草甸与环绕群峰组成的辽阔中，无论远眺还是近观，均可见变化之妙。大鸨、隼、马鹿、狍子、沙狐等一些珍稀鸟兽时常出没，给草原山林景致添了不少鲜活生趣。

野骆驼曾在世界许多地方都有分布，但至今在野外还有生存的仅这片草原和蒙古国的阿塔山，总计约有七八百只。野骆驼被誉为沙漠之舟，驯鹿则被誉为“林海之舟”。其两角似鹿非鹿，头部似马非马，四蹄似牛非牛，身形似驴非驴，故又称“四不像”。这种动物性情温驯耐寒，奔跑体力持久。内蒙古敖鲁古雅的鄂温克族猎人，是亚洲唯一驯养驯鹿的民族。

蒙古百灵、樟子松、肉苁蓉……秋天，细细的苔藓让山石也变成了金色，地上的杂草带绒绒淡黄，选一块视野宽阔的山腰平地，听溪水拍打卵石所发出的潺潺轻响，极目远眺，火红的五角枫被夕阳映得仿佛点燃了整个峡谷，橘黄色的黄榆点缀其间，更恰似分层的烈焰。而在这时，灰黄的小刺猬，也会把软软的肚皮放在白天被太阳烤暖的石头上，睁着小眼睛，享受着夕阳所留的温热。机灵的灰兔，一下一下地撅着圆滚滚的屁股，仍在草丛间寻觅食物，偶尔立起前肢，挺着被厚实绒毛覆盖的小胸脯，左顾右盼。色彩艳丽的野雉，拖着长长的尾巴在山林间滑翔，不亲眼看见，你不会相信野雉也会飞得那么高，那么美。而四肢修长、形体健美的狍，奔跑于树林与山间，遇到清泉，就优雅地低下头饮上两口。毫无疑问，那搏击长空的雄鹰，就是森林动物食物链的顶端了，它翱翔于蓝天白云之间，享受着王者般的自由。

赵武灵王与“胡服骑射”

如果从北京去内蒙古草原，火车驶出居庸关，放眼即是广阔的原野。从居庸关到呼和浩特一千多公里的路程，想找寻头脑中先入为主的塞外黄沙，却没有成功。眼前只有肥沃的原野：小麦、谷子、高粱、山药、甜菜……与预留的不能开垦的草原。

“草木茂盛、多禽兽……多大河”。正是这么一片风水宝地，多少年来，养育了匈奴、林胡、鲜卑、柔然、突厥、契丹一个一个剽悍勇猛的草原民族，十三世纪的大汗，也是从这里，发出了让世界震动的号令。

远古时代，人类活动受自然条件的限制。特别是那些还没定居下来的游牧民族，更依赖自然的恩赐。阴山南麓黄河所孕育的沃野，正是内蒙古西部水草最肥美的地方。正因如此，任何游牧民族只要进入内蒙古西部，就必须占据这个沃野。

南下中原，这里也是最好的跳板。

只要占领此地区，他们就可强渡黄河，进入汾河或黄河河谷。而如果他们失去了这片沃野，也就失去了的依托。

而在另一方面，中原如要排除从西北袭来的游牧威胁，也必守住阴山峪口，否则，这些马背上的民族就会越过鄂尔多斯，进入中原的心脏地带。

战国时代，这里就是兵家必争之地。赵武灵王所筑长城，起于今河北宣化，中间穿山西北部，西北延入阴山，至乌拉山与狼山之间缺口。如今，这段古长城仍断续绵亘于大青山、乌拉山、狼山靠南边的山峰，东西长达二百六十余公里，高、宽五米。阴山南北，古城遗址至少也还有二十几个，几乎通向阴山以北的每一重要峪口。在这条时被突破的边疆上，中原王朝至少有阴山以北、阴山以南、黄河三道防线。

而仅有城堡防线是不够的，还要军队的“现代化”。为此，赵武灵王“胡服骑射，以教百姓”。

赵国地处北疆，经常与林胡、楼烦、东胡等北方游牧民族接触，他看到胡人穿的是窄袖短袄，和大赵传统服装的宽衣博带相比，更有利于生活起居，特别是狩猎、征战。再说胡人作战时用骑兵、弓箭，与中原的兵车、长矛相比，显然具有更大的灵活性。他说：“北方骑兵来如飞鸟，去如绝弦，带这样的部队驰骋疆场，哪有不取胜的道理？”

可是，“胡服骑射”命令还没有下达，就遭到许多皇亲国戚反对，他的叔父也说：“易古之道，逆人之心。”赵武灵王反驳他们：“先王不同俗，何古之法？帝王不相袭，何礼之循？”“势与俗化，而礼与变俱，圣人之道也。”一方面亲自上门做工作，一方面召集文武大臣，当着他们的面用箭将门楼上的枕木射穿，并宣告：“如有谁再阻挠，这个枕木就是样子。”

先进思想和切合实际的改革，还得依靠专制和强权实施，在国民普遍蒙昧、官僚冥顽不化的情况下，强权也确实立竿见影，背后的妄议没有了，军队和百姓也都学着灵王，穿上胡服骑马练箭。赵武灵王的骑兵由此建立。以骑兵冲锋突击，骑战再结合车战和步战，攻防都具有了优势。“攘地北至燕、代，西至云中、九原。”把今托克托、包头一带，尽收囊中。

“胡服骑射”虽然是一场军服改革，但是影响却是多方面的。首先，它给华夏传统步兵、车兵以外，增添了骑兵兵种，更重要的是，它改变了人们的心理和思维方式，打破了“先王之道不可变”的旧俗，还增强了华夏对胡人的亲和力和胡人的归依心理，促进了二者之间的经济文化交流。

西周末年，民族矛盾激化，华夷之辨渐兴，至战国时代，各方各国已经形成一种崇尚中原文化、贬斥戎狄之俗的华夷观。在此情况下，赵武灵王实行“胡服骑射”，自然被胡人视为友好的表示。胡服令下达后，林胡王献马、楼烦王退兵，胡人觉得华夷是一家人了。以后盛唐的长安，时髦的女子，也往往身着一身胡服从长安街打马而过，浪漫诗人对酒当歌时，也以有一曲胡姬舞和胡家女侍奉身边而灵感大发。至于再后北魏孝文帝禁胡服胡语，全盘汉化，表面上与赵武灵王相反，但却是两极相通，民风民俗的改变促进了民族融合，即便今天，也有它不可低估的现实意义。

服装打扮从来就是一个时代的晴雨表，反映着一个时代的精神面貌和价值追求。难怪近代史学家梁启超评价赵武灵王是“赵之大彼得也”，把他比之俄国彼得大帝，盛赞其为“黄帝以后第一伟人”。

可叹的是，这位勇于革故鼎新的一代英主，未跳出专制政体下你死我活的内斗，于公元前295年在父子相残的宫廷政变中被困沙丘宫，活活饿死。对此悲剧性的结局，梁启超叹：“使主父而永其年，则一统之业，其将不在秦而在赵。”

可是谁能知道呢？赵武灵王因父子相残而大业夭折，一统的大秦也二世灭亡，秦所创制，百代效法，但它的后继者又难以跳出似乎已经命定的“其兴也勃焉，其亡也忽焉”的周期率，这就不能不让人从更深的文化积淀中反思：“旧世界老是附在新世界身上而再生。”[①]

“云中”的云，包头的鹿

从托县一路到清水河，就是黄河的老牛湾。一个由于河流自然流淌所形成的牛轭型弯曲河道，在民谣中被认为是神牛犁河所致。

老牛湾鸡鸣三界。以河分割，南岸是山西偏关县，西邻是内蒙古鄂尔

① ［美］罗斯·特里尔著：《毛泽东传》，中国人民大学出版社2008年版，第3页。

多斯准格尔旗，北岸是呼和浩特市的清水河县。既有雄关巍峙的气概，又有大河奔流的壮观，伴滔滔黄河，是绵延万里的明长城。明长城内，是一望无际的草原。1961年7月至9月，历史学家范文澜、翦伯赞等人，应当时自治区主席乌兰夫邀请，前往草原进行了为期三个月的考古考察，印象是“见所未见，闻所未闻”。

托克托古称云中，为战国时期的赵武灵王置，云中地处阴山之南，在黄河西来折南流之处。

云中古城修建始于比赵武灵王还早一百年的赵武侯，先在黄河西岸筑城，刚筑即塌，于是改在河东另择新址。据传，武侯选址时，一干人马见城址上空蓝天白云中有天鹅飞翔，整天都在同一地方盘旋。而鸟群下的地面，则光芒四射。经历了河西城址毫无来由的坍塌，武侯心中阴影顿散，认为吉兆，遂筑城并命名云中。

需要注意的细节是，云中选址，从河西退到了河东。

“终不敢窥河西”？

以上传说虽不足为据，但依现代城市建设的眼光看，托克托确是城址的最好选择。它地处呼和浩特平原中心地带，发源于阴山的荒干水，即今大黑河、武泉水，南面的白渠水，均流经平原而入黄河。这里水草丰美，宜农宜牧，还是训练骑兵战马的好地方。当时云中郡西部筑的九原城，即赵武灵王的牧马营和屯兵地。

古城现只有南城墙尚存，但已基本塌毁。2015年6月1日，当我们登上这城墙的时候，觉得像是在登一座小土山。城内陆表淤积土层较厚，出土过各时期的瓦当，北魏鎏金铜佛像、石刻佛像等。

尽管托克托城现在已远离了黄河，但查阅1975年版《中国历史地图集》，自秦汉直到清末，黄河都是从托克托旧城边流淌而过。

据内蒙古文物队考察，清末，黄河在与托克托旧城隔河相望的十二连城西北五公里的树儿坝梁南折而东南流，至十二连城下折而东流，在城东七公里的河口与黑河相汇，再折而东南。黄河河道的变迁西移，使旧托克托城包括原来河口远离了黄河。

与托克托相比，更具草原特色的城市是包头。

包头以钢铁闻名。时人知道包头是一座现代化钢城，却很少有人知道它是多少年以来，由黄河上的筏子客一筏一筏划来的商业城市。

筏子何等了得，大的由200个甚至更多羊浑脱或牛浑脱组成，一筏可载20吨至50吨货物，一年来来回回，从上游西宁、兰州、银川采集而来的兽皮、毛毡、中草药等货物，顺黄河而下，全部在包头的黄河码头卸下。当地内蒙古草原的特产出口，以晋商为主蜂拥而来的全国商旅，也由此把这些宝物贩至当时世界各地，还把内地的茶叶、粮食、铁器制品运往上游边地。自1850年河道变迁，黄河码头移至包头南海子，包头遂成为西北地区最大物资集散地和转运中心。

历史上的包头为蒙古族部落的游牧地，那时，草木掩映下，野鹿出没时，牧人挥鞭一指："包克图！"即"有鹿的地方"，从此包头就有了蒙古族命名的名字。

而汉族人给它最早的命名是九原，是战国时期赵武灵王所设一个县的名称。秦统一六国后，九原县变为九原郡。

秦筑秦直道，南起都城咸阳附近甘泉宫，北抵九原郡，终点就在今包头麻池古城。可以说是世界上最早的高速公路，可并行四辆战车，是军队行进也是和平使者和商旅往来的交通大道。汉元帝时昭君出塞，就是行至包头，又沿石门水北抵匈奴。

公元4世纪末，拓跋鲜卑建北魏，包头是北魏所设六镇之一。隋唐时期，突厥兴起，唐太宗派将击溃突厥，俘获10万余人，黄河以北为此修筑了三座受降城。今九原区敖陶窑子古城，即其中一座受降城遗址。

至明代，成吉思汗第十七世孙阿拉坦汗（被后世尊为"圣狮"）和他的贤内助三娘子四进青海，六征兀良哈，称雄北疆，至隆庆五年，他所开发的丰州滩已有汉民5万。十年之后，增至10万；主持建立的福化城和归化城，使内蒙古西部逐渐成为蒙汉民族友好相处的，畜牧业、农业、手工业、商业繁荣的地区。

清康熙三十六年（1697）前后，康熙第三次征噶尔丹，内地汉族旅蒙商、小商小贩及手工业者随军进入包头境内贸易，逐步定居；再以后，随着晋陕移民的大量迁入，形成较大村落。

清嘉庆十四年（1809），包头改村为镇。清同治十二年（1873），包头城竣工，大同总兵马升率部万人驻防包头。1926年1月，平绥铁路通车，包头逐步成为我国西北地区商业重镇。

走西口的工匠从蒙古族工匠那里学会了制皮、擀毡、乳品加工等技术，制作出牧民使用的皮衣、靴帽、马具、金银饰品、木碗等，同时，也把内地的酿造、木器加工、榨油、制砖瓦、铸铁等技艺传授给了当地的蒙古人。伴随农业、手工业的发展，包头“九行十六社”随之产生。

不再有的“居延海”与荒沙深处的黑水城

“沿东西河及其支流两岸，直达居延海滨，以及东南境古尔乃湖滨，均满布天然森林”，“红柳……高达丈余，矮者亦在六尺左右，密生处，人不可入，一望无际，方圆数十百里，堪称奇观”。此为著名林学家董正钧先生1944年笔下的居延风光。

居延海位于内蒙古阿拉善盟额济纳旗北部。由东、西、北三湖泊组成，湖面因额济纳河的改道而时有移动。新中国成立之初，黑河水量还多，沿河两岸，特别是居延海边，芦苇丛生，人骑在骆驼上只露出头顶。而到

1961年，300多平方公里的西居延海已彻底干涸。三十多年后的1992年，东居延海再步“西海”后尘，迎来了它的宿命。

黑水城，蒙古语为哈拉浩特，位于内蒙古额济纳旗达来呼布镇东南25公里处，是古丝绸之路上现存最完整、规模最宏大的古城遗址。在元代，还是“北走岭北，西抵新疆，南通河西，东往银川”的驿道要站。

西夏建黑水城，元代扩黑水城，均因居延海的润泽。居延海之所以成为“海”，因为它是早已消逝的、上游称为黑水河的额吉纳河的归宿地。曾几何时，这座繁盛几个世纪的水城终因黑水河断、居延海涸而被荒沙掩埋。

此前，古城曾被风沙掩埋过一次。公元1350年前后的一天，天气显得十分怪异，沉闷的古城内，往返穿梭着一个白发苍苍的老人，高声叫卖他背着的似枣又像梨的稀罕水果：“枣梨……枣梨……”没人理会他。

“枣梨……枣梨……”没人理会他。因为他卖价高得离谱，卖不出去，但他还是走街串巷不停吆喝。天黑之后，老人不见，城里人都没往心里去，只有当时驻守在这里的大将韩世龙看黑云压城，忽然领悟：“枣梨枣梨，那不是让我们早离吗？”遂果断率领全城居民离开。果然，人们还没有走远，狂风大作，黄沙从天而降，逃离的人们连跑带颠，再一回头时，整个城池已被掩埋半截。史书载，城池在韩世龙“去后一夕被沙掩埋”。

1908年3月19日，俄国探险家科兹洛夫带领4名同伴从营地轻装出发，他们的目的地，就是被当地人称为“黑城”的神秘遗址。

那些当地人就是从伏尔加河流域回归的蒙古族土尔扈特部。在毫无标记可循的沙漠中，科兹洛夫的向导，一个土尔扈特人，准确无误地带领着探险队很快到达了目的地。“当地居民本身对沉默的古代废墟遗址没有什么兴趣，更谈不上进行考古挖掘，甚至对我出高价收买从哈拉浩特挖掘的每一件东西的建议也无动于衷。我发现许多人显然害怕接近哈拉浩特，认为那是一个危险之地。”科兹洛夫留下的笔记如此述说。

接近这片秘境的俄国人，科兹洛夫并不是第一个。1884年至1885年，俄国探险家波塔宁就先来过这里，却在土尔扈特人那里碰了壁。以后几年，数支西方探险队都来巴丹吉林沙漠逡巡，无一例外地遭到了土尔扈特人的拒绝。19世纪初的二三十年里，全世界兴起一场中国热。在西方探险者眼里，中国是刚刚打开的一座价值无量的宝库，随便弯下腰就能捡到一个什么宝贝。而此时的中国，正处百年屈辱、风雨飘摇之中，对于纷沓前来的探险者或淘金者，无暇顾及。

1907年，机会又一次给了科兹洛夫。他以探险队长身份领衔俄国皇家地理学会给予他的“国家任务”，享用3000卢布的活动经费，还带了一支小型部队的武器：21支步枪、子弹15000发，6支左轮手枪、子弹600发。科兹洛夫领衔的“国家任务”是：发现蒙古沙漠深处的古城废墟；在青海湖找到有人居住的岛；在四川发现熊猫和猴子——天晓得沙皇麾下的地理学会要干什么。全副武装既是为了防身，更是为了打通关节。科兹洛夫断定，蒙古王爷对金钱可能也不感兴趣，但对这西洋新鲜玩意儿，他应该抵不住诱惑。

正所谓“来者不善，善者不来”。土尔扈特向导巴达告诉科兹洛夫，曾有像他这样寻宝的当地人，但进去就出不来了。如此警告，对俄国人来说，俨然是激将式的怂恿。半路上就看到遗留的磨盘、灌溉渠、陶瓷碎片和道路旁的佛塔，他已兴奋得不能自已。仅挖掘几天，便获得了车载斗量的书册、信函、文件、银币、装饰品、佛教画像等10大箱。“我们挖呀，挖呀……”文明的探险家，俨然成了一群强盗！

1909年6月他们又一次进入遗址，这一次，仅文书就发掘了2.4万卷！仅从沙漠里外运，就用了340头骆驼！

这批掠夺性质的文物到达圣彼得堡后，几乎令整个考古界都为之沸腾了。沸腾是因为在这些书卷和文物中，一个消失在人类历史中的西夏王朝的秘密终于被解开。科兹洛夫在黑水城挖掘出的真正宝藏，是数以万计的西夏文献，那简直是一整座完好的西夏图书馆甚或博物馆。因此，这些西夏文书成为继殷墟甲骨文、敦煌遗书之后的中国第三大考古发现。

第一个发现西夏文字的人是甘肃武威张澍，1804年，弃官回乡的贵州玉屏县知县约友人游当地清应寺，执意打开寺内一座砖封多年的亭子，由此发现了“重修凉州护国寺感应塔碑”，原是西夏文、汉文双语刻碑。百十字的碑文对于曾经风行于宁夏、甘肃、陕西北部、内蒙古南部两个多世纪的五千多个西夏文字，毕竟太少了，而科兹洛夫黑水城的发现，就有了历史性的突破意义。因其中有一本西夏、汉双语词典——《番汉合时掌中珠》。

而今，黑水城遗址仍埋于沙下。兀立于沙丘之上的是被风沙吞食后断裂的城墙，城墙西北角至今还耸立着五座土坯垒成的佛塔，看上去像一只只挺立在苍穹下荒漠中的宝瓶。间或有红柳还什么其他沙漠植物一抹绿色，可是还在做着“水波无迹”，密林迭出，“人不可入”的旧梦？

统万城：匈奴史上唯一留存的城堡

鄂尔多斯，是一个被黄河三面环绕的马蹄形高原，东部为黄土丘陵沟壑区，西部为低山缓坡和高地，北部和南部为沙漠和滩地。两千年前或更早些时候，这里还是蒙古语中的“驯鹿出没的地方”。阴山和黄河的双重眷顾，使此成为游牧民族的发祥地，也因此成为中原王朝和草原帝国连续争战的历史舞台。公元413年，五胡十六国中最后立国的大夏国王赫连勃勃驱马来到这里，不禁感叹：“美哉！临广泽而带清流，吾行地多矣，自马岭以北，大河以南，未之有也！”遂选定在当时朔方水北、黑水之南的今无定河边建大夏国都——统万城。

让我们穿过历史云烟，想象1600多年前统万城工地令人心惊肉跳的一幕。一干人马簇集在初期完工的墙前，为首的是“大匠”，即现在应该称总工程师的大夏人叱干阿利，跟在他后面、扛一根铁锥的是他的质检人员。就在利锥刺向新起的城墙时，筑墙领班不由自主地闭上了两眼，这一刻，也只有听天由命了。尽管他按叱干阿利的标准把掺了一半沙粒的泥土以米汤蒸熟，待干湿适度后夯筑城墙，自己也先以利锥刺过，应该是万无一失，但他仍然不敢保证，已比石头还硬的城墙能够经得起叱干阿利的刺探。而这时，质检人员高高举起的利锥，刺的好像已不是墙，而是他血肉胸膛。

还好，利锥只在城墙上留下一个白印就被反弹了回来，“凶神恶煞”的“大匠”露出难得一见的笑容，但领班蜡黄的脸色却还变不过来，不知觉间，脊背已是淋淋冷汗。

他怎么也忘不了折过弯去另一段墙的领班人惨象，只因新墙没有经得住这一柄利锥的猛刺，利锥随即刺入心窝……而更恶心的是，领班随即被刀斧手大卸八块，然后又剁成肉泥，掺进一堆正待上墙的泥沙中……

以上描述并非危言耸听，有《资治通鉴》记述为证：

“阿利性巧而残忍，蒸土筑城，锥入一寸，即杀作者而并筑之。”

统万城在现陕西靖边县城北58公里处的红墩界乡白城则村，因其城墙为白色，当地人亦称“白城子”，又因是赫连勃勃所建，故又称赫连城。是匈奴在人类历史长河中留下的唯一一座都城遗址。

“城高十仞，基厚三十步，上广十步，宫墙五仞，其坚可以砺刀斧。台榭高大，飞阁相连，皆雕镂图画，被以绮绣，饰以丹青，穷极文采。”《北史》如此记载。

2015年6月3日上午，我们从靖边县城出发，穿过一片一片防沙林带，直奔古城所在地红墩界乡。远处天幕下的沙梁上，一座白色城垛翘然而立，像大海中一座航行在远处的银白色舰艇。与西域沙漠中高昌和交河两座古城的黄色土台土墙相比，这里的断壁残垣所呈现的是地道的白色。

“是用米汤蒸熟的白垩土建成的。”当地农民向我们介绍。

城垣最西南角，一处最高的城垛，老百姓称“龙墩”，长50米，高31.6米。如此城垛，城四角各有一个，此外还有一个鼓楼和钟楼。都城的统治者是匈奴人，都城样式模仿的却是汉人。四面城门命名：东曰“招魏”，南曰“朝宋”，西曰“服凉”，北曰“平朔”。

与赫连勃勃同时崛起、势力远比大夏雄厚的北魏拓跋焘也要被“招”被“统”，这就不免使这座统万城成为他的眼中钉，必欲拔之而后快，但一直未敢轻犯。直到公元425年赫连勃勃死后，拓跋焘才率大军攻至统万城下，甚至“焚其西门”，结果还是没有攻开，甚至因马厥坠，险些成为夏兵俘虏。以致他不得不向他的将士叹惜：“统万未可得也，它年当与卿等取之。”后来又过了三四年，他采取“分军埋与深谷”，用少数人至城下引蛇出洞，激战于城外，这才使统万城易帜。

城的彻底破坏在北宋年间。当时，已几易其主的统万城被崛起于前套的西夏占领。由于西夏据此屡屡侵扰延州和关中，公元994年，宋太宗赵光义为根除后患，下令夺取拆毁这座城池。

城池“固若金汤”。这座“其坚可以砺刀斧”的城池，即便他的仇视者必从地球上抹去而后快，但还是留下了今天供人吊祭的10多米高的城垛。20世纪80年代后期，中日联合拍摄纪录片《黄河》，日本摄像师在这里整整拍了三天。那时，古城内还有农民居住，除去放牧、种高粱玉米，还有空捡拾一些陶片、刀剑等宝物。以后陕西诗人毛锜陪人到此摄影，看到箭楼墙上有儿童攀爬的痕迹，也爬上去看个究竟。刚到半腰，就听扑隆隆一阵轰响，不是守军挽弓射出的一片飞矢或从炮膛里直击敌阵的霰弹，是数不清的野鸟从窗户拆除后的孔洞中呼啸而出。

城名“统万”，寄托了这座城堡主人渴求一统天下、君临万邦的帝王意愿。但这个宏愿就像飞散的鸟群和鸟群飞过所掠起的风声，转眼就没了踪影。城池遗迹保留至今1600年有余，它的主人享用却仅仅20年。正如曾踌躇满志的拓跋焘所言：“（江山稳固）在德不在险，屈丐蒸土筑城，而朕灭之，岂在城也？”看着当时城内奢华，又说：“蕞尔国而用民如此，欲不亡，得乎！”

当赫连勃勃的雄风掠过鄂尔多斯时，这片驯鹿出没的地方林木葱郁，河水澄清，虽有朔风怒号，却少有飞扬的尘沙。风吹草低，牛羊隐现，正是游牧族建立政权的经济基础。而漠漠荒野，四无阻挠，赫连勃勃恰能以此放马驰骋横扫天下。嗣后1600年，兵祸连接，沙漠南移，至今，白城子周围已经“浩浩乎，平沙无垠”了。赫连勃勃建立这座城池，二十年后被同样骁勇也同样是匈奴一族的拓跋焘所破；以后西夏据此为桥头堡挑战中原被宋军捣毁；再以后，蒙古草原一代天骄横扫西北中原乃至半个世界如卷席。统万？永葆江山万年？岁月悠悠，沧海桑田，正如苏东坡《赤壁赋》所叹：“固一世之雄也，而今安在哉？”

而今安在？这里需要做一交代的是，最早在汉代被霍去病、卫青大将围困击败的北匈奴，在北漠不能立足，只得向西逃亡。三百年后四世纪时进入黑海北岸，引得骨牌式民族大迁移。原住在黑海北岸的西哥特部落向西侵入多瑙河上游，上游汪达尔部落西侵入罗马。罗马帝国对排山倒海而来的游牧民族无法抵抗终至灭亡。

还是四世纪，没有西逃、仍散居中原北部的另一支匈奴，则与鲜卑人、羯人、氐人、羌人等五大族群，在晋王朝衰败时又侵入中原，先后建立十几个独立王国，史称“五胡乱华”。

新的分裂之后，接踵而至的又是新的融合。

铜墙铁壁能阻挡飞矢利刃骏马，却阻挡不了上天降下的淅沥雨滴，阻挡不了水一样流过无痕的时间。是的，时间……

而须特别另记一笔的是，公元413年，就是赫连勃勃下令统万城奠基的这一年，高僧鸠摩罗什在长安去世；这一年，中国已经四分五裂，包括大夏在内的许多小朝廷各自为政，相互混战……这一年，包括十六国时期前后近百年，黄河决口泛滥，没有记录。

“百眼井”与乌梁素海

“百眼井”，蒙语称“敖楞瑙亥音其日嘎”，汉语译作“众狗之井”，坐落于内蒙古自治区鄂尔多斯市公其日嘎乡。地域内有一处平梁沙地，东北至西南向、面积约三万平方米的凹形区域中，分布着一百多眼配石制槽枥、石制井槛深的探水井。其水井分布之集中、数量之众多，实属罕见。关于“百眼井”的成因，历史学家与当地居民有许多说法，例如：成吉思汗游猎开凿说，宋代屯边开凿说，西夏驿站开凿说，但均由于缺乏确切考古证据而无法加以证实。但它是人类活动留下的遗迹确定无疑。

相比而言，乌梁素海则是自然变迁所衍生的海子。

清道光三十年（1850）以前，黄河在内蒙古有南河北河之分，北河就是今乌加河，流经乌梁素海后与南河汇合。地质构造运动使阴山山脉持续上升，后套平原相对下陷，黄河北支受阴山阻挡，于清道光三十年改道南移，冲出一个偌大洼地，洼地积水形成最初的乌梁素海。以后由于风沙东侵和狼山南侧洪积扇不断扩展，致使河床抬高，乌拉河被泥沙阻断，黄河被迫改由南侧东流，乌梁素海规模扩展。再后河套平原新开几条大灌渠，灌溉渠道尾水汇入乌拉河，多年流积终成乌梁素海。

20世纪30年代，黄河连年水涨，后套多次被淹，再因后套灌区尾水量增，海子水面逐年扩大。1947年，湖水淹没面积达到800平方公里，1949年后，水域面积减至今天的300平方公里。这个地球同一纬度最大的湿地湖，位于内蒙古巴彦淖尔乌拉特前旗，呼和浩特、包头、鄂尔多斯三角地带边缘，是全国八大淡水湖之一，它既是调节后套灌区水量的蓄水库，又对京津冀小气候产生影响。[①]乌梁素海蒙古语意为“杨树林”，这片由杨树林洼地而形成的海子，北有乌拉山矗立，南有黄河东流，周围则是或绿或黄的平原，形成山、原、“海”、河相得益彰的格局。

偌大湖面，几乎只见芦苇。远看似点点落叶，走近了才看清都是水鸟。白色的是鹤，杂色的是鸳鸯，种类多得有些连当地人也叫不出名字。又因为它处荒漠和半荒漠地区，这就更使它成为数不清的鸟类迁徙地和繁殖地。其中，最壮观的还是湖上落日，当夕阳映上湖面，落日便幻化为一条金色的柱子，从远方地平线湖面延伸而来，笔直地竖在眼前，偶尔飞起的野鸭或鸟儿掠过金柱，像是大自然画家随手一笔。当夕阳完全西沉，鸟儿的啾啾鸣叫，似乎还在抒发着自己的不舍。

此情此景，20世纪30年代前期，侯仁之就先已领略。

侯仁之，生于河北省枣强县，祖籍山东，中国著名历史地理学家，他对中国地理、对黄河有着深入了解，有生之年曾立志为中华母亲河立传，但先是由于战乱，后又因年迈而未竟。1936年夏，他自北京大学率队赴黄河上游进行田野调查，其间专门考察乌梁素海，后撰文刊在1936年《禹贡》三卷五期十一月号。

在省城时，他就听专员说乌梁素海如何如何，鱼如何如何，鸟如何如何，到了“海”边，村里人又向他们一行不住地夸赞，说如何在春夏之交乘木船去浅海草丛中捡拾各种鸟卵，一次可捡到二三百，载回来一缸缸腌起来当作饭食。冬天冰上去打鱼，凿开一个冰口，就如探囊取物般把一条条大鲤鱼从水里拉上来，如果下网去打，那就不计其数了。

来到“海”边，肯定要到“海”里看一看。跟着一只白鹭和小舟的牵引，侯仁之一行进入一幅塞上所独有的“水墨画”。请看他当时的描绘：

---

① 2015年6月1日乌梁素海考察座谈资料。

“……再向里走，从遥遥的北方芦草中望见了一对雪白的大鹭鸶，拔着长长的腿，在那儿寻食，那怡然自得的神气使人羡慕又嫉妒。我们一起扯高了喉咙大声喊，它们却不慌不忙，然后驾起了那一对翩翩姗姗的翅膀向东北飞去……”

这种情景，不禁让教授联想起了《茵梦湖》。大家开始归途了，教授独自落在后面坐了好长一段时间，面对这原野的静谧，一切思虑都化为乌有了。此情此景，应该就是黑水河下游居延海一百年前的样子吧？其浩瀚荡漾，自然不能和几百万年前的汾渭古湖、三门古湖的壮怀激烈相比较，但也可让我们有风光旖旎、岁月静好的感受。在黄河形成和以后的泛滥中，她把上下游古湖全部淤平，最后在鄂尔多斯盆地给我们留了一个让黄河子孙可以聊寄乡愁的梦境。

“一首制”引水的“三盛公”把“驯服黄河”牌匾收进了博物馆

内蒙古河套也称后套。在长250余公里、宽50余公里的河套南缘，黄河自西向东穿过，给这片早就创造出的冲积平原以丰沛的润泽。

从秦汉屯田至光绪末年，先后开挖的渠道有永济、刚济、丰济、沙河、义和、通济、长济和塔布河八大干渠。到清末以前，还有三盛公渠等31道小干渠，都是从黄河上直接引水进渠，无坝。

始于秦、兴于汉、盛于清的河套灌溉网在经历朝代变换、战争所造成的时兴时衰之后，终于在1949年以后进入稳定发展时期。而1959年动工兴建、1961年正式投入使用的三盛公水利枢纽，则把河套引水推向极致。

2015年6月1日，我从黄河由西向南拐弯的节点托克托出发，沿滨河公路一路上溯至三盛公。看到滚滚河水从渠化的两岸向下游流去，询问当地农民，这就是黄河了？农民答：这是“二黄河”。

“二黄河”？

“二黄河”不是“一黄河”。是从三盛公大坝引出的黄河水的一部分。

登上的闸桥就是拦腰斩断黄河，可以提放闸门指挥河水继续流向下游，还是由此进入“二黄河”的枢纽。我不由得心里“咯噔”一响：三盛公，你也太狠了吧？河从源头而下，刚从青海过甘肃、宁夏，刚到这里，就已被你截走一半！

正是由于这种认识，所以当水利枢纽负责人介绍三盛公水利工程建设中动人事迹和它对河套灌溉所起的作用时，我突然了无兴趣，只觉得心里堵得慌。

三盛公河坝建成后，河套灌区自流灌溉面积由1955年382万亩达到1100万亩；干渠、支渠及各级渠道总长16800公里；即便在黄河枯水期，即只要黄河还有110立方米每秒的流速，三盛公也能把它截留；变1949年以前的无坝引水成为有坝截水；还有变多渠多口引水为“一首制”。

“一首制”！

和银川平原七十二连湖形成是因为引水过量一样，后套灌区也因引水过量而引起土地返碱。作为灌区总体建设的一部分，人们已利用前人经验，实施了灌溉尾水先汇入乌梁素海再重回黄河的排水工程。

三盛公水利枢纽只要全部落闸就能把黄河水全部截留，但鉴于20世纪90年代连续出现的黄河下游断流，在黄河水利委员会的总体规划下，三盛公引水量已从实际需求量的56亿立方米，缩至36亿立方米。就是说，扎紧自己的喉咙过紧日子，尽量给下游多留一些水。

黄河天然年径流量580亿立方米，仅一个三盛公就需要56亿立方米，占了黄河总水量近十分之一，缩量后也占有二十分之一强。

在三盛公水利枢纽纪念馆，斐所长特意介绍了当年镶嵌在大坝建筑物上的一个偌大横匾："驯服黄河。"这是一个曾经让包括三盛公水利建设者在内的所有黄河人引以为豪的口号，现在已经被摘下，送进博物馆，送进历史——即便管理人员经常打扫擦拭，也还是落满尘灰。

"三弯必急"，人间"河神"王同春开渠

让灌渠尾水有出路排进乌梁素海，再汇入黄河主干，灌排结合的三盛公水利枢纽设计，沿袭的是清朝河套"挖渠大王"王同春的思路和做法。

就是这个王同春，在清朝末年河套赫赫有名的八大干渠中，就有他挖的义和、丰济、沙河、皂王河、刚济五条。

王同春，河北邢台东石门村破落地主之子，5岁患天花致一只眼失明，因此小名被称"瞎进财"。7岁读书半途而废，13岁随父亲走西口至河套石嘴山，偶见人挖渠，"悍然如触所好"，甘愿受雇为人挖渠。

清同治八年，即1869年，王同春到河套东部万德源商号做渠工，被短辫子河四大股经理郭大义看中，当了渠头。五年后，改建短辫子河，王同春主张废除短辫子河的上游段，另由黄河开凿新渠，接通短辫子河的下游段。竣工后的干渠水流畅旺，王同春开渠技术由此引人注目。

光绪六年（1880），王同春辞去渠头，在隆兴长自立门户。光绪七年，王同春学会蒙语，租地自垦，开义和渠。光绪十六年，又开丰济渠、沙河渠，三条自己的，两条合伙的，其间还指导参与五条渠的开建。至1904年，王同春已拥有五条干渠，270多条支渠，浇灌老田7000公顷、新田27000公顷，渠长总计4000公里，牛犋27处，年收粮23万石，收地租、水费银17万两。并有隆兴长商号，经营皮毛、粮食、生活用品，成为名副其实的河套第一大土豪。他的隆兴长也陡然成为河套经济中心和开发后套水

利的技术指导中心。

财大气粗，再加王同春生性豪爽仗义，1891年、1899年、1900年、1902年，晋、察、冀、陕等省先后大旱，他先后四次共捐出粮食95000余石到各省救灾。

清末及民国初年政府新辟行政区，仅王同春垦辟的土地上，就设立了五原、临河、安北三县。

王同春之前，灌区引水都是从黄河坐湾处开口，到了王同春，则直接从河的干流开口。所以，他开的渠，流量自然就大，就猛。河套平原远看是平的，但具体走渠，又遇坎坎洼洼，上下几百里渠干还要根据渠两边地势开出无数支渠，而那时又无任何现代科学仪器和测量方法，渠从哪开口，弯曲还是顺直，全凭渠头两只眼。如此浩大工程，王同春总能心想事成，把渠水送到目光所及的老田和新田，因此百姓送他一个亲切而又名副其实的绰号："独眼龙王"。独具只眼的王同春查看地势高低、选渠流线路的方法是，白天竖杆，杆上挂出白色旗幡；晚上则是挂灯，或直接把高脚香烛插到地里，通过观察作为标志的旗幡和秉烛的错落高低，选择开渠线路。

在地平面上人工测高低，一般人通常做法是侧卧地下，眯起一只眼看远近高低。他恰恰相反，是在地上仰躺，头朝来水方向，脚蹬引水方向，这其间道理，用现在物理、地形测量技术原理似也难以说清，但对他却无比灵验。

至于一眼就能看透的地方，他就免去了这些烦琐，而是边走边望，只要他脚停下，随从就挖土埋桩，一条渠线就这样布下了。

渠长百里且弯曲有致，几十里几百里几大渠线路选择都恰到好处，除去他天才的观测本能外，更多的还是来自日积月累的琢磨与观察。家人都记得他的生活习惯，为了观测地形，他总是天不明骑马出去，为的是在黑白昏晓间更容易看到草木掩映下的地势。每逢下雨，平常人都是往家跑，这时的他，却像得了上天下达的不可抗拒的命令，马厩里牵出一匹好马，腿一跨，就冲进风雨中了……

水往低处流。他借雨水流淌痕迹，找他所要的高低。

河套地势西南高，东北低，由于风沙聚集或山坡水流冲刷，具体到一个地段，高低就有了普遍性中的特殊性。开渠引水是否成功，关键是对共性中个性的把握，而具体把握准了，怎样让渠水顺利通过才是本事。绕过去，谁也能做到，但要撇下高地周围一片好地。直冲过去好，过去就可盘活周围大片荒地，但水又怎么能乖乖地听人的旨意不往低处流而迂回至高处？

河道中的弯在一般人眼里也是流水由急变缓的因素，但王同春经反复试验，却发现：三弯必急。此时，为了让他的渠水越过这一相对的高坡，他在坡地前设计一个弯，又一个弯，最后，借助水流上引下拉的力量，逼迫水最终越过这个高坎。

哪里拐弯，哪里设闸，弯拐多少度，闸最低门槛几尺几寸，都容不得一丝马虎。而这一切剪不断理还乱的困惑，一旦到了王同春手里，一切也都迎刃而解。也难怪河套的农民包括他的同行，把他视为“河神”了。

河渠自动走高由他始，直接从黄河主干引水由他始，退水不能浪费再回到大河也是从他始。无论民国前八大渠布局还是20世纪50年代三盛公灌溉网所走路径，都借鉴了他的开渠经验。而他多少次，于茫茫雨夜，于黎明前黄河岸上的马蹄声中，于别人还不注意的一眨眼中，完成了与河神的对话，明白了引水之道。

对于他的本领，后人总结，一是善选渠口，多选在黄河凸岸靠下的高处，所以渠口不常淤淀。二是发明吸水法，利用上引下拉的水力冲刷，保持水流畅旺。三是根据相对地势，让渠道该直则直，该曲则曲。所开渠道，往往“渠口宽狭合度，支渠深浅得宜。高不病旱，卑不病涝，耕者数百户，咸获其利”。

1903年也就是光绪二十九年，王同春的黄金时代结束。清廷移民实边，兵部右侍郎贻谷兼督办蒙旗垦务大臣，始至河套，即令王同春将自己全部渠堤“报效交官”，就是说充公。王同春虽照准遵命，但还是被送进局子。

包括“前科”，这是他第五次坐监。六十年河套生涯，其中十一年是在监狱里度过。

这个在近代中国“三千年未有之大变局”前后捷足先登的新兴资产阶级，在山、河、水面前，总能给他的大渠找到历史和地理的方向，却在人的面前，在三千年沿袭如一的王权面前，找不着“北”了。

第五次出狱后，王同春依然如故致力于河套渠工，不再开新渠，正好有时间回头看看先挖的老渠。他想方设法使各干支渠“塞者通之，淤者疏之”。为调剂上下游水量余缺，王同春曾设想把全灌区的各大干渠从西到东挖两道连环渠连接——如果给他这一连环渠命名，应为百年之后的“三盛公”或“红旗渠”。为此，他还制成《复兴后套计划渠图》一帙。无疑，这幅渠图成为1949年后河套水利的蓝图。

背运的“河神”十年后运气又转，几千年帝制结束，民国初兴，似乎又给了他机会。民国二年（1913），地理学家张相文到河套进行田野考察，最大的收获就是发现了王同春这一奇人，回京报农商部长张謇。民国三年，张謇聘请王同春为高级水利顾问，针对比利时专家导淮入江，王同春提出导淮入海方案，深得张謇赞同。

民国十四年（1925），冯玉祥任命王同春为西北边防督办总参议，协助石友三督办河套水利。这一年，他74岁，同年6月，王同春病倒。6月28日，王同春病故于五原——从黄河下游河北邢台的禹河故道，到上游河套，他把自己的墓地选在阴山脚下的河畔，那片他开垦的处女地上。[①]

五原城有一“四大股庙”，就是1869年他锋芒初露时，四大股渠东出资修建的庙宇。王同春病逝后，民众捐资增建，专门把他们的“河神”请

① 见1937年王喆著：《后套渠道之开浚沿革》，1937年顾颉刚著：《王同春开发河套记》。

进大庙。每年农历三月三、四月初八或六月初六，后套人都蜂拥而至，前来祭祀他们心目中的河神。祈愿他保佑河套人家日子安稳，庄稼实诚，河渠长流。

大汗童谣

元朝以前的13世纪初，成吉思汗先后把华夏范围内存在的7个分裂政权蒙古、西辽、金、西夏、大理、吐蕃、南宋统一，其间，展开了针对中亚、西亚和东欧部分地区的三次西征。1219—1225年第一次西征远抵里海、里海以南现伊拉克、伊朗、印度等地。1235—1242年，成吉思汗铁骑远至钦察、俄罗斯、匈牙利、波兰等国家和地区，并建立了第一个元朝西北宗藩国——钦察汗国。1252—1260年，成吉思汗孙旭烈兀进行第三次西征，至叙利亚、埃及、伊拉克，并在波斯地区建立又一个宗藩国——伊利汗国。

那些幼发拉底河、恒河文明的后裔们，遇着打马跃过黄河的大汗铁骑，竟毫无还手之力。

像黄河横空出世又像黄河奔腾咆哮，这个被中原王朝认定的洪水猛兽，从“危险的边疆”突破藩篱，不仅把华夏版图推至极致，还把半个世界尽收囊中。

扯下蓝天做帐幕，
铺下山石做摇篮，
你若是顶天立地的英雄，
长大就把天地收管。

相传，这是铁木真出生时母亲唱给他的摇篮曲。

也许是为了成就他以后“把天地收管”的伟业，成吉思汗甫一出生就吃尽苦头：部落战争、劫掠、绑架、谋杀……由此，也刺激了他征服草原以及重建世界秩序的雄心。

他不相信任何人，特别是近亲，和他同样出身的蒙古氏族。他总是凭直觉发现身边的潜在威胁。

由于缺乏稳定的部落基础，无法依赖战略撤退以避开强有力的敌人，所以他所率大军即便仅剩一兵一卒，也从不知后退为何意。只有进攻、进攻……进攻才是最好的防御。

出身统治阶层，却无一丝一毫的庇护。父亲死后的众叛亲离，被选为大汗时族人的拒绝接受，危急时刻随从的背叛，使他不依赖血统也不依靠部族而只依靠他的“伴当”和家奴——也由此催生出他草原帝国的政治制度，背离草原帝国传统，国家不再以部落联盟为基础。此一制度自然也是前无古人。

而从另一方面说，把中原、西南亚大部及东欧部分统一到单一政治之下，则促进了不同地域、不同种族、不同意识形态之间的贸易往来及思想文化交流、融合。尽管马蹄踏过一片荒芜，但在他保护之下的商路，却是最快捷也最安全的商贸大道……

还有诗人西川最近津津乐道的大汗攻城术。一般攻城，都是先搭一云梯，让战士前仆后继，成吉思汗攻城则是紧依被攻城墙建一更高城墙。城墙之上，万箭齐发，并且都是带响并且开花的那种。欲巧先笨，疾攻慢围之下，再坚的城墙，在大汗铁军之下也无不逐一崩溃——下一座城还没攻，就先城门大开，亮出白旗了。

也难怪蒙古族德高望重的德萨禅在第一次见到少年铁木真时脱口而吟：

力过猛虎，
智满海洋。

目中有火，
面上有光。

盛极一时、疆域横跨亚欧的超级帝国终于寿终正寝，虽然他的后人忽必烈登基以后，又向曲折的历史进程中跨出一步，将都城从草原深处迁至北京，将游牧经济与农牧并举，从而给古老的中原文化以现实的扩张和持久的影响力，但还是在延续九十七年后，完成它的历史使命。留给后世的只有在明军进攻下已变成废墟的元上都与鄂尔多斯荒漠上的这座陵寝，向后人诉说着当年的传奇。

成陵殿堂中盖世英雄秀眉慈目，人们怎么也不会把他和征伐半个世界的腥风血雨联系到一起。有关的故事史书均有记载，在此，我们不做赘述，只记录他对属下军士的训辞：

闲暇的时候，要像牛犊。
嬉戏的时候，要像婴儿、马驹！
拼杀冲锋的时候，要像角鹰一样突进！
攻击敌人的时候，要像雄鹰一样。
高兴的时候，要像三岁牛犊一样欢快！
同敌人对阵的时候，要像黄雀一样节节跃进，
饥饿的老虎一样，愤怒的鹫鸟一样！
在明亮的白昼，要像雄狼一样深沉细心。
在黑暗的夜里，要像乌鸦一样，有坚强的忍耐力！①

① 毛锜编著：《黄河揽胜》，未来出版社1989年版，第31—32页。

岩画：刻在崖壁上的远古密语

从居无定所的游牧民族到让半个世界为之愕然的草原帝国，大汗之所以成就为大汗，是因为他有马。蒙古可汗不是最先跨上马背的一人，但是他却让作为坐骑的马，完成了如马克思所论商品经济于社会发展那“惊人的一跃。”马已从工具、装备、技术而蜕变为思维方式、运行机制和组织方式。又如21世纪信息时代互联网之于经济、之于社会发展的作用，使沿袭了几千年超稳定的小农式生产方式、生活方式，在新变换的时间、地理概念中土崩瓦解。是的，大汗之所以成为大汗，是因为马，是因为“牧马营”，是因为阴山。

人与马的历史，最早记录在被称为“天书”的古老岩画中。

围猎、单人猎、双人猎，动物在岩画上逃奔，猎手在时空中骁勇。

说岩画是“天书”，是因为它记载了黄河边北方草原人民万余年来的生存历史，却藏在深山人未识。高接云天、渺无人迹的山崖之上，先人不仅在这游牧、欢歌，还把自己的生活包括梦想和追求，刻到了千古不化的崖石之上。多少年后，皇城沦为遗迹，唯一的岩画，仍向人们诉说着远古年代的秘语。

公元3世纪，河套就有时人在岩石凿足印的记载，赵王命令工匠在播吾山打凿石阶并刻上足印。用今天的话翻译，那就是“赵王到此一游”。或“我的地盘我做主”。这样来看，岩画最初的实际功效或许是此一部落声明同类“非请莫入”的告示。

七百年后，北魏郦道元《水经注》对“阴山刻鹿马”专门有记，说黄河“东流径石迹阜西，是阜破石之文，悉有鹿马之迹”，“河水又东北历石崖山西，去北地五百里。山石之上，自然有文，尽若虎马之状，粲然成著，类似图焉，故亦谓之画石山也”。

尽管如此，国外学者依旧对中国是否有岩画持怀疑态度，阴山、贺兰山岩画由于年代久远，先人虽有载但却乏近代例证而待后人唤醒。

1976年夏秋之际，内蒙古文物考古研究所学者盖山林前往查勘一古长城遗址，车子中途抛锚，不得不住乡村旅店。恰恰是这个抛锚，让他由此张开了寻找郦道元所示“阴山鹿马”梦想的风帆。

荒村旅店也太憋闷了，只有草原的空旷和山林的葱郁或阳光的斑驳，才能使他心里透气。他忍不住出去走走，一出村头，就遇上了蒙古族老乡吉仁吉茹嘎（汉译为66，即他是父亲66岁那年生的）。路边聊天，话题自然是他关心的岩画。第二天，他在“66”的带领下来到山里一块巨大的卧牛石前，终于见上了他“前世的情人”！

眼前就是“太阳神”人面石像！阴山上刻画的那远古的太阳，一如今天光芒四射。旁边岩石上，还有月亮神，升起的太阳和月亮周围，星子环绕，一副稚子天真无邪的手笔。

一发而不可收。盖山林和他的同伴在河套东西340公里、南北300—700公里的范围内，发现153个岩画群，5万多幅画面。羊、马鹿、人，还有辕、轮、舆、轴等交通工具图……这一切，构成一部人类史前史书。

而在巴日沟、老虎沟以东五里的岩画，则是世界岩画史上罕见的群虎图。那岩石上凿画的先民，显然是被群虎吓着了，或者说被征服了。

阴山位于黄河北岸，东西长1200多公里。山脉两侧，南面是富饶秀美的河套平原，背面是广袤无垠的沙漠与草原。

坚硬的花岗岩和太古时代阴山南坡变质岩，均为阴山岩画的形成与保存创造了有利条件。①

① 分别见巴彦淖尔国家地质公园资料；中国地理学会朱祖希主编：《美丽内蒙古》，蓝天出版社2015年版，第81、128页。

专家研究表明，从旧石器时代至元代，原始人、匈奴人、突厥人、党项人、蒙古人等先民行踪，都在岩石上有所体现，被后现代派艺术奉为先锋的抽象，在我们先人手里，已轻车熟路。你看这画面上的群兽，或引颈长嘶，或含怒而起，或相互舔吻亲昵，都活灵活现。作为物化的人类的遗存，倾诉了远古初民的心曲和衷情。

自阴山溯河而上，到宁夏中部的贺兰山南端止，贺兰山岩画重新发现则在20世纪80年代。此次发现的27处岩画群，分布于贺兰山从北到南十多个山口中，画面总数万幅以上。题材、内容、表现手法与阴山岩画大同小异，其中人首像更富想象力。有的长着犄角，有的插着羽毛，还有戴尖形或圆顶帽的，大耳高鼻满脸生毛的，口衔骨头的，戴头饰、挽发髻的，两腿叉开腰佩长刀的，等等，画面简单而奇异。动物形象中有飞驰的骏马，摇尾巴的狗，飞翔的鸟。而其中的太阳神，头部有放射性线条，重环双眼，长长的睫毛，与阴山也类似。

凿刻在深山幽谷或悬崖洞穴的岩画，在很多方面构成中国上古文明的源头，如殷商青铜器上的饕餮纹，与岩画中的无轮廓人面有明显承继关系。

“它在寻找它的骑手，来到我们中间”

黄河从宁夏平原进入内蒙古河套，绕经鄂尔多斯，流成一个马蹄形。牧人说，马头琴是草原的心。如果说马头琴是草原的心，那马无疑就是草原的灵魂。

世间各地林林总总的各色马等，最让骑手不舍的是蒙古马。

与一般人印象中的高头大马不同，纯种的蒙古马形体并不高大，但性格彪悍。在北方极端的生存条件下，不仅具有长途奔袭所必备的速度、耐力，还耐寒，不易被冰雪狂风所击倒。

野生的蒙古马极难驯服，即便不幸落入套马索中，蒙古马也不会轻易屈服，往往把马背上的骑手一次又一次摔下。因此，驯马便成为骑士们最大的乐趣。而一旦有人把它征服，这匹马便会对主人忠诚一生。因此，在草原上，驯马技术最好的汉子，会受到英雄一般的待遇。忠诚是蒙古马最突出的特点，烈马不侍二主，蒙古马尤为刚烈。在战场上，蒙古马英勇无畏，伴随主人冲锋陷阵，若遇危险，则以身躯保护主人，关键时刻，不惜牺牲。而在主人凯旋时，它也忍不住以自己的咴咴嘶叫，左右摆动马尾，分享主人的喜悦。

马虽不会说话，但它的一举一动都以人为中心。主人高兴，它欢欣鼓舞；主人奋杀，它配以嘶鸣；主人悲伤，它默默无语；主人落寞，它给以抚慰。因此，蒙古人自古就视马为自己最亲密的伙伴和生死与共的战友。因为不会说话，就更怀有特别的爱怜之情。常常为它清洗身上的土灰，为它们制作一些实用饰品，如披毡、挂铃、璎珞、兜袋等。尤其在喂养方面，堪称精心。他们发现“萨胡草”“恰能草”“黑草”等是马的最爱，便大量收割，聚集备用。在粮食紧缺的情况下，也从自己碗里匀出一些黄豆、黑豆之类补充马的营养。每到一个新的牧地或战地，先检查水源是否干净，如果不干净，则专门为它凿井。

西夏法律中有专门对私杀马、牛等大型牲畜的惩戒条令，自家喂养的私杀也不允许。杀一个，“徙五年”。对于病死的神马、神牛，则用酒、酥油、原粮，举行专门祭祀。喂之饲料，唯恐不精，医之疾病，无微不至，无论表皮创伤、头部受伤或者脚跛蹶失，都尽力医治。各种用心制作的马具，如辔头、鞍、蹬、铃、鞭等，皆有铜、铁、皮、丝等饰品。西夏辞书《文海》收有“抚慰”一词，释曰：“拂马也。拂，慰也。搔畜拂拭之谓也。”西夏人以马为骑长途之行时，不仅要带上盛满清水的囊袋，还要给马蹄加缀一层既可防滑又可防硌防伤的马掌。西夏良马来自河西走廊的“青海骢”，是波斯大宛马与西北骒马杂交生成，会做“对侧步”的步法。这种俗称“走手”、被誉为“天马”的西夏名马，体态雄俊，奔驰迅疾，与蒙古马一样，都驮起一个民族，在历史的长河中走马天下。

《夷俗记·教战》载：“胡儿五六岁时，即教之乘马……稍长，则教之蟠鞍超乘，弯弧鸣镝，又教之上马则追狐逐兔，下马则控拳擘张。少而习焉，长而精焉，不见异物而迁焉。”骑射作为今蒙古族“宁担节”的传统比赛节目能历久不衰，也是民族集体记忆在今娱乐游戏中的反映。《元史·兵志》也载：“元起朔方，俗善骑射，因以弓马之利取天下。”是的，很难想象大汗军旅如果没有马，又怎么横扫半个世界如在自己帐前嬉戏玩耍？！

一位法国人说，人类最高贵的征服，是对马的征服。自六千年前剽悍勇猛的匈奴以至再远的鬼方、狄夷跃上马背，就预示了这来去如风的游牧民族，必让中原那横在牛背上的牧笛吹得哀伤，必将在后来的一天登上农耕族的金銮宝殿。

是的，正是因为有了马，部落才出现联盟。正是有了横刀立马、日行千里的驰骋和四季不停地迁徙，才有了故乡、故国的概念。而它也注定以自己的速度和单位时间，重新界定空间，打破了家、家乡、家族、民族的藩篱。

最早的马鞍、马镫、马刀都是匈奴创造发明的。生产方式、生活方式的改变，改变了人与地域、人与自然的关系，也改变了人们思维方式和行为方式。也正是这马，在蒙昧、野蛮到文明时代的变迁过程中，促进了人类完成文明发展过程中那“惊人的一跃”。

由习马、驯马而发展的马术，有走马、跑马、颠马之别。跑马比的是速度，而走马比的是姿态。在那达慕会上，获胜的马将和驾驭它的人一样会获得祝福。

庞然大物，曾经的恐龙王国

巴彦淖尔为今内蒙古高原、阴山山脉和河套平原三大地貌汇聚地，拥有黄河、乌拉特草原、乌兰布和沙漠及大片河套滩涂。此一地域，几乎在各个地质时期，太古代、元古代等，都产生过剧烈的岩浆活动。国家地震台在贺兰山山顶设专门地震监测机构，日夜监视着地下岩浆活动。

奥陶纪与石炭纪期，这里沦为海水沉积区。石炭纪以后，此地又渐渐抬升，一直到侏罗纪、白垩纪，再到以后强烈的燕山运动，这里开始出现大面积的淡水湖和沼泽。这些淡水湖包括银川古湖、河套古湖，正是我们这一条大河贯通形成之前的胚胎。

一亿年前，这片诞生并野蛮生长为半个世界的统治者和劫掠者的草原上，谁在这里行使统治权力？可汗之前，突厥、狄夷、鬼方之前，河套智人之前，谁是这里的主人？这些，都成为现代人的追问。

1979年冬，在巴彦淖尔一个名为巴音满都呼的红色砂岩的荒坡上，大自然似乎以惊鸿一现，向一个普通牧羊人发出他听不懂的暗语。

红色砂岩在连续几天狂风吹过后，上面显露出来零散的色白如雪的石头，格外醒目。他想拣几块回去，可这石头又像嵌进去的那样，扳，扳不动；挖，也挖不出。他只拣了几块碎片。

碎片是幸运的，不知怎么，这些碎片就落入内蒙古博物馆，然后又进京，摆到了中科院古脊椎生物、古人类研究所董枝明的案前。有着“恐龙王”之称的董枝明抚摸着石头长舒一口气：千万里的追寻总是在长久的期待后出现，远古草原王国统治者的行踪，现在终于到向世人展现的时候了。

1986年，加拿大与中方联合考察团进入内蒙古巴彦淖尔。

1亿年至8千万年前，茂密的蕨类、松柏类、银杏类、苏铁类及裸子植物，为素食恐龙与其他生物提供了足够的食物，而素食类动物又为肉食恐龙提供了生物链来源，有序的生态环境让这一带成为恐龙聚集区。进入距今3650万年的第三纪以后，这里大部分地区变为剥蚀区。再到距今260万年的第四纪，河湖、草原完全消失。如此复杂的地质构造，使巴音满都呼恐龙化石留下了大量不可再生的史前遗迹，使这里成为研究远古地理、古气候变迁的史书——这是此前猜想。而这种苦苦的等待和寻觅，直到1988年夏天，中国与比利时联合考察团到来之后，这一古生物宝库才得以揭开神秘的雾纱。

眼前就是深40米、宽50—60米的巴音满都呼大沟。科考人员一进入沟头就发现了一批恐龙蛋，但更大的收获却一直没有迹象。这天中午，科考人员准备回营地吃午饭，一位女地质队员经过一条支沟，她的眼睛突然亮了起来：恐龙化石！她手脚并用，却力不从心。想起回了营地的伙伴，忙跑回去喊……大家一起协作，一架完整的绘龙化石从头骨开始，被完整地发掘出来。还发掘出泥龟化石，长70公分，宽60公分，足足有锅盖那么大。

更让人惊异的是那座恐龙“坟场”。里面有12具未成年的恐龙化石，其中7具呈蜷曲、偎依状。多少万年之后，考古者还可以看到它们面临灭顶之灾时的绝望、恐惧。

是突如其来的风暴、流沙以雷霆之势涌进，年长的出逃了，小的跑不及被定格在巢穴？是集体大灭绝的末日时刻？还是偶发的一次事变？

此后陆续的发掘又有新的收获。2008年至2011年，此一地区已发现包括二至三米的厚角龙，七到八米长的大恐龙等13种。[①]

那时，世界洪荒，天地混沌；

那时，海洋退去，高原露出背脊；

---

① 分别见巴彦淖尔国家地质公园资料；中国地理学会朱祖希主编：《美丽内蒙古》，蓝天出版社2015年版，第81、128页。

那时，冰期结束，草肥水美；

那时，高山再次耸立，这里又一片荒漠……

沧海桑田，梦幻云烟，不可一世的庞然大物沦为化石，直至后来，成吉大汗成为半个世界的征服者。

成吉大汗叱咤草原前已有屯兵垦殖的汉武，汉武之前早有一统天下的秦皇，秦皇发威前还有让中原王朝心惊肉跳的匈奴……这些都有史记载，白纸黑字，而在史前呢？

水洞沟发现一颗4万年前的人类头骨化石，鄂尔多斯台地南端萨拉乌苏发现一颗5万年前古人类牙齿化石。

是的，都是化石，就像巴音满都呼大沟所发现的距今7000万年前的恐龙化石一样，确凿无误，历历在目。

寒武纪里三叶虫熙熙攘攘，侏罗纪里恐龙吼声震天，中新世古猿张牙舞爪，全新世人类昂然挺立。化石与雕像的主体都已消逝，而我们的黄河却在其间由胚胎而慢慢发育为一条上下一统的大河，静静流淌。在似乎特意惠顾了这一片得天独厚的前套后套以后，一个大“几”字形的转弯，继续奔流，走向东去的旅程……

第六章

表里山河（山西）

峰峦如聚，波涛如怒，山河表里潼关路。

——张养浩《山坡羊·潼关怀古》

黄河在内蒙古托克托县河口镇以上为上游，以下至河南桃花峪为中游。中游长1206公里，落差880米。

上游峡高流湍，来水量占全河水量一半，水相对清澈；中游来水量占全河总量31%，来沙量却占全河总量的一半，水已浑黄。如果说上游重重围困反而给少年的河以反作用力，使其愈挫愈勇，从而走出巴颜喀拉；中游来水过半的泥沙，则使青年黄河混沌浑厚，为以后横扫黄淮海平原积蓄了后劲。

大河东去，在华夏版图上，由西向东本来是所有江河的基本走向，但黄河在过托克托完成她第七曲后，却调头向南——在清水河的喇嘛湾，受到吕梁山的迎头阻拦，然后在山西河曲县偏关老牛湾，进山西境，入晋陕峡谷。

左手一指太行山
右手一指是吕梁

吕梁、太行，汾河、黄河，以及和她同时孕育生长的黄土高原、湖泊、盆地，这样一种表里山河的地理形制，使早在2300万年到1300万年前就孕育的大湖成为母亲河胚胎，使晋、陕、豫相接的金三角，成为华夏民族最早的摇篮。

站在龙门以下河拔200米的黄河岸畔，脚下的河流相砂层，是2300万年前幼年黄河走过的痕迹。从此往下5—6级阶地，则是黄河分别于1300万年前、780万年前、590万年前、150万年前切割所留的痕迹。循地质学家的指引，可以看到上下200米间的18层古土壤间，有红黏土、离石黄土、马兰黄土、湖相沉积。顺史学家、黄河水文专家的指引，则可以看到史前尧都平阳、舜都蒲坂、禹都安邑，以及从史前到史后，云烟缭绕中的“壶口龙槽”“龙门叠浪”……在她所养育的中华儿女一步步从混沌走向月朗风清的同时，已茁壮的母亲河也劈龙门、掠汾阴、漫蒲州。在715.6公里长的晋陕峡谷，先“山河”再“平河”，再一次奔突，再一次汹涌，至左岸风陵渡、右岸潼关后，再折复为东流……

晋陕峡谷

多少风雨岁月所消磨的托克托古城墙遗址，成为黄河上中游分界一个最直观的标记。岁月的洪流没有冲倒古城这根旗杆，经历百年孤独，它依然顶天立地，宛若历史在古云中大地上留下的意味深长的叹号。

也是在这里，过了内蒙古河口镇后，九曲黄河在完成它的第七曲后，流向开始改变。从原来的西东流向，调头向南。

调头向南，是因为它在清水河县的喇嘛湾受到吕梁山的阻拦。

由于阻拦，她又抖擞起精神，也许刚刚过去的少年时的激越、野性，本来就没有衰减。

参照20世纪30年代末侯德封先生的描述，站在喇嘛湾眺望吕梁山。

吕梁山位于山西省西部，与山西省东缘的太行山大致平行，呈东北—西南走向，绵延400多公里，是黄河中游段干流与支流汾河的分水岭。主峰位于太原以西，海拔2831米，南端名为火焰山、龙门山，端点为黄河东岸的禹门口；西坡是厚层黄土堆积；山南部有位于吉县的黄河壶口瀑布；

东南麓的临汾盆地是中华远古文明发源地之一。

太行山是中国历史上最早出现的山脉，起于北京西北，南接黄河北岸。太行之东，古时是大海，北京、天津全在海底，大约公元前四十世纪左右，才冲积成海拔仅20余米的原野，与大陆泽等河北平原，构成现华北平原大部。主峰小五台山，海拔2882米，太行之西是山西高原，构成黄土高原的一部分。

太行山阻挡冀、豫、鲁平原上的战乱不能西进，使山西成为烽火连天岁月中的避难所。太行南北长800公里，只有8个仅可容身的孔道，以沟通河北平原跟山西高原，世人称“太行八径”。

晋陕峡谷位于鄂尔多斯台地东部。距今5300万—3650万年的第三纪中期，这里是半干旱森林草原环境，以草原为主，活动在这里的是早已消失的膜鼻三趾马、斯氏弓颌猪、高氏羚羊、简单大唇鹿等67个动物种属，其中仅三趾马就有许多个种属。

从峡谷黄河切出的上中下成分复杂的冲积卵石层看，1930年，德日进、杨钟键据此推断，晋陕间的黄河，早在2300万年至1300万年以前就已在晋陕峡谷段出现，并且开始下切而形成最高阶地。层层阶地断面，恰成为黄河、黄土高原从无到有，从低至高、从浅到深的年轮。史册一样，历历在目。①

对此峡谷，1937年，由黄河水利委员会副主任张含英带领的黄河治本考察团有具体考察记录：

黄河自河口镇南折，渐入山峡。及喇嘛湾以上，全为石河。峡谷峻深，水流急湍。红河自左岸注入，每当洪水时期，浊流奔骤，挟带巨量泥沙，舟行绝迹，两旁山谷间复多小支流，亦为泥沙之来源。此

① 潘保田著：《黄河发育与青藏高原隆起问题》，第60—61页。

下入偏关县境，河宽200公尺左右，曲折至多。河底乱石嶙峋，激水成巨浪，以老牛湾为最著。低水时期，河底巨石毕露，船行激流中，稍有不慎，即易罹祸。……龙口一段亦极惊险，惟无曲折，舟驶较易。出龙口后，山势顿展，且显低平，河身亦宽，水流渐稳，再经下榆树湾，不数里即至河曲矣。[①]

此段河道的比降是，磴口以下约1：5000，磴口至河口1：3000，河口至河曲1：800至1：1000。

支流汇入情况是，河曲之南，六涧河由东来注。过保德、朱家川河自东注入，至兴县裴家川，岚漪河自东北流入。东南流至温家川，窟野河自西北来会，至离石军渡之南，芝川河自左来汇，南行无定河，经陕西横山榆林米脂，绥德诸县自西北来会，为河曲至潼关间支流最长的河。再南行，清涧河、汾川河依次自右来汇。

以下过壶口瀑布，65公里至禹门口。壶口瀑布随水位而高低，中水位时约20米，至禹门口两山忽断，两岸岩石突出，作环抱扼流状，水势湍急。

这期间，入黄支流流域面积在100平方公里以上的河流包括二、三级支流349条，其中，禹门口以上直接入黄的主要支流有黄甫川、无定河、窟野河、秃尾河、清涧河、延河、汾川河、仕望河等。禹门口以下主要支流有渭河，包括先已入渭的泾河、洛河、南洛河等，是黄河支流最多的一段河道。每年的七、八、九月份，无数大小洪流扑入峡谷，与其说是水的集结，不如说是泥沙总汇，每立方米水含沙量平均在0.5至300公斤之间，年输沙量占了全河16亿吨的一半以上。

禹门口以上583公里，人们习惯上称之为山河、大北干流，河宽约1公里，常水期水深3米。禹门口至风陵渡、潼关段，称平河、小北干流，河

① 见张含英等著:《黄河上中游考察报告》第4节第9页。

长143公里。长达715.6公里的晋陕峡谷，是黄河上最长的峡谷，也是晋陕两省的天然分界。

乍一看，似是气势凶猛的黄河自高而下，自北向南把黄土高原一劈两半，而从地质历史看，则是200万年前发生在秦岭和阴山之间的一场地质构造运动——从托克托到禹门口造成晋陕之间的断陷低洼带，给黄河奔袭创造了条件。新崛起的吕梁山阻拦了河流东进，却又在它的脚下安排了一条南北走向的水道。

走西口与黄土风

被称为九曲黄河第一镇的碛口，原是晋陕峡谷上游的一个码头，地处山西临县城南48公里处的黄河边上，因黄河第二大碛——大同碛得名。碛，是指黄河因地形起伏而形成的一段激流浅滩。黄河激流而下，遇石滩相激，掀起滔天巨浪，浪如积雪喷涌，积雪喷涌处即称碛。

河穿峡谷，在临县卧虎山又汇入湫水，水量骤大。入黄口以下，两峡山谷又猛然收缩，河激突碛，浊浪排空，但奇妙的是，大同碛下的一百米处，河面又骤然放宽，形成千米多长的天然河湾。天造地设，使碛口成为晋陕峡谷大北干流唯一的渡口。①

遥想三百年前，碛口十八道弯的曲折长街云集了各地的商贾；翻涌而又和缓的河面上都是来往如梭的船筏；远处的山谷里，传来的则是悠扬的驼铃。那时，大批的粮油、皮毛、药材自陕、甘、宁、绥、蒙运来；棉布、绸缎、陶瓷等物品，则从太原、汾州由“向阳匣”等商号陆续驮运至此，

① 朱祖希主编：《美丽山西》，蓝天出版社2015年版，第94、101页。

从这里再转运大西北。随军押运或随大流而去淘金试运气的人络绎不绝，称为“走西口”。

哥哥你走西口，

小妹妹我实在难留……

人们印象中耳熟能详的《走西口》唱的似乎就是逃荒要饭、生死别离，实际上远不是那么回事。如果说山西的“走西口”有一点“地瘠民穷”的外在因素，真正的内因则是商品经济所带来的利益驱动。得天独厚的地理条件让山西人纷纷走西口，并由此孕育产生了独具风采的晋商一族。

从内蒙古到山西，河从河曲入晋，黄土高原地貌也开始显现。《河曲县志》载：“河邑人耕商塞外草地，春夏出口，岁暮而归。但能经营力作，皆足养家糊口。本境地瘠民贫，仰食于口外者无虑数千人。”也是在河曲，仅南沙窊一个150多户人家的小村，去口外谋生的就多达100多人。所谓“口外”，具体是指“杀虎口”长城段以北的内蒙古草原，以后又引申至塞外及西域。

明朝建立后，在长城沿线建立了9个边防要塞，屯军80万防备侵扰。为了解决驻兵所需粮食、布匹等军用物资，明政府实施了官卖食盐的“开中法”，就是鼓励商人到边塞捐纳粮食换取贩卖食盐的资格，以贩盐牟利的山西人渐成晋商。明中期，“开中法”走向末路，已经淘得第一桶金的晋商已不满足既得利益，以先建起来的口碑和市场网络“汇通天下”，把生意做至蒙古草原纵深。至明末清初，出名的山西商号已有60多个，先卖茶叶，以后又发展到丝绸、土布、棉花、葱蒜等生活、生产用品，无所不包。

明末清初，经过康熙、雍正到乾隆，中国人口已突破3亿大关，人地矛盾日趋尖锐。大量山西、陕西人纷纷跟随当时朝廷志在开发后套平原的商机，到归化、土默特和鄂尔多斯等地讨生计，有的就定居下来。作为一个历时久远、规模巨大的移民运动，随着移民大批地到来，蒙古地区单一的游牧经济、社会结构和文化也随之改变。“杀虎口”外的内蒙古地区逐渐改为旗县双立、牧农并举的多元社会。

清朝中期，蒙古地区的商品交换几乎全部掌握在晋商手中，生意做到全国，以至俄罗斯、朝鲜、日本和东南亚、欧洲。“凡有麻雀的地方，就有山西商人。”此时，晋商已成为一个庞大的金融集团，完成了从传统商业向现代商业的转变，并成为清政府的财政支柱。

晋商是由民间生发出的一个商业族类，不同于徽商、浙商，由于它一开始没有强大的资本做基础，也没有政治领域的靠山，一切都靠自己打拼，所以诚信就成为它立于不败之地的根本。晋商代表人物王现曾说过：“夫商与士，异术而同心。故善商者，处财货之场，而修高洁之行，是故虽利而不污；善士者，引先王之经，而绝货利之径，是故必名而有成。故利以义制，名以清修，恪守其业，天之鉴也。”

深厚的儒家文化传统，就像龙门、潼关河段一个又一个的“卡口”，紧紧约束晋商的思想、行径，但同时又授之以法则；如同给黄河以压抑、控扼的崇山峻岭，又赋予黄河以沉稳、坚不可摧的韧性和力量，一旦突出重围走向辽阔无边之地——那“唯富一套”的河套平原，就成为纵横驰骋的无人之境。

山陕人走西口的原始初衷与其说是因贫穷而讨生计，倒不如说是黄河所塑造而成的那不安现状、总要奔突、总要走出围困和阻隔的个性使然。

只是，曾经以商业促生现代金融萌芽的晋商，没有像西方海洋国家的商人那样，以商业促进国家的现代化转型，只留下了如李家、乔家那样的深宅大院。当然，留下的还有让人扼腕的晋商文化，还有火辣、悠扬的信天游民歌。

壶口瀑布：一年上移1.05米？

黄河由内蒙古东行转南进入晋陕峡谷，在流经山西吉县和陕西宜川之间时，河水恍若罍瓮乍收，进入专业术语所称的埽口。自高而下，跌落在近三十米的悬崖之下，形成的瀑布宛如垂帘，又似茶壶向外注水，故称壶口。从三十米高空再到崖下，被当地人称为“龙槽”的三千米河槽，喷薄如雾，声震如雷，成为万里大河上独一无二的景观。

壶口之下的山西吉县一面还有一个天然洞穴，可以直接通往瀑布下方。洞穴称龙洞，由此，亦可通过多个角度观察和欣赏壶口瀑布的雄姿。

至于严冬时节的“冰封倒挂”，则更见壶口瀑布的神奇。龙槽冰封，瀑布上下，两岸溢流形成的水柱如同大小不一的冰峰倒挂悬崖，阳光折射下映出道道彩虹，此时的瀑布越发流光溢彩了！

到壶口的人饱览瀑布风光，但大部分人并不知道这让人景慕的瀑布每年都后移些许距离。

壶口最早记载见于《禹贡》，说壶口附近有一座孟门山，其左（北）为龙王辿，其右（南）为砭针滩，孟门山就在河右岸的砭针滩。其实孟门山只是河道中间两块凸起的大石，古时被称为“九河之磴”，千百万年前也许还是高峰峻岭，但在黄河年复一年、日夜不停的切割下，已演变为石。其中最高一块也就十三米高，河从石旁深处流过，已经看不出所谓“巨阨”的作用了。

有关孟门山，北魏郦道元《水经注》记：“此石经始禹凿，河中漱广。夹岸崇深，倾崖返捍。巨石临危，若坠复倚。”郦道元当然不相信古人之言，所谓禹凿实际是大水冲刷切蚀年复一年，才啮开孟门。积日既久，瀑布以下的深槽就愈向上延伸，显得既深且长，后人谓之“龙槽”。

接着上面的状物描写，郦道元还说：“其中水流交冲，素气云浮，往来遥观者，常若雾露沾人，窥深悸魄。”前面说山，后面说水，大凡到过壶口的游人，都会感到此话真切，但郦道元怎么把这两地上下相差五公里的壶口、孟门山拢在了一起？

难道说，郦道元时代，这一条大河上的壶口，原在孟门山旁？

对此，陕西师范大学教授、著名黄土高原历史地理专家史念海有专门考证。他说，孟门山和壶口在郦道元以前是什么样子，什么时候才形成了郦道元所看到的样子，由于时间久远，都姑且不管了，现在只看郦道元以后的演变，就知道原来和孟门山在一起的瀑布，怎样上移到现在这个地方。

《元和郡县图志》对壶口的描述是：“河中有山，凿中如槽，束流悬注七十余尺。”还说：“石槽长一千步，阔三十步。”就是说，那时的“龙槽”长只千步。

从那时的一千步，到现在的近三千步看，说明壶口瀑布向上游推移了。《元和郡县图志》撰于唐宪宗元和八年（813），迟于《水经注》成书200多年。在这200多年间，壶口瀑布从孟门向上游推了一千步。按当时的换算标准，一千步即1475米，如果按年平均，每年竟达5.1米。现在壶口在孟门山北五公里，由郦道元到现在已有1500年。这五公里就是黄河在这期间的下切记录。按年平均，每年为3.3米。①

但也有学者对此上移数字持怀疑态度，其主要依据是每步与每米的换算。民间的一步，不会达1.47米。据此，他们认为壶口上移平均每年上移1.05米。而以公元前770年壶口和孟门山紧连至现在所在位置距离计，瀑布形成已有6.5万年历史。

由于强烈的落差，河到下游段的晋陕峡谷，黄土覆盖层的大部分被切

① 史念海著：《黄土高原历史地理研究》，黄河水利出版社2001年版，第107—110页。

成一块一块，许多河谷不断加深，破入坚硬的岩石。所谓河流溯源冲刷，正是造成壶口下切上移的原因。

“旱地行船”与“六股头”

远古时期的大河之上，瀑布除作为界标或自然崇拜物外，具原始生产力状态的人类对此毫不感兴趣。以后河运兴起，它反而成为令人头痛的障碍。1954年春，延安的一支船队由当时第一船手马万荣带领，起运军用物资发往潼关，其中一船是火车零部件，单件重量大多千斤以上，超宽超长，雇人抬，抬不动，自己抬抬不了。马老船叟没办法，只能做出推船下水过龙槽的决定。

龙槽的山西河岸这边，有两股水流，依次叫溜船壕、烟筒壕。黄河水小时，溜船壕涸、又加之此本河道，滑阻力小。烟筒壕河道陡，壶口瀑布激起的水雾顺河喷涌，状如烟筒，故称烟筒壕。此二壕与龙槽并行，只是没有龙槽内水势湍急。马万荣无奈掌尾棹驾船顺溜船壕下行，居然闯过龙槽天险，是黄河船运史上绝无仅有的一次。

之前，龙槽上下出事的不止数十家。三交镇坪上村的刘财主自养大船，雇水手数十名，经营水上生意几十年，终因一次风大浪险，下行船失控，困在龙槽盖上俗称馍馍石的地方。为了救人，连送七条人命，刘财主从此破产。吉县一位姓胡的老艄在龙槽以上遇风失控，船上十余人丧生，仅胡艄一人幸存，马万荣还曾去拜访。那胡艄自从失事后得了一种恐水症，即一见流水便恶心呕吐，从此再未吃水手饭。

为了使上下船只更快更有序地通过，壶口岸边六个鸡犬之声相闻的村庄，由此结成一个至今看来也颇具现代意味的航运组织——“六股头”。松散如土豆，素无专业训练的村民，就都成为产业工人和“股东”。

来往船楫在壶口上游河东的龙王辿泊岸，将所有物资全部卸下，并将船拖上石岸，用人畜纤拉到壶口下游数公里之外的七郎窝，再入水装货顺流下行。对这种拖船法，人们取了个形象的名称：“旱地行船”。

“六股头”组织产生前，路经壶口船楫的货物，皆由沿河居民自由揽运。商家利益、船家利益、搬运工利益等河涨河落春去秋来所形成的行市，在壶口东浒的航运中，时常形成滞运、抢运、斗殴以及运价抬高等诸多问题，有时泊岸船只拥挤十数日不能下行。康熙年间，当地乡绅发起在壶口东岸凿渠引水流船的提议来解决人力拖船问题，并提出凡参加凿渠的村庄，均有承揽码头搬运权利，否则，不能介入码头搬运市场。此渠凿成，因出口水面显高不能使用，但因协议组成的一个包括吉县壶口附近的南原、上市、中土、留村、南村、古贤村搬运组织“六股头”，却留了下来。

“六股头”意思是，六个大村六股分成，每年由六股中轮流推举一个股头。其股头产生的办法，采取一年一度摇骰子的办法，得胜者任股头，任期一年。股头的职责是，负责管理本股承担所搬运货物和拖船时的人事分配；负责征交本股也就是本村所辖居民的“甲总粮”，即税收；负责缴纳码头军警生活补贴用款；负责向股员分配搬运利润。股头还有一些特殊权利，每搬运一只船，从中抽费1200文，名叫“余头”。这1200文，800文归股头所得，其余400文为公共积累，以供特殊情况和献戏使用。实际是股头的组织运筹费用，下余80%，才是股民应分数。股民分配办法，又采取原始平均分配法，即“拨堆认股”和“好汉股”。按拖船人数，每10人为一股，将收入的钱按股分为若干堆，然后分给每个股民。对股民分配，不分男女，体质强弱，出力大小，只要参加了拖船，都分得一份。这就有了平均主义的意味。而“好汉股”则是向搬运过程中贡献大、出力多的村民倾斜，具“按劳取酬”的市场经济色彩。又因为股头是通过摇骰子产生，所以本股村民，都有担任为期一年股头的可能。

为防止码头搬运纠纷，“六股头”组织严格按协议进行，叫作“按弋搬运，周而复始”。就是将上游下行泊岸待卸的船只，每七只编为一组，也叫“一弋”，每个成员村股每次拖完一弋，即交下个成员村股拖运，以此类推排列搬运次序，违者由龙王辿神会处理。在一弋排列次序中，仍然存在着一个先后问题，船主往往在争取先行拖运时会向股头行贿，当地人称这种贿赂为“暗钱”，归股头私有。

“六股头”航运对当地经济发展起了决定性的推动作用，经济发展又推动了文化的发展。据龙王辿六股人等在宣统元年给知州黄寿征所树的一块功德碑分析，每年码头可为州立学堂提供经费银两约1600两，约折小麦126万斤，由此才使当时靠近龙王辿码头的文城一带，成为文化水平最高的地区，进学秀才最多。1938年日军进犯吉县前，此地居民住宅已十分考究，一般人家都饲养高骡大马，一部分人家甚至有数量不同的长、短雇工，或在冯家碛龙王辿、小船窝一带开设商号和宿店。

具体每年的收入究竟多少呢？据老年人回忆，船经壶口瀑布码头，一般装卸费白银6两左右，人、畜每天收入400文即可折购小麦60斤，年收入白银50两，可购小麦3万斤。正常年景路经码头船楫达四五千只，码头搬运收入白银约2.4万两左右，加上拖船收入，可购小麦1600万斤，大概是当时吉县粮食总产的40%左右。此时依靠黄河收益的约800户，3000余口人，年户平均收入白银33两，人均收入白银9两，按当时粮食市场折算，每人可折购小麦5400斤。

此组织兴于明初，繁荣于清代，衰落于抗战前，前后经历了400余年。它的黄金时代应是在乾隆至光绪之间，按照同治九年修复的捻军东渡烧毁庙宇碑文来看，当时献资修庙的商号有63家，其中有钱庄、皮庄、当铺、盐店、药铺和京货店等。故清代贾遇时著文写道：“斯地也，山势巍巍，重叠万仞；河水浩浩，波浪千层……舟楫到此，能不舍水而归陆乎？是以客船星集，如鱼贯之相连；店铺林设，似雁行之不绝……水旱码头，盖莫善于此地……人人得而就食……得财犹运掌，尽归六股之兼人；求利若折枝，远招四方之游民……地虽偏小，胜得泾阳三原；形似弹丸，赛过长安八水。”

从上游河套王同春初露锋芒的“短辫子河”“四股头”，到晋陕峡谷壶口天堑“六股头”，再到20世纪90年代初大河上下渐兴的两人或多人合伙公司，大大小小的股份公司和以后国家独营企业的股份制改造以至上市公司，历史转了一个圈之后似乎又回到初始的起点。当然，这个回归已不是简单的重复，而是螺旋式上升了。

河出龙门

黄河西来决昆仑，
咆哮万里触龙门……

李白诗中所说龙门就是晋陕大峡谷的南口。龙门，以河津市西三十公里的黄河天险龙门渡而得名，在壶口以下百公里。《水经注》载：“龙门山大禹所凿，通孟津河口。”鲤鱼跳龙门的传说当然只能发生在这里，虽然自古至今无一人见过一条鲤鱼跃过龙门，但是旧时学子进京赶考前，都习惯到这来拜谒，以求上苍保佑心想事成。每年三月桃花盛开时节，因繁殖求偶，龙门一带河面上确有大量金鲤跳跃，当地人谓“春鳞汲浪”。

看龙门雄姿，可以站在龙门下游风陵渡横跨山陕两省的黄河公路大桥上向上眺望，更可以在桥下乘机动船直接溯流而上。无论哪个角度，都可见自天而下的黄河，像一把利斧，把龙门劈为最窄处仅60米的两半。东西壁立千仞，夹岸对峙中，分明是一条大蟒张牙舞爪地从深处横出峡中，先北而又西，受西面崖壁阻挡，又折向东；而东岸又逼仄，如此激流三折，形成“龙门叠浪”。高原本来多风，风至龙门又汇集成束，风卷浪涌，撞在石壁散为水雾，恰似一条蛟龙在此喷云吐雾。

为了纪念大禹，古人在河流跌口处的龙门巨石上，修建了一座宏伟壮观的禹王庙，塑了“禹王镇蛟”神像，供香客游人凭吊。而在东西两岸悬崖绝壁上，原先都有很多可观的建筑物。“下自禹庙缘山西南行，有石崖耸峭，俯临孤出，横复河上，或凿壁架木，为飞梁栈阁；构楼其间，可从楼中缒汲河水，以供茗饮。”而今，这些古人曾绘声绘色描述过的建筑物都已湮灭不见，河中巨石上的禹王庙在抗战时期也毁于日军炮火。

潼关以下三门峡河道有人门、神门、鬼门，这上下七十公里的峡谷河段，也有黄河千万年来凿出的龙门、石门、孟门。三门峡的三门如宫阙一样并排分列，让人一览无余；而此三门则如侯门深宅的回廊套院，不深入进去，就无法知晓那一座影壁背后所隐藏的险峻奇绝。

由龙门逆水上行5公里为石门，天上来的一条大河在这里被仅60米宽的峡口缚为一束，其激流喷涌与龙门如出一辙，继上60公里便是孟门，再上是龙槽，再上是壶口瀑布。

按当地民间叫法，龙门以上河段称“山河”，以下叫“平河”。滩险浪伏的平河行船不易，山河走水更可想而知，特别是过“三叠浪”，当满载货物的大船顺水而下，当船将要和岩石相撞的一刹那，船老大迅疾拨动舵杆，船只即掉转方向向对岸驶去。当船再一次接近对面悬崖，艄公又用篙杆一点，即脱离险境。而再往下，接着就是狭窄险陡的龙门，船到这里，像脱缰野马，稍有疏忽就船毁人亡。有经验的艄公眼疾手快，握住篙杆，以闪电般的速度准确地勾住两旁陡壁上的铁环，调整航向，使船只勉强通过跌口。

龙门又称禹门，作为黄河晋陕峡谷的出口，右岸龙门山，左岸吕梁山，两山环抱，状如蟹螯，形成一天然门阙。天造地设，正好让这一条大河一展雄姿。

龙门河中曾有两座石岛，分水三流，古有“上三门”之称，与晋豫间的三门遥遥相对。西门叫“骆驼巷”，因泥沙淤塞，只在洪水时可漫流；东门在元代已被填塞，并在其上建庙宇，河水现只从中门下泄。中门下游有一巨石，矗立河心，名“水面石舟”，上刻“龙门”两个大字，其大如斗，荒年水落石出，人始见之，今复漫没，不可窥寻。①

“没过河的过了河，过了河的没过河”

“黄河小北干流”指黄河中游龙门至风陵渡（右岸为潼关）的干流河道，全长132.5公里，因其特性有别于晋陕峡谷河道，而称之为“小北干流”。它北依龙门、吕梁，南屏秦岭，由北而南穿过汾渭阶地，左岸山西运城，因雄踞大河之东而古称“河东”；右岸陕西渭南。山西一侧自上而下经河津、万荣、临猗、永济、芮城三县两市；陕西一侧经韩城、合阳、大荔、华阴至潼关。禹门口和风陵渡，各有一座铁路桥和公路桥飞架南北，贯通晋陕交通。

小北干流是由湖盆演变而成的河道，经历了剧烈的下切和堆积过程，黄河经晋陕峡谷出龙口，河道突然展宽，流速放缓。公元9世纪后，河道演变的主要形式由下切变为淤积，河床淤积抬高，河水则不断侧蚀侵塌高岸，至公元13世纪到16世纪的元明时期，小北干流河道已成典型的堆积游荡性河道。河势散乱，夹滩密布，汊沟交织，主流左右摆动，“三十年河东，三十年河西”。

河道稳定的表现形式是流势和节点的稳定。自周秦至汉唐，这种河势

① 《陕西黄河小北干流志》编纂委员会编：《陕西黄河小北干流志》，黄河水利出版社1999年版，第211—212页。

一直没有改变。当时，禹门口宽八十步，大石嘴和桥南之间河宽一里，庙前和东少梁之间河宽四十七扁担，蒲州和大庆关之间河宽二百步，风陵渡和潼关之间河宽四十六扁担。历千年之久，没多大变化。

变化在明以后。以蒲州城为例，蒲州早年建城，明太祖洪武四年重筑，重筑后城高三丈八尺。现在仅余两米，有的地方还不到两米。原来西门外有一小坡，小坡垂直距离有一丈多高，现在小坡已成了平地。据当地老农估计，近二十余年来，蒲州城西淤高了三四米，如由唐开宗铁牛沉没处算起，淤高二三十米。

原在蒲州城南1.5公里处流入黄河的涑水河，由于河床增高难再流入，形成漫流泛滥至蒲州城下。

在禹门口至船窝两岸，陡峭的石壁上，至今还能看到不知什么年代留下的锈蚀的铁环和模糊不清的点痕。点痕是船篙点击所留，铁环则是挽船所置。船逆水而回时，借助钩杆前端铁钩钩住石壁上的铁环，用力拖曳使船得以上行。

19世纪20年代中期，老河工告诉专业人员，40多年来，这些铁环已上移三次，每次约一人高。这就说明，40多年来，这里的河道淤积上升为3—5米。

再参照龙门水文站实测水位流量资料及其他方面实证：1931年以来，该河段河床淤高3—4米。1935年以来，河床淤高5—6米。1935年河床低于1931年，就是1933年洪水揭河底的影响。

民间传说“随河水消长而消长，始终立于水面”的禹门陵及禹门水中石，由于河道淤积，现在已都湮灭无存。

黄河水利委员会水文研究人员通过对老河工走访得知，1933年大水揭河底后，船窝至禹门口沿岸，清咸丰年间所置拴索铁桩露出水面1米多。一年多以后，又淹没于水下了。

气候环境的变迁，宋以后小北干流地质构造活动的加剧，潼关高程下切侵蚀的消失，使小北干流泥沙淤积，河道摆动加剧的灾害自清朝后显著表现出来。两岸数百村镇付之东流，河道宽达18公里以上。

明穆宗隆庆四年，也就是1570年大水，水沙淤积至什么程度？朝邑赵渡之南原有一个西仓村被淤至河底，重建西仓村，挖沙五尺，始见原院墙。新建的西仓村，人称村上村。由于淤积发展，一些古老城镇如荣河、河津、永济、芝川等，先后于1920、1948、1960、1968年搬迁新址。

淤积发展造成该河段河床宽浅散乱，主流游荡不定。清代末年的一天，过往行人夜宿蒲津关，准备第二天西去朝邑或东去蒲州。但是第二天一早醒来，不禁惊得都说不出话来。原在蒲津关以东的黄河，一夜之间，竟跑到蒲津关以西。行人哭笑不得："没过河的过了河，过了河的没过河……"

同样尴尬，大庆关也遇到一次。隆庆四年，河道一夜溃岸西徙20公里，原来属于西岸的大庆关移于东岸。[①]

如果说城池由于河徙可以左右位置转换，那河滩地呢？自古以来农民都视土地为命，淹了的心本不甘，那新淤出的该由谁来种呢？那时，人们意识中，黄河滩就是不讲理的地方，因为黄河从来就不讲理。如有纷争，或争不出结果，就武力解决。所以，一河两岸晋陕两省村民滩地纠纷从来不断。

蒲州：桥与楼，与牛

20世纪40年代的第一个春天，古蒲津渡所在河面，一艘吃水很深的渡船从对岸驶来，已近黄昏，卸下一船货后，一天的营生也就结束。船眼看

① 2015年6月5日山西省小北干流河务局李晓飞采访资料。

就靠岸了，这时却听“砰”的一响，船随之一晃，回头看船后涌起的波浪，依稀见一利角模样的物什在水中一闪，水怪？传说大禹治水时，每闯过一道难关，就铸一铁牛沉入水中，以作镇河之用。莫非年深日久，大禹的铁牛得道成精？船家靠河吃河，水上营生已有多年，深知水的深浅，河中神物是万万碰不得的，也不宜直接窥它本来面目。想到此，他立马把船摇到岸边，卸下货物一检查，不由又倒抽一口冷气，船底裂缝明晰可见，船舱已渗水。如船在河心或自己再慢一个时辰靠岸，那后果真是不堪设想。

多少年之后，当人们把沉埋淤沙中的铁牛挖出，才知道20世纪40年代船家所遇还真是那头顶犄角的大物。

这是唐开元年间重修蒲津桥用作系舟固定浮桥的物件，并非大禹所造。

蒲州，即现在的永济。现今的中华儿女大多不知道蒲州，但却少有人不知唐大诗人王之涣笔下的鹳雀楼。清光绪《永济县志》载：“鹳雀楼在城西南黄河高阜处，时有鹳雀栖其上，遂名……今已成滩涂，无迹。”

名倾一时的鹳雀楼并不是一个孤立的存在，当时的古城，不仅河边有楼，桥下有桥，城门外还有西海、河渎两神祠，城内城外更有寻常可见的羌人、胡姬。葡萄酒、胡旋舞，这些带有异域风情的新潮元素，都城长安也不缺，但还是“更上一层楼”的黄河蒲津更能让人物我两忘，把酒临风。

如能穿越时空隧道，随便进入蒲州公元8世纪哪一天的黄昏，独上高楼或在哪一间酒肆坐定，迎面骑驴而来的说不定就是那刚从终南山下来的“诗佛”王维。那毫不客气夺你风头咏吟的，可能是风头正盛的青年诗俊王之涣；而经过城门楼洞正欲出门察访的，可能就是于此处写就“天下第二行书”蒲州刺史颜真卿。

唐开元九年，蒲州升格为河中府，全国三十座重要城市的六雄之一，成为与东都洛阳、北都太原比肩并驾的中都。蒲州桥改建遂提到玄宗议事日程。

一时间，“冶铁伐竹”“百工献艺”，“是炼是烹，亦错亦锻”。铸铁牛、铁人、铁山，仅生铁就耗去全国当年所产五分之四，合计8000吨。铁牛身后是铁人牵拽，铁人后面是铁山，两岸各四座，“锁以持航”，仅一头铁牛，重量就近600吨。

按古人五行相克之理，牛被认为具避水神力，“牛为土性，土能克水”，因此故国河畔，常见金属冶制的高大动物，如陕西大荔县铜津关铁牛、济南泺口金牛、河北大名县东门外铁牛等。其中，以开封铁牛最为有名，系明正统十一年（1446）河南巡抚于谦督造，曾两次被淹没黄沙之下。因为是神牛，所以就演义出离奇故事。如春天夜里，开封铁犀曾去地里啃食麦苗；山东张秋镇的那头，则会上树。而蒲州铁牛，除去镇水作用，还有固定蒲州桥之实际功用。对此，乾隆年间蒲州知府周景柱有《开元铁牛铭》：“……阅千有余岁矣……且其肤泽晶莹，若灿金英。彩烂初阳之照耀，荡乎银烛之光明。疑来从于雪山……而多受夫月华与日精。”

自后，黄河屡屡泛滥且多战火烽烟，蒲州注定铅华洗尽，纵是蒲州桥头总重8000多吨的铁牛、铁人、铁山、铁墩、铁柱、铁缆，也揽它不住。

挺过了金、元战乱的蒲州，在明嘉靖三十四年（1555）腊月十二夜甲子时的八级地震中，天塌地陷。1946年秋，黄河又涨，河床已高出城池；次年，已几经迁建的永济县城迁至今址，城内居民多有迁出。

1973年前，三门峡几经改建，库水退走，居户回迁，家园重建，面貌已异。不复再见库区黄河四面而入，泥沙湮城，空留一片残垣断壁于夕阳之中的景象。或许，只有早已淤淀的铁牛还保有过往依稀的记忆？

自20世纪40年代船工发现有水怪触坏船底，到80年代当地文物部门开始寻找铁牛踪迹，1989年8月，位于黄河左岸的四尊唐代铁牛终于逐一从6.5米深的淤沙中浮出水面。一同出水的，还有牵扶铁牛的铁人。经测量，铁牛距蒲州老城西墙约50米，距西城门110米，铁牛头西尾东，面河横列，伏卧，高约1.15米，长3.3米，两眼圆睁，呈负重状。根据牛的体形看，四尊牛分别为牡（公）、牸（母）、犍和犊牛，比北京颐和园铜牛大一倍。牛尾后均有横铁轴一根，用于拴连桥索。牛侧均有一铁人，作牵引状。令人吃惊的是，牵扶铁牛的四人着装不一，形态各异，分别代表着四个不同的民族。

《秋风辞》与后土祠

公元前121年深秋，陕西夏阳也就是今韩城芝川河渡，一艘装饰豪华的双层大船由此东行。看大船的气派，看峨冠博带的乘员，再看被簇拥的中心人物，渡口河工猜度这绝不是一般的官船。果然，众星捧月般簇拥的是时年44岁的一代大帝刘彻。汾阴后土祠新建落成，大帝此行，是专门前往开祭，用现在的话说，就是剪彩。离开长安，汉武帝先抵雍地的五畤原祭天帝，然后渡河入汾。秋风飒飒，浪起云涌之间，三杯酒后，刘彻睹物思人，不禁想起此行所拜后土圣母化育万物之功，又感叹白驹过隙，而自己开拓疆土、平定匈奴的宏愿未竟，遂心吟口诵，成《秋风辞》：

秋风起兮白云飞，草木黄落兮雁南归。
兰有秀兮菊有芳，怀佳人兮不能忘。
泛楼船兮济汾河，横中流兮扬素波。
箫鼓鸣兮发棹歌，欢乐极兮哀情多。
少壮几时兮奈老何！

对这首缠绵流丽的《秋风辞》，鲁迅评价："武帝词华，实为独绝……虽词人不能过也。"

后土祠建于汾阴。汾阴即汾河南岸，作为县城名字使用，始于西汉。

北宋年间，易名荣河。1954年，荣河、万泉两县合并，定名万荣县。一个河边小县，几千年来享受如此荣光，仅汉、唐、宋三朝，就有8位皇帝24次亲驾巡幸。

汾阴之所以久负盛名，皆因一字一神。

一字即“脽”（音shui），阳平。《辞源》释义有二：“一曰臀部，二曰丘类。”很多时候，这个字的使用都和汾阴紧密连在一起。“汾阴脽上”“汾阴脽”“汾脽”。这里《辞源》所解“脽”的两种意思就统一了，一是丘，二是臀。在汾阴，都是指的汾水入黄处之南因两水冲积而成的狭长河州，南北长四五华里，东西宽二三华里，如高丘耸起，又像一个侧卧女人的突出而健硕的臀部。这个形神兼备的象征，自然就是人们心目中掌管土地的神——后土了。

一神即后土圣母，是传说中较炎黄更为早远的原生始祖，也是掌管土地、繁育人类的极尊之神。历代帝王“建邦国先告后土”，给诸侯分封土地也须“先告之”。最早亲临脽上祭拜后土的是轩辕黄帝，尧舜至夏商周三代，更是每年都要举办祭典。

进入汉朝，对于后土圣母的祭祀有了更高规制。汉武帝不仅亲自前往，还于公元前179年，下旨在汾阴置庙。现后土祠，位山西万荣县庙前村北的高崖上，距黄河0.5公里，祠内存有秋风楼、山门、献殿、正殿、五虎殿等，呈“品”字形结构，为1849年后重建。建筑宏丽，为海内祠庙之冠。

正所谓“风流总被雨打风吹去”，李唐以前，被当地农人称为“葫芦滩”的汾脽，是受两河养育，风物繁茂之地，也曾是黄河主要津渡，其核心要素是汾河在这里入黄河。以后盛况不再，是由于汾河入黄口的不断变迁。元代汾河在河津县西15里入河，至明隆庆四年（1570）前，汾河又在后土祠入河。其间，黄河河道西移，汾河河道南迁。隆庆四年，黄河摆动，在河津与韩城间东徙，使汾河口又上提，由河津葫芦滩西南入河。第二年河又东徙，葫芦滩大半被黄河河道侵占。葫芦滩的黄金时代曾有重兵把守，当时，该地建有双营镇，镇上7条街巷，数百户人家，四周分布着20个大大小小的村庄。到了明代，汾河入黄口条件逐步恶化，一是葫芦滩受黄河威胁，大量居民外迁，现沿河三迁庄、峻岭、阳村、永安、连伯等村，均是陆续从汾脽迁出来的。以至明末，即神宗万历三十五年（1607）之后，汾河冲毁汾阴护堤，崩浸汾脽，再后，黄河东移，两河夹击，汾脽渐陷，后土祠被迫移建。

清代，黄河东浸更甚。清康熙元年（1662）秋，黄河再决，后土祠全部淹没，脽上旧迹如双营镇等，尽被淹没。清同治九年（1870）夏天，黄河在后土祠决口，高崖顷刻崩溃于水中，秋风楼不得不第三次搬迁。一座后土祠、秋风楼，成为明清黄河夺汾的历史见证。①

大河之子：司马迁的苟且与高迈

龙门多奇观。“春鳞汲浪”是一景，“淦”是一景。

寻常流淌的浪波中突然煮沸如开锅、开花，接着涌浪耸起，一节节作反方向往上蹿滚，平静的河面波重浪叠，瞬时高达三米，发出雷鸣般的轰响。这种由河床沙波运动所引起的河水逆行连串沙浪，是黄河水文现象之一种，常发生在弯道下游直河段上。“淦”起处常形成一组六至九节的逆向浪风，所以又称“九节浪”“龙虎大淦”。

汉武帝天汉二年（前99），一场飞来横祸，就像一场“龙虎大淦”降临在当时太史令司马迁头上。这年，名将李广的孙子李陵率五千人马讨伐匈奴，兵败而降，武帝大怒，群臣皆声讨李陵罪过，唯司马迁为之辩说：五千

① 参见《山西黄河小北干流志》，黄河水利出版社出版2002年版。

步兵，引敌全部，配合李广利共击匈奴，且杀敌一万，虽战败降敌，其功可以抵过。再说降敌也并非真心，也许只是想先活下来，以后报效汉朝。

然而，后来汉官谎报说李陵不仅降，而且正为匈奴练兵，哪天攻回汉朝也说不定。由此，武帝诛杀了李陵全家，包括他年迈的父亲和年幼的儿子，并以诬罔——大不赦之罪，处司马迁以极刑。

那时的极刑，一是可以以50万钱赎回性命，二是可以以腐刑替代。由此，太史公面临一生最黑暗的时刻。此时他多么希望同僚中也有人为他一辩或至少给他凑些可以赎身的金钱，可是，“亲近左右无一言”——没一人为他说话，也无一人向他伸出援手——太史公作史为鉴，人以他为鉴，谁还蹈他覆辙，惹火烧身！

正是这茫茫人生的透彻骨髓的大孤独和他面对此一困境的决绝，注定了他正在从事的史书著述如雷电一般瞬间照亮了中国历史的星空，像文王拘于囚室推演《周易》，仲尼困厄著《春秋》，屈原放逐作《离骚》一样。取义而死，虽有名节，却耽搁大事，而只有活下来，才能完成父亲临终之托，那就是准备已久的《史记》。

他毫不犹豫地选择了后者。

腐刑即宫刑，是污及先人、见笑亲友的奇耻大辱。之前在狱中，司马迁已“交手足，受木索，暴肌肤，受榜棰”，几断送性命，但为了完成《史记》，他只能忍辱负重，苟且偷生。

是的，生活中有诗和远方，但也免不了苟且，或许更多的还是苟且。

司马迁生于西汉景武年间黄河龙门夏阳，也就是今陕西韩城。多少年之后，他还记得河出龙门之前的困厄和河出龙门之后的澎湃，记得泥沙俱下的浑厚与揭河底的地啼。涛声如梦，醒来已挥洒于笔墨之间。少年时期的他遍览群书，已找到“以地理考察历史，以历史求证地理”的治学方法；尽阅天下大观、纵深历史风云的壮游，更使他本已养成的浩然之气激荡于七尺之躯，将要所传人物跌宕起伏的命运、时运转折中的内在玄机了然于胸。文章自然吸取了天地的灵气，或如自幼就熟悉的身边那条大河狂澜惊涛，或为洞庭之波含蓄深沉，或春色初吐、靡丽绰约，或龙腾虎跃、大气磅礴。十年披肝沥胆，被鲁迅称为“史家之绝唱，无韵之离骚”，与《资治通鉴》并称为“史学双璧”的巨著终告完成。

司马迁墓坐落于韩城市南十公里的芝川镇黄河古渡的山环水抱之中，献殿中挂有“文史祖宗”匾额，是民国初年司马迁后裔所送。距司马迁祠五公里的嵬东乡徐村是司马迁的故里，主要由同、冯两姓人家组成，据说“冯”姓是司马迁大儿子司马临的后代，“同”姓是司马迁二儿子司马观的后代。两姓亲如一家，但从不通婚。为什么要改姓？司马迁受刑入狱，有好心人向家乡通风报信。“同”“冯”二字即取“通”和“风”的谐音，又包含了原姓“司”“马”两字。[1]

汾河岸畔，一百八十万年前那一缕炊烟

汾河是黄河第三大支流，发源于山西宁武县管涔山脉楼山下的水母洞，在河津入黄河，全长694公里，流域面积占山西总面积的四分之一，所以晋人把它称为山西的母亲河。

作为山西境内最大的河流，汾河共接纳100多条大小支流和众多泉水。支流主要包括岚河、潇河、杨兴河、磁窑河、乌马河、龙凤河、文峪河、洪安涧河、浍河等。

泉则有兰村泉、晋祠泉、洪山泉、郭庄泉、广胜寺泉、龙子祠泉、古堆泉等。

① 2015年6月4日渭南小北干流河务局胡新平采访资料。

年入黄径流量为12.78亿立方米，最大径流量是1964年的33.6亿立方米，最大含沙量是286公斤每立方米。

像古河道本是古湖，汾河前身也是湖。《汉书·地理志》载：并州薮“为晋中大湖”，方圆数百里，烟波浩渺，是全国九“薮”之一。仅《水经注》所记，当时晋地就有东湖、西湖、淳湖、方泽等湖泊15个。

15个湖前的远古，是辽阔无边的大同湖。与大同湖同时的，是小北干流所经之地的古汾渭湖。《山海经》说汾渭古湖：“东望泑泽，河水所潜也，其原浑浑泡泡。”

1960年，考古学者在晋南芮城县西侯度村发现一处遗址，位于黄河东岸的古老阶地上，地质年代为更新世，古地磁测定年代距今180万年，是目前我国境内已知的最古老的旧石器文化遗址。遗址出土的石制品32件，主要采用锤击、砸击和碰砧三种方法制成。西侯度文化遗址的发现，提前了人类用火的历史和我国旧石器时代的历史。

此后，考古者又在山西高阳县、山西吉县发现多处用火遗址，其中，悬崖石壁上，还发现两处古人类留下的象形动物岩画，均为旧石器时代人类遗存。

就是在这一片表里山河的晋地，先民择丘而居、滨河而渔，华夏始祖黄帝斩蚩尤于解州，帝尧访贤得舜而禅位，舜建都蒲坂，大禹治水开凿龙门……这一切似乎让我们看到了人类黎明到来之前升起在山河之上那最早的一缕炊烟。

黄帝之后，古书载“尧都平阳”即今山西临汾；“舜都蒲坂”今山西永济；“禹都安邑”今山西临夏。20世纪80年代初，考古学家在山西襄汾陶寺村南发现一个规模空前的古城遗址。其中一座面积达1400平方米的圆形建筑遗址，共有三层，最上层是由11块夯土围成的一个圆弧形。专家测定，这是我国最早的观象台遗址。

虽然曙光初照，但是那时人类尚处蒙昧，所以帝王就往往以天象变化号令子民，或有疑问，或有心得，刻于龟甲、牛骨之上，用以占卜。而到尧王观象台，已是混沌渐开，根据日月星辰的运行规律，制定历法，颁布天下，使农业生产有所依循了。

《尚书·尧典》记载，尧命羲仲居东方查看日出形状，以昼夜时间平分那天为春分；

命羲叔住南方明都，观察太阳如何由北向南移动，以定夏至；

命和仲住西方昧谷，专门测定日落，以昼夜时间平分日定秋分；

命和叔住北方幽都，观察太阳从南向北移动的方位，以白昼时间最短定冬至。

时间是什么？又怎么测量？尧观象台制定二十四节气，使我们后人以可以预见的期待，看到春天第一缕阳光。

自秦代以来就以立春作为一年的开始，农历二十四节气是中华文明最宝贵的遗产，也是农耕文明的一个标志。作为“舜陶河滨”的遗迹，在古陶城永济，至今还有西陶城、东陶城、南陶城、北陶城四个村庄。而走在古蒲州永济城西的黄河大堤上，迎着飒飒而来的东风，我们是否还能听到了“舜都蒲坂”时舜帝抚琴而吟的南风歌？

南风之薰兮，可以解吾民之愠兮。

南风之时兮，可以阜吾民之财兮……

山西洪洞大槐树

问我祖先来何处？

山西洪洞大槐树。

祖先故里叫什么？

大槐树下老鹳窝。

一首流传大半个中国的民谣，让多少中华儿女，包括流转海外的华人，生出无尽的乡愁！

洪洞大槐树植于汉代，《洪洞县志》载，“树身数围，荫遮数亩”，以至繁衍生息于汾河滩的老鸹，在树上筑满了巢穴，方圆百里内，人们都知道这里有一棵奇树。

大槐树西，就是当时殿宇巍峨、香客络绎的广济寺。大槐树下是阳关道，明初大将徐达的行辕兵站就设在洪洞。正是有此诸多因素，才使大槐树成为移民文化的一个象征，也成为无数从大槐树走向神州各地移民后代们的集体记忆。

秦、汉、唐、宋包括西晋，都有大量人口移居中原，清代又迁两湖人移居四川，又开放东北封禁地移冀鲁人出关，人数都超过百万，但由于这些移民没有一棵老槐树，所以随着时光的消逝，这些移民就失去了记忆。唯有老槐树，让人记着了家乡，记着了时光。

元朝末年，中原腹地战乱频仍，再加旱、洪、蝗、疫，尤其是黄淮二河屡屡决口，村庄城邑多成荒芜。中原诸州，元末战争受祸最惨，积骸成丘，居民鲜见。朱元璋推翻元朝得天下后，采纳他人建议，作出向中原地区大规模移民的决策，这就是史上有名的“洪武大移民”。

明太祖朱元璋后，“靖南之役”连续九年，从北京打到南京，让冀、鲁、豫、皖、苏等地雪上加霜。于是，朱棣在夺取皇位移都北京后，又效仿朱元璋开始第二次移民，即“永乐大移民”，前后两次，历时五十年。

明朝两次中国史上规模最大、范围最广的移民为何选在山西，又为何选在洪洞县这棵古老的大槐树下呢？

请看有着“表里山河”之称的山河形胜：太行山位于山西之东侧，吕梁山居山西之西；汾河中流横贯，而秦晋峡谷、黄河又以700余公里的跨度成为陕西与山西的天险屏障，虽然地处黄土高坡，却也有着两河及数不清的支流浇灌，这就使它即便天灾不断也还大多时候都旱涝无虞。正当中原地区连遭战火瘟疫之时，山西以其得天独厚的地理条件，物阜年丰，人丁兴旺。加之相邻各省难民源源不断落荒山西，山西成为明初人口最稠密之地。《明实录》记载：洪武十四年（1381），河南人口为189万余人，河北189.3万，而山西却达到403.454万。在山西，人口稠密又首推晋南汾河平原，仅平阳（今临汾）一府就有165万人之多。晋南又以地处交通要冲的洪洞为最。安土重迁的国人谁会轻易抛离生养自己的故土而情愿到荒芜陌生的地方？人口迁移不可能少数，也不可能依靠时人觉悟。既然是国家行为，强制那就离不开刀把子、枪杆子，明大将徐达的兵站就在洪洞，而洪洞又正合洪武一统天下之谐音，无论哪方面考量，都注定了明朝中央将洪洞定为移民集散地的首选。

为迁徙顺利，中央政府在当时人口稠密的汾州府、辽州府、沁州府、潞州府和平阳府县衙张贴告示：不愿移民者，限三日之内到洪洞县的大槐树下领免迁证；愿移民者可在家等候。于是，成千上万的百姓披星戴月、日夜兼程，从四面八方赶到大槐树下，八日之内，就云集了十几万人。老实的庄稼人还未等喘过一口气，便被官兵团团围住，这才知道上了官家的当，愿移也得移，不愿移也得移。为此，明朝政府在广济寺设立了专门移民机构，委派官员驻守，集中扣押移民，“凭照川资”，整编遣送。移民被绑拴成长队，像犯人一样，分别向全国一百多个府县解押。

至今各地方言中有许多地方都通用“解手”一词，还有走路背手的习惯性动作，移民后人解释，这是由于移民在押解途中手被绑到身后，要大小便就得向押解官禀报：“请解手。”如此三番五次，“解手”就这样流行起来。

小时候伙伴们在一起玩水，稍大一点的孩子往往都神秘兮兮地让你看小脚趾头的指甲是不是两瓣，如果是，那就是祖上从山西洪洞老槐树底下来的。结果所有小孩子小脚指甲都是这个样子，因此知道，虽然东邻西舍不同姓、不同族，但是来路却都一样。也有传说这是人们在移民途中想以后难免各自东西，怎样才能确认自己身份，便把小脚指甲剪为两瓣。还有说是当时官员怕移民在途中逃跑而把移民小脚趾砸裂而留下的畸形。

沧桑岁月，移民的后代无论走到哪里，都知道山西大槐树是老家。因此无论走到哪，都先在门前栽一棵槐树。仅作者出生的小庄，几百年的老槐树不下五棵之多。只是由于村民一开始没放在心上，在以后新村规划和“棚户区”改造中，一棵也没留下。

作为历史见证，大槐树昭示着世事沧桑，也荫庇了无数生灵。辛亥革命后，袁世凯命新任巡抚张锡銮率兵进攻山西革命军。当浩浩荡荡的队伍开近汾河，准备血洗洪洞县城时，部队士兵看到了大槐树，这时，奇迹发生了，无论冀还是鲁还是豫籍的官兵，纷纷丢盔弃械奔于大槐树下，折槐为香，五体投地，久久不肯起身，说是终于回到大槐树老家了。无论首长怎么发号施令，也无法使队伍集合起来。因一棵民心所向的大槐树，晋地数十万百姓免于一场血灾。后来，为感激大槐树功德，后人在旁边建起一座牌坊，题刻“荫庇九州”四字。后来又修了碑亭，石碑正面镌刻“古大槐树处”五个隶书大字，背面刻有叙述移民事略的碑文。

五百年过去了，昔日僧侣济济的广济寺早已风流云散，当年那棵古大槐树也已不见，绿荫成盖的是古槐的子孙。

“黄土圪聚湫”与“瀵泉”与盐池

“聚湫”是黄土高原沟壑两岸山体滑动偃塞、聚水拦泥形成的淤积地，是地方性名词，指自然形成的淤地坝。位于陕北子洲县裴家湾黄土圪村的

“黄土坬聚湫”，形成于1569年，即明朝隆庆三年，旧志记“黄土坬山崩地成湫”。湫坝高62米，集水面积2.72平方公里。四百年来淤地800亩，坝地土质肥沃，粮食单产每亩1000斤以上。

“湫”内平时无水，遇大雨来洪，水位迅速上涨，然后又渗入地下，不知渗入何处。据黄河史志资料文员王建华调查，1977年一次大暴雨，“湫”内积水50万立方米，然而不到20分钟，全部渗完，这一高原奇观之谜至今尚未解开。

村民介绍，坬湫神奇有五。一是四面环山形似阔叶的湫滩山洪不溢，坝不存水，高出地面两米的坝堰随淤地增高，从没有人培筑。二是每逢大雨，积水总从一个地方渗漏，呈漩涡状，再次大雨后，积水则从另外地方渗，从不重复。三是每夏秋季，村民常闻牛叫，或大或小，或远或近，但不见牛的影子。四是湫滩南端有一泉水，旱不降，涝不溢，泉水取走后很快又恢复原水位。其他沟汊泉水则经常干枯。五是坝内芦苇叶包的粽子，七八天后还新鲜如初，其他地方苇叶包的，则三两天就变酸。

自五十年代以来，不少从事水土保持研究工作的专家、学者前往“黄土坬聚湫”考察，一些专家根据其四百年来“不满不溢”，将洪水泥沙“吃光”的实际，通过系统分析，提出淤地坝的“相对平衡理论”。即一个小流域，当坝地面积占到集水面积的三十分之一至十分之一时，坡面所产泥沙，坝地可全部消化，达到相对平衡。

而裴家湾的“黄土坬聚湫”，聚水面积与坡地面积的比例为十五分之一。

与此“聚湫”遥相呼应的是小北干流右岸的渭南“瀵泉”。《水经注》曰：“河水又南，瀵水入焉。水出汾阴县南四十里，西去河三里，平地开源，濆泉上涌，大几如轮，深则不测，俗呼之为瀵魁。”称瀵泉，是由于地下水受土壤、岩石性质影响，上升泉水含相当数量的硫态氮而形成瀵水，即肥水。现合阳县东部黄河西岸东王乡夏阳、王村一带仍有分布，呈南北或北东向排列，出露于黄河浸滩和河心滩上，因河道游移而时出时没。《合阳县全志》载："以瀵名者，他邑所罕见也，而合阳旧有五。"《太平寰宇记》曰："瀵水，总名，发源于黄河西岸平地。"

随着黄河河道游移，或淹没或出露，至1994年底，渭南小北干流仍有天然瀵泉7个，总流量为每日83665.2立方米。其中之一的洽川"处女泉"大小泉眼无数，人入水不沉，泉涌沙动，如绸拂身，相传洽川女子婚前都要到此沐浴。

实际上，泉涌如流是因为渭南小北干流地下水丰富，并多层分布。水文人告诉我们，这里浅层地下水埋深3—6米，深层地下水埋深40米。潼关黄河河漫滩及渭河一级阶地为极强富水带，水埋深2—6米，水层厚43—69米，最大涌水量每小时50—300立方米。二级阶地水层厚达57.6米，单井最大涌水量每日318.8—584立方米。

地下潜水丰厚主要是沿河河水补给，再是自上古以来，这里本来就是古湖。

或许，上述"黄土坬聚湫"积水转瞬不见，以济水"三伏三见"之理论解释，"坬聚湫"之水，或许最终是从黄土深处渗透至早已淤平的古湖底，而最终出露于"瀵泉"？

只是如此丰厚的地下水宝藏，至今也所剩无几了吧？

大同古湖、汾渭古湖被黄河贯通成为黄河河道后，大小湖泊找到自己入海的归宿终消逝不见，解州盐池就成为那时古湖唯一的遗迹而留在人间，存之现代。

运城盐池东至安邑，西至解州，南依中条山，周长60公里，是运城盆地的最低处。池面海拔320米，水深0.2—2米，为天然内陆盐湖。盐池有东池、西池之分，历史上制盐主要依靠东池。

盐不必开花结果，就成为人类生命的源泉。人类征战最初的原因之一也源于盐。历史烟云深处，1482年威尼斯与热那亚间的费拉拉之战，被称为“盐战”。在廷巴克图驼队沉甸甸驮着的板盐中，一种通透、明锐、删繁就简还能刺激人胃口大开的物什，在太阳照耀下，散发着极品的玫瑰色晶体肌理。四川大学诗人向以鲜先生考证，它还是光的源头之一种，巴基斯坦就用它制成盐灯。它更是肴馔之髓——攘除病菌与不洁，涤净脏腑中瘀滞的尘世腥膻。

在炎黄子孙发展史上，黄帝战蚩尤于解州的那场战争也是名副其实的盐战。黄帝与蚩尤争夺的就是盐池——谁拥有了盐，谁就有了无往不胜的战旅，有了税赋，就有了富有钙质的精气神，甚至有了号令天下的权力。所以解州盐池在这里已不仅仅是盐，更重要的是它的见证意义。

揭河底：大河之奇观，大自然之欣悦

静。出奇的平静。河面上树枝、杂草漂浮，一股浓浓的泥腥气息，像是从深窖、百多世纪前的地底涌出，在辽阔河面上弥漫。间或三两只羔羊或一棵树从峡谷里飘来，平静中显露出不祥的意味……

这是黄河晋陕大峡谷出口龙门之下，在高含沙洪峰起涨之前，1977年7月的一天。顷刻间，黄河咆哮了，沉雷一般，低沉而短促。先是浓稠的泥浆冒出水面，接着，如房子一样巨大的泥块，难以想象地从刚刚还平滑如镜的河面竖着挺起——不是平着、浮着，而是竖着、站着——由于河面漂浮物急湍流走，在河流漂浮物的映衬下，如在急速行驶的列车上，我们看到村庄、山河、树林，都是往车后头奔驰，这前呼后拥、泥垒耸然的浪峰不是顺流而下，而是逆流而上！一时浊浪排空，泥墙被水流推动，气势磅礴。前面轰然倒下，后面次第崛起，低者几可盈尺，高者竟达丈余，此起彼伏……在潼关至龙门间100多公里的河段上，排开了俨然万马奔腾的战列……

“……行数里，巨浪排山而来。中有神人突起，高二丈许，伸两巨手摆泥沙，战战而倒，如是者数十处……”

此为道光二十一年七月二十四日，汴梁水灾时候补知府邹鸣鹤率文武百官乘舟前往决口三十一堡时所见异象。时人蒋湘南著《辛丑河决大梁守城书事》记：“行数里，巨浪排山而来，中有人形突起高二丈许，伸两巨手摆巨沙……”

清人蒋湘南所记道光年间“水怪”，发生地为河南开封。

以上怪异水文现象，被黄河两岸人们称之为“揭河底”，是中游河洪爆发时不经常见的现象，而在禹门至潼关一带河段却时有发生。

从20世纪50年代到70年代，小北干流水文资料记载的“揭河底”出现9次，一次一般为17—22小时，最短者是1969年仅6小时，最长者是1954年的68小时。龙门河段河床冲刷深度为2—4米，1970年达9米。冲刷距离最短者40公里，1951、1954年两次冲刷距离最长达潼关132公里。

“世界河流之奇观”的“揭河底”，是黄河干流上独有的一种狂暴，或曰大自然自我调整过程中难得一回的欣悦。以1977年揭河底为例，《黄河报》王梅枝总编引记者追述给我们以详尽描述。

> 伴随河道的剧烈冲刷，沉睡经年的河底淤积被整块掀起，被掷上岸，沙石、树干，还有大小不等的黑色炭块，让人惊叹的竟然还有从黄河壶口龙门辿冲下、被泥沙密封淤存多少年的大若写字台的冰坨！霎时，河底如恶蛟潜行，河面如巨龙腾飞……一片迷蒙……

专家介绍，揭河底冲刷是高含沙洪水的巨大能量与河床相互作用的结果。在水与沙的双重作用下，揭河底能使河槽刷深缩窄，滩地淤高变宽，槽滩高差增大，一般10个小时后，这股不可遏制的神力，就在河床掘开一条数米深的河槽，原来攻城略地般疯涨的水位骤然下降，浩荡大河顿时束水归槽，晾出两边像刚刚耕过的滩地……

后来统计资料表明，1977年7月揭河底时，龙门水文站所测最大流量为14500立方米每秒，来自黄土高原各支流的暴雨洪流冲垮了14000多座拦淤坝库，含沙量高达每立方米821公斤。

揭河底的第二天，山西万荣县一老农到淤滩上拣拾煤块，其间，发现一俯卧的姑娘。老汉小心翼翼地抠出姑娘鼻孔、眼睛和嘴里的泥沙，发现她的脉搏还有微弱的跳动。姑娘被救活以后人们才得知，这是一位北京下乡知识青年，是在龙门以上山坡放羊被山洪卷入黄河的。

如此现象，我在采风过程中还遇几例。就这河段龙门水文站上，一位技术员在滔天巨浪中取观测数据时，从船上被风浪打下去，水文站同事寻找无果，已通报家人，也找出了技术员衣冠准备办后事时，技术员回来了。也像这女知青一样，被水后拾炭老乡救了出来。河南封丘滩地顺河街村一位岳姓村民，看高粱睡窝棚里，半夜被来洪冲走，一开始他还记得是抓住了一根漂浮的檩条顺水漂流，以后就什么也不知道了。三天后，他被人救出并送回村，见胡同口一干人马披麻戴孝，他才知道，那是族人正给他送葬……

和世界及海内另外一些大河比，黄河洪水自有她暴虐的一面，但更多的还是善、和，不伤人。滩区村民这样说。

黄河小北干流“揭河底”最早起于哪朝哪年？据《潼关县志》载：“唐懿宗咸通六年（865）十月，夜大风，声如雷吼，河水暴涨，泥沙俱下，潼关城倾倒。”类似现象，《朝邑县志》也有“地啼”的记载，但那时还没有“揭河底”一词。

最早一次揭河底记述文献是1933年美国人塔德和挪威人安立森合署论文《黄河问题》。该文记载，1933年8月1日龙门发生“揭河底”，最大日平均流量8500立方米每秒，龙门河床剧烈冲刷12小时，在龙门附近1公里范围内冲刷深度9米左右，龙门上下游50公里范围内河床平均刷深4.5米，冲起泥沙约2亿立方米，其中一部分淤积在潼关以上。潼关一直到陕州附近刷深1.0—1.2米。

也就是在这次大揭底冲刷之后，龙门附近河岸岩石上古代埋置的拉船用的铁环，被淤埋多年后又再度被冲刷暴露出来。

“揭河底”是游荡性河道剧烈的自然冲刷现象，是在一定条件下，即行河道老化后河道的自然调整。遭遇揭河底后，河槽又回淤抬高，长的时间需2—3年，短的则当年淤回，河槽复变宽浅，河势游荡加剧。这一水文周期循环和河道往复性演变，周而复始。1978年前，人们普遍认为揭河底应具备三个条件，即“流势乱，水上万，沙过半”。“流势乱”指河床淤积到一定高程后出现“滚河”；“水上万”指洪峰流量超过1万立方米每秒；“沙过半”指来水含沙量超过500公斤每立方米。总之，它的产生必须满足三个条件：首先是水流含沙浓度高，持续时间长；其次是洪峰流量大，洪峰与沙峰过程一致；第三是河床边界条件——当河床横断面形态和纵比调整到一定程度，且河床淤积物具一定厚度、固结度。这样，高含沙洪水水流能量才能作用于河床，使其深水切应力异乎寻常地增大，从而带动或掀起巨量泥沙，形成“揭河底”。

龙门水文站自1933年建站后，直到1950年未观测到揭河底。从1951年至1977年，则观测到7次。1978年至2011年，没发生一次“揭河底”。而此时，河床高程已超过历史最高水平。1988年、1994年、1996年均发生了上万流量的洪水，1988年含沙量还达到500公斤每立方米，但揭河底现象还是没有发生。相反，1993年、1995年流量不大，含沙量也不足500公斤每立方米，却发现有少量泥块被掀出水面，类似揭河底，但规模却远远不够，也没形成高滩深槽。所以，至今对揭河底成因没有富于说服力的结论，因而愈让人感觉到大河的神秘。

2012年7月28日，就在我重整旗鼓准备再启黄河源之行时，黄河小北干流的龙门以下河段，又发生一次自1977年再也没发生过的“揭河底”。河务水文人员有视频录制，那前呼后拥、立在水头、隆隆向前的阵势让人不由地心惊肉跳。

第七章

黄土高坡（陕西）

六合之内，水泽之藏，大非为巨，小非为细，存非为有，隐非为无，其所苞者广矣。

——郦道元《水经注》

青甘峡谷奔突袭夺，前套后套静水流深，黄河入黄土高原，就舞起来了！翩翩起舞……

之所以翩翩，是由于大河曲弯所致。流水具有流向不变的惯性，除非碰到阻碍，小到河槽里挑水坝、胶泥嘴，大到山崖，在此作用下，向对面方向流动，至对岸，又碰撞而回，由此形成水流的螺旋运动。离心力使凹面水面升高，凸面水面降低，上层的水流指向凹岸，河底的水流则指向凸岸，环流淘刷对岸与河底。又由于河岸土质或岩石抗冲刷能力不一，淘刷程度不可能一样，所以，即便在平原，即便河道原来是直的，河槽也往往会逐渐演变为曲形。

之所以翩翩，还因早她诞生的黄土高原所给予她的、可以让她纵情的天地。

黄河从山西河曲与陕西府谷交界处进入晋陕峡谷，至清涧，已走完峡谷奔突的一半。下龙门，上清涧之间，黄河在陕西延川68公里的路程，其中一段南北长约12.5公里的范围，有5个巨大的由北向南的S形弯，依次是漩涡湾、延水湾、伏寺湾、乾坤湾、清水湾，分布于延川县土岗乡。蛇一样弯曲，又巨龙一样盘旋。其中，以乾坤湾为最，320°的环绕，构成一幅天造地设的太极图。

这一奇观的形成是漫长地质岁月中多种因素相互作用的结果，其中，新构造运动是主要动力。在华北地台中相对稳定的鄂尔多斯台坳，其东部由早期翘起演化到第三纪向东南反倾的趋势，使鄂尔多斯台坳边缘成为相对最低的地带。而她的东部则傍着上升的山西台背，在宏观的构造地形中，这里是个接近南北向的低地。于是，我们的河在突出龙门之前，先利用原始地形，以最小的付出，创造出包括五大湾在内的峡谷河道，160万年以后的今天，她的子孙为它取名晋陕峡谷。这是以差异性垂直运动为特征的新构造运动，与黄河相偕默契创造的硕果。在此过程中，黄河也本能地借助地球自转或公转影响，在100万年的漫长岁月里，左奔右突，像徜徉在大平原上一样，在峡谷中渺弥而行，以至河出龙门到潼关后，一个90°弯，变晋陕间的南流，再复东流。

就像2000万年前喜马拉雅崛起前，这一相当于6个渤海湾大的古黄土高原湖周围，曾经是大象、犀牛等热带动植物的乐园。1500万年前出露并被西北风沙层层覆盖而形成的黄土高原上，在中国中央山脉的秦岭下，母亲河和她最大支流渭河的臂弯里，远到80万年前的蓝田人，50万年前的大荔人，6000年前的半坡人，近到2400年前的秦俑，80年前蜗居窑洞的战士，青山夹流，风云际会，注定在历史的册典中，留下浓墨重彩的一笔一笔……

河无定，风无定，什么有定？

无定河发源于陕北定边、吴起、靖边三县交界的白于山。和大多数黄河支流不一样，它的源头不是林草葱郁的世界，而是有着“四十里火焰山”之称的干旱少雨之地。源头地表水和地下水都极贫乏，人们吃水，靠水窖积攒，缺水缺得连羊都不敢养。

特立独行的还有它的流向。如它南邻洛河、延河，都向东南流，以最短的距离直接入黄河，而它却在汇入黄河之前，先向北拐一个大弯，如一把巨大的弓，迎着鄂尔多斯的风和毛乌素的沙，将自己抵入北方大漠，越过沙漠和千千万万个丘陵沟壑、山头梁峁，然后再南下，到清涧，才投入滚滚黄河。

为什么舍近求远，为什么要先去毛乌素沙漠绕一个圈？因为河知道，那里有自己的血脉。源头水不足，她得靠自己在半途中想办法汇集。高原干旱少雨，黄土疏松，但地下深处往往蕴藏着水，只要把河谷下切到一定程度，黄土深处的水就会涌出，积少成多，加入她的征途。在沙漠也一样，沙区泉水汇集而成的小水流时隐时现，只要她走过，也都跟上她的步伐。当然，走着走着，她有时也把自己走丢了，但往往是在沙岭这边消失，沙岭那边又冒出来了。有时一个冬天都不见踪迹，但第二年春天，她又出现了。在这片大漠里，她河道无定、深浅无定、水量无定，定的只有一条，那就是无论怎样迂回，无论涌还是竭，她也不改初衷。经定边、靖边、米脂、绥德、清涧491公里，由西北再折向东南，投入母亲河怀抱。

占总水量85%以上的沿途地下水补给，产生了榆溪河、芦河、大理河、淮宁河等支流。还有10公里以上的沟谷50多条，5公里以上的沟谷740多条，与其上述支流组成的水系呈一风倒的树状结构。年径流量15.3亿立方米，占黄河总径流量628亿立方米的2.4%，年输沙量1.6亿吨，占黄河总输沙量10%。且多是粗沙，输沙量仅次于渭河。

无定河上游名字叫红柳河，因为红柳布满两岸，河在这里穿过毛乌素沙地南缘，从远处看，可以观察到一个个巨大的湾，清水沟湾、杨树沟湾、范家沟湾、米浪沟湾、三岔沟湾等八大湾，其中最著名的是大沟湾。河谷长15公里，沟深70米，湾壁陡峭，直上直下，沟内良田成片，牛羊成群，怒放的柠条花散发阵阵花香，在别的地方只匍匐在地的红柳，在这里长成高大的树。20世纪20年代，就在这个沙漠大峡谷的湾内，法国考古学家在这儿发现了“河套人”，将河套古人类出现时间上推到4万—6万年以前。

正如载文于《中国地理》的胡春健先生所论，无定河有着曲折的身世。从流域来说，她流经梁涧区、风沙区和黄土丘陵沟壑区。从漫长的历史来说，她和南北频繁移动的农牧交错带纠缠交错，目睹了血雨腥风的战争，也见证了民族的融合。从中国整体山河地貌来看，无定河只能算是一条小河；可从中国历史文化看，无定河无疑是一条“大”河。

“余尝过无定河，度活沙，人马履之，百步之外皆动，澒澒然如人行幕上。其下足处虽甚坚，若遇其一陷，则人马驰车，应时皆没，至有数百人平陷无孑遗者。”此为沈括晚年所著《梦溪笔谈》回忆宋神宗年间，他所见证的宋军在永乐城即今米脂西北马湖峪被西夏所围败走无定河时的险恶。

“可怜无定河边骨，犹是春闺梦里人。”唐朝陈陶诗句所表现的应该是无定河的核心。那无数战死疆场的将士孤魂，至今似乎仍成群结队，在无定河畔游荡。

无定河沿400毫米等降水线延伸铺展，是农耕和游牧的临界地带。漫长的岁月中，农耕民族和游牧民族在这里对峙、征战，气候变化常常成为大动荡的核心因素。当气候向寒冷变化，游牧民族的生存条件恶化，为了生存，他们往往要以战争手段大举南下；反之，当气候向着变暖趋势演进时，农耕汉族政权便逐渐强势，以屯田等形式向北挺进。于是，这条穿梭于农牧交错带的河流，两岸依稀可见的长城残段，如大夏统万城、米脂古永乐城、衡山波罗古堡的古堡废墟，便目睹了一场又一场旷日持久的征战。从秦汉到宋、明，这里一直是中原汉族与北方游牧民族反复争夺的土地。无定河之岁月与历史的无定，比她时消时见的河床还要无定。

镇北台的“合盘地”与牛羊市

马嘶、牛吼、羊叫、人欢，“人山人海”，如上20世纪70年代后期县城刚刚解禁的大集——“会”。是的，“会”——榷场——1600年前蒙汉边境靖边镇北台下的“易马城”“茶马互市”，牛羊市。

人类生来就有一种将一件物品与另一件交换的癖好。从物与物的交易开始，人与人的交流，文明与文明的交融就不曾停止过。以后有了钱币，就有了更方便的手段，就让生活更有了世俗的快乐和意义——生意，就这样改变了人与世界的距离。做生意必涉双方，买多少，卖多少，都需双方商量。所以生意又名商业。凡事都商量着来，不能强买，也不能强卖。不能撕破脸，打破头。于是又有了“买卖不成仁义在”的俗语。

生意从来就是以利益最大化为第一要求。卖的，无论自己货色如何，也还是能多卖一毛是一毛，而买的，则是能省一分是一分。又由于买卖双方或者因为脸皮薄而讲不上价，或者因过于偏执让一桩好生意眼看着谈不成，这时，“经纪”的及时出现，就往往使买卖双方皆大欢喜。

现在，让我们看看榷场一角。

“经纪”把手伸出去了，在对方宽大的皮袍或宽松的衣襟底下，触的是买方或卖方的手，按照行市早已形成的定规，伸出一个指头或者蜷起两个指头，代表的是十位、个位还是百位，他们已约定俗成。在摸准了其中一方的底后，再与另一方如此这般的试探周旋，直至最后亮出自己认为中肯的数目。

此时，那虚掩的皮袍底下，俨然已是双方谈判的“密室”。没有剑拔弩张，也没有脸红脖子粗的争执，如此三番两次的周旋，一桩生意就定下来了。

不要小看这种斤斤计较后的皆大欢喜。过去的日子已经证明以后也还将证明，互通有无、互利互惠的“互市”，能让日子滋润，世界和平。

从沙漠流来的榆溪河是无定河一条支流，榆林因榆溪得名。镇北台则是万里长城中和山海关、嘉峪关齐名的三大关口之一。

明朝中叶，榆林还是一边塞卫城，称榆林卫。军事治所延绥镇设在200多里外的绥德州，此时榆林经常有蒙古人入侵，但等到援军接报赶至，善骑射的蒙古人早已没了踪影。明成化年间，当时延绥巡抚上书朝廷，于

1473年把延绥镇治所迁到了榆林卫，同时建长城，扩大城池，增兵布防。至1477年，又筑镇北台。登要塞之顶，近可瞰“款贡城”“易马城”，远可望长城逶迤远去。长城以北是苍苍大漠和无垠草原，其南是广袤的黄土高原和肥沃的平原地带。榆林境明长城是在秦、隋长城基础上修建而成，随处可见的烽火墩台连接36座营寨，白天报警用狼烟和旗帜，夜晚则以火和灯笼，这一气势磅礴的军事防御体系缘毛乌素沙漠南缘伸向历史深处。

而让今天的我们更感兴趣的是镇北台所设“款贡城”和“易马城”，前者是为蒙汉两族官员、商人议事纳贡场所，后者就是前述的大集。从每年正月十五过后，茶马互市就开张了，每次持续十日。镇北城外，蒙古人赶着骆驼牛羊，带着各色皮毛来到这里，城南汉人则携布匹、丝绸、盐、茶、烟、酒等，整个集市牛羊成群，驼欢马嘶，人声鼎沸，一片边塞和乐欢庆气氛。从镇北台北走五里，就是从沙漠流来的榆溪河，在汇入黄河之前，这条河在红山脚下冲激出红石峡。《榆林府志》载红石峡“山皆红石，环列若屏障，落日照直如霞起”。“峡中榆柳荫映，凫鹭唼呷。”南来北往的各族商家包括文官武将儒士，总以到此一游为快，因此，东西石崖题刻极多，碑碣题字160多块，大者6米，小者不及寸。“大漠金汤”“长天铁垛”，美不胜收。

这里得单独说说“伙盘地”。

清康熙三十六年（1697）始，清廷令沿府谷、神木、榆林、横山、靖边、定边六县边墙外直北留地50里，由蒙汉合伙耕种，此为榆林边垦之始。

汉人出口种地，定例春出冬归，暂时伙聚盘居，“伙盘地”即以此得名，又称“雁行地”——汉人雁一样飞过去耕种蒙古人土地，耕种、收获完再雁一样飞回，只能临时居住而不能长期定居。再以外20里为黑界，是指汉蒙双方都不得进入的缓冲地带。再以外才是蒙古游牧之地。①

如果说以镇北台为中心的延绥长城是明代蒙汉两族的分界线，倒不如

① 见《榆林府志》。

说它更是两族一家和睦交好的融汇带。

“关门直向大荒开，日日牛羊作市来。万里春风残雪后，游人指点赫连台。”此为清人诗句。“牛羊作市”，想那牛群马群羊群与人头一起簇拥的“伙盘地”“牛羊市”上，备受铁蹄与刀剑驱使的平民百姓那不可企及的梦想，虽然无定，但此时此刻，却炊烟袅袅，人欢马叫，一片大和。

穴居家园：窑洞与地窨

袅袅炊烟，这里一缕，那里一道，升起在高原深处，却不见院落——那是黄土塬上独有的风景，地窨院。

“你娃娶媳妇的窑洞修好了吗？是一院庄子吗？”陕北老乡的对话里，那“一院庄子”指的是两孔窑洞。对女人来说，有没有窑洞，是判断一个男人家业大小的标准，有了窑洞才能娶到老婆。在中华民族特别是黄河流域黄土高原一带，窑洞建筑是留存至今的古人穴居遗存。陕西、山西、甘肃、河南、宁夏都能见到，已有四千多年历史。

窑洞主要有靠崖式、下沉式和独立式几种。靠崖式窑洞在陕北和山西忻州常见，多是以自然条件形成的沟坝断崖或是将悬崖垂直削齐而形成人造窑面，依托厚厚的黄土层，从横断面挖进去，在洞里抹上黄泥，再按上门窗，就可以住人了。有些条件好的人家，会在整个窑洞外面砌上一层砖，做上半圆的券门。这种窑洞大多避风向阳，汲水方便，利于耕作。

独立式窑洞是在没有悬崖依靠的情况下，在平地上用土坯、砖头或石块砌成。因为没有天然黄土做支撑，四面都得人工砌造，因此也称“四明头窑”。因此造价较高，显然是靠崖式窑洞的升级版，接近于内地的房屋。由于窑顶用砖砌平，在硕果累累的秋收季节，窑顶就变成为晒粮的秋场。

《礼记》云："昔者先王未有宫室，冬则居营窟，夏则居橧巢。"这个"营窟"又分横穴、竖穴，横为窑洞，竖为"地窨院"。"地窨院"即下沉式窑洞，它一般建在没有山坡、沟壑的平地，依八卦的模式布局，先挖出方形地坑，然后再向其四壁凿洞，组成四合院格局。"上山不见山，入村不见村，平地起炊烟，忽闻鸡犬声。"在广阔的黄土高原，下沉式窑洞组成的村落在百米距离以外很难发现，走近也只能看到院子中的树梢而看不到房屋。听得见鸡鸣狗犬，却不见其身影，完全融入当地自然环境。

内地的院落为什么叫"天井"？我想，源起还是这个"地窨院"吧？

窑洞和地窨院的产生和黄土高原的地质特点有着密切关系。这里，山地、丘陵、盆地并存，又属地震多发地带，在民居建筑中，只有木结构和拱券结构的建筑最具抗震效果。再者，黄土高原是黄土沉积的产物，虽然这里植被覆盖率低，降水稀少，但是经数万年以上雨水冲刷，严重的水土流失使地貌沟壑纵横，形成了很多将丘陵纵切后的断面山崖，又由于绵厚的黄土加上黏土和矿物质的结合，使得土质具有直立性很强的特性。因此，人们只要有简单的工具、技术、力气，沿着似刀斧劈开的黄土断面向内掏一个洞，再在洞口装上门窗，一个冬暖夏凉的藏身之地便建成了。

窑洞内的炕、灶台、烟道连在一起，窑内做饭、住宿、取暖、排烟、换气一体化，这应是窑洞建设的核心。灶火的热量通过烟道传到两面靠墙的土炕，然后再排出洞外，烟道粗细宽窄、怎样拐角、出烟口受季风影响如何留向，这都影响灶膛的火势和炕内热量的循环，其间技术含量不低。

窑洞的又一特点在于它的门窗都不用玻璃，而是用很薄的淋纸裱糊。因为淋纸在室内湿度高的时候，以其自身的通透性向外扩散，从而起到除湿作用。山西《隰州志》载："民皆穿土为窑，工费甚省，久者可支百年……且窑中夏凉冬暖也。"黄土保湿、储能、隔热，还防火、防风，居民久居窑洞，很少生病。

而使黄土高原的窑洞名留史册的，当然还是那支经历两万五千里长征终到陕北的队伍。2015年5月28日，我在纪念馆看到的不仅是打仗的枪炮，还有开荒的镢头和《怎样种好粮食》一类读本。和谐的官兵关系，热烈的大生产运动，更有抱着理想从四面八方赶来的有为青年，都注定使这片窑洞和这片黄土再次成为名副其实的摇篮。从战士到将军，从文人墨客到一介农夫，从上到下，从内到外，处处都洋溢着青春中国的气息。杨家岭、枣园，至今还留着当年红军将士的旧窑，令人遥想那激情燃烧的岁月。

鼓舞：黄土高坡的前身"黄土高原湖"

黄河从源头到大海，流经中国大陆三大地貌阶梯。

第一阶梯即最高一级，青藏高原。流域内三座西北一东南方向的山脉，北面祁连山将青藏高原与内蒙古高原隔开，南面巴颜喀拉山成为黄河上源与长江上游通天河的分水岭；阿尼玛卿山横亘两山间，海拔6282米的玛卿岗日主峰是黄河流域的最高点。

第二阶梯以太行山、崤山与熊耳山为界。以西为黄土高原、内蒙古高原为主的第二阶梯地区，以东至滨海平原和山东丘陵地区为第三阶梯。

中国四大高原之一的黄土高原，就处第二阶梯。西起青海日月山，东抵太行山，北至长城，南界秦岭，横跨青、甘、宁、内蒙古、陕、晋、豫七省区，面积41万平方公里。其东缘太行山，最高岭脊海拔2000—4500米，是黄土高原与华北平原、黄河流域与海河流域的分水岭。南缘的秦岭，是中国亚热带和暖温带气候的南北分界线。秦岭向东延伸的崤山、熊耳山、伏牛山，海拔大都在1000米以上，是黄河与长江的分水岭。

黄土高原并不是一块平整的高原，而是由一系列褶皱断块山岭与陷落盆地组合而成由西北向东南倾斜的高地，海拔在1000—2000米之间。

大约2000万年以前，这片浩瀚的黄土高原地区还是一片汪洋，西起青海日月山，东到河南洛阳，南至陕西秦岭，北到陕北长城，辽阔有如今6个渤海湾之大，可称是黄土高原湖。巨湖西岸是广阔沙漠，南边东边是荒芜山岭。那时，地球天气干燥而寒冷，到处吹着强劲的狂风，狂风吹起沙土和尘粉，漫天飞扬，落到湖泊，慢慢地，沙尘沉至湖底，一点一点、一层层累积，经上千万年，湖底积尘日渐丰厚，达几百米乃至上千米。粉尘在运行中，大的颗粒总先落下，中小和小的依次后落，落进广袤的湖中，这就形成了依西向东、泥土层由粗到细的格局。靠近西北部地方，泥土颗粒粗一些，东南部较细，经过千万年的水面涌浪冲刷和重力作用，泥沙颗粒也越来越紧密，这就是黄土之所以坚硬的根本。

暴雨来临，强大的山洪又挟带山洪和卵石、粗砂奔向湖区，这些石、砂就分布于湖边黏土层上。暴雨后，风沙尘粒又天长日久地落在湖中，将那些石块粗砂蒙盖好，反复不已，形成层层类似泥土、石沙结构。慢慢地，地球上冰期过去，气候暖和起来，湖边渐渐长起青草植被，湖中也有了贝类等小生物。大约2000万年前，这里有了众多生物，而且有了大象、犀牛等热带动物。动物们常在湖边嬉戏，死去的动物被冲进湖里，被泥沙埋起，变成化石。时间继续推移，大约1500万年前，这里的地貌发生了很大变化，即喜马拉雅运动，整个湖区慢慢推升起来，湖的底部被抬高，太行、吕梁崛起，湖水向东更低洼地涌去，形成渤海湾和华北平原。

时间继续推移，黄土湖区愈抬愈高，大约距今800万年时，湖干枯，黄土被抬出地面，随着一条大河的诞生，这一广袤无边的厚土，遂成为中华儿女的家园。[①]遂产生也只有这片土地才能产生的秦腔和鼓。

“隆隆、隆隆、隆隆……”单是鼓，疾，徐，徐而疾，再疾，就有了

① 见中科院“中科院在线”“科学智慧火花栏目网”资料、《黄河志 · 黄河科学研究志》。

排山倒海的力量。

还有舞。后生们前进、后退、踢腿、翻转，恣意癫狂，似乎完全没有什么程式，因之也就更没了束缚、羁绊。因之让这一群舞者也更让目瞪口呆的我们，忘记了自我，忘记了时空，在时间的星空中漂浮而不再想哲学家们的追问：我从哪里来？又向哪里去？

那鼓声像揭河底，又像壶口跌落的瀑布，又像终出龙门冲出晋陕峡谷束缚的大蟒；像正欲横空还没有横空的喜马拉雅、吕梁、太行，戛然而止；又像黄土高原的前世，那无涯的古湖，静……放眼千沟万壑，梁、峁、塬，像是它凝固的波浪……

鼓是中国精神和力量的表现，最早的鼓是陶器时代的土鼓，早在商周时代，原始的鼓与舞就已结合。《尚书·舜典》：“予击石拊石，百兽率舞。”周代，土鼓已用在国家祭祀和礼仪上，以鼓舞取悦神灵保佑自己的部落，或祈庄稼丰收。《周易》曰：“鼓之舞之以尽神。”

远古时代，人们习惯把天上雷霆、春天温暖的气候、万物的生长，都融于“鼓”的概念中，并且认为鼓有非凡的神力，像滚滚雷声引来雨水，《风俗通义》解释说：“鼓者，郭也。春分之音，万物郭皮甲而出，故谓之鼓。”

安塞腰鼓已有两千年历史，由战争、祭祀演变为传统民间的娱乐习俗，可一人单打、双人对打，也可几十人、上百人群打。文鼓以扭为主，武鼓重打轻扭，其特点是快放快收，继而突起如黄土地的狂飙。

如果还不尽兴，那就再吼一腔信天游：

羊肚子手巾三道道蓝，
咱们见个面面容易拉话话儿难。

宁叫那玉皇大帝江山乱，
万不能叫咱二人关系那个断！

那时蓝田，人还是猿？

黄土颗粒细，遇水后土质疏松，又含五谷杂粮生长所需要的物质，又与水近，方方面面的条件，相对南方水涝瘴疠之地，于当时只有石斧石镰的中国农人，无疑更容易开垦。由此，这些黄河干流、支流所经过的地区，河湟、三秦、三晋，包括黄河下游的龙山、大汶口，都成为中华儿女最早活动的地区。

最早的原始人类活动踪迹可追溯至山西芮城西侯度文化遗存，距今约180万年。其次是陕西蓝田人，是黄河流域第一批被命名的人类，距今80万年。再往后是距今50万—60万年前的山西大荔人、山西襄汾丁村人，其石器制作已基本定形，人种特征处于猿人和智人之间，与蒙古人种较为接近。《人类简史》断言，类似人类的动物，大约出现在250万年前；人类偶尔用火，出现在80万年前；人属物种围捕大型猎物，出现在40万年前；人类认知革命，出现在7万年前至3万年前。如果说80万年前以采集为生的蓝田人还不属智人的话，1953年发现的位于西安东部浐河东岸那6000年前村落的半坡人，就显然有渔猎、农业生产了。

45座半地穴式的圆的或方形的房屋，构架以木柱撑起，树枝或其他植物茎叶混合泥土建成墙壁。这样的土棚，在今天看算不了什么，但在6000年前，却是先民的创造，应该是中国土木结构建筑的发端。

建于半地下的房屋肯定潮湿，那就再在房子中央开一个火塘，让地面得到烘烤，地上再铺茅草、兽皮，这就是半坡人的床铺了。

轻轻拨开已成沉积层的灶下灰烬，甚至可以感受到那弥漫屋内的柴烟，“吭吭”，有人咳嗽，但也还是忍着，因为烟火不仅给潮阴的屋子烘出了温暖，还可以把带血的鹿腿烧得流油。

四周房子都小，而中央房子却出奇的大，无疑，“大房子”里住着的本部落最高首长——老奶奶。那时是母系氏族社会，妇女们既从事采集果实、烧烤食物、缝制衣服等家务，还要给孩子哺乳，给老人做饭，权力自然比仅出渔出猎的男子更大。

村落周围有一壕沟，是保卫村落的。村落会有野兽、外族的威胁，更常见的入侵则是洪水，这么一条深六七米，宽五六米，长几百米的城壕，以当时的石铲、石斧，得费多少时间多少人力才能挖成呢？

壕堑背面是墓葬区，陪葬品都很简单，没有贫富差别，没有上下等级，当然也就没有剥削和压迫，数量、品种几乎一样。

有陶罐。罐里是已埋藏几千年的粮食——粟，那肯定是地里的出产了；那带倒刺的鱼钩，显然是捕鱼的利器了。还有石斧、石铲、石镰，而关键是，陶罐上有纹。格网状纹，像是游动的鱼，又像奔跑的鹿，可是先人以网捕鱼的记忆？或是阳光透过树林在地上投影斑驳的想象？

是的，树林，森林。包括后来的长安，实在是一座森林覆盖的都市。

据史念海先生考证，汉代长安城有梅树，也有橘。汉武帝时，城外的山上有豫章、檀、柘异类植物，称当地是“陆海”。

被称为“陆海”的十三朝古都长安之所以历久不衰，是因有“八水”环绕。“八水”分别是泾、渭、灞、浐、沣、滈、潏、潦，其中，潦水就是现在的涝水，滈水的源头就是现在的交水。

有水就有土，有水有土就林丰草密。《西京杂记》载，汉时长安，仅李树就有紫李、绿李、青绮李、羌李、蛮李、侯李十五种；有芳梨、大谷梨、细叶梨、瀚海梨十种；有玉门枣、棠枣、西王母枣七种。另有棠四、桐三、杏二如此种种。

道路两旁树林密布，行人走在山中，难以见到太阳。长安城的曲江中都有水中反射出来的树的倒影。

炎黄大战，败了的炎帝重拾旧营生

黄土、黄河、黄种人，无论是顺河而下还是溯流而上，无论是漂泊海外的游子还是土生土长的农人，到黄帝陵一拜，都是每一个人的夙愿。

黄帝陵是华夏始祖黄帝轩辕氏的陵墓，在陕西黄陵县城北1000米的桥山之巅。1961年，国务院公布了第一批全国重点文物保护单位，它是“古墓葬第一号”。

黄帝之所以称黄帝，是因有土德之瑞，黄，黄土的黄，黄河的黄。

《史记·五帝本纪》记黄帝行踪：从姬水向渭河流域，从渭河顺流而下至黄河两岸，又远跨长江中下游，使中原大地形成统一部落联盟。其间，吸收炎帝部落及其农耕等方面的经验，“艺五种”，能种植五种粮食作物：黍、稷、菽、麦、稻。

他与岐伯讨论病理，作《黄帝内经》。在荆山原铸鼎，分华夏为九州。此外还发明了舟车、弓矢、房屋、历数、天文、阴阳五行、十二生肖、甲子纪年以及书画、音律、祠庙、占卜等。

还发明杵臼，开辟园圃，饲养禽兽，穿土凿井，同时发明机杼纺织，制衣作冠，陶冶铜铸，建造宫室、房屋等。

中国人认为燧人氏、伏羲氏、女娲氏、神农氏、轩辕氏（黄帝）分别代表了刀耕火种时代、群婚时代、母系氏族时期、父系氏族时期和农耕时代。而轩辕氏，恰恰是他之前先帝所有发明创造的集大成者。所以，炎黄子孙在多少年之前，就修建了黄帝陵，作为华夏子孙有迹可循的根。

比黄帝还早的则是伏羲、女娲。陕西华西县有一小村，考古人员在此发掘出8000年前的粟和饲养猪狗等动物的彩陶。小村名老官台，就是传说中伏羲和女娲母亲华胥氏的故乡。《春秋世谱》记："华胥氏生男名伏羲，生女名女娲。"伏羲发明了用兽皮缝制衣裳，结网打鱼，投矛狩猎，作八卦。而伏羲之妹女娲则抟土造人，一个一个地抟实在来不及了，就用一条皮鞭或麻绳鞭粘上泥甩。天塌地陷时又炼石补天，斩巨大鳖足以撑天，成为人类"救世主"。

古籍中胥、雅、夏三字相通，华胥即是华夏。现陕西、山西、河南等地都有华胥氏"故里"。

同样，除去陕西桥山黄帝陵外，国内也还有同样名字的陵五座，分别在河北涿鹿、河南荆山、甘肃正宁等。但人们更认同桥陵。或许是因为桥陵在黄河边上?

在黄帝陵，我印象最深的是院子里那些古柏，最大的那棵据说是黄帝手植柏，另一棵则是2100年前汉武帝祭祀黄帝时种下的。抚摸古柏深深的纹理，我试图感受它历经几千年所经历的风雨雷电，想象古人在植下这棵古柏时是怎样一种心情。

桥山不仅是黄帝灵魂归宿之所，还是秦二世赐死征边大将蒙恬的地方。据《水经注》记载，蒙恬临死时说他筑的长城："夫起临洮，属辽东，城堑万余里，不能不绝地脉，此固当死也。"看来他将自己的死因归为对山河大地的不敬，似乎没有怨恨秦二世的意思。

与黄帝陵不止一处一样，炎帝陵也有两处，一处在炎帝出生地陕西宝鸡渭河之滨的常羊山，一处在湖南株洲炎陵县城西鹿原镇。炎帝陵之所以远在异乡，据传是炎黄大战尘埃落定之后，黄帝并没有痛打"落水狗"，而是继续让他从事自己的职业。一天，炎帝在湖南炎陵县山里尝百草时候，误食断肠草不治而亡，算是死得其所。

神话传说，从来就是一个民族的集体记忆。它属于后人的想象虚构，但却隐含着一个真实的过去。

古罗马的禁丝令与嫘祖手里那一袭绸缎

公元2世纪初，一位罗马执政官从波斯商人手里买到一身来自东方的丝绸衣服，送给妇人。妇人被像金阳下尼罗河水一样波动且一样闪亮的布料所倾倒，穿在身上一试，浑身上下似着了一层薄如蝉翼的轻纱，且轻，且柔，且软。穿在身上，那平时自引为傲的身材更加凹凸有致，于是她迫不及待地穿上并出现在当日晚宴上。第二天，整个罗马城都轰动了。

之前，罗马贵妇人向往奢侈衣饰，无非就是羊毛织的“托卡”，不仅笨而且闷，特别是在炎热的夏天，穿在身上犹如前线兵士身着的铠甲。而“长在树上的黄金羊毛”制成的衣服，不仅凉爽、滑软、轻快，脱下叠起，盈手可握。可以想见，全罗马城的贵族怎样趋之若鹜，特别是贵妇人们，不分老幼，不论价格，不仅是为了面子，更是为了舒服。吓得罗马教廷为了防止自己的金银源源不断地流到东方，特颁发了禁丝令。

直到汉武帝离世三十年后，古丝绸之路另一端的文明古国也出现了一位类似汉武的恺撒大帝，这才把实行多年的“禁丝令”废除，与黄金等贵的中国丝绸，得以大量涌入。

一匹轻柔滑软的丝绸，让整个世界为之疯狂，而这丝绸什么时候诞生于中国？在中国，又是谁发明的？史书并无记载。

1926年，著名考古学家李济来山西拜会阎锡山，以期考察山西境内的人类遗迹。他带领考察队，沿黄河第二大支流汾河溯流而上，至汾河边的西阴村，经过一个月挖掘，发现众多彩陶碎片，其间一个花生壳样的黑褐色物引起了他的特别关注，经检验，此黑褐色物为一蚕茧，系先人用石刀切开食其蚕蛹后的遗物——这一枚史前新石器时代先人养蚕制绸割开的蚕茧，现存台北故宫博物院。

相传蚕的养育与缫丝织缎的创始人为黄帝的元妃嫘祖。

明代学者徐道描述："西陵氏女嫘祖，聪明温顺，聘娶为妃。常来游河滨，见树上都有白团，似鸟卵……名之曰蚕。嫘祖以草布蚕于上，自然吐丝，作团，名之曰'茧'。摘而挪，沸汤缫之，绎而为丝。法天象经书莫言之义，造机杼，织成币帛，可以衣体，至是遂为人用。"

最早发现树上野蚕的女嫘没有想到，在她富有诗意地把河边树叶上的野蚕引至草棚驯养，再把蚕所需要的桑树一步步扩大栽至田塍地头，再发明缫丝工具，到织成绫罗绸缎的织机，她没有想到，在这一瞬间，她不仅奠定了炎黄子孙的农桑之本，还给以后手工业，再以后纺织业、商业萌芽留下了种子。并通过最早的商业、商路，让世界为之倾倒，联结起大半个世界。

丝绸之路先被命名为"佛陀之路"，以后又因为古于阗的美玉命名为"宝石之路"。1877年，德国地理学家费迪南·冯·李希霍芬在沿佛陀之路做详尽考察后著《中国》一书，把此一商路重新命名为"丝绸之路"。他的定义是"从公元前114年到公元127年间，连接中国与河中——指中亚阿姆河与锡尔河之间，以及中国和印度，以丝绸贸易为媒介的西域交通路线"。

此说甫一面世，立即得到英、法、日、中学界的认同，一下子让这条充满风沙、让人沉重的旅途如风中的丝绸一样飘逸起来。

仓颉造字："鬼为夜哭，龙乃潜藏"

白水县得名于白水河。白水河是黄河原支流北洛河的支流。白水县有乌羽山，位于陕西渭南市白水县史官乡杨武村，传说是仓颉的出生地。40

余株千年古柏掩映下的仓颉庙，有中华仓颉碑林16道，其中最显眼的是仓颉鸟迹书28字符。古籍载，仓帝史皇氏名颉，姓侯刚，生而能书。及受河图录字，于是穷天地之变化，仰观奎星圆曲之走势，俯察龟背纹理、鸟兽爪痕，受天启而创文字。由此，黄帝赐以仓姓，为“君上一人，人下一君”之意。

由于仓颉原为黄帝史官，为纪念仓颉功绩，家乡人便把村名改为史官乡，并在汉代建庙立碑，至今已有1800多年。

文字诞生，是中华文明脱胎换骨的一个转折点。从结绳记事到图画，从象形到表意，仓颉创文字而破宇宙密码，其威力以古人的形容是：“天为雨粟，鬼为夜哭，龙乃潜藏”。

仓颉庙所供仓圣鸟迹碑所录28个字符，曲曲弯弯似天上云缕，又像沙地鸟迹，为什么这样子？因那时尚处采集、狩猎时代，人们出征总是循鸟趾、兽蹄而行。文字创制，即受此启发，所以又称“鸟虫书”、蝌蚪文，近似彝文。传说中的黄帝盖出西羌，原始文字自然流露了黄帝一族从高原一步步走向黄河之滨的行迹。

所谓鸟虫书，仅是传说。之后发现考古物证，也纯系一念之下的偶然。

1899年，清末国子监祭酒王懿荣身体不适，差人从药店买回“龙骨”准备熬制汤药。他仔细检点，吃惊地发现“龙骨”上面竟刻了许多符号。精通金石之学的王懿荣大吃一惊，认定这是上古流传的汉字雏形，即请来多位学者研究探讨，发现这些龙骨都出于河南安阳。由于“龙骨”主要以龟类、兽类的甲骨为主，所以将刻于其上的文字命名为甲骨文。

学者研究发现，甲骨文中使用的汉字有4500多个，已经确认的近2000个。

1987年，又有考古学者在河南舞阳县贾湖村的裴李岗文化遗址中发现了距今已有8000年的舞阳甲骨契刻文字。

从传说中的仓颉造字到甲骨文，再到秦李斯小篆，再到东汉许慎《说文解字》，中国文字一步步完善定型。

秦始皇统一六国后，为了统一文字，命宰相李斯将周宣王时期的大篆文字删繁就简以通行使用。李斯遵从皇命改六国文字为通行天下的小篆，标志着汉字从古体到今体的转变。直到汉朝时隶书的出现，小篆才慢慢淡出了历史舞台。

许慎是东汉著名的文字学家和经学家，许慎发现，很多经学家在解释字义时很随意，与字的本来意义颇有出入。于是，他收集古文经典，并对先秦多家学说进行研究，历时20余年，终于编撰出中国历史上第一本字典——《说文解字》。共收录9353个汉字，依部首排序，对每个字的字义、结构、读音逐一作解。所以，后世尊许慎为“字圣”。

从最早出现在远古遗迹中陶器或岩画上的神秘符号，到甲骨文，再到金文、隶书等演变，汉字成为中华文明曙光中最让人心明眼亮的一缕，蕴藏着祖先智慧及人生哲理。

譬如“停”：古驿道上，每隔一定距离，便设一个亭子，人和亭靠在一起，便成了停。暂时的停，是为了更远的行。

文字出现是世界公认的民族文明进入信史的标志，其对社会发展之作用力，随着社会发展而日益凸显。

公元前704年后，楚王国迅速崛起，与周王朝平起平坐，此过程中最大一件事，就是接受了华夏方块文字。华夏、楚两大语言相异的民族，从此因文字统一最后融合一起。以后蒙古、清入主中原，也是因汉语言才融合为更大共同体。

中国字号称方块字，每一字都是一个精灵，一道符咒，排列组合，变幻无穷。先贤说，每一方块字都像一块砖，可以筑成宫殿；漂洋海外的前辈王鼎钧老先生则说，每一方块字都像小块土地，连缀起来，就是大地山河。

柏杨先生分析，欧洲自西罗马帝国灭亡后四分五裂，当时君主教皇不可能没有再度统一的愿望，但却未能如愿。其原因之一，就是罗马帝国是一种拼音文字，各地区隔绝后仍能用拼音拼出各自语言，所以就差距日增。而广大辽阔的中国领域内，华夏方块字则像一条看不见的魔线，把语言不通、风俗习惯各异、血统不同的人群、部落连缀一起，成为自觉的中国人。

智人之所以最后征服世界跃居食物链顶端，其核心因素就是有了独特的语言。从口头语言到书面语言，语言又演化为故事使之成为想象的现实，从而唤起整个民族、部落，甚或比被称为民族的那个政治和历史的范畴更为广泛的想象。想象又瞬即变为现实。

就像炎、黄墓不止一处，仓颉墓庙除渭南史官乡外，还有河南开封、虞城、南乐，山东寿光、东阿多处。开封刘庄村的仓颉墓在开封城东北八公里黄河大堤脚下，“仓颉造字圣人猜”的故事就发源于此。

造字台上的仓颉庙，到北宋末年，仍然香火旺盛，是邑人出城踏青、重阳登高聚会的地方。相传庙中原有仓王造字碑，碑上的字可以欣赏，但都拓不走。好不容易拓下来，一出此村就又变成一张白纸，什么字也没有了。凭空为仓颉造字“专利”添了几分神秘。[①]

严阵以待的军团，“立正”
抑或“齐步走”的秦俑

不坐蹲起来。

房子半边盖。

姑娘不对外。

① 赵素琏、张金库著：《仓颉陵墓考证》，《黄河史志资料》2010年第4期。

帕帕头上戴。
面条像裤带。
锅盔像锅盖。
辣子是道菜。
唱戏吼起来。

此为“关中八大怪”。

“关中八大怪”之一的“唱戏吼起来”指的是秦腔，关中的另一个名字叫秦川。

作为黄河第一大支流的渭河，自甘肃鸟鼠山一路下来，沿秦岭北麓至潼关入黄河，成为黄河子孙一代代从高原至母亲河臂弯的一个指引。其风云际会，当以周秦为最。

如果说，大苦大乐的秦腔给人一种原始的旋律与蛮力的美，听过之后也就消逝了。而把这种蛮力立体化和作为旋律的秦腔做对应的秦俑，那就更富冲击力了。

1974年3月29日，临潼西杨村一个生产队的公社社员打井掘出一些陶片，并没往心里去。因为这些地方经常出现一些陶片，有些老太太把陶片供为“瓦神爷”，焚香磕头。也有人说这是瘟神，村里穷，都是瘟神给惹得。二十多天后，公社分管水利的干部看着陶片不像瓦片，并且还越掏越多，就向县文化馆打了个招呼，文化馆分管文物的赵康民就赶了过去，他让农民把装满三个平板车的“瓦神爷”拉回文化馆。经过拼凑，拼出了两个陶俑——这可是以前没见过的物什。

作为发现秦俑的第一人，赵康民忙不迭地报告上级。7月15日，由袁仲一领队的陕西省文物考古队进驻临潼西杨村。

挖掘、清理、调查、收集，袁仲一一行四人眼睛越来越亮。林南一条碎石路上，光袁仲一一人就捡回两袋陶片；一农户厕所院墙上搁着一只陶俑手臂，一小学生交来了一只手；公社废品站收集到一些铜镞，粮库里还有50多块秦砖。“当地农民甚至把它们当作枕头治疗高血压。”

一个老农告知，在他十岁时，父亲打水井打出一个“怪物”，就站在井壁上，和你瞪眼。井水一开始充盈，后来就越来越少，最后干脆就空了。如果是其他地方的老百姓，早就吓得赶快把井填了了事，但秦川“愣娃”却不是这么好打发。他把怪物揪出来，吊树上，用大棒把它砸烂了。因为他怀疑井里的水都让“怪物”喝光了。

这个“怪物”，难道就是以后被命名为“秦俑”的一个完好的“俑”了？

秦始皇帝陵博物院的工作人员告诉我，原定一周挖完的考古从20世纪70年代中期一直挖到现在也没挖完。其间，一号、二号、三号秦俑坑先后被发现，并在现场建起秦始皇帝陵博物院，8000余件秦兵马俑的庞大地下军团，成为世界瞩目的第八大奇迹。

足有两个足球场大的一号坑，军阵由步兵和车兵组成，长方形的方阵中，它们又被细致地分为前锋、主锋、侧翼和后卫。

面东而立的兵马俑是前锋部队。为防敌人从背后偷袭，其他三个方向各有一排面外而立的武士俑三排，每排70人。因秦军有不准戴头盔的军规，所以这些兵俑也都不戴头盔，手持强弓劲弩，严阵以待。

中间38路队伍由步兵和骑兵组成，是军队主体。所表现的是“前后整齐，整体必宏”古代兵阵组合理念。

俑坑中的马则是河西走廊马，身高1.5米，长2米多，马耳尖翘，体形健美。

二号坑有将军俑、跪射俑、骑马俑、立射俑和鞍马俑。将军俑头戴长冠，挥手指向前方，仿佛正指挥千军万马，与敌人决一雌雄。

与秦俑相比，铜马车的精巧也更让人惊叹。其中二号铜马车是一辆带棚盖的豪华车，车内软垫皆为彩绘，铜板覆盖各种颜色的几何图案。考古学家发现，二号铜马车共由3462个铸件构成，其中金铸件737件，银铸件

983件。所有零部件均一次性铸造，这在两千多年前，不能不说是个奇迹。

而铜马、铜佣铸造则形神兼备，铜马笼头由82节细小的金管和78节银管互相串联而成，每节金银管长度为0.8厘米。马佩戴的璎珞也是全部采用铜丝制成，全部属于无锻打制工艺，以拔丝法制成，粗细均匀，对接规整且严实。而铜丝仅0.5毫米，其焊接工艺和制作方法，到现在也是一个谜。

“秦王扫六合，虎视何雄哉！”是的，正是这样一群严阵以待的战士，这样一群无往而不胜的战士，秦人才在诸侯争雄中首次把华夏统一，并把自己创建的制度传之后世，历尽两千年而不衰。

李仪祉：“洛河小儿”弄潮风云

泾河是黄河二级支流，也是渭河最大支流，发源于六盘山东麓宁夏泾源县，在陕西高陵区蒋王村汇入渭河。1938年3月中旬的一天中午，陕西泾水河畔泾惠渠社树分水闸后张家山下，一场规模空前的公祭大会正在进行，日军轰炸机盘旋前来，三万之众的场面是大目标，主持公祭的人恳求大家暂时疏散隐蔽，却无一人听从，好像此时稍有所动，就有失对所祭先人的敬重。

三万之众，岿然不动，是谁给予三秦大地从高官到平民以如此感召？李仪祉。生前他曾是陕西省水利局局长兼渭北水利局总工程师、黄河水利委员会委员长兼总工程师。

李仪祉是陕西蒲城县富塬村人，原名协，生于1882年正月初三，17岁考中秀才，1904年考取京师大学堂，1909年赴德国留学铁路专业，1913年又赴德国专修水利专业。

李仪祉水利修习起源于幼时生活。他出生地富塬村北有一山曰龙山，塬高水深，沟壑纵横，素有“龙山马湖，渴死寡妇”之称。祖辈靠天吃饭，大旱之年的颗粒无收，给他幼小心灵留下难以磨灭的印象。少年的李仪祉常在洛河嬉戏，看到洛河的水白白流淌却不能为民造福，遂决心效法郑国、白公，希望能借洛河之利造福桑梓。那时，他便把自己称为“洛河小儿”。

郑国是战国时代韩国人，生性偏爱修渠。缘起于“疲秦之计”、最终却致“兴秦之利”的郑国渠，就是他以间谍身份打进秦国，说动秦王以泾河引水兴建的。结果秦以水利兴，成为战国七雄之首，最终统一中华。

洛河古称雒水，黄河支流之一，发源于陕西蓝田县境华山南麓，流经洛南、洛阳，于巩义市入黄河，全长467公里。是中国原始农业起源最早的地区之一，流域内洛阳是中国七大古都之一，渑池仰韶文化等新石器文化遗址分布广泛。自出生那天即受洛河养育的“洛河小儿”，如果不兴起一些风，作起一些雨，那就对不起自己这个称谓了！

一个专修铁路与水利的留洋专家回到祖国，对于西风渐劲、百废待兴的国家是多么珍贵。归国二十三年间，无论时事人事怎样令他失望绝望，他还是尽一己之力，为“洛河小儿”曾经的梦想，施风布雨弄潮于大江大河。

1917年在任教河海专门学校时，适值华北大水，他率学生至河北勘察海河水系，一去就是半载。

1927年，他致力于做的引泾工程不能进行，便从陕西建设厅厅长位置上离去，往陕北调查无定河水利。之后陕北织女渠设计并开工，即是这次调查的结果。

1932年秋，他患背痈之症，几濒于危，不能亲赴洛河引渠工地，但仍派员勘查，枕边指示方略。

1934、1935年黄河相继在贯台和董庄决口，他以黄河水利委员会委员长的身份，风餐露宿，夜以继日，出没于黄、沁、运河大堤上下。黄河干流第一个水文站、第一座水工实验室、第一个河海专门学校、第一个统一大河上下的治理领导机构，都是由他主持或最先建立。正是由于对大河的理解，他第一次提出上下游兼治的黄河治理整体思路，从而改变了有史以来仅治下游的偏见。

“治黄方法应当一面从上游减沙，一面从下游浚治。”可以说，这个洛河小儿从童年、少年的洛河出发，投身到这一条大河、这一泥沙俱下的时代洪流之后，真有些力不从心，有时还被迎面来的暗涌或浪头打个趔趄，但他没有退缩，或者干脆以退为进。而无论退与进、顺与逆，他都一如既往，不改初心。

民智开启需要教育。在全面参与河海工程学校创办的同时，1923年，他又创办水利道路工程专门学校，以后成为西北大学的前身。1932年创办的陕西水利专修班，以后成为农学院。

教育虽不能立竿见影，但不行春风难得秋雨。对此，近百年前的李仪祉在不断兴办专业学校、专修班的同时，还把启蒙贯穿于日常生活。特别是在1937年泾、洛、渭三渠将成之际，他撰《倡办三渠民众教育议》，呼吁督促在条件还不完善的情况下，给民众以启蒙。文中说：“三渠既成，农田受益，人民富庶可卜，然养而不教，民智弗启，则其益难普。”他提出三种途径，利用三渠职员公余之暇，教民众识字，并灌输农田水利知识。想办法让民众亲近接近三渠职员，相敬相爱如师友，互相学习渗透、影响，渐成风气，以开启人民爱国合群之心理。

而当他发现泾惠渠告竣，灌区农田得以旱涝保收，个别农民却在农田种鸦片获取暴利，就忍不住赤膊上阵，撰《对渭北人民切切实实的说几句话》，说：“……水利成功，我亦丝毫不望报，但是有人偷着种烟，使我精神受着莫大的痛苦，这是大家对我该有的报复吗？”

关中平原水利灌溉一直得华夏风气之先。秦代有郑国渠，汉代有白公渠，以后又有宋代丰利渠、元代王御史渠、明广惠渠、清龙洞渠。民国时期泾惠各渠修建始自1922年。他临终仅见泾惠、渭惠二渠建成，未完工的还有洛惠、梅惠二渠。其他如陕西米脂织女渠，关中黑惠渠、涝惠渠、沣惠渠、泔惠渠，陕南的汉惠渠、褒惠渠、湑惠渠及陕北的定惠各渠，都是经他反复测定要计划实现的，以后也次第施工实现了。

李仪祉以57岁英年病逝，关中人无不痛苦流泪。为此国民政府特令褒扬，称他“德器深纯，精研水利，早岁倡办河海工程学校，成材甚众。近来开渠、浚河、导运等工事，尤瘁心力，绩效懋著”。

“殊功早入河渠志，遗宅仍归水竹居。”此为国民党元老于右任为李仪祉陵园所作挽联。李仪祉纪念馆就在陕西泾阳县王桥镇，泾惠总干渠穿园而过，文化广场上象征八渠的8根文化柱记录了李仪祉人生历程，两千多平方米的纪念馆展示了秦人治水历史和陕西水利发展蓝图。馆内还陈列着他生前修建泾惠渠时使用过的工具、手稿和著作等。他的墓园就在馆区深处，从洛河小儿河中嬉戏到八渠惠农再到大河弄潮，先贤已逝，惠渠水在长流，大河也在长流……

蝗惶之忆

一部黄河农耕史，几乎就是一部人类与自然灾害作斗争的历史。旱、洪、蝗种种，这里单说蝗。以《陕西黄河小北干流志》所载蝗灾点滴为例：

嘉靖三十年（1551），韩、合、大、潼等县大旱，又伴蝗灾，夏秋两季俱损，十月粟价腾涌……绝粜罢市，木皮石面皆食尽，人相食。

道光十三年（1833）秋，大荔蝗虫大起，所及田禾，顷刻辄尽……

光绪三年（1877），秦晋历冬经春及夏不雨……秋又无收，麦未下种，加之蝗大作……饿殍载道，人相食。

……

对蝗记载最早是《春秋》：“鲁宣公十五年，初税亩，冬，蝝生。”明徐光启《农政全书·除蝗疏》统计，公元前770年—公元前476年春秋时代，蝗灾发生111次。周尧《中国昆虫学史》统计，从公元前704年至1907年中，发生蝗灾538次。

《除蝗疏》说蝗生育过程："蝗初生如粟米，数日旋大如蝇，能跳跃群行，是名为蝻。又数日，即群飞，是名为蝗。所止之处，喙不停啮……又数日，孕子于地矣。地下之子，十八日复为蝻，蝻复为蝗，如是传生，害之所以广也。"

蝗"最盛于夏秋之间，与百谷长养成熟之时正相值"。与气候环境关系，则是"故涸泽者，蝗之原本也"。

蝗灾主要发生在多有涸泽的黄河流域，尤其河北、山东、河南三省，此为地理学者陈正祥从3000余种国内方志所载资料研究结论。退水之后的泽洼不同于湖泽和高亢旱地，它湿润又富营养的淤土，为蝗的孕育生成提供绝佳场所。由此，蝗灾都往往接踵旱灾而至，为防止蝗灾，当时官民都先在低洼积水地割草，春夏间捕挖蝗卵，"挖干卵一石，等减蝗千石"。但在那涸泽遍野、蝗繁育力强势的年代，这些措施无异杯水车薪。每当蝗灾来临，遮天蔽日的蝗群便从山东、河南、淮北滋生地北飞或南下。

治不了蝗就取老办法，给"虫王"建蝗神庙，以祭祀贿赂蝗神不加害民。而董仲舒则以此灾象为由，竭力限制皇权独裁，以"天人感应"论、危言蝗灾出现是"国家将有失道之败，而天乃先出灾害以谴责之。不知自省，又出怪异以警惧之"。对此，皇上还认这茬。据《贞观政要》记，贞观二年六月，京畿旱蝗时，唐太宗在皇苑掇蝗祈曰："人以谷为命，而汝食之，是害于百姓。百姓有过，在予一人。尔其有灵，但当蚀我心，无害百姓。"祈毕，把蝗虫吞吃，"是岁，蝗不为灾"。

翻阅古籍，蝗灾记录如日行月随。"唐贞元三年（787），夏蝗，东自海，西尽河陇，蔽天，旬日不息。所至草木及畜毛靡有孑遗……秋，关辅大蝗，田稼食尽……"

“宋淳化三年(992),六月甲申,飞蝗自东北来,蔽天,经西南而去……秋七月,许,汝、兖、单、沧、蔡、齐、贝八州蝗。”

“元至正十九年(1359),五月,山东、河东、河南、关中等处,蝗飞蔽天,食禾稼草木俱尽。所至蔽日,碍人马不能行,填坑堑皆盈……”

黄河文明以农立国,蝗灾会与水灾、旱灾接踵而至,使以农为本的中原雪上加霜。难怪徐光启叹:“惟旱极而蝗,数千里间,草木皆尽,或牛或毛,幡帜皆尽,其害尤惨过水旱。”

曾几何时,随着农药的普及,以及涸泽的消逝,蝗虫遮天蔽日景象从此不再见。灾难终结,太平盛世,每一天都成为人民的盛大节日。

访渭南河务局,有幸看到旧时韩城碑刻《荒岁歌》:

榆树皮,苘根面,一斛还卖数十钱。
大雁粪,难下咽,无奈只得蒙眼餐。
……
饥饿甚,实在难,头重足轻,跌倒便为人所餐。
别人餐,还犹可,父子相餐甚不堪。
……
人肉竟作牛肉卖,街市现有煮锅煎。

光未然、冼星海与《黄河大合唱》

1938年底,壶口瀑布下走来一群着装打扮不同于当地老乡也不同于流民的年轻人,他们有的身背琵琶,有的哼着小曲,这就是当时青年诗人张光年带领的“上海救亡演剧三队”,在从晋中赶往延安的路上,特地先来壶口看看瀑布。

张光年到延安一个多月，还沉浸在壶口瀑布所给他的震撼中，遇到刚从武汉来到延安“上海救亡演剧二队”的老友冼星海，忍不住一遍一遍地描述瀑布和船夫纤夫不屈的脊梁。2月26日晚，演剧三队请冼星海共度除夕时，张光年朗诵了他被冼星海一催再催刚刚完成的400多行《黄河》诗：

风在吼，
驴在叫，
黄河在咆哮，
黄河在咆哮
……
……

全场掌声未落，坐在窑洞门边位置的冼星海就“忽”向前一步，把歌词抓到手里，激动地说：“好，就是它了！我有把握把它写好！”

以上“驴”字并不是笔误，是诗作原词，那时队伍和支援这支队伍的农民，最多役使的也只能是驴。以后兵强马壮了，才把看似不雅却非常实用的驴换成了马。

就这样，冼星海、光未然（张光年）、壶口瀑布三者相遇撞击所产生的火花，成为中华民族的最强音。

冼星海，1905年出生于广东番禺渔家。6岁前，大海的涛声和渔家歌谣是他的启蒙，外公的竹箫是他的玩具。6岁后，母亲黄苏英孤身一人带他去了新加坡，给人帮佣打工，送他上当地最好的全日制小学。1918年，校长林耀祥又保送他进广州岭南大学附中。1927年，冼星海考入蔡元培在上海创办的“国立音乐学院”。

因参加学潮被校方开除后的1929年，身无分文的冼星海，谋得远洋货轮锅炉工差使，得以到巴黎。先到欧洲的马思聪先生施以援手，把在督馆帮佣、以糊口的冼星海，推荐给曾教过自己的巴黎歌剧院首席小提琴奥别多菲尔先生。一次晚9点还在饭馆里端盘子的他突发晕眩，摔到地上，摔了餐馆的盘子，也摔了自己的饭碗。当他举目无助而拖一把小提琴到街上乞讨时，“一个有钱的中国留学生把我的碟子摔碎，掌我的颊，说我丢中国人的丑！我当时不能反抗，含着泪，悲愤得说不出话来”。

冬天的巴黎寒风嘶吼，独身住在七楼上的冼星海没有棉被，夜不能寐，一口气写下三重奏《风》。

风啊，你不要叫喊！
云啊，你不要躲闪！
黄河啊，你不要呜咽……

巴黎音乐学院教授保罗·杜卡斯破例收下这个学生。考试那天，门卫把他挡在门外，因为这个应试者和“高级作曲班”学生所应具有的行头太不相称了。争执之际，教授走过来揽着他的肩膀，送他进考场。他的完美发挥赢得了主考老师的赞赏，获得了考生最高奖赏。按学院惯例，主考教授请获奖的冼星海在诸多物质奖励中挑选自己喜欢的一种，他脱口而出两个字：“饭票！”便哽咽无语了……[1]

1935年春，冼星海从巴黎音乐学院高级作曲班毕业。此时，母亲尚在上海帮佣。对母亲的思念使他不能自已，秋天回到上海。两年后，日本侵华全面展开，已写下《救国军歌》《保卫卢沟桥》等救亡歌曲的冼星海在上海参加了“上海救亡演剧二队”，并于1937年10月3日到达当时的抗战中

① 见《冼星海创作札记》。

心武汉，投身十万人参加的长江火炬歌咏大游行。“金涛澎湃，掀起万丈狂澜，浊流宛转，结成九曲连环……”一年时间，他写下《在太行山上》等62首歌曲。

河西山冈万丈高，
河东河北高粱熟了。
万山丛中，抗日英雄真不少，
青纱帐里，游击健儿逞英豪。
端起土枪洋枪，
挥动大刀长矛，
保卫黄河，保卫华北，
保卫全中国！

共赴救亡的演剧二队和演剧三队相遇，冼星海和张光年相遇，因为一条大河的澎湃和中华大地处处都汹涌的救亡抗日洪流，终于使冼星海早就有的创作一部中西合璧民族大合唱的梦想，变得触手可及。冼星海年除夕拿到张光年的黄河诗后，又一遍遍地请张光年和他的战友们再向他描述黄河的壮观和河渡的惊险，请他们哼唱船工号子，模仿船工纤夫的动作。在鲁艺窑洞土炕一张小桌上，正在感冒发烧的冼星海全部身心已投入这条大河里去。

啊，黄河……
五千年的古国文化，从你这发源；
多少英雄的故事，
在你的身边扮演！
……

六天六夜，困了，他就喝一口豆粉冲水的土咖啡；饿了，吞一撮白糖。乐感与激情一如扑下壶口的瀑布，一泻千里……演剧队指挥邬析零回忆："3月31日，我从冼星海手中拿到《黄河大合唱》的全部清稿。那是用白粉莲纸抄写的，由冼星海夫妇手工装订成册，小于16开本，册边整齐如刀切。打开看，字迹清晰秀丽，通本一字不涂，一字不改……"

4月13日，即将重返前线的演剧三队和鲁艺音乐系师生试演，虽然乐队只有三把小提琴，二十来件民族乐器。而且使用的低音弦乐器是用煤油桶制成的，打击乐器由脸盆、大把的勺子放在搪瓷缸子里摇晃以造效果……但是到场的1000多位观众无不听得热血沸腾。

1941年6月，赴莫斯科为电影《延安与八路军》的后期制作，工作接近尾声的冼星海取道蒙古回国受阻，他的身体日渐不支，经李立三帮助，1945年5月被送到莫斯科克里姆林宫医院抢救。10月3日，年仅40岁的音乐家生命戛然而止……而此时，《黄河大合唱》正由黄土高原深处传向神州各地，不管是在前线还是后方，大洋这边还是那边，都成为推动世界反法西斯战争的喧天鼙鼓。

黄土窑洞里的甲申三百年祭

黄河流进1945年的夏天，在黄河流过的高原，高原窑洞，因为知心朋友的相聚，窑洞的灯火也比平时明亮了许多，气氛比暑热的天气还要热烈一些。但不觉闷热，甚至还多了一些只有秋高气爽时节才有的通透和畅快。这就是史上有名的毛泽东和民盟创始人黄炎培有关政权如何跳出"兴也勃焉，亡也忽焉""周期律"的窑洞对。

作为国民党参政会要员的黄炎培一行远从重庆奔赴延安访问，他从高原深处看到了新中国的曙光。

一年前的1944年3月19日，郭沫若《甲申三百年祭》在重庆《新华日报》发表，说农民起义军首领李自成占领北京后“似乎都沉沦进了过分的陶醉里去了”，“纷纷然，昏昏然，大家都像以为天下太平了的一样”，最后致兵败身亡。目的在借李自成的失败，向中国当时执政者或未来的执政者建言。特别是借对义军举人李岩作用的分析，表达了对知识分子作用的建议。毛泽东看了此文后，指示《解放日报》转载，还印成单行本作为整风文件，让全党学习讨论。次年7月，便有了毛泽东与黄炎培在延安进行的著名的“窑洞对”，针对黄炎培提出中共如何跳出历史周期律的追问，他给出清晰回答：“我们已经找到了新路……这就是民主。”

《甲申三百年祭》主角是李自成。我对李自成的最先认识，竟也还是与正在徜徉的大河有关，大河的龙门有关。

天寒地冻，大河滔滔，十万义军急欲从龙门之下渡河直捣明王朝的老巢，偏偏大河不给面子。第一天，派去看有没有结冰的探子回报，河无结冰。第二天又是同样。心焦难耐的闯王一夜间竟愁白了头！

最后是黄河艄公和船夫用船架起浮桥，才让义军渡了河。多少年过去，小学课本印象模糊了，但“迎闯王，不纳粮”却记住了。

李自成出生于陕西米脂李继迁村，也称李家站，因该村原来是西夏李继迁兵站。这个无定河边的西夏李家后裔从小耍枪弄棒，特别是他因王朝精兵简政从银川驿卒位置被裁减，不再有铁饭碗后，就注定要闹出些什么动静。

先是因欠债而杀债主，接着又杀妻子，1629年也就是崇祯二年，李自成溯黄河而上投军甘肃甘州，却因欠饷，兵卒哗变，杀死曾提拔过他的参将。那还有什么去处？只能跑进深山聚众，算是再一次从军，只是不是官军而是义军。1633年，李自成率千余众东渡黄河，投奔当时他的舅父高迎祥所率的一支明末农民起义军。

还是支流。无定河两岸揭竿而起的义军，除去李自成、高迎祥，还有同样是米脂人也同样拥有十几万人马的张献忠。

1637年，在黄河小北干流重镇潼关，李自成遭官军伏击，兵败后只率刘宗敏等17人遁入豫陕交界的商洛深山。这应是先由“闯将”后又“闯王”的李自成起事之后的奇耻大辱。但愈挫愈勇的闯王还是在六年之后一雪前耻。1643年10月，在攻克洛阳并在襄阳称“新顺王”后，他攻破明军大兵把守的潼关，直取西北重镇西安，并在次年西安称帝，国号“大顺”。

1644年1月，李自成开始东征。二月初二，在河边的沙涡口造船3000只，又一次东渡黄河，这次东渡已今非昔比。3月9日晨，明兵部尚书张缙主动打开正阳门，迎闯王部将刘宗敏入京。中午，李自成由太监王德化引领，从德胜门入，经承天门入内殿。此时，崇祯帝带太监前往煤山瞭望情势，返回乾清宫时，众官已不见一个。崇祯帝先杀死妻女后登景山自缢，至此，统治276年的明王朝寿终正寝。这就是郭沫若提出的甲申之变的前半截故事。

甲申四月二十九日，李自成出征吴三桂，兵败山海关，返回北京。第三天，闯王在紫禁城武英殿登基称帝，次日即火烧城池出逃西安，本想以老家作根据地割据一方，没想到，明将吴三桂因爱妾陈圆圆一事降清，被来势凶猛的清军一路追杀。还是潼关，几年前他在这突破明军把守，今天，他据以立足的陕西西北的天险，又在清军红衣大炮的轰击下不堪一击。激战十三天后，潼关失守，李自成经蓝田、商州，走武关，退襄阳，东进不得又西南而去，后在湖北九宫山下被两个农民所杀。

闯王成功首先是天灾相助，陕西大旱、中原大旱，无食可餐的饥民给他提供了源源不断的造反队伍；其次是农民起义军中知识分子举人李岩所给他制定的均贫富方略的魔力。正如史书所载：“1640年闯王入河南后，开仓而赈饥民，远近饥民荷锄而往，应之者如流水，日夜不绝，一呼百万，而其势燎原不可扑……”在这么一个势不可挡的历史潮流面前，同样是贫苦农民出身的朱明王朝又怎能逃得大限已到的“周期律”？此时不亡，更待何时！

李自成初入北京还是清醒的，他对手下义军有严格的法令：“敢有伤人及掠人财物妇女者，杀无赦！”但愿望归愿望，它最后之所以成为一厢情愿，是因为它成功之后没有设计出制约自己队伍的规范制度，人性中的各种欲望不仅没有被给予适当的束缚管理，反而更加肆无忌惮。有关杀无赦的命令墨迹未干，李自成先已封宫女窦美仪为妃，接着，吴三桂爱妾、京城名媛陈圆圆被刘宗敏抢至自己帐内。无论后还是妃，总得有足够的脂粉和霓裳，这一切又离不开钱，就拿旧朝官僚和有钱人开刀。

“中堂十万，部院京堂锦衣七万或五万、三万，道科吏部五万、三万，翰林三万、二万、一万，部属而下则各以千计。”再多不多，少不嫌少。

钱是心头肉。前朝专制政体下的官，早已成为要钱不要命的角，他们攒了一辈子的雪花银，即便崇祯帝面临义军压境动员他们捐出一点时他们一点点也不捐，今天怎么凭空给匪寇？

为此，刘宗敏专门制作了5000具夹棍，“木皆生棱，用钉相连，以夹人无不骨碎”，三万、两万或两千，“数稍不满，再行严比，夹打炮烙，备极惨毒”。义军高官可以从明朝官僚中拷掠，手下喽啰呢？只能自谋生路了。以后谈迁《枣林杂俎》称，这一时间就拷死1600人，“杀人无虚日，大抵兵丁抢掠民财者也”，是为“追饷”。

《明史》评价“不贪财利，不好酒色，脱粟粗粝，生活简朴，与其下共甘苦”的农民起义领袖，通过投身时代洪流，完成了从一个农民、驿卒到皇帝的角色转换，虽然他的皇帝梦从西安“大顺”算起也不过持续了百日，从武英殿登基到逃离北京也仅仅一天，就被同样起于山野间的满人推翻，像他推翻的朱明王朝也同样推翻以暴力夺取天下的元王朝一样，这种仅以暴力夺取政权而对旧政毫无批判、毫无新制度设计的所谓革命，无论于平民百姓还是新生统治阶级，又有何益？

黄河滚滚东流造就了一片又一片新大陆。河决河徙摧枯拉朽非人力所为，也非人力所能阻挡，大河亘古运行宇宙间，或者淤积或者改道或者一泻千里，她之冲刷，她之淤淀，都成为日后农耕之养分。它搬运黄土高原泥沙所形成的淤积，都成为黄河子孙世世代代享用不尽的息壤。

潼关："百二重关"与再复东流的九十度弯

南有巍巍华岳，北有滔滔大河，明代《山海关志》描述："畿内之险，惟潼关与山海关为首称。"

潼关之险要，主要是特殊地理构建的四道屏障。

第一道屏障，就是潼关南面10公里外的秦岭。秦岭在这儿呈东西走向，把潼关和西安都隔在了秦岭的北麓，是潼关和西安南面的天然屏障。

第二道屏障，古城北面黄河。水南山北，只留下东西函谷一条狭长的交通孔道，无论出西北还是进中原，"东西走上上下下，南北走沟沟汊汊"，谁也绕不过此一空谷深涧十八盘的缠绕。

第三道屏障，是古城南面的禁沟及十二连城。禁沟是一条南北走向的深谷，南起秦岭蒿岔峪口，北至明清潼关城南石门关，长15公里。

第四道屏障，是潼关古城的城防设施。郦道元说潼关地势"邃岸天高，空谷幽深，涧道之峡，车不方轨，号曰天险"。

当年黄巢、李自成农民起义军夺取西安，就是先夺取潼关。而夺取潼关，则要先夺取禁沟，即十二连城。

一辈子教育生涯的山西籍老潼关人姚允文先生介绍说，沿禁沟每三里修有一城，共十二座小城，即十二连城，有禁沟和十二连城蝉联，才使得潼关古城固若金汤。《潼关卫志》载："故守关而不守禁沟者，守犹弗守也；守禁沟而不建十二连城者，守犹未善也。"

“重关踞天险，三辅重神京。”清代沈用济《潼关二首》所指的神京，即古都长安、洛阳。有研究者认为，从战事之频繁，以及对中国历史的影响来看，真正有资格成为天下第一关的地方，不是山海关，而是“九州中枢”潼关。

南有秦岭，东南又有禁谷，谷南又十二连城；北则渭、洛二川会黄河抱关而下，西近华岳，周围谷深崖绝，中通一条狭窄羊肠小道，往来仅容一车一马。位晋、陕、豫三省要冲，扼长安至洛阳驿道咽喉的潼关，无论东入中原或西出汉中、西域，都是必经之地，所以素有“四镇咽喉”“百二重关”之誉。

由政协潼关县委员会编写的《潼关历代战争纪事》，详细介绍了发生在潼关上下的78场战役、战斗。其中不乏改变历史走向之役，如曹操与马超、唐将哥舒翰与安禄山之战，再后则是朱元璋、李自成……

战争给潼关留下的印记，不仅仅是形制完备的城池和白云苍狗般的兴亡，潼关特有的民俗也透露着浓浓的硝烟味。

战争留给潼关人的还有“不纳粮”的特权。原来，明代中期以前，潼关人多是驻守关城的士兵。这些士兵退役后或退役前，就已有他们名分下的黄河河漫滩地，有军队屯田的意味。不过，这样的特权也不是无条件的，每当战事来临，有着武装传统的潼关人就得放下锄头爬上城垛，投身烽烟战火，责无旁贷。

因此，文化风俗上的跑旱船，潼关也都有着有异于别地的风采，突出特点即是“战”。“单刀赴会”“草船借箭”“火烧战船”，再配之以栩栩如生的刀枪棍棒、粗犷豪放的“黄河老腔”，成为潼关黄河的集体记忆。当地上了年纪的农人至今还记得种地时挖出的那枚大炮弹：“小猪一样，二三十斤重。”

1937年日军进犯，华北，北平、天津等先后沦丧，继而太原失守，敌军南犯至风陵渡，与潼关隔河相望。敌军若越过潼关，不仅陕西不保，整个西北，乃至西南也将全部遭日军包抄。从1937年11月7日第一次被轰炸，到1945年8月15日日军投降，潼关顶住了日军一次又一次轰炸进攻，成了日军无法逾越的雄关，并演绎出“八百楞娃跳黄河”之雄壮历史剧。

曾几何时，这座既有西安、北京古城之典雅秀美，又兼万里长城之磅礴气势的雄关，历千年沧桑，十二座城池已损毁殆尽，仅存十七个烽火台孤独地矗立着，在喧闹的现代世界里裸露着它的风骨。

登潼关看母亲河，最壮观的是三河口。作为晋陕峡谷山河之下的“平河”，黄河第一大支流渭河在这里入黄，无疑使已费九牛二虎一龙之力冲出龙门似已疲惫、散漫的黄河，增添了新生的力量。而渭河、洛河与黄河的三龙相会，则成为大河上下又一让人流连的景观。

洛河又称北洛河，是黄河中游一条在历史上有较大变迁，一直与黄河、渭河纠缠的河流。洛河发源于陕西省定边县白于山，在大荔县东南注入渭河，干流全长680公里。明成化年间，朝邑河岸崩溃，北洛河直接入黄，是黄河一级支流。到隆庆年间又由大庆关溃出复入渭，后来又直接入黄。1933年黄河东滚，北洛河在黄、渭之间的三角地带徘徊达数十年之久，时而入黄，时而入渭，直到1947年才固定入渭至今。虽然以前独流入河的洛河现在先入渭河再和渭河一起入河，但人们还是习惯把当下的“二河口”称三河口。

2015年5月22日上午，我们就在潼关古城的高处看到了三河相会的壮观画面。洛、渭、黄交汇处，河水尽管都呈黄色，却也“泾渭分明”，深黄与淡黄交汇的河面，有鱼鸥飞翔，游艇冲浪。

而三河口的魅力除却有让人领略的自然风光外，还有岸畔古城古关让人触摸到的沧桑与厚重。

河出龙门，由于上宽百米左右的河道陡然展宽为4公里以上的漫河滩，宽阔的河道呈西南20°方向直冲潼关，至潼关这一千年雄关后90°转弯，变晋陕之间的南流重归走出源头后的东流。其间，横嵌两端的中条山、华山又把该处河道紧束为850米的一个卡口，主流被紧紧约束在河槽，多年来一直呈下切趋势。

河左岸为风陵渡，右岸为潼关城，多少年来，孤耸河左岸的风陵渡依旧如常，而始建于东汉末黄土塬的潼关古城却几次迁徙。继东汉之后，隋代南移数里，唐武则天时又北迁塬下。20世纪50年代兴修三门峡工程，潼关治所就再次回迁到塬上。其实，古城之前一直位于塬上，南塬高于三门峡水库未修时的黄河岸约260米。

正像三河相会于潼关，河南、山西、陕西三省也在这里相衔相界，由此延伸，又是中原、华北、西北的连接之地，所以潼关古来就有“鸡鸣闻三省”之称。而在今天，黄河南岸窄窄几公里宽的东西交通走廊里，就密集地布设了郑西高铁、陇海铁路、连霍高速及省际公路网。雄关大镇之交通作用，由此可见。

地方志记载，在民国初期，这个繁荣的水旱码头，就有居民近三万人。县城街道遍布盐店、染房、山货行、火纸摊、面铺。山西的盐、河南的铁、宁蒙的皮毛药材，都要从这里转运出去。而无论怎么转运，无论西下还是东上，都绕不开河，所以，最忙的还是往返不断的渡船。

忆起潼关半个世纪以前的繁荣，老河工们感触最深。以前渭北地区的物资都是通过黄河到达潼关，然后走渭河水路经西安到咸阳，直到20世纪50年代，三门峡大坝建起，这条水路才逐渐失去活力。而当20世纪90年代初，风陵渡黄河大桥通车，潼关古渡木船摆渡的历史则正式结束。无数祖祖辈辈在这里靠水吃水的艄公，才带着依依惜别的怀恋，甚至不乏悲壮的情怀，告别了传承至他们手里的水上营生。

黄河从蛮荒流过棹歌唱晚的农耕时代，又流过风不平浪也不静的战乱阶段，再流向社会主义市场经济。在这个并不深浓的夜色里，以前船工虽然已经身疲体乏，但是棹还不能停，那些南来北往的旅客已经等了一天，这时正“日毛贼”一样匆匆往最后一班船赶渡。现在，十几艘铁壳或木壳的船只，都锚在这已近废弃的水旱码头上，像远处树林聚堆饮酒完后陷入沉默的艄公，是谁又吹响了横笛，是“一条大河波浪宽”？历史车轮响亮地碾过刚刚通车不久的风陵渡大桥，船工再也不用担心风里来浪离去的艰辛和一个又一个的令人发怵的漩涡了，日子早已不愁吃不愁穿，可他们却感到从未有过的忧伤与失落。新歌一曲，旧歌作罢，那婉转的笛声可是一个时代的乡愁？

秦岭：中央山脉

从高空鸟瞰，中华大地迷人之处，全在于从喜马拉雅山、青藏高原呈放射状延伸的条条山脉所勾勒的棱角分明的气势与表情。然而，在绵亘中国大陆众多山脉中，最能表现中华大地精神气韵的只有一条，她就是与长江黄河保持了相同走向、挺立在华夏版图中央的秦岭山脉。

秦岭是莽莽昆仑未竟事业继承者。它从甘南高原昆仑山断层起步，穿越甘肃，进入关中后，汹涌而来的群山、峡谷、河流和丛林，让挺立在关中与陕南之间这块苍茫高地更加高迥，中国大地中央气势非凡的精神魂魄就此崛起。所以曾一度时间，秦岭也被称作昆仑，后来因为其主峰挺立在十三朝古都长安以南，又被称为终南山或者南山。“马头看桃花，马尾扫风雪”，一座堆满积雪的高峰出现，预示着我们已经抵临秦岭主峰太白山。

太白山是青藏高原以东中国大陆第一高峰。与秦岭所拥有的旺盛生命力不同，太白山作为中国大陆青藏高原以东唯一的雪山，其顶峰拔仙台、老爷海一代属于生命禁地。这种奇俊挺拔的峡谷峰岭和冰川遗迹，向东一直延伸到翠华山和华山一线，不仅是茫茫秦岭自然山水精华所在，也见证了中国大陆成长发育的全过程。而点缀其间的高山湖泊、冰斗冰洞、杜鹃花海、苍茫云海，则是大自然给秦岭的另一种馈赠。四亿年前，秦岭山脉嫩叶初绽的时候，中国大陆胚胎也初具雏形。当秦岭成长为一座真正的山峰后，最初诞生于中华大地的生物，便在丛林峡谷之间寻找到了生生不息的家园，直到现在，我们所看到的群山丛林下面，仍生存着中国和亚洲大陆种群最为丰富、数量最为惊人的动植物种群。第四纪冰期亚洲大陆硕果仅存的珍稀植物，中华数千公里范围生长的各种植物，在茫茫大秦岭都能找到安身之地。

秦岭山脉东西绵延1600多公里，南北最宽可达200公里。两千多年前，我们先祖在与秦岭朝夕相处过程中，已经意识到这座高大雄伟的山岭对中国大陆自然万象的深刻影响。古地理学著作《禹贡》告诉我们，昆仑有三龙，秦岭为中龙；葱岭有三干，秦岭为中干；中国大陆山脉有三条四列，秦岭为中条。是中国大陆地络阴阳南北的分界。

昆仑余脉的秦岭古称昆仑。横空出世的昆仑刺破青天，就像宇宙间一巨树，它之所以能够高耸入云，是因为它是深入大地的根。

根有多深，根系有多广，庇荫才有多大。

天高地阔是因山巨，河长水深是因峰高。

无论从哪一方面的意义来说，秦岭及从秦岭回望的绵延天际的山脉，都是我大陆中华的根。黄河，当然也包括长江、淮河等四渎，亦扎根于此。

它主脉东西绵延700公里，主峰太白山海拔3767米，它峻峭惊险的岭谷，有效地把中国中部隔断。它的尾部跟淮河头部相接，连成一条秦岭淮河线。秦岭以北跟淮河以西，属华北地理和人文系统；秦岭淮河以南，属江南地理人文系统。

是它7000万年至1亿年前的崛起，才造就我们面前这一条大河；是它伟岸的横卧，才把以后造就高原的纷扬的黄土留在它以北40余万平方公里的土地上，从而使这一片洪荒之地生出第一缕炊烟。也是因为有它，有它愈绵延愈高耸的纵深，才孕育出母亲河的涓涓源头和无数的支流，加入这条大河的行旅而不至让这条大河的梦想因身疲力竭而半途而废。

当然，也是因为它，大岭的另一侧，同时孕育出祖国比黄河还大的河——长江。

还是它，从大河源头开始，就给大河规定方向，虽千曲百折，也还是不离遥遥目标；现在又让这条大河在它的脚下，急转一个弯恢复东流。

它创造的平原叫秦川，创造的国家叫秦国，创造的粗喉大嗓叫秦腔。

轻轻拨开蓝田人或河套人沉积在历史深处的那一堆灰烬，云烟迷茫处，我们依稀看见牛首马面的炎帝教民稼穑；挟一支羌笛，顶着弯弯羊角的黄帝，结茅筑城，从洞穴走进城郭，长足身量后彼此争霸，血流成河，他们的子孙却不计前嫌，共称炎黄。

公元前763年，秦文公从西陲边地把部族迁至关中，并在今陕西凤翔建都，借秦岭揽关中于怀抱、阻刀兵于岭外的地理优势，依据丰饶的八百里秦川，废井田，兴水利，由名不见经传的西戎小国进入春秋五霸之列，接着又是七国之首，一统中华。

公元一世纪，班固在《汉书》中第一次让秦岭见诸典籍："夫南山（秦岭），天下之阻也。"所谓阻不亦是放？秦灭项刘争霸，从鸿门宴落荒而逃的刘邦被项羽封为汉王，逐之秦岭之外。还是为了夺回山之佑、水之利的梦想，他在养精蓄锐后明修栈道，暗度陈仓，于公元前202年，经四年楚汉之争后，刘邦定陶称帝，定天下为汉。

它创的方块文字为汉字。

它养育的世界版图中族人最众的民族称汉族。

秦岭之下的平原称秦川，秦川又称关中。关中之所以称关中，是因为它以西安为中心，东有函谷关——以后又有潼关，西有大散关，南有萧关，北有武关。其中函谷关在豫陕晋交界的今河南灵宝市北15公里五垛村，距三门峡75公里，传说为周武王征服殷王朝后放牛的地方。它西踞高原，南接秦岭，北临黄河。函谷关建于孟村峡谷口的宏衣洞入黄口。东指洛邑，西望长安，南依秦岭，北瞩黄河，自崤山至潼津，有8公里绝壁悬崖，柏林荫蔽，不见天日。又因其地处两京大道，关在谷中，深险如涵，故称。是中国历史上建置最早的古要塞之一。

公元前516年的一天，函谷关总兵尹喜一早站关顶远眺日出，只见紫气东来，浩荡天际。果然，过不长时间，就见老子骑青牛而至。原来是老子厌倦了周王朝那衰败腐朽的尘世生活，想出去走走，至于走向哪里，自己也不知道。

尹喜挽留不住，两人边聊边走，不觉已出关沿秦岭西行，不觉已历几个昼夜。一天来到将军山下，只见此处祥云缭绕，溪流纵横，鸟飞凤舞。尹喜随老子抬眼，目光落到一奇异的巨石上面，巨石有如人形，豹头环眼，铁面虬髯。老子叹道："道可道，非常道，宇宙造物，天地之始，万物之母，欲观其妙，常有……"自此，尹喜与老子牛放南山，松下讲经，由老子口述，尹喜整理出洋洋五千言，即后来传世的《道德经》。

从西周王朝衰败至春秋争霸公元前771—275年的五百年间，中国进入个性张扬、百家争鸣的黄金时代，诸子百家痛感帝王残暴，民不聊生，所以都为建立一个新秩序而皓首穷经，儒、墨、道、法百家应运而生。

老子哲学宣扬"恬淡虚无""放下"，以退为进，以柔克刚思想。而"天地不仁，以万物为刍狗；圣人不仁，以百姓为刍狗"，乍听无情无仁无义，实则有理，就是说一切都不要刻意，让他们随自己本性去生活，去发展。

学者总结老子哲学核心就是《周易》，其要旨是变，上可以入天，下可以入海。"一生二，二生三，三生万物……"他所"道可道，非常道"的道是宇宙万物彼此依存，具既相生又相克又相生的辩证关系。

从国家到个人再到万物，宇宙浩渺，星河奔流，秦岭深处楼观台上的这一盏青灯所发出的光亮，虽然微弱，但是仍成为世界文明光焰中耀人眼目的一束。《道德经》在十六世纪由商船带至欧洲，德国莱布尼茨从老子思想中总结归纳出二进位制。有人还给老子送了一个洋名：辩证法之父。水是至柔的吧？但刀斩不断流水，水却把石滴穿。

小草新发是弱的，但当它变硬，它也就干枯了。

怎样使自己永远处在弱小的位置，似更有利于自身发展。

大河流逝，时光不再，古埃及、巴比伦及玛雅文化都消逝不见，唯中华文明保留并延续至今。论其原因，当然首推这孕育了大河也被大河所养育的高原、平原。这里不仅适合人类居住，并且这里干旱、少雨，土不保水反而让沙土所葬的僵尸腐而不朽。曹雪芹所说死而不僵——这有黄河流域黄土高原不断出土的人类文明遗址为证。它的另一层释义或本质，应该是不仅仅保有如死而不僵的百足之虫，而是凤凰涅槃，浴火重生。如此，方才能让一个因袭最重也最古老的民族生生不已。

至今，《道德经》已被译成十七国语言。德国哲学家尼采讲老子，誉其为“不竭井泉，唾手得可”。无论是汉武帝“休养生息”，还是文帝“无为而治”，都源于老子《道德经》，而如“治大国如烹小鲜”，则说的是“不折腾”。

此时，在幼发拉底河岸，《圣经》的雏形已经流传，但尚未定型；在希尼罗河畔，苏格拉底的《对话录》百年后才出现。

第八章

问鼎中原（河南）

水不仅是自然界的活动因素，而且是历史的真正动力……不仅在地质学界和植物学界的领域中，而且在动物和人类历史上，水都是刺激文化发展、刺激文化从河流系统地区向内海沿岸，并从内海向大洋过渡的力量。

炎黄时代以至秦汉时期，流淌在中原大地上的河流密如蛛网，但只有黄河被称为河，其他则只称作水。黄河一出崤山群峰，就沿中条山和太行山东麓折向东北，河道就是目前河南省地图上西北到北面的省界线。大河之南，便是河南省名的最初含义。

北峙太行，南接汉淮，西距伏牛，东引齐鲁，横跨河、淮、江、济四大水系的河南处黄河襟抱中。古九州冀州、兖州、青州、徐州、扬州、荆州、豫州、梁州和雍州，因豫州居古九州之中，所以又称中州。中州又称中原。古人云：得中原者得天下。中原之于天下地位之轻重由此可见。

夏禹铸造九鼎，代表九州。1939年殷墟出土的司母戊方鼎，高133厘米，重832.84公斤，是世界上最大最重的青铜器。作为国家权力的象征，鼎一开始是食器，后逐渐演化为祭器。缭绕的青烟下，鼎上饕餮、夔龙呼之欲出，传递着王权的威严与神秘。如果这个祭器在，就说明这个国家在；如果这个鼎不在了，实际上这个国家就不在了。所以，周王灭商定都洛阳后，就把象征皇权、九州的九鼎安置在了这里。“问鼎中原”，典即出此如下故事。

公元前606年，楚庄王熊旅借伐今河南嵩县东北的陆浑之机，把楚军开至东周的首府洛阳南郊，举行盛大的阅兵仪式——那当然就是兵临城下的味道了。继位不久的周定王不敢小觑，赶紧派外交官王孙满去慰劳，兵戎相见，当然不如以礼代兵。庄王却以胜利者的姿态，见王孙满劈头就问：“周天子的鼎有多大？多重？”王孙满委婉地说：“一个国家的兴亡在德义的有无，不在鼎的大小轻重。”庄王见王孙满不吃他这一套，就直接道：“你不要自恃有九鼎！楚国仅折下戟钩的锋刃，就足以铸成九个还多。”面对雄视北方的庄王，善辩的王孙满先绕开庄王话锋，大谈九鼎制作的年代和传承的经过，说：“大王您别忘当初夏禹是因为有德，天下诸侯都拥戴他，各地贡献铜材，启才能铸成九鼎以象万物。后来夏桀昏乱，鼎就转移给了商；商纣暴虐，鼎又转移给了周。如果天子有德，鼎虽小却重得难以转移；如果天子无德，鼎虽大却是轻如鸿毛。这里，鼎的轻重是不该你问的。”

1963年，陕西宝鸡贾村镇出土西周青铜铭文：“余其宅兹中国，自兹乂民”——“中国”二字第一次出现。

中国的文字源在甲骨，出于殷墟；

中国的哲学源在周易，成于老子；

中国的国家源起夏代，都在偃师。

泱泱九州，茫茫禹迹，煌煌重器，翼翼都邑。自夏禹始，黄河所孕育的这片土地上，先后有夏、商、周、汉、魏、晋、南北朝，隋、唐、武周、五代、宋等二十多个朝代在这里建都设城。繁荣与奢华曾光耀九州，也被掩埋于九层黄沙之下。可无论是淤淀还是流散，甚至风水轮转至江南或塞北，中原，都成为天下中华儿女所要追寻的“根”。

而这一切，都源于河出太行。

三门古湖切穿与大禹治水的虚构和想象

三门峡位于黄河中游末端，其上为河流山地抬升区和盆地沉陷区，其下是一马平川的平原。地质时期的三门古湖历经距今500万—440万年间的鼎盛，由于我们已经知道的地质原因，距今110万年前后，湖水开始外泄。

距今25万年至10万年期间黄河东出太行，以上三门古湖成为河道涌流，以下则进入洪荒年代。[①]

河未贯通三门峡、未形成一统大河前，在海水退去地平面上升之后的现华北平原，从未有如此大的洪水。那时先人按四季迁徙，春在田畴耕作，夏居高处，秋回平原，冬处室内避寒。所谓逐水而居，也是选离水不远的山阜之上。居“丘”“穴”，号为“丘民”。“商丘”即商人所居“丘”，黄帝“生于寿丘……居轩辕之丘”。而禹则把生死地称为“禹穴”，类似今天窑洞。无论“丘”还是“穴”，其实都在高处，偶有涝雨、山洪，也只是暂时躲避一下而已。现在则不行了：“洪水横流，泛滥于天下。草木畅茂，禽兽繁殖。五谷不登……”《孟子·滕文公》如此记载。

洪水淹没了他们的庄稼，把他们从原先藏身的丘穴中赶了出来。而雨停天晴，洪水也不像往日那样如期退去，甚至愈来愈烈，怎么办？

大禹就在这时候适时出现。

在舜帝“汝平水土”的号令下，大禹开始了治水历程。“导河积石，至于龙门，南至于华阴，东至于砥柱。又东至于孟津，东过洛汭，至于大伾；

① 王苏民、吴锡浩、张振克等著：《三门古湖沉积记录的环境变迁与黄河贯通东流研究》，《中国科学》2001年9月第31卷第9期。

北过降水，至于大陆；又北播为九河，同为逆河，入于海。”这是成书于公元前289年前地理学著作《禹贡》所记载大禹治水的大体过程。

禹的儿子启落生，禹听见院子里幼儿啼哭，也“三过家门而不入”，“陆行载车，水行载舟，泥行蹈毳，山行即桥。”“居外十三年”“封崇九山，决汩九川，陂障九泽，丰殖九薮，汨越九原，宅居九隩，合通四海……”战国时左丘明作《国语》如此志。

舜见“地平天成”，万分高兴，对禹表彰说：“万世永赖，时乃功。”以后，至圣先师孔子也不免感叹：“巍巍乎，舜禹之有天下也，而不与焉！”

“微禹，吾其鱼乎！”禹迹见于文物记载者，最早可追溯到西周初，而先秦之前对大禹行迹言之凿凿，则是传说而非实录。最后到《史记》，算是完成了对大禹治水的历史定论，通过《史记》国史、正史、信史的地位，得以奠定为后世认同的大禹治水传说的“历史化真实”。

大禹是华夏一族治水的集大成者，是道德和事功的楷模。中原、钱塘、巴蜀、甘、青，都有禹迹。只要与水有关，只要涉及山河，那就不可能没有大禹。大到劈积石、龙门，小到洮河上口的一个小峡，在我们悠远的想象中，大禹裤管双挽，头戴草帽，脚蹬草鞋，手执耜，满身泥水，从历史深处走来，在九百六十万平方公里的山河之上，凡人迹所至之处，无论大河上下还是大江南北，他的后人都能指认当年大禹所凿所劈所导所留下的遗迹。大禹治水就无疑成为华夏一族最早最原始的一个文化符号。其文化意义，其数千年来人们对大禹的感情依归，至今依然有着现实意义。

以中国特有的祖师文化论，神农氏教民耕作，黄帝教民制衣，嫘祖养蚕制丝，仓颉造字，以及蔡伦造纸、鲁班锯木。与此相比，大禹为什么声名远在他们之上？

因为黄河。因为中国是一个治水社会。

战国以至秦汉以后，黄河治理成为国家要务。《史记·河渠书》曰："然河菑衍溢，害中国也尤甚。唯是为务。"所以大禹就更加必不可缺。

岂止仅仅是治河，从典籍所载大禹行迹看，大禹所做之事，以治水为先导，更实质的还是察国土、开道路、划九州、分疆界、勘山川、定贡赋。特别以其四种交通工具看，完全是官员巡视，而不仅仅是手持耒耜，修渠引水。

再从大禹行走所取得的社会效果看，《尚书》说经治水"九州攸同"。后又详述："百里赋纳总，二百里纳铚，三百里纳秸服，四百里粟，五百里米。"而新近出土发现的西周遂公盨，其铭文也泄露了当时大禹治水实质是治国的天机："天命禹敷土，随山浚川，乃差地设征。"

至此，先由民间传说再由诸子百家，包括《史记》所集先人创造神禹的历史意义和现实意义已昭然在目。人们仰望大禹，原来是基于黄河母亲所产生的对一统江山、万里疆土的热爱和向往，从而编织出一个民族的共同愿景。在无数复杂的现实矛盾的相互变化中，人们美好的主观幻想早已超出具体矛盾所表现出来的具体变化，也符合马克思对神话的评价：任何神话都是用想象和借助想象，以征服自然力、支配自然力，把自然力加以形象化。

150万年前，天上之水汇集三门，110万年前至14万年前期间，三门峡切穿，至此，上游各自为政、互不相连的共和、银川、汾渭列湖列国再也不分你我；至此，下游一个广袤无边的全新国土有待开拓。至此，大河两岸、万千溪流终在一条大河的牵引下跨过山与岭的阻隔，形成一个方向。一条创造了神禹的大河，把上下几千年、纵横几万里、彼此曾水火不相容的民族、部落、思想、习俗，终凝铸为一。

发现地书，殷墟甲骨文

黄河以南三百公里处黄河故道平原的安阳，有一条名不见经传的小河——洹河。河边有一个小屯村，建于明朝。茫茫黄沙，重重苍凉，小屯人最初把家园安在这儿的时候，并不知道就在脚踏的五尺黄沙下，藏着几千年前的王朝，只是在以后犁地种田时，偶尔犁出一块“龙骨”，也不知道“龙骨”有什么用场。1899年秋，当清朝国子监祭酒王懿荣因病取药发现商代甲骨文的消息传开，整个学界为之振奋，学者也都因自己手头有一块货真价实的甲骨为荣，各中药铺的龙骨一时间身价倍增。由于贩卖甲骨有利可图，古董商人便把甲骨出土地点隐藏起来。直到1908年，考古学家多方探求，始知甲骨出于滨洹小屯，认为小屯附近就是古文献上所说殷墟。

截至1986年，以前对十几个点20多次的发掘，殷墟共出土刻字甲骨15万片左右，还有先后出土的殷墟宫殿宗庙，商王武丁配偶妇好墓等多座墓葬群，墓葬出土的青铜器、玉器、石器等，其中与甲骨文可以媲美的是迄今为止最大最重的青铜器后母戊鼎。

从盘庚迁殷都于小屯，至商灭于周，殷商共传八代十二王，历273年。商亡，周兴，华夏民族的政治经济文化中心西移至今西安一带，殷都日渐荒芜，特别是在黄河泛滥、河道来回摆动的条件下，都城终于被淹没于黄沙之下。

典籍有殷人“不常厥邑”，即经常迁徙的记载，小屯殷墟是王朝最后的国都。再早则是在黄河下游的曲阜、泰山一带，以后迁至曹县、商丘，再后迁至黄河西岸，如此迁都，史上有载的达十三次之多。迁都原因有避水患、游牧、外族压迫、内乱等多种原因，其中河患应是首要。黄河养育了华夏一族，也经常把人们撵得迁徙不定，这就给考古挖掘造成了困难。《周礼·考工记》有“殷人重屋，堂修七寻，堂崇三尺，四阿重屋”的描述，也有“惟殷先人有册有典”的记载。前者屋堂，殷墟及其他商城已有考古物证；后者册典，那甲骨上的文字就是册典了？

殷墟出土带字的甲骨多为卜辞，所使用单字共有4500余个，其中能被识别的有1700个左右，内容涉及殷商时代社会、政治、经济、文化、军事、天文、地理等方方面面。文字，作为民族文明的载体，古埃及尼罗河纸草文字、幼发拉底河巴比伦楔形文字、亚马逊和南美印第安玛雅文字均已湮灭，而世界三大古老文字体系之一的甲骨文的发现，不仅证明古老的汉字是独立起源的，把中国有文字记载的信史提到了商代，而且由于所涉殷商时代方方面面，被称为中国古代乃至人类最早的档案库。

都市、文字、青铜器三个要素，显现殷商王朝系中国文明进程中一个重大转折点，也成为黄河文明从史前文化进入历史时代的一个分水岭。

只有人类，才具有其他动物所不具备的能够表达复杂思想的语言能力。但是语言的传播毕竟有限，而代表语言的文字却让思想传播如虎添翼，再加之以后册典出现及现代语言传播手段的出现，让人类一下子跃居地球上所有生物顶端，让虚构与想象在宇宙间飞翔，并使其及时落地，成为现实，改造现实。所以“仓颉造字，天雨粟，鬼夜哭”，哭什么？文字打乱了天地人神各安其位的自然状态，那种本来属于鬼神的、幽深的、玄妙的、高远的世界，与可见的世界相对立的另一半——不可见的世界，被人类打开一个裂隙，而且，这个裂隙会越来越大，神的居所越来越小。神失去了对人、对世界的主动权和控制力，正如今天互联网所带来的革命远比暴力革命还要迅猛，还要摧枯拉朽、闻所未闻，怎不让无论神还是鬼，还是帝，都泣，都惊，都惶惶不可终日！[①]

① 乔清举著：《河流的文化生命》，黄河水利出版社2007年版。

偃师二里头寻找夏王朝

中国历史真正见诸文献记载的“信史”，开始于公元前841年的西周共和元年，此前，连想象力丰富的“史圣”司马迁，也只含含糊糊告诉我们黄帝之后夏、商、殷各王的世袭，而不敢断言其他。如今，商王朝已高傲地证实了自己的存在，那人类历史长河中，商之前，是否真的还有一个夏王朝等待我们验证呢?

如果没有，那又是谁在动荡的年代，把茹毛饮血的蛮夷华夏拯救出来？又是谁让商、周突兀地确立以礼乐文化为根本的华夏文明?

伊河水从熊耳山南下，洛河水从木岔沟东流，在汇入黄河之前的洛阳偃师，两条支流在这里交汇。二里头，如安阳小屯一样的一个小村，1959年夏，年逾七旬的著名史学家徐旭生来到这里，从此揭开了二里头（岗）夏墟面纱。

源远流长的宫殿建筑技术，首先出现在黄河流域，在距今6000—7000年的仰韶文化中早期，“前堂后室”的宫殿式布局已经萌芽，如半坡遗址“半地穴式”居屋、秦安大地湾遗址的大房子。但真正意义上的宫殿建筑，当是距今4000年左右的二里头夏代宫殿遗址。面积之大，文化层堆积之厚，出土文化之丰富及规格、工艺、种类等，都尽显王者气派。

这是一件青铜器皿，名爵，是中国出土最早的青铜器。而考古者最感兴趣的是此一遗址发掘过程中所发现的道路。

不论现代还是古代，道路是一个城市的骨架和动脉，它在承担城市交通功能的同时，还将城市划分为不同区域。从20世纪70年代开始，二里头陆续发现南北向、东西向两条道路垂直相交，形成主干道上的十字路口。

后来，纵横交错的道路网重见天日，就把原先发现的似乎各自独立的宫殿、作坊、祭祀、墓葬区，作为整体规划的各部分一下子联系起来。给人一种先有规划，后有建设的整体感，不同功能区所拱卫的宫殿建筑中心，不仅使总面积为11万平方米的都城显出宏大庄重，还显现出权力中心的“政治性城市”特征。

而为权力中心城市作出有力证据的还有它总体规划中的中轴线。在数千年发展过程中，中国古代宫室建筑形成了一系列如土木建筑封闭式结构，坐北朝南、中轴对称等要素。中轴线规划是王权至上、“中极”思想最明确的体现，这种建筑思想到明清时达到极致，而其源头就在二里头。中国早期的政治性城市，可以没有城墙，但绝不能没有中轴线，如果我们把视野投至二里头遗址时代以前，就可以看到，即便是山西襄汾陶寺遗址、河南新密新砦遗址这样的超大型聚落，其城邑建造无不是因地制宜，不求方正。相比之下，二里头遗址的聚落形态和上述遗址间，就有了一个飞跃，而与稍后的郑州商城，及后世中国古代都城面貌更为接近。①

专家考证，此都城建于公元前2070年左右，即公元前19世纪前—16世纪间。

同样是建筑，两千多年前的宠贝街区在地下岩层中保留下来，古罗马斗兽场和万神殿中，也都触摸到古人的掌纹，而东方中国的泥坯房，却早无一例外地化为尘土。一群睡在石块间的人学会了用石块造房子，一群在河边享用沃土粮食的人，发现晒干的湿泥可以垒成住所，并在上面加一层茅草秸草就可以挡风遮雨。泥坯房子是容易被雨或河水冲垮的，但重建也容易。生活在易逝的河水旁和泥坯间，他们没有想象宠贝人那样不朽，没想把自己居身之所留给历史。

如果说建筑就是凝固的历史，要寻找华夏先人踪迹，那只能到泥土深

① 见社科院考古所中国考古网张杰、张清俐著：《二里头：中国都城建制的重要源头》。

处挖掘。距今4000年前后，夏禹由治水到治国，开启了中国王朝“家天下”的历史，而他的皇城早已被他所擅长治理的黄河及黄河支流所掩埋，或许至今也还没显露——因为考古学者对这座坐落在洛河故道以北的二里头遗址到底是夏城还是商城尚存争议。但可以确定的是，无论商城还是夏城，其风光总会被后来者取代；而另一不容置疑的事实是，作为政治性城市所象征的权力，即便被取代，后来者也难以摆脱其源远流长的传统。

“仰韶文化之父”和八千年前的骨笛天籁

黄河南岸豫西渑池县有一个村庄名仰韶，与中国大多乡村一样，没有什么特别之处，浸润着绿意的麦田，悠闲自在的老人，黄色的土丘，还有泥土夹层的卵石。似乎，这一个仰韶就如同中国千千万万个村庄一样，永远名不见经传，但是当仰韶老人摇动辘轳老井的一刹那，从大地深处缓缓升起的，是华夏久远的过去。

这一刹那，由于1921年的一天，瑞典地质学家安特生的到来而定格。

安特生是当时中国北洋政府聘请的农商部顾问，1914年就从比利时来到中国。早就听说河南那边有一些化石，所以他就派了一个标本采集员去了。采集员在渑池仰韶采集到了一些化石，但他回北京时，还带回了几百件石器。安特生一看，哎哟，中国还有这么多东西？好东西！对考古略有知识的他亲自去了，这一去就发现了很多所谓灰坑，然后又是彩陶，还有画了花的图片。这时，他已认定此处是一个史前遗址，就跟中国政府申请，跟中国专业人员一起到了仰韶村挖掘。

这一去不打紧，不仅发现了仰韶，之前发现了周口店北京猿人的安特生，之后又溯河而上，陆续发现朱家寨、齐家坪、马家窑等50余处仰韶文化遗址。同时，给中国带进了“考古”“田野调查”的做法。因此被尊为“仰韶文化之父”。

仰韶文化遗址距渑池北、距黄河30余公里，这片北依韶峰，三面环水、面积30万平方米的狭长沟谷台地，出土的石斧、石镰、彩陶等文物，被鉴定为公元前5000年至前3000年期间先人器物，由此，连接史前与史后这一断代中国无文字历史的黄帝传说有了佐证。安特生考察成果《中国远古之文化》一书1923年出版，“仰韶”一词由此震动中国以至整个世界。

距今7000年至5000年前的仰韶文化，萌发于黄河中游，以渭河、汾河、洛河等诸黄河支流汇集的豫西、关中、晋南为中心。其渑池遗址早于偃师二里头，也更早于小屯殷墟。以后随着仰韶遗址发现后，河南灵宝铸鼎塬、登封王城岗文物的相继出土，终于使从无文字记载、只有传说的三皇五帝前后华夏一族的历史得到考古物证。但更早于仰韶文化的源头又在哪里呢？

相比仰韶发现，裴李岗遗址的出土相对来说就有些慢慢吞吞。20世纪50年代初，走上集体化生产的裴李岗农业社社员就在平整大地时发现一些石磨盘、石磨棒等石块，还有些类似当时他们使用的铁铲、铁斧等什物，就搬回家充当锤布石、洗衣板，用来垫猪圈、做院墙基石等。

1977年4月，一个村民将一块搓衣板模样大的石板扛到县城，交给了县文物局，就是这块石板终于撬动了裴李岗遗址的发掘。

专家测定，裴李岗遗址产生年代，比仰韶早一千多年。它的源头上溯可至陕西老官台文化遗址，下延就是河南龙山文化。出土于这一历史时期文化遗址由于仰韶的捷足先登，而仍被命名为仰韶文化。它东到河北中部，南达汉水中上游，西到甘肃洮河，北抵内蒙古河套，集中分布多在黄河第一大支流渭河流域，以陕西、山西、河南居多。

一众石磨盘、石磨棒，一次出土的近千件石镰还有砵器；一副田园风景画：

春种抑或秋收季，三三两两的男人挟着石铲石镰下田去了，草屋内，女人则用磨盘和磨棒加工米面，或摇动纺车，缝制衣服。圈里是饲养的猪，随从是驯化的狗，夏天的夜晚，或祭祀或庆祝的节日，女人身佩贝壳串起的珠链，走出半地穴草屋，围着篝火，吹着笛子或陶埙，亦歌亦舞……

笛子？是的，不是今天的竹笛，但那也绝对是货真价实的笛子。

古籍说，“帝喾造埙”“女娲作笙簧”。如果说仰韶发掘出的陶埙为此说已提供有力证据，而河南舞阳县贾湖出土的骨笛，则给这种传说以飞扬的灵动。

贾湖遗址属裴李岗文化范畴。1986年，考古人员在对贾湖第282号墓进行清理时，发现墓主左股骨旁放置着一支骨笛。仔细端详，还见骨笛上穿着七个大小相同的接音孔和一个转音孔。

几位考古学家带器物来到北京请专家鉴定，专家一看顿时动容，清洗完毕后，一位熟悉音乐的考古专家居然用竖吹的方式，完整地吹奏出一支河北民歌《回娘家》。这是世界上发现最早的，至今仍能演奏的乐器。

骨笛由鹤类尺骨制成，将尺骨截取两端的关节后，再钻孔。此类骨笛舞阳出土23支，有两孔、五孔、八孔之别，保存完好的有6支，分别保存在河南博物馆、故宫博物院和河南文物研究院。

一支骨笛，让我们穿越时光，听到了黄河岸边八千年前的天籁……

而在此前，公元前9000年的世界第一大河亚马孙河查文河谷，南美人已种植马铃薯、驯养骆马；公元前8000年的幼发拉底河和底格里斯河两河流域，小麦和豌豆已成片分布……

学者称上述五谷种植和家畜驯养为农业革命。

“视外族人为兄弟”：北魏迁都，以洛阳为中心

公元493年7月，一支起自朔方的三十万大军从今山西大同出发，9月到达洛阳。或是本来就不情愿，加上连续车马劳顿，并且连绵秋雨，过了黄河不久，队伍就不走了。大将泥泞中勒马叩问统帅，以死相谏就此为止，或回师平城，即返回出发地大同……原来，这是北魏孝文帝为迁都洛阳，避开贵族反对派锋芒，所设假意南伐计谋中的一环。

三国最后一个魏国灭亡后，中国进入五胡十六国动乱时期，拓跋王族统一北方，建都大同，无论从地利计还是以人和比，它对于一统中华的雄心所应该起到的辐射统摄作用，都不能和地处中原的洛阳相比。特别是孝文帝亲政后，迁都就逐渐提到北魏治国安邦大计的议事日程。

可是，既得利益集团的患得患失，旧有习俗的本能抵抗，目光与胸怀拘囿所形成的反对力量，比孝文帝想象的还要大。

之前已有太宗拓跋嗣迁都之议不了了之，所以孝文帝更处心积虑。于是，就有了勉强的南伐和南伐的半途而废。

继续南伐还是留在洛阳休养生息？群臣众将当然有发自内心的选择。而他们的大帝也从谏如流，除去极个别一意孤行者，洛阳驻守成为人心所向。既已长期驻守，迁都也就先成事实。

有九朝古都盛誉的洛阳，因居洛河之阳而得名，先后有夏、商、周、东汉、西晋、隋、唐等王朝在此建都。洛河是“环其北”的黄河三门峡以下最大支流，发源于陕西蓝田终南山；至偃师，伊河自南来会，然后东流经巩义市入黄河。伊河源出栾川县陶湾镇，蜿蜒于熊耳山南麓、伏牛山北

麓，穿伊阙入洛阳，东至偃师注入洛河。伊水入洛处古称伊汭，在今偃师岳家滩村。两河在此呈人字形展开，伊河水清流缓，洛河水浑流快，交汇处一公里的“杨村晚渡”，曾是偃师名胜之一。

洛阳牡丹甲天下，洛阳鼎盛还因佛学。

佛在中国，一个重要标志就是洛阳白马寺，以“白马驮经”而得名。创建自“永平求法”的东汉永平七年（64），佛门弟子一向公尊洛阳白马寺为“祖庭”。佛在洛阳另一个标志遗迹就是龙门石窟。

迁都洛阳大功告成，孝文帝先废鲜卑语，30岁以下官员“不得以北俗之语言于朝廷，若有违者，免所居官”，接着又禁胡服，改复姓，更籍贯，并以教育、礼乐制度强行汉化，政治上也承袭汉制。就像战国时赵武灵王“胡服骑射”，虽然截然相反，却两极相通。雄心勃勃的孝文帝为统一中国，选尊崇佛教为突破口，“视外族人为兄弟”，形成新的民族凝聚力，五胡从此融入华夏。

融入华夏是因华夏的包容。从长安大唐开始，无论做使者还是来华经商的东洋人、西洋人，无不以成为中国公民为荣，其标志例证是公元782年，唐宰相李泌命长驻中国的洋人要么回国，要么放弃原身份而做出选择。包容首先在文化，在西方各国对异教都仇视的情况下，也只有中国兼容并包。

“一百个国家，一千个城市，无不归服洛阳。”这种归服直到千年后，还在日本奈良留有遥远的回响。奈良不仅有玄奘庙和庙里供奉的四分之一份玄奘头骨，还有一个洛阳城。

自公元57年东汉王朝第一任皇帝刘秀去世，日本派遣使臣到长安，中日两国开始了正式官方交流，日本就视汉文化为师。此后百千年，就几乎全盘汉化。这个建于日本平安时代的平安京，有被世界教科文组织列入世界文化遗产名录的醍醐寺、金阁寺等近十处寺院。置身于此的宁静祥和中，让人恍若有穿越到盛唐的时空错乱之感。

请看一座座门头前竖立或横悬的标牌：“洛阳第三十壹……”“洛阳工业高校”“京都市洛西中学校”……

自平安时代建都，一直到明治维新迁都，一千多年来，京都一直是日本的首都。设计完全仿照唐代的洛阳，西侧为右京，称为长安；东侧为左京，称为洛阳。

像果子老店“藤菜美”把自家制的茶饮料取名“洛水”一样，福寿园出售的丝织物称为“京洛锦”；街边的民艺店名字叫“洛禅”；公交公司则称“洛BUS”。[①]

与此相反的是，多少年之后，建于大连的“日本风情街”则被网友吐满唾沫抑或砸烂？

一抹夕阳洒下一墙金黄色的光芒，洛阳王城的门阙如同一座纯金殿堂，无言地讲述着昔日的辉煌与繁盛。一千多年前，距离偃师40公里，距离二里头夏宫初建三千年后的一个黄昏，时任西京留司御史台的司马光，在编纂《资治通鉴》之余，经常喜欢骑一头毛驴，从独乐园到这里访古，望着巨大的门阙不免感慨：“若问古今兴废事，请君只看洛阳城……”

河图洛书

黄河出晋陕豫峡谷最后一个谷口，即今小浪底水库大坝河段，告别了峡谷，告别了重重束缚和激荡的青春，自孟津起，在充满理性的庄重的平原上，开始了放任的行程。继河套平原短暂的游荡后，她开始享受前所未有的自由，随着两岸的后退，束缚越发减小，她觉得每走一步路都在变宽，似乎觉得不大适应，她初生的勇猛不见了，也不复欣悦了。

作为中下游自然分界的孟津，自古多渡口。《论衡》说：“武王伐纣，

① 见网络2016年3月30日“环球旅行，丝路遗产”，作者不详。

八百诸侯盟此，故谓盟津。”史书所载推翻殷纣王的牧野大战，就是武王率大军在这里与诸侯结盟，从这里渡河展开的。因此留下孟津县会盟镇。

会盟镇雷河村的黄河岸边，有龙马负图寺，相传是河洛文化中“河图”的发现地。因龙马“负图出于孟河之中”而得名，又因为伏羲最先发现并根据河图画成八卦而成为中华人文始祖伏羲的祭祀地。它北临黄河，南依邙岭，西望汉陵刘秀坟，至今已有1600年历史。

被誉为“宇宙魔方”的河图洛书是中国上古流传下来的两幅神秘图案，历来被奉为华夏文明的源头。传说伏羲氏教民“结绳而为网罟，以佃以渔”，并养家畜，人们生存条件大为改善，因此，天授祥瑞。一种龙背马身的神兽踏波凌水，背负河图，由黄河进入今洛阳孟津境内的孟河。伏羲见后，依照龙马背上的图点，画出了图样。以后，又有神龟负书从洛水出现，伏羲氏得到这种用符号表示的图书，据以画成八卦。这就是《易·系辞上》所记载的“河出图，洛出书，圣人则之”的源起，也即后人所形容的“龙马负图，一画天开”。

河图实际是由1—10黑色或白色的点排列而成的图案，5和10构成中宫，奇数为阳，白色代表天数；偶数为阴，黑色代表地数。洛书是九宫，即1—9排列而成，横、竖、斜三个数相加的和都是15。河图洛书形式不同，本质一样，都表示历法和卜筮，四面八方，四时八节，八卦九宫及五位统一的体系，因此成为中国《易》学源头。

对此河图洛书的出现，其他典籍还有不同记录。《竹书纪年》：黄帝“五十年……天雾，三日三夜……龙图出河。”

《礼记·礼运》：“天降甘露，地出醴泉，山出器车，河出马图。”

《水经注》：“昔禹治洪水，观于河，见白面长人，鱼身，出曰：吾河精也。授禹河图而还于渊。”[①]

① 2015年5月14日豫西河务局调研员常国俊、诗人艺辛访谈；卫国峰编：《豫西黄河》第97页。

河图洛书与八卦结合始于西汉孔安国：“河图，八卦是也。”

河图洛书在宋代演变为图像。朱熹把“天地生成之数”和“洛书纵横十五之象”放在《周易本义》卷首。后来此书又成为官方审定的考试书目，关于河图洛书的说法遂成定论。

对此深奥、神秘或无稽之谈，不仅在当代，即便古人也有争论。如宋代欧阳修、明代归有光、清代黄宗羲、胡渭等，都指斥河图洛书“诞妄”。

对此，洛阳诗人艺辛也有专著研究，称所谓河图洛书，就是有着奇异图案的黄河石。

其实，无论河图还是洛书，最初从河里显现神迹，都是先人想象，后演变成为中国哲学起始《易经》的源头，似乎也有其势在必行的道理。我们今天姑且把其真伪放置一边，而只把它当作一种文化现象来看。如以至今，仍让我们困惑的宇宙万象或从不可预料、不可掌控的命运看，神秘的河图洛书也许是一个“有意味的象征”。

“生在苏杭，葬在北邙”

北带黄河，南望伊阙，北邙给人的感觉不是高，而是深、厚、重。

深是因为它脚下蜿蜒东去的黄河；厚是黄土；重是遍及坡坡岭岭自古至今的墓冢。

邙山是秦岭余脉、崤山支脉，从地质角度看，它位于东亚地貌阶梯低边黄土高原与华北平原过渡带上的最东南缘的黄土塬。站邙山头望，脚下壑不见底，远处土峰直立，黄土高原风貌，上由此而起，下由此而收。《河南府志》载：“自邙山之首白马山，往西到神尾山，凡三十三峰，经渑池、新安、洛阳、偃师、巩县六县，东西长三百八十余里。”

地势起伏空旷，中间高而四周低，而黄河则在它脚下150米处流淌。“被昆仑之洪流，据伊洛之双川。挟成皋之岩阻，扶二崤至崇山”，再加之这里土壤密实，渗水性差，遂使邙山成为历代帝王、名流显要所青睐的归根之所。从东周第十二位君主开始，十几位周天子、秦相吕不韦、汉光武帝刘秀、西晋司马氏、南朝陈后主、南唐李后主等六代二十四座帝王陵均坐落于此。唐代诗人杜甫、书法家颜真卿墓地也在这里。而令人称奇的是，虽邙山毗邻凤凰山，但这里的土质与凤凰山夹杂碎石的荒芜截然不同。这里草木繁茂，松柏森列，夏秋苍翠如云，春来百花似锦，且有山泉流溪，到处都显露出一片生机。

既然以开封为都的赵宋开国天子也安眠于此，北宋几个皇帝除去被金人掳走的徽宗、钦宗外，“七帝八陵”包括宗室亲王、功臣名将千余座墓也集中邙山。

王建诗曰：“北邙山头少闲土，尽是洛阳人旧墓。”人生一世，草木一秋，虽然平民死了只占三尺黄土，但是也敌不过人多。而那些王公贵族，所占土地就不是三尺五尺了。由此，自古至今，坟叠墓重，邙山就变为寸土寸金，“堆着黄金无买处”，也就有了“生在苏杭，葬在北邙”之俗语。

“邙山晚眺”。每当暮晚来临，登阜远望，伊河之胜，尽收眼底。万家灯火，天上繁星，松涛声声，荫翳如墨。而脚下黄河不舍昼夜，难道这里就是生者与逝者的分界？阴阳分隔，只一步之遥。

曹丕说：“自古及今，未有不亡之国，亦无不掘之墓也！”可是，个中帝王，包括我等草民，谁又具魏文帝那样的通透和觉悟呢？

“人居朝市未解愁，请君暂向北邙游。”张籍诗的意思是让人把世俗放下，把红尘看破？相比而言，明杨慎的西江月似更直接：

道德三皇五帝，
功名夏后商周。

五霸七雄闹春秋，
秦汉兴亡过手。
青史几行名姓，
北邙无数荒丘，
前人耕种后人收，
说甚龙争虎斗。

“一旦百岁后，相与还北邙”，这是陶潜《拟古》中的句子。其实，能还北邙还是幸运的，更有还不了北邙的，而还不了北邙又有何碍？除去北邙，哪里黄土不埋人？高墓巨碑似显荣耀了，但往往免不了被掘的命运，相比之下，死无葬身之地的游魂就无此忌惮了。

四水贯东京

黄河出黄土原邙山，进入华北平原后陡落平川，由今河南原阳县，经新乡、汲县、濮阳向东流天津入海。河过汉、唐、宋、金王朝，大河还是经滑州城以北滚滚东去，南距开封尚有二百公里。由是滑州以东以北地势广阔且低下，所以历次河决多在北岸，洪水泛滥于华北平原北部，与古开封没有直接关系。

大河流至12世纪，河临近周期性改道，河水开始泛滥平原南部，开始一步一步向开封逼近。《开封府志》记：“自金明昌五年（1194）河决阳武，改道经开封城北四十里，东流入山东境。”

《明史·河渠志》记：明洪武二十四年（1391）四月，河决原武黑洋山，改道南流，东经开封城北五里。

400里—40里—5里——这时的开封市里的子民，日夜都能听到黄河汹涌澎湃的涛声了。

自唐至宋、金之间，河渐南决，始合汴泗，岁增月益，高于民田庐舍，且与开封城平。欲让其无决溢之害，难。

而到明正统十三年（1448），河决荥阳姚村口流向东南，过开封西南杏花营，由朱仙镇入涡河。这时的开封城，已被一夜改道的黄河抛到了北岸。

明弘治六年（1493）河决黄陵岗，改道东流，黄河一个翻身，又转至开封城北20里。开封还是那个开封，原地未动，却又换位于黄河南岸。

自金大定八年（1168）河决滑县沙店镇南的李国渡，到清咸丰五年（1855）河决开封铜瓦厢止，其间687年，黄河在开封决溢60次之多。黄河淤没了原来的汴河、蔡河、五丈河、金水河和一些湖泊沼泽，径直入城，开其墙，封其门，即便未能长驱直入的数十次，也吞噬了千万良田村舍，留下的无数河丘和一片又一片的盐碱地。在这期间，开封成了动辄就要决口的险工地段。这一段时间史称“夺淮七百年”，黄河成为开封心腹之患。

开封兴衰，与水有着不可分割的关系。

战国时期魏惠王开挖鸿沟，引黄河水入今天位郑州市郊的圃田泽，泗水的支流汴、睢水和淮河支流颍、沙、涡水全部沟通形成鸿沟水系，魏国农业发展，居水陆交通枢纽的大梁，城址规模比现在的开封还大。后秦王引黄河分支水灌大梁，城毁魏亡。

魏开鸿沟的骨干工程，即汴渠前身，也是中国最早的人工运河。与其说当时目的是农业，不如说更重要的作用还是交通，除漕运外，还有各地区经济、文化的联系和交流。

汴河真正发挥巨大作用，还是在隋炀帝开凿大运河以后。以至到北宋，开封人口最多时已达140万至170万人，这样一个超大城市，所消耗大量粮食财货，必须有强大的水陆交通条件支撑。此时，开封贯通全城的水道有四条：汴河、惠民河、五丈河、金水河。汴河是由西北方向过开封向东延伸，直达江南；惠民河也称蔡河，是开封直通南方的水道；五丈河又名广济渠，经曹州，直入梁山泊与济水相连，是开封东北方向水运要道；金水河自荥阳过中牟，到开封，汇于广济渠，是开封西部的河流，主要是向皇宫供水。

四河贯东京。四条河流中，汴河为最。《宋史·河渠志》载："汴河横亘中国，首承大河，漕引江湖，利尽南海，半天下之财赋，并山泽之百货，悉由此路而进。"每年从江南运往开封的粮食达500万石至700万石。

由于汴河漕运已是王朝的生命线，所以北宋对两河治理都相当重视。淳化二年，即991年，汴河在开封决口，太宗皇帝赵炅天不亮就到了堵口工地，步辇入泥淖中，群臣大惊，当地知县吓得不敢露面。当听到群臣劝阻时，赵炅说："东京养甲兵数十万，居人百万家，天下转漕，仰给在此一渠水，朕安得不顾？"于是，数千名步卒奋力抢堵，当天合龙，亲王近臣皆泥泞沾衣。①

开封多水穿城而过，有水自然有桥，仅架在河上的桥就有32座。蔡河有观桥、云骑桥11座，汴河有虹桥、州桥13座，五丈河有广备桥、蔡市桥3座，金水河有白虎桥、横桥5座。众多桥梁，独步环宇，如汴河上的虹桥，"皆以巨木虚架，饰以丹雘，宛如飞虹，其上下土桥亦如之"。又如相国寺桥与州桥，"其柱皆青石为之，石梁石笋楯栏；近桥两岸，皆石壁，雕镌海马、水兽、飞云之状，桥下密排石柱，盖车驾御路也"。而且，五丈河还"从汴河上用木槽架过"，形成河上河的架构。

除去桥之外，还有宫园。开封地处平原，缺山林泉壑，漕船从江南来，带来的不仅仅是粮食，还有园林艺术，包括一路可寻的花木奇石，包括精致的小吃、巧思的器具，还有灵活多变的街市，开放临街门面，不出家门就能盈利的市井思想与习惯。

① 见2015年5月8日开封河务局衡忠亮等座谈及《开封黄河志》。

每一座桥头都是一个集市摊子，每一座坊，临街的墙壁打开都可以是一个门市。饮食业直接从手工业中分离，成为服务业主业之一，手工业又和农业分离，这一切都与商业的直接促进有关。京城游逛，人们好像第一次知道了不用胼手胝足、面朝黄土背朝天也可以有饭吃，并且吃得比土里营生还好一些，随便开一个门头，摆一个摊子，或者仅挑一个货郎担子或只挎一个篮子的纸烟、糖瓜、丝线买卖，一年的生计就够了。

商业的繁荣居然促进艺术发展，这在丝绸之路亦为佛陀之路以后的北宋，又成为一个例证。苏轼、李清照、辛弃疾大词人，欧阳修、王安石等散文大家，宋徽宗赵佶的书法、绘画，张择端的《清明上河图》。那时，每年第一批漕运船到达东京的时间是在清明时节，城内百姓也纷纷“上河”，整个东京城也苏醒、活跃起来。张择端就是选择这样一个春意盎然的时机，定格历史瞬间，绘出了名扬天下的《清明上河图》。而在科学技术上，则早有了造纸、活版印刷、指南针，以及火药等四大发明。火药本来是术士给皇帝炼长生不老丹的意外收获，六百年后的15世纪传到西方后，成为西方征服东方的决定性因素。今天看来，如果全世界都像华夏民族那样不把火药用于火炮，用于霸权争夺，那岂不少了无以数计的生灵涂炭，而多了开满世界夜空的礼花！

城摞城之下的奢华和云烟

“不劳而获”，沿街做小生意的商贩，在隋文帝眼里曾被称为“游食”。《隋书·令狐熙传》记载，文帝于开皇十五年，也就是595年东封泰山经过汴州时，见汴州人“恶其殷盛，多有奸侠”，于是以熙为汴州刺史，下车禁游食，抑工商，民有向街开门者杜之，船客停于郭外星居者，勒为聚落。

这里有两关键词，一是“郭外星居”，二是“向街开门”。

他认为，杜绝“游食”就得先杜绝“郭外星居”和“向街开门”。那时中国有里坊制度，买卖摆摊可以，但必须在官家指定的地方，住处和买卖处须严格分开，严禁开门坐收渔利。在中国古代城市发展史上，东京最重要的变化，就是里坊制度的崩溃，毕竟法令再严厉，也难以完全禁止生活需求。

隋文帝下令铲除“游食”最后不了了之，是因为开封作为黄河及“四水”孕育的商城源远流长，人们以商为业早已根深蒂固，商城繁荣最远可追溯到战国时的魏国。鸿沟开凿之后，大梁城内人口骤增，加之魏惠王对工商业实行的“放任”式管理，进一步促进了大梁私营商业的发展。当时大梁城内“上无通名，下无田宅，而恃奸务末作以处”的富商大贾很多，著名的如“大商人虞氏，升高楼，临大路，设乐陈酒……游侠相随”。再如白圭，他曾总结出如“人弃我取，人取我与”“欲长钱，取下谷”等一些经营之道。由于他经商本领高强，曾一度成为当时商人崇拜的祖师。在宽松的环境下，大梁城的商人不仅可以在都城内开店营生，而且还可以从事长途贩运，到外地去进行商品贸易。

坊市制度和宵禁制度瓦解，才有了真正意义上城市的诞生。

“小楼一夜听春雨，深巷明朝卖杏花。”惜这一切由水所孕育的奢华，最后还是由于水的原因，被埋于九层黄河之下。

1981年春，开封市园林部门设想在龙亭大殿前的鄱阳湖中间堆筑一个湖心岛，抽水后清理湖底淤泥时，推土机意外地推出了许多残碎的砖瓦块，拂去接近15米的沉沙，呈现在世人眼前的是“城摞城”奇观。

那盛极一时的诸如北宋世界性的大都市在哪里？原来，都在这黄河淤积的黄沙之下。

叠压在今开封城3米以下最上面的一层城池为清代省城，在明末特大洪水中淤毁，后复建。道光二十一年（1841），黄河洪水再袭开封，大水围城达八个月之久，部分墙体被冲塌。道光二十二年修葺，今天人们看到的开封古城墙，即那时遗存。

自上而下摞着的第二座城池是明代王城，在今地面5米以下。系朱元璋第五子周王王府。城墙叠压在金汴京城的“子城”之上，清开封城之下。

再下第三座城池为金代汴京城。在北宋东京皇宫旧基上加以改造、扩建而成，范围扩至“九里三十步”。在今地面6米以下。

被压在第四层的城，是蜚声中外的北宋东京城。分别为外城、内城、皇城三道城墙，淤埋地下2—10米。

第五层是唐代汴州城，周长20里155步，面积较现存的开封城略小，埋深10—12米。

而压在最深处12米以下的，是战国时期魏都大梁城，是开封城市史上第一个有史可考的国都，面积略大于现老城区。魏惠王于公元前365年将国都由安邑即今山西夏县迁至开封，建大梁城。后经惠王、襄王六君140年苦心经营，大梁终发展成“人民车马往来，日夜不休”的名都大邑。惜秦王引鸿沟水攻魏，城毁。自此，建在此地的城无论多么高大坚固，也终难逃黄河灭顶的宿命？①

据勘探、发掘和调查，今日开封城墙的东门和西门，仍分别叫作宋门、曹门和大梁门，其名称就是源自唐代汴州城，门址位置较唐代也没有变化。明代的午门遗址、金代的承天门遗址，与北宋时期的宣德门遗址在同一位置相叠压，从而形成城套城、门摞门、路摞路的格局。2000年5月，在开封城墙两门北侧古马道遗址的发掘过程中，在同一地点发现有不同时期的三层古马道上下相叠，为开封“城摞城”“门摞门”现象的研究又增添了确凿的实证。

形成开封城摞城现象有王朝更替、战争、水患等多种因素。开封地近黄河下游起点，黄河下游几次大改道形成古三角洲的顶点，因此，没有哪

① 刘春迎著：《揭秘开封地下城》，科学出版社2010年版，第2—5页。

一座都城像开封一样，性命与黄河如此攸关。当黄河远离开封时，黄河水通过汴河滋养着开封，并使之成为水陆交通枢纽。当黄河逼近开封时，汴河被吞没或被淤塞，黄河冲出三门峡以上山陕峡谷进入华北平原，黄河无论从哪里流淌，也是淤积，淤积带来周期性改道，改道之后也还是淤积。据统计，开封段的黄河河床平均每年抬高约10厘米，年复一年，开封境内“地上悬河”日甚一日。如今，开封历史上的夷山早已了无痕迹，繁台、禹台等高台建筑也已被泥沙几近淤平，北宋修建的铁塔底座早已在泥沙之下，开封近郊的黄河河床底部，已与铁塔第三层持平，而位于开封闹市中心的鼓楼广场竟低于黄河河床10多米。据测量，黄河河床底部比今开封市内的地面平均要高出13米之多。

开封作为七朝古都，战国时期的魏国、五代时期的后梁、后晋、后汉、后周，以及北宋和金在此建都。春秋时期，郑庄公在朱仙镇古城附近屯兵筑城，取名启封。西汉景帝即位，因避景帝刘启名讳，改启为开，开封之名，由此至今。

人们肯定会问，既然河水总祸害开封，怎么还把都城建在这儿？

上古时期，只享黄河之利、远离黄河之害的开封并不是今天的样子。那时，开封位于黄河冲积平原，也就是华北平原的西部边缘，属于黄土高原与华北平原的交接地带，东北离渤海约500公里，西距豫西丘陵不过50公里，地势坦荡，土层深厚，是农耕民族最理想的居地选择，而且当时开封附近河湖交错，森林繁茂，水涝旱灾没有中古以后严重，也更不存在像今天这样的土地盐碱。鸿沟本来就是黄河岔流之一支，以后经魏国开凿，又成为隋唐运河的前身，而隋代大运河开通，自隋唐至北宋，开封始终居运河之要冲，是全国闻名的水陆大都会。而在北宋以前，黄河流经今濮阳一带，距开封远，对开封直接威胁不大。金明昌五年黄河改道，黄河直逼开封，之后频繁的水患，才对开封造成了危害。据《开封黄河志》记载，从金大定二十年（1180）到民国三十三年（1944）的七百多年间，黄河在开封附近共决堤300多次，开封城曾7次被淹没。在黄河洪水的多次吞噬和黄河泥沙的不断淤淀下，历史上曾几度风流的开封城便无可挽回地没落了。

直到清初，尽管因为明代末年那次特大洪水的洗劫，开封城已破败到“黄沙白草，一望丘墟”。但当有人提出要把省会由开封迁至许昌时，还是遭到了大多数人的反对而作罢。可见此时，人们心目中开封“王者之都”“夷门自古帝王州”的概念早已根深蒂固，不易挥去。

河走开封，还有已经进入古城历史的一笔不好省略。这就是：1969年11月12日，一位名为“刘卫黄”的“烈性传染病人”，在这里走完他为理想、事业、祖国而奋斗一生的最后一程。那一天，河上风大沙猛，还没咽下最后一口气，黄沙已埋过他脖颈……

开封城，城摞城，
黄河沙，沙埋沙。

也许，任何事物都是这样，只有被埋葬，然后才有可能被发掘。

隋炀帝运河：“共禹论功不较多”

隋大业元年，即公元605年，文帝的第二个儿子杨广弑父篡位，是为隋炀帝。

隋炀帝继位后，为大规模发展漕运，于公元605－610年，开凿了举世闻名的大运河。分永济渠、通济渠、山阳渎（邗沟）、江南河四段，全长两千多公里，成为我国古代贯通南北的交通大动脉。

运河蓝图并不自炀帝始。隋文帝立国之始，就有心兼并江南，登位六年后的587年，就在扬州依春秋时吴国“邗沟”旧迹，开挑了一条“山阳渎”。这是隋炀帝兴建京杭大运河的起始。

为什么修兴运河，这还要从中国地理布局说起。

中国东部地区北起华北平原，南止杭嘉湖平原，数条东西走向的大河，给这一广袤地域带来了巨大水利，但同时也割裂了南北交通。那时，陆上车马交通落后且费时费力，没有一条南北向的天然河道沟通连接相互分割的不同流域。这种情况自然影响了各流域之间经济、文化的交流和政治上的统一。因而，一条纵贯南北的通道，就成为任何一个企图统一中华之雄心实现的必要。其实，早在2500年前的春秋末期，一条沟通长江下游与淮河下游的人工河道，就在中国东部平原出现了，这就是当时长江下游吴国在公元前486年开凿的邗沟。而待隋炀帝继位，这一前无古人的宏图终于得以全面实施。

大业元年三月，炀帝“发河南、淮北诸郡民，前后百余万，开通济渠……引汴水入泗，达于淮”。

大业四年正月，“南达于河，北通涿郡”的永济渠又开。我们完全可以想象1400年前彩旗飘扬，人嘶驴叫，手提、筐抬、肩挑，锹、镢飞舞，男女老少齐上阵的场面。仅五年工夫，两条渠的人工运河就通了。

《资治通鉴》记载：自京口至余杭八百余里，广十余丈，使可通龙舟。由是人物转运，可由南边杭州起，自江转淮，入汴，出河，南折而上洛水，则达洛阳；西行而上渭水，则达长安。或从汴口稍下行，入沁转卫，则北通涿郡。西南、中、西、南、北几大都会，连缀一起，开前此未有之局面。

如果说，炀帝所开运河，它“岁漕江、淮、湖、浙米数百万石，及至东南之产，百物众宝，不可胜计。又下西山之薪炭，以输京师之粟，以振河北之急，内外仰给焉”的实际作用任什么工程也不能替代；对于促进开封千年京华豪奢和沿河一线从大梁、定陶、濮阳，到今禹州及安徽寿县等中原一带城市繁荣，形成一条新兴经济带，还由于京师的大量采购促使江南经济再上一个新台阶，就更功不可没。

近世京汉、粤汉、津浦几铁路的修筑，所起作用与那时运河相同。

而在一般普通百姓所不及注意的宏观层面，主要还是南北文化交流和国家统治。

众所周知，魏晋南北朝时期是我国历史上分裂格局最长的时期，前后长达四百余年。居住各江河流域的人们各自为政，长期处于战争状态。又由于游牧民族不断入侵，大量汉人又迁徙至江南。其间，带走的不仅是人力、技术，还有资本，在相对安定远离战乱的江南一隅，经过几百年积累，豪强集团已成为任何统治者不可小觑的力量。在此时期，作为一国之君，他所看到的不仅是江南的经济支撑，更重要的是不应让新的经济中心形成新的政治中心。有鉴于此，我们似可不必为炀帝几次声势浩大奢侈的南巡而耿耿于怀。“隋炀帝，下扬州，地上无河要行舟。”修河游乐？让宫女们去扬州看琼花？那也许是炀帝在江南豪强面前打马虎眼，真正的南巡目的是什么？他自己明白，南方豪强当然也明白。

而运河的历史意义，远不止隋代。古人论及这条河时说：“在隋之民不胜其害也，在唐之民不胜其利也。”正说明了运河主干之一汴渠对唐王朝兴起之重要意义。

分析隋帝大运河，岑仲勉先生还有一个专业性的认识：疏通运河实际还起到了黄河治理的作用——当黄河暴涨季节，得以从河南地面的汴口向南向北分泻若干洪水。减洪减沙，从而减少了下游一些危险。[1]

尽道隋亡为此河，至今千里赖通波。

若无水殿龙舟事，共禹论功不较多。

---

① 岑仲勉著：《黄河变迁史》，第313页。另见赵炜著：《千年沧桑话汴渠》，《黄河史志资料》2000年第2期。

这是唐后期诗人皮日休《汴河怀古》诗。在主流意识都口诛笔伐隋炀帝时，他竟然把他和大禹之功论到了一起，胆子确实不小。

“陈桥兵变”与“靖康之难”

沿黄河北堤从封丘县城东南行十二华里，便是陈桥镇。陈桥有驿，一千多年前，仅是开封府与大名府之间的驿站，由于宋太祖在这里发动了改周为宋的一场兵变，小镇由此闻名，被百姓认为是千古兴王之地。

公元959年，周世宗死，七岁恭帝即位，殿前都点检、归德军节度使赵匡胤与禁军高级将领石守信等结义兄弟掌握了军权。960年正月初，传闻契丹兵将南下攻周，宰相急遣赵匡胤统帅诸军北上御敌。

周军行至陈桥驿，众将以黄袍加在赵匡胤身上，拥立他为皇帝。随后，赵匡胤率军回师开封，迫使周恭帝禅位。赵匡胤即位后，改国号为宋，仍定都开封，这一事件史称“陈桥兵变”。

自唐玄宗安史之乱后，中原大地就陷入战乱频仍的年代，百姓水深火热。赵匡胤就是在这样的背景下由时代造就的英雄。

这场兵变没有喋血宫门，横尸遍野，更没有烽烟四起，兵连祸结，而几乎是“兵不血刃，市不易肆”，创造了不流血而建立一个王朝的奇迹。

如果把大唐王朝覆灭后五代十国战乱比喻为黄河的一次大决口改道，以陈桥兵变为标志，黄河就结束泛滥，乱流归一，以新的秩序走向既定的行程。征南汉，平巴蜀，灭南唐，收吴越，五国三镇割据结束，大宋王朝创造了中华文明史上又一繁荣时代。

但也正如西方哲人所说，“申冤在我，我必报应”。以强军攫取前朝江山，为自己江山稳固，就绝不允许他治下有如他本朝创建者那样的强人出现。杯酒释兵权，把有可能对他政权造成威胁的人物清除已尽或消灭在萌芽状态，但他忽略了另外重要的一点，有着所谓威胁嫌疑的人物恰恰能够保家卫国，把他们全部消灭掉，一旦外敌入侵，怎么还有招架之功？

即便此时大宋早已拥有中国历史上最伟大的发明——火药。

历经166年风雨飘摇，公元1126年，大宋王朝迎来了让它受尽屈辱的“靖康之难”。

这年春节还没过完，金人完颜晟率领的北方游牧大军已渡过黄河，直抵北宋东京开封。大军压境，宋钦宗求和，金军提出的条件是金500万两、银5000万两、牛马骡各1万匹、驼1000头、杂色缎100万匹、绢帛100万匹；割让太原、中山（今河北定州）、河间三镇；以宋亲王、宰相做人质，送金军北渡黄河。其间还有献美少女1500名，称金帝为“大爷”。

银子也是这样，国库里掏不出，就从民间搜求或者打开国库以粮食换，以上许诺虽难履行，但咬咬牙也就办了，那割让太原三镇就不是个简单事了。条件落实不了，金人就干脆把城攻下。无奈之下，皇帝前往金营送去降表。金人又不满意，嫌文采不够，提出需用四六骈体，改了四遍，才勉强通过。接着，金人又在斋宫向北设香案，令宋朝君臣面北而拜，以尽臣礼，宣读降表。这边钦宗一退再退，那边议和层层加码，看到貌似强盛的大宋王朝身上再也榨不出一星油水，在勉强拼凑出一个傀儡政权后，金军后撤，身后跟着做了俘虏的太上皇徽宗，还有皇后宫妃、牛羊，同时还有掠去的医、工等各色技匠。

俗话说树倒猢狲散。原来的皇上靠山已指望不上，成了金人阶下囚的昔日皇上还以昔日的皇威四处劫掠给金人赎身，那稍微有点积蓄有点眼光的不跑还等什么？更何况已经有皇族赵构率群臣跑到了余杭，再者，不跑也没地方住了，金人临走放的那一把火还四处蔓延，连平民的宅子也烧起来了。就像决堤后的洪流在后面撵着，南逃北亡的人们，活画出一幅惨不忍睹的流民图，只是这群流民大多不是黄河滩的农人，而多是皇室、贵族、商人。

流散："长安城一夜走汴梁"

长安十三朝古都，洛阳九朝，开封七朝。战国时魏，五代时后梁、后晋、后汉、后周，以及北宋和金。风水轮流转，龙脉怎样从上游长安、洛阳到了开封？民间有"长安城夜走汴梁"的传说。一天，长安城来了一个道士，类似河套黑水城一夕覆没前卖"枣梨"的神秘老头？逢人便嘱咐："喂好牲口，神仙夜里要用。"

神仙给面子用自己的牲口，那是多大荣光啊！无论士人还是贩夫走卒，都不敢怠慢，都在天黑前就把上好的草料，甚至豆饼都倒满料槽。满怀心事自然就睡不安稳，半夜起来偷偷瞭瞭，牲口果然不见了。此时，月明星稀，大河入梦。再睡一觉起身，街上已是风雨满城，再看槽枥，牲口又回了，只是大汗淋漓。人们争相去看城墙，只见长安古城墙都倒了，只剩下短短的一截。而在遥远的开封，一处十步长的城墙，则怎么垒也垒不住，"豁口"，如固若金汤的帝国的一处薄弱环节。

2015年5月上旬我走访开封，一是看城摞城遗迹，二是寻找"豁口"，陪同我的黄河人衡忠亮笑我说，那是传说，何必当真。我却固执地认为，"豁口"肯定还存在，就如河工中"险工"都建在河弯道首当其冲的"顶冲"，年年加固是因为年年出险。以此类推，这个"怎么垒也垒不起来"的"豁口"，也一定隐身在城墙最坚固的地方。

如上所述，宋人的逃溃，这是中国历史上王朝更迭、社会变迁中最让人哭笑不得的一次决口和流徙。"五百人为一队，虏以数十骑驱之，如驱羊豕"。养尊处优惯了的京师人不能徒走远涉，"稍不前，即敲杀，遗骸蔽野"。时人所著《汴都记》真实描述了东京宋人向北一群的景况。

金天会六年（1128）八月二十四，已经到了金都的徽、钦二宗及其后妃、宗室、诸王、驸马，身披羊裘，坦露上体，先拜祭完颜阿骨打庙，再举行所谓“牵羊礼”，即献俘仪式。仪式结束，徽宗一行才被喝令从跪着的地上爬起，金太宗完颜晟宣布诏赦，并给两位皇帝派上新的封号，封徽宗为“昏德公”，钦宗为“重昏侯”。

金人入宋，除掠夺财物外，还大肆掳掠有技艺的汉人迁往漠北，仅靖康三年三月，中原百姓被迫迁徙者就达15万之多。而更大规模的迁徙，则是向南。高宗赵构南渡之后，时间长达百年，中原族群大量涌入江南、江西、福建，以及岭南、两湖。

就像他们的先祖从羌地高原顺河而下，从上一个河谷到下一个河谷，然后来到黄河造就的这一片丰饶无边的中原。现在的他们则是溯流而上，或斜刺里从这一条河边跑到另一条江边。因为那里没有战乱，且有青山绿水，且还有早他们先逃而至的中原乡党。

随着赵构的逃亡，开封基本上是倾城出动，各行各业，士农工商，王公贵族，庶民百姓。赵构跑到商丘，他们就跟到商丘；赵构跑过江去，他们又跟到镇江。最后跟着落脚到了杭州。

实际上，这样的迁徙不是第一次，也不是最后一次。

西晋永嘉年间，一场以争夺皇位为目的的战争持续了十五年，史称八王之乱。战争笼罩下的洛阳城到处是残垣断壁，百姓在锋镝之下辗转沟壑，中原历史上第一次大规模的移民潮爆发了。此次迁徙方向集中于安徽，以及湖北、江西、江苏部分地区，其后，又沿鄱阳湖流域及赣江至今日的赣南及闽边诸地。中原百家随晋避乱江左者十之六七，南渡人口达九十万之多。史上为其定名为衣冠南渡。

《晋书》载：“流移四散，十不存二，携老扶弱，不绝于路。及其在者，鬻卖妻子，生相捐弃，死亡委危，白骨横野……”

这些被迫迁到南方的中原士民，在远离黄河两岸的东南地区建立了一个王朝，为东晋南朝，是中原文化的第一次南迁。文献记载，南方文化，在汉代时还保留了很多原始的状态，就是因为这样一次南迁，对南方整体发展都产生了影响。一路南下的中原氏族，到泉州惊奇地发现，这里的山川地貌与故乡洛阳竟那么相似，就像多少年前撒拉族兄弟从中亚流徙到黄河上游循化的感觉一样。于是，远行的脚步停下了，将此取名为晋江，以遥祝晋王朝平安。当地两条河川，一条命名为晋江，再一条命名为洛阳江，并在洛阳江上建了洛阳桥，定居于此的中原汉人，自称“洛河郎”。

而唐朝初年，也就是公元669年，先是被高宗派往九龙江流域平息内乱，继而又在泉州、潮州建州设县，以后又让老兵在当地退役与土著女人成家的陈元光氏族及其部族，则被闽粤人尊为开漳圣王。从河南固始到漳州，再到台湾，这些陈元光及部属后裔都以先祖是唐朝军人为荣，自称为唐人。从中国台湾再到东南亚和欧美各地，大都延续了“唐人”这一称呼，这也就是海外唐人街的由来。

河南社科院考古研究所所长张新斌说，那时战乱大多发生在有财可掠、有权可篡的发达地区，所以，原先从四面八方聚集而来的中原人首当其冲，在战乱中又四散而去。安史之乱的中原移民潮尚未完全消退，接着又是黄巢发动的一场波及全国长达九年的农民战争，中原人再一次踏上南迁之路。一支由王姓兄弟率领的义军经南昌、赣州进入福建、长汀、漳州，这些义军也大都是固始人。这样，他们就在中原内乱的时候，在福建建立了五代十国之一的闽国。把中原科举制，以及制度、典章、文化带了过去，对福建到明清时候发展为一个文化之乡打下了基础。

相比而言，与数次迁徙相比，还是宋靖康之难所带来的迁徙规模更大，影响也广泛，以至于现在杭州很多传统名吃名艺，像王麻子剪刀，卖羊血的、卖猪脑子的，还有线绒铺，等等，都是河南开封的老字号。而最值得一提的还是历次中原移民迁徙中，伴随着灾难和阵痛所开出的奇葩——客家文化。赣南、闽西、粤东，中原先民一次又一次踏入这片土地，为躲避战乱，以及防范当地土著的侵袭，他们用中原的技术建起了一座又一座高宅大院，客家围屋或者客家土楼。来自中原的先民，遥望中原故土，固守在这高墙大院内，他们知道自己是客人，所以自称客家。

到过福建客家农村实地考察过的河南省作家张宇说，到那里，“我才似乎见到了真正的河南人……一下子打通了，我就看他的风俗，就是文化，就是生养死葬，怎么哭，怎么纪念，生了孩子又怎么高兴，表现形式完全跟我老家农村一模一样，甚至还地道，惊人的相似。”

宁卖祖宗田，不卖祖宗言。客家人顽强地沿用中原方言，并吸收、融汇当地土语，形成了保持中原音韵而又有别于中原的自成体系的客家方言。那些几乎失传的中原遗风，在客家围屋里被重新发现了。[①]

从张宇理论看，这个流散，这个把根留住，不是第一次，也不是最后一次。

淤淀：粮食、农业，华夏性格试探

从菏泽走进河南，再从三门峡回到齐鲁，徜徉中原大地的黄河两岸，觉得每一步都会踩到哪一位历史人物头上。随便找个地方挖下去，说不定就会掘得一个史前的陶罐或者史后的砖瓦。如果什么也掘不得，那10米以下的泥沙却肯定是历史性的，想十万年、百万年来黄河切割高原的黄土，层层叠叠的历史性泥沙，在其上是掳掠；在其下，则叫积淀。

这种感觉，从琳琅满目的河南历史博物院和古墓坑出来的时候，尤其强烈。

① 见2017年1月10日黄河水利委员会张帆座谈及资料。

坟墓里出土的东西看久了，从惨白日光灯下的墓道里出来，人们才知道，生活在阳光下是多么好啊！好想到阳光下河滩上打一个滚，翻几个跟头；好想跳进黄河里泡泡，冲刷一路走来的积尘，吐出同样淤积在胸口的泥沙！

车上黄河柳园口大坝，原以为能看到浩荡东去的黄河，展现在眼前的却是一片翻滚的麦浪。一望无际的即将开镰收割的小麦，已经有远处来开着收割机的麦客走在路上，这是“滩地”。洪水过后的滩地松软，墒情好，又无杂草，又肥又湿润，只需撒下种子，便是丰收在望。而次年收获，恰在大汛到来之前。不了解河性的人都知道洪水是害，却不知道河民对洪水有着迷信般的依恋。尼罗河先人的说法是，只要洪水不来，疟疾就来，那可能仅是个托词。问题的实质是，洪水不来，就没有生发庄稼的泥沙。所以，即便以后政府给上好的政策，也难撵走滩区的农庄。以至于到20世纪90年代末，滩区村庄还有2030多个，黄河水一涨，滩地就是麦子囤啊！就一季，也够吃一年的了。以牛拉犁，以铁镢翻地，刀耕火种的劳作方法，自神农氏最早在黄河滩用树枝划出那一条浅沟，到农业革命时的牛犁，这种生产、生活方式，就像农家研磨粮食所用天井里的石磨、碾棚里的石碾一样，一直延续两千年后人民公社解体后的农村责任制。

以小麦播种为例，那时都用耧耩。一人在后面扶耧，二三个人在前面拉，麦种就在耧斗里，随着蹒跚前行的耩子把种子播进田里。条件好一点儿的以驴拉耩，一般农户则是人工。而在人不能插足的黄河滩新淤地上种小麦，干脆双膝跪地，穿以柳枝或芦苇编的“脚蹼”爬着播种。如《史记》所述“泥行乘撬”。或者以手撒种，撒过去后再使扫帚掠一遍，使种子稍微敷一点儿泥土或使之落入地面的干缝，所以第二年长出的麦子，不成垅不成畦的，而是成片。第二年收割，一镰下去，割也不透。

对于这种割不透的麦子，东平湖农民则以铁铲代替镰刀。装有短柄的长木按上铲子，短柄顶在腰间，铁铲以全身力气推进……

是的，一把铲子，一把种子，就能产出粮食，有了粮食就有繁衍，就有战士，就有胜利。炎黄大战中黄帝之所以打败炎帝，就是因为他更有粮食。

是的，粮食。地处关中平原腹地的陕西武功县有周人始祖后稷教民稼穑的遗迹，专家考证，人文始祖黄帝生活过的姬水，就在武功漆水河一带。四千年前，后稷在此教民稼穑，树艺五谷，留下来教稼台和后稷宫。宫殿匾额上书四个大字是："粒食万年"，恰合多少年之后，联合国粮农组织的理念："粮食第一。"既然一眼望不到边的黄河滩土地金贵，那荒山薄岭就更金贵，即便苇笠头大的小块，他们也不放过，也要让它们长出粮食。

粮食让中华儿女铸剑为犁。从采集到耕种，再到施肥、浇水，再到落户立村，与其说是他们驯化了五谷，不如说是五谷驯化了他们。在五谷、菜蔬、肉蛋各色食品中，他们独爱粮食；在自然万物中，他们最爱庄稼；在工农兵学商九艺十八作中，他们最爱种地。粮食养活了他们，也塑造了他们听天由命的性格。他们有时也抬起头望天，更多的时候却是俯身土地。他们坚信，再凶残的侵略者，也不会把枪口对准一个田野里埋头耕作的农夫；再贪婪的统治者，也不会把村庄民居当作战略目标。属游牧族的蛮夷之所以蛮、之所以无理，是少吃了五谷杂粮。即便大字不识一个，他们也都会说风调雨顺、国泰民安。日出而作，日入而息，胼手胝足、面向黄土背朝天，正是母亲河养育中华儿女的标准形象。是的，这是世界上最善良、最勤劳、最隐忍、最安分守己的一族。局促的耕种空间，多一个外人就意味着他们少了一份口粮，一旦商品经济洪流涌来，他们也不拒绝"你中有我，我中有你"所带来的富足和快乐。

居国之中、黄河之南的这片黄河造就并一直润泽着的土地，自三皇五帝时期成为群雄逐鹿的中心，一直处于一个国家和一个民族的核心。那时，中原多战乱，为什么？中原多可耕地。国家围绕土地资源建立要塞、城邦，四夷要夺天下，必占中原。然随着政治中心南移或北移，这一黄河两岸便失去它延续几千年的优越。特别是市场经济以来，新兴市场经济以看不见的魔力，也把河边农民从宗法、家庭、伦理，以及旧有的生产关系、传统习俗中，生拉硬拽地抛离出来，让他们若有所失，又让他们时有冲动。深厚的文化积淀与腾飞的经济大势，开放的海洋经济与封闭的内陆文化圈，优越的过往与不相适应的时代变革，这一切都交织于一起，使他们前行的步履少了激情的轻快，更多探寻的稳健。

第九章

国家命脉（徐淮故道）

“三藩、河务、漕运。”

——康熙书而悬之宫柱的三件大事

公元1128年为南宋建炎二年，东京留守司杜充弃城南逃，为阻金兵追击，在今河南滑县沙店集决堤，滚滚黄河，由此变天津入渤海改江苏涟水入黄海。黄河夺淮，前后历时727年。此为黄河历史上第四次大改道。系以水代兵的人为所致。

淮河自古就是南北漕运之孔道，它南系长江，北连黄河，每年都要通过此唯一运道，供给朝廷500万—700万石的粮米百货。黄淮合流，给运道增添了运力，但以区区一河之槽容两河之水，且多泥沙，黄水要么把运道拦腰斩断，要么把运河之水全部截走，关乎一统天下的元及明清王朝的基本运转，徐淮故道又是怎样让统治者耿耿于一日不可忽也！以至于清康熙帝在宫柱悬挂三件念念不忘的大事："三藩、河务、漕运。"实际上，河务、漕运本一，长久来看，其分量远远超过三藩。

既然漕运已系王朝命脉于一线，那无论借淮刷黄，还是以黄保运，还是保陵——明祖陵，为不致运道中断，千塞万堵就成为保国家命脉的唯一手段与目的。以明潘季驯四任河督为例，终致使河防技术发展至登峰造极，由此也产生了完备的堤防文化——在神禹否定"堵"之后，"堵"，让堤防名正言顺。

正如任何事物本身都存二律背反一样，集万千矛盾于一身的母亲河，最终还是以身说法。1855年，一个翻滚就从兰阳铜瓦厢抽身而去，把故道扔在徐淮，变入黄海再入渤海，完成近千年后又一大循环。

天真的人们可能会问，运道既艰，那为什么不开海运？清人李埁泣血上书："罢漕。"并对罢漕运、开海运之现实意义与历史意义指出："海运必宜复，不惟通漕，兼可于其中习水战，以防海寇也。”况世界范围内大航海时代已经到来，明朝也早有郑和七下西洋之举，但这一切都阻挡不了明王朝“海禁”“不许片板出海！”及至大清，更有过之而无不及的闭关锁国。以至于看似固若金汤的国门在西方炮舰下——商品经济下——不堪一击。1840年鸦片战争的十五年后，黄河自河南铜瓦厢决口，黄河改道、运道淤废，清王朝才被迫发诏“弛海禁”。1872年，漕粮正式启用海路承运。

历史的危急关头，似乎还是母亲河给了朝廷当头棒喝……

杜充决河肇始河移徐淮

公元1126年是宋靖康元年，春节刚过，元宵又至，在年节的喜庆气氛中，东村锣鼓，西村狮舞。突然一天，现河南浚县的古黎阳桥上狼烟升起。狼烟就是号令，可当桥北的人们扶老携幼跑到河边时才发现，桥已不能过。狼烟烧的不是烟墩的狼粪柴草，而是黎阳边的黄河河桥。叫天天不应、喊地地不灵的绝望中，金兵已驰马而来……

对此，《宋史纪事本末》卷五六载：“河南守桥者望金兵旗帜，烧桥而遁。”继宋威武军大帅梁方平奔溃后，河北、河东路制置副使何灌及所率两万保滑州的大军，“亦望风迎溃”。

河东大将保的滑州，河西威武将保的浚县，就是四女台所在的地方。

这年发生的战乱就是：靖康之耻。

又过两年的1128年，东京留守司杜充弃城南逃，为了阻止金兵追击，在滑县李固渡也就是今滑县西南沙店集三里许决堤。黄河由此经李固渡东流经滑县之南，濮阳、东明之间，再经鲁西南的巨野、嘉祥、金乡一带流入泗水，由泗入淮。此次决河造成黄河历史上第四次大改道。

杜充决河前，黄河在天津附近入海。

黄河流经河北平原，经数千年泛决，故道纵横，地势淤高，相比之下，豫东、鲁西南地区就成了相对的低洼地区，故而黄河一旦南决，河水必向低洼处流去，并且在泛滥过程中不断南摆。而这种南摆，无论对于偏安江南的南宋还是刚入主中原的金人，似乎都成为自己的需要。南宋妄想以南摆的黄河成为阻止金兵继续南侵半壁江山之屏障，因之前金人侵占太原、河间三镇时，宋朝同意与其以黄河为界，黄河南移就意味着金朝疆域的自然扩大。金人挞懒说："我初与中国议，可以河为之界，尔今新河且非我决……今当以新河为界，则可外御敌国，内扼叛亡，多有利吾国矣。"[①]以后随着绍兴和议，金得寸进尺，又以淮河中流为界，黄河下游尽入金域。

十二、十三世纪的黄河注定多灾多难，它存在本身也似乎成为时代的一个隐喻。杜充决河后的黄河并没有完全南流，从卫州决口涌出的洪水向东流动，至梁山泊以南分为两支，南支沿菏水故道入泗水经淮河注入黄海，谓南清河；北支自梁山泊入古济水道至沧州注入渤海，谓北清河。南流一支，在开封之东经陈留县至杞县汉口又分为北、中、南三支。杜充决河使黄河改道徐淮，三股入海，此时的黄淮海大平原，以及以它为中心所辐射的大中华，也同时存在彼此鼎立的三个政权：偏安江南的南宋，入主中原的金国，以后席卷华夏的元朝。

1128—1140年间，宋金对峙；1209—1234年间，金元交战。1275年，宋元又兴兵。在此期间，黄河又两次被蒙古人决溢冲杀金人和宋人，黄河或为对峙疆界，或为攻防工具，由于几次决徙都是决流使南，造成黄河南趋，以至大约1180年北流大清河断绝，梁山泊干涸，淮河终被黄河统一。二十六年后的1206年，成吉思汗建蒙古汗国，再九十年后的1271年，忽必烈改国号元，一统中华。

① ［南宋］徐梦莘编：《三朝北盟会编》卷一九七。

正如似猛兽的洪水决开一个口子就能破坏既定的规范一样，而一旦诸流归槽以后，新冲决而出的河道就成为正道。

贾鲁治河，以保漕运

持家理财首要治水，只有黄河安流了，两岸才能种好庄稼，种好庄稼才能上缴更多赋税。还有更要紧的，只有稳住了黄河，才能保证漕运，才能保证江南税赋源源不断运至帝京。乱流归一，独受黄河之水的徐淮故道，决溢也才开始。

至正四年（1344），黄河在曹县白茅堤北决，豫东、鲁西南地区各州县皆遭水患，洪水沿会通河、北清河泛滥于两河沿岸的河间、济宁，方圆数千里，“民老弱昏垫，壮者流离四方”。灾害延续了七年之久，至正十一年，才在贾鲁主持下，开始治河。

“循行河道，考察地形，往复数千里，备得要害。为图上进二策：其一，议修筑北堤，以制横溃，则用工省；其一，议疏塞并举，挽河东行，使复故道，其功数倍。”《元史·贾鲁传》记述，“疏塞并举”的两次工程中，压轴戏是下埽堵塞决口，原来设计的三埽太短，不能控制突如其来的秋汛河势，最后用27艘满贮石块的大船，同时凿沉，才将口门堵住。

经贾鲁治理的河道，由今原阳西南黑洋山经今原阳、封丘荆隆口、中滦镇至开封陈桥，经今兰考东北、曹县、商丘、马牧集、萧县赵家圈，出徐州小浮桥入泗水。这段河道史称贾鲁河。

从1351年贾鲁治河到1391年河决，区区四十年，大河已经历元明两个朝代，明洪武二十四年（1391），黄河又在原武黑洋山决口，原名为“大黄河”的贾鲁河，由于大势已去水流微弱，被称为“小黄河”。堵了决，决了又塞，从乱流归一到河、淮两水归一，这又让淮河如何受得！让以淮河为唯一孔道的漕运、皇家命脉如何受得！

从水路运皇粮古称漕运。我国六大古都无论长安、开封、洛阳，历史上人口都达百万左右，如此庞大的城市，特别是在当时农业发展水平有限的情况下，仅靠京畿之地给养难以支撑日常运转，秦汉隋唐的首都长安，都要从中原和江南调运数额巨大的粮食。这些船只沿黄河逆流而上，必须经过三门峡天险，水急浪高，经常人仰马翻，这也就是东周、东汉迁都和隋唐以洛阳为东都的重要原因之一。

运河具体分为以下三段。

公元603年所开自洛阳经山东临清，至河北涿郡一段，全长1000公里，为永济渠。

605年南拓洛阳至江苏清江即今淮安的运河，也是1000公里，谓通济渠。

610年所开从江苏镇江至杭州，400公里，为江南运河。

隋唐大运河以洛阳为中心，南起杭州，北至北京，长2700公里，跨地球10多个纬度，东南沿海和华北大平原，浙、苏、徽、豫、鲁、冀、京七省市，尽在其内。

黄河流经元朝明朝，皇都选在北京，作为漕河，开封、洛阳已无必要，于是他们便舍弃此段直接北通皇城。这就使运河从2700公里缩短为1700公里。

元代运河分以下几段：北京至通州称通惠河，长82公里；通州至天津称北运河，长186公里；天津到临清称南运河，长400公里；临清到台儿庄称鲁运河，长500公里；台儿庄到淮阴称中运河，长186公里；淮阳到瓜州称里运河，长180公里；镇江到杭州称江南运河，长330公里。此间，扬州是运河名邑，借漕运之利，富甲江南。

国家根本，仰给江南，此是北宋对漕运作用的评价。正因为源源不断的粮米从富庶的江南源源不断的供给，历代王朝才维持了一时的繁荣或摇摇欲坠的统治。而每年从这条运道上来来往往的除去漕运船队，更有商贾、游人、墨客、邮差，一个运河交通网络，不仅促进了经济，还交流了文化，更重要的是还维持了一个中央集权国家对四面八方无所不遗的统治。

运河衰落起于19世纪中叶。1842年英军攻占京杭大运河与长江交汇的镇江，封锁漕运，道光皇帝迅速求和，签《中英南京条约》。

1853年，太平天国事起，临清、苏杭均受重创，有些重要津渡粮仓甚至烧毁，漕运中断。1855年，黄河改道山东再入渤海，运河山东段淤废，从此漕运被迫改走海路。

1872年，洋务运动中新成立的轮船招商局在上海成立，漕粮正式启用海船承运。

1911年，津浦铁路通车。从此，京杭运河一蹶不振。

“走千走万，不如淮河两岸”

淮河发源于河南南阳桐柏山。南以大别山、江淮丘陵、通扬运河与长江为界，北以黄河南堤和泰山为界，与黄河流域毗邻，因流域有一名“淮”的短尾小鸟得名。为中国七大河之一。干流经河南、安徽、江苏，在淮安市响水县南部古云梯关入海，全长1000公里。

有着丰厚植被和源头59条支流的淮河，其较大支流，左岸有洪河、谷河、润河、颍河、涡河、濉河……右岸又史灌河、沣河、汲河、淠河等。上游两岸山丘起伏，西、南及东部分别为伏牛山、桐柏山、大别山和沂蒙山，中游地势平缓，多丰腴洼地；下游地势低洼，大小湖泊星罗棋布。西南临山、东临黄海的地形地貌，使山海之间的淮河流域有着得天独厚的农业优势，又由于它自古就独流入海，在商代的甲骨文和西周的钟鼎文里，就屡屡有“淮”字出现。属地下河的淮河干流河槽深宽，与黄河、长江、济水同为“四渎”。

淮河还是中国南北方的自然分界线，中国1月零度等温线和800毫米年均等降水线大致沿淮河、秦岭一线分布。以北属暖温带半湿润区，以南属北亚热带湿润区，年平均气温为11℃—16℃。

兼南北优势的淮河流域类江南鱼米之乡，还由于漕运带来商业便利，使几千年来的淮河流域成为宜农、宜渔、宜商的中国最好的发展地区之一，所以有“走千走万，不如淮河两岸”的俗语。

可是，曾几何时，从12世纪起，历经七百余年的黄河夺淮，淮河终至湮废。及至1949年前，淮北地区已是水系紊乱、沟河淤阻，淮河干流被淤浅，下游受洪泽湖顶托宣泄不畅，域内洪涝灾害频仍。大雨大灾，小雨小灾，不雨旱灾、蝗灾。1949年以后经多次治理，情况才有所改变。

黄河夺淮并非自南宋建炎二年始。汉文帝前元十二年（前168）河决酸枣，东溃金堤，沿泗水入淮，是文字记载中黄河最早侵淮的史实。此后，汉武帝元光三年（前132）夏五月，宋太宗兴国八年（983）五月等年间，河决都曾多次侵淮入淮。

…………

夺淮与侵淮不同。侵淮是指黄河南决分支侵窜淮河干支流，黄水虽在淮河流域局部泛滥，对淮河造成一定程度危害，但其仍未引起淮河的根本变化。夺淮则是黄河占淮河入海，形成黄河新的河道，老河道断流。1128年杜充决河，正是这种情况。[①]

长期以来，人们心目中，黄河是四渎之宗，分量甚至超过了流量、流域倍于它的长江。相对来说，淮河给人的印象就是小河了，长度不及黄河1/5，流域只有黄河1/4，夹在黄河与长江的下游尾间，弱小又卑微。

---

① 韩昭庆著：《关于黄河长期夺淮始端的再认识》，《黄河史志资料》1997年第3期。

河势比较离不开流量，如果单就流量对比看，黄河在陕县年平均流量为1350立方米每秒，淮河在蚌埠平均流量为853立方米每秒，黄河是淮河的1.5倍。而与最大流量比较，淮河却比黄河大，约为1.1倍。因此就水量流势对比来看，两河还算均衡。

但从泥沙含量看，黄河多年均含沙量为每方37.7公斤，是淮河的100倍。这才是差别，是黄河强势于淮河的体现，也是黄河夺淮的关键——泥沙。

万恭于万历初著述《治水筌蹄》描述当时黄淮形势：淮本来“势故卑且弱”。“今全河舍河南之故道，并流徐、邳，经清河，而淮水自西来会，是二家也，不相统一。故河落则淮乘高而凌之，淮安以燥。秋水灌河，河恃势而骄……（淮）与强河斗于清河，不能冲中坚则气丧，而溃散淮安之郊，暂为憩息，俟河之消锐，乃假道会弱河，始入海。淮安安得不病淮河哉！”

以区区体量，容全河之洪，淮河安得不病？且河多挟泥沙，长此以往，不仅占了淮之河道，还把淮从老道逐出，任由她泥沙俱下的肆行无忌。

朱元璋《黄河说》

……时刻听观，其势若万马奔驰，其状若大地轰马，其湍流之速，一息漠视。其山回石转之处，则水绕势盘旋如羊角，水底玲珑，因风激怒，涛飞泼天，则珠飞雨降。有时巨浪如堤，倏然而涌，横亘其河，使湍者缓，流者止，细浪者无文。良久之间，众流辐辏，其横亘之水将消，忽然一水周旋，则水底有声喑喑呜呜。

明帝朱元璋《黄河说》中间一节。时为1368年朱元璋应天府称帝不久，在为帝都选择而进行的一次长达近一个月的考察中，泛舟黄河所写下的篇章。黄河夺淮后两河相汇，其汹涌磅礴不禁让这位千军万马的统帅色变。

> 又少时间，水中一穴若数十丈围，有如井状，上通天气，下至河底，俗呼旋涡也。其水为旋转急甚，中有飞者，上起去涡丈余，霏霏临岸，沸沸伤人。其流于两山峡之处，或直而湍，或曲而折，或绕石而旋，或复流以觞岸，或怒急而雪浪成堆，或使山倾地陷，或舟覆而楫摧，或巨鱼一尾之间，虽呼吸之际，早十里之程。若胎龙美之而出戏，或蜿之以一蜿，则渊深无底，四野成湖；若蜒之以一蜒，则瞬日千里，莫可止焉。斯水之急，乘利之物，则有若是耶！

兴起于黄河第四次大改道、黄河夺淮其间的元朝，先后灭金国、西夏、大理、南宋等政权，统一中国，结束了自五代十国以来的分裂局面，于1271年建立元朝，继位可汗的忽必烈，开拓了中国有史以来最辽阔的疆域。东起日本海，西抵天山，北达贝加尔湖，南至暹罗。但在1368年朱元璋领导的农民军猛烈打击下寿终正寝。几股入淮又入黄海的黄河变漫流为主流，社会历史的河流却又一次大改道。

帝王原是放牛娃。朱元璋幼时曾因穷困饿死的父兄入殓无钱而受村民资助，给地主放牛，虽有吃喝，但那也未必就是一代帝王的最高理想，曾入黄觉寺出家为僧，那也是权宜之计。25岁那年，红巾军起事，终于让他有了成为英雄的时势。也因过人的军事才华被部下奉为吴国公。此前，面对群雄争霸、前途不定的险恶局面，他采取谋士刘基所提出“高筑墙，广积粮，缓称王”的战略举措，在完成自己足够的势力积蓄后，1367年以“驱除胡虏，恢复中华”为旗帜北伐中原，终于结束元朝在中国的统治，丢失四百年的燕云十六州也被收回。1368年，朱元璋在应天府称帝，国号大明，年号洪武。之后陆续平定西南、西北、东北等地，统一中国。

鉴于元朝的腐朽统治和元末的混乱，朱元璋在位期间，全面实行改革开放，政治上废除了丞相，以使大权专一，政令不受任何掣制的一捅到底；制度上强力推行廉政反腐；军事上实施卫所制度；经济上推进移民屯田和军屯，兴修水利，解放奴婢，减免税赋，派人到全国各地丈量土地，清查户口；文化上抓教育，兴科学，并不断加强对外交流，重建中华宗主国地位。经过洪武时期的努力，社会生产逐渐恢复发展。

这一次视察黄河之前，他已命大将军率二十五万大军渡长江，越淮北，又长驱直入中原。在先占领山东的洪武初夏四月，又一举拿下河洛。秋八月，胡人均弃城逃逸，遁入北漠。冬天，又转战山西、河北，并乘胜追击，收复燕云各州。至此，朱家天下大局已定。

取天下后大都定哪，以前君王都说非中原不可，中原已在囊中，他要亲自去看看，但那时机务浩繁，“虽有山川秀丽，古今人之事迹，一时不暇歌咏”，只在秋八月于奉天门做了祭祀大礼。洪武初夏四月，一干舟楫，随他所兴，涉入大河。

……是时，春水方既，潦水初兴，江无波涛，日无酷暑，时在清和，利征旦吉。舟入运河，舍半抵广陵，三日至淮阴，舟师入淮。

是日，巽上风多，扬帆飞帜，不二时而达河、淮二水相合之处。见水分两道，清浊如界，并流二十余里，方乃混沌东注。既而越淮入河，方觉水上同流，极浊而无清，至黄而无黑，更无他色，所以古今称黄河，宜其然也。

舟行三旬，昼夜居斯水上……

于是他看到了本节开头所绘大河磅礴之势。

壮哉，神河！

壮哉，我的河！

斯水，人云神水，每患于中国，为民害者多矣。朕亲游斯上，观斯水之势，遇两山之间，河狭流急，宜其然欤！至于平原旷野，则东荡西坍，使桑田变迁，水势少漫，亦宜其然欤！此坚柔之所申，孰谓有神者欤？若非河之无神，却乃有之。所以有之者，极浊而难澄，滔滔东注，亘古今而不息，此久常者也。忽然而极清，人影皆毫厘洞见。如此者，或千百里，或数十里，斯可谓神者焉。故上古人君载在祀典，畏之，祀之，为民祈福焉。

今朕得观斯水，挟直处如径如弦，凡山回石起之处，则盘若羊肠。若河阴以达于徐、宿，地旷而原平，则不然。斯水汗汗漫漫，浩浩荡荡，有不可测焉。

相对汉唐的黄金时代，有学者把明王朝统治时期称为中国历史上的大黑暗时代。

一个没上一天学的放牛娃，一个戎马一生的征战者，能出此文？

一个历代帝王中唯一出身贫雇农者，以武力夺取天下，把专制统治推到极致，在其鼎盛时以“朝贡”“海禁”闭关锁国，作国家命脉之保障，以讫江山永年，或许不是一厢情愿？

为堤防正名：谓之“太行”，双重堤防

朱元璋建明政权时，黄河处漫流状态，又加之明都在南京，漕运作用与王朝联系不大，所以，朱王朝只“护旧堤”，堵决口，未兴建大工。

永乐初年的1403年，经叔侄相煎的“靖南之役”后，明王朝迁都北京，确保漕运成为朝政头等大事。不能让黄河北决，冲淤山东境内的会通河；

不能让黄河改道北去，使徐州至清口这段黄运合一的河道缺水；故而全力挽河南行。永乐四年（1406），修堤阳武黄河北岸，八年，河决开封，又命宋礼发民丁十万主持治河；以后又有宣德六年、弘治二年反复修治，河仍迁徙不定。

弘治五年的1492年，河复决金龙口黄陵岗，北至张秋运河冲决堤防。七年，刘大夏发军民十二万，先疏浚上流，开浚黄陵岗贾鲁旧道四百余里，由曹县出徐州，开浚荥泽孙家渡口新河七十余里，引水南下入颍。开浚祥符淤河由陈留至归德，再分二支，一入亳州涡河，一入濉河至宿迁小河口，塞张秋决口成功。同时北岸修"太行堤"，清《胙城县志》记载，西起胙城，历滑县、长垣、东明、曹州，抵虞里，成双重提防。该堤"南挡洪水，北拦风沙"，被誉为"古胙地第一大抗洪防沙工程"。

至清嘉庆八年（1803），这里又筑单县、经丰县、至沛县大堤一百四十里。嘉庆十四年，刘天和接筑长堤，自曹县八里湾起至单县侯家村，计长八十里。于是，上自河南原武，下迄曹、单、沛，河北岸七八百里均有坚厚大堤，并且二重，牢牢把守，以确保河不北决而悉入运道、入淮。

大堤头枕太行，脚踏长垣，所以刘大夏把此堤命名为"太行堤"。

太行山又名五行山、女娲山，位山西省与华北平原之间，是中国东部地区的重要地理分界线，在史前或史后的黄河造陆运动中，它有着怎么估量也不显过分的作用。一方面，它东部山坡形成的河流进入河北平原汇入海河水系，西南部沁河水系向南汇入黄河，无论流量还是河流所挟带的泥沙，都给已接近入海口的黄河以最后也是最大的推动；另一方面，它绵延四百公里的东北一西南走向，直接给黄河以东北入渤海的流向；再往西，即便桀骜不驯的黄河，也只能贴着它的山脚流淌，不得进犯半步。

给堤防以太行的命名，又加之双重，寄托了一代又一代治河人梦寐以求的理想。

“重门待暴”：从“太行”再到“太皇”

宿迁与桃源界上的归仁堤，是明一代治河能臣潘季驯主持黄淮运综合工程中的核心一项。朱元璋祖父母的陵墓位于泗州杨家墩，明嘉靖年间，由于淮河口淤积严重，洪泽湖水位增高致祖陵林木被淹死。为了不致“王气中泄”，河官开始在洪泽湖边做高良涧、古沟等溢洪埝。万历时期，洪泽湖水位继续升高，潘季驯便做归仁堤，截濉水入黄，阻止黄河走濉水入洪泽湖。此堤自泗州乌鸦岭至桃源，即今江苏泗阳县“八千七百丈奇”，清乾隆《徐州府志》载：“归仁堤控黄、淮，界桃、宿，与高堰相表里，盖高堰为淮扬之长城，而归仁堤又高堰之屏障也。”因归仁堤又系黄河遥堤，其主要功能是拦约黄水南射泗州，保护明祖陵，当地群众就称之为“太皇堤”。

归仁堤工既竣，时水利佥事朱秉光在作《归仁堤贻麦堂记》中回忆兴工前实地查勘情景：“初，光奉檄来，相所为堤址者，见一水淼茫，浩无涯际……水至为湖，稍落则水泥相半，以舟则胶，以人马则陷溺。不觉茫然心怵，悚然汗下……”再后看大堤雄起，濉水及白鹿等湖水拦截于归仁堤之上，并令诸水都由小河口、白洋河故道重新流入黄河，这位朝廷命官欣喜之情溢于言表：“一勺无他溢。”并忍不住盛赞朝廷用人得当，为潘季驯请功。

多少年之后的嘉靖二十五年，时任河督杨一魁回顾潘季驯作归仁堤，分析当时全河大势，说“纵横颍、亳、凤、泗间……或由秦沟入漕，或由浊河入漕。五十年来全河尽出徐、邳，夺泗入淮。而当事者方认客作主，日筑堤垣而窘之，以致河流日壅，淮不敌黄，退而内潴，遂贻盱、泗祖陵之患。此实由内水之停壅，不由外水之冲射也。万历七年，潘季驯始虑黄流倒灌小河、白洋等口，挟诸河水冲射祖陵，乃作归仁堤为保障计……”

一是祖陵得到了强力保护，二是诸水约入黄河束水攻沙，两功毕在一堤。堤防,《辞源》解释为“土石建成的防水工事”。自春秋出现堤防后，人们已经把堤防由简单的防水概念推及政治、经济、军事，最后上升为文化。如“涓涓不塞，则成江河”“防民之口，甚于防川；川壅而溃，伤人必多”“千丈之堤以蝼蚁之穴溃”，等等。

西汉贾让提出“治河三策”，堤防被认为与大禹以导为本的治水办法相对立而被否定，特别是在北宋三次挽河东流彻底失败后，宋神宗赵顼所说：“河之为患久矣，后世以事治水，故常有碍。夫水之趋下，乃其性也，以道治水，则无违其性可也。如能顺水所向，迁徙城邑以避之，复有何患？虽神禹复生，不过如此。”

对堤防竟有如此之怀疑！

然潘季驯二任河督时就为堤防正名，他明确指出：“黄河之患，何代无之？然筑堤修岸，以防之于未患之先；塞决开渠，以复之于既患之后……”要想让“沙居其六”的洪水自刷水道，“拦束归漕，惟兹一堤”。

翻阅河典，堤名花样不下十余种之多。

遥堤：离主河道较远的大堤，其主要作用为约拦水势。宣泄稀遇洪峰流量。

缕堤：距河槽近的堤，用于约束水流，增强水流挟沙能力。

月堤：在大堤险要地段，于背河加修的“重堤”“套堤”。两端仍弯接于原堤，平面上堤形弯曲如新月。

格堤：遥堤、缕堤间修筑的与水流方向大致垂直的横堤，以阻断漫过缕堤的洪水，不使顺遥堤畅流，以免袭夺主溜，冲溃干堤，并有利于淤淀靠堤洼地。

还有如民埝、围堤、戗堤、夹堤等。

针对世人对堤防作用的“浮议”，潘季驯旗帜鲜明地指出：“频年以来，日以缮堤为事，顾卑薄而不能支，迫近而不能容，杂以浮沙而不能久。”这里的“卑薄”和“杂以浮沙”是指堤防断面大小和修筑质量问题。由此，他在三任总河时再次提出双重堤防的思想，并立足于大修遥堤，以缕堤束水攻沙，以遥堤拦洪防溃，两堤配合，解决攻沙与防洪的矛盾。

他把双重堤防比之为“重门待暴”。望着他三任总河时为归顺黄河单一流路所修筑的自清门至徐州的六百里堤防，在他一生治河总结《河防一览》中，不无欣慰自得：“两堤相望……蜿蜒绵亘，殆如长山夹峙，而河流于其中。即使异常泛涨，缕堤不支，而溢至遥堤，势力浅缓，容蓄宽舒，必复归漕，不能溃出。”他概括双重堤防各自作用：“遥堤约拦水势，取其易守也……缕堤拘束河流，取其冲刷也。”

仍然说堤：“易作难守，核心是守”

河防上有“落水生险”一词。是说大的洪峰过后，因水位急剧回落，坝岸的场压力骤减，内应力、外应力失衡，加以溜势已发生变化，河主溜趋弯傍岸的堤坝，容易出险。特别是沙土堤岸。

既然水消河落时也易出险，那“管涌”就更是威胁。“管涌”是指堤坝背水坡脚附近或涵闸下游土体，由于来水一侧渗透水流的渗压作用，非黏土体渗透变形、出现冒水的一种险情。翻沙鼓水，若自背坡出水口向内逐渐逆行发展，持续扩大、深入，就极易使大堤决口。所以，在堤防上，潘季驯特别强调人的作用，强调“守”。“立法易而守法难，守法于一时易，而守法于长久难。”他说：“向来河堤之决，人皆归罪于河之猖獗。”而他认为：“河势自无不猖獗者。譬之狂酋悍虏，环城而攻，惟在守城者加之意耳。”他分析在一段小安之后河患又起的原因：“如此者（安流）十年，而皆忘其为堤之功，尽弃之为车马蹂躏之场，风雨又从而剥蚀之，而河复四溃矣。”在这个情况下，河官置之不理。人以告之，又以鞭笞，如此堤能不决？因此，在“堤治”的基础上，他把目光盯向了建章立制，以制度保证堤防不决口。

首先是铺夫制度。潘季驯二任三任河督之间万恭任总河时，已定“每里三铺，每铺三夫”，并强调“有堤无夫，与堤无同；有夫无铺，与无夫同”。对此，潘季驯强调：“守堤之有夫即守城之有兵。兵以御寇，夫以御河，必不可缺者也。”万历十六年，他提出黄河大堤每铺设夫三十名，每夫分守堤十八丈。这个制度一直沿袭后代，之所以继承发扬是因为卓有成效。

其二，堤防每岁加固制度。即历朝传承至今的岁修成例，明、清两朝更加强化。

其三，“四防二守”制度。“四防”即昼防、夜防、风防、雨防。即便不是河上的人也都知道，一般情况下，人们担心的事情往往都是风雨中或风雨的夜里发生，在关键时刻加强防守，事情的发生率就会避免大半。

“二守”是指官守和民守。官守是从堤防指挥系统上加以健全并责成专职；民守则是除去铺夫以外的临堤乡村兼职，充分发挥乡间耳目作用，水发时上堤，水落即回乡种地。

此外，还有岁办物料制度，定汛报警制度等。

“筑堤以御水，尤筑城以御寇也。寇之性避实而击虚，故治兵者必岁严城守；水之性避坚而就脆，故治河者必岁严堤防。”

“有遥堤以障其狂，有减水坝以杀其怒。”但他仍然不掉以轻心。就像有了大堤也不会永远万事大吉了一样，制度再好，如果没有人去强有力地执行，就如形同虚设。面对这条始终不让人省心的大河，潘季驯特别强调人的作用。他说：“今之防河者有二弊焉，好事者谓故辙之必不可循，辄为穿凿之图，以乱其性，是挑衅也。怠事者谓河流之必不可治，每为因循之说，以滋其患，是玩寇也。”

“殚任事之忠诚，而持之以果断；运亨屯之干略，而出之以恭勤”——

明神宗这样褒谕潘季驯。而两岸受惠民众也不忘总河恩德，特别是在往日“避水孑遗，弃田里庐舍，携父母妻子远去，望故土而泫然”，今日，“子妇欢呼，鸡犬聚栖”，“黄童白叟，共曰数十年来未见”时，人们忍不住以皇帝的口气给潘季驯一个大赞：“旷世一殊勋！”“功不在禹下！”

先有堤，后有守，又有治河能臣潘季驯的兢兢业业和高超技术，按理来说，应该是万无一失了，但事物发展总不以人的意志为转移。以潘季驯最得意的高家堰也就是“太皇堤”洪泽湖大坝为例，它一方面“蓄清刷黄”，一方面保护了皇陵，但在淮河下游没有多少比降的平原凭空建这么一个水坝，不仅增加了上游水患，又在堰东的淮、海、扬州上空，高悬了一把随时每年都必落下来的利剑。“决高堰，淮扬不见面”，“倒蒋坝，淹天下！”其灾难的突发性，比湖西更难防范。1575—1855年间，洪泽决堤140次，其不可逆的灾难性后果，在1931年还有突现。这一年，决堤四处，淹农田3000万亩，毁房270多万间，淹死7.7万人以上。①

万恭之恭：潘季驯治河之道

黄河不可收拾的局面和不可更改的治黄保运国策，呼唤一个治黄能臣出现。嘉靖四十四年（1565）七月，就在黄河沛县决口，运道淤塞，河作十三支泛滥的当口，十一月初六日，潘季驯由大理寺少卿擢升都察院右佥都御史，总理河道，由此开始了他的治河生涯，直到万历二十年，以衰病之躯去职还乡。二十七年中，他四次被起用，两次被罢官，一次又一次的

① 马俊亚著：《治水政治与淮河下游地区的社会冲突（1579—1949）》，《淮阴师范学院学报》（哲学社会科学版）2011年第5期。

治河实践，使他从一个对黄河和河工技术一无所知的人，逐步磨炼成一位著名河工专家，其实践和理论都成为后人的财富。

潘季驯出生在浙江湖州一个世代书香门第，30岁考中进士后，长期供职于江西、广东一带，熟悉的是刑名钱粮兵戎诉讼一类地方事务，正如他晚年所忆“季驯生而颛蒙，居东海之滨，不知所谓黄与淮者”。对于黄河仅有的一点儿印象，也是他以后进京赶考，遂又奉使南巡的路上泛舟黄河所得印象：“河中沙渚累累，操舟者寻隙而进。”所以值此上任，他先从总河衙门驻地济宁出发，与工部尚书朱衡等先去灾区视察，之间广袤百里，见“非洚水横流，即沙淤崇积”。通过实地考察，针对上淤下塞的实际，他提出最初的治河主张：“治水之道，不过开导上源与疏浚下流两端。”

开导上源与疏浚下流，其核心就是让河回“复故道”，这恰与他顶头上司工部尚书朱衡“开新河”的主张相反，但他据理力争，最后朝廷折中定案，在不同河段以分别主持，即开新河又复故道。但正如后人评价：“衡以治漕为先，季驯以治河为急……惟衡所见在近，季驯所见在远。”上任伊始，他就认识到黄河不治，运河则难保无虞。

嘉靖四十五年十一月，潘季驯因母亲去世回籍守制。回籍守制后的第三年七月，也就是隆庆三年（1569），黄河又在沛县决口，“漕舟二千余，皆阻邳州不得进”。隆庆四年七月，山东沙、薛、汶、泗诸水骤溢，黄河洪水大涨，淮水也泛滥不可收拾。此时，潘季驯“回籍守制”尚未到期，朝廷又第二次任命他为总理河道，并加提督军务之职。九月，潘季驯还未到任，黄河又在邳州决口，“自睢宁白浪浅至宿迁小河口，淤百八十里，运船千有余艘不得进”。

又是“不得进”。不得进也得进，除非皇城一干人马都扎起喉咙不再吃东西。此次治河，老天好像故意与潘季驯过不去。上筑下浚工程马家浅等五大决口堵塞就绪时，暴雨骤至。二月二十三日水涨平岸，直冲新挑河口。二十九日桃华水异常猛发，兼以连日风雨大作，吕梁以下，河湖莫辨，河又决口43处。当时潘季驯正患背疽，只能“裹创而出”，等诸口渐合，四月七日，麦黄水又至，三更时分，复将阎家口坝外冲决八十余丈。危机之际，潘季驯乘舟巡河，直逼筑口处。由于风大浪急，他所乘小船挂上了树梢，险些沉没。

两次治河，使它渐渐摸透了徐淮故道的脾性，奠定了他以后“藉清刷黄，以水攻沙”的理论基础。潘季驯兴高意得，上疏要求犒劳治河众臣，朝廷派员前往勘视，潘季驯等来的结果却是罢官。此为隆庆五年。

其理由：“今岁漕运比常迟，如何辄报完工？”具体事件则是，在潘季驯堵口复道的急溜中，有漕船陷没数只——如果潘不急于堵口筑堤，而是等漕船先过完，就不会出现如此悲剧。

隆庆六年（1572）闰二月，潘奉旨闲住，二任总河就此结束，任期恰好一年。

中国古代官场游戏规则常常如此，官僚宦海沉浮，去职理由往往都与实际原因相去甚远。这次罢官，明眼人都认为是与潘反对开泇河有关。

开泇河为催运御史张宪翔议案，其目的是新辟运道，但这与潘季驯束水归于一漕的治河理念相违背，所以他坚决不允。

总理河道易将，泇河自然开了。从二任罢官到第三次挂帅出征，中间经历了朱衡、万恭等五任河官。奇怪的是潘总河虽然去职，他的衣钵却有人继承，即便原先与他有隙的朱衡，也接受了潘季驯束水攻沙的治河思想，万恭则不仅唯潘季驯治河理论是从，且创造性地予以完善并使之发展。以后忆及治河，他不无动情地评价潘说，吴地的舟船在燕地游弋，晋地的车鞔在越地行驶，天上的蛟龙在陆地奔跑，陆地的猛虎在空中飞翔，这是绝不可能的！因为它们各自技能不一，其依据的知识体系也不贯通，而现在偏偏却有人让这不可能变为可能，“涉乎不相通之计，而游乎不相贯之识”，那他不是得“道”神人又是什么？

潘季驯老家太湖溇港，门前有四边拱桥，水道南宽北窄，慢慢变窄的水道和桥墩把水挤到中间，出口流速则变快。“束水攻沙”理论，最初的启蒙由此而来？即便在母亲去世守孝在家时，他还发现村庄的竹篱笸，能把淤土中水分滤去百分之五十还多。随时随地地吸收学习，不断否定自我，他又怎能不得道？至于其间任江西巡抚时治理江西的混乱，他只要对付得了黄河，还有什么能难倒他？

万历二年（1574）时河督万恭也被罢官，当年秋天淮河并溢，第二年八月，河决，徐、淮南北漂没千里。万历四年八月，黄河又在徐州决口，次年八月又决崔镇。

此时，朝廷主事的是首辅大学士张居正，隆庆六年高拱垮台后升任内阁首辅，总揽朝政。张居正是一个有为的地主阶级政治家，他一上任即在政治、经济、军事各方面进行改革，裁汰冗官冗员，提拔了如戚继光、谭纶等一批有才能的文臣武将。张居正改革的重点是经济，漕务更是他忧心忡忡的大事。他说：“自受事以来，昼作夜思，寝不寐，食不甘……惟漕河、宗室未得其理……”所以，有了二次治河经历的潘季驯就成了他物色的重臣。

他先在万历四年恢复了潘季驯官职，命其巡抚江西。万历六年二月，任命潘季驯第三次总理河道并兼管漕运。此前旧制为河漕分立，潘季驯上任前一年，张居正已改革河漕事权专一，这无疑给潘季驯大展宏图排除了不必要的人为障碍。

万历六年四月，潘季驯由其副手江一麟陪同，抵达淮阴，然后率领河道诸官沿河巡视踏勘，由于淮水自高堰决口而东，黄水自崔镇决口而北，使得桃源至清河九十余里河道仅剩一沟之水，人可徒徙。黄淮交会处的清口全淤。由清口而下河段，也是一派淤河。见此情景，潘等相顾失色。他召集众人讨论对策，其间，一个以保漕运为中心的黄淮下游综合治理方案，在潘季驯脑海中逐渐明晰，这就是：塞决以挽正河；筑堤以杜溃决之虞；复闸坝以防外河（黄淮）之冲；创滚水坝以固堤岸；停止浚海工程，以免靡废；否决开老黄河之议。具体到工程上，就是在徐沛河段高筑两岸大堤，挽河归漕，束水攻沙；堵塞高堰决口，逼淮水尽出清口，实现以清刷黄，同时达到治黄、治漕、治运、治海口之目的。

此一系统的八大工程，北起徐州，南至扬州，以清口为中心，涉三河一湖。需要多少年、多少人才能完成？完成后效果又怎样？很多人怀疑乃至反对，就连最支持潘季驯的首辅张居正也忧心忡忡。他更担忧的是：“盖此大役，不独措理经费之难，且兴动大众，频年不解，其中亦有隐忧，元季之事，可为大鉴。”

潘季驯干脆立下军令状，给他三年时间，如果此役不成，他情愿接受朝廷的任何惩罚。正所谓心想事成，三年之后，黄淮顺轨，清口方畅，海口大辟。皇帝一高兴，加潘季驯太子少保，升工部尚书，兼都察院左副都御史，还保送他一个儿子到国子监深造。

第三次任总河两年半，其间潘季驯被委任南京兵部尚书、刑部尚书，潘坚辞不就。万历十年六月，张居正去世，张居正的反对派趁机反攻倒算，张居正亲属几十人被逮捕下狱，包括八十多岁的老母。潘季驯挺身而出，陈辞上疏，力保张母出狱。万历十二年七月，潘季驯再次被削职为民。[①]

“必须注意河的上游”

三任河官期间，两河工程告竣后，“流连数年，河道无大患”，但这也仅仅是数年的事。万历十三年（1585），黄河在淮安城东的范家口决口，“淮城几为鱼鳖”。第二年五月十九日，范家口又决。万历十五年，黄河又

① ［明］潘季驯著：《河防一览》；郭涛著：《潘季驯治理黄河的思想与实践》；中国水利学会水利史研究会、黄河水利委员会黄河志编委会编：《潘季驯治河理论与实践学术讨论会论文集》，河海大学出版社1996年版。

在河南祥符刘兽医口、兰阳铜瓦厢、封丘荆隆口等多处决。由于诸多官员一再保荐，更由于河患日频，万历十六年（1588）五月，朝廷又第四次任命潘季驯总理河道。

在上任常居敬、舒应龙上疏河工14条的基础上，潘季驯率员沿河逐一勘视，去伪存真，细分缓急，并把他选定的下游清江浦、马踏湖等七大河工逐一落实，责任到人，并规定质量标准和完工时限。接着，就又到上游勘查。

必须注意河的上游！此为治河国家所产生现代文明要素之一，系统思维。如果说大河稳流既要顾眼下决口，更要注意河的上游。治河必涉地方、财政、人力组织及方方面面，那治河即治政，对此，潘季驯无师自通。如果说还有师承，这个“师”也就是让他日夜纠缠的这条大河——黄河！早在隆庆五年六月，潘季驯二任总督堵复刚刚有序，他就“拔棹而西”，到河的上游去了。提出开复贾鲁故道，对于下一步“奔溃决徙之患”，他忧心忡忡，“恐不在徐、邳而在河南、山东”。是因为“徐州以北非运道经行之所，耳目之后，人不及见……遂以为无虞耳。岂知水从上源决出，运道必伤”。希望能在“南工报完，即行议举以上水工”。

为了说服同僚及朝廷，他还概括出复贾鲁故道“河身深广……建瓴之势，导涤自易，则徐州以下，河身亦必因而深刷”等“其利有五”。顺理成章，他的这一主张未得到认同，他又退一步，固执地列出山东河南段黄河如庙王口、刘兽医口、铜瓦厢等30余险处，每年都应修备重堤，特别戒备，但这些方略都因他三任河督期间的罢官而搁置。

因此，等他四任河督，下游工程施工完毕，上游工程又开启时，上天已不给他时间了。

万历十七年五月二十七日，现兰考县杨家庄等15项工程在麦黄水到来前将基本告竣的当口，大雨倾盆，值夜，黄河水冲决祥符刘兽医口，徐州北“黄水势若滔天，陡高堤面二尺，冲入运河”。

六月十八日，潘季驯接到妻子去世噩耗。接着，自己痰中时见血缕。出行途中，吐血块两次。

新年伊始的万历十八年（1590）正月十五，潘季驯正好年满七十，按当时规程，大小官员年满七十，即可卸下官职告老还乡。潘季驯连续三次上书辞官归故里，皇上都以“不见”批复。及至七十二岁那年，被人抬着也仍不离河岸工地，经“血痰大作，不绝两昼夜”“眩晕仆地，达旦方醒”反复折腾后，才被皇帝“放生”。回乡即得“风瘫”。万历二十三年（1595）四月二十四日，潘季驯悄然离世。[①]

从神河到皇帝的河

“下流则上通，下淤则上决。”黄河从明朝流到清朝，江山易帜，但这条河依然还是皇家的河。每年400万石的江南粮米，必须一粒不少地运到帝京。康熙十五年夏，久雨，河倒灌洪泽湖，漕堤崩溃……黄淮并涨，黄河两岸决口21处，高家堰决口34处，淹了淮、扬七个州县。黄河河道在清口以下到河口长300余里严重淤积，河道运道皆遭破坏。此时，王朝的平三藩战争正在进行；此时，还出现过河道总督靳辅和他助手陈潢此等治河能臣，但黄淮一体的国家命脉之保障已欲见颓势。

借黄行运，漕船在主河道内的风险不言自明。为避免黄河行运的困难，明末清初实施了一些黄运分离工程，其中就开了潘季驯一直反对的泇河。这一工程似乎使漕运险境得以改善，却把泗水上游洪水引入沂、沭流域。每临洪水暴发，首当其冲的宿迁雪上加霜且先不论，泇河下游入黄口的怒

① ［明］潘季驯著：《河防一览》；郭涛著：《潘季驯治理黄河的思想与实践》。

涛险溜，交相灌注。天启三年（1623）、天启四年（1624），漕船千艘潴留不得过。为避开此险，天启五年又开通济河，通济河七年淤废，又依泇河思路，相继再开皂河、支河、中河。

“皂河去（宿迁）治西四十里”，中河则把宿迁一分为二，几经搬迁，建制已有千年的宿迁注定在劫难逃！

说到宿迁与淮泗命运，不能不提骆马湖。明代以前，骆马湖是沂水入泗口以东，泗水以北，宿迁马陵山西侧的一片平原洼地。原本有四个小湖，无水时湖泊星罗其上，大水时则连成一片。洼地形成的大湖，与历史上黄河夺泗入淮，借黄行运，引水济运，以及沂、沭，运河的行洪有着直接的关系。尤其是开通泇河之后，昔宽不过六七里，长不过二十里的湖水，由于各路洪水蜂拥和湖身不断垫淤，以后就成为横可三十里、亘可七十里的巨湖。

这正好成为此段运河的一个水柜，大水时河槽容纳不了，洪水可蓄积此，干旱时，就把湖水调至运河以保漕运畅通。中运河横贯宿迁，宿迁因此成为名副其实的洪水走廊。尽管自清乾隆至咸丰初一百年间，围绕骆马湖做了无以数计的工程，但由于漕运和黄河的双重作用，沂河、沭河从此尾闾不畅。又由于泇河开通，上游洪水源源而至，每汛期到来，沂、泗河洪进入骆马湖，黄河大水也进入骆马湖，八万平方公里的涝雨聚集，势如建瓴的山洪暴发，仅靠最大1000立方米每秒流量的出口排泄，来路大，去路小。每到此时，沂、泗、沭各路洪流纷纷争夺去路，彼此顶抵纠缠，或相互吞噬，或彼此为虎作伥。沭河下游由于不断受沂河洪水干扰，在涟水入淮的河道被阻断，被迫在宿沭交界折向东北，借蔷薇河经海州入海。原来宿迁小河口入泗的古濉水，也因黄河侵夺，原有河道被淤为平地，以至于后人再也找不见《明史·河渠志》中有屡屡记载的古濉水小河入泗的原址。

黄河是自然界一员，她不能从低洼地面忽然逾越丘陵；不能以建瓴之势忽然悬崖勒马；遇着坚冰融解、霖雨连旬，不能减少它的收容；若忽寒冻结，赤地千里，不能增加它的流动。有时以人力可以对其改进或限制，但总需体察着、顺从着它的本性，才易使它收敛，但不能任人为所欲为。简单说，它的历史大致是自然的，经过很久的时间，依旧固定不变。比如每年的涨、落，就往日的经验和统计可大概推定，统计的时间越长，结果就越准确。这是因为大江大河作为大自然一员，自有它本身的运行规律。

收入清《宿迁县志》的明代谢迁《重浚宿迁小河记》云："善治水者不与水争路，惟行所无事，顺其性而利导之耳。"但自从黄河夺淮伤及运道，明朝除了保漕还要保陵，尽管潘季驯时念民生，殚精竭虑，把河治到前所未有的水平，但如果让他在民生、运道、皇陵三者利益之间权衡，无论怎么选，民生也绝不会高于皇陵，也更不会高于皇家命脉。清承明制，一切也还是漕运为先，此时的黄河，还有什么余地按自己性好自由流淌？此时的治河人，哪有闲暇按大自然规律治理黄河？时人不免感叹："水之为用大矣，以资饮食，以利灌溉，以通舟楫。及其为害也，崖为之崩，地为之陷，帆樯为之摧，宫室庐舍为之荡。溺此无他……安有逆民之性，而可以有为于天下者乎？"

现代学者调查研究认为，苏北水患，均系人为治理所致。徐、海二州，原为淮、泗、沂、沭交汇之地，但自古河道畅通，水流有序，"亘古间不闻有水患"。后黄、淮、运相交，中央政府为保皇陵、保漕运，大河上下无以计数的工程把黄河治理得支离破碎，有一时安流，然绝不是长安之久远。再以宿迁为例，从地貌看，中运河把它一分为二，故道黄河与中运河夹城纵贯全境。又由于废黄河早已成为地上河，它的废道就成为分水岭，完整的淮河水系也被一分为二。沂、沭、泗与淮河干道脱离，涝年水进不了干道而积潴；旱年又得不到淮水浇灌；这就导致此地旱年更旱，涝年更涝。又由于黄水漫流，泥沙淤淀，往日良田覆盖、高出地面4—8米的废堤内侧则是行洪其间的坡河洼地，直到1949年前后，这里还是沙土飞扬、野兔成群的荒芜之地。昔日"走千走万，不如淮河两岸"的丰饶，哪里还有一点影子！

清康熙帝曾六巡黄河。康熙行迹所告诉我们的是，从洪荒部落到国家，再到家天下，此时此刻，黄河已从自然的河，神河，上升为皇帝的河。

普天之下，莫非王土！普天之下，谁敢言不？而独有黄河让帝王毕其一生也不安宁。对于黄河，他只留了一句话：“其功之巨，无法奖赏；其罪之大，无法惩罚。”

面对桀骜不驯的黄河，康熙大帝发出无可奈何的一叹，但明清以降，五朝与母亲河斗法所留下的罪与罚——对原水文、土壤、气候、社会价值观的扭曲，对士民性格塑造所产生不可逆的影响，不仅在当时就日甚一日，甚至数百年中，一直是社会治理和转型的暗疾。

“祖陵水患为第一义，次之运道，又次之民生。”此为明朝廷工部奏疏治黄大计的首要。

潘季驯接着表态：“三祖寝陵，万年根本之地，百祥肇始之区，委的事体重大。”

我们已经从前文所述知道，1571—1579年，前漕臣和潘季驯苦心经营的工程高家堰土坝，之所以又称“太皇堤”，就是为保皇陵所兴。泗州治北13里杨家墩，是朱元璋祖父、曾祖、高祖衣冠冢，也是朱皇帝在其母陈氏腹中受孕之地。在保民生与保漕运之间，保漕运是最大的政治；在保漕运与保祖陵之间，祖陵又是最大的政治。在这样一种治黄大政方针下，“分汶导泇，截沂摈沭，阻濉遏淮，乃成今局。其流毒所及……摧崩破裂……无完肤矣”。

万历年间的1575年，黄河在崔镇决，淮水又倾高家堰，“徐邳以下至淮南北，漂没千里”。

淮北鲁西南越是因水患积贫积弱，这地方就越成为朝廷泄洪区。以至明亡清兴，保陵已不存在。明清两朝，中央政府每年在黄淮下游投资数百万以至千万银两，并有治河能臣潘季驯、靳辅等主持，这一地区的水灾也还是不减反增。15世纪水灾仅四次，太皇堤兴之后，16世纪是22次，17

世纪是23次，18世纪是35次。其中，我们后面所述泗州城永沉水底，就在高家堰兴工的一百年后。①

可以想象水深火热中的生民是以怎样的心态面对眼前的一切。“这个世界不要俺了”——自古以来，以信天、信神、信命、为信仰的生民，一旦发现自己被这个世界抛弃，辛苦一年，到嘴的粮食说冲就冲走，生计无保，命也搭上，与其等着春种秋收，倒不如图个眼前痛快；与其被饿死、淹死，倒不如挣个鱼死网破！于是，贩盐的、种鸦片的、偷盗的、打劫的、坑蒙拐骗的，趋之若鹜。以后大刀会、义和团蜂起，骨干成员主要来源淮北、鲁西南。对此，当时山东巡抚毓贤说：“予到任两月，站（木笼）三百七十余人矣，然盗风仍未绝迹。”

鲁南淮北曾是古宋国腹地，又是儒文化兴起的核心地区，“其民犹有先王遗风，上礼义，重廉耻”，然时过境迁，1776年《曹县县志》载：“士醇民良，曹邑旧风俗也。明季黄河屡决，盗贼猖狂，兼以连年大祲，饿殍载道，人无家室之乐，而风俗一变。”②

不法之徒日多，豪强就得加强武装。于是，村村都建围墙，圩——具防洪、防盗双重作用的土围子。保卫村寨需要墙也需要枪，那时，仅徐州、海州（连云港）12县，地主圩寨就有枪20万支，沭阳一个大地主就拥有5000支。而这样的圩寨，仅丰县周围8县，民国前期还存有1003座。③

洪水过后原来土地淹了，新淤出的又归谁？霍邱与固始间有一个地主，从他家进城走出120里地，也还踏在他自家土地上。另一豪强陈拴春，则由他骑马拖一把大刀，他跑到哪儿占到哪儿。济宁曾庞甫的石碑所立之处，周围数十村庄，4900亩土地，悉数归其所有。

---

① 马俊亚著：《治水政治与淮河下游地区的社会冲突（1579—1949）》，《淮阴师范学院学报》（哲学社会科学版）2011年第5期。

② 《黄河泛滥对鲁西南淮北性格塑造》，https://view.inews.qq.com/a/20220406A0C8D000。

③ 《黄河泛滥对鲁西南淮北性格塑造》，https://view.inews.qq.com/a/20220406A0C8D000。

天灾人祸，受害的不仅佃农、贫雇农，势力相对弱的富农、小地主也注定难逃。圩寨的出现，使农民与地主的关系变为领主与农奴的关系，原来在农村发挥主导作用的政府、开明乡绅权力，被集行政、军事、经济多种权力为一体的权力联合体所取代，国家职权缺位，失去公民权的农民只得投靠豪强，听命给他们压榨、也给他们提供保护的寨主，甚至当地县吏。①

为什么漕运不开海路："朝贡"与"海禁"

也许有人会问，既然漕运系国家命脉，为什么不开海路而一根筋跟黄河过不去？此等在今天看来如此简单的问题，那时却是行不通的，因为"海禁"。

"朝贡"与"海禁"，明王朝既定国策。

一左一右，从当时黄淮入海口的山东石臼港和江苏连云港溯流而上，连接西端的终点荷兰鹿特丹港，构成今天的欧亚大陆桥，大陆桥之间有座十七世纪古丝绸之路的重要城隘——嘉峪关。

"……景色凄凉，无以言表。如果人类的悲伤曾经在哪个地方的空气中留下过痕迹，那一定是嘉峪关。几百年来，经过关口的是无数绝望的人流——失宠的官员、获刑的罪囚、无家可归的浪子、恐惧的逃犯……城墙上写满了由一颗颗破碎的心灵泣血而作的诗歌。"

此为十九世纪初一位西方行者对嘉峪关的印象。

公元1605年，也就是明王朝统治中国的第238年10个月的一天，一支从印度出发的商队经过三年跋涉，终于到达祁连山下这座宏伟的关城。商

① 马俊亚著：《近代淮北地主的势力与影响：以徐淮海圩寨为中心的考察》，《历史研究》2010年第1期。

队中，一位叫鄂本笃的葡萄牙“商人”兴奋，又担忧。因为他知道，此时的河西走廊已没了以往的通行便利，怎样才能更快地通过这个关口，探寻到他所需要的秘密，一切都是个未知数。

鄂本笃此行是受罗马教廷和葡萄牙国王派遣到东方探秘。五百多人的浩荡商队从印度出发，经过今天的巴基斯坦、阿富汗，翻越帕米尔高原，尽管一路险象丛生，尽管一群随从只剩下了一个，鄂本笃还是越走心里越亮堂。在离开印度两年后的1604年11月，在塔里木盆地一个叫察里斯城的地方，一个穆斯林商人告诉他，他们刚刚到过北京，那里还住着一些耶稣会的神父——那、那给教廷致信的利玛窦也肯定就在其中了！

当鄂本笃在甘肃酒泉遇阻，即让捷足先登的商人给利玛窦捎去一封急信，求他利用在京城的关系助一臂之力，以便让他早日到达那个神秘的都城。

从汉武帝开丝绸之路，至13世纪初蒙古人三次西征，这条东西经济、文化交流的“运道”虽有时被堵塞，但总的趋势是川流不息。明王朝建立，国策制定即严密布防，1372年嘉峪关春动工修建，1539年完工，前后历时168年。与此同时，王朝还在关外建了七个卫所。与其说这些卫所也给丝绸之路以安全与畅通，倒不如说它使这条原来的通途变得关卡重重。

并且，在政治上实行“朝贡”和“海禁”政策。

“朝贡”是对外通商的一种制度，即鄂本笃所遇：所有外国经商者，须经六年一轮朝廷选定的72名使者先向朝廷进贡，朝廷以赏赐之名象征性地买下贡品，经允许，外国商人才有权在中国进行贸易。

或许，这就是国家垄断，国家资本主义的最初萌芽。

其实一进入中国，鄂本笃已经感到丝绸之路已经没有了旧时的自由与热烈，只有大明王朝对外人的重重戒备。但仍没想到这一关口竟比一路走过的险隘更让人望而却步。怎样才能争得寥寥无几的“使者”名额呢？尽管他是“官”的，但在这支商队中，他仅仅是个搭顺风车的买卖人。想借

“使者”身份最快到达自己的目的地，可是在这前不着村、后不着店的旷野，谁又认识这个“使者”，谁的“使者”？

日子在一天天无望的期待中度过，转眼又是一年，渐渐绝望的鄂本笃鼓足勇气再写一信，再把自己最后的希望托给一个进京的商人。

公元1606年11月中旬，这封信终于到达利玛窦手中，北京的传教士满怀感动，立即派修士钟鸣礼前往河西，接应这位虔诚的基督徒。

也还幸运，此时的鄂本笃已经入选可以进京的“使臣”，但此时的他已经身无分文，且忧劳成疾，当他躺在病床上读了利玛窦写给他的回信，不禁双泪横流。

就在钟鸣礼到达酒泉的第11天，鄂本笃的传奇人生溘然落幕。

即将落下的还有持续了1750多年、上演了一幕幕流光溢彩的丝绸之路的大戏。

刘大夏把郑和七下西洋的海图藏哪里了？

说“海禁”，要先说刘大夏。

就是在明弘治八年（1495）堵塞今兰考黄陵岗黄河决口，并在河北岸筑了长达360里巍巍“太行堤”的时任河督。

保漕堵口有功，史上明记，在刘大厦仕途经历中，还有一件“堵口”而改变历史进程，却鲜为人知。

明成化年间，距郑和最后一次下西洋已过去了三十多年，一日，太监劝宪宗效仿成祖重下西洋，皇帝下诏到兵部索要郑和出使的海图，然而时任东驾郎中的刘大夏却将这些资料藏匿起来。兵部尚书项忠没有找到航海资料，大怒，刘大夏则从容对言：“三保下西洋费钱粮数十万，军民死且万计。纵得宝而回，于国家何益？此特一弊政，大臣所当切谏者也。”

郑和下西洋，巨舶52艘，大者长44.4丈，宽18丈；中者长37丈，宽15丈，士卒及随行人员27800。从今江苏太仓济河镇出发，沿东海、南海下，经占城（今越南南部），爪哇（今印度尼西亚），暹罗（今泰国），锡兰（今斯里兰卡），最后古里（今印度）西岸返回，历时两年零两个月。

“体势巍然，巨无与敌，篷帆锚舵，非二三百人莫能举动。”有史以来最庞大的船队，也是世界航海史上最伟大的远航，比迪亚士发现好望角早八十三年，比哥伦布发现新大陆早八十七年，比麦哲伦环球航行到达菲律宾早一百一十六年。之后，郑和又分别于永乐五年、永乐七年、永乐十一年、永乐十九年、宣德六年六下西洋，历经三十余个国家，最远到达今非洲东岸索马里、亚丁湾的也门。七次航行总航程七万多海里，可绕地球三周余。

郑和七下西洋之目的，史上历来有不同争论。但有一个无可争辩的事实是，《郑和航海图》既给世人留下了的一份珍贵记录，又绘制了所经区域的地理概貌，郑和下西洋的部分随员后来撰写了一批有价值的文献，像马欢《瀛涯胜览》、费信《星槎胜览》、巩珍《西洋蕃国志》。如今，马欢岛、费信岛、巩珍礁均出现在了南海诸岛地图上。

无论怎么争论，大明王朝在610多年前已组成一支声势浩大的船队，且有了连续七次的远航。在大航海时代即将来临，横穿河西走廊的丝绸之路被数千里高山、戈壁、沙漠包括战乱阻隔、日渐式微的情况下，郑和船队以帆船辟出一条人流、物流、信息流汇合而成的海上丝绸之路，完全是汉武帝、张骞的“凿空”之功的翻版，但遗憾的是，它没有西方航海志全力扩张的直截了当之目的，没有相应的制度建立及意识形态引领，由此，七下西洋的壮举仅如昙花一现，在刘大夏所代表的旧有势力抵制下再也不见下文——刘大夏为保那一条具国家命脉意义的徐淮故道，为国家漕运的畅通，使尽浑身解数，以他擅长也仍不起根本作用的黄河堵口术，堵住了海上丝绸之路所将要撕开的开放的口子……但即便如此，郑和下西洋本身仍然把中国带进世界，也把世界带入了中国。船队“遍历诸番国，宣天子诏”“诸国使者随和朝见”，与青花瓷、茶、丝绸贸易不断发展壮大的同时，国内景德镇窑瓷、苏州丝织、松江绵织、福州造船及日用品，也渐形成新的制造生产与商贸中心。

再以郑和航海对应漕运看，七下西洋既有去有回，沿海漕运不更易如反掌？实际上，唐朝时，国家就以广州为中心，开出广州至波斯、美索不达米亚、马来西亚、朝鲜等多条海上丝绸之路。元朝开始，漕取海路或部分路线取海路，官方史书多有记载。《皇朝经世大典》记：“由大清河至利津河，入海接运。”“今春试行海道，其船一百四十八皆已至矣，其不至者七舟而已。”

“至元十九年，并开海运……自刘家港开洋……先得西南顺风，一昼夜约行一千余里，到青水洋……再得东南风一日夜，可至成山……可放莱州大洋……”

“延祐四年十二月……每年春夏二次海运粮储……皆以成山为标准……约量可到直沽海口。”

对于如何避开险礁，时人则记：“设立标于龙王庙前，昼则悬旗，夜则挂灯。”

对于如何躲避恶劣天气和利用潮汐，时人还收集总结了土著气象谚语：“前月起水二十五，二十八日大汛至”；“白露前后风水生，白露后头亦未已”等等。

从元到明再至清，清人李塨看到徐淮大河“河淮交横，上以阻漕，下以病民，岁靡金钱数百万，而终不得其理”的现实，分析原因，一语中的：“其本盖由于意在通漕，不在治水，有虽拂其性而不顾者。”

对于如何更好河淮治理，他说：“故治之之道，先在罢漕。”

对于漕运出路，他提议：“或招商，或海运。”并以“今天津岁有海船自福建贩货，直达无失”为例，指“海运何不可行……（漕）罢之无不可也”。

对海运实行之困难，他认为不在风浪而在决策者之明智。“然此功殊不易也，必在上者有定识、有定力，在下者无顾忌、无阻挠……然后功可望其成耳。”

对于此变之现实与历史意义，此公明确指出：“海运必宜复，不惟通漕，兼可于其中习水战，以防海寇也。”

黄河仍在流淌。黄河流进19世纪中叶，清继明制，因漕运仍然以持续的高压和无所不用其极的手段给黄河以最后的钳制，而此时此刻，风险浪涌的海洋已被西方列强踏成一条康庄大道。

1855年，黄河改道山东再入渤海，运河山东段淤废，淮黄不再济运，漕运被迫走海路。

1872年，洋务运动中成立轮船局，漕粮正式启用海船承运。

还是黄河，母亲河！慈祥、智慧、伟大的母亲河，历史的最后关头，给她所养育的子孙以超前的一击，从而完成一个历史性转折。虽然已晚了几个世纪。

泗水与宿迁之迁

淮河、泗水，原均为地下河，两岸无堤防。徐州、宿迁、泗阳（原桃源县）古来就在泗水之滨，清江、淮安、涟水（原东安）均在淮河之滨。自黄河夺泗入淮后，这些县都通临大河，形成卡口，常常决口被淹。明天启四年（1624），河在奎山东北决口，徐州“城中水深一丈三尺”；明万历四年（1576），黄河冲进宿迁县城，因之有“洪水暴发，一宿迁城”之说。泗阳老城在康熙六年（1667）于烟墩决口时，黄水侵城，四面浮沙高五尺，“城内如井”。

如上所述屡遭黄水淹没的古城，淮河两岸计有30多个。1949年后，徐州市内建设挖地基时，在地下10多米深发现老街道和房基；涟水县在城外挖深3—5米，才是原来地面。人民治黄以来的资料证明，自淮河会黄七百年间，两岸地面普遍淤厚2—5米。

宿迁初创城邑于淮河下游最大支流古泗水之滨，至今已有1200年历史。北魏地理历史学家郦道元著《水经注》载："泗水又经宿豫城之西，又经其城南。"

古泗水发源于沂蒙西南麓山地，水清河深，所以也有南清河之说。《禹贡锥指》说："泗水自泗水县历曲阜、滋阳（兖州）、济宁、邹县、鱼台、滕县、沛县、徐州、邳州、宿迁、桃源至清河县入淮，此禹迹也。"春秋末年，孔子到泗水县陪尾山的泗水上源，留下"逝者如斯夫"的感叹，这个"川"，就是泗水。可见泗水当时并不是一条小川。陪尾山西麓，至今还留着"子在川上曰"的古迹。

泗水河道深阔，尾闾畅通，鲁西南、苏北和皖北大片地区，当时都依靠泗水排洪泄涝。沂水和沭水都是泗水较大的支流，因为泗水中下段是南北走向，在航运中是难能可贵的可用水道，也是唯一能够沟通江、淮、河、济四渎的水道，且清而不浊。作为南北运河的核心河段，黄河入泗夺淮之前，宿迁是市井繁荣之邑。至宋熙宁黄河大水以后，城圮，宿迁城徙于西北，而故城则埋入泗水河底。万历四年（1576），黄河大水又没宿迁县城，县治迁马陵山脚今宿城镇。万历二十年，"河决徐州狼旋、磨脐二口，又马陵山水发，沂、沭并涨，海潮亦大上，邳、宿、安、海一带，悉沉釜底"。

明天启《淮安府志》载当时人口统计：隆庆六年，7765户；138262人。次年再统计，4222户，99990人。三十年后的万历三十一年，4555户，12222人。对于"沂泗如襟、黄运如带"的宿迁，从三十年前后人口变化，可想屡屡灾害所造成生命财产的重大损失。

由于宿迁境内黄河、运河的修浚治理直接关乎漕运安危，清康熙皇帝六次巡河均住宿迁。步先祖后尘，乾隆皇帝六次南巡，也经过和住在宿迁。以泗水为主干构成的中国东部古航运网，航运网之原名宿豫的宿迁战略地位有多重要？晋武帝太康元年（280），益州刺史王濬伐吴，友人与之书曰："自江入淮，逾于泗、汴，溯河而上，振旅还都，亦旷世一事也。"南北多事，中原用兵，"未有舍宿豫而得河济，逾淮清而取淮浦也"。杨策诗《宿迁道中》描绘：

斜阳明灭有无间，
一线长堤曲似环。
笑听行人齐指点，
片帆高出马陵山。

此时此城，宿迁已从泗水的丰腴之地搬迁至马陵山高地，举目一望，片片云帆正从头上掠过，一旦黄淮暴涨，那昔日给它千年养育的泗水，正以高屋建瓴之势带来灭顶之灾！

永沉水底的泗州城

古南北运道，由长江入海，由云梯关入淮、入泗，而达于河。淮水和泗水下游河道是沟通江、海与黄河之间水上通道的主轴。为此漕运，北周武帝宣政元年（578）设泗州，治所在宿豫县城，即今江苏省泗阳县郑楼乡古城村黄河故道，也就是当时的泗水边。隋大业元年（605）开通济渠，运道逐渐由北线（泗水）转为南线。唐开元二十三年（735），泗州城迁汴口临淮县城东岸。宋景德三年（1006），迁徐州驿，即今江苏省泗洪县临淮镇，泗州即为跨汴口两岸的城市，有东西两土城。明初，黄河分流多已堵合，全河入淮，水势凶猛，泗州恐首当其冲，遂合二城为一，并全部建为砖石城，周长9里30步，城墙高2丈5尺。《泗州志》载：州城共有五座城门，其中香花门在南门与西门之间。唐中宗景龙年间为迎僧伽真身从长安归泗而建，因以香花迎入，故名。五座城门都有月城和门楼，香花门楼上左右耳房，是乡绅捐建的弟子读书房。西门水关名金刚渡，北门水关名铁窗棂，香花门与北门水关南北向对。每城门下都建有水关通漕艘。城内有里城，城外有护城河，环城皆壕，壕内有城，濠外有堤，因沟壕纵横，所建桥梁也多，计十六座之多。“城上跑道俱阔一丈有奇。”

有“水陆都会”之称的泗州，《泗州志》述：“北枕清口，南带壕梁，东达维扬，西通宿寿，江淮险扼，徐邳要冲，东南之户枢，中原之要会。”“天下无事，则为南北行商之所必历；天下有事，则为南北兵家之所必争。”

作为此一地区的政治、经济、文化中心，泗州古城共有五个贸易集市，15条街，34条巷道，常居住户9000多户。官衙、署、书院、寺庙、亭堂楼阁应有尽有，这样一座“山水朝拱、风气凝萃”的好去处，自然吸引诸多文人墨客。李白、白居易、韩愈、苏轼、王安石等都在这里留下了足迹和诗篇。

我们已经知道，泗州治所北13里杨家墩即明祖陵所在地，对于工部奏疏“王气所钟，命脉所系，圣子神孙，万世无疆之石基”的“国家根本重地”，一代治河能臣潘季驯在“保陵、保漕、保民生”三者之间，他怎样选择，答案自不待言。为首要保陵，次也保漕方针所筑的高家堰，先把坝西数千平方公里乡村市镇变为鱼鳖乐园的同时，又在堰东上空悬一把每年必落的利剑。即便到明灭满兴保陵已不是大义的情况下，千年古城泗州也还是逃脱不了既定的命运。清康熙十九年（1680）黄河水涨，有着945年繁盛的古城湮没于浩渺大水，从此再无见天日。只有在特殊旱年的1966年，洪泽湖蒋坝水位跌至9.68米，全湖现底，原来城墙一度露于水面。淮河大桥施工资料记述，在靠近淮河边钻探，发现有碎砖、瓦片、木材、兽骨等，为泗州城墙及房屋遗迹。

而在此前四百多年间，泗州淹城34次，平均27.8年一次。以后“蓄清刷黄”再抬高淮河、洪泽湖水面，至康熙十九年，淹城已达7.2年一次。昨日繁华城池，今日陷入泽国，当时人们并不易接受。当地文献资料记载，1680年淹城后，官民“俱架木以栖，绝烟数日”，还幻想像以前一样，等待大水退去，重整家园。直至康熙二十五年连年大水，“泗州城已不见踪影”，州署则“寄治盱山”。九十七年后，乾隆四十二年，才无可奈何迁至虹县，即今安徽省泗县，州县合一，仍名泗州。

1977年3月治理团结湖时，沉沦三百多年的明祖陵重露水面。1982年，对陵地原地面测量，原地面与现地面实测高程相差11.57米。①

不消说，永无天日的古泗州城，也湮灭于这个深度。

下游古湖湮灭于无，唯洪泽生于乱世

洪泽湖是潘季驯为“以清刷黄、以黄济运、先保陵、后保漕”而兴的人为水工，属黄淮海平原与北亚热带长江中下游区过渡带的过水性湖泊，水域面积随水位波动，正常蓄水位12.5米时，面积达2069平方公里，容水量31.27亿立方米。当水位达13.5米时，湖区面积则扩展为2231.9平方公里，是中国第四大淡水湖。

在百万年前后黄河贯通过程中，共和古湖、河套古湖、汾渭古湖、三门古湖等诸古湖消失，黄河泥沙又把下游河南荥泽、圃田泽，山东菏泽、

① 范成泰著：《泗州城的淹没思考》，《黄河史志资料》1999年第1期。

巨野泽，河北大陆泽全部湮废之后，洪泽成为黄河下游徐淮故道唯一新生并保持至今的湖泊。

洪泽湖古称富陵湖，胚胎始于唐宋以前的富陵、破釜涧、泥墩、万家等原先并不相连的小湖群。而小湖群之所以形成，是因淮河下游古地质运动所造成的凹陷，众多小湖连成一片，则是因为七百多年前黄河夺淮，黄河居高临下，倒灌入淮，黄淮合流湮水所致。

盱眙自古认定为淮河中下游的节点，现今人们却只见上中游，不见下游。六百年前的明代起，盱眙以下淮河便在黄河夺泗入淮的数百年汹涌中，已全然不见了她俏丽修长的倩影，代之而兴的则是平地冒出的这一座大湖。

由于淮水滋润，洪泽湖一带远古时期就有古国、古族。春秋后期，吴王夫差辟连同江淮的运河邗沟，原富陵便成为江淮水利枢纽。东汉兴利开田，陈登曾在今洪泽湖大堤北端修筑30里长的捍淮堰，也就是今高家堰。三国时期，曹丕大兴水利，曾在此屯田49所，开水田12000顷。清《续行水金鉴》记，当未大成湖时，现湖波荡漾之下，有洪泽镇、官道、驿舍，市贾商旅辐辏。

“洪泽”之名始得于隋。隋炀帝开通古运河通济渠后，兴游江都，龙舟之中看到盱眙以北30里的破釜塘雨后与诸小湖连浩渺一片，遂将破釜塘改名洪泽浦。

泗水入淮之清口、通济渠入淮之汴口和邗沟入淮口的南北航运枢纽地位，使这里不仅成为鱼米之乡，还成为农耕文化、商业文化、南北文化的交融地带，因之淮河人更珍爱富陵、泥墩等湖群，看它们与淮水的亲近，稚童一样无邪地依偎于淮水母亲身旁，直到宋元之交淮河被黄河统一。

以后黄河夺淮的历史我们在上述篇章已大体介绍，以一河之体容两河之水，且是世界上含沙巨量的大河之水，这就让原洪泽湖区首当其冲。特别是潘季驯总理河道前后全面实施“束水攻沙”战略时，一方面修今宿迁境内的归仁堤，阻止黄水南入洪泽，一方面修建长达60里的高家堰，全面切断淮河岔流，蓄全淮之水于洪泽湖以抬高水位，然后再通过清口放进黄河逼淮注黄以清刷浑。客观地讲，潘季驯治河思想实施，确实改变了嘉靖、隆庆年间河道“忽东忽西、靡有定向”的混乱，达到了“两河归正、河刷水深”运道畅通的目的，但不断而来的泥沙和志在必堵的治水思想，只能使黄河大堤越来越高。道光五年（1825）河督张井奏称：“洪泽湖现在水深一丈二尺八寸，较量现在黄河水面，尚高于清水五尺二寸，以致……通局受病，全在黄高。”此时，河、淮、湖的势位分别是：淮河基本不再入黄河，洪泽湖失去蓄清刷黄作用，黄河成为高于洪泽湖水面的悬河。至清一朝，黄河河底已高出洪泽湖过丈，水涨堤高，堤高水随，每遇大水，河水倒灌洪泽，清康熙十六年（1677），即便湖堤全部改建为石堤，并特别修建了“礼、义、仁、智、信”减水坝用于非常时期的泄洪，此时，洪泽湖水位已高出大堤以东里下河地区地面4—6米，洪水时则高出6—8米。黄河悬河，洪泽也“悬湖”了。

“堰堤有建瓴之势，城郡有釜底之形。”万顷湖水全仗一座大堤，纵是铜墙铁壁又怎样？从公元1575年的明万历三年，到清咸丰五年黄河再改道北流的280年里，洪泽湖溃决140余次。1851年的清咸丰元年，黄淮并涨，浩瀚的洪泽湖水，终猛兽一样将三河口礼字坝冲垮一路奔涌而下，千古淮河在黄河的欺压下最终也只能被迫改道，从高家堰决，下三河，绕高邮、宝应诸湖南流，再穿大运河，在三江营注入长江。淮河从此由独流入海变身为长江的支流。

从一统大河分裂出去，为了自己的归宿，暂时又投至长江怀抱，虽然它终究还是会回来的。

而在此前，清康熙十九年（1680），黄淮特大洪水并发，千年泗州古城和明祖陵彻底覆没水下，4000平方公里的洪泽湖俨然已成为黄海的微缩版，至此，湮废于底下的已有古徐国都城、盱眙古城、大徐城、石鳖城、富陵县城、泗州城。水下有城，城下有镇，镇有洪泽镇、龟山镇、渎头镇、安河镇等。[1]湮废的自然还有水深火热中的民生。

云梯关沧桑

苏北响水县黄圩镇云梯关村内有一巨碑，上刻四个楷书大字：古云梯关。《阜宁县志》曰：时海岸“有土套（河湾）十余，形若云梯，故以名云梯关”。

“淮流顺轨，畅出云梯。”云梯关原是淮河的入海口，在明代还是苏北有土城五座的海防重地大河卫，是全国329个卫之一。卫所就在云梯关——那时，河口已被黄河泥沙推出几十里了。

黄河夺淮入海前，云梯关是当时重要海运门户，常有庞大漕运船队，由云梯关出入海口。明清之际，此处是苏、鲁、辽民间海运要道。1971年，建造黄圩翻水站时，在王码头、杨码头之间工地的十米深处，掘到多件沉船物。2005年，盐城市考古调查，在云梯关遗址地下4.5米深处，分别发现保存完好的明代房址，应是当时禹王庙和望海楼遗迹。那时，云梯关向东不远，还有古水井一口，因甘洌而被誉为“淮北第一泉”。

清康熙二十四年（1685），清廷颁《弛海禁》，结束了从明初就开始实行的“海禁”，在沿海设四大海关，云梯关即“江海关”所辖部分。随着“海禁”放松，漕粮也变河运为海运，当时漕运北京主要有两条路线，无论哪一条路线，都要经云梯关入海北上，再加上民间商船往来，云梯关遂成为河、海、陆交运枢纽。

南宋黄河夺淮南徙后，由于黄河泥沙大部分输送入海，使海岸线不断

① 辛德勇著：《黄河史话》，社会科学文献出版社2011年版。

淤积延伸，至清康熙年间，靳辅治河时说："云梯关者……乃黄、淮二渎所由以入海者也，往时关外即海。自宋神宗十年，黄河南迁，今仅七百年，而关外云梯关远至一百二十里，大抵日淤一寸……"康熙十一年（1672），黄河决口20余处，河口淤积断流，靳辅自清口以下至云梯关150公里的河段，挑挖引河以导其流，并采用"以堤束水"，于关外两岸滩涂上筑堤，从此二渎就范，河口通畅。为了防止河口淤积，还在云梯关以下设置河兵千余名，浚船70余只，船尾各系"铁扫帚"共2000余个，每月初一、十一、二十一日于河口溯流刷沙，认为数年之后河底刷深，两岸堤防皆可弃而不守。但实际效果甚微，浚淤从此中断。到道光五年（1825），自云梯关外到河口，北岸有堤长68.5公里，南岸有堤长63公里，道光六年又继续接长，一直维持到咸丰五年（1855）铜瓦厢改道。

康熙三十五年（1696），时总理河道大臣董安国说："云梯关以下为昔年海口，今则日淤日垫距海二百余里。"

黄河南侵最初几个世纪，黄河分别由颍、涡、濉、泗几条河道入淮，水势因分流而减，泥沙也在河道中淤积或泛滥至沿程洼地，因之入海泥沙不大，河口海岸延伸并不太快。直到14世纪末，海岸仍没有到达今江苏响水、滨海、南阳、四灶、大丰一线。明嘉靖（1522—1566）后，全河由泗独流入淮，入海泥沙激增，海岸延伸加速。从原来每十年延伸一里左右，加速为每四年一里，到1855年黄河北徙前，则每两年就延伸一里。

连云港市东北有云台山，旧称郁州，连云港则称海州。从先秦时代地理名著《山海经》到以后史籍，都记述它是海中的岛屿，隔海与海州相望。康熙前期，云台山仍孤立海外，而现云台山地区，包括前云台、中云台、后云台等大小几个互不相连的岛屿，由于泥沙不断被海流沿岸推移，致使这里的海岸逐渐向外伸展，最后与这些岛屿连成一片，变岛为陆。

而与此相反的是海岸线蚀退。清咸丰五年，黄河在铜瓦厢决口北徙重又回归渤海后，海岸在风浪、潮汐作用下，原河口沙嘴岸线塌陷后移。苏北海岸即由原来不断往海里延伸变为后退。一百多年来，海岸后退已近40余里，致使逐岸而居的一些村庄塌陷而再次回迁。

同样，小范围不断改道的当代三角洲，1947—1985年三十九年中，河口范围内海岸线蚀退面积330平方公里，占造陆面积四分之一。

第十章

治与乱（大河治理）

使河如带，泰山若厉。国以永宁，爰及苗裔。

——汉高祖封爵之誓

桃花峪至入海口为下游河道，长786公里，落差只有95米。上宽下窄，最宽处20公里，最窄处如山东艾山仅400米。河道宽浅致河势流乱，泥沙堆积又使河床逐年抬高，水涨堤高，人类只得依靠堤防束水行洪，从而形成滩面高于两岸3—5米，部分地段高出10米以上的“地上河”，为世界著名“悬河”。

水体宽浅、汊道纵横、沙洲密布、流向多变的游荡性河道，在下游孟津至东明县高村299公里范围内最为典型。再上还见龙门至潼关“平河”。这些河段主流变化无常，有的一夜间主流就摆动6公里多，“十年河东，十年河西”。关键是此“游荡性河道”内连续淤积所导致的斜河、横河顶冲堤防，无论什么堤，怎样防，也无法遏止洪流最终跃出人们苦心经营的堤防而一泻千里！信史以来至1949年，2600余次大决口、26次改道、5次大改道的周期性改道，终致使这条养育了无数子孙的大河，成为“中华之忧患”，也由此催生出无所不用其极的治河方法和乱世英雄。

其中上章所述徐淮故道，明四任河督潘季驯治河理念与方法，常为业界推崇。只有黄河变迁史专家岑仲勉和中国海洋大学侯国本不以为然。

战国结盟的治河原则是“无曲防”，西汉贾让“不与水争地”，东汉王景“十里立一水门，令更相洄注”，明代潘季驯“束水攻沙”……而最终——也是最先、最佳的“疏”，却在几千年的治河史上屡屡被视而不见。疏，大禹得道，针对其父鲧的“堵”——鲧堵河无功，被“殛于羽山”，禹反其道而行，置之死地而后生。千百年来，母亲河仍一如既往，泥沙俱下，时而溯源冲刷，时而又溯源淤积，以至于清时魏源仰天长叹：

“吁！国家大利大害，当改者岂惟一河？当改而不改者，亦岂惟一河！”

以孟津为顶点，看大河左翻右滚

从内蒙古托克托河口镇到河南桃源为黄河中游，是治水机关的区划。但从地理位置上看，黄河中下游的分界是豫西孟津，就是有刘秀坟、河图庙的孟津。现在，就让我们站在孟津，顺着河流的方向，从左至右做扇面眺望，看千万年来，黄河在这片平原上怎样游荡。

东北方向：浚县、濮阳、大名、巨鹿，穿过冀中平原，最后，视点落在天津静海——那是禹河故道，古黄河时而从天津静海，时而从河北沧州入海。

然后，再从顶点看向东南：徐州、宿迁、古泗州、云梯关，沿贾鲁河、颍水、涡水、淮河一线，明清故道的大河，从江苏涟水入黄海。

两条斜线之间的三角地带，25万平方公里。周定王五年以来，黄河5次大改道，1500余次小改道泛滥的游荡范围。从洪荒年代到蒙昧时期，从史前到文明社会，巨泽大原，黄流泥汤，河自北向南，再自南向北，横扫过去，横扫过来。一次摆尾，即为沧海；再次翻身，已是桑田。

有文字历史以来，对洪水的最早记载是战国魏襄王十年，“河水溢酸枣郡”。以后，秦决通川防，黄河下游河道堤防统一，河决也随之而来。

古人说，没有不被挖掘的王墓，同理，没有不被冲决的堤防。

“道光二十三，黄河涨上天。冲走太阳渡，捎带万锦滩。”当年黄河民谣所说清道光二十三年洪水，当时官方上报陕县万锦滩水情：“前水尚未见消，后水踵至，计一日十时之间，长水至二丈八寸之多，浪若排山。历考成案，未有长水如此猛骤者。”以后黄河水利委员会水文人员经调查洪水痕迹后分析推算，当时陕县洪峰流量约为36000立方米每秒。

1933年8月10日，黄河陕县水文站发生了自1919年建站以来的一次最大洪水。最大含沙量达519公斤每立方米，最大12天含沙量达21.1亿吨。《长垣县志》载："两岸水势皆深至丈余，洪流所经，万派奔腾，庐舍倒塌，牲畜漂没，人民多半淹毙，财产悉付波臣。县城危垂，且挟沙带泥淤淀一、二尺至七八尺不等。当水之初，人民竞趋高埠，或蹲屋顶，或攀树枝，馁饿露宿；器皿食粮，或被漂没，或为湮埋。人民于饥寒之后，率皆挖掘臭粮以充饥腹。情形之惨，不可言状……"

在人类文明还没有达到干涉河流自然游荡的洪荒时期，天然状态下的河道通过摆动和迁徙，可以找到沉积泥沙的广阔空间。随着人类社会的发展，堤防形成并不断完善，河道摆动的范围受到约束，泥沙出路也因此受到限制。

作为一条能够出海的河，河口是一个巨大的开放系统，但排沙入海也不是大到没有限度，日夜不息的海洋动力只影响到河口和所涉浅区，一旦河口淤积使河道纵比降达到平衡，这个运动也就停止，河道即由溯源冲刷变为溯源淤积。

纵观历史，我们不难看到，禹河故道之所以行河千年，除去海洋动力外，最主要的还是有河道下游巨大的"调节水库"，即大陆泽上下湖泊群。

到西汉时，下游湖泊减少，来沙量加大，并且容沙空间急剧缩小，所以只行河六百年。

王景治河以后的东汉河道，流程短，流路地势低，再就是还有分流，黄河一部分通过汴渠入淮，入大野泽，所以行河八百年以上。

北宋时的"横陇""东流"河道处，西汉、东汉河道之间，"北流"河道又处禹河、西汉故道间，该故道均长期行河并经年屡决淤积，所剩泥沙空间无几，虽北宋以举国之力治河，但仍然无济于事，黄河很快就进入徐淮故道。

观察黄河下游，淤积最严重的河段并不在峡谷出口附近，而在孟津以下200公里至400公里的河段内。根据1950—1997实测资料分析，现行河道夹河滩至孙口河段河长169公里，占下游河道长的22%。而淤积泥沙40.3亿吨，则占下游淤积总量的44.2%，形成明显的淤积驼峰，从而引起强烈的河势游荡。因此，这一河段成为历史上决口、改道最为频繁的地区，历史上大改道均发生于此。如公元前602年宿胥口，公元11年的魏郡，公元1048年的商胡，1855年的铜瓦厢决河改道，也在此范围之内。①

下游河道变迁频度高、幅度大、流路复杂，但综合考虑其变迁过程，一个明显的演化规律就呈现出来。

黄河从这里要么北行，要么南行。南行往往发生在北行之后，因此统观下游河道北行到南行的全过程，可以发现其基本移动规律是先自西向东摆动，呈扇面形展开。在这样扫过整个华北平原一周后，又出现向北回摆的趋势。

黄河从中游峡谷进入下游平原，比降骤然减小，流速随之降低，又加之下游河道上段，即上述河南孟津以下河道又宽又浅，再下山东则河道又窄，所以泥沙就大量淤积下来，因淤积而决口，因决口而泛滥、改道。决口改道的起点，往往都在上述河南范围。

道光二十一年河决祥符之众生相

“……是年水涨异常，入伏尤甚。六月十六日黎明决三十一堡……由南门滋入……深及丈余，庐舍淹没，人皆露居城上……遇树杪而覆溺者极多……”此为光绪《祥符县志·河渠志》所载文字。其中城、门指开封古

① 2015年5月13日豫西黄河局调研员常国俊座谈及王渭泾研究观点。

汴梁城。此时汴梁城早已从国都降格于省城。

“人民同鱼鳖之游，村落尽蛟龙之窟。”“痛定思痛居士”所留《汴梁水灾纪略》对这场洪水如此记述：

“……登城一望，月光照耀，势如滚雪，一喷数丈。四面声如雷如钟……四郊居民淹毙者十之四五。附堤居者皆奔赴堤上，多半不及携带衣粮。其他村落，或升屋聚号，或攀树哀鸣……又或有饿极复投水死者，惨凄不堪言状。”

一般说来，黄河水性善和，只要看着洪水不是特别巨大，滩区村民都原地待着不去逃水。我在菏泽采风就听到这样的故事：20世纪50年代，大水到来前政府组织村民搬迁，一个年过五十的老太太守着老屋不动，因她年轻时遇到多次，水进了屋，她爬到床上；水没过膝盖，又爬到房顶；水没了屋，又爬到树上，眼看着水退去，无恙。

还有一个年轻媳妇，大水来时她正在屋里织布，屋里进水了，她凭经验看水并不是猛涨趋势，就继续手里的营生，直到织完想织的那块布，水也不长了。

当然，以上所述都是平常洪水，道光二十一年开封所遇就没有这么乐观了。

六月十六日河决这天，城内市民许清如为其亡父做忌辰纪念，请来和尚诵经，全家男女均赴远处墓地，只留其弟、弟媳留守门户。晚上正在招待客人吃饭，河水来了，慌乱中的他们急忙用树、草扎一筏子躲避其上，不出数里，船筏散架，转眼间人漂没了。许清如被水冲至护城堤东南一角，只见水已漫平堤顶，但见水内有如黑牛四、五头，以角撞堤，堤旋即决开。接着又见一位白须老人时出时没，手握量尺左顾右盼，抛掷水面。又有什么物什如苇席，长数丈，宽五六寸，随老人做蜿蜒状，后面跟一条数尺长的蛇。许清如此时已人事难省，只在昏寐中念：此必河神，如得不死，祈神仙遇身而过。不时，蛇自左肩盘旋而去，他被洪水送至下游一人家残存的草垛上得免一死。至二十日，也就是洪水五天后，搭船进城，但见断壁残垣的家已半没黄河之下，除他之外，阖家老小无一幸存。

“河神”救许清如一命，而南门城壕外贡庄何仓平女眷看到的则是平时供在河庙里的“四大天王”。十九日天将明未明，已经避水爬到树梢、手拉两小侄、三日三夜不敢合眼的何仓平女眷，在东南堤口初开，水势汹涌东去的水面上，只见“漂物数十，皆圆如巨瓮，长丈余，白色，时隐时现，后随巨人四，皆紫面绿发，如庙中泥塑四大天王，出半身水上，左右顾盼，作指挥状”。

此等情景避水西南堤的南乡李乐园敦复先生也有同样见证：十九日黎明，先生忽然被鼓角惊醒，但见“水上仪仗甚多，骑者前导，一肩舆在后，如达官出行，内座一人龙首，自西北来，向东南去，即东南护城堤口开时也”。

如果说许清如等所见的是神迹，并且还把自己亲历所闻记在了纸上，而张王氏所遇异象，则是人了。在这里，人更让人惊悚。

十六日，张王氏赴宋门外探拜姨母，水到来后，城门堵塞不能回归，就与姨母一家暂栖于树梢上的筏子上。十七日夜将明，“忽见筏端有一男两女半身于水上，女皆粉黛，见如绣士，方巾白襕，手持书一部至筏上看”。筏上所居之人面面相觑，大气不敢出一口，如庄稼叶子上的虫子，紧贴筏上，闭上眼不敢再看。偶露眼偷窥，还是原来样子。一会儿后，粉黛白襕的男女就无影无踪了。

熟悉汴梁开封城的人都知道，当时城有门三重，目的即防洪。十七日一早，城壕古柳干杈已被大水没入，曹门头层门瓮城内水深丈余，二重门水已浸。候补县令罗凤仪见二重门不可保，急雇民夫堵第三重门，奈民夫寥寥，危在瞬息，这时拔贡常茂徕、职监石铦出现了，接着举人李元焘、附贡生石绅庭等相率走街串户，声言：“顷刻水将进城，吾辈不可不顾身家性命。今日之事，有钱者出钱，有力者出力。于是商民携畚箕、囊橐、扛缗钱者，皆蜂拥而至……时将未初，有人报城东南隅水门洞溜已浸入，无人守护。绅士等与罗凤仪面商，派生员杨经畬、杨春锦等率二十余人，扛杉木、土袋并缗钱驰往堵御……时已将暮……呼应无人，绅士等坐至二更……”

是晚，已被洪水围困的曹门呼喊求救者声如鬼嚎，均在大水冲击下不能上城。这时，不知哪一乡绅高喊：“有能救得一人者，送钱一千文。”重赏之下，必有勇夫，转瞬之间，已有二十余口被救。

城陷洪流，生死关头最能彰显人性本色。此时，能够入口充饥的食粮成为缺货，而平时价值万贯的钱银则瞬时贬值。自水围城后，银价每两降至一千文，后又跌至八九百，较平时几近减去大半，米面则价增一倍。《汴梁水灾纪略》这样记载：这一天，奇货居囤的协聚米店被饥民抢掠一空，双盛酒店酒瓮则全被推倒，土街森茂杂货店及北门大街、曹门内火神庙街铺店，亦多被抢夺。生死无望、饥不择食的灾民面对富户高门坚墙，径自破门而入。又自水进城后，居人被淹，多半逃避四城及鼓楼上，家内无人看守，奸宄之徒乘势凫水入室，席卷无遗，甚或白昼抢夺。祥符县报抢窃呈词日不下数百张。闻有李某（或言姓杨）于西南隅扼要处，乘巨筏，手持大刀，截夺包裹甚多，堆置一处，令失主认取，颇快人意。

十九日，水大落。自东南隅苏村口、红沙湾以北冲开堤口数处，南门水势渐缓，举人贾奉乾、廪生陆西铭、高士良等，同各官督率民夫乘机堵御河岸，汴梁城内水势渐撤，只留深潭犹二丈余。①

黄河自古以来即以善决善徙而著名，洪水到来，无有不决之理，但每一次决口原因却各有异。道光汴梁大水过后，人们分析查找原因，却见此次天灾原为人祸。

六月十六日午刻，城内外惊传祥符三十一堡决口，巡抚牛鉴第一时间赴河堤，总河文冲则在黑岗口堤上把守，署布政司张祥河、开封知府方宗

① ［清］痛定思痛居士著，李景文、王守忠、李瑞波点校：《汴梁水灾纪略》，河南大学出版社2006年版。

钧驰至西北护城，却见据守老人寨的河兵无一人影。河兵系军事编制，专守大堤的职业守河队伍，平时根据需要扼守险处。此处险关本由河营守备王尽孝担任，俗话说养兵千日用兵一时，在这生死攸关的时刻，这个王尽孝干什么去了？原来，这天开归道（河官名）步际桐见水势浩大，恐冲开大堤省城受害，当即出三百贯钱给王尽孝，责令守好河堤，以保省城。王守备把钱装进腰包，以为漫水就是漫水，慢慢也就退了，遂揣钱归家聚赌，从而使抢险错过时机，酿成滔天大祸。

国人向来信因果报应之说，守备玩忽职守，所作所为，无论于情于理于法自然都说不过去，为此，痛定思痛居士也特记上一笔：……未等国法绳之，此公大水过后一病不起，数月后即一命呜呼。如此，乡邻百姓也还怨愤不过，以为老天施之惩罚还是轻了些。

中国士大夫阶层自古有读书识理之说，由于多年儒家文化传统浸染和自身所居经济地位，遂使其成为历代统治阶级和平民百姓的基础与引领，所以在旧时中国县乡阶层，有乡绅之治古风。本次大难来临之际，如上所述李元焘、石绅庭、罗凤仪等，无论举人、贡生、监生危难当头挺身而出，再以《祥符县志》所载看河南巡抚牛鉴如何表现。

“二十三日水愈大，环城巨浪澎湃，声若雷鸣，人民震骇。巡抚牛鉴日夜驻城上抢护，俟城下塌，拆孝严寺、铁塔寺、校场、贡院砖，掘公离假山石、棚板街石板，抛城下堵之……危机时，巡抚跪泥淖中，吁天号泣……”

“……天道福善祸淫，作善降祥，作不善降殃，理有固然，未尝偶爽。黄河于本月初八日以后非常盛涨……数百万生灵呼号颠连之状，惨不忍睹……揆之福善祸淫之理，此必汴梁省城官吏贪污，士民作孽，以致上天降灾……百万生灵行将尽成鱼鳖。如以为民罪可逭，即祈上天默佑，河水不长，雨泽不施，退出堤根，得以及早修筑。如以为在劫难逃，则鉴惟有吁恳天恩，身先受罚，或遭雷击，或遭瘟疫，或发狂疾自挝，或自刎，或自缢，或子孙殃折，以冀稍回天怒，于民灾十分之中轻减二三。若天意不肯示罚，则鉴誓必与阖城百姓同日受死，断不可偷生人世，贻封疆羞。”

中国有一成语，以邻为壑。滔天大浪之下，若无力回天，在上游堤岸或对岸掘出壑口引水外泄，自家地方即可保全。当此危急之时，当地同僚亦有此议。对此，巡抚苦祷中亦有明鉴：“乃或者议掘他方之大溜以解汴城之危厄，则汴京数百万之民固有命，即他方数百万之民亦有命。以汴京生民之孽而欲嫁祸于他方数百万之生灵，如果他方之民有罪，则上天早夺黄河之溜而降之罚矣，又何必假手河南巡抚而为嫁祸之事耶？若果有此事，不但鉴无以对彼方之民，是又于汴梁士民重添罪案。冤冤相报，何有终极？揆诸天理，实属难容。”

“天地神明共鉴此心，鉴虽粉身碎骨，断不肯为此负心之事。哀吁叩天，摅忱请命，不胜战栗恐惧之至。谨告。”

《祥符县志》记当时场景：“众见之皆泣，集者万余人，各携苇箔、秫秆、布袋、蒲包各物，极力堵塞，城始获全……”①

五次大改道

黄河大改道，是指大河在某一段发生决口后，不再回归原河道，另找一条新的流路入海，最后形成一条固定的河道，并具有完备的堤防工程，这才算是真正的改道。

淤积使河道成为地上悬河，悬河则必决溢改道。改道迁徙范围，西起孟津，北抵天津，南达江淮，纵横25万平方公里。自西汉文帝十二年（前

① 《祥符县志·河渠志》。

168）到清道光二十年（1840）的2008年中，计316年有黄河决溢灾害，平均6年半一次；从1841年到1938年的98年当中，计52年有黄河决溢，平均两年一次。河每次决溢，水冲沙压，田庐人畜荡然无存，黄河害河之名，由此而来。

有史以来大小26次改道中，最大的改道有5次。

第一次大改道，周定王五年苏胥口河徙。

《汉书·沟洫志》言："定王五年河徙。"清胡渭《禹贡锥指》进一步考证，"周定王五年（前602），河徙自宿胥口，东行漯川，至长寿津与漯别行，而东北合漳水至章武入海，《水经》所称大河故渎者是也。"按《水经注》记，大河故渎大致经今河南滑县、浚县、濮阳、内黄、清丰、南乐、河北大名、馆陶、山东冠县、高唐、平原、德州等县市境，德州以下复入河北，经吴桥、东光、南皮、沧县而东入渤海。

宿胥口河徙之后，禹河故道还有行水，至战国初期才完全断流。

第二次大改道，新莽魏郡河决。公元11年也就是王莽始建国三年，河决魏郡，口门在今濮阳西。《后汉书·王莽传》说："及决东去，元城不忧水，故遂不堤塞。"元城，今河北大名东，是王莽祖坟所在地，黄河东决后，其祖坟不再受河患，故决而不堵，造成大改道。改道后的基本流路走山东聊城以东，大清河以北，而濮阳以上仍是西汉的原河道。自濮阳以下，大河自由泛滥近六十年，至公元69年即汉明帝永平十二年王景治河时，才筑堤导使大河经今河南濮阳、范县及山东高唐、平原至利津一带入海。此一阶段，历经魏、晋、南北朝及唐、宋时代，行水八百余年。到晚唐及宋初，黄河在澶州（今濮阳）、滑州（今滑县）之间，又频繁决溢。

第三次大改道在1048年、宋仁宗庆历八年，河决濮阳商胡。在此之前的1034年的宋仁宗景祐元年，大河在澶州决口，溃水经今高唐、平原，会于原河道的支河赤、金、游三河，经今惠民、滨州入海，久而不塞。1048年，黄河在濮阳商胡向北改道，经馆陶、清河、冀县东到乾宁军（今青县境）入海，宋代称为“北流”。宋嘉祐五年（1060），黄河在魏郡（今南乐西）决口，分出一只岔河叫“二股河”，经高唐、平原，至利津北入海，宋代称为“东流”。先是“北流”“东流”并行入海，后因防辽军事需要，曾进行三次“回河东流”工程，均遭失败，直到北宋灭亡，黄河北流青县入海。

第四次大改道，南宋建炎二年杜充决河。1128年，南宋赵构王朝为了阻止金兵南进，由开封留守杜充在河南滑县以西决河，自此，河迁徙无定，分数股入淮入海。1194年（金明昌五年），河决阳武（今原阳），经今原阳、封丘、长垣、砀山到徐州入泗，夺淮入黄海。

元、明两代治河，以保漕运为主，堤防重北轻南。15世纪初，大河在郑州以下南岸分出四路入淮。明弘治八年（1495），黄河北岸加修遥堤，以防大河北犯漕运。自此，河势益加南趋，使一淮受黄全河之水。明嘉靖二十五年（1546）以后，开封至砀山修南岸堤防，大河有了固定河道，经今兰考、商丘、砀山、徐州、宿迁、涟水入黄海。这一河道，史称“徐淮故道”，行水七百余年。

第五次大改道，河决兰阳。清咸丰五年（1855），河南兰阳铜瓦厢险工河势下挫，险工以下冲决成口。时值太平天国农民起义，咸丰帝下诏，暂缓堵合，从此黄河夺大清河由山东利津以下入渤海。决口后，铜瓦厢以下无一定河槽，黄河泛滥二十余年。北岸尚有古金堤屏障，南岸则漫延至山东定陶、单县、曹县、成武、金乡等县，到清光绪年间的1877年后，铜瓦厢以下堤防逐渐修成，与以上河道堤防相连，至今为黄河下游现行河道。①

在黄河水利委员会资深专家徐福龄看来，以下情况不能算是大改道。

一段河道发生决口后，经过堵塞，又回归原河道。如汉武帝年间的公元前132年，河决濮阳瓠子堤，大河南流，泛滥达二十三年之久。又如1938年郑州花园口扒口，泛滥九年。这两次决口最后都进行了堵复，使大

① 徐福龄著：《河防笔谈》，河南人民出版社1993年版。

河回入原河道。

二是原河道分出一道支河，流一段距离，又回入正河。如公元前109年河决馆陶以北，分出了一条屯氏河，流到今吴桥县又汇入正河。

再就是两河并行入海。如1060年，黄河在大名府决口，分出一条支河，名“二股河”，与原河道并行入海。

如按以上标准，业内不少人认为历史上的26次改道，大多是决又堵复，不能算作改道，大改道只有5次。

黄河水利委员会编《黄河防洪志》所述大改道为9次。除去上述5次外，还有庆历八年1034年澶州商胡改道，1048年澶州横陇河道改道，1234年（南宋瑞平元年、金天兴三年）蒙古军决黄河寸金淀改道和明洪武至嘉靖间河道变迁，民国二十七年郑州花园口以水代兵改道。这些都是五次大改道之外的改道。①

“葵丘之会”与“无曲防”

黄河流到春秋战国，下游渐渐出现了堤防。首先是齐国——就是那个视儒教为无用、为束缚，而致力发展工商的齐国，它以鱼盐之利和有异于以后主流文化——儒文化的齐文化为两大支柱，取得七国之雄地位，向黄河争地，“齐桓之霸，遏八流以自广”，把大禹疏导的九河，堵塞了八支，以此扩大齐国的地盘，不使大河在下游平原上纵横漫流。那时，大河从孟津以下，经过多年漫漶，已自北向南、自西向东逐渐滚动，渐渐脱离了禹河故道，齐与魏以河为界，齐国在东，地势较低，先受洪水之害，于是距

① 黄河防洪志编纂委员会、黄河水利委员会黄河志总编辑室编：《黄河志・黄河防洪志》，河南人民出版社1991年版。

大河二十五里筑一道堤防以防洪水。赵魏在西，地势较高，由于齐国修堤后洪水威胁上游更威胁对岸，于是赵和魏也都在距大河二十五里的地方筑了河堤。那时的修堤水平，已有相当程度。《管子·度地篇》就有了堤防断面“大其下，小其上”，“春三月……利以作土功之事，土乃益刚。令甲士作堤大水之傍”等记载。但大河有了堤防约束，就牵一发而动全身，上稍有一曲，下对岸必受顶冲。诸侯修堤又各自为利，所以，公元前651年，齐桓公“会诸侯于葵丘”，在今河南民权县境，商量如何不以邻为壑还要把水治好的问题。

齐桓公即位三十四年后，他和管仲开创的霸业已达到“九合诸侯，一匡天下”。混乱的华夏世界重新看到了希望，或许新秩序正在降临？于是组织召开世界诸侯大会——“葵丘之会”。

春秋战国时代，人们还习惯于慢生活，葵丘之会从夏开到秋，最终，各诸侯在桓公率领下庄严宣誓：凡我同盟之人，既盟之后，言归于好。

会盟包括以下条款：

无雍泉——不得“曲防”，壅塞水道，以邻为壑；

无遏籴——不得在灾荒时，阻断粮食贸易；

无易树子——不得以嫡长子之外的人继宗法王位；

无以妾为妻；

无使妇人与国事。

看来，除去水道堤防整修规程外，与会各方还就其他共同关心的问题，如王位继承、女人干政等，也做了充分的探讨。实际上，还是没脱离儒文化意识形态。

这时的黄河在两岸堤防的五十里之间游荡，“宽缓而不迫”。

贾让之策，“不与水争”

河防策略上，有保堤与保滩之争。滩，即黄河两岸漫灌之后新淤出的土地，多在大堤之内。两岸百姓为保护滩地，又在大堤内建起围捻，以后名之为生产堤，为了便于耕种，沿河群众干脆搬进滩区安家落户。年复一年，到西汉时，黄河已成地上河，层层筑起的围捻把河道一步步逼窄。这种一步步与河争地的生产堤，在小水时可保护庄稼不受淹没，但到大的洪水到来，则势必影响洪流下泄，致大堤决口。

多少年之后，黄河水利委员会总工程师徐福龄观察当时废堤上的遗迹发现，从黎阳至濮阳东不到百里的河道，有形成5个顶冲的河湾，都是史上农人为保滩地依地理和水势经人工改造逐渐形成的，所以黄河不断在此决口。为保滩地一步步把水逼紧，就让河水没了更广阔的回旋余地。公元前7年（汉成帝绥和二年），皇帝征求各方面意见，待诏贾让应征上书，提出治河之策，是有史以来有关黄河下游治理的第一个规划。

一是“徙冀州之民当水冲者，决黎阳遮害亭，放河使北入海。河西薄大山，东薄金堤，势不能远泛滥，期月自定”。

贾让此策核心是解决黎阳已形成河流卡口的河段，掘开此堤，让河按河性自由流淌，西北入海。贾让认为，“出数年治河之费，以业所徙之民”，若实行这一方策，则河定民安，千载无患。故谓之上策。

二是“多穿漕渠于冀州地”，使民得以溉田，“分杀水怒”。这是在上策不实施的情况下，采取分水措施，兼顾灌溉、放淤、分洪、漕运综合考虑，两岸多开水门，“旱则开东方下水门溉冀州，水则开西方高门分河流”，这样，既可保黎阳以下河道安全下泄，又可淤改这一带盐碱洼地，而分洪后的退水，则可以通过漳河下泄，回归原河道。“填淤加肥”的盐碱洼种水稻，渠道则“转漕舟船之便”。

以上两策的核心思想是给洪流以出路，“不与水争地”。

至于下策，则就是维持现状：“缮完故堤，增卑倍薄，劳费无已，数逢其害。”

正如任何超前决策都不会得到当时决策层及大多数人认可一样，贾让上中两策均未能实现，故不到二十年时间，即公元11年的王莽始建国三年，大河就在魏郡决口，造成历史上的第二次大改道，西汉大河废败。

贾让治河的上中两策当时虽未被采纳，但他的治河思想对后世影响很大。黄河下游自明清以来，直到现在，有条件的地方，两岸堤距一般都保持在四十华里，符合贾让宽河行洪设想。中策提出分洪、灌田、放淤等方略，在黄河下游的今天也基本成为事实。

王景“汴、河兼治”，八百年安流

自王莽始建国三年（11），黄河在魏郡决口，改道东流南侵，以致河、汴决坏。王莽听任河道转徙，很长一段时间，黄河一直没有固定河道，处于一种不稳定的漫流状态。

东汉复国，到汉明帝永平十二年（69），朝廷决定治河，王景因擅长水利工程技术而受命。《后汉书·王景传》载：“遂发卒数十万，遣景与王吴修渠筑堤，自荥阳东至千乘海口千余里。”黄河经滑县、大名府、濮阳、范县、今山东东昌府、阳谷、茌平、禹城、平原、陵县、乐陵、商河、蒲台、博兴，最后从千乘，也就是今利津入海。

从王景治河直到唐朝末年，在长达八百多年的时间内，黄河仅有

40个年份有决溢记载，相对于决溢频繁的其他年代，特别是对比唐末到近代千年内大小1500多次的决溢，王景治河安流因此引起后世广泛关注。

徐福龄分析，王景成功主要是建水门。当时汴渠引水的水门早被冲坏，“水门故处，皆在河中”，首先重建水门，故王景“商度地势，凿山阜，破砥碛”，开渠口，直截涧沟，防遏冲要，疏决壅积，“十里立一水门，令更相洄注，无复溃漏之患”。

所谓水门，就是如此前汴渠的水闸，水大时浑水溢出，落淤后清水再流回渠内，不仅淤厚了渠堤，还减少了渠内淤积。

据岑仲勉研究，河、汴兼治是充分利用汴渠，分减了河势。他说，黄河穿过豫西高地后，正像奔马怒驰，不受羁勒，汴、济分河，把汹涌来势迎头一泄，那种影响非同小可。而且，入济则东出定陶，入汴又散入颍、涡各流，分途会于淮。王景治河后千年没大患，就是因为王景顺着黄河自己的运行规律而加治理。而同样有汴水，为什么北宋时期河患多？岑仲勉论定原因有二：一是东流之济，唐前已断绝，少了分泻；二是当时开封为帝都所在，不敢多放水入汴。

而在致力于稳定现行黄河入海流路研究并实施的李殿魁看来，王景所选千乘流路之所以千年稳定，正是之前贾让所设想的河道入海距离短，比降大，河水入海流畅。再就是此一入海口，恰巧是渤海湾的无潮点，如跷跷板的支点，入海泥沙少受海潮顶托而多被带到深海。这是20世纪80年代后期他们与中国海洋大学教授侯国本共同观察研究的结论。专家认为，此理论成果是黄河口研究的新发现。

王景治理后的入海流路史称东汉故道。

三次回河，黄河依旧北流

大河流进北宋，经历八百年无河患的东汉大河也到了该变身的时候了。自宋仁宗景祐元年（1034）到嘉祐五年（1060）的26年间，黄河出现三次大的变迁。一是景祐元年7月河决澶州，即今河南濮阳横陇埽，流入赤河，经范县、东平、阳谷、东阿到长清，仍入原河道。二是宋仁宗庆历八年（1048），河决亦是濮阳境内的商胡埽，经今大名、馆陶、枣强、衡水、乾宁军，由天津附近入海。对此河道，宋称为北流。三是嘉祐五年（1060），大河在魏郡之第六埽，即今河北大名县境，向东分出一道支河，名曰“二股河”，经今冠县、高唐、平原、陵县、乐陵，在无棣东入海，宋称为“东流”。

是尊重黄河的自然选择，任其“北流”，还是挽河“东流”，再回王景治河后东汉故道，朝臣展开白热化的争论，“东流”说以新党王安石为代表，其核心内容是北流黄河有三大祸患：侵占大量农田，影响御河漕运，而更重要的是影响国防，黄河北流就失去了阻挡敌人的塘泊天险。为消除各种祸患，特别是为巩固国防，阻挡辽国入侵，挽河东流，势在必行。

“北流”说以旧党司马光为代表，他认为，东流说所论及的三患只不过是殃及数州的小忧患，失去国防之险虽为大事，但那毕竟是远忧，对现实没有实际影响。相比而言，动用数路民夫从事繁重劳役，用尽河北、京东两地税赋才是更大忧患。而对于契丹人占据的北方，都是“自景德至今八九十年，通好如一家”的和平景象。

皇帝在截然相反的两种意见中左右摇摆，难以打定主意。

1051年，也就是商胡决口的第三年，大名留守主张堵北流，得到河渠司首长李仲昌支持，并建议先开六塔河引水入东汉故道，翰林大学士欧阳修坚决反对，上疏：“横陇湮塞已二十年，商胡决又数岁，故道已平而难凿，安流已久而难回。”接着又上第二疏，直指李仲昌所议开六塔河，“欲以五十步之狭，容大河之水，此可笑也”。奇怪的是，欧阳修上疏遭到大部朝臣的反对，嘉祐元年（1056）四月，皇帝下令塞商胡北流，引黄河入六塔河，因河不容，“是夕复决”，就是当晚就又决口了，“溺兵夫，漂刍藁，不可胜计”。第一次回河失败。

第二次回河是1062年，这次回河以新党王安石为相，命已从宰相位置退下来的保守党领袖司马光为督修。塞了又决，决了又堵，这时的宋神宗对治河已失去信心，拟“听其所趋”。王安石力主堵塞北流，熙宁六年（1073），在大名第四第五埽开直河，使北流回归“二股河”。不过黄河难以听命于王权，元丰三年（1080），又在澶州大、小吴埽先后决口，又复北流。回河东流第二次告败。

元丰八年（1085），宋哲宗即位，黄河又决大名，河北诸郡皆被水灾，从1086年开始，北流东流之争又起，朝臣以文彦博为首，主张回河东流，苏辙等人主张维持北流。后挽河东流派占上风，遂举全国之力，实施“孙村口之役”。从治河技术上讲，应是集北宋时期黄河治水技术之大成的一个巨大工程，这一巨大工程也为当时朝野的党争提供了绝好的工具。朝廷旨意常常朝令夕改，工程也时建时停，历经十年艰难竭蹶。尽闭北流不到五年，1099年6月，内黄决口，黄河又复北流。滚滚黄河东逝水，汹涌的浊流承载着中华四千年悠久历史，不吝日夜奔流至今，其中又隐藏着多少已知和未知的谜底！

对此，宋人任伯雨评价：“河为中国患，二千岁矣。自古竭天下之力以事河者，莫如本朝。而徇众人偏见，欲屈大河之势以从人者，莫甚于近世。”时翰林学士欧阳修在挽河之初一年间，就有四次上书，对挽河东流“知其有大不可者五”，他说“水润下之性”，“河本泥沙，无不淤之理，淤常先下流，下流淤高，水行渐壅，乃决上流之低处，此势之常也。然避高就下，水之本性”，“斡以人力而回注，此大禹之所不能”。四次上书，皇帝均“留中不发”，即束之高阁，弃置一旁。

弃之不理，当然也是一种理，这就是皇帝不认同欧阳修意见，而此时此地，庆历革新的风潮也在黄河北流其间出现，随着黄河北流、东流“二股河”的出现，引发了北流、东流之说，不久就开始提倡新法，新旧两党的政治斗争进入白热化，自然条件和社会条件相互影响，对立的双方都想推动历史车轮更快更好地向前，但是皇权的专制、黄河的暴虐、宦官程昉的野蛮、王安石变法的手段，以及既得利益集团顽强抵制新法的种种结合，就像他们共同治理的这条大河一样桀骜不驯，动荡非常。熙宁九年（1076），王安石辞去相位，被王安石誉为自秦以来黄河治理第一人的程昉，作为当时治水最高机构都水监下属的都提举官，在黄河治水中纵横发挥，令北流的黄河改道东流，在治水的同时，还利用河水为民造福。他的后继者，也完整地继承了他的治水方法。然以举国之力挽河到头只是一场空，黄河依然向北流淌。

林则徐：以戴罪之身抵决口之河

1841年，道光二十一年秋冬之际的一天，开封祥符就是我们上述痛定思痛居士专文记录汴梁水灾的地方，早已决口的黄河口门，此时从最初的300米冲决至1000余米，全部夺溜的大河以雷霆万钧之势，扑向广阔的中原，“田庐浸没，树梢悬棺”。谁救灾民以倒悬？挽狂澜于既倒？

伫立于岸口的文武百官，眼睛不约而同地投向其中一人。此人，既无官服，又不像市井之辈，等他拿主意。

此公何人？

林则徐，曾经的两广总督，就是把英人近两万箱118万多公斤鸦片销毁的钦差大臣，以后又充军伊犁的犯官。

林则徐销鸦片之举，世人无不知晓，但大多不知他还是治水能臣。

1823年，道光三年，江苏按察使任上，他奉命饬办吴淞江、黄浦江、浏河三江水利，对黄浦江进行疏浚，并挑挖了吴淞江，使三江宣泄无碍，两岸消灾。

1824年，洪泽湖大堤高家堰溃决，运河南北漕运不保，已丁母忧、居丧守制于老家的他，被皇帝特旨起复前往督修河工，使高家堰大工顺利实施。

1831年10月，他擢升东河河道总督，上任伊始，就组织“绘全河形势于壁，孰险孰夷，一览而得。群吏公牍，不能以虚词进。风气为之一变”。为确保“工固澜安”，上任一月间，对豫鲁两省7000多料垛逐一查验，发现疑点，即拆“按束称斤”，虚假有弊者，就地免职。道光皇帝赞叹：“向来河臣查验料垛，从未有精核如此者。”“动则如此勤劳，弊自绝矣。”

1840年，因鸦片战争爆发，革去林则徐两广总督之职，次年又以“广东兵政废弛，临事全无实用”之罪，革去四品卿衔，发配新疆伊犁戍边。半途中，他接皇帝圣旨：“折回东河，效力赎罪。”

原来，主持堵复祥符决口的大学士王鼎见自己和新任河督均无河工经验，上疏请留林则徐，求皇上同意。

林则徐审时度势，从口门东西两坝头开始，筑围坝2400余丈，在口门上游修挑水坝三道；又在凌汛中置十几只破冰船以护埽体；又在大坝合龙的紧急关头，克服北风骤起引发的坝头塌陷，历时八个月，如愿以偿。王鼎大学士在庆功宴上跪展圣旨，想自己奏本应再被皇帝采纳，那样人们心目中的英雄就得以免去戍边之苦，甚至官复原职，却没想到的是：“……着仍往伊犁。”

作为有功之臣的大学士王鼎回京后仍数次犯颜直谏，坚持保举林则徐重执兵权与英作战，遭到道光皇帝厉言斥责，极度失望的老臣决定以死陈情，在写完弹劾穆彰阿、保荐林则徐的遗疏后，于圆明园寓所自缢，终年74岁。

林则徐发往伊犁后，“浚水源，辟沟渠，垦田三万七千余顷”。道光二十五年（1845）重获起用，历任陕甘总督、陕西巡抚、云贵总督等职，加太子太保。以后又奉诏起用为钦差大臣兼广西巡抚，66岁病卒于出征途中。

林则徐西行流放这年，黄河在江苏桃源决口，洪水直穿运河，冲破遥堤，南河总督麟庆被革职。

1843年，黄河再发更大洪水，民谚“道光二十三，黄河涨上天”即是此次河决描述。大河中牟境内大决，上任不久的东河总督慧成被“枷号河干，以示惩儆”。仅这次堵口国库就耗银1190万两。

其实，对于这条大河运势，林则徐早有所虑，在给友人陈寿祺信中指出：“谓欲救江淮之困，必须改黄河于山东入海……若汉之王景”这一极富远见的主张，同其好友魏源让黄河在河南开封以上改道，向东北流经山东张秋、利津入海的观点不谋而合。或者有谋而合。

1841年7月，江南镇江一间客栈的木楼上，戍边途中的林则徐在这里与好友魏源小聚，临别，把一个捆扎严密的包裹郑重地交给了魏源：“这是两部书稿《华夏夷书》和《四洲志》，还有一些中国和西洋的文献资料，愚兄的忧思拙见与半生积累都在此了。我这一去生死难料，已无法完成此著，但中国欲强大，必须首先让国人开眼看世界。这件大事就全部托付你了。”

魏源，湖南邵阳人，道光年间进士，致力于研究历史与水利，官至高邮知州，曾与林则徐、龚自珍等结成宣南诗社，主张“通经致用”，以史为鉴，向西方寻求真理，以此富国图强。魏源果然不负期望，几年之后，他便根据林则徐文献手稿和自己多年思考，著成皇皇巨著《海国图志》

一百卷。系统介绍了西方强国地理、历史，表达了自己“师夷长技以制夷”的救国主张。然具讽刺意味的是，此等启蒙著作在中国几乎无人知晓，而传到日本后，则在短短几年间再版二十余次。

刘鹗：送罗盘的郎中被打成“汉奸”

光绪十四年（1888）八月初的一天，黄河郑州十堡险工堵口处人荒马乱，忽然听见一阵惊惶呼叫从前天刚合龙的口门传来，原来是新下的护堤草埽被迎面冲来的激流刷空，为了护住堤防，众民工正将大砖块石一筐筐往水中倾倒，瞬间便被激流冲得无影无踪……

“跟我来！条石抬来！跟我来！快！”万分危急中，只见一位官绅着装的人一个箭步已跳到险处上方，手足无措的河工急病乱投医，也不问这位忽如天降的指挥者姓甚名谁，也不管这药方管用不管用，就纷纷抬起一二百斤的石板，拼命一样抛入稍靠上游的主溜中，三下五除二，手忙脚乱的河工还没回过神来，直冲塌堤的主溜已见外移，渐渐地，激流远走堤身，再下埽垫土，险情排除……

历史好像从来都是这样，危急关头能够挺身而出、振臂一呼的都是英雄。而今汹涌洪流面前的不速之客是谁呢？

刘鹗——哪个刘鹗？写《老残游记》的刘鹗？

是的，就是他。都知刘鹗是文学家，不知他还是对天文、历算、数学、医学、测绘等都有专门研究的大学问家。更不知他还是治黄专家。

对于治黄，他并没有小看自己。在《老残游记》第一回，老残就以摇着串铃、走街串户的走方郎中为名，抒发治国先治河的不凡抱负。

“这年刚刚走到山东古千乘地方，有个大户，姓黄……害了一个奇病。”

奇病的症状就是每年夏天就浑身溃烂，溃成窟窿，今年治好，明年又犯。黄家管事的求教于他，他大包大揽说，怕你们不依我的法子去做，只要依了我，那效果是百发百中。管家问法子是从哪里来的，他答，别的病怎么治都是神农、黄帝传下来的，只有这个法子是大禹传下来的。于是，黄大户家就留下他治病。也奇了，这一年大户“虽然有小溃烂，却是一个窟窿也没有出过”。

手到病除？一个窟窿没再出过？这神医究竟是什么来历？

刘鹗，1857年生于江苏镇江一官僚士大夫家庭，少年时代“放旷不守绳墨，而不废读书”，青年时期不喜科场文字，承袭家学，致力于数学、医学、水利等实用学问，并纵览百家，金石、甲骨、音律也无不精通。既倡导儒、释、道三教合一，又倾心欧美西学，这样一个做派，在那样一个“三千年未有之大变局”的时代，可以想象他一定不会有好前程。

刘鹗父亲刘成忠，清咸丰进士，曾任翰林院编修、开封知府。任开封知府期间，曾疏惠济旧河，勘测贾鲁河，有专著《河防刍议》。刘鹗二十岁之前一直追随父亲，耳濡目染，由此可见他以后对“黄大户”的把脉与治疗是有来头的。如果不是“真传”，那也绝不是“走江湖”，卖“狗皮膏药”的。

而他偏偏在《老残游记》中自比为摇串铃走江湖的游医。

那时代中国的事情，研究归研究，爱好归爱好，真正能够学以致用，并在关键时刻一试身手的还得另有机缘。是什么让他能够在1888年郑州十堡堵口最需要他出现时就恰恰出现了呢？

光绪十三年八月，黄河在郑州决口南泛，口门300丈，全河断流。光绪皇帝先命当时河南山东河道总督李鹤年、河南巡抚倪文蔚主持堵口未果，把以上官员革职问罪后，选广东巡抚吴大澂任河督，接办堵口大工。正在他吴大澂既踌躇满志又愁眉不展之际，一封自荐书让他眼前一亮，书似投石问路又难掩自信自夸：“于治河略窥门径，愿尽绵薄，或可使顽钝不化之蛟龙俯首就擒。倘需趋走，敢效微躯”云云。信署名“刘鹗”，信中还提及他多年前随其父在开封城与现河督一次相见，等等。念及故人之情，看之今日急迫，总河吴大澂提笔在公文笺上写下几个核桃大的字："大函备悉，望速来开封。"

于是，有了十堡大堤那不速之客的一幕。还没上任，就已指挥并打赢了一场短兵相接的战斗。

前任把900多万两白银打了水漂，吴总督和刘郎中仅用四个月就把决口堵合。期间，时机把握秋汛结束之际、人工准备、物料更新三者缺一不可。这里单挑物料一说，原来这物料更新是得益于刘鹗平时对西学洋人的格外兴趣——"塞门德土"，刘鹗把此一西洋名字译成中文"水泥"，给总督推荐，当然比当时堵口习惯了的柴草沙土更有凝聚力——也许是黄河水第一次遇上这乍看像灰土，风一吹就无踪影，而与它的水和沙一结合，却比泰山石还硬的物什，黄河自然被它镇住了。这一年12月18日合龙成功，视血比水浓的刘鹗把功赏让给兄长，自己跑黄河下游绘图去了。

"短衣匹马，与徒役杂作。凡同僚畏惮不能为之事，悉任之。"他自曹州、长清、齐河，在济南、利津，直至铁门关黄河入海口，黄河生涯间，不仅编绘了《豫鲁直三省黄河地图》《历代黄河变迁图考》，还完成了《治河五说》《治河续二说》等河防专著。有这些经历和对河的思考，那《老残游记》中的游走江湖为"黄大户"把脉诊病的郎中，自然是他本人的自画像了。

从此，中国多了一个非专业出身、满脑子奇思妙想的治河专家，和一个颇擅著述的文学家。《老残游记》里还有一个令人惊诧的情节：一只于惊涛骇浪中飘荡的帆船，找不到方向，即将沉没，老残看不下去，冒着葬身海底的危险给船主送去罗盘——能在迷茫中给人以方向的西洋玩意儿，并告诉他风浪中的驾驶办法。却不料被船主和船客当成汉奸打下船？——因为，那罗盘是西洋的什物。[①]

① ［清］刘鹗著，钟夫校点：《老残游记》，上海古籍出版社2007年版。

似乎是一个预言。这个以医河喻医国，以罗盘为迷信的旷世奇才，除去河图、河著外，还著有关甲骨文研究的《铁云藏龟》，医学著作《要药分剂补正》《人寿安和集》，数学《勾股天元草》《弧角三术》等，因治河声誉大起，被保荐以知府任用。按理来说，见好即收，但他不知好歹，又给皇帝上书建议修筑路，引进外资开采山西煤矿，兴办实业，结果因得罪袁世凯被指为“汉奸”。1900年义和团事起，京师官仓太仓粟被俄军占领，诸多人没粮吃，他向联军以低价购得粟米赈济灾民，却因被控私购太仓粟而流放迪化。曾经风云一时、学富五车的刘鹗，最后的日子是蜷曲在乌鲁木齐一座寺庙的残台底下，靠为人开方治病度日——那正是他早在《老残游记》中写过的真正的郎中生涯了，最后贫病交加，郁郁而死。

刘鹗为文化界熟知的另外一个身份是甲骨学者。国子监祭酒王懿荣所收集的殷墟“龙骨”，在那新旧交替、风雨飘摇的时代，特别是王祭酒殉国后，刘鹗倾其所有从他长子手中购得，挑选拓印为《铁云藏龟》，是我国第一本甲骨学著作，王氏所藏得以流传后世。

孔祥榕

1933年10月24日午时，黄河北岸长垣县石头庄大堤汹涌湍急的决口处，走来一个身着长袍鼓腹腆肚之人。此人为黄河水灾救济委员会工赈组组长孔祥榕，他来此，是从黄河水利委员会中接手冯楼堵口工程。

两个月前，这里被一群土匪掘开，又赶上大洪水。现在，口门上下多处溢口均被堵复，唯余石头庄一处仍走溜七成，难以堵合。

孔祥榕，山东曲阜人，20世纪20年代曾任永定河务局局长，主持过多次堵口工程。按理说，圣人之后饱读诗书，民间鬼神那一套应不在眼里，却恰恰相反。

上任伊始，他就先从河对岸的开封，请来一干彩艺工匠，在口门附近的大堤上，搭起一座临时的大王庙，黄锦缎盒里供奉上一条小蛇或一只老鳖不等，说这就是河神“大王、将军”，还请来道士摆开道场，以祈河神保佑他新官上任马到成功。

对于此等做派，曾留学西方的黄河水利委员会委员长李仪祉先生看不惯，特别是在孔祥榕升任他副手时，多次请辞，以示抗议，但这并不影响孔祥榕我行我素。因为，在孔祥榕心中，黄河早已成为心中的神，面对这个动辄就狂躁暴虐的神，稍微一点儿差池都会觉得马上就要大祸临头。

不过，这次河神却偏不给他面子。

这天，堵口工地正栽桩的栽桩，抛石的抛石，突然坝底几声沉闷的巨响，堵口处巨大的坝体轰然倒塌，七八个工人随即落水。虽然河工个个都识水性，落险后大部分死里逃生，但是仍有杨、耿二河工不救而死。

河工都不上坝，堵口停了。

闻讯赶来的孔祥榕铁青着脸不说话，好长好长时间，他才慢条斯理地对着周围人自言自语：“你们以为黄河是什么？是河？不对！它是神！你们、我们都是干什么吃的？就是专门侍候它的。侍候好它，它就高兴；侍候不好，它就发火。杨庆坤、耿高升是谁？那是大王爷选中的二位河神将军。现在，我宣布立即准备为二位河神将军修一座杨耿将军庙，保佑我们诸事顺遂。你们大家呢？赶快上工，好生听话……”

可是，工人们居然无动于衷，指令通过河官下传底层工人身上，工人们也还拒不复工。

几日过后，他又一次来到堵口工地，宣布死者每人抚恤金3000元。还宣布受伤者除由公家开支疗养外，还根据伤情，再发奖金100—300元不等。对于伤势最重的王德安、张德功二人，他各发一枚“光荣牌”佩戴在身，命所有工地官员，见到张、王二人，都需“立正”致敬——那可是只有当时的总统才享有的待遇。因此，“光荣牌”被人们称之为立正牌。

至于抚恤金3000元就不用细算了，那时，工人的工资每月只有6元，3000元相当于河工一人四十多年工资总额，事情的发展自然顺理成章，工人们不但复了工，且很快进占合龙。1935年3月，孔祥榕所主持贯台堵口也如愿以偿。那时黄河水利委员会设在开封，这里的饭馆有一习俗，宴席正式上菜之前先上一道所谓的开口汤，黄河水利委员会代理委员长孔祥榕一听就大为光火，当场责令，今后任何宴席，都不准叫“开口汤”！改称“安澜汤”。

开口即决口，而决口对任何一位河官来说，无疑是最大的忌讳。由此，孔祥榕严令所有公文信件中的“口”字，一律都写的小一点儿，不准它大于上下左右的其他字，说这象征着黄河堵口越来越小。还要求写“口”字必须四面封死，不能堵不严。如果谁写的口字犯了这些忌讳，轻者训斥，重则革职。

作为生逢乱世的国民政府治黄大员，孔祥榕这些令人啼笑皆非的举动难免为世人诟病，但也不得不承认，在治河堵口实践中，他还是下了狠力气的。这个毕业于京师译学馆的孔子后人，1925年前后在永定河务局位上，就在防洪堵口的一个个硬仗、恶仗上打出了自己的名声。1936年春，他沿河挑选400名技术精湛的河工，组成四个专业抢险工程队，分驻河北、河南、山东各险要工段，成为黄河水利委员会直接调遣的防洪抢险劲旅。1937年，淞沪战役爆发，为阻挡日军沿江而上，在先期长江水利工程队伍所做工程未达预期后，孔祥榕率领这支黄河队，奉命南下参加“锁江工程”，在乌龙山、马当山和田家铺等地建多处阻塞，为抵御日军西犯起到重要作用。

至于在花园口决堤过程中他大义凛然的职业化表现，也让黄河系统员工历久难忘。

“国家大利大害，当改不改者岂惟一河！”

清乾隆十八年（1753）10月的一天，苏北铜山县黄河大堤寒气逼人，灾民簇集，他们争先恐后前来要看的是这次皇上要杀的河官姓甚名谁？何等模样？如果官家刑兵给他们机会，他们将会亲自上前，再把已经掉了头的贪官撕碎，扒出他的心肝，看看是红的还是黑的。

一个月前的黄河决口，不在最易出险的顶冲险工，只是为防河势变化预做的一般工程，但是不知为什么，河官却坐等不堵，原来是想借此湮灭罪证。

四名河官五花大绑押上来了。

一个是李敦，淮徐道管同知；一个是张宾，徐州守备。

紧随其后的是江苏巡抚张师载和两鬓白发的高斌——高斌？那曾任江南河道总督的一品文渊阁大学士？皇上的岳父？当朝的国丈？

被剥去顶戴花翎的高斌面如土色，早就没了往日的神气。

按理来说，这位国丈不是等闲之辈。十八年前乾隆初登皇位，作为江南河道总督，他力排众议，在泗州城上下疏浚600里旧河故道，“分黄导淮，以水治水”，从而解除了为患多年的灾害。乾隆元年，他培修运河南岸缕堤，同年又率众堵闭瓜河口门，另改新路引河，有效缓解了江都三岔口以下河道日渐淤淀之患……几十年来，他多次提出重要治河主张，皇上也一次次“从其言”。跪在他前头和他一起即命丧黄泉的河官李敦，是他一手保荐的。

乾隆元年，李敦在扬州府江防同知任上，就因舞弊案革职，高斌以其有治水经验为由，又力推他任淮徐河防同知。千不该万不该，李犯不但不痛改前非，却变本加厉，竟然勾结张宾继续贪赃舞弊，侵吞公款；千不该万不该的还有国丈，皇上派巡视组前来调查，他却不与合作，以致巡视组愈挫愈进，顺藤摸瓜，竟自查出此次河工9万两白银不知去向！

对贪官腐败、河工积弊已然洞若观火的皇上早就磨刀霍霍，这次人赃俱在，安有姑息养奸、不杀之理！凛凛寒风中，刽子手鬼头刀寒光一闪，李敦、张宾人头落地，滚落黄河堤下污水浊泥中。

此情此景，七十岁的国丈早已瘫晕过去，等到慢慢苏醒，监斩这才再读圣旨："姑且饶高、张不死，命其返回河工，效力赎罪。"

封建时代的中国改朝换代后总是后继前制。清继明制，河道总督总理河务新增副职，七年又增河南、山东河道总督。康熙初年，东河、南河仅设有10厅，道光年间已猛增至27厅。且沿河各设管河道、管河同知、通判、县丞、主簿等。另设河营，武职有参将、游击、守备、千总、把总，每营有河兵数百至千余人不等。除上述文武官兵外，还规定每二里设一堡，每堡设夫两名。看上去组织严密，但由于层生冗员，遇事推诿敷衍官僚作风姑且不论，那执政成本又该怎样计算？

清代有成例，河防工程在限期内冲毁，所用银两只准报销六成，其余四成，由道府以下文武汛员担负。这种制度看似严格，治河效果与官员赏罚挂钩，而实际上助长了河官贪污之风。官兵上下，以少报多，以贱报贵，以旧顶新，内外勾结，至帑金巨万任付东流。连嘉庆皇帝也说："河工连年妄用帑银三千余万两，谓无弊窦，其谁信之？"嘉庆二十四年马营一次决口竟用银达1200万两，用秸料达两万数千垛！难怪当时有民谚指，"黄河决口，黄金万斗"。河决一类国难，竟成河官、地方官大发横财之天赐良机。到了道光年间，"南河岁修经费每年五六百万金，然实用之工程者，不及十分之一，其余悉以供官吏之挥霍，一时饮食衣服，车马玩好，莫不斗奇逞巧，其奢汰有帝王所不及者"。《清代通史》记载不避家丑。

黄河与运河交汇处名清江浦，那时，此弹丸之地已是繁华奢靡之处。

不仅处处都是珠、玉、参、貂市场，更有酒店、舞厅林立。一个酒店的家常豆腐都要提前预订，原来区区一盘豆腐，从材料、选工、制作，要几个月才能完成。对此，薛福成《庸庵笔记》有专门描述。

一河官摆宴，席上一道烩里脊，以其鲜美异常引众人赞叹，不知如此美味是怎样做出。席间有人离席方便，见后院横躺几十头死猪，一打听方明白，刚才席上那道里脊，就是从这几十头猪的脊背上割下来的。做这道菜，得先把猪关在一起，让人用竹竿用力鞭挞，一直把猪活活打死，这时，猪"全体菁华萃于背脊，割而烹之，甘脆无比"。

还有吃鹅掌。先置一铁笼，下铺铁板，以炭火把铁板烧红，然后把鹅群赶入笼中，鹅"环奔数周而死，其菁华萃于两掌，而全鹅可弃也"。

而从贪腐实际看，吃喝仅仅是九牛一毛，所谓"浪费事小，河工事大"，似乎怎样把国家银子如数装进自家腰包，才是为官治河的第一要义。

工程备料是最易浑水摸鱼的环节，按当时的河上规定，秸料一垛，在一定长、宽、高内，一垛重66万6千斤，每垛200千文，官家每垛拨给300千文，已有100千文余地。而从民间收购秸料，每车2300余斤，应付钱7千文，实际付给农民一半不到。经办官员又可以从中盈利3/5。如此吞占还不算过分，贪官有时甚至改购料为派运，强行向农民摊派。而在民间购料时，任意加大料垛尺寸，甚至七八万斤秸料尚难垛成一垛，或可以缩小料垛尺寸，每垛200千文中，贪官渔利料物河款十有七八。

嘉庆十六年河决安徽邳州关庄坝，当时河官却报奏三十里外李家楼。一为关庄坝有应守险工，而李家楼无守。谎报决口地点，一为减轻罪责，二为奏要更多钱粮。

治河经费分两种，一是常年经费，二是抢险经费。一旦黄河决口，朝廷便在常年经费之外另拨抢修经费。冲决的口门越大，抢修工程也越大，所拨经费也越多。而且，每次决口合龙之际，都可以保荐一批有功人员升职。于是，怪象就出现了。有些河官不是盼望黄河安澜，而是盼望河决。

如果河久不溃，“则河员与书办及丁役，必从水急处私穿一小洞，不出一月，必决矣。决则彼辈私欢，谓从此侵吞有路矣”。

此为欧阳昱《见闻琐录》所记，也许不良文人虚张声势故意给大清制度抹黑，而地方官员奏折仍存有籍，在此不妨摘录几则。

道光二十三年七月七日，吏科掌印给事中韩椿奏：“……河东兴办大工除购买物料外，所最费者莫过于人夫之脚价……立法本为周密，但管理排桌委员往往从中偷漏，勾串役人代为，私寓分肥……盖大吏只能按例开销，无凭查考，稽查之员亦势万难于人夫辏集之际锱铢核算……积习相沿，牢不可破。夫大口需时甚久，以每日每桌发项之计，不下百万两……是以有用之钱粮，徒填无形之欲壑。”

其实，贪污的岂止仅仅河官？和坤被嘉庆帝清算时，钱财达九亿两白银，比当时国家十年财政收入还多。

面对千疮百孔、日落西山的堤防，《海国图志》作者魏源不禁感叹：“竭天下之财赋以事河，古今有此漏卮填壑之政乎？”

“吁！国家大利大害，当改者岂惟一河！当改而不改者，亦岂惟一河！”

洪　流

1938年6月9日上午9时，中牟县黄河岸边一个村庄的张姓农人正在拉着碌碡碾压最先收获的小麦，突然听到远处传来一阵熟悉而又陌生的轰响。说它熟悉是常居河边，对于洪水到来之前的动静早习以为常，但那都是暴雨突至，或是经长期淫雨连绵或乡公所早已敲锣打钟、屡屡告诫躲避洪水之后的事。今天，晴空万里，之前也没有大雨，也没有政府一声告诫，怎么回事呢？

确乎大水动静。确实越来越像，越来越大。懵怔中，他拉在背上的碌碡绳已耷拉在地，将信将疑中，背绳已撂至场院，眼神求援似的投向老伴，脚步却不由自主地进屋掀开了盛面食的蒲囤——洪水到来，金银细软可以一弃了之，填肚充饥的干粮却不能不带。而在这时，坐树荫里正缝补苇笠的老伴似乎也觉出了异样，一脸困惑地望着他，那神情分明是青天白日的，大水可是从天而降？

还没等醒过神来，远处村庄呼天抢地的哭喊也在隆隆水声中凄厉传来，转眼间，水头已漫着院墙扑来，他一把拽过平时洗衣服的木盆，把正在场院边与小驴驹嬉戏的孩童按进去，又赶紧跑进灶屋，从锅里掏出几个还没出锅但也有八成熟的馒头，塞进木盆，这时，洪水已没腰而过……就像多少年之前的汤阴县岳家庄，岳飞和母亲跳进一个花缸内才得以逃生。

多少年之后，因一个及时的木盆随波逐流而最终获救的这一场大水的幸存者忆及往事，已没了那时的惊悸，好像说一件与自己无关的事情。

对于这场灾难，《豫省灾况纪实》说：泛区居民因事前毫无闻知，猝不及防，堤防骤溃，洪流踵至，财物田庐，悉付流水……其悲骇惨痛之状，实有未忍溯想。间有攀树登屋，浮木乘舟，以侥幸不死，因而仅保余生，大都缺衣乏食……九死一生……

如果说大多河患系出于洪灾面前人力所难抗的天灾，此次河患却是人工，是在肆行无忌的入侵者面前，所谓保家卫国的无奈之举。

或者说悲壮决绝之举。

1938年初夏，抗日战争最艰难的时刻。5月12日，以精锐、快速著称的日军土肥原师团，从河南濮阳强渡黄河，很快攻陷菏泽、郓城，接着占领火车站，切断陇海铁路线，逐步形成对徐州的合围之势。日军目的明确：集合南北两路兵力，夺取中原，进而占领武汉。

5月19日，徐州失守；

5月29日，商丘沦陷。

此刻，在静寂如随时就可以爆炸的武昌珞珈山寓所，一幅巨型军事挂图前，身着青绸长衫的国民军总司令蒋中正脸色铁青，忧心如焚。

奋战鲁西的国军师长李必蕃以身殉国，弃守兰封的第八十八师师长龙慕韩刚刚被他枪毙，可这一切，都似乎无法阻止土肥原师团意欲对开封、郑州一带十几万国军的球心包围，倘若郑州再失守，潼关不保，战局将如何收拾？

打？在强敌5000辆坦克、装甲车，3000多门大炮的机械化部队面前，中国军队非以千万血肉之躯不能筑起保卫武汉的防御阵地！撤？在这广阔无障的黄淮大平原上撤，不仅撤而不得，且时刻都有被围追堵截、分割包抄之可能！

他布满血丝的目光再次投向墙上地图，红箭蓝矢，弯弓大弧，从徐州沿古运河一路北望，有两条近乎平行的曲线，那是一条曲折迂回的河流，黄河……呵，黄河……

这一年元旦后几天，他来到黄河边开封古城。

开封城北，黄河滚滚东去。战争年代，这条养育了一个民族也给这个民族带来无穷灾难的大河，无疑是一个御敌天堑。可就是那个把守黄河下游的山东省政府主席韩复榘，却偏偏放弃天然壕堑不战而逃，致使济南、泰安转眼被日军占领，使地处中原的开封一下子就裸露于敌军闪着寒光的枪刺之下。1月11日，他在国民政府军事会议上，诱捕了韩复榘并于24日处决，同时处决的还有贻误战机、放弃守土的61军军长李服膺等八位。

指挥不当、作战不力的第九集团军副总司令、第39军军长刘和鼎等35人，则受监禁处分。

而对壮烈殉国或抗战有功的谢晋之、佟麟阁等六将领，则给予了通令嘉奖与追封。

2月14日，中国传统的元宵节，这一晚上，总司令看着官邸新挂起的灯笼也没有心情，他知道，这个节日的晚上，在他亲自签署的命令下，那个新八师师长蒋在轸和他的工兵，已开始在他所盯地图上标出的一个黑点上——郑州黄河铁桥，安装炸药了。

“大清国铁路总公司建造京汉铁路，由比国公司助工。工成之日，朝廷特派太子少保、前工部左侍郎盛宣怀，一品顶戴署理商部左丞唐绍仪行告成典礼，谨镌以志。时在光绪三十一年十月十六日。”

若无其事。此情此景此时，谁还在桥头栏杆上看铁牌镌文？只见他此时低头躬腰的凝视已缓缓变为军人姿态立正，似乎在向这座大桥致以最后的敬礼或默哀：对不起了，大桥在祖宗手上建成，在我手里毁掉，我是不肖之子！

熊先煜，新八师作战参谋。从贵州正安山区走出来的农家子弟投笔从戎，转战于大河上下，他知道举世闻名的大桥对于积贫积弱的祖国意味着什么，贯穿南北中国的京汉铁路又意味着什么。

他在日记里写道：

“黄河铁桥计长一百孔，每孔约四十公尺，为世界伟大工程之一。方今倭寇侵略，在焦土抗战下，准备予以破坏，殊觉可惜。……今天为了战略关系……我们还来担负指挥监督执行爆破的任务……惋惜之余，敬祝抗战胜利，短期内能把新的黄河铁桥重新建筑起来。”

2月15日5时一刻，也就是元宵的第二天黎明，裹薄冰而眠的黄河尚在梦中，随着三颗白色信号弹冉冉升起，随震耳欲聋的爆炸声，黄河铁桥顿时笼罩在滚滚浓烟、火光之中。

由于桥体坚固药力不足或还是存有恻隐之心，此次爆破很不顺利。熊先煜和他的工兵连折腾三天三夜，才使这座钢铁长龙骨架断解……

事后，熊先煜奉命拟有《爆破黄河铁桥记》，全文1200余字，正谓字字血、声声泪。结尾这样写道：“计自三十九至八十二孔，均行破坏。于是号称世界伟大工程之黄河铁桥，徒留得残痕几许。念韧造之艰难，知修复之不易。爰摄斯影，以志不忘，且益坚我抗战到底之决心。”

如果说单单炸桥这一决策只是阻断交通，并不伤一民一卒，即便这样，也已使这位总司令颇费犹疑，而现在面对的，则绝不是十万八万人的生灵涂炭！从幻觉中的滔天大浪和撕心裂肺的呼号声中，把眼光求援似的移向他的“文胆”陈布雷。陈布雷沉吟许久，没有回话。

饱读诗书、通晓古今的陈布雷，自然深知“以水代兵”意味着什么。

什么是千夫所指？什么是千古罪人？跳进黄河洗不清！这些，这一君臣之间不言自明。

良久，陈布雷才艰难地回话：“若无良策，也只好如此了。”

此时的蒋中正又把沉重的目光转向地图，地图上那河，目光苦涩而凄凉……

是的，母亲。被称作母亲河的河。

河。

军事策略上，最早提出黄河决堤的是受聘于国民政府的德国军事顾问法肯豪森，他在《关于应付时局对策之建议》中指出，“最后的战线为黄河，宜作有计划之人工泛滥，以增厚其防御力”。在这份中文译稿上，蒋介石眉批：“最后的抵抗线。”

1936年，法肯豪森第二次提出决黄河以阻敌的建议。①

1938年台儿庄大捷后，国民党元老陈果夫函至蒋介石：“……惟黄河南岸千里颇不易守，大汛时且恐敌以决堤制我。我如能取得武陟等县死守，则随时皆可以水反攻制敌。”他建议在沁河口附近决堤，还附上了标有具体决口位置的草图。

此后，面对日趋严峻的中原战局，建议决黄河大堤、阻击日军进攻的要求被频繁提出。

5月中旬，第一战区司令长官程潜电请蒋介石，“今岁河防即国防……

① 《民国黄河史》写作组著，侯全亮主编：《民国黄河史》，黄河水利出版社2009年版。

以期与军事密切配合，适应战争需要。”

5月26日，军令部高级参谋、陆军大学教官何成璞建议：“黄河现届桃汛，倘施工决口，则黄水即循故道直奔徐州，不特大地泛滥使敌机械化部队失其效能，抑且足以推毁其战力……幸及早图之。”

6月3日，豫西师管区司令刘仲元、谢承杰密电蒋介石，称：“……若不破釜沉舟，中州将不守。生等拟掘黄河之水，陆沉敌主力。明知牺牲惨重，为急于救国起见，曷忍痛为之。”此外，国民党要员罗仁卿、姚宗等对此也有呈文。

以水代兵，蒋介石何尝不知道这是一把嗜血的双刃剑！它可以陷强敌于滔滔洪水，也同时置万民性命于泥沙。那河流两岸密集的村庄、田畴、商埠市井，转眼之间将成汪洋，千秋骂名，有口莫辩！一个国家元首，军事上打不赢人家，就去扒黄河自戕自残？不久前他还信誓旦旦，牺牲未到最后关头，绝不轻言牺牲。现在难道到了最后关头，只能断腕、断臂……

断魂？

在把大刀向鬼子们头上砍去的时候，先为自己打造一口棺材。那可不是一口两口，而是上万口、十万口、几十万口！

一眼望不到边的棺材，白森森映于青天白日，亘古至今，世界战争史所未见。

眉头紧锁的总司令双手举起陈果夫函件，又平放案前，拿起狼毫小楷，工工整整地写道：“电程长官核办，随时可以决口反攻。”

只一瞬间，他就像被自己的批语电着了一般，又提笔将“随时可以决口”一行涂抹而去。

再涂抹一遍。

像抹去自己内心深处不能见天日的阴暗。

1938年6月1日上午，武汉，蒋介石主持召开最高军事会议。军委部院以上长官集中在珞珈山中央会堂小会议室，作战厅长刘斐指着军事地图，以沉郁凝重的声音宣布："为了阻敌西犯，确保武汉会战顺利实施，依据党政军方各领导多次建议，决定郑州以东实施黄河掘口，着第一战区司令部长官负责实施。"

各方军事代表无任何异议。

开决黄河大堤计划，交由第一战区第二十集团军总司令、四星上将商震执行。商震同时兼河南省政府主席、河防总司令，决堤地点初始选在河南省中牟县境赵口，为确保限期完成，商震亲率人马现场督工。

6月4日第一次掘堤，好不容易在堤南背河挖出一条口，一小时后，狂风卷来的黄沙就把此口掩埋得只剩一线沟壑，以至于挖通临河堤身引进河水后，仅涓涓细流。

河不情愿。河只按照自己本性流淌，从此斜出，非她所愿。

次日二次扒口，上峰命令电报电话已催命般涌来。扒口队伍又增加一个排兵力协助，倾力再战，一边扩展上次堤口，一边在下游不远处另辟新路，以期形成两口合力，冲溃中间所夹30米堤段。不料待到深挖三尺，眼看距汹涌澎湃的黄水夺口只有半步之遥时，主溜却一个转身翻滚远去。

河不情愿。河遂人愿那只是顺应了她的本性之后，之前，她并不轻易就范。也许，她知道，此一去不回头也许能帮她子孙御敌一臂之力，可她不愿承担那千古骂名。

黄河主溜瞬时远遁北移是因风向起了变化，熟悉河情的河工知晓黄河脾气，但在这一群本来就问心有愧的武人面前，早已被视作天意了。五尺男儿，生死关头都不曾眨眨眼皮的血性汉子，此时，已被神秘的母亲河击懵，一个个瘫软如百岁老朽或从老朽返童的无骨稚子。泥一样堆在扒口，是为了堵上自己刚刚扒开的口子？还是跪求母亲河也决绝加入民族保卫战的洪流？

望着主溜北移的口门，口门的白沙，散了架一样的官兵伸长脖子，默默不发一言。像是刚刚从前线退下来的残兵败将，木然不知所措。

而此时此刻，1938年6月5日，日寇以三个炮兵联队，几十辆坦克组成的战队，已碾过守城官兵的尸体鲜血，开进开封城内。

开封失守，距离郑州只还有几十公里。一支日军骑兵部队，已接近郑州。

“今天如果不泛滥，我几十万部队要丢掉的！决口！成功！一定！”此时的蒋介石，已斩钉截铁，像红了眼的狼，没有了决策之前的犹疑。

其时，首当其冲的还有第二十集团军新八师师长蒋在轸，比蒋介石还急。

新八师。就是那个炸黄河铁桥的新八师。

“赶快把黄河上的人叫来！快！”同样红了眼睛的蒋在轸终于吼叫了。

6月5日，开封沦陷的当日，苏冠军听命来到赵口工地。

苏冠军，河南河段六个总段之一的南一总段长，该段位于河南河道最上端，防守着荥泽、郑州上、中牟等5个分段、48个防汛堡。赵口决口遇挫后，军方另选的掘堤位置，正在苏冠军的河防辖区。

得知此讯，苏冠军苦不堪言。

一方面，身为中国国民，他看到同胞军人面对敌寇战死疆场，抗战危亡大局不可能不心中担忧；另一方面，作为一个河防官员，他不仅对河势洞悉入微，也更知毫无防备之下的大河决口将面临的惨绝人寰。所以，面对军方掘堤不果，苏冠军一直缄默不语。他是守河人，他打定主意，在黄河扒口问题上绝不开口。

而他的最上峰，也早有态度在先。

七天后，他辞去黄河水利委员会委员长职务。

也正因为此，军方一开始就对河防部门怀有戒心，选哪掘口，一直单方面选定，选定之后，才不可置疑地通知他们。可是眼下，黄河就像打定了主意跟他们作对一样，平时桀骜不驯、动辄就翻滚破堤的黄河像一条倔龙，无论军人怎样诱导逼迫，就是不听他们指挥。急红了眼睛的军人不得不丢掉戒意直面垂询这些治河人了。

苏冠军来到河堤，时值新八师蒋在轸师长和第二十集团军参谋长魏汝霖正像热锅上的蚂蚁急商对策，看到苏冠军，就像看到了救星一样。“老苏，你说……”蒋在轸目光死死地盯着一脸茫然的苏冠军。

苏冠军嘴唇紧绷，泰山压顶，他扭过身去看了看宽阔的河面，一念之间，就见滚滚洪流扑向无辜的村庄和村庄里的男女老幼、牛羊，他的心如锥扎一样，扶住一棵小树才没让自己倒下。沉吟良久，才给了这么一句含混不清的回答：“要使决口形成泛滥阻敌，也就只能选你防区了。”

“我防区？花园口？怎么能选我防区！”师长蒋在轸也像被电着一样，不由自主地哆嗦了一下。

6月7日，赵口决堤全部告败。

6月7日天还没亮，蒋在轸下属熊先煜三人一队，乘一辆中吉普来到花园口黄河大堤——还是那个熊先煜，那个刚刚把郑州黄河大桥炸了的贵州人。

河堤上，一座不大的关帝庙，大殿正中神坛上，被冷落多日的关老爷，长长的美髯上蛛网蒙尘，只红脸上的一双凤目威风不减，似在冷冷地瞅着熊先煜三人：养兵千日，用兵一时，国难当头，你等不在前方杀敌，却有闲来我这瞎逛！

一股寒气穿透这一群不速之客的肺腑。熊先煜不由自主，扑通一声跪地，同行的三位：黄河修防段段长张国宏、新八师工兵营长黄映清、连长马应援也紧随其后，给关帝爷重重的三个响头，随后，点燃三支香烟代替高香插进坛前砖雕香炉，再跪拜祷告：“关老爷，咱中国人遭了大难，被东洋鬼子欺负得好惨，他们已经占了开封，眼看就到郑州，我们奉上峰之命，万般无奈，只好放水淹鬼子兵，可水火无情，也会淹死很多老百姓，没有办法，您老就宽恕我们吧……”

之所以选定关帝庙一带的花园口为决口地点，一是因为这里为大堤一曲，洪水到此突然受阻，产生顶冲。大溜顶冲即河主流垂直或近似垂直冲向对面堤岸，是防洪时最需注意的地方。这样的地方决堤相对容易。决口后，洪水可在日军占领的开封、中牟、西华一带泛滥，并依贾鲁河道为屏障，使黄河向南夺淮河入海，尽量减少一些损失。

西行约300米，熊先煜等来到河边，然而，待到再征询大家意见时，几个人都像被河风扼住了喉咙一样，表情僵硬，说不出话。

“张段长，你是专家，定在这里，行还是不行？”

忽然，张国宏像疯了一样双手拍打着自己的胸膛失声吼叫：“死多少人！这要死多少人哪……”吼声未落，人已倒在堤上。

工兵营长黄映清扑通一声，也跪倒在地，面对黄河，把头重重地叩下。

几个人全部跪了下去，面对早已呜咽、早已怒吼的黄河，直哭得昏天黑地，他们是在用这泣血的泪水向母亲倾诉，请求饶恕，也想借此排解无处排解的郁闷，支撑已成褴褛的灵魂和肉体。

也是向顷刻间就要沦为淹死鬼而现在还在梦里的无辜的父亲、母亲、兄弟、姐妹、童稚及所有父老乡亲祈求最后的宽恕。祈求神灵给他们一个通报，能逃命几个就逃命几个。

至此，花园口，这黄河下游千里防洪的前沿堤防，这阅尽千古风流的土地，注定在劫难逃！

1938年6月9日上午9时，中原大地一阵剧痛般的猛颤，花园口黄河被剖开腹腔，几米高的黄色巨浪居高临下，冲出大堤。连根掘起的大树，房屋坍塌后的梁檩，从巢穴中赶出的大蛇，未被发掘的陶罐、石磨盘、古墓的砖石、墓碑……当然，也包括一口水就先呛死的血肉同胞……当然还包括洪水席卷而过的泉溪、支流，包括还没成为主流的逆流——是的，逆流！一切的一切，都汇成滚滚洪流！历史的洪流！如千军万马，向抗日最前线，向敌寇倾泻而去！

是有史以来的黄河第26次改道。

与此同时，一封特急电报逆黄河之水向武昌飞去：

蒋委员长、何总参谋长：劲密。

黄河决口工作于齐（八日）夜在花园口以西施行，至今晨九时工竣，掘口宽约四公尺。截止佳（九日）二十时，掘口处被水冲开已达四十尺，水深丈余，浪高三丈，京水镇一带已成泽国，预料明晨水势可达陇海线……

意欲直捣郑州的是以闪电战著称的日军机械化王牌部队，滚滚而来的洪水很快将突入这一地区的十四、十六两师团部分部队陷入洪流泥沼，虽然日军派飞机空投救援物资，又调集舟桥部队和橡皮船队紧急救援，但遭洪水袭击的师团还是溃不成军，现代化装备也相继瘫痪。其中，尤以第十四师团首当其冲，有的溺水而死，没有淹毙的则爬上树梢屋顶，撤退不及的日军车辆、火炮均沉于水底。为解救陷于泽国的兵卒，日军空投物资药品65.1吨。未遭水淹的部队经21天长途绕行，才得以脱身。华北派遣军元气大伤，狼狈逃离黄泛区，退回开封以东。

中国军队岌岌可危的郑州防线因此转危为安。最高统帅部调集数个集团军扑向平汉铁路，第三军团在尉氏县城包围了日军第十六师团一部千余人，将其全部消灭。

当时正坚守郑州外围阵地的东北军一部已经弹尽粮绝，随着侧翼友邻阵地相继失守，该部所守小镇被日军团团包围。正当官兵拔出大刀拼死向鬼子们的头上砍去之际，日军的进攻却戛然而止，不可一世的坦克、战车也纷纷掉头逃窜。原来是黄河水已切断它的后路。中国军人士气大振，乘胜追击，那些陷入黄泛而不能自拔的侵略者，没被水淹死的，也成了中国军人刀下之鬼。

黄河未决口前，一支日军骑兵支队已近新郑附近并与中国军队接火。黄河决口后，这支骑兵被切断后路被全部歼灭，缴获军马400余匹，大炮4门。

6月28日，日军取消设在商丘的军事指挥机构。次日，为其阵亡的“大和武士”举行公祭，称第二军死亡7452人。

第十六师团长官中岛脱险后，余悸未消的他写给大本营一份《关于战争前景的意见》，建议：“中国转引黄河之水，形成一种新的自然国境，把华北华东分让给日本，此际我国宜即收兵，转向建设皇道之国家奋勇迈进。”

日军第十四师团司令官土肥原成为这次战败的替罪羊，被解除职务，接受审查。十年之后，又以战犯身份走上盟国军事法庭的绞刑架。

土肥原上司、第一军军长香月清司也被解除职务，编入预备役。华北派遣军总司令寺内寿一也被解除军权，召回东京赋闲。

花园口决堤使日军大本营被迫调整攻占武汉的作战计划，中国军队徐州主力成功突围，为后来武汉保卫战，也为七年之后打败侵略者保存了实力。对于黄泛区百姓，则是从天而降、万劫不复的灾难。

《中牟县志》载：“淹没的村庄160多个……受灾村庄289个，1.6万人淹死、饿死，还有7万余人流离失所……中牟县城全部淹没于水里，只剩下丁字的一片高地，形似孤岛，仅余房屋23所。”大康县境“经县西长营丁村口，东南过淮阳十二里店，水势浩荡，冲田庐不可胜计”。

据国民政府行政院编纂的《黄泛区的损害与善后救济》不完全统计，花园口决口殃及河南、安徽、江苏44个县市、54000平方公里，受灾1250万人，死亡89万人。

善后救济总署河南分署报告则被披露，昔日中原乐土，今已人间地狱，直到1947年黄河回归故道时，中牟、尉氏、通许、扶沟、西华、商水六县的人口总数只有受灾前的38%。

国民政府报纸当时亦有如此报道：天空黄沙飞扬，蝗虫蔽日。间或看到三三两两灾民，栖息在沙荒盐碱窝里。

有首民谣这样唱道：

老蒋扒开花园口，
一担两筐往外走。
人吃人，狗吃狗，
老鼠饿得啃砖头。

尽管当时为了掩盖真相，蒋介石授命谎称敌飞机炸毁河堤，但纸里包不住火，特别是花园口决口的始作俑者败走大陆后，当时他千夫所指的担忧终变为现实，被后人指为民族罪人，在那孤岛上郁郁而终，魂游他乡。

第十一章

湮与兴（文明萌芽）

刚柔交错，天文也；文明以止，人文也；观乎天文，以察时变；观乎人文，以化成天下。

——《易经·贲卦·象传》

“水先泡则方盛，泡先水则将衰”——是说洪水到来之初，如果河面上水泡出现在水头之后，那水必大；如果河面先冒泡，则来洪小。水泡预示两种趋向，于河工而言，就好像在大水到来之前，预先收到河流来信。

如此经验，志书亦有载。旧《山东省志》记：“而清明长水，则伏汛必大。”《宋史·河渠志》记立春后水位：“初至凡一寸，则夏秋当至一尺。”在尼罗河边，古时僧侣常在夜间揭一块泥土，晚上和早晨分别称一称，如重量增加，就意味着洪水会高。幼发拉底河的人们，则在中世纪就根据河水颜色是否深绿而预报河消河长。如斯不定，难道有其不变的规律？

多少年以来，人们看着河水的涨落，产生了对日、月、年，日、月、星的最初认知，从混沌未开中，了悟天人合一的隐秘，从一条大河的流淌中，寻找着自己的方向。

二十四节气量时间长短；“羊报”“飞报”变电报、电话；草市、津渡长成城镇；柴草乱柳为埽；一盘散沙的农民河夫凝聚千军万马步调一致的黄河号子；水工到军工、重工——都注定了中华文明只能发生在这一条大河，注定了以治水为长的华夏一族比非治水民族更容易得风气之先。

是的，创家立国之前的神禹治水仅仅是传说，到宋代，因河工而兴的“免夫钱”已使商品经济萌芽，并且把帝国治理的神经末梢，从一河两岸延伸至山高皇帝远的“蛮夷”之地。河床抑或成为酝酿革命的温床？而事实上，每年都兴的河工，则早已使习惯居于一隅的土里刨食的农人，得到那一时代鲜见的组织与解放。为什么黄河治理事权要一统？或许能从以邻为壑的麻湾决口、鲁苏两省的河事纠结中窥得端倪……

降雨观测与洪水痕迹

与窗外的风狂雨骤相比，这里是静谧的。静得一根针落下也能听见，静得好像随时能听见那一声惊雷——那远比天上惊雷还让人惊心的河上的消息。

这是1982年8月1日，黄河水利委员会郑州水文总站。

随着接线员嗒嗒的收报声，龙门、三门峡至花园口及山东各水文站的观测数据正紧张有序地汇总于此。

7月30日凌晨4时，龙门站报：断面流量5450立方米每秒，水位154.50米。回头再对比昨天数据，6小时前水位还是149.06米，6小时内涨水5.44米！至于流量，则猛增420倍！

7月30日8时，花园口站水面直线上升，河面由7个小时前的300米增宽至2100米。

这边，水文总站的空气冷得像冻住了一样。那边，疾风猛浪中，水文人员正与洪水展开殊死搏斗，下游防洪大堤百万大军严阵以待，最严峻的时刻即将到来。

黄河防洪最怕形成洪水的暴雨。黄河流域暴雨形成的水汽主要来自印度洋孟加拉湾，太平洋，中国南海、东海一带。黄河暴雨主要出现在中下游地区，受大气环流变化的影响，每年春夏，西太平洋副热带高压自南向北移动，一般七月中旬，雨带即越过淮河进入黄河中下游地区；八月中旬到达最北位置，九月初很快南移。所以黄河流域七八月份暴雨次数多，强度大，黄河下游较大的洪水都发生在此时。

一次洪水历时，龙门水文站一般为1—4天，三门峡、花园口站2—10

天。高含沙量的洪水流经下游的“悬河”，使泛滥成为必然。人们自古以来就想方设法，试图摸透洪水的脾性，以把损失减至最低程度。

降雨、雪的定性观测记载起于公元前14世纪。郭沫若《甲骨文字研究》中的第57片甲骨，上面有“从雨”二字。郭氏的解释是：“谓有急雨，有骤雨也”；第67片甲骨又记：“不雨、其雨、翌日戊又大雨。辛又大雨。”是说丁日无雨，第二日戊日有大雨，至第五天辛日又大雨。而在成书于公元前2世纪前后的《春秋公羊传》，也有“触石而出，肤寸而合，不崇朝而遍雨乎天下者，唯泰山尔”的记录，是说山东泰山及其周围产生地形雨的情况。公元前1世纪汉代的方士京房，首创用雨量筒观测雨量，《后汉书·礼仪志》则记载东汉时就建有全国各郡县向中央报送降雨情况的制度。宋淳祐七年，秦九韶所著《数书九章》中载有雨量筒的形状和尺寸以及雨深的计算方法，称为“天池测雨”，并说当时全国各“州郡都有天池盆以测雨水”。该书还有用竹制容器观测降雪量的“竹器验雪”。到明代，已建立一套完整的测报降雨制度。①

中国现代史上第一个雨量观测站1912年建于山东泰安。

远古洪荒年代洪水无记载，人们只能从大河两岸洪水流过的痕迹去找。

考古学者韩曼华于1955—1957年，在三门峡大坝施工前对坝区的考古中，发现有人门岛上唐宋时代遗留的黄土灰烬及砖瓦碎片。从这些遗物推断，唐末宋初以来所有发生过的大洪水水位，都没有超过人门岛顶部高程302米，否则，该文化层早已被冲失。而道光二十三年此处的洪水位是301米，证明1843年洪水是自唐宋以来流量最大、水位最高的一次洪水。1979—1981年，韩曼华等三人又几次赴三门峡、任家堆、八里胡同、小浪底等地调查，在任家堆以下的东柳窝发现两块碑，记载了道光二十三年洪水位，一块在地堰上，记文为：“道光二十三年河涨至此。”一块镶在该村

① 黄河水利委员会水文局编：《黄河志·黄河水文志》，河南人民出版社1996年版，第233—234页。

泉神庙墙壁上，记为“道光二十三年又七月十四日河涨高数丈，水与庙檐平”。两块碑既指出了涨水年、月、日，又指出了涨水高程。此外，还在碑周围发现遍地淤沙。[①]

黄河洪水调查，离不开主要支流。1955年黄委水文机构在沁河洪水调查过程中发现，山西阳城县沁河河道中处有一高约30米的石质高台，台上建有九女祠，庙门处的天然石壁上刻有“明成化十八年洪水发至此”的刻字。老乡说，这是大水过后老和尚为纪念被洪水所困而饿死的两个小和尚刻下的。虽年代久远，字迹模糊，但尚能识别。对比当时刻迹水位，以现代技术推断，这场洪水的洪峰流量约为14000立方米每秒。[②]

立竿见影，二十四节气量出时间长短

1987年夏，阳光折射下的濮阳西水坡湖水，隐隐有一种高深莫测的意味。这年6月，考古工作者在这里发现一座仰韶文化时期墓葬，一位男性墓主身旁排列着一组由蚌壳组成的奇异图案：青龙白虎。再仔细观察墓主脚下的蚌塑，那不正是天上的北斗？

对此，《中国科学技术史·天文学卷》特记：自新石器时代仰韶文化中期之后，开始有极重要的遗存昭示了先民们对天文现象的感知，这就是距今约7000年的河南濮阳龙虎、北斗墓的发现。

“刚柔交错，天文也；文明以止，人文也；观乎天文，以察时变；观乎人文，以化成天下。”周人所作《易经》，表明先人对天文的观察和对时间

① 黄河水利委员会水文局编：《黄河志·黄河水文志》，第249页。

② 黄河水利委员会水文局编：《黄河志·黄河水文志》，第251页。

的测量，在那时已形成明确的主观意识。

天的思想观念贯穿中华历史。在先人眼中，无论做什么事都需要了解天的旨意。在对天的敬畏和感应中，最早的周公天文测影（景）台适时产生。

一般人都知道周公是西周初年政治家、军事家，但不知道他还是一个天文发烧友。他认为，天上北极星是众星之王，号“天帝之星”，位于天的中央，那么观星台就必须建在地的中央。经测定，他认为阳城也就是今登封东南告成村为“天下之中”，所以，就在这里立圭表，测日影，以求年、月等时间的认定和划分。

所谓“表”，就是直立的柱子，高八尺，相当于今267厘米。“圭”是与“表”相连的座子，太阳照射“表”的影子落在“圭”上。立竿见影测天文秘密此前已有，到了周代，立竿规定为八尺长。《周礼》中有“日至之景，尺有五寸，谓之地中”的记载，意思是说在天地的中心，夏至那天中午投影最短，八尺表的影长刚好是一尺五寸。

“地中”当时被确定在今登封告成。告成即古阳城，武则天到嵩山举行登封大典后，到达阳城，为庆祝大功已告完成，遂把阳城改为告成。据《中国天文古迹》研究，周王到阳城测日影的原因是要迁都。西周首都镐京，地处偏僻，交通不便，而阳城地处中原，物产丰富，所以周公想迁都中原。在占星术盛行的年代，迁都绝不是一件小事，为了应对反对派的攻击，周王就先制造出阳城位于“中原”的舆论。《周礼》说：“日至之景，尺有五寸，谓之地中，天地之所合也，四时之所交也，风雨之所会也，阴阳之所和也，然则百物阜安，乃建王国焉。”周公测影台“测土深，正日景，求地中，验四时”，主要是检验四时季节变化。周公把表影最长的那天定为冬至，这天正午太阳直射南回归线，北半球白天最短；把表影最短的一天定为夏至，这天正午太阳直射北回归线，北半球白天最长。把一年中日影最长的一天，到下一年日影最长一天的周期，即地球绕太阳一周，定为一个“回归年”。在一年中，把两个日影长相等，昼夜时刻相同的日子，分别定为“春分”和“秋分”，以后又根据此测量数据命名了二十四节气，这就使农人对于庄稼的收种有了农时的概念。

至于此前圣尧观象台划分农时，有可能只是传说了。

二十四节气按庄稼生发周期把全年气候尽可能地细分。气候在古希腊语中表示“倾斜”，指地球各地冷暖与太阳光线倾斜程度及距离有关。中国古籍《素问·六节藏象论篇》曰：“五日谓之候，三候谓之气，六气谓之时，四时谓之岁。”传统农业时代没有时钟，没有时刻表，也不需要钟、时刻表。耕作带给农业社会的人们的时间启蒙，就是庄稼的生长和太阳周而复始的运行，人们只是每天看着从东到西的太阳，焦急或平静地等待着雨季、河水和收获季节的到来。

以后又有了专门量分严冬、冬春交替时节的“九九歌”。

“九九歌”和二十四节气，源自农业中国的春种秋收冬藏之中。特别是在黄河中下游，交九或出九，春分还是芒种，季节交替所带来的天气变化或农作物生长成熟情况，因为有了二十四节气而更让人明察秋毫。

周公测影台以二十四节气量时间长短，并非捷足先登。公元前2800年前后的苏美尔旱王朝，根据月亮盈亏制定了太阳历，将一年分12个月，每月29天或30天。①

比两河流域稍晚一些，尼罗河畔的古埃及人，此时也已知道了如何利用洪水规律耕种土地。七月仰望，八月来水，信水不言而不失信，那人呢？那就更不敢违背农时。

原始农业靠天吃饭，尽管人们有天意不可违的敬畏，但还是希望窥得天机，以一己之力和天对话，因此，周公测影台为以后历代所沿用。到1276年，元世祖忽必烈要结束南方和北方使用不同历法的局面。河套水利

① 刘健编著：《幼发拉底河　底格里斯河：探寻失落的文明》，黄河水利出版社2006年版，第67页。

中大显身手的郭守敬，在周公测影台北约20米处建造了一处永久性观星台，对原有圭、表改传统八尺为四十尺高表测影，并在全国范围内进行大规模天文测量，北到漠河，西到西伯利亚、昆仑，西南到云贵以外，南到南海群岛，东到今朝鲜半岛附近。广阔的天地，让他更有条件从不同地方测量地理高度，测量日月星辰的走向，也使他的测算更具普遍性、准确性。郭守敬测算出一个回归年为365天5时49分20秒，这个数据与现代技术所测定的数据只差26秒，和现今通行公历一秒不差。而周公测影台则比建于公元前二三世纪的希腊亚历山大天文台和罗迪斯观星台都要早。郭守敬所创制的《授时历》历法后传至朝鲜、日本。

对此，学界另一个说法是《授时历》是在明崇祯年间，由德国人汤若望在中国历法基础上，参照古希腊历法和伊斯兰教历修订的。

以二十四节气为核心的农时划分被称为农历。农民对自然如东风、西风、雷电及草木虫兽，有天然一体的缘分感，因农民就是自然中的一员。先人从四季轮回中最先感受到时间和生命的轮转循环，从节气再到气节，人与天道、自然相印合一。生产有时，人生有节，人性有气，华夏一族的精神气节，源头就是时间中的节气。

“我就是一切——过去、现在、未来。”这是尼罗河畔的一尊女神像的基座铭刻。而在遥远的东方，我们的母亲河又何尝不是这样？黄河以自己的慈悲和智慧，把她的人民从饥馑和迷茫中拯救出来。她有自己的宠儿，她对伟大才伸出保护之手。

2016年11月，凝聚着祖先智慧的“二十四节气”，正式列入联合国教科文组织人类非文化遗产名录。

二十四节气里，雨水和谷雨、小雪、大雪一样，都是反映降水现象的节气。“雨水落了雨，阴阴沉沉到谷雨”，“雨水东风起，伏天必有雨”。一个节气的天气还预示了以后的天气变化，这其间是否有它可循的规律？我们不得而知，只知雨水节气的物候是：一候獭祭鱼，二候鸿雁来，三候草木萌动。獭祭鱼是指獭将捕获的鱼摆在岸边，如同先祭后食的样子。在“润物细无声”的春雨中，草木随地中阳气的升腾而开始抽出嫩芽，从此，大地欣欣向荣，再下一节气就是惊蛰了。

而冬至节气，则以“君子以见天地之心”为标志。何为天地之心？太阳！在日复一日的大时空里，这天是太阳光照时间最短的一天。过了这天，阳光便一天天见长，阳能剥尽，剥极必复，复则见天地心周而复始。所以，虽然以冬至为标志日子进入最寒冷的季节，但是人们仍以“数九”的方式，应对这一年中最难熬的三九严寒。

……

五九六九，沿河看柳；

七九河开，八九雁来；

九九加一九，耕牛遍地走。

作为天地心的太阳光照大地，暖风酥软，上游的“桃华水”刚刚酝酿，新的一轮农耕又开始了。

举物候为水势命名

以黄河流域四季风物给随时间涨落不同的黄河水势命名，始自北宋。原民国黄河水利委员会秘书长张含英先生在20世纪三四十年代对此有专门考证。一月为信水，二、三月为桃华水，四月为麦黄水，五月为瓜蔓水，六月为矾山水，七月为豆华水，八月为荻苗水，九月为登高水，十月为复槽水，十一、十二月为蹙凌水。

何为信水？河流随季节、气候变化定时涨落的洪水。《宋史·河渠志》云：“自立春之后，东风解冻，河边人候水，初至凡一寸，则夏秋当至一尺，颇为信验，故谓之信水。”信水在旧《山东省志》也有记载：“水初至凡一寸，则夏至当至一尺，清明日亦然。今河兵以清明卜伏汛……而清明长水，则伏汛必大，故屡验不爽也。”

当时皋兰即今兰州，城西铁索桥铁柱有刻痕水位，以此预测下游来水大小：“河水高铁痕一寸，则中州水高一丈。”

起伏不定的河水受捉摸不定的气候，如雨、风的影响，年年岁岁相似，岁岁年年又不同，难道自春到夏，自往年到今年再明年，也有它不可违反的铁律不成？

确实有它不轻易改变的规律，水文人员告诉我，世界上所有大河都如此。尼罗河定期泛滥，如太阳升落有时。每年出现一次干燥期，接着就是河泛，河泛后种庄稼，丰收后又是荒地……太阳升落，河水泛滥，循环无穷，万物随河水泛滥而复苏繁荣，所以有铭：万物惧怕时间，时间惧怕尼罗河。

相比尼罗河所孕育的数学理性，我们母亲河所孕育的以物候为水势命名，那就早已超越水文而上升为人文了。

现代人治理黄河，更多依靠的是以现代科技手段得来的水文观测数据，对“初至凡一寸，则夏至当至一尺”的现象有无必然联系，我们不得而知，所感受到的只是农业古国对黄河的信赖。水信跟风信、花信一样，从来都是不令人失望的，对于靠天吃饭的农民，雨水的有和无、大和小，与他们的日子息息相关。以农为本的农人知道，黄河水量的增减就是他们地里收成的增减，甚至全部的命运都在一条大川的掌握之中，所以他们对河水的细微变化十分敏感。桃、菜、麦、豆、荻等，都是黄河流域农村特有的具有代表性的作物，鼓苞结穗中，农民的心似乎已经与黄河息息相通了。桃花盛开的三月，寒食和清明来临，万物生发，一年的收成在这时已经有了一个预料，而这时发来的山水，就预示着雨季将多雨。到了四月，“垄麦结秀，擢芒变色”，这时，全年的收成已有一半攥在手里。六月中旬以后，北方少见的大雨跟早春融化的雪水融合，再浸透山石，带着矾腥落入大河，意味着秋天的庄稼已有了吃饱喝足的积蓄。“涨水者系六月，临秋生发，过常无定，上有浮柴困鱼，其水腥浑，验是矾山远水也，又水兼深浓。”而到九月重阳登高望远，远眺天际间流淌而来的黄河，举起酒杯，人们自然忘不了上天延绵不绝的恩典。秋忙转而冬闲，昨天还暴怒的黄水落归河道，“复槽水”静静流淌，不久又结冰，这时，人们刚刚舒展的眉头又紧蹙了起来：虽然“蹙凌水”不是每年都有，但是一旦冰凌堵塞河道，形成冰坝，就可能造成大的灾难。“凌汛决口，河官无罪”，连帝王对凌汛都网开一面，地里营生的农人还能怎样？只好听天由命。

举物候为水势命名，宋人思维方式、方法可上溯至西周“十二时辰”命名。

从西周时，人们就将一昼夜划分为十二个时辰，并以地支表示，给每个时辰起了优雅别致的名字。一个时辰刚好是今天的两个小时。今明两天的临界点，夜半，名子时，又名子夜，意为孕育，为十二时辰之首，相当于现在的23时—1时。此时的天空像婴儿的眼眸黑得纯粹，人早已歇下，宜安睡以培元气，先睡心，后睡眼……唯一善为念，如此御气调神，不熬夜，才是人保持健康、气血两旺的法宝。

1时—3时为丑时。此时，天地间似有一双大手，正把夜幕与白天扭转，守夜的公鸡发出清啼，棚厩里的黄牛正在咀嚼着草料，此时人应深眠浓睡，如阴阳颠倒，必劳神伤心。

3时—5时为寅时，也称平旦，即我们所说的黎明。此时太阳还未出地平线，老虎也还蠢蠢欲动。这天蒙蒙亮的时刻，要赶远路或勤快的农人已准备出门了，这个时刻属于所有坚持、饱含希望的人。

日出前后的5时—7时称卯时。《诗经》中有“日出有曜，羔裘如濡”

之句，对应“日入而息”，这时，人们要“日出而作”，而官员们则上早朝，清点人数，称为“点卯”……

以此类推，其后分别为辰时、巳时、午时、未时、申时、酉时、戌时、亥时。

不知从什么时候开始，气定神闲的十二月水名逐渐演化为桃汛、伏汛、秋汛、凌汛。明代潘季驯给皇上奏书中，就有了被黄河水撵着一年不得安闲的感慨：“正月办料，二月兴工，三月终工，未就而桃花水发，五六月而伏水发，七八月而秋水发，是无一时可忽也……”或沉稳或汹涌的河水还是如斯流淌，人们发现倒是自己沉不住气，步子不知不觉间就快得没有个节奏了。转过身来，麦子就黄了；一个神还没醒过来，人生已是百年。那定居溱洧河畔的郑人，在三月桃花水到来时，众男女手持兰草驱邪气、祓不祥的遗风；那大汶河边豆蔻少女，在二月初二午时把顶针放进三块石头支起的灶锅里煮饭以乞巧的习俗，是否还流传到了今天？

水文纪事：火车开近秦安

黄河流域水文测量最早始于支流大汶河南城子水文站，1912年，由督办运河工程局设立。而黄河干流的陕县和泺口两个水文站，则是1919年设立，由1918年4月创建的顺直水利委员会领导，其技术部长罗斯是英国人。

史上黄河水文观测遗迹最早见三国时魏文帝黄初四年（223），据郦道元《水经注》，黄河支流伊河龙门河岸石壁上刻“黄初四年六月二十四日，辛巳，大出水，举高四丈五尺，齐此已下”，是有史以来伊河最高洪水位。《宋史·河渠志》记：“自今后汴水添涨及七尺五寸，即遣禁兵三千，沿河防护。”表明当时已有专用水尺进行水位观测，并规定七尺五寸为防汛警戒水位。1843年黄河万锦滩发生特大洪水，《再续行水金鉴》记："七月十三日巳时报长水七尺五寸，后续据陕州呈报，十四日辰时至十五日寅时复长水一丈三尺三寸，前水尚未见消，后水踵至。计一日十时之间，长水二丈八寸之多。浪若排山，历考成案，未有涨水如此猛骤。"该文献还记载了光绪四年（1878）首用公制海拔高程在黄河干流壶口马王庙测得最高水位为465米。到了民国，水位观测按现代技术要求，已有统一的时制和测次及测验方法。及至1933年，李仪祉出任黄河水利委员会委员长兼总工程师，次年就在他《治理黄河工作纲要》中规定："水文测量包括流速、流量、水位、含沙量、雨量、蒸发量、风向及其他关于气候之记载事项。"对其应设水文站之地点，他也一一提出，以后也都设了。历经战乱、灾荒，至1960年，全河基本建成完整的水文体系网。

黄河入海口三角洲的"孤岛有三多，牛虻、蚊子、黄沙坡"，蚊子有多大？水文人的描绘是"三个就能炸一盘"，夏天观测晚8时的水位，必须穿雨衣和长筒胶靴来防咬，几天也见不到其他人影。该站担负着直接向中央防汛总指挥部汇报水情的任务，1975年元月发生过一次严重的凌洪，道路被淹，电话等通讯全部中断，孤零的两间观测房被凌洪包围。即使这样，二十年如一日的观测员杨玉祥也不可能离岗半步。兰州水文总站的黑山峡水位站，地处深山峡谷，测量员王定学每看一次水位需要爬30米左右的陡坡，穿过500米左右的稀泥滩才能到达水尺旁。有一次淤泥快到胸口，幸亏手中拿着水尺板，才得以生还。张家沟水文站工程师刘明蔚因站址偏僻，久病缺医，他仍坚守在工作岗位上，1973年2月14日看水位时口吐鲜血倒地身亡。类似牺牲的黄河水文人还有很多。

特殊的业务要求水文站必须建在河流的特殊节点，所处的地方多偏僻荒凉，自然条件、生活条件都无从谈起。在水文行当摸爬滚打了30多个春秋的韦中兴所在的秦安水文站就是其中之一。那时，站上每年都要派人去省城兰州水文总站参加冬训和资料整编，水文站到陇海铁路最近的一处小火车站有40多公里山路，长途汽车每周发一趟车，每次接到出差通知，师傅们常常等不及班车，要与外出的乡亲结伴步行去赶火车。黄昏从十里铺出发，步行一夜，次日天亮才能到达小火车站，去赶唯一一趟去省城的车。那时出差自带被褥，除去身上背着的几十斤行李和资料，每人手里还有一根防野狼袭击的木棍，到省城也是几十个人合住一间大房子，地上铺麦草。

秦安水文站是坚守在葫芦河上的哨所，葫芦河是渭河上最大的一条支流，而渭河则是黄河的最大支流。葫芦河蜿蜒600余公里入渭河，渭河再入黄河。这些被守护、被测记的宇宙间并不起眼的更小支流的浪花或泥沙，或者困竭，或者奔腾，或者不可思议地偏离，或者向着既定的宿命流淌。奔腾在天地间的人类文明洪流，或许也是这样。历史的转折关头，她悄然改道，以自身所具备的自组织能力，选择了一条更适合自己的方向，一路前去……

汛息传递：从水情到军情，从“飞报”到“羊报”

汉神爵元年（前61），汉宣帝派赵充国率军出征金城，军情急迫，赵请示皇帝，8月20日申奏，8月26日得皇帝回答的玺书，前后七天时间。去掉朝廷议决一天，六天时间，从金城到长安一个来回，三天一个单趟，700多公里，每天至少240公里。马不停蹄，日夜兼行，这是当时畅通无阻的驿路速度。一般情况，从敦煌到长安快马飞报，至少需要8天，非正常情况需要一到两个月。从汉唐到明清，两千多年始终如一。

那时，驿马是最迅速的交通工具，往往是上一站驿马未到，下一站驿马早已在路上，上下交接驿文就在马上。驿马往往因连续狂奔而倒毙，如五年内幸运不死，即成“宝马”退休，由官府养老送终，以酬报它对国家所做的贡献。驿路军情飞报源出黄河水情传递。“讯”字，在古时即河汛的

“汛”，“讯”源出于“汛”。

像1982年河南测河队往总队一个电话打五六个小时也不通，只是测河队艰苦生活的一个细节。而实际上，为了方便水情传递，早在19世纪中叶，西方电讯技术刚刚传入中国的光绪十三年（1887）十一月，黄河大堤上就架设了山东济宁至开封的第一条电报线。光绪十四年，河南开始使用电报传递汛情。光绪十九年，电报电线铺至甘肃、青海。光绪二十五年，李鸿章在《勘河大治之议》中，又建议在黄河下游南北两堤设“德律风”（电话）。到光绪三十四年（1908），黄河两岸已架通700多公里的专用电话线——在当时全国各地及各行各业中，由于水情传递的特殊需要，黄河现代通信建设早得风气之先。

抗战胜利之前，国民政府又在黄泛区的扶沟、吕潭、淮阳县水寨、尉氏县前张设四处无线电台，并在西安设立总台。抗战胜利后，总台又在1946年随黄委会迁至开封，接着，又增设了陕州、孟津、木栾店、花园口四处无线电台。其通信设施先进程度，不低于军队。

这与历史上黄河汛情的“飞报”与“羊报”，早已判如天地。

汛情如军情，历来受到统治阶级重视。而在尚不具备现代通信技术的年代，军情传递靠的是煨烟举火，重要的驿站都设有烟墩，如果边地或国内任何一个地方发生军事攻击或已存在发生危险的可能，就把烟墩早已准备好的马粪柴草点燃起来，下一站接上一站，通过这种方式，把最西端类似嘉峪关的消息传到北京，只需12个小时。

据传，狼粪所燃的狼烟比马粪所燃的效果要好，更高，更直。

汛情传递促进军情传递，军情传递又反过来给汛情传递以启示。明代万历元年（1573），河督仿照“飞报边情，摆设塘马”的办法，创立“乘快马接力”“飞报”洪水情报的制度，规定“上自潼关下至宿迁，每三十里为一节”，洪水涨发时，遣人乘快马以“一日夜驰五百里”的速度，向下接力传递汛情。“其行速于水汛。凡患害急缓，堤防善败，声息消长，总督者必先知之，而后血脉通贯，可从而理也。”

与“飞报”相比，“羊报”则是直接借用河流的作用，从水上直接把上游汛情传至下游。因水流急湍并不用绕旱路，这种传递也就比“飞报”还迅疾，因之也更惊心动魄。1709年也就是清康熙四十八年，清帝给甘肃巡抚下达指令说：“甘肃为黄河上游，每遇汛期水涨，俱用皮混沌装载文报顺流而下，会知南河、东河各一体加以防范，得以先期预备。”

所谓“羊报”用的是皮混沌，即单个的羊皮筏子。在众多卒兵中，选勇武者把皮混沌缚于背上，腰中再系上刻有水情信息的水签数十支，吃上一种特制的食品“不饥丸”，投身汹涌澎湃的天上来水中，顺流而下。在沿岸守候的河兵焦灼的瞩望中，一个黑影似乎从天边显现，渐渐的，黑点变大，在泥沙俱下、淤柴漂浮的洪流中向下漂移。一会儿看不见了，是被漂浮翻滚的树木杂物遮挡了；一时又看得清楚，那是羊报者以手作桨，尽量控制皮混沌的漂流方向，渐渐由中流向岸边的稳水渡来。岸上河兵大呼一声，报卒从洪流的轰鸣声中扬手回应，渡至河边，一支水签已经嗖地投掷到岸上，岸上河兵赶紧上前把水签抢到手，顾不得再招呼水流中的羊报者，举着水签就驱马而去。这边，报卒已又箭一般地随波漂去，把同样的水签传到下游一站。

当然也有流急浪蹿混沌靠不了岸的时候，或者缚皮混沌的报卒筋疲力尽，所掷出的水签又被洪水冲走的情况，洪流中掷投或接迎水签，一投不中也是常见的事情。每当这时，接迎的河卒飞舟冲进浪中，几经反复，水签还是被从旋涡急流中捞起。

报卒到最后一个防守点后，守候在那里的河卒驾快船将其接到岸上，为其解绑。庆功领赏后，骑马或乘车从陆上返回上游。一般情况下，赏金为白银50两，报卒从下游回到上游，需花费3个月左右的时间。[①]

① 王锦锋著：《奇特的水情传递法——羊报》，《黄河史志资料》1997年第4期。

飞报与羊报尽管原始，但及时而到的汛兵刚巧比洪水来得早一步。先洪水而来的“羊报”把万事俱备的河兵、河夫以及早已堆在岸边的石料、土、柴、草、埽凝聚而起，共同迎向即将呼啸而来有可能殃及大堤的洪水……

“免夫钱”催生货币经济

从河套大渠开始，以后称为“岁修”的春季河工，程式化地被固定在寒食节前的一个月，因为寒食清明之后，农人就要下地侍弄自己的庄稼了。而在此过程中，恋土的农民若不愿出河夫，可以通过缴纳“免夫钱”免除河役。既然农夫可以免除河役，那有钱的乡绅当然就更可以用钱来赎河堤苦力，更有到远山砍伐木梢的春料农夫，虽然官府提供口粮，而且是利用寒食节前的农闲时节，但是很多人家依然愿意出三五千钱，雇流民前往代劳，这就是“雇夫”（免夫钱）的雏形。到了王安石变法，为了推行缴费折抵各种劳役，就以“地远难运”为由，实施“以钱应付河防”的缴费制度。这样，专门的官府治水机构就一定程度地变身为中间商，对于河埽的物料，取三年中平均数定额化管理，春料民夫逐渐由民夫变为兵夫，货币经济萌芽由此诞生。河夫工作内容也由实际的施工变为由纳税、缴费来代替，这种管理办法也被明清传承，这意味着货币经济形成的过程中，社会、地域性行业分工细化。而由于山梢砍伐区域是黄河上游支流的丘陵地区，统治阶级的行政干预也像河纳百川一样逐渐渗透。黄河岸边的“免夫钱”也作为名正言顺的税赋形式，更强有力地推向帝国所辖和将辖的广大地域。

宋熙宁十年（1077），澶州修筑曹村埽工程，开始由旧制河役派遣法发展为雇佣法，其辐射范围远达京东、京西、淮南路等地——路，宋王朝区域行政名称，类似今天华北、华南、华东及各省区名称——解决了许多由于路途遥远无法前往服役的役夫困难，这在当时，只是权宜之计。然而就像产生这一制度的那条大河，一旦泡开一段薄弱环节，往往就能冲开一个口子，形成一条新的流路。从开始之日，“免夫钱”就显示了席卷天下的魔力。

治水从中心地域向不存在大规模治水需要的周边地域扩大，使国家加强了对属地子民的领导，而对一些将属未属、游离于统治中心之外的边民，例如那些三不管区域，都一揽子纳入国家计划。再扩大一点，再渗透一些，国家疆域也就随之拓展。这里，一个强有力的机制就是“免夫钱”。是的，还是黄河，在它入海的地方造就一片新大陆；在它溃决之外的上中游甚至远离黄河千山万水的江南，也创造一片又一片治下的新大陆！

宋本《皇朝编年纲目备要》记载：“科免夫钱诏曰……调夫。京西八万，淮南四万，两浙六万五千，江南九万七千，福建三万五千，荆湖八万八千，广南八万三千，四川十七万八千，并纳免夫钱，每夫三十贯，委漕臣限两月足，违依军法……于是遍率天下，所得才二千万缗，而结怨四海矣。”[①]想想这是一个什么数字？这样的负担，帝国治下每人不落地压下来，又为什么不“结怨四海”？也像这条大河的决口，本来是大河奔流过程中的自我修复、自组织行为，或许会由此生出一条新路，但由于外加了人的贪欲，具体说则是统治阶级没有约束监督的利欲无限膨胀，就一下子弄得一发而不可收。

免夫钱最初仅限河北、京东、京西、淮南四路，一夫的金额为250—300文，最高不超过500文。而此时，一夫的金额30贯（3万文），已上涨到最初的60倍甚至还多。元祐七年河防春夫实行定额时，京西路的定额为2万人，这时已到8万人，是原来的4倍。混乱亡国的祸根从此埋下。

---

① ［宋］陈均著，许沛藻、金圆等点校：《皇朝编年纲目备要》卷二九，见《中国史学基本典籍丛刊》，中华书局2007年版。

河堤：或是酝酿革命的温床？

决口堵塞，河流归槽，昔日热闹的堤坝居然冷清起来，这对于刚刚投身完成一项惊天动地大事业的人们来说，好像有些不能适应。他们仍三三两两聚在河堤上下，就像滚滚东去的大水过后，堤坝背后还留了一汪又一汪水，水里聚了一群又一群水物，一不小心就弄出一些动静。

黄河大堤蜿蜒伸向远方，河堤上杨柳桑榆迎风摇曳，给浑浊的河水平添了一抹绿色。微风吹拂着水边一望无际的芦苇，人影时隐时现。在这被人遗忘了的河边，仿佛有更多的人影随榆柳晃动。一开始人们以为是远处模糊的树影造成的错觉，等再定睛、再仔细看，再过一会儿看，才认定，那晃动确实是人而不是树影。

谁？干什么的？

对于时刻出没于山林野坡抑或一河两岸的人影，特别是这些看似形单影只的流民，以外人听不懂的方言（那应是暗语或黑话），可以一呼百应时，从来都是当局的心头之患。炎黄的时代毕竟过去，人民也不再喜穷兵黩武，那从原上漂杵的血浆早渗入黄土，而黄土、黄河淤土，最擅长的是生发庄稼。洪灾既消，四处漫溢的洪水各归其位，这些由洪水决口聚集而来的河夫，还是再回有着祖坟的老家、田垄才好。

而为什么却有人偏喜欢当兵耍枪弄棒？

《宋史·兵志三》关于“兵”有如下记载：“皇祐中（1049—1053），河北水灾，农民流入京东三十余万，安抚使富弼募以为兵，拔其尤壮者，得九指挥，教以武技。虽廪以厢兵，而得禁兵之用，且无骄横难制之患。”说是富弼招募为兵的精壮人员，供给与厢兵相同，但实际能力相当于禁兵，且好管理。这些被募入伍的新兵，就是河防工程结束后不愿再回家的河工或又从远方流落来的难民，或者招为厢兵、埽兵，或者划拨给一块官田，让他们安顿下来。要不然，这过去聚集起上万河夫的大堤，可能会成为酝酿革命的温床。

而偏有人不愿领取滩地，也不当厢兵、埽兵，而是“频奏群党一二十人至二三百人”，不仅盗取河堤上护堤的林木，还抢劫人家。骑着抢来的马又去抢别村的生马，往来奔突，在县乡公然招摇过市，让百姓供吃供喝，甚至公开驱使官员。更为严重的是，流贼之中，还有大名府刚刚开了小差的士兵。兵匪合流，就给国运造成了威胁。因此，为了提高乡村警戒能力，欧阳修提出了五保联合自警，杜绝一般盗贼的销赃渠道和生存土壤，王安石则推行了保甲法。其目的，也还是让退水之后的村民有一个约束。无奈盗贼却越防越多，甚至在严打的地区，盗贼与官府仍相互勾结，同流合污。这三十万流浪者，形成数千个流动的集团，他们的主要聚居地就是京西、京东各路。“濒河多盗”，堤上的大树和低洼地的芦苇荡，给盗贼提供了理想的隐蔽场，而黄河再有决口，就还会有大批土地被淹没，失去了生计的民众必然又壮大了流民流寇队伍。

此等危险，如果说在北宋只露出苗头，到了元明，在保陵、保漕唯不保民生的治河方针下，河床成为酝酿革命的温床已显而易见，影响至21世纪还不见绝迹。河灾使农民成为流民，安澜后世世代代的农民也不再恋那祖屋，也不愿再种地了。为什么？辛苦几十年积攒起的田产和房屋，一场大水便可化为乌有，并且，下一场大水也还照冲不误——即使河水本来不是冲自家方向来的。与其再当冤大头，胼手胝足做自给自足的自耕农，倒不如打家劫舍，偷盗、拐卖更来得及。短期行为换来长期利益，炎黄子孙沿袭千年的秩序就此彻底摧毁，人们价值观也随之扭曲。

1716年《曹县县志》曰：“士醇民良，曹邑旧俗也。明季黄河屡决，盗贼猖獗，兼以连年大祲，饿殍载道，人无家室之乐，而风俗一变。”作为儒家文化发源地的孔孟之乡民风大变，毗邻它的淮北包括徐州是什么样子呢？淮北为古宋国腹地，“先民犹有先王遗风。上礼，重廉耻”。以后则俨然天壤。

现在，我们再回到欧阳修、王安石所放心不下的北宋河边。如何避免河流疏通后河夫沦为流民是个难题，而在河决期间，官方组织起来的与洪水对决的队伍，或许一时受图谋不轨者蛊惑突然临阵倒戈调转方向，也是让组织者不得不防的大是大非。汉武帝元光三年，河决濮阳，“发卒十万救决河”；元至正贾鲁堵口，“发人夫二十万”，河夫集体行动，正如平时毫无关联、各显散漫软弱的山梢、谷秸、泥土、石块等制成“埽”，“埽”又成为堤的一部分。这些平时毫无力量的不起眼的物什一旦形成一种凝聚力，就成为势不可挡的力量，而这个力量一旦偏离了掌控者所规定的方向，或许返过头来就扑向既定的大堤。治理神秘莫测的洪水，“不怕水不来，就怕我不防”——只有防，患才会未然……

福城小镇的前身：草市

宋治平四年（1067）春天，禹河故道襄城县到汝州南薰门间的黄河大堤上，一个身着长袍官绅模样的人，不时停下车子，于晚春的风沙中，和络绎不绝的流民搭讪，一经驻足，旁边的随从则掏出携带的纸笔，匆匆地记下什么。官绅模样的人是汝州同判张恂，遵宰相富弼之命，前来调查河堤流民情况。

流民有乘大小牛车的，有骑驴骑马的，有挑担的。一辆牛车所拉有的是一家老小，大多则是三两家合伙。六日实地调查，张恂粗略计算，共遇上600余户，他们大多住在各州县镇旁的小旅馆。随寒食节过，堤上河工停止，这些出夫修堤的农人却不愿再回到远离河边的老家。张恂苦口婆心劝他们回乡，但他们却决意受苦受逼也要留在这里——与古老中国农民安土重迁、故土难离的乡俗相反。黄河洪水及洪水所兴的河堤工程，一旦把他们从故园逐出，他们就已不是原来的他们了。

和西方日不落帝国的商业革命割断农民与宗法封建相系不同，东方漫漫黄土地上一开始并不见声色的革命，就在治水修堤或逃避洪水期间，悄然萌发了。诱惑他们的是什么？不得而知，只知这些流民好像早就约定了一样，纷纷说："盘缠已经用完了，回不去了。"

而那些被去年洪水冲散各处现在又聚起的原住民，望着泡在河底的村庄，无家可回，也在河堤上逡巡、游荡。从祖宗、宗祠等等深厚绵长的联系中抽身而出，从原来田畴篱笆间跑到这一览无余的河堤上，还有什么东西能给他们以扯不断的钳制？如果没有土里刨食的束缚，如果没饭吃，那不就铤而走险？

富弼冒险做此实地调查，是为了给皇上上疏《论河北流民》。调查是为了下一步对策，对策之前先要摸清底细。调查将流民分为五种：被迫返回原籍的，去了其他州的，按人口领取官田的，改行从事采薪捕鱼的，按人口领取官粟的。其中有分到一顷滩地的，显然已违反当时朝廷既定国策。

直到1099年，也就是宋元符二年十一月，才有皇帝诏书："河北路黄河退滩地应可耕垦，并权许流民及灾伤第三等以下人户请佃，与免租税三年。"首次以国策形式公开允许流民申请租种国法原先不准私有的黄河退滩地。[①]

流连河堤，迟迟不还乡，原来是盯上了大水退后的新淤地，朝廷决策从此也有了一种历史性进步。虽然还是让他们以原先老家的田亩迁换至黄河滩，但总算是给了这些有着酝酿革命危险的流民一个安顿。

是的，总得有个安顿，决口早堵，渗漏的也已夯严，大水归其道，小

① ［日］吉冈义信著，薛华译：《宋代黄河史研究》，黄河水利出版社2013年版，第107页。

水润其田，河堤才会牢固安全。

河边的一个个小镇由此生成。

德州安德旧志载，唐元和三年（808），德州的官衙所在地安德县南八十里就是黄河，过了黄河二十里就是齐州的临邑县。黄河渡口有个叫灌家口的小集市，由此再向北十里建有一城，福城。福城，就是由渡口村落的草市发展而来的。

草市，即柴草买卖的集市。那时，河堤修防渡口的主要材料就是柴草，汛期到来之前，柴草必先收集归垛，而由于需求量无算，每户每丁都有上缴数额，当地草木早掳掠已尽且大户人家都是花钱购买，这样，就有大量柴草由专业采薪打草者从远离河岸的山川坡地带来交易，草市由此形成。既然柴草可以买卖，其他生活、生产用品亦借草市聚至于此，商户也因而聚集。流民安顿下来，自然也需要垒三两间草屋的，草市也因此而成集镇，其催动力还是河，河水，治水工程。

日本学者加藤繁《中国经济史考证》说，宋代沿河村镇或小都市，或形成于河边，或形成于驿站，或形成于关隘，其前身都是草市——在今天的我们看来，这些资本主义的萌芽确乎有它萌芽的本意：繁茂于野地的草，草捆、草束，市上的草（虽然集于市上的时候它已干枯），但是它却鲜鲜亮亮地顶着资本、现代河工意味的露珠而萌发……

以庄宅起名的小镇有三乡、徐村、袁村……由馆驿发展而来的有张店、郭店、新店、萧馆、土楼……以关隘渡口得名的如集津、灵河、临津……其中，沧州等当时边境地区的二十多个镇较为发达，居住人口主要是流亡逃难的流民，为了防止边境游牧族的攻击，还尽量采取散居形式。所具有户数，元丰时比太平兴国时增二至三倍，新流入客户占全户比数已达25%—50%上下。[①]

① [日]加藤繁著，吴杰译：《唐宋时代的草市及其发展》，《中国经济史考证》，商务印书馆1959年版，第310—336页。

最明显的增加发生在太平兴国到元丰年。据《元丰九域志》记，河北、河南古澶州周围，有八个镇是新形成的村落，平均每年增加236户。

从散户到聚落到村镇，再从城邑到国家，河流的孕育作用显而易见。公元前8500年，全球最大的聚落是尼罗河边杰里科，大概有几百个村民。到公元前3100年，埃及在历史上首次实现统一。公元前1000年幼发拉底河和底格里斯河两河流域，也出现亚述帝国、巴比伦和波斯帝国，人数都达百万。而黄河边，村落大约出现在公元前7000年。公元前221年，秦王扫六合，据说仅军队就有10万人。

中国资本主义萌芽和最初城镇化动因源于黄河，大约很少人知晓。

以邻为壑，麻湾决口与1935年苏鲁水灾纠结

1937年8月12日，农历七月初七，夜黑风高之下的三角洲麻湾河段上，几只幽灵样的小船突然出现在涌浪中，尾随小船后面的则是有着黑洞洞枪口的武装船。随着小船停泊，一群身手敏捷的人扑向河岸，接着便挥锹扬镢，在岸上忙活起来。

凭他们摸黑也熟悉的施工动作看，这是一群有准备的人。他们越河而过至对岸，应该是帮助筑堤堵口，但仔细看却不是筑而是掘，这是怎么回事？

被掘的麻湾河段属蒲台县，由山东黄河河务局下游南岸第四分段防守。此段大堤至河身间有三里多宽的滩地，滩中有郑觉寺、许家沟、东王庄等五个小村，滩头还有一片芦苇，面积有40多亩。河身是1923年堵复宫家口溃决时新掘的引河，河身南岸有大量弃土，民埝与大堤相接，形成堤防的天然屏障，除非较高水位，河水一般不会偎堤，再说这年3月堤防又加高了一米。

7月下旬，河水上涨，至农历七月初三，河水偎堤，已见顺堤行洪之势。而与麻湾隔河相对的宫家险工却正受顶冲。宫家属利津县境，利津县县长薛汝华连日坐镇宫家险工，督率民夫抢险，只见主溜自对岸直冲他脚下的险工主埽，各种险情此起彼伏。按清代河防制度，河堤决口，地方官轻则革职，充做民夫留工效力；重则杀头坐牢。到了民国时期，仍沿袭旧制。县长薛汝华年轻气盛，面对宫家险工愈加险恶的紧急状态，他倚仗自己在省府有强硬后台，就想出了一条分溜避险的计策。

农历七月初七晚，一支由精壮民夫加武装人员组成的队伍悄悄渡河，将芦苇荡至麻湾大堤的民埝挖开十三四条豁口，正在上涨的河水顺势涌入河滩，至天放明，南岸大堤开始渗水、脱坡、塌岸。

南岸蒲台县县长王林阁接到禀报，明知是对岸薛汝华所为，但又抓不着什么把柄，且深知后台不如薛汝华硬，只好忍气吞声，看着危在旦夕的堤防，急得跺脚叹气。他与分段长周玉美商议，无非是先向总段告急，请求料物；再是向各村摊派秫秸，进行人工护坡防渗。8月27日，总段接到告急后即派船运送木桩、绳索等抢险料物，欲支援南岸抢险。北岸薛汝华得知消息后立即出手，派武装船荷枪实弹在河心将料船拦截，声称宫家险工吃紧，不得不借用料物，遂将料物押至北岸卸下。

此时麻湾堤防顺堤行洪已有半月，数华里大堤堤顶一段段无声无息地塌入河中，有的堤段形同斧刃，抢险民夫已无立足之地。无奈，县长亲率兵丁监押民夫砍拔百姓即将成熟的庄稼，稀稀落落地向水里抛撒，但已毫无作用。九年后，即1946年6月30日《渤海日报》曾有文描述这一局面："一切都在瞪着眼等着，等着那可怕的时候的到来……"1937年8月31日上午11点25分，那个"可怕的时候"如期而至。当地名士赵安亭先生后来撰文道：先是麻湾以北郑觉寺附近的坝上塌出了一个簸箩般大的洞口，接着，洞口疾速扩大……一个小时后，口门扩展到几十丈，第二天就拉到了五华里宽。洪水如挣脱了羁绊的野马，肆无忌惮地奔向阡陌村庄，十分之九的黄河水扑向蒲台、广饶、利津、博兴、寿光五县的数百村庄，其中28个村庄遭灭顶之灾……

类似以邻为壑的现象，道光二十一年水淹开封时就差点出现，当地有人给巡抚牛鉴出主意，从上游对岸掘口以分水势，牛鉴深明大义，没采纳此下策。在那各自为政、自家门前雪也不扫的年代，如此荒唐不是第一出，也不是最后一出。现在再让我们看看黄河口麻湾决口两年前的鲁苏水灾时两省的态度与决策。

1935年7月10日，黄河于山东董庄决口，这是黄河自1855年铜瓦厢改道以来最大水灾，引发了鲁苏两省围绕筑堤和分流的冲突。

河决后，鲁省即令有关各县筑堤造埝，欲束水沿赵王河入南旺湖，导流至南阳、昭阳、微山等湖。水入微山湖，势殃及苏北。苏省闻知溃水走向后，14日即决定沿微山湖筑大堤，“截黄水改道入苏之势”，接着又决定兴修蔺家坝。

苏北鲁西，地理上本一天然区域，鲁西之水素以微山湖为尾闾，苏省筑堤修坝，在鲁省看来，势必阻遏黄水去路，加重鲁灾。19日，南阳湖水倒灌，赵王河北岸溃决，地方官民多以为苏堤所致，东平县县长告急，时任山东省政府主席即电请中央“统筹防灾”，制止苏省“迎截黄水”。

7月29日，苏省建设厅厅长沈百先诉之公众舆论：“欲解鲁西之危，唯有速堵决口，而无关微山湖西堤。”

而实际情况是，8月10日前，湖水仍未达苏所筑堤根，赵王河上月溃决，确与苏堤无关，但苏省步步筑堤设防，鲁省自然担心水之去路。对于这种防范措施，当时经委会秘书长秦汾承认：“立场既异，利益自殊。”表示中央应“通盘筹划，并顾兼筹”。兼筹八字还不见一撇，这边冲突已起，8月27日，邳县与峄县民众发生械斗。

对此次大水的最终解决办法，山东方面意见是借机让洪水分流铜瓦厢决口之前的黄淮故道，挽归故道或南北分流。鲁省认为的消弭灾患之良策，在苏省看却恰恰相反，因此动员全省上下及旅外同乡，从技术经济诸方面予以驳斥。

其实，自1855年黄河北徙以来，主张分流减患者大有人在，反对者也不乏其人，但此乃国家大计，一条大河，既受制于国家财力和长远利益，又涉两省千千万民生，此救急之际，改道分流不现实，决口又难以一时堵复，鲁苏两省的口水战和无休止的纠缠，既是历史矛盾的延续，也是现实利益之争。面对突如其来的滔滔洪水，同一区域的各阶层因利害关系的一致性，也暂时摒弃贫富差别和阶级分野，形成利益共同体，这就使不同区域的救灾防灾，难免有本位主义之嫌。

“天灾流行，国家代有。”8月5日，全国经济委员会召开治黄会议，本着“两省同受其利”原则，提出南岸溃决之水，由黄委会和鲁省设法导入东平湖，挽归正河；入微山湖之水，则由导淮委员会和苏省通过湖口闸、蔺家坝等疏导出海。

对此一议案，两省都各坐各岸静看水长，不去行动，而黄河洪峰一个又一个向董庄口门涌来。为避免更大损失，黄河水利委员会委员长李仪祉急电韩复榘，请开鄄城民埝，放水由黄花寺入河。经委会也认为掘埝“诚属救急之举”，明令鲁省照办。其实，决口之处，李仪祉就发现溃水与河仅隔张桥一民埝，曾多次建议鲁省掘埝放水，未得鲁省认可。

韩复榘电请中央谓民埝关乎多县人民生命财产，“不能挖掘，若强制执行，恐激动民变”。经委会无奈，也准暂免开挖，“承告困难之点，不无考虑价值”。

10月15日，鄄城格堤溃决，已辞去黄委委员长职务的李仪祉闻讯再电经委会，希望趁机引溃水由黄花寺入河，以减轻苏北损失，鲁省表示“不能实现”。

导水归东平湖或掘开鄄城民埝，乃国家防灾区扩大、保护津浦铁路等所做出的一种“紧急避险”行为。事实也证明当时李仪祉的建议是唯一两全选择，若当机立断，则洪水可顺利进入滩地，复归本河，“其善也可挽全河，其不善也亦可救其大半”，受灾地区可限于山东滩内几十万亩，而苏北百万之众可免水患，鲁西所淹地亩也可尽快涸出，“政府赈济亦易为功”。然由事权不一，地方各自为政，致使良策不得实行。

同样对治河、对区域经济发展有专门研究的李殿魁先生以此案例评论说，减灾属两害相权，避重就轻，从国家角度看，苏鲁两省人民无所区别，并无损鲁利苏意图，鲁省拒不执行，固然有认识上的分歧，其实主要是缺乏必要的利益补偿机制。如导水入东平湖，东平“枕堤临黄”，每次河决，“皆被其患”。怎样赈灾？无人研究，而强开鄄城民埝，淹没数十万纳赋之田，地方既减税收又添灾民。减灾对国家和苏省是正效益，对鲁省则是负效益，在此一重大决策中有意无意回避地方经济利益，结果就把自己逼到尴尬境地。鲁省以自身利益对抗，又导致国家利益表达的失败。①

也恰恰是这一场大水，让以后成为黄河水利委员会总工、当时刚走出校门的徐福龄碰个正着。1935年7月，河南陕州段黄河大水流量达到13300立方米每秒，刚到河南河务局参加工作的实习生徐福龄，被派把每天绘制的水位涨落曲线图挂在机关影壁墙上，以引起局内人士警惕。当洪峰通过东坝头后，他发现水位陡落，感觉大事不好，经电话询问，得知洪水在山东鄄城董庄决口。

这次决口，泛区达12215平方公里，淹及鲁苏两省27个市县，受灾人口341万人，死亡3750人。仅山东一地，淹毙牲畜就达4万余头，冲毁房屋百万间，全省61个县市设灾民收容所795处，收容灾民13万余人。

著名记者肖乾写道：当时的济宁除尚可看到的树梢、屋顶外，其余全被淹在大水里，屋顶旁可行丈长大船。被船救上的灾民集中在火车站，济

① 1995年7月东营市委原书记李殿魁访谈。

南张公祠、铁公祠、汇泉寺等处，原为文人雅士吟诗赏景的名胜，都密密匝匝填满了狼狈褴褛的难民。一个年近八十的老太婆因为夜里冻得睡不着觉，不惜和一小女孩争一片破军毡。

徐福龄回忆说："那时治河各自为政，没有全局观点。这场大水在河南境内顺利通过，未出大险，所以河南河务局为庆祝安澜，仍然举行所谓安澜宴。那是我第一次参加这样的宴会，心里很不是滋味。"[①]

如此不同区域的利益之争，以至发展成上下游、左右岸流血械斗，在明清潘季驯致力于高家堰大坝后的淮河下游最甚。1855年黄河改道重归渤海，1949年成立黄河水利委员会及其所属沿河务管理局，情况有了明显改善。

一收就死，一死就放，一放就乱，一乱就收……千百年来形成的治河悖论已成为历史。

滞洪区的滞——以濮阳为例

上古时期，濮阳一带地处河济平原，是黄帝为首的华夏集团与少昊为首的东夷集团活动的交接地带，就像晋陕分别都有黄帝蚩尤大战遗迹或仓颉遗迹一样，今濮阳东南高城史称"颛顼之墟"，尧、舜、夏、商、仓颉都有遗址留在这里。所以濮阳又称"帝丘"。

虽然濮阳"帝丘"早已被黄河泥沙埋在了地下，但是在现代人心目中，在黄河流域，濮阳之所以声名不减，一是中原油田，二是它被黄河水利委员会划定为滞洪区。

① 徐福龄著：《长河人生》，黄河水利出版社2010年版，第25页。

当黄河超常洪水来临、下游有可能决口的危急时刻，这里就先人工自掘开口子，让洪水留在这里，从而减轻下游洪灾——滞洪区不是一个好名词，是牺牲，是奉献。

洪水出路留在这，因这里一马平川，历史上就是黄河洪水最为泛滥的地区。

周定王五年（前602），黄河在黎阳宿胥口决口第一次大改道，决口处是濮阳；西汉成帝建始四年（前29），黄河在东郡决口，泛滥冀、鲁、豫、皖、苏近六十年，决口是濮阳；宋仁宗庆历八年（1048）、宋高宗建炎二年（1128），黄河决溢还是在濮阳……

由于得黄河之利，濮阳在历史上曾为华夏最发达地区。秦统一中国后，为束黄河之水，曾把这里的黄河大堤筑成"金堤"。西汉王景治河，固河道于濮阳城南，黄河安澜七百余年，濮阳人口达37.87万人，那是濮阳难得的一段和平繁荣时光。到东汉末年，这里又成为群雄逐鹿的战场，水灾、旱荒、战乱、蝗灾竞相交织。到魏晋南北朝，魏、后赵、前燕、后燕、前秦、北魏、东魏、北齐、北周等割据者，先后在濮阳称王道孤。兵连祸结，干戈纷然，总的趋势是乱多于治，毁多于创，居民多迁徙，边塞游牧族甚至把这里大片耕地变为自己的牧场。

滞洪区地处黄泛平原，是古黄河与现黄河之间的低洼地带，总面积400多平方公里，当时就涉濮阳、范县、台前三县563个自然村，近50万人。南临现行黄河大堤，北依北金堤，上起长垣县石头庄，下至台前县张庄，东西长171公里，南北宽7—40公里。

黄河自孟津以下至兰考东坝头，河道渐宽，堤距一般为14—20公里，东坝头以下河道又渐窄，堤距从10公里逐渐缩至1公里，到艾山口以下平均河宽还不足1公里，最窄处仅几百米。由于河道上宽下窄，洪水不能顺畅下泄，历史上洪水决口漫溢多发此河段。

20世纪50年代初，黄河下游堤防防御标准为陕州站流量18000立方米每秒。据历史记载和洪水调查，历史上超过这个设防标准的大洪水不足五十年一遇，如以1933年陕州站23000立方米每秒洪水相应水位推演，石头庄以下堤防高度低于洪水位，溢洪威胁十分严峻。又由于黄河艾山口泄洪量所限和超大洪水存在，单纯依靠堤防难以确保下游防洪安全，因此，必须在防御设施方面，为超大洪水寻找安全出路。经专家反复论证比较，确定在长垣县石头庄一带设分洪口。1951年，黄河水利委员会商得平原、河南、山东三省同意，报请政务院开辟濮阳黄河滞洪区。1952年开始在区内修建避水工程。

避水土方工程有围村堰、避水台和安全区。围村堰就是环围村落的封闭式土堰，主要防止洪水入村，平堰上一般留一两个出入口，一旦侵入洪水，立即将口堵死，只要围村堰不溃、不垮，洪水退后，村庄无恙。

避水台是在村边荒芜空地或计划预留地上用土筑成的高台，一旦洪水侵入，村内群众可携部分财产细软迅速撤上土台，躲避洪水。

安全区主要是利用浅水区内较高的渠堤、路基等再铺一些简单的堤埝，将一块区域围起来，一旦洪水到来，所围起的区域可保不被水淹。另外还有备用船只、汛息传递等设施配备，过去有锣鼓、火把、高音喇叭，以后有短波电台，再以后手机就是移动电台，过去的设备就淘汰了。

避水设施及滞洪区建设自1952年开始，1958年7月17日，黄河花园口发生人民治黄以来的最大洪峰22300立方米每秒洪水，北金堤滞洪区一下子全部紧急动员起来。千钧一发之际，黄委主任王化云作为第一责任人，综合分析雨情、水情和工情，向中央提出了不分洪的建议，没有使用北金堤滞洪区。从而使滞洪区村庄、城镇140多万人口及生产、生活设施免去一劫，也为以后北金堤滞洪运用提供了一个参考例证。设想滞洪口一开，濮阳一片泽国的惨象，如果当时的决策者只为自身政绩和下游万无一失的安全，轻开国策早已允准的北金堤，那滞洪区人民将有怎样的遭遇？此举应是王化云任黄河水利委员会主任几十年最值得称道的一次壮举，是置个人利益于不顾的英雄行为。

从始至今，濮阳滞洪区设立六十多年，一次也没运用。虽一次也没运用，但洪水两字仍然像达摩克利斯之剑一样，高高悬在濮阳头上。

都水监与黄河水利委员会：专门治黄机构诞生

清末的1914年，已有由清政府主导的水利局。此前黄河管理分南河、东河，分别设有总督。南河管理江苏、安徽两省的黄河和运河，东河管理河南、山东的黄河和运河。此外还有北河管理海河水系。黄河自铜瓦厢决口后，随着南河总督和东河总督的裁撤，黄河下游改由各省总督、巡抚监管，形成了分省而治、各自为政的管理体系。

1919年，北洋政府对黄河下游修防机构改组，成立了直隶、河南、山东三省河务局；1929年1月26日，南京国民政府在基本实现国内统一后，试图统一河政，决定成立全国统一治黄机构——黄河水利委员会。

1933年，有德国留学背景的我国近代科学兴办水利的先驱李仪祉被政府选定为黄河水利委员会委员长。新中国的治黄机构，即由此沿袭而来。

在中国，黄河治理不仅是一简单的工程技术，同时也是社会、政治、经济大计。其安澜与否，与国家治乱息息相关，所谓黄河定天下治，黄河滥天下乱。对此，当时南京政府已经看到并有举措，但也还是举步维艰。8月黄河大水，9月李仪祉赴任，首要任务是筹备堵口，正在进行查勘时，国民政府又成立了水灾救济委员会，初由财政部长宋子文监管。宋说，我们的钱岂能让别人花？乃设立工赈组，派人主持黄河堵口事宜。不久又由行政院长孔祥熙监管该会，并通告黄河堵口之事完全由工赈组负责，黄委会不必过问，于是这一任务就取消了。

1934年7月，政府又将水利行政统一于经委会，但经委会与地方并无行政关系，李仪祉建议改属行政院，以减少掣肘，并未引起重视。国民政府改北洋政府分而治之的办法设黄委会，是为统一下游河政，而在实际运作中，“较前似更觉分歧”，黄委会对冀、鲁、豫三省河务局，名义上是领导关系，实际上则连指导也指导不了。三省河务局依然由三省直接管理，黄委会不能过问，下游的治理任务又取消了。

不得已，黄委会只得根据近代科学技术，开展全面治理与开发的前期勘察、资料收集等基本工作，如建水文站、测量队、水土保持试验站、下游河道模型试验所等技术性、基础性业务。由于黄委会本身无河防经费，对各河务局自“不能予以实际协助，虽经授以计划，派员指导监督，但执行与否却无法过问。各省河务局也各自为政，所谓合作也不过大汛时一纸电文告知水涨落而已，黄河空有统一之形式而无合治之精神”。

因此，河上旧有人员自我讥讽：黄委会没事干，看镜子，量水玩。多少年之后，黄河水利委员会原秘书长张含英这样回忆并评价。

设立黄委会实行治理的集权化和专业化，是社会进步表现。由于黄灾具有突发性和毁灭性，各阶层各地域都难以独自承受，必然通过各种渠道将灾害挡在本地之外，而中央则需要在防灾减灾过程中全盘考虑，统筹安排。如上下游、左右岸各自为政，势必祸及民生，这一点，从以上所述1949年后金堤河豫鲁纠纷、1935年苏鲁大水相互牵制及麻湾决口已见端倪。

1949年6月，华北、中原、华东三解放区在济南召开黄河水利委员会成立大会，一致选举王化云为主任，从此把王化云推上一辈子如坐针毡、也终于做了一辈子的河官位置。

大河上下，每一盆地平原都是一个农业省份的中心，每一省份都依靠它的邻群。社会发展需要一统治河机构。最早的一统治河机构出现于北宋。宋代黄河暴虐愈发严重，饱含黄土的浊流横行在华北辽阔的平原上，由此，隐没在历史长河中的全国统一治水机构都水监浮出水面。从技术到制度，到治河思想，三次回河固然失败，但这一治水机构却留存了下来。

都水监设立于宋仁宗嘉祐三年（1058），主要负责黄汴两河治理。此体制在王安石变法时期得到进一步完善和扩充，下设八都大河事司，有八十个管埽岸事，配置了一百六十余个大小使臣，建立了一滴水不漏的河防体制。其间，治水技术也得到长足发展。

堤防是自然流动的水与兴衰轮回的人类社会之间的连接线，它确保着自然和社会的秩序，是流水与人类共同作用的产物。根据河流的大小不同以及水流的涨落，堤防有各种不同的功能和规模，对桀骜不驯的黄河更是如此。这一点从黄河大堤频繁的决口和堵口工程可见一斑。随着宋代中央集权的不断完善与强化，堤防管理机构也自上而下，由近及远，从溃堤频发地点到全流域，其集约能力和辐射广度都得到了进一步的强化与深化。

在新体制下，新的课题不断被提出来，比如数额巨大的工程资金及材料的保管问题，如何简化复杂的河务行政组织，如何改善河夫的劳动条件以及治水技术问题等，这些问题的逐步解决都使黄河像一把巨大的尺子，丈量着中国全境的人和土地。也更使黄河像易逝而又连绵的时光，让华夏文明从细流涓涓到峡谷历程，到泛滥横溢到“归槽安澜”，再到更深广的大洋……

名词解释：埽

翻阅《黄河河防词典》，有关埽的词条不下七条之多。如月牙埽、磨盘埽、埽头、埽尾、埽口、龙尾埽、柳埽等。

埽，《宋史·河渠志》有专门解释。是把用芦荻和竹子编的芟索密密铺开，在上面铺上用榆柳等杂木树枝编成的梢，梢上面铺上数层芟索、木梢，然后再撒上碎石和黏土混合压实，这时要将一根长10—100米的竹索（也就是心索）横摆在上面，卷起绑紧，竹索则从里面穿出，再用粗大的芟索系在两端。这样，一个高达数丈、长比高多一倍的埽，就制作完成了。随后再由数百甚至上千的丁夫一起喊着号子，把埽拉到河边堤岸薄弱处，投放进水中堆积起来，这就叫埽岸。已推到河里的埽固定在河桩上，这些河桩则又被用长木一根根连接着。岸边埋有巨木，埽就被索牢牢地拴在这些巨木上。河堤一旦或即将发生溃决，就立即再补上新埽。如果不在堤的底部多铺几道埽，就阻挡不住湍急的水流冲刷。

以上为埽体或称埽岸的制作，是河工在千百次堵口实践中一步一步摸索并完善成型的技术。而针对不同水情，具体怎样投放至洪流湍急的水中，其方法又需要根据不同情况进行具体的改善。老河工李建荣、朱长安所创“柳石混合滚厢”，就是一个很有说服力的例证。

民国二十二年（1933）八月，陕县水文站洪峰流量22000立方米每秒，给黄河中下游造成严重灾害，驻地在濮阳坝头的河北省河务局北四段工程班长李建荣带百余民夫负责习城集砖坝的抢护，由于没有石头，就用特别烧制的城墙砖抛投护坝，但在大溜顶冲之下，砖块显得轻飘无力，他们便在出险坝头用木棍搭起支架。搭上底沟绳后再铺上铅丝网片，然后在网里装砖，以集束砖块对付顶冲的大溜。其间，为了防止网片被撞击出洞或架柱拉翻，他们又用底沟绳穿过网眼，让装满城墙砖的埽随倾斜的坝根滚动而下。这种办法在民国二十五年董庄堵口中又进一步完善，创“柳石混合滚厢”埽，其特点是埽体的层石层柳越乱越好，柳石混合齐下，以底沟绳为经，束腰绳为纬，形成网兜，埽内大枕包小枕。这种四周以绳裹束构成的柳石混合埽在激流中也能稳稳地顺坡滚动下沉，与传统的层石层柳搂厢抢险相比，不会出现前爬、后溃险情，即使埽体猛蛰水中，也不会跑埽漂柳。他们还给这个“柳石混合滚厢”起了一个风雅的名字：“风搅雪”。

与李建荣所创“风搅雪”柳石混合滚厢埽比，河工齐寿安所创“透柳落淤法”堵口，就简单多了。

所谓“透柳落淤法”实际上是另一种形式的埽，即堵口时先在口门坝头做一个透水柳坝，使具千钧之力的洪水缓溜落淤，再通过主溜之旁开挖引河，最后集中力量在口门进占合龙，使堵口顺利完成。

对此，李仪祉赞道：“我国河工向来囿于旧法不知变通，自齐君子仁创透柳落淤之法，一试于冯楼，挽狂澜于既倒；再试于贯台，支大厦于将倾。对河工虽功不敢居，论学理则迹不可泯，研究治河者幸垂察焉。”

需要特别注意的是埽的材料构成。草，被称为秸草的谷秸、苞谷秸、高粱秸及山坡上满尺高的山草。林梢，即砍下的树枝，最容易取得效果，最好的当然是堤坝上的柳树枝了，新鲜的带叶子的那种。为了足用，政府还专门制定政策，每人每年种植多少株都有明确数目规定。

不用长成栋梁的那种树。栋梁之材虽也用，建皇家宫殿或成为固定埽的河桩，但河堤上需求量最大的还是灌木，所以不求高大，只求茂密。

一年需求量多少？无量。庄稼地和附近山坡出产毕竟有限，再说，百姓还用它烧火做饭。就去远处采，远处采完了，再去远山里砍，一垛一垛，堆积于河岸。

莫小看了这些松、散、软，一火就要烧尽，入夏就要腐烂的草、柴草，那可是堵口上等的物料。

林则徐、刘鹗堵口之前，人们不知水泥为何物。在没有钢筋水泥的时代，一马平川的平原，全是又细又密的泥沙，石头一直就是稀罕物，即便从远处山上凿运一些，对于望不到头的长堤和随处可决的溃口，那也是杯水车薪。所以，河堤抢险堵口的主力军除了柴草，也还是柴草——那是取之不尽、用之不竭的土产，头一年砍了，第二年还会冒出。

即便有石头，有时也难以独当一面，你看“风搅雪”——柳石混合滚厢了吧？仅石头或代替它的砖块绝对不行，还需加上柳枝，层石层柳，并且“柳，越乱越好”，有了乱柳一搅和，附了淤泥的埽才沉稳地成为堤的一部分。

但是不能一棵一棵地扔进洪流，即便是如山的一垛，那也不能一下子拥进去。需要一把一把地捆起，先使之成捆成束。

然后再把它放进早已编好的索网，一层草，一层石头、泥土，更重要的，中间部分要用竹索或苘麻拧的绳子把它兜起、串起，还有固定它的楔进河堤的桩，这样，一堆散漫、软弱、易腐、没有筋骨的草，由于有了配合，就形成了坚强的埽，形成千百米长的河堤的一部分，形成与奔腾咆哮洪水对峙的“铜墙铁壁”，形成保卫黄河的长城！

透水不要紧，埽的本意，本来就不要滴水不漏，而是要能够过水——只有过水，才能落淤。让黄河和黄河所带来的泥沙，以人的意志为转移，淤成自己的堤岸。

组织起来，凝聚起来，以自我约束或绳索、木桩、网的他束缚，以草、土、石的混合，形成一种连洪水激浪也不可抗拒的力量，而不是一盘散沙或一堆柴火。这也许就是黄河给其子民的启迪？

打罢一场又一场，
要打刘秀走南阳。
走到南阳迷了路，
遇见石人在路旁，
问他十声九不语，
马上妒恼汉三王。
唰啦啦宝剑出了鞘，
要宰石人在路旁……

这是河堤堵口时“凡用丁夫数百或千人，杂唱齐挽，积置于卑薄之处”常唱的举重劝力之歌——“黄河号子”。现在已不多见。

猛烈的洪水与志在必夺的堵口使埽制技术发展到了集团化，由于过于巨大，需要丁夫几百人甚或千人合唱齐挽、黄河号子号令下统一协调行动——非经千锤百炼的专业技术人员不能为，并且还需分工细化，各负其责，密切合作。

组织与解放，以河为中心

“黄河长江[illegible]两行浑浊的泪！”诗人塞风诗句。

在古代，[illegible]长[illegible]域诸古老小国，生产力水平并不比黄河流域低，但成为权力中心和文化[illegible]展主导中心的，却往往是半干旱和经常有着泛滥之灾的黄河流域。

这是为什么?

有学者分析，一是干旱或半干旱地区要想使农业生产和农业社会有效地维持下去，必须兴起必要的配套引水灌溉工程；二是经常溃决，需要动员成千上万、甚至除去老人幼童之外的所有人力参与其中。这种工程必须建立一个既大又广的组织网络，并且，无论参与其中的个人还是团体，还是上中下层各色人等，围绕的是一个大家所追求所公认的公众利益，这就远远超出具体起点，也超越了单纯的制度建立和制度实施，并且还在过程中不断完善，不断发展。

堤防修筑守备需要人力组织，如每年从百姓中组织治河队伍，按土地还是按人口；在人员中，劳动力等级又根据性别、年龄及身体条件定额计算；春季动工前，要在农闲季节把工具和防汛物料都准备好，其间，必然涉及动工之前的规划，规划前又要对水文、地理进行测度；人力筹集之前的人口登记、村庄清点，以及成千上万人聚集所需食宿、供给等整个后勤管理调度；物料收集中怎样才能不营私舞弊以及合适的赏罚等。这些都需要一个庞大且能有效运转的组织架构。

有史以来，历代治河的劳动力分三大类：一为常年守在河堤上的“河兵”；另一类为临时征集或雇用的短期劳动力，称“河夫”；再一类就是危急时刻所动用的国家武装军人。河工又分别为堤工、坝工、埽工、闸工等多种。其所用材料（土、石、榆、柳、梢草）不同，来源不一，动用大量人力、物力，有必要制订一个详细的计算方式，对这些劳力和物料按同一标准换算成每人每天标准工作量，再根据物价的变动换算成等价货币，由此形成新的定规。无论明朝的“每方广一丈，高一尺为方”，还是宋时“一工”“一方”原理，还1949年后大兴水利时的土方工程[illegible]到城市工厂改革后的“计件工资”，都出于近两千年前治水时的术语[illegible]

西汉时期，武帝元光三年发卒十万救决河，隋[illegible]凿大运河，“丁男不供，始以妇人从役”。苛政让妇女从闺房走向河堤，从大门不出二门不迈的封建夫权统治下走向社会。

随着河患日增，唐和五代河兵数量也水涨船高。河夫筹集像旧时兵役制，根据一家一户两丁抽一或每丁必抽，所以人口统计即成必须。当时大名、沧、滨等48州府，均集中在黄、汴、御、清等沿河地带，开始是户口登记，清查重点，但是豪绅和狡猾之徒总是勾结官吏逃避服役，国家就采取一刀切的办法，无论主户还是“牛客”“小客”，一律按人口登记造册，服差役时，劳动量平均分配。

那时，没有牛的农户称为“小客”，有牛的农户则成为“牛客”，“牛客”“小客”一般都认为是租用他人的土地、房屋、农具，向他人支付租金的佃户阶层。但“小客”里面也有走乡串村贩牛的和沿街流动贩盐的，这就是所谓小商人了，还包括各种手工业者，都必须服“河堤之役”。

元惠宗至正十一年（1351），贾鲁奉诏督修黄河，欧阳玄撰《至正河防记》载：此次堵口动用军民人夫二十万，疏浚河道二百八十余里，堵筑大小决口一百零七处……修筑堤防上自曹县下至徐州共七百七十里；工程费用计一百八十四万五千多锭；动用物料大木桩二万七千根，杂草等七百三十三万五千多束，榆柳杂梢六十六万多斤，碎石二千船，另有铁缆、铁锚等物甚多。这样历史上罕见的一项浩大工程，在生产力低下的时代，自然免不了人海战术。但是怎样让各色人等从四面八方聚集而来，怎样让河兵、挖河民夫、备料运输工、材料砍伐收集工、后勤工有效运转，其间需要调配、运营、计算。而人除去干活以外，还要吃喝拉撒睡，从河堤上的挖掘修筑到远山远水的梢料砍伐，从直接的河役到雇佣他人的免夫钱，特别是洪水到来危机突降的时刻，又要使在场者和不在场者万众一心。全面的、有组织的协调和统一的指挥中心，就使由此产生的组织架构，超越了地域、阶级、阶层。

以组织、解放、集中为核心的治水文明由此衍生。

河神是怎样创造出来的

旧时每年农历九月霜降前后，黄河河水归槽，水见凌碴，一年紧张的防汛即告结束。为庆贺黄河安澜，感谢神灵保佑，按惯例，河防主管都出面聘戏班、请名角，在大堤上搭台唱戏，连唱三天，谓之安澜戏。

与戏台遥遥相对的是“神棚”。神棚坐北朝南，与戏台隔场相对，比戏台略大，如三间民房。棚子中间有供桌一张，上放长一尺二、高三寸的小木盒，木盒正面留一寸高、七八分宽的拱形圆门。盒底铺黄表纸一层，开戏前由河防营长官先恭请“大王”—— 一条头有十字标记的小青蛇。木盒后并排供着的则是“朱大王”“黄大王”“粟大王”等“金龙四大王”的神位。

大王即河神。“身如蛇，方首肉角，口衔双须，额有朱斑，身长尺二三寸，或二三尺不等，色或绿、或黄、或五彩具备……”对河神诸貌，时人如此描绘。实际上，百姓视之为神的大王，就是掘土筑堤中偶或出现的蛇，只要见到，人们都敬若神明，惶恐不及给予盛大仪式的迎接。一般都是先备一香案，燃上高香后，以覆有黄裱纸的磁盘接上它，如野外工地不能立刻有磁盘，相迎者则脱下头上戴的冠冕，引神蟠附其上，然后再用轿子抬着，送入附近大王庙中，跪拜之后，大神则转瞬不见了。

那时，千里河堤，每一决口的合龙处，都要建一大王庙或将军庙，用来宣扬堵口成功中大王或将军的功绩。据黄河老人徐福龄观察，仅兰考河段，就有大王庙十座，将军庙两座。（另一方面，也说明这里是黄河决口最多的河段。）

河神本是凡间人。

以“四大王”之一的“粟大王”为例。道光十二年（1832）八月十八日，河决南岸祥符三十二堡60余丈，正河水位骤降三尺。当时河道总督、河南巡抚等要员恰都不在开封，刚上任布政使两月的粟毓美挺身而出，看到当地河官缓不济急，他不顾所有河官反对，决定在上游十二堡湾筑柳坝以杀大溜水势，17天时间，奇迹般堵口175丈，河洪化险为夷。

道光十五年（1835），粟毓美接任河道总督。“乘小舟周历南北两岸。时北岸原武汛串沟、受水已三百丈……南北皆水，不能取土筑坝。”“文武官惶遽无措，总督河道粟公驰至，令迎溜抛砖……大溜立即外移。在工者咸惊以为神。”之后，粟毓美从被淹民房中收买砖块，又令河民设窑烧砖，几经曲折，最后促成治河材料更新，屡屡在履危蹈险中取得成功，他自己体会说：“应变无定法，惟在持之以有定之心耳。”

道光二十年（1840），粟病逝在总督任上，道光皇帝赐太子太保，谥恭勤。道光二十一年七月十九日，河决祥符，官民奋不顾身救灾过程中，“日日有接大王之事”。“神身长尺二寸，细如大炷香，方首肉角，额金色，杂以朱斑，口缀两白须，浑身错采如五纹朝衣，在当路积潦中。一老者见之，知为河神……历祝谢、黄、朱各大王，卒不登盘。……曰：其栗恭勤公乎？神遂升盘。置盘于几，焚香跪拜已，奠以茗则俯而饮……众人以舆送往大王庙。”

此为粟毓美由人化神的偶然机遇。后上奏，皇上封“诚孚大王”，俗称粟大王，正式成为国家级河神。[①]

除去四大王外，黄河还有六十一个“将军”。与粟大王之所以成为大王相比，“党将军”的诞生则更富传奇。

传说顺治二年封丘荆隆宫决口，皇帝命兵部侍郎堵筑，限两月竣工。但“费万金未告成”，遂求教一位神奇的人物黄英杰，也就是以后也成为神的“黄大王”来帮忙堵口。他到了工地，首先查看河夫的花名单，发现一个名叫“党柱”的。他说“党柱”是个神人，可以把水挡住，于是拿出百金送给他家作为赎身费，便把党柱活生生卷在草埽中抛入口门处。当时忽然从水面出现一双簸箕大的蓝色巨手，随即把口门堵合了。后来皇帝就封党柱为“填埽闭塞”的大将军。在虞城县的老堤上，现存的一座将军庙就是“党将军庙”。

过去堵口时，凡出现了小水蛇，都认为是“大王”降临，必须焚香祈祷并演戏祝贺，因为大王出来就是堵口成功的预兆。徐福龄以后分析说，所谓大王、将军，不过迷信。但过去堵口时出现了细短水蛇，即所谓的大王，确有把口堵住的；出现了粗大的蛇，即所谓的将军，就易失败。过去这一直是个谜。徐福龄分析，这一方面是人的精神作用，另一方面，堵口的成败与口门处河床的土质好坏有关。小的水蛇体型小，可能生长在比较坚实的土层里，“大王”出现了，说明口门到了好的土层，不易跑埽，可以一鼓作气把口门堵合。而形体大的水蛇，可能生长在土质疏松的土层里，

① 《清史稿》卷三八三《粟毓美列传》。

口门出现“将军”，说明口门到了沙土层，易于跑埽。再加上迷信的作用首先给人们心理上造成一种祥或不祥之感，群众更有了信心或失去信心，堵口就容易成功或失败。

浚县四女台：神河面前没有个人

就像晋陕峡谷之下小北干流“揭河底”揭出不知猴年马月淤淀河道中写字台一样的冰坨，泾河上游的六盘山下出土上万年前的橡树化石，今天，故道下游建筑工地挖出的这一具遗骸，留下的又是哪一年代的密码呢?

轻抚细拂，一开始酷似一截枯木的物什渐渐露出真面目：人！一具人的遗骸，并且是女人。还有少女手腕上的银镯，还有耳环，胸前玉坠。经现代化科技手段测定，遗骸距今一千年前后，少女年龄十六岁左右。

紧接着，类似遗骸又发现一具。

身上没有伤痕，不像洪水横掼竖打后的淹毙，也非正常死亡。正常死亡遗体千年之后，甚至骨殖也早已成泥，下游中原淤土不是楼兰古国的沙漠，这具遗骸为什么却像楼兰小河公主那样保存完好？揭开时光缠绕在她发际上的苔藓，拂去眼睑的泥沙、鼻孔的淤泥，少女优美的曲线逐渐浮出：蛮腰、丰胸、杏眼、鼓腮……一个美如洛神的少女，穿越时光隧道翩翩而来，仅回眸一笑，已夺人魂魄。

思古观今，联系到遗骸出土之地上游浚县故堤遗留至今的“四女台”，让我们以想象复原千年前河伯娶妻那盛大的一幕。

那天，风和日丽，波澜不惊，缭绕的香烟，欢乐而又肃穆的乐声中，四个浓妆艳抹的妙龄女子出场。

“今天是个好日子！”村里风水先生和神婆，早在一年前就选定了这个日子。这天，“宜动土，沐浴，狩猎，嫁娶”。这天，“财神、福神位东”——那里，大河傍村而流。让她怎么也想不到的是，“幸运”竟然毫无来由地落到头上，落到她和她要好的十里之外的姨家妹妹头上。当她得知自己和妹妹不约而同被河伯选中，二人相拥而泣——她想喊，朝天，朝地，朝村头那条大河。或者跑，远处高岗上或密不透风的芦苇荡里，以宣泄被这突然降来的巨大“幸福”击打出的眩晕感。姐妹、姨、娘、姑等梦寐以求，却从来没有享受过的奢华？

娘亲十月怀胎，父亲含辛茹苦，十指连心，平时一个头疼脑热，也早慌得没了主张，作为父亲，他怎么不知自己骨肉一旦被选为河伯之妻意味着什么，他也从来不曾奢望攀上什么好亲戚，即使一人得道，鸡犬升天。可他知道，让河伯满意了，黄河就不再发疯发狂。孩儿是自家的，也是公家的，饿死是死，冻死是死，大水冲去也是死，“等死，死国可乎”？既然早晚脱不了一死，何不让她死得其所？庄稼人不早说了？那不是死，那是到“好处”去了。“好处”啊，好！好……

夹道欢送的锣鼓声中，八抬大轿落地，锣鼓骤停，女巫叩拜后，面对河神，念念有词。

绝色美人兮，生我家乡。
肥水不外流兮，献我河皇。
涛不出堤兮，吾土得润。
禾稼丰收兮，吾民安康……

女巫歌毕，五体投地，与其说是祈求河神保佑，不如说是向即将成为神的民女礼拜。等俯身而跪的生民抬起眼，乐声又起，早已收拾停当的少女顶着花盖头，由壮丁把她们从各自的花轿里抱出，万民瞩望中，神坛前稍停一个时辰，似乎是让河伯验明正身，也似是让她们与前来送行的众乡亲做最后的告别。然后，被轻轻放至并排的四只芦苇编织的小舟之上。

此时，女巫的祝词又在再一轮乐声中起：

今宵良辰兮，喜在吉日，
共送婵娟兮，天地归一。
覆水不收兮，去莫回头，
嫁与河伯兮，福荫桑梓……

大喜大吉的日子，大吉大利的时刻，姑娘坐上苇船向亲人道别时是喜还是悲？是哭还是笑？由于花盖头的遮掩，谁也看不见。但仍有心细眼尖的人看到刚上船那一刻，四个本应端坐的姑娘中有两个怎么也坐不住，苇船上一坐，就僵僵地歪倒，再扶正，接着又挺尸一般倒下。最后，众人手忙脚乱，胡乱找些妆奁还是别的什么些东西塞住，才和其他两个保持同一姿势，朝着船头，朝着水流的方向，坐正。

是的，每年的河伯娶妻，姑娘面朝的方向都顺着水流。若歪了，横了，再一年的洪水就一定横着朝大堤冲来。

苇船解缆向河心漂流而去，谁也没想到的是，渐行渐远的四只苇船中，有一只传出歌声：

口唱山歌给郎君，
一日夫妻百日恩。
想我你再编苇船，
等你就在粮食囤。

姑娘所唱的“粮食囤”，是黄河滩区那一片庄稼地，流油的好地，插根扁担也发芽；豆蔻年华，哪个姑娘又不怀春！啊，都过去了——那“粮食屯”里青纱帐！

少女遗骸出土的故道河湾以上是河南浚县城东，一座高大的长方形土丘，位于城东南八里角场营村的古河大堤上，南北长220米，东西宽160米，高10余米。筑于金明昌年间的1190—1195年。土丘东临黄河故道，四周绿树成荫，以其宜人的自然景色，成为滑、浚两县游人踏春登高的好去处。乡民筑丘为台，是为了纪念北宋年间被河伯娶妻的四位少女，所以称“四女台”。

浚县有“四女台”，陕州有“九女台”，都是河伯娶妻留下的遗迹。

给河伯娶妻不是年年都有，每祭河神，一般约定俗成的只是往河里投一些玉帛。这次河伯娶妻后，黄河当年没有决堤，并且两年后，黄河朝南经过徐淮故道入黄海。等黄河再回渤海入海，已经是七百年以后了。浚、滑两县人从此不受河患之苦。

四女台四角有四个坟墓，中间一座寺庙名黄花寺，仅存寺址，四女台东北角的一个墓冢尚保存完好。

自然，墓冢里不可能有四女遗骨，那漂流而下很快解体的苇船，早已把少女送至河伯居住的水宫。在这远非楼兰小河公主所处沙漠、空气也没一丝水分的黄河淤土中，为什么独这两具遗骸保存至今？我联想送嫁时还没上船就已僵挺的少女状貌，几乎可以断定是少女上船前被灌了水银……

第十二章

三门峡

你们可以藐视一切，但是不能藐视黄河。藐视黄河，就是藐视我们这个民族！

“山崩河壅”，系《隋书》记“大业七年”砥柱三门所发生的事变：“砥柱山崩壅河，逆流数十里。”

多少年之后的明金石学家都穆游三门峡作《砥柱》文，对《隋书》荒诞不经作激烈批判，说“砥柱，今屹然中流”，“上无土木，而河之广仅如三门，奚有崩摧而壅河逆流数十里之远？”他没想到，就在他作《砥柱》五百年后，他认为《隋书》荒诞的“河壅”“逆流”，出现了。

一条设计水位360米高程的大坝横跨砥柱东西两岸，三门峡往上，平陆、芮城、陕县、永济、潼关，以至再上关中渭河两岸，逆流何止数十里？

如再计三门峡以下，花园口、位山、王旺庄大坝以上，那就是千里、几千里了！

1964年三门峡改建，打开“两洞四管”，变拦沙为排沙。2000年汛前，随着最后一个底孔闸打开，发电机组拆除，这个聚当时一国之力兴建的集发电、灌溉、航运多功能于一体的水利枢纽，历经四十年，回到原点。

砥柱，“古无门匠墓”

古三门峡，让人谈及色变的首先是它的栈道。

像一部凿于悬崖上的史书，掀开它就掀开了自秦汉直至20世纪中叶两千多年黄河漕运史最让人心悸的一页。它一头连着长安的粮仓，一头扯着江南的盐罐，在为西北吞进无量江淮稻米的同时，也往东南输出了解州的卤盐。

其间，绕不过去的天下第一险关就是又名砥柱的三门峡。

“砥柱在陕州东五十里，黄河之中。以其形似柱，故名。”明代金石学家都穆游三门后作《砥柱》记：“三门者，中曰神门，南曰鬼门，北曰人门。其始特一巨石，而平如砥。想昔河水泛滥，禹遂凿之为三。水行其间，声激如雷。而鬼门尤为险恶，舟筏一入，鲜有得脱，名之曰鬼，宜矣。”

自古漕运一条路。作为漕运必经之路的三门峡，从西汉开始，每年枯水季节，都要征调大批人力物力对此段黄河进行疏浚，修凿栈道。所谓栈道，就是在黄河两岸的悬崖峭壁上凿出一条狭窄的石路。路断处，凿上一排深深的四方洞，洞里塞上木桩，木桩上搭成栈道，供船夫们拉纤上溯。

立古栈道下，今天还能看见开凿在栈道壁上一个挨一个的四方孔洞和牛鼻形穿孔。这些洞散布在整个栈道的石壁上，有八九百个。“牛鼻”作用是系上绳索让纤夫攀缘，遇到风浪，还可就近把船拴住。

栈道的开凿时间已不可考，现存最早石刻是东汉桓帝和平元年（150），但这方石刻是在重修后的栈道上的，可见栈道开凿时间还要更早。

鬼门幽幽深百篙，
人门逼窄愈两牢。
舟人叫渡口流血，
性命咫尺轻鸿毛。

自砥柱以下，五福涧以上，其间百二十里，河中竦石突出，水流迅急，那时经过砥柱上下的漕船时覆于河中，“古无门匠墓”地方俗语则由来已久。

门匠是能带船安全通过人门、神门、鬼门的大师级人物。对此，《新唐书·食货志》有专门一笔，“雇平陆人为门匠，执标指麾，一舟百日乃能上”。对行船的艰难，古籍描述：“皆一纲船夫并牵一船”，“河流如激箭，又三门常有波浪，每日不能进一二百船，触一暗石，即船碎如末，流入漩涡，更不复见”。

按史书记载的漕运总量及通行周期计，平陆靠河吃饭的“门匠”、纤夫，应该是庞大的群体，因为别处没有人敢应承这个营生。“尔曹身与名俱灭”，只有栈道拐弯处突出的岩石上所磨近30厘米的漕痕，还留在这段晋豫峡谷；只有托起他们梦想也断送他们性命的这一条大河，还如斯流淌。

“古无门匠墓”，说的就是这一职业人的命定的归宿。自古至今，即便之前一辈子不曾出险的门匠，也没有一个能寿终正寝而给自己留下完整尸骨的。河里淹死会水的，更何况还是这么一峡凶险的水。既然端了这个饭碗，那就把自己从头到脚地交了出去，不可能一脚门里，一脚门外。每当门匠溺亡，报丧的也都是众口一词：“受够了，受不了这个苦，顺着河走了。”“享福去了……”

这时候的未亡人，罹难者的妻子、父母也都心知肚明，走了吧，走是早晚的事。走了，他们的心才能放进肚子里。

三门本来没有水路，是漕运逼出来了一条路。所谓一条路走到黑，想河消河长的岁月，先民怎样先用火把坚石烧酥，再一凿一凿钻孔取道，一如黄河凿穿三门。如何改善这种凶险，如何让门匠从此“有墓”，唐开元二十九年（741），陕郡太守李济物曾组织人力在人门岛上开凿了一条长300多米，深、宽各6米多的人工运河，以助漕船与门匠避开这道鬼门关，史称“开元新河”。无奈，黄河根本就不听调遣，水大，“运河”之水比正流还要湍急；水小，“开元新河”只一浅流或干脆干涸。无奈，无论水涨水落，船只还得乖乖地走人门旧道。

俗话说，一方水土养一方人。土生土长的黄河大船厚重粗笨，急浪泥沙甚或一般性的磕碰还能应付。想江南开来的漕船，在阡陌纵横的水乡和风浪相对平静的长江还能轻巧如燕，来一曲渔歌唱晚或画舫倒影，哪有本事来到河里与大河一拚？直到唐代宗广德二年（764）接办漕运的转运使刘晏才看出门道，制定并实施了“江船不入汴，汴船不入河，河船不入渭”的分段漕运方案，才逐渐保护了江船安全，让又笨又重的河船独当一面，创造了“岁转粟百一十万石，无升斗溺者”的黄河漕运新局面。

三门、三门峡、三门栈道、三门古湖……十万年前，黄河还没有成为真正的黄河之前，黄河借次第升起的喜马拉雅之势贯通上中游各湖，最终在这里切穿三门古湖，真正成为一条从高原一路入海的一统大河。三门峡作为一个黄河史上的关键节点，以前波澜壮阔，以后还会有故事发生。

《隋书》砥柱“山崩壅河”考

“枣梨——枣梨——”

“早离——早离——”

上溯四百年前，上游居延海畔，黑水城的那个黄昏，那带着枣梨却只喊不卖的白胡子老头，那让人以后忆起仍毛骨悚然的叫卖声，在三门峡之上黄河左岸这座古称“大阳”的平陆小城上空飘荡。

“离”，是因为三门砥柱之上，平陆居民的祖屋祖坟之上，《隋书》所述“逆流”，即将席卷而来。

都穆至陕州游砥柱，时为大明王朝中期。作为一个金石学家，既做田野考察，又考史籍所记之真伪，不成文章自然说不过去。他先在《砥柱》描述：“三门之广约二十丈。其东百五十步，即砥柱。崇约三丈，周数丈。相传上有唐太宗碑铭，今不存。”接着又指蔡氏《书传》之所以“谬误若此”，是因为作者“未尝亲履其地”。其间，特别对《隋书》载“大业七年，砥柱山崩”之谬说，做了激烈批判。

《隋书》："大业七年，砥柱山崩，壅河逆流数十里……"

对此，都穆质问道："砥柱今屹然中流，上无土木，而河之广仅如三门，奚有崩摧而壅河逆流至数十里之远？"

"盖距河两岸皆山，意者当时或崩，人遂以为砥柱，而史氏书之也。"不仅论证了崩河逆流不可能，还由此引亚圣孟子之言，得出"尽信书不如无书"的结论。[①]

无疑，作为科学求真，都穆的怀疑是正确的。无论作史考证还是作理推论，所谓"山崩壅河"，无论隋大业当时，还是他前往求证的大明王朝前后，以千古不易的山河形制而言，都不能听信无聊文人如《隋书》那样捕风捉影的话，扰国扰民。

在《隋书》说壅河1350年后，都穆指责其无稽之谈的500年后，砥柱三门的壅河、逆流出现了。

山未崩，河已壅。或许像黑水城覆灭前卖枣梨老汉的叫卖，当年《隋书》、明都穆《砥柱》也是一个预言？

黄河拦腰斩断，筑起大坝，黄河水位将会升至360米高程，那创建于公元1217年的平陆古城不仅再也冒不出头，永沉水底的还有沿河4个乡镇，42个村庄，4329户农家，222200人，12784间房屋，10295孔窑洞……还有位于芮城河边、出自"鲁班匠手，道子画工"的道教三大祖庭之一的永乐宫。

一工一画，前后历时百余年，怎能让它永无出头之日？

道子即唐时吴道子，对其画风，宋苏轼评价说："道子画人物，如以灯取影，逆来顺往，旁见侧出……所谓游刃余地，运斤成风……"

传说道子画驴于僧房，和尚在黄昏能听闻"踏籍破迸"之声。画龙，则鳞甲飞动，每到下雨天则烟雾升腾。古人今人都视作珍宝的永乐宫，据

① ［明］都穆著：《砥柱》。

说后来大殿沦为乡村小学堂，怕满墙人物在风雨大作或琅琅读书声中飘然而下吓着娃娃，村人就凑钱在大殿里裱了一道假墙。

“我若不把洪水治平，我怎奈天下的苍生？”

1955年7月30日上午，人民大会堂内传出一阵雷鸣般的掌声。全国人民代表大会一届二次会议正在召开，上千双眼睛，盯着台上一个人，上千双耳朵，聆听着一个声音。台上，时任中共中央农村工作部部长的邓子恢，正在向全国人大代表作《关于根治黄河水害和开发黄河水利的综合规划的报告》。

报告称，三门峡及系列工程，将在青海上游到豫鲁下游的万里黄河上，修建46座拦河大坝，千古巨川将变成一条“梯河”，届时，滚滚黄河中蕴藏的动能将转化为电能，发出1100亿度的强大电力。

河水经过调蓄，土地灌溉面积将由1600万亩扩展到11600万亩。

干流基本完全通航，500吨拖轮自渤海湾直驶兰州……

水害得其治，水利得其兴，黄河永远不泛滥，不决口，不改道。人们不久就可以在黄河下游看到国人世代梦想而之前不曾实现的——“黄河清”！

报告自然追溯华夏先祖大禹。“禹的这种伟大的抱负，至今还激动着人们的心……但是一切过去时代治理黄河的人都没有能从根本上解决黄河问题，这是因为他们……只想办法在黄河下游送走水，送走泥沙……我们……而是要对水和泥沙加以控制，加以利用。”

1.8万字的报告作完，全场先是静，随即爆发出一阵经久不息的掌声。

有一个人，起立鼓掌后又软软地坐回座椅上，双手捂脸，满脸热泪横流。他就是此大会报告的最早起草者和提议者，时任新中国后第一任黄河水利委员会主任，王化云。

为了今天，为了这一报告公布，为实现自己心中宏伟理想，他已经奋斗了七年。

黄河是民族的摇篮，又是一条灾难深重的河流，由于上游陡，下游缓，它把西北高原冲成秃山，又把下游河底垫得比两岸还高。因此，上游常闹旱灾，下游常闹水灾。

世世代代的黄河儿女一直跟黄河斗，治河能臣想的也是怎样兴利除害，包括投身中国的西洋专家。20世纪30年代一个炎热的夏季，也就是三门峡工程动工的24年前，担任国民政府黄河水利委员会测绘组主任的挪威籍美国人安立森赴黄河中游调查洪水痕迹，就发现“距陕州八英里有激流名曰三门，为一优良水库坝址，可以建设截流洪水流量的水库，为防洪及防沙之用”。他写下《用拦洪水库控制黄河洪水的可能性》的英文报告。

抗战期间，侵略者为掠夺中国资源，还专门组织了一个开发黄河的调查研究机构，也同样提出在三门峡建一座大坝用于灌溉发电。

新中国成立后，王化云主持的黄河水利委员会用20万字的《黄河综合利用规划技术经济报告》引起了国家领导人重视，三门峡水利枢纽修建随即进入国家层面的决策。

从“皇帝的河”到“人民的河”：“大家都来支援三门峡啊！”

三门峡大坝是黄河综合开发的46座大坝中规模最大、规划设想中效益最高的一座。1954年1月，苏联专家组来华，2月到6月，中苏专家120余人进行了黄河现场勘察，国家计委于当年成立了黄河规划委员会。

三门峡位于潼关到孟津中间，它是天然优良坝址，除去河床岩石性质外，还有他的天然地理结构。从三门峡往上看，峡谷河道俨然一只葫芦，最下最窄的峡口是葫芦嘴，潼关以上宽广的河谷就是葫芦肚。只要把嘴堵住，就能把黄河92%的水都控制住，使它不再危害下游，且让它干什么它就干什么。

大坝堆筑前先要挖坝基，挖基之前还要筑两道控制水流的围堰，基坑土石量200万立方，相当于一座山，围堰比当时官厅水库的大坝还大！并且，无论基坑挖掘还是围堰堆筑还是大坝修筑，都得在枯水期进行，工地又窄，总共才300米，简直就是一条胡同，筑围堰挽河时需要力量越大越好，在这里人力根本就摆不开。

不过，这不用犯愁，全是机械化施工。

以大坝浇筑为例，仅水泥混凝土就需290万立方米，还需要450万立方米砂石做骨料——这比一座山还大，这个移山过程先是把水泥从唐山和铁门搬到距三门峡54公里的灵宝涧，此54公里长的距离就是混凝土的生产线。采砂船把河里的沙石采到船上，一刻不停地通过皮带输送机装到自动装卸的小火车上。汽笛一声长鸣，小火车长蛇似的把沙石送到附近的沙石筛分冲洗场，沙石场又把沙石分成大、中、小和沙子四种，再装到大火车上，然后通过陇海铁路送到三门峡南岸山坡的堆料场。接着机器又把沙石送到混凝土拌合楼，同时送去的还有水泥，混凝土自动拌合好后往下倒，正好落到拌合楼下边徐徐运行中的混凝土罐里，土罐再来到大坝……

其间，还不能忽视为这条生产线正常运转服务的中央机械修配厂、汽车修配厂，钢筋加工厂、木材加工厂，自备的列车发电厂，如稍有故障，那来自郑州、洛阳电厂的电流就得立马顶上。就这样，一个由铁路、公路、电线、水管、自动电话线组成的巨大网络，铺在三门峡工地，又交织着盖在三门峡的上空——并由此调动全国各地、各行业、各战线的力量集中于一个焦点！整个工地也变成由7100多种机械和管网组成的偌大机器，任何一个环节出现问题，那整个网的运转就会减速、停车。

它始终没有减速，也没有停车。

新中国伊始，百废待兴，一个三门峡项目，一个水库大坝的运转，它的作用早已超过工程本身——它好像一下子使与之相关的一切，一步就从刀耕火种时代跨入现代化——农业从靠天吃饭到扬水灌溉，牛拉木车变身火车汽车，田间小径变身铁路公路，点灯熬油变身电气自动，三门村变身三门峡市。而人力的组织，从鸡犬之声相闻变成上下游息息相关，还有下一步从内涵到外延的人之思想、视野、胸怀，还有水工变身重工、军工……这一切，似乎都能通过一条不可驯服的大河，引发思考，找到答案。

眼下建设者的梦中，一座横跨三门峡，长908米、高106米的大坝正徐徐落下，它一头挂在中条山，一头扣在秦岭支脉的崤山，有史以来，华夏大地上这两座名山第一次通过大坝挽起手来，而在它脚下，肆虐千年的黄河被拦腰斩断！

1957年4月13日，天朗气清，丽日高照，浓浓春色溢满三门古峡。

开工典礼主席台横挂的红色标语是："英雄面前长江短，工人手下黄河清。"

12时55分，三门之一的鬼门岛，主席台上响起三门峡工程局局长刘子厚洪亮的声音："黄河三门峡水利枢纽开工！"顿时，左岸人门岛上的开山炮齐声轰鸣，雄立万年的砥柱被削去多半，万余名建设者以"让高山低头，让河水让路"的英雄气概，在三门峡建设工地摆开阵势，开始了人类与大自然的一场决战……

开工第二天，《人民日报》以最显要位置发表社论，号召全党全国人民：《大家都来支援三门峡啊！》。[1]

在全国都来支援三门峡的热潮中，北起东北兴安岭，南至沿海湛江口

① 2015年5月11日三门峡大坝勘查、三门峡纪念馆采访资料。

岸，300多个城市和厂矿都向三门峡伸出援手，其中，最让人心动的是大兴安岭深处一所小学少先队员，从数千里之外寄来了他们采松子、捡废铁换来的3.2元钱……

3.2元，却是怎样的分量？！

1962，二届全国人大三次会议第148号提案

1957年4月13日三门峡工程开工，1958年11月25日截流，1960年6月高坝筑至340米开始拦洪，9月关闸蓄水。黄河历史上开天辟地的工程落下帷幕。

和世界其他水利工程不同的是，其他工程落闸蓄水就表示结束，而三门峡却是麻烦刚刚开始。

1962年北京人民大会堂，还是五年前一样，全国人大代表会议，第148号提案出现。

提案内容是黄河，黄河的三门峡。

提案称："……淤积在库内的泥沙占来沙量的94%……地下水位普遍上升……335米（蓄水设计）以上农田浸没面积已达47万亩……农作物产量下降，部分地区果树已开始发生死亡……如果发生200年一遇的洪水……将使335米移民线以上362个村庄、14.8万人和53万亩耕地受到洪水淹没……因此建议水库运用改以治洪排沙为主，泄洪闸门全部开启，并研究增设泄流排沙设施……"

这一提案让所有人大代表吃了一惊。五年前，也是这个会堂，"黄河清"的美好憧憬，激起多少人的壮志豪情，自此以后，举国上下一心，八方支援，怎么突然之间，一项经天纬地的世纪工程说不行就不行了呢？

三门峡工程初兴时，当时陕西省委第一书记张德生明白这是于国于民都有利的大事，虽然他主政的陕西要为此做出巨大牺牲，但他仍然投了赞成票，不过具体在蓄水高程问题上分毫不让。因为他知道，如果三门峡大坝按360米高程设计运用，他以及他周边邻省要搬迁70万以上人口，淹没肥沃的土地，如论及周边浸渍、塌陷，那受此影响的又远远不止70万。陕西耕地85%是山地，平原只有1000多万亩，全省人口密度平均每平方公里为82人，而三门峡水库有可能淹没的平原高产区，人口密度为每平方公里200人。

水浇地区小麦一季能收300斤，而其他陕北地区也就是三五十斤。用迁移七八十万人的代价，换一个寿命只有50至70年的拦沙库，对人民群众怎么交代？何况，水库淤积延伸抬高渭河水位，还直接影响西安重工业基地安全……虽然一开始他就处于弱势，但他还是在大坝设计蓄水高程360米已确定的情况下，咬住蓄水运用不能高于340米这个底线不放。

1958年4月21日三门峡谷现场，按360米设计，350米施工，暂时控制340米蓄水运用。

但是即便这样，陕西方面所担心的事情还是发生了。

黄河流经潼关以至三门峡的地理地貌极其特殊，河出晋陕峡谷，在潼关受华山和秦岭的双重控制，原本由北而下的大河折弯东去，在折弯之前，黄河第一大支流渭河汇入黄河。由于黄曲渭直，晋豫峡谷三门峡畅泄不阻，此前黄河河道一直处于下切状态，至少没有过多淤垫。但是三门峡大坝兴建，使这一天然形制骤然改变，峡口拥塞，渭河不仅奔腾不再，而且把尾巴高高翘起。1958年11月25日三门峡工程截流，1960年9月关闸蓄水拦河，是年，潼关以上渭河大淤，淹毁农田80万亩。1961年10月21日，坝前水位达332.53米，正遇渭河洪水，库水又逆流，渭河河口形成拦门沙，从此，潼关河床开始抬高，渭水上滩，同时倒灌的还有洛河、汾河。1964年6月黄河洪峰，汾河入黄口上提30公里至河津。“7个村庄全部迁移……10个村庄移居高地……河津县城被迫搬迁……”

情何以堪：三岁寿命的三座大坝

1963年7月初的一个深夜，郑州，黄河水利委员会寓所，一个黑影忽一下从床上跃起，欲朝前面的一个什么东西扑去，却又像被钉子钉住一样，动弹不得。憋在喉头的一声长嚎，呼之不出；按在手下的，则是扑扑的心跳。

有人在炸他的大坝！

眼睁睁地，大坝即在眼前，他却抢护不得，平时还算敏捷的身手，被一群黑压压的大手按住，而四旁的人，却都在围观。一位白发长者，用同情的眼光只看他一眼，就径自离去……

紧接着是天塌地陷的爆炸声，平静的大湖顿起滔天大浪，沉沉一线的巍峨长坝顿成废墟，被束缚已久的长龙呼啸而出，紧接着大如粮斗、小如雨点的石块自天而降。

任石块砸到自己头上、背上，然后又把自己沉沉埋起，此时此刻，他似乎得到了奔波一生颠沛流离终于可以长眠的幸福……

他回神从梦中醒来，终于弄清自己身在何处，游离于暗黑之中的，则是两眼的空茫。

他——黄河水利委员会第一任主任王化云。

是的，炸坝。一个月前，他刚亲手在这重如千钧的命令上签字。就像他五年之前，在宏伟蓝图上以主人翁的骄傲与自豪，庄严地下达开工建设的手令一样。

这一夜过后，身边的人发现，他们朝夕相处、在黄河上摸爬滚打了十几年的长者，一下子老了十岁。

一辆吉普缓缓从市区驰向几十公里外的黄河花园口，车上坐着王化云和他的助手。再过几天，这座刚建成不久的水利枢纽就要炸除，他们此行就是去向它做最后的道别。

车子在凹凸不平的河堤上行进，凭窗望去，7月的田野，玉米已吐红缨，薯秧茂密，在“三年困难时期”之后，随着刚刚兴起的“包产”“自留地”等新政策的实施，土地又现一年一度的生机。

一个小时缓缓路程，车上没有一人言声。

沉默间，花园口到了。汽车猛加一下油门爬上大堤，接着拐头西行约四公里来到岗里村。后天，花园口引黄枢纽就要炸掉，炸掉，从诞生到消亡，算起来还不到三年。

1959年10月，基于三门峡工程运用后黄河将要变清的前景，黄河水利委员会将一份关于继续根治黄河的报告，分呈国务院、水利电力部和治黄各省区，提出要用三年到五年时间，在黄河干支流上兴建30座大中型水库和一批小水库群，建成水库网系，其中下游的花园口、位山、泺口、王旺庄等七座拦河大坝，都是这个网系的重要组成部分。

既能保护下游堤防安全，又能大幅度提高引水灌溉能力，报告很快得到中央批准。位于下游之首的花园口枢纽，更是得以格外关照，边勘测，边设计，边施工，半年之内即以超常的速度宣布告竣。

工程由引黄闸、泄洪闸、拦河大坝、溢洪堰等系列建筑物组成，总长10余里。按照设计，在南岸将由东风渠送水至豫东地区，在北岸将通过引水为豫北、冀中地区供水，总灌溉面积将达9570万亩。

然而，庆祝告捷的锣鼓欢声未尽，由于三门峡蓄水拦沙的最初设想落空，洪水泥沙将被迫重新下泄，花园口枢纽很快便不适应形势的巨变，拦河大坝严重壅水，河道淤积，一旦来了特大洪水，河道宣泄不及只有决口！

那被明金石学家断定不可能出现的“逆流数十里”也竟在砥柱以下出现？研究论证，论证研究，最终只有一个结论：“炸！”

通往拦河大坝的道路上，运送爆破器材的卡车来来往往，枢纽周围早已戒严清场。向河心望去，工兵战士正在大坝上下精心凿孔布位，装置炸药。陪同查看现场的专业人员介绍，这次爆破需用炸药204吨，资金50万元。

1963年7月17日清晨6时40分，4822米长的花园口拦河大坝在一片惊天动地的爆炸声中去除，“一条大河波浪宽”的黄河河道又恢复了自然流淌状态。

5个月后，花园口枢纽以下另一座工程——山东位山大坝也重复了同样一幕。

此前，同时开工的位山以下地处滨州的王旺庄大坝已先破除。

驯服水的工作只能服从于水的法则，而不是其他。从两洞到八洞，从1968年一期改建到1971年二期改建，再到2000年三门峡最后一个底孔闸也被打开，发电机组拆除，至此，曾经使得万民沸腾的三门峡工程恢复至无库状态。

第十三章

寻找济水（包括禹河故道）

俟河之清，人寿几何?

——《左传·襄公六年》

1855年，清魏源断言“人力预改之者，上也”而终没改，最后“天意自改之”的黄河徐淮流路，流淌了727年后，自河南铜瓦厢决口重回山东渤海入海，被袭夺的流路为大清河流路。

大清河，古济水下游，也是历史上黄河屡夺屡袭10次之多的黄河故道。

江、河、淮、济四条独流入海的河流，古时称四渎。周代开始，天子就正式把四渎列为国家祀典。至今，江、河、淮仍以足够的流量行天经地，而济却早已不见踪迹。即便尚有行迹的年代，它也因时断时续和流量的细微引世人怀疑，如唐太宗言：“天下洪流巨谷，不载祀典，济水甚细而在四渎，何也？”

济在四渎，又尊四渎，何也？

一是它居天下之中。《荀子》说，“欲近四旁，莫如中央”。济水被视为四渎，其一是在先秦已被用于确定九州方位。《史记·货殖列传》论：“昔唐人都河东，殷人都河内，周人都河南。”济水源头济源属河内，又处在河东与河南中枢，居天下之中。

二是济水是当时诸侯列国向天子进献贡品的主要通道。一条是兖州贡道，“浮于济、漯，达于河”；一条是青州贡道，“浮于汶，达于济”。

三是当时版图所限，中原帝国主要九条河流，只有江、河、淮、济，独流入海。

最重要的原因也是核心原因，是“济”所体现的君子之德。四渎之中，唯济水独清，且“横贯黄河”而不浊，是四渎中的“君子”。

多少万年前，华北平原的前身“渤海湖”“北京湾”随海平面下降，黄河在开封入海口地面开始筑一冲积扇。开封前后形成三大湖沼带，一是今郑州、许昌一线的古冲积扇顶部；二是今濮阳、菏泽一线；三是河北、邯郸、宁晋一线。千万年间黄河左扫右荡，三大湖沼带，除却巨野泽、梁山泊留下了今东平湖遗迹，河北大陆泽留白洋淀遗迹外，其余全部荡平。泰山以东的山东成为半岛，其间，以孟津为顶点，黄河左至太行山东麓，留下冀津出海的禹河故道，从而使河北成为“河间”；右至徐淮，留下东走黄海的徐淮流路；中间则是从山东入渤海的东汉故道、东周故道。

河来了，济水被河统一；河去了，济水独流入海。或曰泲，或曰沇，或曰济；或从荥出，或从菏见，其实都是黄河的主流或分流。因此，有了神秘的“三伏三见”，有了经大泽沉淀之后的清冽、清济。

因“济水独清”，所以向往。

因已遗失，所以寻找。

为消逝的济水唱一曲挽歌。

铜瓦厢决口一百六十年祭

黄河流进1855年。清咸丰五年六月，流到河南兰考铜瓦厢，其势汹涌，令人不寒而栗。6月15日至17日，河口以上水位因雨连绵普遍上涨，河南境内开封至兰考区间骤涨4米。17日夜，大雨又降，“两岸普律漫滩，一望无际，间多堤水相平之处”。18日，北岸兰阳县铜瓦厢三堡以下无工堤段“登时塌三四丈。仅存堤顶丈余，签桩厢埽，抛护砖石，均难措手”——《再续行水金鉴》记当时情景。晚上，南风大作，风卷狂澜。19日黎明，这段有铜墙铁壁之名的“铜瓦厢”终于溃决。20日，全河夺溜。

潘季驯四任河督后期所“注意”的“河的上游”，所说“奔溃决裂之祸……恐不在徐、邳而在河南、山东”终于应验。决徙地点就在他当时预料的“庙王口、刘兽医口、铜瓦厢”一线的铜瓦厢。

河水如囚困近千年的猛兽一发而不可收，先向西北奔涌，接着又折转东北，封丘、祥符、兰阳、仪封、考城、长垣……豫地转而泽国；在横扫曹州、东明、濮城等地后，黄河在张秋横穿运河，夺大清河道一路北去。《山东河工成案》记载，河水泛滥河南、直隶、山东三省部分州县，“平地陡涨水四五尺，势甚汹涌，郡城四面一片汪洋，庐舍田禾，尽被淹没……”

此为黄河历史上公认的第五次大改道，也是距今最近的一次改道。黄河从1128年杜充决河夺泗入淮，终于回摆山东利津入海。

治河专家研究黄河历次大改道成因，一般都具以下特点：一是河道延伸，入海流路不畅；二是河床抬高，悬河形势日甚一日；三是大改道决口之前，河已决溢频繁，此堵彼决。而铜瓦厢决口改道前，河道滩面大多高出背河地面7—8米，据1955年江苏水利厅对故道清江市以下老滩河身锥探资料，黄河夺淮六七百年间，清江市以下淮河河底计淤高10—12米。而故道上游豫东一带河道，由于嘉庆年间大堤多次决口，主溜旁泄，河道淤积，上下河道壅塞失治。道光二十二年（1842），魏源在其《筹河篇》中分析道：“今日视康熙时之河，又不可道里计。海口旧深七八丈者，今不二三丈；河堤内外滩地相平者，今淤高三四五丈，而堤外平地亦屡漫屡淤，如徐州、开封城外地，今皆与雉堞等，则河底较国初必淤至数丈以外。洪泽湖水，在康熙时止有中泓一河，宽十余丈，深一丈外，即能畅出刷黄，今则汪洋数百里，蓄深至二丈余，尚不出口，何怪湖岁淹，河岁决。”他最后推断：“使南河尚有一线之可治，十余岁之不决，尚可迁延日月。今则无岁不溃，无药可治，人力纵不改，河亦必自改之……惟一旦决上游北岸，夺溜入济（大清河）……”

魏源就是道光年间受林则徐之托，作《海国图志》的那个魏源，就是叹“国家大利大害，当改者岂惟一河！当改而不改者，又岂惟一河！”的那个魏源。魏源非先知，也不是故作惊人之语，但咸丰五年洪水盛涨，大河乘机在铜瓦厢决口，造成此次清末大改道，这正不出当年魏源之预断。从此，“南河”之局告一段落，黄河重回山东入海。

原行水河道淤积已到了非改不可的又一大轮回的当口。徐淮故道行水700年，作为全力以保的国家命脉，历代河督都为它安全行洪使出了浑身解数。河道淤积必筑高堤，高堤愈筑愈使悬河更悬，河道入海流路不畅，这时，即便“堤比太行”“堤又太皇”“双重堤防”，也已不能挽救大河大势已去的局面。铜瓦厢也就是今兰考东坝头，至黄河738公里，经727年勉强安流，黄河此一河道已千疮百孔，每雨季来临，汹涌河意仍一如既往得不到治河人重视。而此种局面历史上不是第一次出现，也不是最后一次出现。公元前7年，贾让治河，提出“治河三策”，把改道推为上策，未被采纳，18年后河决魏郡，形成历史上的第二次大改道。北宋庆历八年（1048）河决商胡，河水沿低洼地带形成入海“北流”，朝廷挽河“东流”，十年三堵三决，最终还是回到“北流”，冲出一条入海新道。

此次铜瓦厢改道前，魏源在《筹河篇》已指出向北改道之趋势。他说：“由今之河，无变今之道，虽神禹复生不能治，断非改道不为功。人力预改之者，上也，否则待天意自改之，虽非下士所敢议，而亦乌忍不议？”

从历史看，虽然旧河已摇摇欲坠，但是维持原河或改行新河的争论，往往都会以维持旧河而告终。在劫数还没到的时刻，谁又敢轻言那被士人所论“上也”的自行变局？

禹河故道：那时河北，实为“河间”

铜瓦厢决口之初，清政府既未堵口挽河，也未修筑新堤，任黄河泛滥20多年。铜瓦厢决口不仅毁城邑、漂农舍，更重要的是江浙富庶之地通向京城的主要交通命脉——漕运，也为之中断。河决之处，清政府并非不想兴工堵复，但却顾之不及，因为从广西金田村那里爆发的一场洪流，已汹涌至天朝脚下。

让我们暂时离开黄河，到历史的长河中稍做回溯。

1855年，铜瓦厢河决，1840年，鸦片战争爆发，1793年，马戛尔尼率英国使团在承德山庄觐见乾隆皇帝。

二百多人、五艘航船的庞大使团，满船都是现代科技产品的展销，10个月的浩荡航行，伊丽莎白女王想通商，解决贸易逆差，被乾隆皇帝不软不硬地挡了回去。对此，曾任七届内阁部长的法国政治历史学家阿兰·佩雷菲特在他所著《停滞的帝国·两个世界的撞击》中评论：那时，"如果这两个世界能增加他们间接触……那将是一场什么样的文化革命呀！"[①]

可是，历史没有如果。1793年，东西两大文明帝国交流撞击无果，46年后，中英鸦片战争，接着是第二次鸦片战争。鸦片战争又致古老的东方帝国割地赔款，赔款又致国内横征暴敛，阶级矛盾激化为农民起义。1851年，鸦片战争十一年后，就在象征国家命脉的黄河徐淮故道风雨飘摇之际，太平天国农民运动爆发。

1851年1月11日，一个乡间塾师在偏僻的广西金田揭竿而起，两年后他杀进南京。直到1864年南京被曾国藩攻破，自封"天王"的塾师洪秀全服毒自杀，这个决口席卷大半个中国近十四年。

此时再看黄河改道大清河之前的形势，徐淮故道由于保漕运，保黄河不决口、不改道而成为国家命脉，元、明、清三朝为此使尽浑身解数，但也终于在大清帝国末年走到尽头。首先，黄河变徐淮流路为大清河流路，铜瓦厢决口后清廷由于洪秀全起事而无暇及时治理，百姓伤亡无数，本来就孱弱的国力雪上加霜。流民无疑成为义军主要来源。

---

① ［法］阿兰·佩雷菲特著，王国卿等译：《停滞的帝国·两个世界的撞击》，生活·读书·新知三联书店1995年版，第3页。

其次，黄河改道造成了原在安徽、江苏两省黄河所造的天堑消失，南方太平军从而长驱直入直隶一带。

更重要的是，京杭大运河由于黄河改道断航，朝廷联系南北的功能削弱，使“酝酿革命的温床”从河堤延及长江上下，又为多少年之后的辛亥革命、北伐军北上消除障碍，创造了兵临城下之势。

大清河即古济水遗迹，是黄河夺大清河之前独流入海的河道，之后即今天的黄河现行河道。多少年来，它一直处于大河东北与东南往复摆动的中间地带。

为探求古济水行迹，我们先把目光投向黄河东北摆的极限，也就是《禹贡》说的“禹河故道”。

黄河进入历史时期，直至战国中叶下游河道全面筑堤以前，都是流经今豫北、鲁西北、冀南河北平原，至渤海湾西岸入海。

据著名历史学家岑仲勉先生考证，今河北平原中部有一片极为宽阔的地区，既没有发现新石器至春秋时代遗址，也没有任何见于历史文献的有关这个地区的城邑或聚落，原因即当时河泛滥漫流，人们不可能在这里定居、生产和生活。

历史文献记录此一地区的黄河下游河道有三。一是《山海经》记载的大河，大致从今河南荥阳市广武山北麓起，经过新乡、滑县、浚县，沿太行山东麓北流，东北流至永定河冲积扇南缘，又折东，经今大清河北一线，至今天津市区入海。

一条是《尚书·禹贡》记载的大河，在今河北深州市以上，也就是深州市以南，与《山海经》大河同为一河，自深州市以下，经今冀中平原，在今天津市区南部入海。

另一条是《汉书·地理志》记载的西汉时大河，实际是春秋战国以来早已形成的河道，古胥口以上，与《山海经》《禹贡》所记大河为同一条。

古胥口以下，东北流经今濮阳西南，折北流馆陶东北，东经山东高唐南，又东北流至今黄骅市东入海。这三条河道，长流的是禹贡大河，有时也二股并存，河北、“河间”地名，盖出于此。

河，古为黄河专名，这里的“河间”，就是黄河之间，而华北平原，十余条称“河”的河流，如清河、漳河、滹沱河、笃马河、商河等，这些河之所以也称河，就是因为曾一度为黄河干流或岔流的一部分，后来黄河改道离去，河的名字却保留了下来。

河间始于东周，距今有2700年历史。三皇五帝时，河间属高阳国；夏商周时，属冀州；春秋战国时属燕赵；秦时属巨鹿郡；隋大业初，改武垣为河间。更名河间是因它处于子牙河与古寇水两河之间，而邵逸麟则认定是黄河两岔流间，或许两说都没有错，那时黄河漫流，子牙河、古寇水都可能是黄河岔流遗迹。这个距北京189公里，距天津183公里，距石家庄176公里的县级市，今天人们对它的印象就是驴肉火烧，却鲜有人知道历史上还出了清代礼部尚书纪晓岚等文臣武将。永和初年，东汉天文学家张衡也曾在河间任职。

据当地老人回忆，建于明代的河间府衙坐北朝南，门前有高大照壁，照壁两侧建有辕门，临街高大的木牌坊横匾上刻“燕赵雄风”四个大字。允许民众旁听案件审理的大堂前立有戒石亭，碑石铭文：“尔俸尔禄，民脂民膏。下民易虐，上天难欺。”宋太宗摘上述四句，令天下郡县都刻之，置放衙内。1937年因府衙年久失修，再加人为破坏，千年河间府就此湮灭。

那时的黄河经河南滑县、浚县卡口进入河北平原，流速减弱，泥沙大量落淤，河堤内淤出大片肥沃滩地，吸引诸多农民前来垦种。日久，村庄也建起来了，为了避免洪水来时漫滩，村民就纷纷修筑堤以自卫，这样的堤防以后被称为“民埝”。但那时黄河没有国家统一修筑的堤防，所以也就没有固定河道，无论纵观还是横览，在东南至淮河两岸，西北至太行东麓的古三角洲，哪里是它的流经之地，哪里就是它的故道。战国中叶，黄河下游河道全面修筑堤防以后，固定下来的就是《汉书·沟洫志》所载的西汉大河，亦称禹河。黄河的变迁由自由摆动转为河堤内自由游荡，由于堤距宽阔，湖泽遍布，泥沙落淤的范围广大，故而公元前4世纪至前2世纪中叶，黄河没有大的洪灾。

以后堤防逐年加强，决口也如影随形。

禹贡河的分流系统，主要表现在其北流至今深州市境内所播的九河。九河今已湮灭不可考，但据《尔雅》所载的九河，完全可以把最靠近汉志河的先秦徒骇河认定为禹贡河九河分流的最南派。它自今深州市东北流，经今武强、交河之北，又东北流至今黄骅北界，注入渤海。谭其骧先生考订此河为禹河的主干道，故九河分流南界，当以徒骇河为限，其余均应播流在徒骇河以北地区。

概括地说，禹贡河流经地域，以深州市为顶点，以徒骇河为南界，以山经河下游为其西界与北界，其中之九河分流，即在今天津军粮城至黄骅北界一线注入渤海。

战国中叶，齐与赵、魏各在当时河道两岸筑坝，此后，禹贡河、山经河断流，黄河专走汉志河，这个断流导致黄河退出以上流域，给了华北平原独立的海河水系形成的机会。此后，以黄河为入海通道的海河水系，脱离了黄河下游尾闾河段，开始了其独立的地方性水系演化。

自海河一线回摆，大河重出山东渤海

西汉最早的一次决口，发生在文帝十二年，即公元前168年，河决酸枣（今河南延津）。东溃濮阳金堤后，洪水由东北流向东南，顺泗水入淮，由淮入海。虽然这次决口很快被堵塞，河没改道，但是黄河不安于由河北平原入海，南流夺泗已见端倪。这是黄河夺淮的开始，在文字记载以前，它由河北太行山麓向东南横扫至淮一线，然后再扫回至河北，从天津入海，没人知道具体行迹。万余年间，它就这样轮回往复，率性而为。黄河扫过来的时候，挟持济水合流，黄河远走后，济水独立为四渎之一。

汉文帝十二年河决延津酸枣，36年后的汉武帝元光三年（前132），河又在濮阳瓠子（今濮阳县南）决。元帝永光五年（前39），黄河又在今山东高唐向北决出一条名为鸣犊河的岔流，虽然只行六七年就淤塞，但是河走山东的意图已愈来愈明显。黄河流进东汉明帝永平十三年（70）以后，王景治河，终于使黄河在山东入海，800年安流。

黄河从禹河古道翻滚至山东入海，是因为冀津平原已被它淤高；黄河安流东汉古道，是因为王景顺从了河的本意。从长寿津（今濮阳）开始，河与西汉原河道别离，东行今范县南到山东阳谷西、莘县东、东阿北，又东经今黄河与马颊河之间，从利津入海。

王景治河后，河走东汉故道长期稳定，另一个因素就是河主流自利津入海外，还有一条分流在今山东无棣入海。此时大河已经完全弃冀津而走山东了。

河的循环往复改道，小的十年一次，大的百年一次，再大也不过千年。王景沿河安流八百年，东汉大河也到又一轮回大改道的时候了。景祐元年（1034）至元丰八年（1085）的五十年间，黄河在今河南濮阳反复北决，尽管南宋一朝倾其全力企图再“挽河东流”，回归王景的汉河，但也无力回天，最终河还是翻滚回河北再由天津入海。再以后，由于杜充决河，河从此舍冀、津、鲁，夺淮，自江苏云梯关以下涟水入海。

从东汉至唐八百年，再到宋金黄河夺淮七百年，至清咸丰五年，黄河铜瓦厢决口，河又来寻它的旧道和归宿。如果说东汉王景治河是人随河意给它安排一条情愿的流路，那清咸丰五年的重归旧道，就是河以自己积聚的力量，面对压迫束缚的一次揭竿而起，并且如愿以偿。

大清河具何等神力？黄河、大清河、小清河、济水什么关系？特别是那历史上名震一时的济水，四渎之一，我们都不甚了了。

根治黄河先要摸透黄河脾性，黄河怎样吞并了济水，济水怎样沦为黄河的属地而终于消失于无？当然是由于黄河所挟带的泥沙。来回翻滚，往复循环间，黄淮海平原就这样诞生了。

又名黄淮海平原的华北大平原

黄淮海平原即华北平原，北到长城，南到淮河，西到函谷关，东临渤海和黄海。因一河贯穿而分河南河北，因处崤山以东又称山东。与今天的山东不是一个概念。

2.6万年至8万年前，今天万家灯火的华北平原还是一个大湾，地质学名词谓北京湾，海面高于今30米。距今约8000—7500年的冰后期阶段，也就是中石器时期的末尾，黄河在今开封区域开始建筑的冲积扇向东倾斜，受阻于当时还是一个海岛的山东地块，当时扇形的顶端在平汉铁桥以西，拔出当时海面15米。距今7500—4200年，海水一度退到低于今日10米的位置，以后几经升降，扇形地貌已大致形成，前端已接连山东使之成为半岛，山东地块的河水分道南北流，泗、沂之水西南流，黄河北方流，海岸在开封的东北约350公里。扇形地两侧为沼泽，当时气候属热带，有森林、象类。距今4250—2150年，海岸推进到距利津30—40公里的地方，再以后黄河三角洲推进到沧县，河沿滹沱河流。扇形地面平行辐射水系流入南面的东海，北面则为黄河本身的流路。距今约960年，黄河及泺河各完成了一个三角洲，华北平原生成今天的样子。

海平面起起伏伏最终退至今天水平的同时，在地质学上的中生纪，华北山地随之陷落，后来在剥蚀时代又为山上冲下来的碎石、河里带来的泥沙填满。到了黄壤时代，大平原的生长，全系黄河和支流淤积。黄河南北奔徙，滚来流去，除去留下明显的兰考至淮阴徐淮古道、豫鲁冀津禹河古道外，整个华北大平原，没有黄河不经之地，所以平原上面都覆盖着一层黄壤泥。只有最北端绕北京的一段，西南一部分山脚跟下和稍高的地势，仍是原来的黄壤层。黄河两条最外的旧道标点——永平府和淮安府，恰合成一个三角洲，它的尖儿就是大平原最西端，怀庆府地方。

这个面积近30万平方公里的广义上的三角洲，从地质学讲，就是黄河的冲积丘。

对于黄河造陆时间，李仪祉1934年在《黄河水文之研究》论断，若以黄河年平均流量流沙计算，则造此广袤平原历时七千四百年之久，即在大禹治水三千年前，海岸线或在平汉路左近。“尔时泰岱诸山，不过海上之群岛耳。”

七千四百年，显然是太乐观了。

近年地质学家考察发现，京汉铁路桥以东平原，共积沙至海平面下10米，约为700万兆立方米，足见有史以前，中原黄河就是黄的，并翻滚不已。

张含英在《治河论丛》中则说：“欲明黄河下游平原之所以为患，当先考此大平原之所由生成……大平原之造成，乃黄河之功绩。”

对于黄河之功，李仪祉还强调：“自孟津以下，北薄天津，南犯淮阴，数千里之面积，适如河口之三角洲，河道奔突荡轶，如汉港更番。”

面积共20余万平方公里的华北平原西起孟津，东达连云，宽约700公里，南界桐柏、大别，北接燕山，长约1000公里，平均海拔在100米以下，为亚洲东部最广大最肥沃的冲积平原。那时，河北水系如漳、卫、子牙等河，淮北水系如汝、颍、淝、涡、浍等河，都具造陆作用。主要还是黄河，包括黄河支流。或北走津沽，或南入淮泗，不仅使古三角洲不断向浅海延伸，把孤悬海外的泰岱岛揽入怀中，还把太行、嵩岳、伏牛、方城、桐柏、大别等诸山连属。

对于李仪祉论定三角洲形成历史为7000余年，北京地质学院冯景兰先生认为不妥。他说，在洪荒初辟的黄河流域，人类罕至，农垦未兴以前，黄河的冲刷可能不如现在严重，因为当时黄河所挟带的泥沙可能不如现在量多，黄河上游、中游的湖泊——暂时的拦沙池，如银川盆地、河套盆地、汾渭盆地等，都可能将黄河泥沙大部截住，无法证明黄河三角洲的延展速度其和现在是一样的，因之造成的时间估计为七千余年一定失之太小。

《读史方舆纪要》记载：

> 考大河之流，自汉至今，流移变异，不可胜纪，然孟津以上，则禹迹宛然。以海为壑，则千古不易也。由孟津而东，由北道以趋于海，则澶、滑其必出之途。由南道以趋于海，则曹、单其必经之地。冲澶、滑必由阳武之北，而出汲县、胙城之间。冲曹、单必由阳武之南，而出封丘、兰阳之下。此河变之托始也。由澶、郓而极之，或出大名，历邢、冀，道沧、瀛以入海。或历濮、范，趋博、济，由滨、棣以入海。由曹、单而极之，或溢巨野，浮济、郓，挟汶、济以入海。或经丰、沛，出徐、邳，夺淮、泗以入海。此其究竟也。要以北不出漳卫，南不出长淮，中间数百千里，皆其纵横糜烂之区矣。

活画出一个河幅冲积的巨大无边的三角形。

岑仲勉在追述距今2340年的黄河河道变迁时说，鲁省山岭本来只是小岛，那时江跟淮的下游，淮跟河的下游，上古时都通过泰岱岛罅隙相通。黄河右流入淮系，左流入冀省，实际上是不停地酝酿着迁徙。那时，中国四渎之一的济水“为东周前的黄河故道”。黄河翻滚至古济水时，它与河合流，黄河远去徐淮或冀津时，它又脱离河的挟持，独流入海。

津门渤海那四道贝壳堤

既然地质时期的华北平原原本是海洋，那海洋几进几退，不能不在平原留下遗迹。沈括在太行西北崖间发现津门渤海湾西岸30—40公里范围内，有数条贝壳堤。以距海岸线由远至近为序，最早的第四道贝壳堤在河北省黄骅一线，考古测定积聚为5000年前，是禹河及两汉大河造陆的结果。第三道距今3400年左右，其北段在天津东郊，南段在黄骅武帝台至海兴一线，第三道贝壳堤外侧，自黄骅至天津，并列有三块古陆地，分别是古黄河和它的主要支流漳河、滹沱河入海的地方。天津和宁河之间，则是狭长洼地，洼地沿线许多高大的黄土台，似河口沙丘，是河口冲积扇的常见特征。这道贝壳堤上曾发现战国时代遗址多处，文化层厚达1米，出土遗物有铁制工具、铜剑、燕国刀币，据此，邹逸麟等考证其为公元前16—11世纪殷商时代的古海岸线。

1981—1982年，中科院地理所高善明发现，古河三角洲沉积层以上覆盖着一层河流冲积物，沉积厚度由沧州向东逐渐变薄，从沉积的悬移质粉细沙特征看，他考证说，黄河第一次到黄骅—海兴一带入海大约在距今5000—3800年，沉积的泥沙覆盖了第四道贝壳堤和堆积地东的淤积平原，这个平原长期是低而湿的荒碱地。黄河第二次入海地点，可能在黄骅偏北，距今3000—2600年间，河口泥沙覆盖了武帝台——阎家坊子一线的第三道贝壳堤，堤东是淤积平原。这时的黄河史上称“禹河”。

第二道贝壳堤北起天津东郊白沙岭、军粮城，向南经泥沽、狼坨子一线，无沉积物覆盖，直接出露。在它北段发现多处战国时期的文化遗址，测定贝壳堤下层距今2020年左右，上层距今1080年左右。据此认为这条贝壳堤是经过千年左右的时间塑造而成的。由于贝壳堤的形成取决于淤泥质供沙，来沙多少决定贝壳堤形成快慢，专家由此判断，贝壳堤下层形成于春秋战国后，大河长期在天津与黄骅一带入海的公元前602年以前，而上层形成时期可能在公元11年后，此时黄河在渤海湾南部的山东入海，这里接受黄河来沙少，海岸性质变化，这一贝壳堤的主体从而形成。该堤代表着1500—2000年前的古海岸线。

第一道贝壳堤的分布基本与目前海岸线走向一致，大致以海河分界为南北两段。其中，小沙贝壳堤形成年龄为距今770年和520年左右；歧丘贝壳堤下部年龄为1080年左右，这道贝壳堤形成在黄河南徙入淮而不在渤海入海时期。堆积大致始于12世纪初，至明末已有一定高度，清初始有渔民定居其上。

海洋生出贝类，海岸与黄河造陆的双重作用生成贝壳堤。论及黄河入海口与海浸的关系，1986年，中科院地理所沈玉昌在其所著《河流地貌学概论》中阐述：第四纪以来，华北平原曾发生过三次较大的海浸——沧县海浸、献县海浸和黄骅海浸。其中，以冰后期黄骅海浸为最大，以致现在的三角洲和惠民、桓台、昌邑一带均被海水淹没，黄河入海口内移。其后随着黄河泥沙的大量淤积，河口又逐渐向外延伸。

河口逐渐向海延伸时左冀津有《禹贡》说“九河”，其中《尔雅·释水》解释是徒骇、太史、马颊、覆釜、胡苏、简、絜、钩盘、鬲津等。而根据《史记》记述，从主流说来，主要还是“二渠”。对此，岑仲勉理解所谓二渠，一是邺东故大河，也就是周定王五年河徙前故道，从冀津入海；二是济、漯河道，从山东入海。

放眼远望，九河包括黄河分支及从太行山东麓而下的河流，九九八十一河大多漫流今鲁、冀、津平原，在把平原上无数大小湖泽填满后，又把海岸线生生推出百公里，从而最先留下了5000年前后形成的天津、黄骅从近海往里数的四道贝壳堤。

而此前，冀津大地还是一片泽国。

九泽中的巨泽——大陆泽

黄河下游冀津流路，也就是3000年前的禹河故道，在中全新世已经形成。那么，再前的黄河是什么样子？对此，中国历史地理学家邹逸麟为完成《黄淮海平原历史地理》学术课题，率专家做了详尽考察。其回答是：以孟村为顶点的古河口三角洲，有着与黄土高原、黄河现河床、黄河现代三角洲相似的物源矿物，经现代技术测定，孟村黄河三角洲埋深18米处，距今7000年；埋深12米处，距今5000年；埋深5米处，距今3000年。这说明至少万年前后，《汉志》所述大河就经由此入海。

在中全新世，由于两汉大河及其天然堤自西南向东北横亘于河北平原东南部，因此，在距今5000年左右高温多雨的高海面时期，黄河下游河北平原的中部和西南部，湖沼极度扩张，像黄河中游一样，形成大陆泽至宁晋泊、白洋淀至文安洼、七里湾至黄庄洼三大相对集中的湖沼带。以辽阔的水域彼此断续相连，如今天的江南水乡。其中大陆泽，就是古华夏大地与山东境内大野泽、雷夏泽、菏泽，今河南境内荥泽、圃田泽、孟潴泽等九大泽相似的其中一个。相比之下，大陆泽为巨。其范围在今河北省巨鹿、宁晋、束鹿、平乡、深州诸县市之间。古志称“广袤百里，众水所汇，波澜壮阔”。

泽的形成是内营力与外营力共同作用的结果。黄淮海河所共同创造的华北平原，在构造上是被各个断层包围的下凹盆地，最深的部分在西部，也就是大陆泽所在的地方，紧贴太行山。其下沉开始于距今1.4亿年的白垩纪，一直延续至今。这个凹陷带本是海洋的一部分，在黄河及海河带来大量泥沙冲积下，逐渐淤平。在华北平原形成的过程中，大陆泽也经历了从诞生到消逝，从海洋—特大型湖泊—大型湖泊群湿地—中型湖泊—小型湖泊—消亡这么一个过程。所以后人对《禹贡》所载“至于大陆”有不同的理解，有的说是泽，有的说是地，其实说得都没错，不同时期有不同的形态。

大陆泽的形成与消亡，最直接的因素还是黄河。那时黄河桀骜不驯，在北至海河口、南至淮河口长达1000公里的范围内来回摆动，黄河携带的泥沙在填海造陆的过程中同时造就了大陆泽，黄河水也养育了大陆泽，其间当然包括此时黄河在冀津的漳河、滹沱河等支流水系。

黄河流经河北有《禹贡》《山海经》和《汉志》所记三条故道。前两故道在河北平原偏西，沿太行山北流。大致北流到永定河冲积扇的南沿，向东经雄县、霸州市一带，至天津一带入海。《禹贡》所记大河下游在深州市与《山海经》所记大河分流，穿平原中部于青县入海。《汉书》所记大河则经豫东北、鲁西北、冀东南，而后东北至黄骅入海。这三条河道在战国中期以前，或互为主次，或同时存在，大陆泽就处于三道黄河及其岔流中间。河道相互贯通，飘忽不定，形成密如织网的河网地带，沙洲、孤岛、沼泽与低地平原与浩瀚的水面相互交错，因其西沿处太行山隆起带与平原沉降带衔接的断层带，所以西岸一直稳定，而东部水面却时有涨缩。据考，大陆泽东岸在今河北平乡、任县一带。

大陆泽变迁直至消失，核心因素是地表来水减少。周定王五年河徙，沿太行山东麓北行的黄河西流断流，黄河之水不再直接注入大陆泽，虽然挟带大量泥沙的黄河水同时也是湖泊杀手，但它毕竟是泽水的主要供给者，因此，黄河西流的断绝无疑给大陆泽致命一击。其后，漳河、滹沱河的河道走向也因黄河变迁而发生变化。15世纪，滹沱河主流在南路，漳河主流行北路，分别注入大陆泽。1517—1645年，滹沱河远离湖区，漳河又变成以南流为主，1697年，漳河主流已远离湖区，1706年后全部归卫运河，大陆泽因此持续萎缩。

再一原因是人类治水干预。大禹治水后有“大陆既作”说，“既作”即开始耕作，大禹导河入海，大陆泽部分地区已成陆地。其后，历朝历代都以治水为第一要务，其中著名的是元朝郭守敬治理滏河，引大陆泽水归入滏河下泄，涸出大量耕地。15世纪至20世纪，大陆泽处于急剧变化中，据华东师范大学学者石超考证，16世纪中期，大陆泽南北长还达50公里，东西广15公里，形状似葫芦，还是一个南起任县北至宁晋的统一大湖，虽然比上古已萎缩了三分之一。此后湖水继续萎缩，至明朝后期的17世纪初，大陆泽已分解为两个相对独立的部分，南泽因其原来深广，继旧名仍称大陆，北泊因已平浅散漫，称“宁晋泊”。

从17世纪中叶始，宁晋泊急剧扩张，虽然直至1700年，大陆泽仍然是河北平原上最大的湖泊，其次才是宁晋泊，但是此后二者地位发生颠倒性变化，到1748年，大陆泽萎缩至南北仅剩17公里，东西仅约6公里。1809年，宁晋泊已大于大陆泽三倍。到1824年，大陆泽仅一息尚存，宁晋泊已漫漫巨浸。造成这种情况的主要原因是清雍正初年怡亲王允祥整治直隶河道，使海河上游九河之水顺利下泄宁晋泊。

1897年，大陆泽基本消亡，而宁晋泊也发生严重萎缩。到1939年，宁晋泊在洪水季节仅剩14公里，在枯水季节甚至不显湖型。20世纪，经历了1963年洪水后，历史云烟中的最大湖泊大陆泽走向终结。

恰成为今人研究它上游比它早消逝的圃田泽、荥泽的一个标本。

1919年河北巨鹿发现一座地下古城，系宋大观二年（1108）河决冀州时所陷。1964年，在宁晋县南面的北鱼发现一通明代天启年间的石碑，该碑高2.4米，不仅碑身全埋没，而且碑顶距地面还有80厘米。显然，从天启年间立碑时算起，这里已淤积3米多高。[①]

今天依然百里荡漾的白洋淀，或许就是大陆泽、任丘古湖存留于今天的遗迹？

① 2016年6月河北石家庄郁葱访谈资料。

济水源头济渎庙

作为四渎之一的济水，《禹贡》的描述是："导沇水，东流为济；入于河，溢为荥；东出于陶邱北，又东至于菏，又东北会于汶，又北东入于海。"

四渎概念形成于商代以前，至周代，天子正式把四渎列入国家祀典。"天子祭天下名山大川，五岳视三公，四渎视诸侯。""国中山川皆郊祀，望而祭之。"

济水作为四渎之一而受帝王重视，在先秦已是确定九州方位的坐标之一，又因其清，被认为具君子之德。祭祀地点在济源济渎庙。

东汉以后，由于黄河改道，济水日趋衰落，隋代开挖通济渠后，巨野泽以上的济水逐渐湮没。在逐渐消亡、有名无实的背景下，唐宋时期一批学者文人，对济水源流沿革进行多方面考证，反而形成了一股不断上升的济水热。

隋开皇二年，济水源头济渎庙重修，直到清朝灭亡，历代祭祀济水大典始终以济源济渎庙为中心。隋开皇十六年置济源县，显然是为了配合朝廷中心大事，实际上，济源城创建比县治更早。唐以后，历代不仅对济水例行祭祀，而且还对济水进行了多次加封。《旧唐书》载："（天宝）六载，河渎封灵源公，济渎封清源公，江渎封广源公，淮渎封长源公。"以后，历代帝王再行加冕，宋徽宗封济水为"清源忠护王"，元仁宗封"清源善济王"，明太祖称北渎"大济之神"——以上所封，都是济水河神名号。

人们敬奉河神，是祈望河神护佑。黄河文明即农业文明，农业文明祈望的就是风调雨顺。旱时兴风作雨，涝时不发洪水。但洪水从来就是洪水，当它脾气上来，不仅毫不怜惜淹在洪泽中的人类，有时甚至连自己的居处也不认了。1994年4月，河南省文物所对济源原城遗址进行部分考古发掘，发现4500年前的房基及窖穴上覆盖着两层泥沙，从下往上，第一层厚27厘米，第二层厚22厘米，中间夹层8厘米，为风化扰土及夏商遗物；第二沙层之上是春秋战国遗物，两层沙砾的颜色较绿，属变质岩风化砂料，来源于蟒河上游的山上。无疑，是古济水上游。

济渎庙位于河南省济源市西北两公里处，初建于隋，唐、宋、元、明各代都有修葺扩建，至明天顺四年（1460），庙宇已达400余间，占地500多亩，又陆续增建了三渎殿、广生殿和长生殿等，逐步形成了以济渎为主，牵延北海，四渎同祭的格局。

为业已消逝的济水奏一曲挽歌!

“清济”玄思：三伏三见

“天下有四渎，而济渎最著。”但这无法减少人们对济水位列四渎的诸多疑问，唐太宗曾质疑：“天下洪流巨谷，不载祀典，济水甚细而在四渎，何也？”对此，白居易也以诗发问：“盈科不数尺，岸柳难通舟。胡为来自古，列渎宗诸侯。”同样是白居易，质疑时又自问自答：“自今称一字，高洁与谁求？惟独是清济，万古同悠悠。”

对此，刘向《说苑》记四渎则说：“四渎何以视诸侯？能荡涤垢浊焉，能通百川于海焉，能出云雨千里焉。为施甚大，故视诸侯也。”

这里的核心是“清济”。隋唐以后，随着国家疆域扩张，独流入海的河流增多，济水日趋衰落却仍受追捧，仍享国家大典祭祀，这是因为古人认为四渎之中，唯有济水独清，横贯黄河而不浊，并且三伏三见，曲折东流，终至渤海，终成正果，可谓“四渎”中的君子。

三伏三见，即三次潜入地下，又三次伏出。

《水经注》：“王屋之山联（沇）水出焉，西北流，注于秦泽……潜行地下，至共山南，复出于东丘。”

《汉书》：“沇水所出，东南至武德入河，轶出荥阳北地中，又东至琅槐（今广饶）入海，过郡九，行千八百四十里。”

《新唐书》：“自此洑地过河而南，出为荥，又洑而至曹、濮，散出于地，合而东，汶水自南入之。”

综上所述，所谓三伏三见的大体轮廓是：

从王屋山经禹导沇水“东流为济”，为一伏一见；在武德或曰温县入河，与河并行数公里后，在对岸荥泽溢出，是为二伏二见；自荥泽逸出，东流至菏泽，再从菏泽逸出并纳汶水，是为三伏三见。

对于此等有关济水难以自圆其说的玄想，清代就有学者提出疑问。

清人王纲振质疑：“如时以东流为济，溢为荥为见……又若以入于河为伏，则渭入于河，洛入于河，亦可为伏乎？”

大凡两水汇流的地方，如果清浊不同，每每呈现着很分明的分水线，如史上所说泾渭分明。如今潼关以上黄、渭、洛三河口相隔不远，那些界线就不明显了。济水入河在河的北岸，荥水在河的南岸，济水不过一道很平常的小川，并非源远流长的大水，如何证明北济与南荥有直接的关系？对此，经生们的解释是：“……河浊济清，故可知也。”

《新唐书》则说是因为“水官不失职，则能辩味与色……皆能识之”。除却颜色外，还从味道辨别，真可谓好水有人识。

对此，宋人林之奇辩驳：“济清而河浊，济少而河多，以清之少者会浊之多者，不数步间，即清者皆已化而为浊矣。既合流数十里，安能自别其清者以溢为荥乎？”

清人胡渭则以两人并行后分手又再会之例，说："谓济与河乱，南出还清，自颖达始……俗语不实……"

虽然不实，但也不是空穴来风。济水三伏三见说参照的应是当时四渎之首黄河重源说。

黄河源出西域柏海，潜伏地下几千里又在甘肃积石伏见，内地中原人只是这么判断，没有眼见为实。济水几伏几见，在当时人们认知中，却是确真无疑的。

这里核心是荥泽和菏泽，荥泽为要。

荥为泽名，泽不是河。明河督刘天和说，"孟津而下，夏秋水涨，河流甚广，荥泽漫益至二三十里。"明代尚有如此宽阔，明代之前及至史前，荥泽作为黄河漫流形成的巨浸到底有多大？"溢为荥"，而南北两岸都称荥泽，从上游王屋山而下的济水"入为荥，出又荥"。人们看到的入水出水都是清的。

从大湖流出的水怎么又不是清的呢？即便现在黄河，从龙羊峡、小浪底流出的水也是清的。因为河在大坝内经过了沉淀。而在人们想象中，河南之"济"和河北之"济"同为一"济"，是因为本来没有关系的两条河流"北济"和"南济"，大致与河形成一个十字交叉，类似济漯的十字交流，所以从直观上，人们很容易把出自荥泽的一条分流与河对岸的入流看作是潜行黄河后又冒出的原先那条河。

因之有了"北济""南济"的伏与见。

同样还有三伏三见的"入菏"又"出菏"。况且，下游大汶河入菏之前本来就是清的。

混迹于浊河而不染，清河之济有超过河的"劲、洌、洁"，所以，经文人或经学家一渲染，普通人包括皇帝就更深信不疑了——这正是帝王和喜好清谈的经生内心需要的。

据岑仲勉考证，济水原本是东周河道。黄河夺大清河并非始于1855年，其窥清河并一度夺清河为自己流路，史上已有王莽始建国三年、宋熙宁十年等十次。《水经注》记济水行迹，荥泽而东，派分为南济、北济。无论北济还是南济，分裂或聚合，总的方向则无非有二，一是入菏水后入泗，再由淮入黄海；二是入巨野泽后经以后学者所名“济渎”，再汇汶水后由鲁北利津或广饶入渤海。由此可见，济水的海口也是黄河可能走到的地点。三伏三见是济水已断后的说法，未断之前，确实存在一条连续的济水。

水脉行地，犹血脉贯穿人体全身，交会贯注，脉络分明。作为四渎之一的济水，因其性情澄澈刚劲，支流多又“潜行地下”，无论东流还是北流，今山东东平湖一带洼地也就是古巨野泽，始终是它交汇之地，由此，清代蒋作锦先生作《东原考古录》，以古人“三伏三见”及他所见东原之泉“奋涌地上，喷珠跳沫”之现象，对济水做了专门考证。

他说，济水从陶邱再行40余里，注入菏泽，经大野泽流进东原，即今东平，又与泰莱山脉西下的汶水会合于东平安门山南，过古须昌城西，再经鱼山逶迤而下至济南历城、章丘，由乐安（即现在的东营广饶、利津）入海。自陶邱至渤海海湾这段行程，计1840多里，若从渤海上溯至沇水，历青、兖、徐、豫四州，则行程2500里。这就是济水故道。

济水在此留下的水印，以现行政区域名而论，河南有济源，山东有济阳、济南、济宁等。

蒋作锦钟情于济水，一是因为自幼为济水养育，二是被济水的神性折服。他说，济水故道乃神禹治水遗迹，禹导沇流济，“曰入、曰溢、曰至、曰出”，脉络隐隐但仍可寻，“信非圣人不能作”。

荥陶邱以上济水自东汉绝涸，古人多有疑议，但对河北济水，即从荥泽伏出的济水亘古长流则无异议。他引郦道元《水经注》考证，济水至乘氏县西分为二，东入巨野泽，出泽后北经梁山，又寿张县、安民山，与东北来的汶水会合，会汶之前的汶水又称大清河，也就是黄河在咸丰五年兰阳决口后所夺的流路。

东平在《禹贡》中被称为东原，西南诸郡县诸多支流与济水交错合流称大清河。明代筑黄陵岗后，黄河之南济水来源断绝，济水仅靠雨时所汇坡水、泽水而维持流转，这时人们已把济水称作“枯渠”了。先生认为，此时济水，又伏潜地下了。据他考证，正德二年，定陶知县纪洪在城区掘出一泉，“势极汹涌，急塞乃止”，认为这就是出于陶邱的济水。而济南的72名泉、汶阳桃岵城的泉流、历城温马崖水的伏流，无论以汶还是以泺名，不都是济水所伏之脉？而在东平济水会汶旧地，明永乐年间，席桥洼诸多泉水遍地涌出，“水色澄清，性沉劲衡”，“多且旺”，其颜色、重量、味道皆是济水模样。如果不是来自陶邱的潜流，又怎能同时迸发？

汉朝时人说济水三伏三见，到了蒋作锦先生的东原，又多了一伏一见。这样一种求证和注释，于今，在寻找那业已消失的济水时，已不去论它谬误或正确，只取蒋老先生的非客观的主观，非济水的济水，浇心头郁积已久的块垒，吟一曲清浊分明的挽歌。

河多泥沙，而你如立马要喝或者立即用它煮饭，盛在缸里让它沉淀一夜又等不得，怎么办？河边的打鱼人告诉我们，这时只需折来一把带皮的柳枝，使劲在桶里搅和一会儿，它即刻会变清。其间奥妙他也说不清。

或许，这看似浑浊的河水，本来就是“清水”？本来就有济水的一部分？

“济命多厄困，然济运又济世”——这里，多少年之前的蒋老先生也禁不住先把考古所必需的实证抛掷一边而只要抒情了：

济与河一浊一清，同居北渎，时与河会，时被河淤，河终不能淆其清，且能以天生劲质，断续出没于其间，遭淤而伏，透地复出……澄清本体，易地皆然……造物亦奇哉？余于此见君子之性，推为圣之清，识阴阳消长升沉循环之天道，忍令清流一脉，湮没东原，世将谓清不敌浊，致再见伏济绝传人间，终古缺此清渎，于地理为失实，于天理为反正。禹立导沇条，细辨伏见经络，特存清济一渎，神识超越千古，其此意也夫。[1]

这就是济水之意义，也是我们寻找济水之动因。为什么寻找？因为它业已失去；为什么念念不忘？因为它是“清济”！

大野泽、东平湖、梁山泊及其他

春秋战国前后，当时黄河流路的湖泊大致集中在三个不同的地貌单元。

第一湖沼带在今修武、郑州、许昌一线的黄河古冲积扇顶部，有圃田泽、荥泽、萑苻泽，以及修武、获嘉间的河南大陆泽——与冀津禹河故道大陆泽同名，但不是同一泽。

河出孟津，漫滩洪水首先在这一地区的山前洼地和河间洼地停聚，而这一地带也恰是郑州以西更新世末期所形成的古黄河冲积扇的前缘地带，扇前地下水出露，也是这一湖沼带形成的另一原因。

第二湖沼带在今濮阳、菏泽、商丘一线以东地区，这里有大野泽、菏泽、雷夏泽以及孟渚泽。

早在全新世时期，黄河冲积扇迅速向东北、东、东南三个方向推进，前缘已达今东明至宁陵一线，至中全新世前期，冲积扇前缘已延伸至鄄城—巨野—单县，虽然大量泥沙掩埋了早全新世的部分古湖，但是由于那时气候温湿多雨，东部沿海又不断海侵，此地带湖沼随即迅速扩展，当时黄河通过自身泛滥或分流的济水、濮水等，为这一带湖沼提供了大量水源。

① 尤宝良、邓红著：《东平湖与黄河文化》，黄河水利出版社2009年版，第251页。原引文有误，据清光绪刻本校正。

第三湖沼带位于河北邯郸至宁晋之间的太行山东麓冲积扇前缘洼地，除我们已描述的大陆泽外，还有鸡泽、泜泽等。不消说，形成原因都与上述两湖沼带类同。

古代社会经济本是从采集、渔猎发展起来的，所以先秦以降，无论各国诸侯还是中央政府，无不重视统治区域内湖沼环境的。湖沼生产鱼、米、草等极具价值的水生动植物，还能引水灌田，还给诸侯提供最好的田猎场所，如鲁定公六年，魏献子田猎于河北大陆泽，鲁哀公十四年大野泽狩猎，鲁昭公二十年齐侯田猎于沛泽等。战国时代，燕国富饶主要原因是有后世才有记载的“督亢泽”“径五十里”。战国末年，燕太子丹派荆轲刺秦王，即以督亢地图为进献。统治阶级为加强薮泽管理，设有专门职司。楚有云梦官，九江郡有陂官、湖官。

湖泊消失一是由于人类活动加剧，如围湖造田，二是气候变迁，主要还是因为黄河泛流改变而改变。如曾让济水既伏又见的荥泽，早在《水经注》成书之前已经消失。此消彼长，王景治河后禹河古渎断流，河北平原东南部湖沼萎缩，鲁西南菏泽、巨野泽却继续扩展。

大野泽又称巨野泽，以古济水、汶水为主要补给水源。《尔雅·释地》说：“鲁有大野……十薮。”唐代《元和郡县志》的记录是：“南北三百里，东西百余里。”按此说，今日梁山、东平、嘉祥、汶上、郓城、巨野、济宁一带，都是大野泽范围所在。

大野泽形成还因于黄河决溢。早在西汉河决瓠子，西来溃水即经今范县濮城、鄄城、郓城归入大野。王莽始建国三年（11），黄河再从魏郡元城决，以后一千多年间，河决皆入巨野泽。溢水或由泗至淮入黄海，或由大清河（也就是古济水）入渤海，这一时期的大野泽不断得到黄河决溢补给水源，同时带来了大量泥沙淤积，使大野泽不断向北推移。到五代后期，形成了以梁山为标志的积水湖泊。

而在此间，今郑州、中牟间史上著名的圃田泽由于黄河改道早已沼泽化，渐由统一大湖分解为20多个湖沼，经唐宋淤填开发，金代汴河废，至晚清，最后的东西二泽也被垦为平地。其余孟诸、蒙泽等，也消失不存。鲁西南菏泽、雷夏泽及苏北地区硕濩湖、射阳湖，亦被黄河淤沙覆盖。

相对淤填消亡的大湖巨浸，大野泽由于黄河的不断眷顾，则在移动中变幻，时长时消。

梁山泊形成后，仍不断受到黄河浸淤。至金，黄河改道南行，以致济水被河挟持南行，梁山泊渐涸为平地。元末一度又为黄河入，“有复巨野、梁山之意”，又被扩展为“量深恣包藏”“碧澜渺无津”的汪洋巨浸。元末河决白茅，水势北侵安山，水体又北移，明代前期，梁山泊已成大片浅水洼地。最后，梁山泊完全失去黄河水补给，大面积涸退，其余流被分离成南北两个湖泊：北湖因靠梁山境内的安民山，称安山湖；南湖因在南旺境内，称南旺湖。明永乐九年（1411），在疏浚会通河和兴筑大汶河戴村坝分水小汶河入运的同时，为蓄水济运，设置了安山、南旺、马场、昭阳湖四大“水柜”。后因会通河开挖，南旺湖遂分为三：南旺湖、蜀山湖、马踏湖，再加上梁山以北的安山湖、济宁毗邻的马场湖，这就是近代历史上所谓的“北五湖”。

就像任何事物有生有灭、有灭也有生一样，随着徐淮故道束水攻沙，黄河流向山东溃水全部截流入黄海，至清末，北五湖除蜀山湖外，其余淤为低洼平地。而就在北五湖逐渐淤废之际，南四湖却由于天时地利应运而生，成为潴水新生型大湖。

南四湖包括昭阳湖、南阳湖、独山湖、微山湖，北起济宁以南小口门，南至徐州以北蔺家坝，南北长约110公里，水面面积约1200平方公里。其中以微山湖面积最大，约500平方公里。

明万历以前，微山湖还仅仅是一些各自独立的零星小湖，是由于黄河冲决运河，在运河东岸低洼处积蓄而成的池沼。它的发展一是黄河东决，二是山洪暴发，三是原北五湖涨泄，多种水流一处汇集。当然从宏观方面看，原第一湖沼带的豫鲁交界、第三湖沼带的河北平原，经几千年乃至万年反复淤积，已把地势抬高，黄河下游就仅剩此一地区还相对低洼，所以才形成原第二湖沼带的徙变。

清咸丰五年（1855），黄河在铜瓦厢决口北徙，夺大清河入海，抬高了原先汇入安山一带洼地河流的尾闾水位，安山湖向北扩展，并与黄河贯通。由于淹没地属东平县，民国年间始有东平湖之称。

巨野泽—梁山泊—东平湖。沧海桑田，而今800里梁山泊已被淹泯于地下，惟东平湖这片仅存的水域，尚依稀映出当年大野泽、梁山泊的容颜。

《水浒传》撰者把众多故事放在被称为“盗薮”的梁山泊，是因为天下无人能知宋江，但无人不知梁山泊。

梁山处中国北方东西、南北两大水道交汇点。一条是横亘东西、咆哮万里的黄河，一条是行连南北、号称经济大动脉的京杭运河。两河在此交叉，特别是元代运河开通后，士人、商旅南来北往，车马劳顿的陆上苦旅变水上卧游的千里坦途。梁山泊作为这条大动脉的特殊风景，碧鸥云集，渔歌唱晚，且这一条物流客运线路，更多地成为文化传播的快捷通道，国事新闻、商贸信息、街谈巷议、传统故事在竞相传播中又添枝加叶，随船只、码头传至沿河每一城镇乡村、都会。这些都成为《水浒传》产生的土壤和条件。

“十年九不收”的东平州；一次也没启的石洼闸

石洼是东平湖区西畔一个很小的自然村，明代石姓人家迁此建村，这个名不见经传的小村，自20世纪60年代起，闻名大河上下。

1958年后，东平湖由自然滞洪区改为调节运用的平原水库，控制艾山水文站不超过10000立方米每秒的洪水，当遇到超过堤防标准的特大洪水时，开启分洪闸，运用东平湖滞洪区削减洪峰，调蓄黄河、汶河洪水。分洪、调蓄的枢纽即石洼进湖闸。

始建于1967年，改建于1976至1978年的石洼闸，共有闸门49孔，比半里路还要长，设计分洪流量5000立方米每秒。无论分洪量还是规模，都居山东黄河之首。

与此匹配的还有作用相同的林辛、十里堡两闸。

与石洼一样，这方圆百十里的村庄许多都叫“洼”。民国二十四年出版的《东平县志》附山河图上，安山镇以北称“积水洼”，以南称“安山洼”，以东称“冯范二洼”……当地群众不承认它是湖而称洼，是为了种地开垦的名正言顺，但既然是洼，一旦水大它就会积水，并且在黄河下游，这个当年滋生过菏泽、巨野、梁山等巨泽的地方，已经是大河上下唯一的洼地了。所以，1950年7月，新中国治河甫始，东平湖一带就和上游濮阳，同时被黄河防汛总指挥部定为滞洪区。

大河上下最大的石洼闸，包括附近的林辛、十里堡闸一经启动，就能让下游承受不了的黄河来洪，通过闸门进入东平湖。

即便不人为设立滞洪区，每当大水，这片到处都叫“洼”的洼地还是免不了被淹。1949年洪水全淹东平湖区，1954年8月12日夜，洪峰至戴村坝，湖水位迅速增长至42.97米，超1949年最高洪水位0.72米，湖堤出水仅余0.2米，时省政府王倬如副主席在长清修防段指令：适时利用东平湖第二滞洪区分洪。当天深夜，东平县政府组织300辆大车，率各级干部进村，挨家挨户动员群众紧急搬迁，135个村庄近3万群众一夜撤出。8月13日7时，一声巨响，东平湖第二滞洪区爆破分洪，4米多高的水头迅速倒入东平湖第二滞洪区……

1957年洪水，进湖大堤已埋入炸药，后经水文测量和3万多人守着黄河加埝加固，最终炸药未引爆。

1982年8月2日，花园口洪峰达15300立方米每秒，孙村10400流量，防总要求削减至8000流量，据此，东平湖泄洪区在先启林辛闸分洪后，又在8月6日23时起爆十里堡闸前围堰6个药组破堤分洪。三昼夜河水入湖，艾山以下流量减至7430立方米流量，保证了山东下游黄河特别是三角洲河口、油田的生产安全。

虽然石洼闸建成后从未分洪运用一次，但工程性质没变。

半里路长的49孔闸门，一门一机一字排开，启闭架净如桌面，绞盘两端用整齐划一的塑料薄布裹护着，依稀可见均匀涂抹的黄油，露出的钢丝绳油光黑亮；机架下铺放的挡土铁板上，没有油污，没有尘土。在风沙弥漫的黄河大堤上有这样洁净的地方，可以看出绝非一日之功。30年，几代人，默默厮守，特别汛期，天天做着启闸准备，又天天盼着不要开闸。所有的意志和功夫，只为了百年一遇的“万一”。

几千年来黄河在东平州左右翻滚，留下的民谣是：“东平州，十年九不收，收一收，吃九州。”收的时候能到什么程度？随手撒下麦种，就长得又厚又壮，一般农家镰刀根本就派不上用场，因此，东平州的人们收割小麦，用的都是特制的铁铲。一边铲，一边再用田头早备好的磨刀石磨，不然，铁铲刃就钝了。

呱嗒板，
上南京，
一棵麦子打一升。
烙面饼，
卷大葱，
咬一口，
热烘烘……

当时童谣。

以后，再也没出现的海市蜃楼

都知道蓬莱仙山有海市蜃楼，却不知道老东平湖也曾有它的蜃景。据房瑞荣《运河轶韵》记载，此蜃景多次出现于南旺湖水柜的开河闸附近。

南旺湖一年四季水波荡漾，水雾蒙蒙、烟波浩渺的水面上，蜃景现于人们眼前的往往是巍巍城墙，正前偏右有一城楼，片刻，城门开启，隐约有熙攘的商客出入。待到日出，景色就慢慢变淡，直至消失，水面又恢复为碧波粼粼。

湖边老人解释说，蜃景出现的城名“陷皇城”，只有积德行善和清心寡欲之人才有缘进入。传说有一个纯朴乐善的农民，为家中待客一大早出去买菜，黎明时分，随着人流进城，到了菜市后，他先见到一个卖豆芽的，便让他称10斤豆芽，可卖主像没看见他一样，只和别人讲买卖。没办法，他只得把选好的豆芽又倒回去……日头出来，集市和城怎么就没影子了？他暗自疑惑，只得在回来的路上又买了其他人的菜。回去把菜倒出，只见筐缝里有两粒闪光的小瓣，抠出一看，竟是金豆瓣。

原来是他一不小心，不知不觉就进了一趟传说中的“陷皇城”。

还有一个人路过此地，也是卖东西的人不理他，他有点生气，拿了一只锅就走，想你不理我，下次给你钱时再跟你算账。回去做饭，锅里的饭却怎么也吃不完。

一个远路来赶庙会的外地客商，连夜赶到南旺湖畔已近黎明，前面城门紧闭，他想反正到目的地了，先歇歇再说，就把马拴在城门外一棵树上，自己也倚着树睡着了。等醒来一看，哪里有什么城池，自己躺在湖边，马则拴在一棵粗壮的苇子上。

如果说上述传说带有东平州人的集体记忆，让人明确感到想象大于现实的虚幻，而1950年蜃景的再次出现，却有人证为据。

这一年，蜃景出现两次。一次是春天，黎明时分，有人早起下地干活，在开河村西南方向约3里的地方，发现一座高大的城墙突兀而立，城墙垛口清晰可见，东头直连运河大堤。这人赶紧叫起左邻右舍观看，人站满了南运河大堤，众目睽睽之下，原先浮现的城墙偏西方向，又出现一座城楼，飞檐斗拱，上下两层，门窗、楼前圆柱朦胧可见。晨雾笼罩中，蜃景飘飘忽忽，时隐时现，一直持续到日出。“商旅云集、店铺遍地，白天帆樯林立，夜晚桅灯高悬”，可是明清时由运河而兴，又早已消逝于历史云烟深处的安山、开河、靳口古镇的回光返照？

再一次出现在秋天马踏湖上空。当时全湖洼地一片高粱，早起的人抬眼向东一看，只见满湖大水，茫茫一片，把即将收获的高粱全泡了，只有高粱穗露出水面。连连叫苦中，遂大吆小喝叫人快去抢收高粱，等人们匆匆吃两口饭赶到地里时，哪里有一点水的影子？满地高粱，风吹有声……

1950年以后，东平湖一带蜃景再未出现。

考古发现，距今约4500年的龙山文化期，东平湖一带就有东夷人留的“青堌堆”“贾堌堆”地名，周代还是宋国始祖“古微乡地”。几千年来，它随河的兴衰而兴衰，黄河在花园口重入徐淮故道，对徐淮地区是一场灾难，对东平湖则是难得的好时光。

“水不在深，有龙则灵。”《水浒传》作者施耐庵把东平湖称为“蓼尔洼”，文人墨客则称“小洞庭”。历史上的黄河不管南行还是北走，都对东平湖格外青睐。作为连接南北大运河的商贸、交通重地，东平城为国、为郡、为路、为府、为州，实在是有过稍纵即逝的风光。而它东纳汶水，西连黄河所形成的自然滞洪区，又必然注定了多灾多难。“东平州，十年九不收。”收，是因为水；不收，也是因为水。水冲走了家园，也淤肥了土地；水，既可以潜行地下给以清凛甘甜，又可以升云腾雾给以无穷幻想。所谓风光，就是那片大水，而大水往往又是灾难的代名词，如果多少年之后没有了我们眼前这片大水，那将怎样？让人无法想象。

乡俗：找祖坟与放河灯

水来，就跑；水退，就回。一去一回的仓皇中，有多少东西被遗失？而最不能遗失的是故乡。

何处是故乡？

房屋、村庄、土地？当然不可或缺，而在中国人心目中，只有埋着亲人骨殖的地方，才能称得上故乡。所以，面对早已被夷为平地的房屋、村庄，面对一层厚厚的淤泥，每次洪水过后，重新回乡的人们就做两件事，一是造屋起灶，二就是找自己的祖坟。

首先确定祖林的方位。大水虽淹没了村庄和田地，但总会留下一些参照物，凭这参照物就可确定林地大体位置。有了大体，再找具体，先找到祖穴，就好找其他坟了。

在老人指点下，先由长子或长孙在林地的大体方位设香案，上供、烧香、烧纸，如同平时祭祖一样，举家跪拜。长子念念有词：子孙们前来给祖宗送钱粮了，希望您老指点，祖宗宅院何处？子孙愿做牛马，效忠祖先，当我们走近宅院，进了您房，万望给卸掉马鞍。

接着，长子脱光上衣，赤脚，只穿裤头，身背马鞍，跪爬于地，来回跪爬，直到马鞍落下——落处即是要找的祖穴。然后在此筑起坟头，再按原林墓行穴方向，找到其他先人的墓穴。

不一定准确，或许还自欺欺人，但这已经足够了。

找到了祖坟，找到了根，然后再去重整自己的窝，侍弄地里的庄稼，心里才有着落。

以上找祖坟仪式，主要是指土里刨食的湖民。常遭水淹或常年水上营生，男女都必须会水，特别是一辈子行船弄篙的。幼儿刚学会走路，便教他们游水，甚至比学会走路还早。渔家看护幼儿也别具一格，由于受船只空间所限，为防意外，常在幼儿两腋各绑一葫芦，这样，一旦小孩失足掉进水中，就会给父母哥姐留下救护时间，有时兴头上来，干脆就不救护，让带着葫芦的幼儿在水里泡上一段时间，特别是天暖时节，大人在船上作业，幼儿则漂浮在船旁水面，追逐嬉戏。长此以往，渔人一代接一代，对水的亲近和对陆地的排斥就形成基因。

除了“再不听话，就把你扔到崖上去！”这样的威胁，渔人还经常对已经成年又不听话的女儿说：“再不听话，就把你嫁到崖上去！”好像“崖上”就是地狱，而被崖上人视为畏途的水上才是他们的天堂。

春秋打鱼、冬天打猎的渔家生活相对富足，一般不与岸上人家通婚，但随着湖水水面的时大时小和陆上渔民的出现，以后的渔人慢慢开始了与陆上人通婚，有的还在岸上有了定居之所，形成一个又一个渔村。这些水上漂泊的游牧一族由两部分组成，一是从原籍江苏、安徽、浙江、福建、河北等省漂泊而来的水上渔民；二是当地陆上渔民。湖区的扩大使原本习惯耕作的农人失去了土地，看着水上讨生活更加滋润，所以，一部分居住在陆上的农民也下水变身渔民，而有限的资源不能承受利益驱动下一拨又一拨渔人的过度开发，并且随着现代技术的传播，渔猎手段也逐渐机械化，这不免使政府和当地居民忧心忡忡。水兴水退自有天定，渔歌唱晚的田园诗一样的光景，怎样才能天长地久？

与陆上相比，河民湖民意外死亡会多一些。特别是运河年代，如不幸淹毙，尸身找不到，河民就以草人代替。给扎好的草人穿上死者生前的衣服，设灵堂，请道士为死者招魂，然后入葬。每年农历七月十五日夜晚的放河灯，即是东平湖一带运河岸边人家为了超度水中淹死的魂灵，逐渐形成的风俗。顺着河灯，似乎沉迷水底的灵魂就可以在河灯引领下回自己老家，无论江南的还是塞北的。

云帆际会，舟楫辐辏，那擅长水上生活的多是从上游来的吴越人，他们以后定居于此，大多有先人埋在运河岸边的，于是放河灯渐沿袭成俗。长此以往，岸上村村镇镇的原住民、移民也都参与进来。是夜，满河通明，波光灯影，粼粼闪闪，成了运河上的一大奇观。

河灯制作有简有繁，依个人兴趣而异。比较讲究的是用薄木板做底，形状以12厘米长方船型多见，板中设眼插一枝竹棒，竹棒上端裹上沾油的棉绒，周围用油纸罩严，漂流水中能持续燃烧6小时。地方史志资料记载，运河放灯仪式隆重，一般由闸官主持，官府衙门、乡绅巨贾以及三教九流的头面人物广泛参与。届时，河中船只张灯结彩，岸上狮龙尽舞，还有民间高跷、杂耍曲艺，与满河波光灯影交相辉映，而临河河肆，文人雅士则把酒临风，或歌或吟，把最初具人生悲剧意味的仪式演绎成一场节日狂欢。

襁褓：又名沙土布袋的“土裤”

阳谷、郓城、鄄城三县，有几处村庄被称“迷魂阵”。以阳谷小迷魂阵村为例，村庄房舍由东西两部分并列，东半部分叫“前迷魂阵”，西半部分叫“后迷魂阵”。但外人进村，得到的方位感却恰恰相反。沿村内街道行走，东西南北方向不辨。

在没有时钟的过去，人们总是以太阳的方位测量时间，但在这里却不准了。在前迷魂阵，不到上午10点，就已感到是正午时刻；而在后迷魂阵，正午12时，又令人觉得是下午4点。这种迷惑其实是由房屋的传统布局造成的。村庄呈新月形，街道弧形，每家大门表面看顺直，但方向实际上都已慢慢弯了。由于大家一律称正房为北屋，一切迷像概由此而生。数百年间，家家造屋皆自觉遵从前人留下的规矩，一代代相沿成习。只是不知道为什么不求正南正北，只听当地人解释说，沿袭的是当时阵法。战国时鬼谷子在这里教孙膑、庞涓阵法，村里至今还存有孙膑庙。

与上述迷魂阵村相同的还有鄄城的孙花园村、郓城的水堡集。

这些迷魂阵村村民，都有给新生婴儿穿“沙土布袋”的习俗。沙土布袋即黄河两岸每一农家小儿都穿过的“土裤”，简单说，就是外表棉布，内里以沙土代替棉花、上下一体，婴幼儿可以睡在里面的“睡袋”。

顶端U形开口，正好让儿童头颈露在外面，两侧各一袖洞，孩子两臂可以伸出自由活动。领窝与袖洞以纽扣或系带连接，底端缝实。一块大人穿旧的棉布，一番针线，一筐沙土，一个婴幼儿出生后最实用、也最上等的襁褓就完成了。

沙土当然是黄河泥沙了。名副其实的取之不尽用之不竭，不像棉花稀缺，其功效棉花却又不能与之同日而语。先在阳光下暴晒，再用细筛过一遍，再以做饭用的铁锅炒熟，其火候是炒到沙土在锅内“噗噗”有声，晾透，温热合适时装进土裤，小孩子就可以睡进去了。

沙土晾透也余温仍在，冬天凉可以先在炕头上焐焐，夏天热它又清凉，拉尿都在其中。拉尿过后，或者是便后，再换上温热的沙土。不能自主的婴幼儿一天拉尿好几次，父母又要忙里忙外，哪有时间一天不停地换尿湿的褯子？那时没有纸尿裤，也没有今天的育婴师。

“从娘肚子里下生就用，一直到会轰鸡，就是三四岁。”临清黄河故道边农人告诉说，用沙土布袋，孩子“消炎败火，不落毛病”。

即便物质极大丰富的今天，有些黄河农家的孩子也还会在土裤中待大半年时光。如果乡下奶奶给城里即将出生的孙辈准备了一条旧时沙土布袋，那是最让准爸妈暖心的礼物。当地有医生专门做过调查，认为土裤有尿布、纸尿裤不可替代的防红臀、防腹股沟浸渍发炎之作用。用沙土布袋的婴幼儿从来不出现上述症状，即便因用尿布腌了，用干燥沙土撒敷患处或让孩子再睡一阵子土裤，也很快恢复。医学分析，沙土取自风吹日晒、寒暑交易的黄河岸边，大自然的净化作用使沙土很难有细菌生长，用前炒熟，不仅杀灭残存细菌，且去寒凉之性。喜动不喜静的幼儿躺卧温暖舒适的沙窝，头颈、胳膊伸在外面，不仅免受尿湿所渍、襁褓束缚，且能尽享伸腰蹬腿之乐。①

“掬一把如水的细沙，我仰躺下去……我是沙土里出生的啊，我的妈，匆忙地缝一条沙土布袋……”温热又清凉、柔软又结实、纳污又净化的沙土，那可是母亲宽厚的怀抱？生在楼厦间的现代人习惯于养“卫生孩”，不让小孩沾一丝土腥，可是，无论怎样精心看护，有的也总病病恹恹，被认为是缺了地气。是的，人为什么天生亲近泥土？土生万物，作为万物之一的土地之子，沙土布袋所给予的应是大地母亲自始至终的滋养和护佑。

当然，这里的沙土是经母亲河洗礼的沙土……

实际上，不仅“迷魂阵”村一带，整个鲁西南、鲁西北，更大范围内包括老历城济南，都有相同习俗。

清河门

东平湖北部，连绵峰峦敞开一个缺口，为水势浩渺的大泊留下一条奔向黄河的出路，这就是百里东平连接黄河的门户，也是东平湖洪水北排入河的唯一通道。

如徐淮故道下游洪泽湖出口清河门，东平湖外泄口也称清河门。清人蒋

---

① 参见郓城石如宽采访。

作锦《东原考古录》载：“（济水经）安民亭南，汶水从东北来注之……”由此可见，此段河道就是汶水入济水，后又被黄河屡屡袭夺最终全夺的现黄河河道，大清河古道。

历史上的东平湖地势属于自然滞洪的洼地，从1950年7月被确定为黄河滞洪区后，先后两次的统一复堤和以后的水库建设，使特大洪水有了去处，也提高了东平湖区存蓄洪水的能力。作为输出口门，它和徐淮故道下游的洪泽湖的清河门一样，经常遭受黄水倒灌，饱受黄河河道逐渐抬高而出口不畅之苦。为此，山东治河部门费了不少力。现在的清河门不仅保证所排之水顺畅进入黄河，还有洛平干渠把东平湖与省会泉城连接起来，湖水南水北调不仅滋润泉城，还可以与小清河和引黄济清、南水北调的胶东输水干线串联成网，对山东境内乃至冀津京水资源统一调度和优化配置起着不可低估的作用。

泥沙留下来，清水再入河，是几代治河人也是黄河两岸人共同的心愿，这样不仅可以减轻河道的淤积，还有清水冲刷河道。王景治河，千年无患，其主要工程方式就是“十里立一水门，令更相洄注”，王景的工程由于黄河的变迁已然无存，后人企图仿效也无从根据，而东平湖先蓄水留沙又排清水入河的清河门，是否能成为王景令河水“更相洄注”的一个现代版注释？只是这样的清河之门在全河太少了一些，或许仅此一家。

第十四章

循环或超越（山东）

夫水者……其万折必东……是以君子见大水必观焉尔也。

小范围三角洲内改道十年一次，大范围三角洲内改道百年一次，再大范围千年一次。黄河从宋、金禹河流路冀津入海改道徐淮700年后，再回东汉故道的山东渤海入海，一方面源在旧道淤积，另一方面还有内在的地质因素。这就是地质学家已经考证的华北盆地基底隐伏一系列东北向展布的活动性隆起与断陷。

淤积与华东盆地隐伏隆起与断陷的双重作用，使得黄河又来寻找渤海湾归宿，以此完成再一轮的循环，或曰超越？

社会发展不也一样？河入齐鲁，鲁国土地上产生的儒学思想成为历代帝国主流思想，自有农耕文明的必然。而与鲁人不同的齐人独行其是，借渠展之盐，顺河而下，把经济发展模式和思维方式扩及入海口以外的蓝色海洋，又溯流而上，延至流域内外更广阔的天地。

河床或成为酝酿革命的温床？河以徐淮古道再循环回至山东大清河道，终于摆脱让她700年不得翻身的既保陵又保漕的双重枷锁，她一定流得更潇洒一些吧？

冲刷也好，淤积也罢，功过大到一定程度，就非常人所能评价。而这片万家灯火的三角洲，不就是千万年来黄河淤积的福地？或许多少年后，我们的后人也会像那从四面八方聚集而来的石油人一样，从淤积深处，从九层泥沙之下，挖掘出比石油、天然气还要宝贵的矿藏。

三角洲流路变迁循环的小三角洲版

三角洲系河口左右扇状冲积平原。河流入海时，因流速减低，所挟泥沙在河口淤积延伸，填海造陆形成堆积体。淤积使河嘴向海延伸，在黄河口，每年延伸2—3公里，海岸线推进0.3公里左右。河含沙量巨大，导致入海流路不断周期性翻滚改道，改道后又重复以上淤积、延伸，从而塑造了平坦广阔的河口三角洲。

广义的三角洲，北到天津海河口，南到江苏淮河主流支流，面积达30万平方公里。当代三角洲指1855年河改道大清河以来形成的冲积扇，以垦利宁海为轴点，北起套尔河口，南至淄脉河口，5450平方公里。

黄河夺大清河之前，鲁中鲁北有三条大河，济水在南，漯水在中，黄河最北。最北的黄河即上章所述流经冀津的禹河故道和1885年后又从山东利津、无棣入海的东汉故道。

有关济水“三伏三见”之说的成因已经明了，东汉以后，由于黄河改道，河南境内的济水归注黄河，山东境内菏泽所蓄黄河水汇汶水后仍沿济水故道独流入海，由此，唐人将原济水改称清河，以别浊河，也别古济水。到北宋，清河又有了南北之分，1077年，河在澶州曹村埽决口后，全河东南汇入梁山泊，河从梁山泊出，又分为两派，通过泗水入淮入海的称为南清河；经陵县、乐陵到无棣入海的称北清河。北清河、南清河、大清河、小清河，都与黄河摆脱不了干系。

公元1130—1131年宋室南迁期间，时人在历城南东泺水入济水处筑堰分水，堰南之水称小清河，北清河又改称大清河。

小清河由历城经高青、博兴至乐安即今广饶东北入海。大清河在历城北合泺水，东北经济阳南、蒲台北，东北至利津入海。所谓黄河夺大清河即此河道。

大清河原为地下河，宽十余丈、水深三丈。水流清澈见底，船行水中，两岸不见桅帆。因利津洼的盐从河上运出又至全国各地，所以此河又称盐河。自今历城、博兴、滨县、进入利津，行程138公里，由利津铁门关以下肖神庙入海。

黄河夺大清河之初，朝廷被太平天国起事所扰，无暇堵口，任其泛滥20多年。其间，虽有民埝自卫，但大多矮小且不连贯。光绪十年，有了较完整的堤防，正因为堤防有了，河淤也有了，河决也有了。四渎之一的淮河都难容泛滥的河水，区区清河又怎能有一宁日？自咸丰五年至宣统三年，山东黄河有38年决溢。

光绪十八年（1892），因河道南移，惠民地区的刘家圈由河南变为河北，齐东县城三面临水，城池塌陷，县城迁往九户镇。

光绪二十九年，蒲台城和刘口、韩声杨等20余村，则由于大河翻滚变河南，“夹河套”为河北。

河入利津也仍然是惠民样子，虽已近入海口，这个“十年河东，十年河西”的演绎也照搬不误。1906年一场大水河势骤变，洪流冲决小街民埝直奔綦家咀，一夜之间，原道淤塞，崔家、毕家二庄由河东转为河西。[①]

河到入海口，演绎的则是大三角洲流路变迁循环的现代小三角洲版。

1855年黄河归故山东，至1949年人民治黄以前，尾闾流路在利津以下小三角洲范围内发生50多次决口和改道，其中入海流路变迁7次，入海口依次是：肖神庙、毛丝坨、宋坨子、车子沟、神仙沟等。

每条流路的演变过程大体是经过散乱游荡到单一相对稳定，再到出汊摆动，改道散乱。反复出现的这一过程被称之为“小循环”，平均9年多进

---

① 惠民修防处《黄河志》编纂办公室编：《惠民地区黄河志》，惠民修防处《黄河志》编纂办公室1987年版。

行一次。

以当代三角洲的扇形轴宁海为顶点，由东北至东南完成一次横扫三角洲扇面的流路周期变迁，被称为“大循环”，历时约50年左右。

每次改道后产生的直接影响是流程缩短，比降变陡，下游河道溯源冲刷范围可抵洛口，距河口约200公里。每次尾闾变迁，维持几年低水位状态后，再次开始溯源淤积，导致水位继续回升，又成为下一次变迁改道的前奏。

宁海为顶点的入海口小三角洲小范围内，小循环10年，大循环50年；郑州为顶点的古三角洲大范围内，小循环百年，大循环千年。黄河世界，在变中循环，在循环中变。

那时泰山

河从晋豫进入山东，没有按最近距离直奔渤海，是因为泰山顶冲。似乎是为了成全黄河造陆的梦想，这座几乎和黄河同时诞生的黄河下游的巨峰，以它不可或缺的中轴作用，让黄河极尽扇面辐射，左一个翻身，直达永定；右一个回旋，已是江淮。一摆一荡之间，多少王朝梦想的千年江山都掩黄沙之下，而泰岱依然。

泰山古称岱、东岳，为五岳之首，绵亘于泰安、济南、莱芜三市间，前邻孔子故里，背依泉城济南，东临大海，西靠黄河，南有汶、泗、淮之水，盘卧面积约426平方公里，主峰玉皇顶海拔1545米。

距今25亿年前的太古时期，泰山还是鲁中巨大沉降带或海槽的一部分，后来经过泰山运动，褶皱隆起成为巨大的山系。古生代初期，华北广大地区大幅度下降，古泰山随之沉没到海平面以下，中奥陶世末，在加里东运动的影响下，华北地区整体上升为陆，以后泰山地区处于时陆时海的环境中，再后，泰山地区持续上升，进入大陆发展阶段。距今约1亿年左右的中生代后期，受燕山运动影响，泰山雏形开始形成。距今7000万年至6000万年的新生代，受喜马拉雅运动影响，泰山大幅度抬升。距今3000万年的新生代中期，今日泰山轮廓基本成型。

远古时期泰岱就是东方文化发祥地。5万年前的新泰人化石遗存和40万年前的沂源人化石遗存，虽然还不是智人，但是毕竟显示出这一带早期的人类活动。其东麓的大汶口文化，北麓的龙山文化遗存，也反映出早期黄河流域氏族部落的活动情况。战国时期，齐国沿泰山余脉直达黄海修筑了长约500公里的长城，进入秦汉以后，泰山逐渐成为政权的象征。泰山海拔高度在五岳中次于华山、恒山，占第三位，但就历史文化地位而言，其他四岳及国内许多大山都不能望其项背。

“山东泰山，天下泰安！”在中国文化中，山岳有着重要作用，何况群山之尊、五岳之首的泰山了。它是强大力量的源泉，是社稷稳定、政权巩固、天下太平的象征。旧时帝王自称天子，登位之后第一件大事便是封禅祭天。因泰山乃东岳，处万物生发的东方，又雄伟高大，最接近天，所以祭天首选泰山。秦皇继位，第一件事即泰山封禅——封为祭天，禅为祭地。雄才大略的汉武帝十次登泰山，六次封禅。以后，12位帝王都先后登临，举行封禅大典。

泰山的魅力除却雄伟壮阔外，还有它的包容。这里是道教发祥地，佛从西来，又是佛教大兴的名山，儒、释、道，中国人据以安身立命的三大精神支柱都在泰山相融相依。

人们登泰山极顶，大多是为了看如海浪一般翻滚的云海和从云海冉冉东升的旭日，很多人并不知道，天气晴好时候，站在极顶1500米海拔高度的碧霞祠作西北望，还可以看到黄河。

有水，山就灵活；有山，水就长流。沧海桑田，千万年来，泰山成为黄河造陆的见证。傍晚，它看着滚滚而下的黄河从脚下流去，从渤海湾或渤海湾西岸入海；一个黎明到来，又看着黄河滚向脚下的左边，从淮河入黄海。无论北上还是南下，都以发源于泰沂腹地、通过沂、沭、汶、玉符、西溪等支流，通过泗、济、淮，给黄河奔向大海的力量。

最后一条支流汶河与龙山文化考

水往低处流。由于地势低洼，东平湖一带除去黄河，往这里流淌的还有黄河下游右岸最后一条支流汶河，即以后的大清河，还有汇河等15条中小河道。

来自莱芜方向的上游称牟汶河，沂源方向来水称柴汶河。汶河汇泰山山脉、蒙山支脉940条支流，自东向西，经莱芜、新泰、泰安、肥城、宁阳、汶上、东平等县市，又经东平湖注入黄河。

全长210余公里，流域面积9069平方公里。由于上下落差348米，且水全部出自泰莱山区，至漆沟汇入古济水，使这条古老的四渎更具力量，所以济水有“劲且清凛”之名。

“逝者如斯夫，不舍昼夜。”从孔子时代再往前推2500年，当人类还处在新石器时代，汶河口人就创造了“大汶口文化”。《诗经·齐风·载驱》中咏唱：“汶水汤汤，行人彭彭。鲁道有荡，齐子翱翔。汶水滔滔，行人儦儦。鲁道有荡，齐子游敖。”清代姚鼐《登泰山记》中则描写：“望晚日照城郭，汶水、徂徕如画。”

我国大型河流多由西向东，大汶河却是由东向西，因为汶河流域地势东高西低，东宽西窄，呈扇形分布。登上巍峨的泰山，放眼南望，汶河像一条银白的带子，迤逦西去。

古汶水历史上即是济水的一大支流。由于受黄河不断决溢改道和东平湖自然变迁，以及以后人为的开发治理影响，汶水入东平湖一带洼地交汇处的河道也在不断变化。明永乐九年（1411）宋礼、白英筑戴村坝后，控制水向南流济运，大部汶水导入南旺镇入运河。漫过戴村坝的汶水，夺漆沟上游，由此漆沟称为大清河，上游济水称清河。济水既绝，大清河所受唯汶水，汶故沿称大清河。1855年黄河夺清入海后，大汶河渐成目前形势。1958年东平湖水库修建后，汶水漫过戴村坝由大清河入东平湖，再经清河口出湖闸泄入黄河。

东高西低、东宽西窄的汶河流域地势，像把展开的折扇，把来自东部泰莱山区的洪水从高处迅速向东平湖汇集。而黄河、汶河同受夏季西太平洋副热带气压暖温季风影响，雨季时间基本相同，遭遇洪水概率比较大，而且由于上游比降大，暴涨暴落的汶河，洪水形成速度特别快，有时候一天能发生两次洪水，自戴村坝进入东平湖仅用短短的四五个小时。

新石器时代，黄河下游的海岱地区，继北辛文化之后，大汶口文化是新石器时代的典型遗存，可以追溯至公元前3000年以上。以泰山为中心，东到黄海，西至鲁西平原，北到渤海，南及安徽。汶河、泗水、沂河、淄河和淮河下游，遗址多达千处。由于1959年第一次发掘的遗址被大汶河横穿一分为二，因此发掘者以汶口命名。

夜以继日地书写河稿七年，我唯一的放松就是游钓，徜徉于大汶口上下，我最爱吃的是范镇烧饼、莱芜火烧，走黄河吃遍半个中国，哪里的面食也没汶河两岸的火烧可口——或许多少年前的大汶口先人，就有了这个烧饼吧。为什么？这里盛产小麦。

家家有河，户户有坝。不消说四周坡水汇集所淤盆地的丰腴，单看远处高山，无论多么高，也还是草深叶茂。老乡说，随便哪峁顶，镢头一刨或耕耙一耙，撒上种子就是庄稼。

除去泰安大汶口外，汶河发源地的莱芜也应是古时繁盛宝地，我推想很快就得到了考古证实：莱芜区口镇最近发掘的11座大型汉墓群，就是古时著名部落首领伯益封地，是秦皇嬴秦族发源地。不远处的另一遗址，羊里镇、城子县，则是嬴城遗址。[①]

秦嬴发迹于华夏西部，发源地却在东部，个中神秘，随着考古进一步发掘，相信会逐渐显现。

而大汶口遗址出土文物表明，大汶口文化的中晚期，已完成了从母系社会向父系社会的转变，进入奴隶社会初期阶段。

继大汶口文化以后，中华祖先进入铜石并用的文化时代，人们称这一时代为仰韶文化和龙山文化。产生于黄河下游地区的龙山文化则早于大汶口文化，距今4000—4600年，其中亮点为快轮制陶，代表作是黑陶。

1928年4月4日，尚在清华大学读书的考古学家吴金鼎先生，去汉代平陵城遗址做野外考察，半路上发现了路沟断崖下有一条延续数米的古文化地层带，这就是距今天济南40公里的历城龙山镇城子崖遗址。他报告给导师——素有中国考古奠基人之称的李济先生，李济在1930年主持了城子崖遗址的第一次大规模发掘。

前后发掘，共发现骨角器、蚌器、石器等23878件，及牛、马、羊、鸡、犬、猪等多种动物残骸，说明龙山时期农业已属于“耜耕农业”——耜，就是大禹手中所执的家什了？其中，陶器又分黑陶期、白陶期。

这是一件1975年出土于山东日照双城龙山文化遗址的蛋壳黑陶高柄杯。高19.5厘米，重40克，厚0.2—0.3毫米。此类黑陶烧制温度已达1000度，虽然制作工艺仍以手工为主，但是随着轮制工艺的发明，一部分陶器已经采用模具，器型也有了长足发展。蛋壳黑陶工艺登峰造极，除去烧制温度1000度以上，黄河下游冲积平原所提供的泥土也是一个重要因素。细泥粘黏且带砂性又具丰富矿物质，在烧制中表现出纯黑的色调和均匀的质

① 2018年清明口镇采风及资料。

感。龙山先人将泥坯制成陶坯，再用贝壳反复压实，在烧制到最后阶段，采取封窑烟熏的办法把陶器熏黑。黑、薄、光、亮的“蛋壳黑陶”，反映了远古制陶业的最高水平。

大汶河之下还有黄河另一条支流玉符河，由于悬河，这条支流早已被主流排斥在外了。

“君子见大水必观焉尔，何也？”

从大野泽遗迹即今东平湖的清河门，往东73公里是泰山，往东南143公里就是曲阜。

齐鲁之邦，孔孟故乡。一山一水一圣人的自然、地理、人文资源，让黄河下游的山东人至今引以为傲。

齐鲁属古诸侯国名称。西周时，周武王封辅佐有功的姜太公于齐，武王之侄被封于鲁，后经兼并，山东地域间诸侯国就只剩齐和鲁两国了。山东名称出现于战国，但彼山东非此山东，那时，秦雄踞关中，齐、楚、燕、韩、赵、魏则在河南崤山、灵宝的函谷关以东。那时山东概指崤山以东黄河流域，与今天山东不一个概念。

正如动荡不安的年代才会有伟大的思想家产生，出身原已被兼并的宋国贵族的孔子生在奴隶制后期，“礼崩乐坏”“天下无道”，孔子设学舍，招弟子，四处游学，宣扬他的治国理念和主张，要人都做一个高尚的人，即君子。“非礼勿听，非礼勿视，非礼勿言……”这怎能让只图“以求一逞”“只问目的，不问手段”的封建统治者接受？但天下已定、和谐为大的统治阶级则将其视为金科玉律。所以，汉代大儒董仲舒提出“罢黜百家，独尊儒术”后，孔子儒家学说就成为历代王朝的主流思想，也有了宋代儒家学说集大成者的喟叹：“天不生仲尼，万古长如夜！”

孔子讲求“礼”，讲究“君君、臣臣、父父、子子”。他衣钵继承者的解释中，孔子思想的核心是“三纲五常”，“仁、义、礼、智、信”。更重要的是他尊君王为天子，为圣，最不容忍的是“犯上作乱”，而这正是中国封建社会几千年，历代王朝都尊他为“至圣先师”“万世师表”的根本。

孔子有书生的傲骨与狷介，从不肯降低自己的人生目标与价值理想，“道不同，不相为谋”“道不行，乘桴于海”，不肯苟同与世俗。

两度被鲁国驱逐，到卫国又被收禁，游走于陈、蔡之间“七日不火食”，没饭吃，被宣布为“不受欢迎的人”，日暮途穷，又被挡于城外，弟子饿得都爬不起来了，他却“饭疏食饮水，曲肱而枕之，乐亦在其中矣。不义而富且贵，于我如浮云”。自此，中国人追求人生价值的精神世界多了一种自我沉浸式的状态：“孔颜乐处”。

著名美学家李泽厚先生以佛、道、儒三者比较评价说：“佛知空而执空，道知空而戏空，儒知空却执有，一无所靠而奋力自强。深知人生的荒凉、虚幻、谬误却珍惜此生，投入世界，让情感本体使虚无消失，所以虽心空万物却执着顽强，洒脱空灵却进退有度。修身齐家，正心诚意，努力取得超越时间的心灵境界。”

设想孔子活在今天，他对自己创立的学说，又是怎样评价，又会有怎样的态度呢？

“前不见古人，后不见来者”的孤独感，古今一也！“逝者如斯夫，不舍昼夜”的人生苦短、远大抱负不能实现的苦闷，古今一也！

小村演绎“礼失，求诸野”

1955年农历正月十五日，惠民黄河大堤的修培已经开工，是为“岁修”。培堤需要大量土石方，滨城徐家园村东杜受田的墓就不可避免地被掘开了。

墓室一开，只见内棺上面覆盖着的黄缎还新鲜如故，缎子上大红朱砂写着的是“老主同年少主师，太师太保大学士”，金字。

杜受田，现滨城黄河三角洲这片新淤地上杜家大院人，嘉庆十五年中山东乡试举人，道光三年会试第一、殿试二甲第一，入翰林院任编修。道光十五年（1835），翰林院公推杜受田任皇子们的师傅，教授四皇子读书。

以杜受田为代表，滨州杜氏家族几代人中，中进士12人，其中杜堮、杜翰、杜乔羽、杜庭深等祖孙五人皆入翰林院，官至尚书、大学士，乃至军机大臣。时称“四世六翰林”“父子五翰林”。

四代为相的六百年名门望族系三角洲移民。明洪武二年（1369），杜家始祖杜雄飞由河北枣强迁入滨州。首位出仕者是第五世孙杜纶。

由此上溯，黄河中游山陕段支流涑䧿水畔有裴柏村，比杜家大院显然大多了。

作为三晋望族，裴家自秦汉以降，上下两千年，仅正史立传与载列者就有600多人，七品以上官员3000余人。117名进士中有11名状元，出任宰相59人，大将军59人，御史11人，刺史211人，太守77人，郡守以下未计。

唐开国元勋裴寂，一代贤相裴度，著名法律学家、隋名臣裴政，政治兼水利学家裴耀卿，南北朝史学三裴裴松之、裴骃、裴子野，周、隋、唐三朝元老、一代廉臣裴矩，善用兵、平定北疆的大军事家裴行俭，中国地图创始人裴秀……不胜枚举。

历来有“富不过三代”谶语，杜家、裴家独保数百年、两千年不衰，根本在于中华传统文化中最基础的家风、家教。

滨州杜家家训有48则，开宗第一句就是“自见之谓明，自听之谓聪，自胜之谓强。”杜家卧佛台私塾有楹联曰：“不染似莲花，经世何妨出世；真空如水月，禅机即是文机。”

“先实行，而后文章”，是杜家教育子孙独特的一面，“官可以不做，书不可以不读”。而裴柏村裴家和周围其他人家的区别也是重教修德。现村博物馆馆长裴建民系裴家78代孙，他说，多少年以来，裴家几乎家家都挂着“耕读传家”的牌匾，即便是动乱的时代，村里也没有一个儿童辍学。

何以成为“酝酿革命的温床”

现在，让我们从大河小村的田野，穿越到元朝贾鲁24万民夫一起出动的治河工地，也就是山东曹州河边的黄陵岗，同时扬起的如林的铁锹铁镢中，一只镢头落下，突然崩起一簇火星。

丘本土岗，在黄河淤垫的故道，要寻找一块石头，那真比大海捞针还难。但若不是石头，又有什么能撞击出铁的火花？

果不其然，是一长圆形石，竟然有如人形！

拂去湿土，石人背上怎么还有字迹？

而在这时，周围河夫早已放下手里营生，围拢过来看个究竟。

那字是什么？

石人背上的字赫然在目：

“莫道石人一只眼，此物一出天下反！”

瞠目结舌的河工，这时一下子想起了近日流传的童谣：

“石人一只眼，挑动黄河天下反！”

挑动黄河天下反？如果说，铁镢和石头碰撞所溅起的火星只燃亮河工一双眼睛，那沙丘岗上惊现的石人，石人的一只眼睛，石人上的铭文，溅出了河工心上的火花，转瞬就燃起一场不可遏制的熊熊大火，而正是这一场大火，让已经坐稳中原天下的游牧者，又仓皇逃至漠北草原。

善良的人并不知道，这一切均是事先准备好的图谋。

元末官僚的骄奢淫逸，对平民无休止的压榨，无限印钞所导致的飞涨物价，以及眼下大规模治河所产生的徭役，让元朝统治者如同坐在了一只随时都可能爆发的火药桶上，只需要一点点火星……韩山童抓住贾鲁修河这一时机，开工前，他事先凿好一个独眼石人，并在其背上镌刻文字，然后再把新凿的印迹做旧，预先埋在这段必挖的黄河河道——黄陵岗河道土丘，同时，散布出那条朗朗上口、易于传播、又富煽动力的童谣，先在民间传唱，像秦代陈涉把“大楚兴，陈胜王”的字书预先藏在鱼肚子里一样。这样一种似乎天意的神力，一呼百应。

石人挖出后几天，五月，一场平时只有七八月份才容易出现的狂风暴雨袭来，闪电霹雳狂风交织，大雨如注，一河两岸成了农民义军的天下，家家户户相约包起了红巾，挟着锄头、竹竿、板斧、菜刀一类家什，汇成一支势不可挡的洪流，很快席卷中原。这就是史上有名的红巾军起义。

与贾鲁一起受命治河，而又以“腕可断，议不可易”的决绝，坚定不移反对治河的工部尚书成遵的担忧，果然成真。

他的原话是：“河之故道，防不可复，且曰山东连歉，民不聊生，若聚二十万于此地，恐他日之忧又有重于河患者。”

他的主要理由是：工程浩大，当前社会不稳定，应以维稳为第一要务。流民成群，一旦流民与民工勾结一体，必将兴起比河患还重的大乱。

不幸言中。

决河被贾鲁堵住了，一次社会政治上淤淀已久、满堤溃疡的口子却开了，并迫使这条刚刚稳定了还不到百年的历史之河再一次改道，元朝由此走向末路。

元末农民大起义的筹划点是河堤，直接的导火索是河工河患。元初河入淮入海，河道渐趋稳定，但正因为河道稳定，泥沙也逐渐淤积在河道中，随着下游河道淤垫，上游河道的决溢也开始了。

元大德元年（1297），河在河南杞县决，决出洪水经归德州，也就是今商丘、徐州汇入泗水，河似又有北徙倾向。

元至大二年，河再次于归德、封丘决口，主流北趋，“有复巨野、梁山之意……苟不为远计预防，不出数年，曹、濮、济、郓蒙害必矣”。

元泰定年间（1324—1328），洛阳、开封、原阳决口。

至顺元年（1330），河北大名路长垣、东明、曹州、济阴决。

元至正四年（1344），连续20多天大雨致河暴涨，山东曹县白茅堤、金堤相继溃决，河南、山东、安徽、江苏，一片泽国。

河复北流淹及城乡平民，且河决已严重影响到运河，浸至济南、河间，已危及其中枢会通河及下游盐场。

也是此年，皇帝下诏启动治河工程。

也是此年，曹州河道挖出一只眼的石人。

500年后义和团的前身红灯照起事恰似元末红巾军，社会背景相似，更相似的还是河患。

光绪二十四年，公元1898年。

6月21日夜，历城南岸史道口民埝溢，漫水注高苑、博兴、乐安入海；

6月25日，济阳县北岸桑家渡大堤决，漫水经惠民、滨州、沾化等县，由徒骇河入泺河，由泺河入海；

6月24日，东阿县北岸王家庙漫溢，同日，旧城民埝决……东阿北岸香山大堤决、位山决，鄄城八孔桥、谭庄、郓城民埝决，梁山县杨庄、罗楼、吕店，全有决口。

至秋汛到来，东明县赵潘寨决口，口门宽35米，接着，寿张县（即今梁山的杨庄堤）又决。

黄洪肆虐的鲁西，正是水泊梁山好汉辈出的地方。30年前，曾经让大清王朝宝座还摇晃了两下的捻军首领张宗禹就死在茌平。面对这苦难不平的世界，请听一首当时流传河边的童谣：

小海牙，真真真，
黄河边上长成人。
头戴银盔八百五，
身挂腰刀九百斤。
磨刀还得三江水，
开刀就杀十万人。

如此暴虐！

几乎年年都来逛荡的洪水，把家家户户，无论作为家庭劳力的青年还是叼着娘奶的孩子，从那泡了几次也还没泡塌的农家小屋，从小农小生产自给自足的土埋泥没中驱逐而出，就像洪水把狼虫虎豹从它的巢穴中逐出一样，逃水的人们，挟一个包裹或者赤条条就去他乡寻找活路，路边随便一个崖下或看瓜人的棚屋里，就能凑合一夜。而大水过后，往往会有一片更加肥沃的新淤地在等着他们。这边自家的地淹到了河底成为中流，那边肯定甩出一块原有的河床成为嫩滩或者鸡心滩。春天撒一把种子，秋天就是尖顶流淌的粮囤。

正所谓天无绝人之路，无论怎么，黄河总给人留条活路。

而如果天不给活路了呢？那就自己去寻，兴许还有更好的出路在前头等着。

所以，这块洪水经常光顾的土地，洪水行经的大堤，是神拳播撒神话的最适宜的土壤，从而成为社会学家所谓酝酿革命的温床。当地黄河文化学者告诉我们，那时这里到处都有“场子”，义和团前身——神拳，在来水之前就有，但只是摆场子学拳艺，来水之后就闹起来了。高唐县93岁的陈廷献对调查者说：“光绪二十四年，黄河开口子，闹大水，水刚下去，这里就兴起神拳了，各庄都设场子。”

水兴神拳，天又助神拳。连年洪水之后，往往就是连年大旱，农民祈求祷告没用，眼看着干焦的土地无法下种，或把刚待拔节灌浆的庄稼又晒干了，“农夫心内如汤煮，公子王孙把扇摇”。这时，只要有一个人振臂一呼，人们就会群起响应。朱红灯的神拳，以后的“义和拳”，正是借这涝旱交替的生死场，席卷鲁西南并迅速燎及鲁西北及禹道冀津。

天无雨，地焦旱，
全是教堂止住天！

教堂？对，就是它。从此，天主教，教堂，教徒，就首当其冲了。

袁世凯：对付得了“神拳”对付不了黄河

1899年最后一天，在天津演练新军的袁世凯上任署理山东巡抚，就是代省长，代替因团教冲突惹出乱子的前巡抚毓贤。还没启程，同僚好友就告诉他山东两大祸患：黄河与教案。其实不说，他心里也明白，这两大祸患也是朝廷的心头大患。

此前一年，1898年，也就是光绪二十四年的九月，总理大臣李鸿章率比利时工程师卢法尔，已对黄河山东段做了详细查勘，从曹州府境内黄河入山东处开始，一直到入海口。转过年头，李鸿章就提出了山东黄河加大修治的十条办法上报慈禧，需银930万两，需时五六年。黄河安危，事关大局，慈禧权衡再三，尽管国力捉襟见肘，也还是批准了李鸿章方案，并以先拨100万两，“即时开工”。哪知义和团事起，治河也就顾不上了。

就像40多年前河决铜瓦厢，太平天国事起，治河也顾不上了一样。

果然，换上二品顶戴的袁大人，椅子还没坐热，肥城知县就气急败坏进府禀报，英国传教士卜鲁尧在毛家铺被乡民劫走杀了。

此前60年的鸦片战争，西方列强用大炮轰开了中国大门，随后，道光皇帝解除传教禁令。外国传教士纷纷来华，发展中国教徒近百万。虽然教会与教堂以兴办教育、医疗给国人以实际好处，但是对于普遍仇外的农业中国，仍然是异端。

照相是传教士传进来的玩意，布幅遮盖下的镜子一忽闪，一张和本人一模一样的片子就出来了，乡民以为奇，“明眼人”却早已识破天机：那是洋人在摄你魂魄。同样，教士给婴幼儿看病，也是洋人为了自己长寿而吸孩子精血。如此等等，由不得你不对教士教堂侧目而视。“神拳”蜂起本来是天灾人祸面前怨愤发泄的一种形式，如果每天都有白馍鱼肉，也许就不会有这些怨愤。怨愤不敢发向官府，但总得有个发泄口，这个“口”只能选择社会结构中的薄弱环节，于是便有了教民冲突。以山东巨野杀死传教士教案为开端，短短三年，鲁西北、鲁西南四十几州县，冲突已发1000余起。巨野教案杀的是德国传教士，德国因此借口出兵占领胶州湾，时山东巡抚李秉衡因此被撤职。无论从个人官位自保还是维持社会稳定，以借洋枪洋炮洋法训练新军出身的袁世凯，不管朝廷前后矛盾的训令，直接向神拳大开杀戒。到任的次日，他就颁布《禁止义和拳匪告示》，派兵前往肥城搜捕团民，判涉事者两人死刑，一人终身监禁，三人充军。村保受鞭笞，知县撤职，接着重兵扫荡，拆场子，抓拳民，给了外国领事和受害者以足够的面子。这一股从山东决口冲决而出的“漫滩”之水在山东被堵住，结果又在故道直隶寻找到了出口，并骤然有了浩荡之势。

直隶总督裕禄本来是力主剿办义和团的，此时已180度转弯，向义和团发饷，给予扶助。想想，只要加入了“神拳”，不仅有吃有喝有钱，还可以扬眉吐气，不用说窝憋了一辈子、饥肠辘辘的灾民，就是衣食无忧的士民，也是打发无聊人生、又是实现人生自我价值的天赐良机。

关键还有：那时团民得到了朝廷的支持，仿佛每人怀里都揣有一张得了皇命的圣旨。

从另一方面讲，或许也是压抑已久的民族主义觉醒的一个标志？

裕禄180度转弯，源起于慈禧态度。

慈禧态度改变，在于她看上了义和团口号：扶清灭洋。皇上所派钦差大臣禀报：义和团果真神勇神力，刀枪不入。

从1897年山东巨野教案、山东冠县教案，到1900年神拳被邀进津直到进京，经历几剿几抚后，义和团如雨后春笋，又如旱逢甘霖的野草，也如漫溢漫流又突然崩塌堤岸后的洪水，以不可阻挡之势，向不可知的方向奔涌。

曾经有着四大发明却又陷入苦难深重的民族，现代化进程中所有具现代化因素的生活、生产用品，火柴称“洋”火，煤油称“洋油”，肥皂称“洋胰子”，发型称“洋头”，及至以后的电灯、电话、电报，再后电视、互联网，“洋”，何罪之有？

裕禄开放津门后，义和团到天津开坛，山东拳民纷纷涌入，从天津到涿州、保定，烧教堂，杀洋人，并毁坏铁路、电线杆等洋物，涿州知府也被3万拳民占据。

山东拳民流入京津，作为封疆大吏的袁世凯日子应好过了吧？非也，那边“神拳”刚走，这边河患来了。

1900年2月，中国北方滴水成冰，京津那边“神拳”如火如荼，开封至入海口千里黄河全线结冰。正月十五之后，山东下游河段“武开河”，万千浮冰如房屋、巨石拥挤而下，下段河道冰封依旧，被撞击鼓裂的新冰加入旧冰行列，以排山倒海之势撞上堤岸，大堤被生生推后两米！

河道冰坝壅塞，河水陡涨八九尺还多。终于，张肖堂等七处决口，洪水直扫滨州、惠民、阳信、利津、沾化，此时袁世凯早已没了在新军面前的英武，也没有在拳民面前的杀气，连续跪奏皇上请拨银两。而面对黄河，跪请也无济于事。以致对沿黄河疏防官员下死命令：“河决河段，河防营首即刻斩首，就地正法。”

本来就有凌汛决口、河官无罪一说，此令一出，谁还敢在河堤上守着？在下属冒死谏议下，袁世凯又改令为：“……枷号河干，戴罪立功。”

对付“神拳”，他游刃有余；对付黄河，他就没辙了。

太后过河：可怜天下父母心

在禹河故道的玉米田里，谁像蝗虫一样抱着一根新折的秸秆，没命地啃？如果说我少儿也嚼，那叫甜秫秸，是稀罕它的糖甜，而权倾天下的太后却是为了解渴，她不知这种东西越嚼越渴。

时间是光绪二十六年七月最暑热的一天，地点是河北靠近怀来县禹河故道。驿道旁的苞谷田里，已经一天一夜没吃也没喝的太后，让随从去找井水，不是找着井找不到汲具，就是井里全漂着死人。“神拳”把涿州府都占了，沿途驿站、官衙不见一个人影。太后率两宫七月二十一日从京城出逃，张家口去不了，又转向太原，路上也许内急，也许想看看黎民百姓的庄稼到底长得什么样子，于是不顾侍从拦阻，直接从轿上冲进田垄……她扳倒一棵玉米，嚼了起来。那个甜，那个水灵，是她一辈子尝到的最美的滋味。

道路虽然曲折，但是光明就在前头。前头，据报直隶府怀来县知县吴永给她准备了一锅热粥，但她渴得实在等不及了。

先给义和团审阅，又从义和团把持的城门吊篮下送给吴永的两个命令是满汉全席和一品锅，这些他无能为力，命令仅存的三家小店各煮的一锅粥，被乱兵抢去，只剩了这一锅，还是他带数十兵勇、枪杆子保卫下的仅存硕果，也算得上曾国藩孙女婿——与大清王朝血脉不可分割的九品芝麻官的最后忠心、全部力量了。这锅粥让太后喝得永生难忘。

太上皇体恤民意，也许平时就想与劳苦大众同甘共苦一次，还没派上日程呢，所以当知县谦虚说饭太粗糙时，她实话实说："有口粥就足了，还计较什么粗糙不粗糙！"

筷子还没有，不打紧的。太监立马就从门外折了细树枝还是细秸秆代替，很快房里头一片吸溜吸溜的喝粥声，没了话语。

汤足饭饱，得换换衣服。知县妻子早已故去，所遗衣服一堆都在北京寓所，家里只能找到生母所遗的呢夹袄，太后不嫌。至于皇上光绪换的则是吴永的缺襟大袖江绸马褂和蓝绉夹衫长袍。两位格格也只能换吴永穿过的绸绉线夹春纱长衫，好歹旗女可通用男子衣服，有衣服换就可以把自身衣服洗洗晾上了。

也算知县细心，还没忘了准备一套镜奁用具供献，梳篦脂粉俱全，太后也顾不上其他，终于可以栉沐妆饰了。

此后，她才有心情向吴永等一干人马哭诉两年来的艰辛。"……当乱起时，人人都说拳匪是义民，怎样的忠勇，怎样的有纪律、有法术……因此更不敢轻说剿办。后来接着攻打使馆，攻打教堂，甚至烧了正阳门，杀的、抢的，我瞧着不像个事儿，心下早明白，他们是不中用，靠不住的。但那时他们势头也大了，人数也多了，宫内宫外，纷纷扰扰，满眼看去，都是一起儿头上包着红布，进的进，出的出，也认不定谁是匪谁不是匪，太监们连着护卫的兵士，都同他们混在一起了。就是载澜等一班人，也都学了他们的装束，短衣窄袖，腰里束上红布，其势汹汹，呼呼跳跳……载滢有一次居然同我抬杠，说拳民爱国，神术可用，险些儿把御案都掀翻过来。这时我一个人，已做不得十分主意，所以闹到如此田地……”

令人瞠目的庚子国变，其过程、其前因后果国史有载，民间有记，我们不必赘述，在目不暇接的乱象中，我只提取一个细节，当朝廷以光绪名义对英、美等11国列强宣战后的1900年6月，清廷当权派载漪、载勋四兄弟，率义和团60余人奔瀛台，欲杀光绪，被慈禧制止。

众所周知，太后是光绪母亲——先是姨母，接着就是“亲母”，是太后立光绪为帝，又是太后把志在戊戌变法的光绪囚于中南海瀛台，又是太后让光绪比她早死一个时辰。但此时此刻，她断然制止了光绪同胞载漪、载勋一干人马诛杀光绪的行为。“可怜天下父母心”……

7月20日，八国联军破城而入的当夜黎明慈禧率两宫出逃河北方向，也没忘了把光绪带上，闰8月底，到达山西风陵渡口，欲渡黄河……

没有李白所夸张的“冰塞川”“雪满山”，伏汛和秋汛之间的空档，黄河风平浪静。太后一行乘坐芮城知县找来的一艘大船，驶向对岸潼关。这次黄河大发慈悲，让太后安全渡过。而6月底菏泽双河岭的决口也没酿成大祸。口门曾被冲开1000余米，但流着流着它自己竟把溜势外移，口门淤淀……凭空给人留下无限遐想。

直到次年深秋，庚子事变尘埃落定，太后回城再渡，黄河也没添什么乱子，也许是渡河之前7月26日，老佛爷以光绪皇帝名义发了一个诏告天下的“检讨书”感动了黄河？可怜太后，也是黄河母亲子民之一啊！

诏书说：“……不谓近日衅起，团教不和，变生仓猝，竟致震惊九庙，慈舆播迁。自顾藐躬，负罪实甚……今见国家阽危若此，其将何以为心乎？知人不明，皆朕一人之罪。小民何辜？遭此涂炭，朕尚何所施其责备耶……”

“可怜天下父母心”！此诗句天下人几乎无人不晓，却大多不知诗句本出自慈禧太后。而此时此地，太后的父母心于她子民，又有谁能深味呢？

断送大清江山，那拉氏恐怕没有主观故意，而是相反。但恰恰是她，不知不觉间，为她部落报了300年前血海深仇——努尔哈赤传承下来的江山，最终被她不自觉地埋葬！[①]

迎接黄河回家

同是这片新淤地上的“八大组”，1941—1945年，则成为以后被称作“垦区延安”的中国共产党领导的清河党政军驻地。

1941年8月，杨国夫司令员带领的八路军山东纵队进驻于此，原住人口由原来的1000多人猛增到3万余人。纵横百多里的荆林芦苇，给他们以天然屏障，新淤地出产的粮、棉、油、武器弹药，不仅满足了渤海子弟兵需要，还源源不断地运往胶东、鲁南等其他抗日根据地。1947年迎接黄河回家，由清河军分区发轫而起的渤海军区，自然成为黄河归故复堤的核心力量。

黄河口有多丰饶？我们可从“惠垦修防处的骡马车和生产自救”中略知一二。而同样是老河工的崔光，也有类似经历。

一场小雨过后，他和弟弟去树林拾那永远也拾不完的、他们当时称之为“雷娃娃”的平菇。小竹篮很快满了，却又发现比“雷娃娃”还要鲜嫩的刺蘑菇，他和弟弟脱下身上的小褂儿，于是一个盛蘑菇的包袱就

① 柏杨著：《中国人史纲》，山西人民出版社2008年版，第750页。

有了。正当他满头大汗准备回家时，一个个头与他一般高的少年突然出现在他面前……

与他邂逅的少年，一家五口饿死了三口，剩下少年和母亲跑来了黄河口。以后他才知道，与他及这个少年同时来黄河口寻找活路的灾民有万人还多，政府有组织地帮助他们建了十个自然村。这个冬天，他和母亲在黄河口的密林中拣拾了一百多斤野小豆和十几袋野菜种子……

如果不是黄河口，我可能早就像我一部分同龄人，只能拖着肿胀的双腿到门前晒太阳，或许不知死多少次了……

东阿县关山乡牛屯村，紧挨着黄河北大堤，村里有3个老年人，乳名取得挺怪：两个“干河”，一个“来河”。

两个叫“干河”的1938年出生。那年6月，花园口扒了口子河改道南流，山东河道干了。

叫“来河”的生于1947年。一去九载的黄河水在这年三月回归故道，看着河水又来老家，爹娘则给刚出生的孩子起了“来河”的名字。

1946年2月，抗战胜利的第二年，花园口扒口南流八年后，国民政府成立黄河堵口复堤工程局，欲挽黄河归故。

黄河南流八年，故道堤防经战争破坏和风雨侵蚀已残破不堪。故道所经地为冀鲁豫和渤海解放区，河床内土地大部垦为农田，有60万人在其中居住耕作，如不先行复堤和迁移居民，势必沦为新的黄泛区。

汛情就是命令。4月15日，渤海区行政公署发布训令，在垦利朱家屋子、利津县城、蒲台县乔家庄、惠民县清河镇、祁东县台子等地建立了治河办事处。

此间，早就把河口做根据地的清河军分区已发展为渤海军区，这次迎黄河回家，自然成为黄河归故复堤的核心力量。

5月18日，在之前协议基础上，《南京协议》达成，内容有复堤工程所需器材、工粮公款由政府尽快筹拨；下游河道内居民迁移救济从速办理等。同月，渤海行政公署指示各县迅速建造码头和渡口船只，架长途电话。5月26日，解放区组织40万人复堤修堤，麦收不停工。

6月，国民政府黄委会特派加拿大人范铭德两次到渤海区视察，并送来国际援助的面粉1300吨，汽油20桶，麻袋11万条，抗暑药一部，医用设备五箱，同时还有上海方向运来的面粉1500吨，医药8吨，汽油20桶。月底，渤海行署成立50至100人的武装河防大队。

7月15日，渤海区政府通知沿黄各县：河水将至，精壮民工全部上堤，寺庙、城墙、城楼均拆用保堤。堵口秸料要带根秫秸，连同苘麻，共收集2000万斤。

1947年1月12日，花园口引河分流之水已进东明县境。26日9时，水到洛口，流速每日20里。

2月8日，渤海区修治黄河工程总指挥部联合指示：今后治河民工，一律改为支差办法，废除原定工资粮制。26日，滨县玉皇唐建造船厂，一月后，木帆船下水。

3月15日晨4时，花园口堵复在几经失败后合龙，河入故道。15日，洛口涨水0.52米，推估流量600—700秒立方米。黄河谈判终止。

6月30日，晋冀鲁豫解放军12.6万多人，在张秋至林洑集间强渡黄河，进入外线作战，由此揭开中国人民解放军战略进攻序幕。

7月25日，解放区政府指示，沿河5—7里以内村庄，自16岁至55岁男子，一律编入防汛队，平时轮流驻堤，遇险立即集合抢险。办事处各员，一律驻工地，不许擅离——

我说大汛就要到来，

我说大汛已经到来？

9月，山东河出43处险工，王庄险工尤为险恶，先后有18段埽坝墩蛰入水，屡抢屡败，大堤坍塌殆尽，终溃决。2000多名抢险队伍退守套堤，套堤又16处漏洞过水，河工民工跳进水中，挡成一堵人墙……

头上飞机一个盘旋，又一个盘旋，水中人抬头就能清清楚楚看清机身上“青天白日”的徽章，也许是机上机下都是一个母亲的孩子，飞机盘旋两遭，最终没有把炸弹掷向人群，而是掷到了套堤外如山一样的秸料垛上。

火越烧越大。每一根秸禾也都是铸堵黄河大堤的有生力量，怎么又能让它凭空化为灰烬？！

水泼土压，火头一会便扑灭了。水火之中，无论解放区的老交通员还是刚分到田的农民，咬在牙齿间和攥在手心里的只一个信念：黄河，终于回来了，但不能再让它祸害我们的村庄和庄稼！①

怎样成为“酝酿革命的温床”

当时河堤是在原民埝基础上修筑起来的，又加上黄河入淮八年没有水，堤防残破不堪，虽经1946年复堤及以后三次大复堤，隐患仍然很多。一是动物洞穴，二是如军沟、战壕、宅基、藏物洞等。1949年，山东黄河开展群众性捕獾运动和开展锥探隐患，以后成为惯例，每年都捕获大量獾、鼠。滨县雷家发现一个獾洞，有70多条支洞，大洞能容人，穿透大堤，临河洞口有落淤痕迹。这些隐患一到洪水涌至，顷刻间就会让大堤崩溃。

五六十年代任山东省黄河管理局局长的田浮萍撰文回忆，当时逮獾捉獾，山东河局有一名叫丁承霖的年轻人，在经常出发滨县、蒲台、利津各

① 山东省地方史志编纂委员会编：《山东省志・黄河志》，山东人民出版社1992年版。

险工查看河势的过程中，每当发现堤坡上有新土或虚土，就仔细查看访问，仅在利津路家庄险工以南80米就查出16个獾洞，以北100米查出13个；王家庄段有动物穴洞和无动物穴洞500多个。造成河堤多动物洞穴是因为背河地势低洼荒凉，有坟茔、土丘、内涝把獾狐逐之堤上扒洞群居。为此，省局遂下专门文件开展普查大堤隐患，仅以高青县段为例，就捕捉害堤动物6947只，其中獾狐1330只，地猴、地狃5617只。这还不包括军沟、战壕、瓜窖和以前出现的漏洞、管涌等险处。

以上所述是大堤已复后的延续，而在河水到来之时，就没有如此轻松了。

1948年1月5日，渤海区行政公署发布命令：全河修工需秸料2523万斤，砖石料5.3万立方米，备防秸料2634万斤。

黄河下游大河行经之地一马平川，连一高丘也罕见。山，远处有，但远水不解近渴，怎样才能应对大水将要压顶的燃眉之急？

只能就近收集村内、家院一切大小石块、砖头，由河务局设站收料发款。在一河滔天大水到来之前，自家院墙、影壁、猪圈、门枕石、石磨、石碌、墓碑、庙宇、牌坊砖石……无一例外全都加入筑堤防险队伍，几天工夫，渤海区就收集砖石十五万立方米。

1947—1948年两次“献砖献石”运动中，利津拆庙宇、牌坊、门楼及墓地上的碑身、碑座等石物。驻军拆县城城垣，县长王雪亭指挥拆城，农户则拆自己的院墙、门枕、畜栏，有的农户本来准备明春建造新房，这时也把积攒几年的砖石贡献出来。运送砖石的队伍连绵数里，左家庄、王家庄青壮年都支前走了，村民委员会组织后方妇女和半劳力158名、小姐妹67名、儿童72名，编成运输大队，在往返四五里的路上，一天运送了八趟，抬运大砖15796块。

林家村82岁的林老太太，每天运砖四趟。

与此同时，周围沾化、无棣、阳信等县，亦用大车把大批砖石运至黄河大堤。

以后，政府又规定沿黄各县青壮年不支前，先修河堤。

延续多年“鸡犬之声相闻”的小农生产方式、生活方式被组织起来的热情所驱动，被远大宏伟目标所鼓舞。以后的集体生产、水利建设及更宏大更气壮山河的场面，都可看到当年河堤上下热火朝天的影子，从渤海军分区、渤海区行政公署所居一河两岸，迅速延及河之南北，广之东西，以至四海八荒。如前文所述用来护堤堵口的“埽”，散乱无依的山梢、草、乱石，一经骨干组织，就形成原本不曾有的力量。

9月14日，新中国人民政府成立即将在北京天安门举行仪式，流域连降大雨，泾、渭、汾、洛等各支流及伊、洛、沁、汶等河同时猛涨，陕州出现洪峰流量12500立方米每秒；济、齐险工相继出险，山东调集驻济各部队、机关、军校1.7万人，编四总队守堤抢险。

9月22日，再一轮洪峰到洛口，流量7410立方米每秒，超过了1937年最高水位0.21米，35万人投入抢险。23日，洪水漫滩达1064里，淹没村庄169个，人口37108人，耕地63920亩。

12月21日，新中国成立的80天后，山东各界在河务局驻地惠济县姜家楼举行安澜庆功，来宾2100多人，群众3000多人，会期两天。

“采集”与“渔猎”：祖上看家本领
教炎黄子孙“生产自救”

这是成立于1950年的惠垦修防处家当：30名职工，20余间民房，办公桌椅、凳子颜色各异，宽窄不一，长短不齐，高低不等，因全是从农民家里凑的。具现代色彩的是11辆自行车，谁出发谁临时借用，唯一的大型交通工具是一辆两头骡子拉的胶轮大车。这种交通工具以现在的眼光看够原始了，可在70年前，在整个滨州地区，比现在的凯迪拉克、加长林肯也惹眼。与此相媲美的还有专门烧大砖的黄河窑厂的骡马车队。十几辆马车，配备了从50多头骡马中精选出的30头精良骡子，一车三套，车夫都是二十多岁的青年小伙，出车时一摆就是几里地，骡蹄一撒，尘土飞扬，长鞭一甩，嘎嘎作响。若能坐大骡车，那个威风，没有亲身经历的人无法体会——1950年从省局测量队调到修防处的孟庆云回忆起那骡那车，几十年之后还两眼放光。

其中最出众的两头骡子，在车把式杨俊峰的精心喂养管护下，膘肥体壮，鬃长毛亮，十分喜人。每当闲来无事，同事们都愿到饲养棚前看大骡子吃草、撒欢。但天有不测风云，1951年春一头骡子得了重病，治疗无效而死，疼得老杨好几天吃不下饭，大家也一块跟着悲痛了好些日子。主任张汝淮还用文言写了一篇“祭骡文”，表达痛惜之情。

当时垦利修防段冉祥龙回忆，病死的这头骡子原属垦利修防段，是1949年特意从昌潍花了3000斤大豆买的。一天，修防处上级到垦利发现了这头骡子，就下调令要调往修防处——那时实行供给制，牲口和人一样，都是在编制之内，下属单位只有使用权而无所有权。一纸调令，修防段只得忍痛割爱，而车把式韩官贤却疼得不吃饭，坐在床上哭。看看没有办法，段长只好表态让老韩到附近几个县的牲口市上，买一头他最相中的来替代这头骡子，老韩才被哄得不再哭了。

好日子很快结束，三年困难时期到来，人都吃不饱，那些饭量比人还要大几倍的骡马自然就慢慢不见了。减员的还有治黄队伍，“七级工、八级工，不如回家种沟葱”，因为每人粮食供给不能保障。1959年每人每月15公斤，1960年降为13.5公斤，1961年降为12公斤，其中细粮仅2公斤。为应对饥荒，1960年始，省河务局指示地局增设生产科开展生产自救，他们便买了渔网和一个小船，从春分到谷雨这段时间打鱼，每天都收获几十斤甚至上百斤。一天他们托老乡捎信说让马车去王旺庄河滩拉鱼，多少鱼还得动用马车？好家伙，400公斤，他们已经抬了九大筐还没抬完，可以想象这些鱼让修防处的人怎样一个好吃！一人分一公斤鱼丸子，还分给了家属30.5公斤！不要钱。[①]

鱼情有好有坏，也不是一年四季都能打着，还得想办法弄填肚子的“粮食”。经与军马场和三角洲深处的建林公社联系，野生植物管理处给修防处在军马场附近划了20亩的野豆子地片。修防处组织了20多人前去孤岛收割，一望无际的两米高的芦苇，没有标记就再也找不回的路，仅小小一片，这年就给了修防处545人每人10公斤的野小豆子！而像他们一样来采摘野豆子的外地逃荒农民，那就更多。野豆子采完后，他们又找到垦利下镇公社社长，在青驼一带划给他们一片黄蓿菜地片，采集菜种子。1960年秋后，部分采摘野豆子、黄蓿菜种子的同志撤回，留下两人值守，夜里大水漫滩，炊具、口粮全被卷走。两人蹚水回返，两顿饭没吃了，好歹在宁海碰上一家饭店，可店里一粒粮食也没有，只有一块牛肉，一称，差一点7公斤，就让店家放锅里煮，还没熟就先吃，待到熟，已经吃完了。好歹三角洲深处待了一年的他们原先并没饿细肠胃，吃了又一气走了160里地。一般灾民，若是吃了就睡，饿没饿死，却准会撑死。

最困难的日子，还是先祖所传“采集”“渔猎”的看家本领，救了他们一命。

最困难的日子，还是他们一辈子守护的黄河，给了他们以特别的善待。

曙光初照，四野蛮荒，看天地间蹒跚走来的两位先打鱼又采野豆子的褴褛的两位黄河人，像炎帝还是像伏羲？

① 2005年6月山东省黄河河务局宋传国访谈资料。

“凌汛决口，河官无罪”

我这里水没半腰淹了石桥，

他却盼再大一些背我娇娇……

婉转的唱腔，娇羞的眼神，欲露又掩的水袖一甩，台下就沸腾了。

“好——！”“好——！”也许是台上的“角儿”终于挠到了青壮男女内心的痒处，戏到妙处，坐在露天寒风里的观众不由地躁动起来。

这是1955年1月29日利津城露天剧场的一幕。

农历正月初六，紧靠河边的利津城及广大农村还一片节日的喜庆气氛，一阵锣鼓家伙响过之后，鲁北名角宋红秋登场，还是她的拿手戏《白水滩》。娇柔女子因“水没半腰”而愁渡，野蛮男子却幸灾乐祸盼望水一涨再涨，好有理由英雄一回背她过去。

戏正热闹处，一人手拿纸条跑上戏台，把十几个人的名字一连念了两遍，让这些看戏人赶紧回单位。呼叫声还没落地，狂风骤来，把幕布腾空卷起，扑打在滋滋燃烧的汽灯上，全场一片黑暗，一股不祥的预兆袭来，而沉在剧情里的唱戏人和听戏的仍依然故我。

而在这时，多年不遇的一场凌汛，正乘风高月黑之夜，从五庄堤坝裂开一条口子……

凌汛与秋伏大汛截然不同。秋伏大汛是长时间大面积暴雨形成的洪水，经河槽调蓄，自花园口以下洪峰流量是递减过程。凌汛是河道结冰又开冰过程中形成冰坝，沿程冰水自上而下，越靠下越多，水位也越高，一般比畅流期水位抬高0.8—1.5米左右，局部河段抬高两米以上。这种现象水文名词曰“风浪爬高”。而此时恰处春节前后，天寒地冻，人们抢险挖一锹土也难。所以，历史上就有“凌汛决口，河官无罪”成例。

由于气温上升，河冰自然融化而冰封结束，河工称之为“文开河”；由于冰盖随水位上涨抬高，冰面在不断下聚的压力下鼓破导致的开河谓之“武开河”。

凌汛发生的主要因素是冰，因此破冰就成为凌汛防守的前提。从1948年开始，破冰措施先后采取打冰、撒土、破冰船冲撞、炸药爆破、炮群轰冰、飞机投弹、分流等多种措施。但在大自然的蛮力面前，这些措施也大多于事无补。自1855年黄河改道山东入海至1938年83年间，有24年凌汛决口。清光绪九年（1883），凌汛决口30处。民国十七年（1928）2月初，利津县棘子刘、王家院等村先后溃决6处，淹没70余村庄。

1954年12月上旬，山东全河插封，至1955年1月15日，冰封至河南荥阳、汜水河口，封冰河段达600多公里。

1月21日，上游气温上升，济南以上河段已具备了开河条件，然而河口地区宽阔的冰封河面上，人畜车辆都通行无碍，还不时传来两岸迎亲队伍的鼓乐声。

1月22日，人们最担心的“武开河”现形，随着上游融冰下泄，山东上游冰色由青变白，冰凌脱边，冰凌下滑。

28日凌头开到泺口，冰阻水，水拥冰，激起一两米高的水头，排山倒海般地推动着冰凌下行，瞬间堆起座座冰山，滩内大树被拦腰折断，断裂声与冰块撞击声十里可闻。

1月29日凌晨3时，凌头开至王庄险工，一块巨大的冰块在王庄险工4号坝卡死，大量冰块随之上排下插，须臾间河道堆成冰山，冰块壅上堤顶和险工坝顶，滩内村庄被水围困。

是夜，省局爆破队及炮兵部队赶至，大药量破冰，收效甚微。

天明，两架飞机从潍坊机场起飞，在王庄至麻湾河道内将重型炮弹投向冰坝，轮番72枚，无果。

当日23时，黄河最后一个水文站，利津水文站刘家夹河水位上涨4.28米，最大涨率一小时涨0.9米，30公里河道，超过安全保证水位1.5米，高水位下的两岸堤防处处吃紧，“武开河”让黄河骤然间变成一把高悬在人们头上的铡刀，寒光闪闪，瞬时就要落下来。

新中国成立之初的堤防，是在残缺中修补起来的，虽然经过了1947年、1949年几次伏秋大汛的考验，但是之前留下的隐患如獾洞、军沟等暗疾仍未处理彻底，况且那时与凌汛斗争的手段有限，主要靠爆破和人防。为此，利津县委县府事先组织了六个爆破组进行了反复训练。发动沿河群众1万多人打冰撒灰，送土送灰的人们成群结队，就像战争期间的支前队伍，两天之内，就打冰沟7万米，1300万平方米。

冰沟一般凿深为冰层总厚的2/3，再撒上土或草木灰，都可以在关键时刻帮助冰融河开。

原惠民修防处老河工王占奎回忆：

北风呼呼刮着，站不住人，我们就滚着爬着在冰上布雷、接线。到了夜间，汽灯怕风，电石灯能见度又差，全凭经验和一股不怕死的劲儿。

以后任济南河务局局长的孟庆云当时也是惠民修防处河工，他说：

我曾连续九个年没有回家过，黄河凌汛总在春节前后发生，黄河职工的年，年年都在冰上过。冰凌爆破主要靠掌握时机，早了炸而复冻，晚了冰上不去人，所以每次爆破都是突击。有时冰层震裂，坐冰船掉进冰窟谁没经历过？那时没救生衣，我们就把棉衣袖口、裤腿扎紧，万一掉进水里，不至于马上沉没。最难受的是干活出汗，一边出汗，一边又结冰，棉袄里面一件汗褂子也没有，上岸第一件事就是烤棉袄……

29日凌晨3时，凌头开至王庄险4号坝再也没有下行。下午1时，巍然的冰坝微微上下滑动了一下，似以泰山压顶之势推开以下坚冰，却瞬息又止，越插越实。山东河务局四部美式卡车所载的发电机、炸药也对它无可奈何。18时，山东省委书记舒同下令上游右岸小街子炸坝破堤分凌，凌水根本就动也不动，不听指挥，不往破口处走。万般无奈，左右两岸全部转入最后的一招：人力防守。

徒劳地等待那最后时刻的来临。

最早出现漏洞的是刘家夹险工背河堤脚，一个堵死了，另一个又开。21时许，两洞会合成一个，大堤顶开始蛰陷，500名预备队员、4万条麻袋、大宗被褥分别从县粮食局、油棉厂、村里调来。刘家夹决口堵住了，强大的水压又在上下堤坝上继续寻找突破口。

这些年来，黄河两岸的人们都习惯了凌汛，习惯了隆隆的炸冰炮声，也许觉得有人民政府撑着，大堤破了也会堵住，所以他们还在浓浓的年味里沉浸不醒。

就在名角宋红秋在利津城把《白水滩》唱到高潮时，远在上游35公里外的惠民行署驻地，北镇剧院，原济南军区前卫歌舞团也正在歌舞升平。节目刚刚开始，也出现一个干部模样的人手持铁喇叭走上舞台：各机关部门请注意，股级以上同志立即回单位集合……半小时后，又有人急跑舞台大喊：所有机关干部所有职工都到单位集合……王庄冰坝插封的消息传到地委，当天夜里，地委组织所有能动员的人奔赴滩区老蒲台城，动员数千名群众搬家，当他们蹚着齐腰的冰水，用门板把死活也不肯走的老人抬出来时，洪水却悄悄地退了下去……

——不是好兆头！

五庄“洋桥”堤段全面崩溃——就是1921年决口后，美国人塔德以抛石平堵法堵合后的大堤，乱石埋堤身之下，水沿石缝涌至背河地下形成“管涌”，而河面上则是一个又一个愈漩愈猛的漩涡，由于水流绕纵轴旋转形成水面向轴心涡凹，并呈铰链圆弧分布，致漩涡中心有极强的吸沉力，滩区群众扛来的砖石、房梁、被褥也堵上了，利城粮局仅剩的两车棉籽200斤一个的麻包给堵上了，装土的小船冲走，大船也堵上了，全无济于事！

零！

天亮了，人们看到一名村民紧紧抱住一棵树，一动也不动，已经死了，冻在了树上。这里一个，那里还一个。看到如此惨象，17名抢险队员憋了一天一夜的泪水才喷涌而出。是的，紧张的抢险中，眼看着同伴被水卷走，他们没有眼泪；听到群众中呼救亲人呼喊，他们也没有眼泪；或者，他们压根儿就听不见。家在五庄村的利津段工程班长部长增带民工在河对岸小街子抢险，当他看到洪水骤然下落，料知对岸已经决口，那里是他的家啊，他的母亲和已有身孕的妻子现在怎样了？他不知道。知道了，他也不可能一刻离开岗位……

小学教师刘子良的家簸箕刘村离五庄20多里，听到大水要来的消息，他把腿脚不灵便的母亲背在背上，在屋里来回颠，母亲好生奇怪。当知道儿子要背她逃水时，她说，这么冷的天逃水，走是死，留是活，谁家屋子高，咱去谁家。当深夜锣声响起来的时候，刘子良把母亲背到一家有高台子的人家……这一高台子，救了全村人的命。①

唱戏的宋红秋天明时也跟着逃水的登上了护城堤，当她看到白茫茫一片洪水和淹在水中的村庄时，战战兢兢话不成句：“这可咋办啊……这可咋办啊……千不该万不该、不该、昨晚、唱《白水滩》……”

---

① 2005年6月、2013年10月山东省黄河河务局宋传国、张春利、利津崔光访谈资料。

我这里水没半腰淹了石桥，

他却盼再大一些背我娇娇……

还背什么背？还娇什么娇？此次五庄凌汛河决，没利津、滨县、沾化3县15区86乡，360个村庄，受灾人口170万人，淹地88.1万亩，倒塌房间5400间，死亡人口80人。泛水沿1921年宫家决口故道北流，东西宽50里，南北长80里，掠徒骇河向大海奔去。

类似孟庆云说“坐冰船”，在民间称为“跑冰”。凌汛间不能行船，亦不能再从冰上来往，而那时又没桥，也没有电话，而两岸总有信息或什么物品需要急着传递，这就催生出“跑冰”这一特殊职业。在拥挤着朝着胡乱方向涌流冰块的河面上，从一块冰上跳到另一块冰上，是提着脑袋、阎王鼻子上的舞蹈。

确像舞蹈。也被称作“冰汉”的“跑冰人”手持长竹竿，以竿作篙，给漂流的冰坨以方向，或以竿作支点，从这一冰坨跃上另一冰坨，如此这般，一不小心就会掉进汹涌着冰块的河里冻成冰棍，或像滩区大树被冰拦腰斩断。但由于拿了雇主不菲的银子，他就成了不要命的角，总有办法从此岸到达彼岸。

这里的要点是只能冰上“跑”而不能水里“跑”。房子一样大小的冰坨左右翻滚，上下撞击，运气好时冰块比船还稳当，落进水里就只能死路一条。

自然，这种职业随时代变迁已消逝不见。

1969年，在反复无常的气象变化下，凌汛经历了封了又开、开了又封的三个反复。

1968年12月底，冷空气两次入侵山东黄河下游。新年伊始，日平均气温降至零下11度，河口地区垦利县义和险工开始插封，2月2日，冰冻封至郑州京广铁路桥。

2月5日气温开始回升，河南河段冰凌融化脱边，10日，菏泽境内冰凌全部开通，齐河河段李隤冰坝却依然未动。壅冰致长清平阴生产堤溃决，邹平、济阳河段水位涨至25.29米，接近1958年最高洪水位。时值春节，风雪交加，大堤出水2.0米左右。由于气温再次下降，开河再度停止。

第三次封河开河在2月下旬至3月中旬。2月25日气温又开始回升，3月4日开河至东阿位山，齐河李隤冰坝屹立如往。上边开河流淌的冰块在此卡塞形成冰坝，冰坝不断接长，抬高水位，造成长清、平阴滩区第三次凌洪漫滩进水。3月12日，已过惊蛰季节，最低气温又一次达-11℃，开河又一次停止，并有新生冰，冰凌继续上插至章丘刘家园，水位上涨，凌洪漫滩。

3月13日气温再度回升，下段河道滑动开河，15日14时，麻湾冰凌卡塞壅水漫滩，16日凌洪通过罗家屋子后，在河口罗四断面附近冰壅成山，并向上排延，罗家屋子水位5小时陡涨1.4米，垦利爱林公社生产堤溃决漫滩。

反复无常的凌汛洪水惊动了党中央。经协调，三门峡水库调度控制下游流量。第二次封河的1月24日起，陆续关闭三门峡闸门，27日，仅留两深水孔泄流；2月5日21时，三次封河又开冰前，三门峡全部关闸断流。但即便这样，也难保下游万无一失。

山东黄河凌汛三封三开过程中，人民解放军驻山东部队派出陆军、空军、炮兵、工程兵投入抢险、炸冰和抢救滩区受灾群众。由工人、民兵组成的37个爆破队与炮兵部队，在冰天雪地里对弯曲河段的冰、冰坝实施爆破，耗用炸药152吨，雷管54056只。

凌汛期长清平阴滩区3次进水，有4个县的70多个村，4万多群众被冰水围困。尤其是在第二次开河过程中，2月10日深夜，平阴滩区群众被冰水围困时，平阴县深夜向济南军区工程兵求救，独立营接命令后紧急集合，兵分两路赶赴凌洪现场。这时狂风卷着冰凌像山包一样向他们涌来。粗大的树有的被折断，有的被压倒，有的树皮被剥光。战士们挽着胳膊向前挺进，但不多时就被冰凌冲散。排长吴安余带领几名战士去接应，但出发不久，就被恶浪和巨大冰块卷走。风越刮越猛，浪越掀越高，夜越来越深，气温也急骤下降，副连长张秀廷带领的这支突击队已经在冰水中跋涉了两个小时。在接近刘官庄村头时，张秀廷命令吹冲锋号，号兵周登连昂首挺胸，用尽全身力气吹起了冲锋号。就在这时，忽然一个大冰块劈头压来，刚满20岁的周登连被凌洪冲走！接着，张秀廷也被凌洪卷走，突击队只剩战士董秀卿一人。虽然离刘官庄还有30来米，但他经过近半小时的拼搏才爬进刘官庄村台——不知是他来救人民群众，还是人民群众救了他？但群众见到他，都奔走相告："我们有救了。"独立营经过连续四个昼夜的奋战，终于把凌洪包围的2万余名群众全部抢救脱险。在这场奋战特大凌洪的斗争中，张秀廷、吴安余等九名同志牺牲了自己的生命。①

是的，黄河面前，只有国家，没有个人。

固住河口，三角洲人的梦想与探索

1950年就第一次踏进河口查勘的楚珍锡清楚地记得，1949年大洪水过后，整个孤岛上到处岔流、串沟，汛后深达两米的淤泥，春风一吹，表层的土干了，下面却是稀泥，不了解情况的人按平常走路习惯踏上去，双足会立即陷入，且愈陷愈深，当稀泥淹没到肚脐以后，就会窒息而死。当地

① 2013年10月齐河解永敏、利津崔光访谈资料。

人把这样死人叫作“插香”。每当通过这样路段时，查勘队员便将身体顺直躺下，打滚前进，以绳子拖着施工仪器，中间不能停留。假若中途想坐下来休息会，也会陷下去。遇到特别稀的泥，还必须把两根或三根长六米以上的竹竿平行铺下，人在竹竿上滚动方可。

这样的吞噬人不眨眼的泥沼，类似红军过草地时遇到的若尔盖泥沼，滚动的黄河水下面也常有。如济南泺口黄河桥上下，每年都有不知深浅的嬉水者丧生。

由于草高且密，两名队员相距五米之外就相互看不到了。导线的前后旗和地形尺，全部用6—8米的长竹竿，画上十厘米长的红白间格代花杆或地形尺用。为了互相照应，每人带一口哨。有一次天黑收工，一个小组在指定地点集合后准备返回基地，队长查点人数，发现少了两位，大家一等等不来，二等等不来，就一起大声呼唤，但始终听不到回音，后来仿佛很远处有极微弱的声音。队长吓得脸都黄了，连声说“坏了坏了，准是插香了”。大家就趴到地面上仔细听，却又什么也听不到——好在是一场虚惊。

河口风大，用油田人的话说，一年刮两次，一次刮半年；或者一年刮一次，一次刮一年。风吹土扬，查勘队员的饭碗都不洗。因为水洗了，碗里转眼就是一层泥，只能用手指贴碗壁绕一周。“干洗”这词以后盛行，实际上是他们早就发明了。河口蚊子多且大，草丛里野兔、蛇也多，每天每人至少也遇上一二十条。

海口天气多变，时任勘察队导线前旗的楚珍锡刚17岁，作为前导，他必须以鹰眼兔子腿的敏锐，处处跑到队伍前头。多少年之后忆及此经历时还不免心有余悸：

一天早上天气晴和，但突然之间就有滚滚乌云从东北天空而来，乌云紧贴地面，铺天盖地，说雨不是雨，说雾不是雾，好像只身没入了云端，那云里又好像藏了无数张牙舞爪的毒蛇猛兽，铺天盖地向你扑来，寻找同伴，身边又空无一人……

黄河三角洲滨海区还有风暴潮多发。近百年来，发生高于黄海平均海面以上3.5米的风暴潮灾七次，多为冷锋和气旋共同造成的气象扰动生成，多发生在春、秋两季。想想那铺天盖地的高于平时3.5米的海浪在飓风推动下扑向海岸的情景，即便铜墙铁壁，在它摧枯拉朽的蛮力之下，也只能沦为纸扎泥糊。所以说以种种水文资料的观察收集、求证为目的的河口查勘，每一次深入都是出生入死的体验。

这样的经历，黄河口疏浚指挥部的孙本轩和他的同事就遇上一回。

那是1988年新兴东营市开展黄河口疏浚治理的第一年，6月14日，疏浚指挥部的指挥及工程人员乘拔杆车前往河口“拦门沙”外部署“疏浚破门”工程。拔杆车是胜利油田一种专用的水陆两用工具车，适宜既在水中又刚好着陆的浅水水域行进。上午查勘完河海潮间带拦门沙状况，又到口门外看望了正在施工的挖泥船职工，晚七时动身往驻地返，没走多远，拔杆车出故障抛锚了。

是一天中的第二次抛锚。

他们只能边修理边前进，刚开始还有天上星星和挖泥船灯光作目标方向参照，还能勉强前进。晚八时后，风起云涌，什么也看不见了，“拔杆车”上既没有灯光照明设备，也没有摸水杆、缆绳、锚具，更没有罗盘、救生和通信器材，除了仅能容纳两人的驾驶室外，就是一个光秃秃的平台。他们十几个人紧紧依偎在平台上。突然，他们发现前方有一条渔船快速驶来，便大声疾呼：“快闪开！快闪开！”

车船相距仅1米多快速错开，在错开的一瞬间，他发现是渔船抛着锚，拔杆车在快速漂流！他们真害怕了，这么快的速度也不知把他们带向何方，如果漂向远海、深海，他们这一车人岂不就全完了。车上既有从事多年治黄的王锡栋、李尚林两位60多岁的老指挥，又有一帮年富力强的年轻人，一旦失事，真不堪设想。

经过大半夜的搏斗，困乏、劳累、饥饿、寒冷、绝望，大家都沉默了。直到凌晨4时许，风小了，浪平了，拔杆车似乎也停止了漂动。王锡栋和于保全商量下水试探一下水深，下到水中，结果水刚到大腿就踩到了河底，这说明风浪还没把他们带到深海，于是长嘘了一口气。他俩试探着前行，没走多远，就发现了他们放线定向的小红旗！他的心激动得要跳出来了，高兴地大喊："快来看呀，我们发现红旗啦！"顺着红旗标记的方向，蹚着水，于早晨7时许返回岸边——"垦东32井"。①

拔杆车河口那惊险一幕，是三角洲人为稳住黄河现行流路，"疏浚破门"工程实施中的一次经历。面对已形成规律的十年河东十年河西的尾闾摆动，他们破天荒地提出"固住黄河口，起码保证50年不改道"的设想。

东营——三角洲新兴城市是在1983年6月挂牌成立，之前是一个小村的名字。

正如凤凰不落无宝之地。一条大河左冲右突，在历经九曲盘绕奔向自己归宿的过程中，经过千年万年自然选择的流路，正是祖国无尽宝藏之地。

"上游水电，中游煤炭，下游油气。"20世纪50年代，正当大河上下、长城内外全面开发人声鼎沸之时，黄河下游，新中国的另一战线，另一路开拓者——石油勘探队伍，开始了从西部向东部的战略转移。为寻找并锁住地下的另一条河——"油龙"，而跋山涉水，殚精竭虑。

几年之后，一大群头顶锅盔、身穿杠杠棉衣的人马跨过黄河，在这儿打出了中国华北地区的第一口油井——"华8井"，建起了胜利油田。三十年后，小村的名字又成为黄河入海口一座石油城的名字。

① 1995年6月东营市王锡栋、李金昆访谈。

东营，黄河三角洲上一个普通得不能再普通的小村的名字，却由此注定彪炳史册。

“有河无航，有海无港，有油无厂。”这是东营市第三任市长在1988年上任时说的让人丧气的话。背景是他刚上任秣马厉兵准备一展身手时，他上级、胜利油田总指挥、东营市第一任市委书记李晔，致力于新兴发展的大路、大桥、大港、大水库等十大工程下马。

“每一条大河，都会造就它独具特色的三角洲。大凡大江大河的三角洲，从来也都是世界上最富庶、最发达的地方。地球上的三角洲平原虽然不到陆地面积的三分之一，却集中了全球七分之一的人口和当今世界上三分之二的大都市。”

“中国有三个大的三角洲。长江三角洲早已以其发达的经济和文化著称于世，珠江三角洲也以惊人的发展速度闻名海内外。可是，作为中华民族摇篮的黄河，它的三角洲却仍基本上处在待开发的落后状态，而且鲜为人知。”

这是20世纪80年代后期一个炎热的夏天，黄角洲经济开发与河口治理研讨会上，著名学者、中国国土经济学会会长于光远的一席话。如果说于老是从大的观照系中强调了黄河三角洲开发的必然性，费孝通先生则从方式、方法上给人以启示。他说，要开发好这个地区，要有一个清晰的思路，大家知道，诸葛亮本事大，是因为他会摆阵；穆桂英大破天门阵，所谓阵势，就是一个结构，把兵力布置出一个系统，一个模式。这个地区是一个迷魂阵，要破这一个阵，就须找一个突破口……

这个突破口就是黄河入海口流路的相对稳定。德国农业专家辛格先生说，在欧洲，再也找不到这样好的三角洲了，黄河三角洲如果得到开发，这里的牛奶和蜂蜜将像黄河一样流淌。可是黄河自古有着十年河东、十年河西的名声，今天河尾扫到这边，明天又摆到了那边，一般安居乐业过日子，首先考虑房子往哪建，再远处想，学校、商店要建，工厂也要建，建设需要融资，而河十年一改道，三年一泛滥，谁投资不都泡汤？

而仅从胜利油田开发30年历史看，实行人工改道，稳定黄河现行流路，也已经有了成功的探索，稳定100年长了些，50年、30年总可以吧？

多少年之后，有着“黄河书记”之名的李殿魁，在回忆他和一群黄河口人为稳定黄河入海流路所做出的努力时，仍然像20年前一样激情澎湃。

160年前黄河弃徐淮故道，再次从山东利津入海，至今已塑造了近6000平方公里的现代三角洲。在这块共和国最年轻的土地上，有一条条微微隆起、偶尔在野草中露出黄沙的地带，那是黄河160多年来入海走过的10条流路，包括人工改道。

在其160年、实际行水150年的历史中，黄河三角洲已九易其道，平均十年左右改道一次。

自黄河有了主管部门以后，对于利津以下河道治理的方针是“不治而治”，黄河左岸四段、右岸渔洼以下属自然摆动区，任其自由摆动。但时代发展至20世纪70年代以后，再任其自由摆动，就不能适应新三角洲胜利油田、新兴东营的发展了。由此来看，李殿魁、李晔所致力固住河口、稳定清水沟黄河入海流路，绝不是空穴来风。

大河治理从来都是时代的产物。时代发展到20世纪80年代，从胜利油田开发所产生的“手牵黄河跟我走，叫你咋走就咋走”的不可置疑的理念，到李殿魁这里，已发展到更加科学的“入海流路稳定三十年”的基本要求。1988年春全国人大会上，李殿魁带着调查资料拜会各有关部门和专家，于是有了同年6月由钱伟长、费孝通参加的黄河三角洲经济技术和社会发展战略研讨会，虽然研讨会也有诸多不同意见，但是胜利油田给予了最大支持。李晔说：“前人没做过的，不等于今天不能做。”水利部一官员概括：“试验可以成功，也可以失败。”

很快，《稳定黄河口清水沟流路三十年以上的初步意见》及地方、油田、河务三家联合治河方针出台。接着，黄河口疏浚治理指挥部成立，在黄河水利委员会和山东河务局支持下，王锡栋所提“用沙、排沙、摆动点下移、挖河固堤，束水攻沙，淤滩刷槽”的治理方针提炼为“截支强干，工程导疏，疏浚破门，巧用潮汐，定向入海”。紧锣密鼓，以王锡栋、李尚林领衔的河口疏浚队伍开进苇草丛生、河汊密布的河口，一次史上从未有过的当地百姓称之为“给黄河清淤”、青岛海洋大学侯国本教授提出的“挖沙降河”，开工。

我感到幸运的是，此一母亲河大书的开头，先是河尾书写的《一条大河与一条大河的归宿》，就是在海洲深处，此一黄河口疏浚指挥部完成的。那是1995年8月，写完河尾，为全河立传的梦想，不由让人豪情满怀。

被王化云视为大胆设想的“挖沙降河”系侯国本在1982年提出，据他测算，如果每年给黄河挖出5亿至7亿吨泥沙，可使千里黄河由天河降为地下河。此言一出，众皆哗然。[①]

专家按最小数算，5亿立方米泥沙，如果堆成宽高各一米长堤，可绕地球赤道12圈。如此天方夜谭，而今在黄河口人手中开始实施。

“水合则势猛，势猛则刷深，大水出好河。”2006年6月，经过近十年的河口疏浚，黄河水利委员会委托山东黄河河务局对此工程进行验收，入海流路清水沟已治理17年，行水30年。黄河水利委员会资深专家徐福龄看了河口后，高兴地说：“我一辈子治黄，从来没见过这样好的河口！”

俗话说天道酬勤，黄河口人致力而为的稳定现行黄河入海流路，其入海口，恰在渤海湾无潮点上。这一前无古人的发现，无疑给了他们探索实践的底气。

2009年11月，在李殿魁卸任省政协、离开三角洲的十四年后，在稳定

① 1995年8月黄河口疏浚指挥部李尚林座谈。

黄河入海流路治理的二十年后，《黄河三角洲高效生态经济区发展规划》获国务院批复，黄河三角洲开发上升为国家战略。两年后的新年伊始，《山东半岛蓝色经济区发展规划》又获国务院批复，一蓝一黄两大规划，使黄河三角洲成为万众瞩目的热点。至此，当年致力于变龙尾为龙头，带动黄河从黄色文明向蓝色文明、从乡土经济向现代经济过渡的黄河口人或许稍稍松了一口气。

第十五章

长河夕烟（水土）

你当像一个忠心的仆人，承受神圣的土地，世世代代保守他的资源与生产力。你当保护你的田地，不使受到侵蚀；保护你的水源，不使枯竭；保护你的森林，不使荒废；并且保护你的丘陵，不使牲畜过度牧饲。如此，你的子孙可以常保富有。如果你对土地不做忠心的仆人，你肥美的田地会变成荒地、不毛之地与无用之沟壑；你的子孙必衰贫穷困而转入死亡。

唐刘禹锡有“苔痕上阶绿，草色入帘青”诗句。他说的苔，指的是附在背阴石阶上的苔，不是我们眼下源头玛多沙地上的——乍一看，什么也没有，但蹲下再以手抚摸，马上就感到一种潮洇、毛绒的感觉，附在沙地上，密不透风地铺满一地，成为“地衣”。

水土保持专家张延得先生让我们以手指试试它的厚度，他介绍说，就这两三公分，它得长200万年至300万年！

他告诉我们，苔藓是高等植物中最低等的一种，不存在真正的根，也没有茎叶，不结种子，疑似的“根”只能吸收水分而不吸收营养，所以就长得矮小。但它能封住水分，不让缺乏植被的土壤水分散失太快，也不至扬沙。

说到不吸收养分，玛多河务局罗延德先生举例说，即便你给它浇上牛奶，它也不吸收。

相反的则是乔木、灌木，由于本身组织结构，树能把水分、养分一直输送到枝梢最高处。

而源头沙地，不生长树和草的地方就全靠苔藓来保水土。所以对黄河源头来说，它就是宝物。不允牛羊践踏，也不允人以任何理由掀动。如有类似必需的道路或水利工程，那也是先揭开苔藓所形成的地衣，施工完毕后再把它“种植”回去。而一旦遭牛羊或人类破坏，那就是永久性破坏——风吹沙扬，再也恢复不了了。

新时期新成立的晋陕蒙接壤区水土保持监督局，即专司此事。

如果说世界上没有一个地方能像埃及尼罗河那样容易使人成为一个隐

士，普天下也没有一条河能像母亲河那样，使她的子孙更容易成为一个农民。千万年来，黄河给子孙据以立足的水土，也养成了子孙“见地就耕”的习惯。从秦“实边”，到汉“屯垦”；从明“烧荒”，到清“伙盘地”，人迹所致。

过度开发致水土流失，水土流失致局地气候变化，气候变化又致多风少雨、河流干涸，那最早升起在大河两岸历史上第一缕炊烟，难道就这样断在我们手里?

家住毛乌素沙地边缘的农妇殷玉珍治沙知名度远在牛玉琴、石光银，张应龙之下，谈到她为什么舍命治沙，她说，她嫁到沙漠边缘这个小屋后，整整四十天没见一个人影。一天，她远远看到一个人从屋前走过，就撵上前想搭个话，可撵过去时，人已经走远。她就立马回家拿了一个脸盆，把这个人的脚印扣住，每天都过去看看……

赵牧阳的《黄河谣》与新时期的“龙王庙”

黄河的水干了，妈妈哭了。
黄河的水干了，我心碎了。

早知道黄河的水干了，
………
早知道尕妹妹的心变了，
……

哎呦喂，我回不去的家……

赵牧阳在兰州唱响“黄河的水干了”时，黄河在兰州没有干，也不会干。干了的是下游。

黄河第一次干是1972年4月23日。那一天，黄河最下一个水文站——利津站的水文人员不会忘记，周而复始，他们像钟表的分针秒针一样准时出现在河上时，黄河却没有准时。在离大海还有100公里的利津站，她再也无力向前迈出一步，手中测流仪上的水轮静静地停止了转动……这次黄河断流19天，断流长度278公里。

自1972年黄河下游首次断流至1999年的28年中，黄河有22年连续断流，累计1079天。

1992年70天断流，山东滨州、东营4000公顷农田无法播种，500万公顷夏苗干枯死亡。

1996年胜利油田已无水可注，几百口油井关闭，经济损失半年即达3亿。

1997年，利津水文站13次断流，历时226天，断流延至河南开封以下陈桥，达704公里，这一年黄河有300天没流入大海。

黄河的水干了，妈妈哭了……

1997年10月中旬的一天下午，正欲下班的原利津河务局局长崔光被县长叫上了车，沿黄河大堤径直向上游驶去。人们管40多岁的曹县长叫“水县长”，他上车后第一句话就是：“你们黄河上是怎么搞的？管黄河管得河滩里都起了灼土，让俺们盼水盼得眼里冒火。咱县30万人，5万公顷耕地全靠这黄河水，眼看着快熟的庄稼打了蔫儿，小麦种不上，我这当县长的，不找你管黄河找谁去？”崔光无言以对。断流使河务局成了“龙王庙”，他是该悲摧还是骄傲？如果说他一个小县局长也算是个小小“龙王”的话，面对烧香上供的农人，他也只能跪地求饶。市长跑省局，省局跑黄委，齐鲁大旱，天津告急，黄河断流，铺天盖地的舆情舆论，弄得管黄河的人如坐针毡。

他们驱车一直向黄河上游驶去，县长的意思是看有没有下来的水头，崔光心里当然清楚，看也白看。一路上河床干涸龟裂，许多地方被两岸行人踩出了一条条明光光的小路。他粗略计算了一下，利津县境内断流已近200天，到了宫家引黄闸，利津县境最上游的一座引黄闸，他被闸下马达声所吸引，独自跑了下去。险工根石下有一汪半亩大小的水面，四部小柴油机齐声轰鸣，四条长长的塑料管道伸向埝上黄河滩地。可能抽水的龙头已经吸水困难，一位农民正在水下挖掘，另外有两辆牛车正在装水，远处还有人挑着桶赶着车往这里走。一种异样的感觉把崔光击得猛地一沉：偌大河道内只剩这残水一湾，难道孕育了华夏文明五千年、上万年的这条大河真的垂垂老矣？他端起随身携带的相机，在苍茫的暮色中拍下了这难忘一幕……[①]

断流不仅让苗禾种不到田里，让油井减产，它还使沿海村镇十几万人无淡水饮用，只得用汽车从远处运水。1972年，初识断流之苦的三角洲人以为断流只是偶尔为之，熬过这一年就好了，却没想到断流从此一发而不可收。以后几乎年年断，并且持续时间越来越长，以致后来调任青海省副省长的原东营市市长石军无计可施。在断流最紧张的日子里，“一看到黄河中上游来的人，一看到管河管水的上级领导来，我就恨不得给他们下跪，180多万父老乡亲，你总不能眼睁睁让他们干死吧！”石军说。

黄河最下游的山东本来就是缺水地区，按人均占有水资源计，在全国排倒数第五位。工农业生产、生活主要靠黄河水，特别是胜利油田，鼎盛的胜利油田年产原油3000万吨，每开采一吨原油，需要向地下注入淡水3吨到6吨。因无足够的淡水回填，胜利油田压产、限产，每年少采原油100万吨。而比工农业生产还重要的是沿黄城乡人民的生活，三角洲的滨州、

① 张中海著：《一条大河与一条大河的归宿》，齐鲁书社2014年版，第154页。

东营地区处黄河尾闾，地下水含盐量高，不能饮用，2500个村庄130万人和数百万头牲畜饮水，喝的也是黄河水。因为缺水，无棣县石桥村一半村民迁往外地。德州市区原来主要采用地下水，由于地下水含氟量高，市民氟斑牙发病率高达80%。庆云县北部有个十八苦村，地下水是含氟量很高的苦咸水，群众吃水要跑到十几里以外去拉水。由于当地水质太差，这个村十年都没能为国家提供出一名合格的新兵。以后修建了德州平原水库、庆云严务水库，当地群众喝上了黄河水，情况才变得好了一些。

“悬河干河都是死河象征，这是民族的灵魂问题！”

三角洲县长拽着黄河上的人跑上游找水的1997年，5月4日，河南范县李桥乡河边，十几条成色颇新的机船淤在沙土中，船上住着一位守船老者。这里原是一个航运站，五年前，也就是利津水文站测水仪第一次停摆那一年，一直运载防洪物料的船队泊在了这里，他们天天等大水再来，大水却再也没来。五年过去，船已被沙土埋了半截。

黄河如此长时间断流干涸，不仅给下游带来无穷灾难，更重要的是给防洪留下了隐患。

据1950—1973年实测资料统计，通过花园口水文站进入河下游的泥沙，每年平均11.15亿吨；通过利津水文站入海的泥沙，平均每年9.33亿吨，其余淤淀在河道内。这是丰水年份的数字。如果枯水呢？年复一年的干河，只能把上游来沙大部淤积在河道而不能被洪水送入深海。1992年水津水文站测报资料显示，淤积使河道年平均升高0.32米。京广铁路线附近，河床平均高出新乡市地面23米，黑岗口河床高出开封地面11米。

事实正在应验青岛海洋大学教授侯国本的预言。1988年6月，东营，黄河三角洲经济开发与河口治理研讨会上，面对黄河治理40年安澜众人一腔的赞歌，教授振聋发聩：

> 水量逐年减少，沙粒逐年加粗，河槽逐年淤平，大堤逐年增高，河口流路逐年延长，泄洪能力逐年衰减，断流日期逐年加多！……
>
> ……黄河断流每年预测将超过100天以上，黄河将成为间歇河甚至死河！
>
> 悬河、干河都是死河象征，这是民族的灵魂问题！

黄河断流不仅使当地工农业生产、人民生活遭受重大损失，还使黄河口生态遭到毁灭性打击：原本狐兔出没的大片的野生柳林没了踪影，残存的柽柳根如一根根枯骨，散落在伴着白色盐花的碱地上，低矮的卤蓬丛中，偶尔传来几声凄婉的鸟鸣，那是一种叫“鸭脸子”的小鸟，是盐碱地上唯一能生存的鸟类。

断流愈演愈烈的同时，入海泥沙也逐年减少，由20世纪50年代13亿吨递减到20世纪末的3亿吨。

还有我们早已熟悉的野小豆，一度是黄河口人的救命粮。20世纪五六十年代黄河口遍地都是，80年代尚有9万多亩，至20世纪末已不足万亩。

黄河口濒危的物种何止野小豆，原来茂密的芦苇、高大的柽柳都被以碱蓬为代表的盐生植被代替。入海水量的减少，使河口近海水域的盐度增加，2003年的检测结果表明，黄河口表层海水的最高盐度已达34.2%，与1959年同期相比增加了约25%。盐度的增加，促使适宜低盐度环境发育和生长的海洋生物生存范围明显缩减，鱼卵种类减少，密度降低，同时也导致底栖动物的栖息密度、海洋初级生产力水平下降，浮游植物的生物量只相当于1982年的50%，使以此为食的大型鱼类和鸟类的种类与数量也发生了变化。20世纪末与20世纪70年代相比，黄河三角洲湿地萎缩近一半，鱼类减少40%，鸟类减少30%。专家断言，断流所带来的生态灾难，如对土地沙化、湿地萎缩、海岸线侵蚀等，将比洪水所带来的灾难更甚更巨！

1855年黄河夺大清河流路重走渤海之前的滨河，滨河小镇名“丰国场”，论当时盛况，《利津文征续编》中《北海赋》描绘：“清河之门，铁门之关。烟水浩渺，莽沧无边。廓不知几千万里，受众壑而吞长川。北连广漠，南通闽滇，西迤神京，东对朝鲜……吁嘻，广矣大矣。”

曾几何时，日月轮回，风水流转，那随胜利油田开发即兴起的，比当年丰国场还要繁茂千万的新兴三角洲，就因为今日黄河断流而胜利大逃亡，只剩断壁残垣、一片死地？

丰国场铁门关水手、纤夫的歌哭？一代石油人的咏叹？令人死寂的暗夜，我听到的令人毛骨悚然的呼号，是一百万岁高龄的曾经雄风豪放的一条大河，大河那无家可归的幽灵在游荡……

连续断流以及黄河本身早就存在的一系列积重难返的难题，牵动了所有关心黄河关心中华民族文化的炎黄子孙的心。1998年元月，163位中国科学院、中国工程院院士联名签署呼吁书——“行动起来，拯救黄河！”

呼吁书道：

……令人震惊的是，今日之黄河正面临着另一种威胁——断流。自1972年以来，几乎连年断流，且一年比一年严重。黄河，由滔天之水变成涓涓细流，继而只留下龟裂的河床……

……只要每一位炎黄子孙行动起来，那么，赤地变青山之时，便是黄河流碧水之日，伟大的母亲河——黄河一定能重焕昔日光彩；那么，今天的炎黄子孙，将无愧于时代，将无愧于后人！

家　园

多少年之后，张吉山还记得父亲领当时仅七岁的他去大堤看大河拥冰的那个下午。

“快到坝顶时，心里兴奋得怦怦直跳。走到坝顶，透过坝柳树枝，看到冰封的黄河远处发出亮晶晶的光，第一眼见到的河冰就超出了我无数次的想象……像是一个涌动着的湖泊，从水天相接处流来，又向水天相连处流去，平稳、大方、厚实，甚至看不见它的流动。”

“冰阻水，水拥冰，激起一两米高的水头，排山倒海般奔流而下。险坝前的浅滩上，壅塞成堆的小山一样的冰块上爬下压，瞬间隆起座座冰山，滩区大树被拦腰斩断，冰块撞击声十里可闻……”

15岁加入治黄队伍，在黄河上摸爬滚打了18年的张吉山，说起黄河，惋惜之情仍溢于言表：“前几日一场寒流袭来，我赶紧跑到河堤上，希望能看到昔日堆积如山的黄河冰。但映入眼帘的却是静若处子、如鞋带一样宽的河面，根本没有多少凌花儿。冰呢？水呢？那曾让我惊心动魄、又让我豪情满怀的水呢？”

断流让人们开始怀恋洪水滔滔的年月，甚至忽略了洪水所带来的灾害。

农场出身的李芸回忆：

“农场被水围困已有半月，唯一对外联络的工具是战争年代缴获的美国产的水陆运兵车。大人们为洪水什么时候退去而忧愁，孩子们则兴奋得比过年还刺激。成熟的农作物引来了大批野鸭，孩子们把缝衣针烧红弯成鱼钩，挂上一个花生，一阵激动而又耐心的等待后，野鸭扑棱棱在水面上挣扎。”

“野兔一只一只送上门来，自然成了孩子们的猎物。灵智的黄鼬也被水撵得无处可逃，嘴里叼着、肩上背着、腋下夹着四只幼崽，往我们用土和粮食包垒起的坝内逃命，引得大人孩子一阵大呼小叫……”

河水退后，滩区则是孩子们的圣地，那是远比外婆的澎湖湾更浑厚也更富有诗意的慈母大地的怀抱。

“我们在河边摔跤、顶牛、盖房子、修长城，河边的泥沙就是我们最好的玩具。我们把一脑袋的奇思妙想用沙堆来实现，我们造了两个城堡，捉了两只青蛙，让它们当国王，捉来两只蝈蝈让它们当王妃，再捉来两只蚂蚱让它们当武士，在城堡中给它们修筑宫殿……”

王庄村的王照海老汉永远也忘不了凌汛中的一幕：

“1955年王庄决口，在离口门不远处的大堤上，张家村的一名产妇生下一男婴。村民们将她团团围住，为她挡风，冰冷的手迎接来的孩子，取名叫‘水’。”

在三角洲，乳名叫“水”的孩子又有多少呢？当父母的不能没有水，当儿女的也不能没有水啊！

有水，山就活了；有水，人才有了家园。

在黄河上摸爬滚打了一辈子的崔光，是在20世纪50年代末那场大饥荒中来到入海口这块福地的，他回忆说：“拖着长长尾巴的狐狸，徐徐前行的刺猬，草丛中跃起的野兔和一些不知名的花翅鸟，满坡满眼的芦苇、野小豆、野甜瓜和那红的黄的成片的野花，更让初入林海的童稚感到黄河口的神秘莫测……”

最关键的，是这里永远也收不完的野小豆、捡不完的蘑菇和鸟蛋，让他和他的母亲、弟弟一家人，在那举国饥馑的年代，度过了青黄不接的岁月。

在离开黄河口二十年后的一个春天，他又重新踏上这片土地，站在童年追逐那只美丽大鸟的地方，他的心一下子收紧：那大片大片的林子哪儿去了？那狐兔出没的柽柳、芦苇哪儿去了？那无垠的苇海中的天鹅、鹭鸟哪去了？眼前只有一眼望不到边的、伴着白色碱花的盐碱地和一丛丛低矮的卤蓬，偶尔传来几声凄婉的鸭脸子的鸣叫。他问自己：这就是我日夜思念魂牵梦萦的大孤岛？这就是我多年来不厌其烦逢人便夸的黄河口吗？他呆呆地站在那儿，任凭泪水一滴一滴落到这生他养他、给他以无穷乐趣无尽梦想、曾经肥沃丰腴、现在却只有荒芜的土地上……

身后的油罐车、大卡车轰然而过，周围林立的钻塔和“采油树”机械地上下磕头或如他一样呆呆地出神。如果那淌金流银的黄河水弃他而去或者中途夭折，大河将魂归何处？而他以及与他一样的千千万万的黄河儿女的灵魂又将何去何从呢？

知道了这个少年的故事，你就知道了生活在这片土地、生长在黄河尾闾这一群黄河口人，“固住河口”潜意识深处更是想让黄河不离开他们，让黄河千秋万代如斯流淌。如黄河只有归宿蓝色的海洋才能趋于平静，黄河口人也只有拥有黄河口，才心里安稳。

也许正是基于对黄河母亲的再认识，进入新千年后，时任黄河水利委员会主任李国英提出“维持黄河健康生命”这一概念，并逐步付诸行动，治河理念上不再满足于40年安澜、50年没有洪水。

“大江大河从来都是万寿无疆的，我们怎么能把黄河治死？”这是20世纪80年代，李晔、李殿魁试探河口治理，胜利油田总指挥李晔面对黄河主管发的牢骚话。而即便黄河主管，又怎么有计可施？中国就一条黄河，当中华儿女都把河当成只讲奉献的母亲，只一味榨取，这母亲，又怎能保持起码的健康权利？

再溯黄河源，断流何止仅下游

黄河沿，即黄河5464公里奔突起始的地方，在上源扎陵湖、鄂陵湖流出的地方，万里大河的第一个水文站即设立于此。

这里是我国古代通藏商道，现青康公路水泥桥是黄河上第一座桥梁，从这里翻越巴颜喀拉山，可以进入玉树，进入四川、西藏。它所在的玛多县也称“黄河第一县”，曾是20世纪80年代全国人均收入第一县，因湖泊无数，还有“千湖之县”的名号。20年前，这里还有大小湖泊4077个，到2001年就只剩1900多个了，特别是最大的扎陵湖和鄂陵湖，20年来水位下降3米以上，湖面半径收缩30多米，另外，有名字的121条河流也不同程度地出现断流。

空气稀薄、气候寒冷的自然环境，使这里植被生长缓慢，几乎没有森林覆盖，年降水量只有200—500毫米，蒸发量却高达1374毫米以上。20世纪80年代前，超载畜牧和采金挖药等人类不合理的经济活动，使原本就十分脆弱的生态遭严重破坏，大片水肥草美的草原沦为寸草不生的沙砾地。1997年，就在下游利津断流226天，断流上至开封陈桥时，这里自黄河沿至第一桥河段断流四个月。1998年2月10日到1999年6月3日，黄河在扎陵湖、鄂陵湖中间断流半年。

2014年9月，黄河水利委员会陈维达等人到这里查勘时，水文站断面只有一个流量。水文站长介绍，近十年来，水量呈急剧减少趋势，自1991—2000年，平均流量只有12.4立方米每秒，仅相当于以前资料记录的53%。

水的减少是表象，导致水量减少的生态变化则是根本。雪线升退，草场退化，鼠害猖獗，湿地萎缩，黄河、长江、澜沧江，发源于青海的三条大河都受威胁。水文站长介绍，黄河源头水主要靠雪山融化涵养，目前，巴颜喀拉山以南冻土带下界上移360米，山以北冻土带下界上移了50多米，这些都是引起黄河径流减少以至断流的自然原因。[①]

渭河是黄河第一大支流，清朝以前，鸟鼠山下的渭源县城周围还是大片原始森林，唐人诗曰：“晚来清渭上，一似楚江边。渔网依沙岸，人家傍水田。”而现在呢？

① 见《黄河史志资料》2005年第1期陈维达文。

从未离开过“崔家河”村子的这两个不满十岁的崔家女儿，从未真正见过河是什么样子。崔家河处渭河上源支流密布的小河旁，祖先依河建村，现在大河小河没有一条。

50多岁的李姓村民在鹿泉村住了近40年，他清楚地记得，过去发大水时会冲下一棵又一棵的大树，吸引得村里人都下河去捞。现在即便有树横在那里，水也不会把它浮起来。水小了三分之二。

渭源生态破坏最早缘起唐朝中期，大于今故宫4.5倍的大明宫，建造于公元663年，数以万计的工匠齐集长安，大量千百年树龄的珍贵古树被源源不断地运往长安，而这些古树大多产自渭源。那时渭水也大，无以数计的古树砍伐后，通过渭水运抵唐都城。渭源砍完了，再往远处砍。

1997年，也就是黄河断流时间最长、上源黄河沿也断流半年那年，渭源全县所有河流全部断流。

再上溯，不妨去看一看青海湖。行走在青海湖边，你最感兴趣的将不是湖光山色，而是湖岸，你会不由自主地去寻找多少年之前13米以上的湖岸线。的确，岸边裸露的碎岩和沙层，正以无言的沉积告诉你，让你知道现在人们常说的“阔”本意是什么。“真阔！”是的，那目前水面13米以上，才是原来湖水浸润、涌浪拍岸的地方。那时“阔”着呢！面积“阔”出700平方公里，那是什么样子？

那更孤悬天外的业已消失的罗布泊的今天，或许就是青海湖的明天？

汉代，罗布泊“广袤三百里”，湖水的丰盈与不涨也不落的恒态，使汉使张骞猜测其“潜行地下，南出于积石，为中国河”，误认为罗布泊是黄河的上源。一百多年前，这里四面全是水，用渔网捕鱼，一条鱼需要三四个人才能拖上岸；历史上罗布泊湖面最大时有1.2万平方公里，后缩小为3000平方公里。20世纪初还有500平方公里，然而到1972年，广袤无边的曾被视为黄河上源的巨型湖泊消逝于无。如今，只见茫茫沙漠中一望无际的盐壳地，到处高耸的胡杨树桩，满地的棺板，巨大的船桨及具具白骨……

史念海“泾渭分明”考

渭河是黄河最大支流，泾河又是渭河最大支流，泾河和渭河在古城西安北交汇时，由于含沙量不同，呈现出一清一浊的景观。如此景观尼罗河也有。在苏丹首都喀土穆，喧闹的青尼罗河与恬静的白尼罗河相会，两股合流后一半呈蓝色，一半白色，蓝白相间，到很远地方才融合一起。

泾渭清浊成为问题，可追溯到《诗经》“泾以渭浊”。对此，不同的人在不同的时期有不同的解释，“泾水以有渭，故见渭浊”，清代中叶，还有人特地到泾渭合流处勘查，据说那里泾河的水色与长江、汉水相仿佛，而渭河呢？却和黄河一样。就是20世纪70年代也还不断有人继续勘查，泾渭合流处，可以明显看出泾清渭浊。清流在北，浊流在南，合流五六百米内，依然清楚地看出两河水色的不同。

渭河绵延横亘秦岭之北，源远流长，支流繁多。尤以南侧最为密集，因为南侧就是秦岭，山高坡陡，水流湍急，一出山外就入渭河，相邻山谷的溪涧不相会流，故较大的支流不多。在北侧则迥然不同，由于地势平缓，较大的支流就多了，尤其是发源于六盘山西麓的葫芦河，流经西吉、静宁、秦安、天水诸县后，入于渭河。

泾河蜿蜒于六盘山之东。尽管泾渭两河发源地不同，流经也异，但却是共同贯穿黄土高原。有史以来，由于人类活动，也由于诸如雨旱等自然环境不同，无论渭河泾河都不可能不受其影响。所以，这里的泾渭实际上清浊不怎么分明，即便一条河也是时清时浊，两河对比，清浊也不是一成不变。对此，著名地理历史学家史念海做过考证。

春秋时期泾水是清的，渭水是浊的。西周之后，春秋时期周王朝的都城已由丰镐迁往今洛阳，秦国逐渐由陇山以西东徙，定居到渭河以北的中原。秦穆公称霸于西戎，既然渭河下游已被开发，自然要和森林争地，土壤失去了天然保护，这就影响了它的清澈。

相比之下，泾河流域却是另一番景色。当时居住在泾河上游的戎人还是原始游牧生活，因此，泾水和渭水比较就显然是清的。等到战国后期以至魏晋，就又变成了泾浊渭清了。

秦开郑国渠，引泾水灌溉农田，另一方面还是利用泾河所含泥沙改良盐碱地。泾河到底含有多少泥沙？西汉中叶已有“泾水一石，其泥数斗”——这话以后又被用来形容黄河泥沙，就是说，那时的泾水混浊程度已与今天的黄河无异。

而发源于六盘山南麓，傍着子午岭南流最终汇入泾河的支流马莲河，则有了一个更加本质也更加形象的土名：泥水。

泾河由清变浊是由于泾河上游的开发。战国后期，秦汉王朝设北地郡，为了对付匈奴侵略，大举迁徙人口至此至少有三次。农垦，不仅把草原开发为农田，还烧林垦田、伐木以建居室、营建城池。随着此蛮荒地区的繁荣，被破坏的生态系统已不能保证泾水的清澈而沦为浑浊。

与此相比，以森林覆盖为主的渭河上游地区虽然也有类似开发，但是破坏程度反而比泾河流域小，所以这时候的渭水相对反而是清的。

南北朝时期，泾渭的清浊又有了新的变迁。变迁是由于居住在黄土高原西北方面的游牧部落逐渐内迁所引起的。由于内迁，被称为“泥水”的马莲河一带，魏晋时期已不设郡县，泾河上游其他各地在十六国时期虽偶尔有设，但也是废置不常，少有定居人口。被垦农田重新恢复草原与森林，据《太平寰宇记》载，以前称之为“泥水”的马莲河也改称“白马水”了。

比较起来，还是渭河上游郡县与定居农人稍显稠密，前秦后秦先后相继在这里建置郡县，北魏初定陇右，渭河上游遂告安谧，地方官以劝农相互标榜，大小麦也成了此时此地的主要农产品，附近地区军粮也因之依靠此地区供应。农业的恢复和发展，对于渭河的清浊不能没有相当的影响。泾河既已转清，相比而言，渭河就显得浑浊。

经历隋唐时代的渭清泾浊，黄河流经唐代以后，其最大支流及二级支流，清浊又再一次演变。使渭河逐渐由清变浊的根本原因在于渭河流域森林的破坏。隋唐之际，都城长安所需要的材木尚无需外求，而终南山的森林仍受人称道，就是偶然到外地采伐，也只是在关中西部的岐、陇诸山。到了唐代中叶，长安城中所需用的巨木却要远求至于吕梁山西黄河两岸，到了北宋，岐山的森林已被摧毁无余，只剩下一条赭色的土山。由于岐山以西的秦陇两州的山林尚相当富饶，因而就成了采伐的集中地。当时，北宋与西夏交争，秦州渭河北岸皆为夏人所占据，宋夏争相采伐材木，今甘肃武山县东的洛门当时也多产巨木。据说，每年可获巨木万株，再加上官吏私采私运，竟使都城开封的良材堆积如山，最后终于使渭河上游的森林基本消失，渭河也就成为滚滚浊流。

启　蒙

“刀耕火种”一词国人耳熟能详，火、语言、时间及美的发现和利用，是人类文明进程中标志性的飞跃。正像语言具有凝聚人心也离间人心的力量一样，火，也具备它的两重性。刀耕火种肇始农业文明，让先人有了更广阔的稼穑空间也有了美味，它的另一面却是扑向草原森林。《孟子·滕文公上》说：“舜使益掌火，益烈山泽而焚之，禽兽逃匿。”《国语·鲁语上》云：“昔烈山氏之有天下也，其子曰柱，能殖百谷百蔬。”烈山氏何许人也？神农炎帝。

为什么称炎帝？刀耕火种的始作俑者。

而汉字焚，也是这个意思。

文明所过之处，一片荒芜。现代人早已知道山火烧过对于自然生态、对于人类是怎样一种祸害，但对于那时先人，却是一片庄稼。

牛拉犁、驴拉磨从几千年前文明萌芽，一直延续到二十世纪八十年代人民公社集体生产，刀耕火种则一直延续到东南天水的七十年代。

当地人把从先古传至今的“刀耕火种”，称为焚而不耕。其工序是，先将野地里的树木杂草砍倒，晒干，烧光，以草木灰作肥料，用点种棒在地上刺穴点播，也不耕地锄草，只等秋后收获。第二年撂荒，再找一块放火烧山……想神州大地能有多少森林可烧？有多少青山不惧如此水深火热？黄河又怎么不黄？旨在保持黄河健康生命的水土，又怎么保持？

“水土保持”一词最早出现于30年代。李仪祉担纲黄河水利委员会，就有林垦组专司其事。

“考西北土地冲刷之原因，分天然与人为者……深沟峻壁，蔚为奇观。人为方面则以西北在文化上发达较早，所有森林地带，早经采伐无疑，山上坡地亦已辟为农田……农作之种植，未得其当……刻下各种冲刷正在进行中，不有制止，害且无穷也。”

系当时黄河水利委员会林垦组负责人万晋言论。他特别注意试验区的样板作用，建立了潼关苗圃，绥德、平凉等水土保持营造等试验点。虽然那时整个民国处内忧外患之中，在对外关系方面，“九一八”事变已经几年，全国范围的对日抗战也即将爆发。而当时最早的水土保持实验区，陇东甘肃天水实验区、西峰试验区已运行多年。它的创建与美国W.C.罗德民有关。

正如近现代中国地质、地理、考古等现代学术专业的兴起，都发轫于西学、洋人一样，中国的水土保持学也是因为W.C.罗德民首开而渐成风气。

罗德民，1888年出生于美国北卡罗来纳州一个普通的农民家庭，童年后，他作为罗兹奖学金获得者，前往英国牛津学习林学，毕业后回国家林业局供职。1922年，这位深目高鼻、金发碧眼的美国人，作为一项旨在研究如何预防饥荒与洪水等农业发展问题的林业专家，从太平洋彼岸来到中国，并在当时的金陵大学任教。既然研究饥荒与洪水，当然就先得黄河上走一走。1923年，当他第一次漫步于孕育了中华文明的河南黄河堤岸上，看着因泥沙堆积而高出地面许多的悬河，在进一步了解了黄河带给中国百姓的福祉和与此俱来的灾难，他意识到，“中国之忧患”的黄河之害，正是由于水中所含大量泥沙所致。于是他做出了人生中一个最为重要的决定，就是将他的研究领域从林学转向水土保持，并由此开始了他毕生的事业。

1923年，罗德民在河南、山西、陕西调查植被和水土流失；1924—1925年，在山西省沁源、方山、东寨等县调查，并设置径流试验小区，进行不同植被条件下水土流失量的测定与研究。此间，他还到长江流域进行了对比观察，认为1926年山西水灾“与森林砍伐有关”。对比“扬子江水道，江堤遍植树林，鲜被冲刷”，“山区之森林，能减少流水，阻碍山坡泥沙，不使下泄”，“汉江上游，遍植树木，也是减少汉江水患之工作”。也是这一年，罗德民将他在中国进行的水土保持考察实验研究，汇为《影响暴雨径流和土壤侵蚀的因素》报告，在日本东京举行的第三届太平洋地区科学大会上发表，引起了与会专家和媒体的极大兴趣和关注。1927年，罗德民离开南京回到美国，继续攻读林学和地质学博士学位，以期水土保持工作能够持续深入。

1942年，中国的抗日战争如火如荼，已是美国水土保持局副局长的罗德民，接受国民政府黄河水利委员会的邀请，再次来到中国，出任国民政府高级顾问，继续从事黄河流域水土保持研究。1943年4月，罗德民率领由国民政府农林部与黄委会科技人员组成的西北水土保持考察团，对西北地区水土流失严重的甘肃、陕西、青海等地，进行了历时两个月的实地考察。考察结果认为，西北黄土高原地区9/10地区均有冲刷，土地使用不合理，是地面植被覆盖遭严重破坏、坡面水土流失加剧的主要原因。同时，考察报告还提出了防治水土流失的路径和办法，即以坡地坡度的不同，对土地进行分类规划，确定农、林、牧三种用地。至于具体办法，应等高耕作、梯田沟洫、田坎种树种草、沟壑建淤地坝谷坊等，建实验区训练农民，推广实施。

罗德民这一规划因当时的中国正处连年战乱加经费不足未能实现，但他并没有放弃。在这期间，他建立了最早的天水水土保持实验区，指导实验区技术人员进行梯田沟洫实验示范操作，并对周围农民连续启蒙培训。1944年，时任美国副总统的华莱士访华，代表美国政府为天水水土保持实验区赠送了牧草种子92号、自记雨量计、自动流速仪——如此先进设备，在中国国内都是首次使用。

天水陇南水土保持实验区成立于1941年1月1日，近百年来，所开展降水、径流、流沙观测与暴雨洪水侵蚀调查、水平梯田、植物引进等林林总总，对历史进步起到了不可低估的作用。

其中，避不开我幼时就熟悉的被称为“洋槐”的刺槐。因村庄在岭盖上，别的名贵树如楸、榆、梧桐都长不起来，只“洋槐”茂盛，且能在春天摘槐花煎吃，叶子嫩时还能和面蒸了充饥。至今萦绕不忘的乡村记忆是农历四月满院子浓郁的槐花香气。以后也疑惑，为什么这最适合中国山地生长的刺槐名“洋槐”？原来根源在这里。刺槐于1930年传入天水，成活率高达90%以上。三年郁闭，四到五年成椽，枝柴可做燃料，嫩枝鲜叶可作饲料或绿肥，花可食用，且是优良蜜源。五到七年刺槐幼林地比农地减少径流25%，减少冲刷83%，是有利于水土保持的先锋树种，遂在黄河中下游得到广泛推广。

旨在保土、肥地、增产的草木栖与农作物轮作制引进研究，也是源起天水实验站，正是由于天水科技人员的努力，才使这种“宝贝草”推至广大地区。此外，成功的推广还有早熟牧草沙打旺、沙棘良种选育、苹果上山等等。

1982年，天水水土保持实验站纪念成立40周年之际，实验站专门向罗德民的好友张心一老人和当时尚健在的93岁高龄的罗德民夫人伊内兹表示敬意。次年，罗德民夫人委托其女婿赫斯博士访华时，专程送来近700页的《罗德民回忆录》，书中载有罗德民考察西北水土保持及天水工作经历。

“能为人民保持一分之土壤，即为人民保一分之元气，亦为国家保一分实力，而黄河下游且免一分之灾害。”万晋以上言论无疑受罗德民所撰“训令”影响。

王化云、小和尚、郎中和老地主

在黄委会档案馆，我找到一本很旧很薄口气却很大的书，《黄河治本论初稿》。作者成甫隆，山西临县人。此人不是李仪祉、张含英那样的大学者和长期在黄河治理一线上的官员或专家，写这本书时他还是一个乡村郎中。20世纪40年代，从小就生长在黄河边、黄土丘陵的他，因为行医，周围村庄及岗岗峁峁沟沟壑壑他都走遍了，他亲眼看着一块块地堰或土崖经水泡水冲塌到沟里去的情况，也看着了一场大雨后，沟壑冲深、沟头前侵的经过，当然，也看到了浓似泥浆的沟水让黄河更浑的景象。而植被稍好一些的坡地，有草有树的地堰流下的却是涓涓清流，清流过后也不会有崖土塌进沟壑汇入黄河。

及年事渐长，游走四乡的郎中突然对治河发生了兴趣。他认为“河患之成因”，皆“由于上游坡岭之水土不能保持，故河患之根本治理，亦当求之于上游之水土保持”。他根据自己长期山区生活的体会，利用黄土位能原理，提出闸沟打坝治理水土流失的见解，撰述成稿，并于1947年自费出版。

山高皇帝远且战乱年代，且封闭无交流，且没读过什么书，也不具什么专业知识的游乡郎中所提出的“山沟筑坝淤田”治河思想，恰与当时黄河水利委员会要员、留洋海归的李仪祉、李赋都所提出的“万库化”思想惊人一致。

用今天的话说，思想意识作为一种物质，在不同的时空都有心有灵犀的量子纠缠？

同时产生纠缠的，还有山西阳高县大泉山两个小和尚。

年纪稍大些的和尚张凤林是1938年来庙里剃度为僧的，年纪稍小的高进才是1945年来庙里的。大泉山庙小，又加上地方穷，单凭信众供奉，庙里僧人不能维持生活。而信众再少，来到庙里拜佛，再不济也得有一碗热水。可山上光秃秃的，烧水的柴草也没有几棵，于是和尚就考虑怎样自己种点庄稼，于是就开始了他坚持20年、以后闻名全国的淤地打坝。以后小和尚高进才来到，两个人就组成了一支队伍。1949年新中国成立后两个和尚都还俗娶妻成家，但淤地打坝却没有停止。到1955年8月，黄河水利委员会主任王化云专程来访的时候，原先干旱沙石裸露、寸草不生的大泉山周围，已变得绿树成荫，花果满山。

和尚的做法是先在山顶和陡坡挖鱼鳞坑，头一年蓄水保墒，第二年种树。坑蓄水，水养树，树固土，这样，日降雨50毫米的径流就不下坡冲刷。除了鱼鳞坑，他们还在梯田旁修了蓄水池、沉沙池、静水池。池池相连，节节蓄水拦泥。

二是培根压条。梯田梗、沟头埂、地边、护坡，特别是沟口沟头，都要给打上“围墙”，然后，埂上压树枝条，枝条斜插、深埋、实捣，还要切梢。枝条成活后边长边伐，五年左右就成为株距两米的椽材。树林、灌木、草丛，“三层楼”起着护埂护坝的作用。

三是开渠。没有来得及治理的山坡，先排洪保地。

四是堵沟。大泉山有32条大小沟道，基本上沟沟打了坝，变成了台阶石沟坝地，小的种树，大的种粮。这些小块台地、坝地收粮颇丰，每亩地收四五百斤，一亩马铃薯收3000多斤，也难怪两个和尚一还俗就娶上了媳妇。因为有粮食吃，吃不了的还卖钱。

面对王化云所忧虑的黄土高原的千沟万壑，张凤林表达了自己相反的意见："沟多不是什么坏事。"他的理由是沟多了，可以打坝，利用淤地栽树种庄稼。

高阳县停留两天，王化云一行又在山西省水保局局长引导下，去离山县贾家塬看当时地主贾本淳祖父修的淤地坝。坝地玉米正长得油绿茁壮，坝地周围全是果树。当然，贾家坝地此时已经过土改，分到了村里贫下中农手中，贫下中农又带着这些地加入到了刚刚兴起的农业合作社。

农业合作社社长贾玉海介绍，光绪三年大旱，贾家塬那时40户人家，除贾本淳一家，其余39家都没粮吃，因为贾家有坝地，存粮多。村民没有粮吃时贾家开仓救了不少村民。以后，许多村民则成了贾家雇农。贫富分化使一个村里的老少爷们儿分成了阶级。

王化云不关心贫富分化，关心的是大坝冲毁了几次，如果没有冲毁的话，又是怎么养护的。

社长回答说，20米高的坝已经二十几年没有加高了，加高一次能淤二三十年，至于为什么一次也没冲毁，原因是小雨不见水，大雨来水可以排出。只要大水不在坝里超过两天就没事。再就是坝要打硬。"在我这一辈人里面没见冲过，从记事起就没见冲过，也没听老人说冲过，二百年了。"

而这个数据正是王化云所需要的，三门峡水利枢纽上马在即。而关于三门峡上与不上之争，高坝低坝之争，其核心就是泥沙淤积。如果黄土高原的千沟万壑都有了如贾家塬这样的拦泥坝，那三门峡将成为死库的预言不就被彻底打破了吗？可他不知道，黄土高原水土保持是需要千千万万高原人全部发动，又要经几十年、上百年持续不间断努力才能见成效的。他更不知道苏联专家当时警告的分量：如果依靠发动群众才能实现的目标，永远不能估计过高。在以“一大二公”为主要特征的社会主义建设高潮下，诸如旧中国千年积淀或仅仅小和尚17年、老地主200年的习俗，除去荡然无存，还将会有什么别的结果?

事实上，黄土高原深处祖祖辈辈淤地打坝的生产方式不只大泉山、贾家塬所独有。这次王化云一路考察的离山县任家庄任治长家从嘉庆年间就在小支沟修坝，更有民国期间美国人罗德民帮助在甘肃西峰、天水已经建立了的水土保持试验区，有李仪祉、李赋都对根治黄河重在上游以保水土的成熟理论。而这一切随着一种新的革命想象，都已变得南辕北辙。贾家塬坝地一亩能顶坡地产量十亩；大泉山两个和尚17年所种植杨树、果树4万多棵，其中成椽、檩材的也有8000多棵。王化云一行琢磨，如平均按每棵五元计算，那得收入多少钱？这还没加上桃、杏1万株，加上几十亩梯田、坝地。

黄河治本在于治沙，治沙在于水土保持，水土保持在于植树造林、种草。而当一场不可阻挡的洪水到来时，王化云考察所见大泉山如檩如椽的大树，是否还和几十年前一样葱郁？那二百年没坍塌的贾家塬贾地主坝，是否还如长城那样屹立不倒?

沙坡头，以麦草方格护路治沙

黄河、铁路、沙漠，三龙相会沙坡头，注定给沙漠铁路建设出一个难题，也恰恰给国人治沙创造一个机会。

1958年，中国第一条沙漠铁路包兰路在宁夏沙坡头地区穿越腾格里沙漠通车，但通车并不意味着最后成功，世界上曾有一些沙漠铁路，在通车以后因为沙漠侵袭被迫最后改道。为了解决这一问题，早在铁路建成通车前四年的1954年春节，就有一支队伍冒着零下30℃的严寒，踩着快要没膝的沙子，爬到最高的沙山顶，建起一个观察站。此时包兰铁路的运行路线已画草图，但当时中国最好的专家也不知怎样在沙漠上建铁路。

原本没想从沙坡头走。因为无论从哪个角度看，在经过腾格里沙漠时，黄河南岸都是更好的选择，那里毕竟没有风沙。不过地质勘探所出的结果先把这条线给否了：地质结构过于复杂，还曾发生过强烈地震。设计者为了避开此地质地段，又避开沙漠，曾提出多个方案，譬如多修几座跨河大桥，但那要多花700万元，那时，谁有那么多钱？

从1954年初在中卫沙坡头这个户不过十、人不过百的小村建站，到1956年，由中科院沈阳林业土壤研究所和地理研究所组成的包括地理、地震、植物、林业等专业十几位科研技术人员，来沙坡头，一场人类与沙漠的较量开始了。

中华版图有十大沙漠。

首屈一指的是塔克拉玛干沙漠，南疆塔里木盆地中心，面积32.4万平方公里，仅次于非洲撒哈拉大沙漠。

第二大沙漠是准噶尔盆地中央的古尔班通古特沙漠，面积4.88万平方公里，为中国唯一以保护荒漠植被为目的而建立的自然保护区。

内蒙古阿拉善右旗北部的巴丹吉林是中国第三大沙漠，东西长约270公里，南北宽约220公里，是世界唯一高大沙山群分布密集的沙漠。

腾格里沙漠位于阿拉善盟南部和甘肃省中部，腾格里为蒙语，意思是像天一样浩渺无际，是我国第四大沙漠。沙坡头就在腾格里沙漠南缘东北季风的尾闾区。

第五大沙漠即毛乌素沙漠。毛乌素蒙古语意为“坏水”，地名起源于陕北靖边县海则滩乡毛乌素村。

其他沙漠依次是库姆塔格、浑善达克、库布齐、乌兰布和科尔沁沙地沙漠。

戈壁与沙漠相伴而生。风带走了地面的细泥沙，使大地裸露出斑驳的岩石外壳，或只剩些散碎砾石，成为荒凉的戈壁。那些被刮跑的沙粒在遇到阻拦或风力减小时，落到地面上，形成许多相连的沙丘，望去好像波澜起伏的大海。沙粒产自戈壁，在极度干燥和昼夜温差巨大的条件下，岩石风化成砾石，砾石又风化成大大小小的砂砾，风再将沙吹跑，沙漠便不断扩张延伸。

在陕西沙漠治理研究所，已退休的麻姓所长以凌裕泉和吴正试验高速电影摄影机展示的分镜头给我们讲风沙运动的轨迹：当平均风速接近沙粒起动风速时，不稳定的沙粒最先运动，首先表现为振动；当风速达到起动值时，振动加强，有利位置条件下骤然向上起跳；起跳角以30°—50°为多，还有达到60°—80°角的，降角总在10°—30°之间。

沙砾在气流运动中加速、旋绕、滚转，冲击力是沙砾重力的几百倍乃至千倍，就像河水因高含泥沙摧枯拉朽，如此，沙漠在整体向土地蚕食时才坚韧不拔，在沙尘暴形成时则无坚不摧。①

1965年4月，原在北京的中科院地理研究所沙漠研究室迁至兰州，与原地理研究所、冰川冻土研究所合并，在兰州共同组建了中科院冰川冻土沙漠研究所。

腾格里沙漠东南部的这片沙漠，自古就被视作由内蒙古高原通凉州的畏途，石英和砂粉混合而成的流沙，从祁连山的残破山脉中被风揭起，沉积成格状沙丘和新月形沙丘，然后连缀成线，再以每年8到10米的速度向前挪移，有些沙丘高达50到100米。2015年6月26日，沙坡头治沙所赵金龙先生给我几张旧时油印小报等其他资料：“风力很大，且十分频繁”，“一刮就是七八天，天昏地暗，对面不见人”，“连我们种的花草有时也一起拔走”。沙所到之处，“森林被摧毁，田园被埋葬，城郭变成丘墟……”

① 见陕西省治河研究所石所长访谈暨董治宝《中国风沙物理研究》,《中国沙漠》2005年5月号。

最早到沙坡头的中国科学院副院长竺可桢这样叹喟。当然，仅叹喟是不够的，要把它治住，不然它就把刚建成的铁路埋了！

沙坡头治沙，用的是麦草方格。

实在称不上什么精妙设计。把庄稼地里切了麦穗的麦草，在沙地上搭一个方形，用铁锹把麦草大半埋进沙里，只露十几厘米的头，完了。

也许太简单了，没什么吸引力，却有了传奇，说原来麦草是平铺沙丘之上的，几乎没什么作用。工休时一些不安分的、精力过剩的年轻人，就用麦草在沙丘边上扎着玩儿，有得扎“天”字，有的扎“地”字，有的扎自己的名字、单位名字。几天的大风过后，那些平铺的沙障都没了，而草扎的横竖交叉的汉字却完好无损，也就在这时，中卫沙坡头治沙的诀窍诞生了。

但也有人不承认这个说法，说麦草方格是苏联经验，当时他们修建穿越卡拉库姆沙漠铁路就用过，甚至在沙皇期间就有了。邸醒民老人强调，正是在苏联土库曼科学院院士彼得洛夫和阿阜宁的指导下，麦草方格才在沙坡头大面积推广。1957年春末，中科院治沙站研究员李鸣冈和李玉俊工程师及第一设计院赵性存工程师，在苏联专家指点下，和民工一起扎下了第一片麦草方格……

麦草方格是核心，但沙坡头治沙防护体系不止麦草方格，而是一个包括卵石防火带、灌溉造林带、草障植物带、前沿阻沙带、封沙育草带组成的“五带一体”的治沙防护体系，在沙漠铁路两侧次第展开，成为护卫这条沙漠铁路的绿色长廊。

彼得洛夫让扎的麦草方格原定为边长1.5米或2米，但工人们尝试还是边长1米效果最好，诸如其他三角形、圆形、弓形等，都不如简单的方形好。

方形简单，却异常实用，无论从哪方刮来的风，都可以被麦草方格有效阻挡。麦草固住了地面的沙，也拦住了外面的风，在格子中间，气流通过时形成旋涡，使格子内的沙面形成沙漏式凹面，沙子不容易被吹走，还可以在其中种上沙生植物。随麦草方格逐渐蔓延，沙丘被部分固定下来，并生成“沙结皮”，类似土壤的结皮。它的形成是沙、普通的微生物在其新陈代谢过程中残留分泌物，加上真菌、藻类、菌丝体及植物根系、根毛等综合反应，引起沙土理化性质改变，形成足以稳定地面的沙结皮。再加之草格的阻沙作用，一个个小小的“格子间”，就变成了微生物的“避难所”。

此外，麦草方格在流沙中渐渐腐烂，就给流沙注入了丰富的有机物和营养元素，仅1957—1985年不完全统计，沙坡头共扎草格1.8万亩，用麦草3306.22万公斤，平均每亩0.18万公斤。微生物增加和有机物的腐烂分解，为沙生植物和藻类提供更多可利用物质，先是地衣、蕨类，然后是草本植物、灌木。在埋下麦草方格的土地上，绿色画卷慢慢展开。

1994年6月5日，中卫固沙林场被联合国授予“全球环境保护500佳先进单位”称号。

沙坡头麦草方格自然成为世界著名的固沙治沙方法，后来被广泛运用国内外，并演化出种种不同面貌。在塔里木沙漠公路两侧，用芦苇扎成的草方格也起到了固沙护路的作用。

牛玉琴：一个一字不识的农妇治沙

陕北有棵参天柏，
轩辕大帝亲手栽。
陕北有条千年道，
秦皇一路开过来。

陕北有条无定河，
春闺梦里到边塞。
陕北有个治沙人，
巾帼须眉好风采。

以上所引是电视专题片《陕北启示录》主题歌，最后两句系我删改添加。

牛玉琴，共和国同龄人，陕西省靖边县东坑镇金鸡沙村人。1985年至今，带领全家人治理绿化11万亩沙漠。

1966年，牛玉琴从陕西定边县嫁给沙漠边上的金鸡沙第十生产队社员张加旺。金鸡沙村紧靠毛乌素大沙漠，她新婚的新屋后就是沙漠。一到春天，沙子满天飞舞，望着漫漫无涯的沙漠，两口子也想怎样才能治住风沙的事。1978年历史性转折到来，先是责任制分给30亩地，这一下子就让他家老小七八口人都吃饱了，这是1980年。1982年，他们又买了40只羊，紧接第二年又置了一头骡子，放羊的沙窝窝里还又盖了两间房子。囤里有粮、碗里有蛋、兜里有钱，像960万平方公里的每一户农民一样，仅凭出力出汗日子就慢慢小康，甚至接近万元户也有可能，因为牛玉琴还养了鸡种了葵花。但这些还不让牛玉琴两口子满足，他们开始提出联户承包沙漠绿化。就是怎样让无边无际的沙漠变成进去就走不出来的森林，那样孩子们不就有了玩的地方？老人、老屋也不致被步步逼近的沙漠撵着到处搬家了。

为什么联户？这出自牛玉琴两口子本性，就像星散至陕西黄河岸边西夏人的后裔党家村人那样，有了好想头，不能自个儿偷偷摸摸自己赚，有财大家都发。再就是，她知道一家一户力量太小了，在一片压得人喘不动气的沙漠面前，即便自己万年长青，那也无法和肆虐的风沙对抗。

“栽树好，你能保证栽上就活？”“承包合同不就是张纸？现在能签字画押，到时不也能一撕两半！”邻里百姓不愿上当。

“人家不干，咱不能不干！”所谓夫唱妇随，随的还有村委村主任。

1985年第一天刚过，张加旺和村里、乡里签了承包合同，15年。

不缺雄心壮志，缺的是钱。羊、骡子、鸡都卖了，也只凑了2500元。再去信用社贷4000元，再向私人贷500元，还不够。再说，上有老人下有娃仔，鸡是不能全卖完的。小儿立强生日，又偏偏病了，吃不下饭，牛玉琴给他蒸了两个鸡蛋，立强说：“妈，我不吃鸡蛋，我要换树苗。”

牛玉琴心太软了，不争气的泪水流了个一塌糊涂。

劳力也是个问题。牛玉琴以每天每人3元雇了16个帮工，又动员老幼病残5个人，又以每辆6元雇了5个架子车——按1949年后划阶级定成分，这时的牛玉琴就不仅仅是地主，而且应是双料再加个资本家了。但她连想都没想，只想怎样才能把树苗运到几十里开外的沙地里去。

谢天谢地，在最难蹚的头一脚蹚开之际，县林业局雪中送炭，一下子送来了1000斤草籽和30000株榆树苗。

沙漠风干，树苗必须在太阳出来之前运达，当头太阳一晒，就不容易成活了。

一家三代七口人倾巢出动。多少年之后的2015年6月2日晚上，牛玉琴回忆这段往事的时候已没了泪水：

“背树苗，一个人背二三十棵，把大儿子压得直嚎（哭）。不背了，说什么也不背了。为什么他不背了？我说我们都背你怎么就不背了？那我和你爸帮你一下，给我给你爸抽一些，这样你就轻快些了。哄他背。到了地头，我一看儿子，眼泪就又来了，儿子的肩膀压烂了好几道口子，血红得瘆人。把孩子折腾这样子，我这是为啥来……”

干沙梁上栽树苗，抽出铁锨就是半坑沙，水多了树苗站不住，水少了不够喝，一天下来没一个人不是满嘴燎泡。漠上大风十天就有九天刮，风吹的背树苗的人东倒西歪直不起腰，挖树坑的人睁不开眼……

沙漠不轻易认输。第一年，张加旺承包地1万亩造林6600亩，第二年春，一场特大沙尘暴，将这6000多亩树苗连根拔起。

天有不测风云，正当张加旺牛玉琴以“憋死骡子挣死马”（牛玉琴语）的决绝，向沙漠展开殊死的搏斗时，张加旺小腿上长了个肿瘤，需要手术，这让本来公公就年迈体弱、婆婆生活不能自理的好难一个家雪上加霜。医院里病人怎么伺候？沙漠里树还栽不？情急之下，牛玉琴只好让12岁的二儿退学回家去医院伺候病人。有道是祸不单行，屋漏偏逢连阴雨，丈夫还没出院，自己又得了阑尾炎，也被医生留在了医院。这一家老的哭小的叫，乱成一锅粥。牛玉琴边治疗边学打针，两人一起学，这样就可以带着药提前回家。丈夫病了，孩子还小，家里地里，里边外头，她一下子都给顶了起来。

一早给他们做好饭，她就到沙地里忙活，回来说说沙地里的树苗好让丈夫宽心。丈夫虽养病在家，但回到家有这么一个人商量，凡事也都有个主心骨。可一年两次手术，也没阻挡住肿瘤扩散。1987年，牛玉琴带张加旺去了银川大医院，坐错了多少车，走了多少冤枉路，总算找到了三边林业局的张介龙。这个现供职国家林业和草原局的官员曾在靖边东坑乡当过三年乡长，牛玉琴找他时还在银川。他带张加旺去医院锯掉了左腿。

从银川回家，牛玉琴呆呆地坐在寒风嗖嗖的车厢，眼前一片空白，张家旺安慰她，病来不由人，锯掉腿，我也还栽树。一进门，一家人都说不出话，也许是为了缓和沉重气氛，儿媳抱着不满周岁的孩子，叫公公给起个名。“我们子孙后代都还要治沙栽树，孩子就叫张继林吧。”

一个多月后，张家旺在一根拐杖的支持下跳一只腿去买树苗，一到东坑街，就碰上了刘乡长。刘乡长问明来由，话都说不下去了，撵他回家。几天过后，县政府的车就把8万株杨树苗和14万株槐树苗运到了沙地边……

张加旺、牛玉琴这小小的人民，最需要支持时，就有了支持。

牛玉琴：“1988年造林的最后一天是农历三月初二，加旺信心百倍，从林地里往家走。上沙梁时，他把拐杖先扔上去，然后往上爬。下梁时，抱着拐杖往下滑——不是滑，是滚……前边是家，是我和加旺衔来一棵棵草、一口口泥垒的小窝，那身后呢？……”

牛玉琴只心里想而不会说。那身后自然是让流沙安稳，让草木常绿，让自己、让一家人，包括以后最终被疾病夺去生命的自己的伴侣，可以安放灵魂的精神家园。

三年后，6600亩沙漠中，小草终于拱出了头，嫩芽也挂上了树梢。张加旺住九次医院，动七次手术，截去下肢，还是被骨瘤夺去了生命。关心牛玉琴她孤儿寡母的好心人劝她说：“快把树卖了吧，也让孩子过上几天好日子。”这话牛玉琴当然听不进去。看到牛玉琴的决心，当地政府大力支持，1989年清明，给张加旺立了治沙模范碑，还送来了1万株杨树苗和一些杨树条和沙柳。1991年一年，她又带领全家，栽了8万多株杨树，5.4万多斤沙柳。

也是这一年，省农业厅在金鸡沙村召开现场会，奖励牛玉琴4000元。这4000元怎么花？当然首先考虑的还是买苗育林，还要育人。

她要办学。由这4000元奖励打底，凑上家里零花钱，再私下里动员别人帮忙，总共2万多元，用砖木结构盖了八间校舍。村里把小学名字命名旺琴小学。

1990年，牛玉琴获“全国三八绿化奖章”和“三八红旗手”称号。1993年，又获联合国粮农组织“拉奥博士奖”。这个奖也是有含金量的，她把奖金拿出来，又从香港杨志明先生那里筹得一笔钱，由县教育局出面，为旺琴小学修了九间楼式校舍。接着她又为东坑中学筹得一笔国外资金75万元，为中学建了一栋教学楼。

为什么香港人士和国外资金愿给牛玉琴？一是因她治沙，二是因她办乡村教育。

牛玉琴一字不识。

自1985年承包治沙后，牛玉琴就尝到了不识字的苦。开支一项项，借钱一笔笔，还有工人干的活都得清楚吧？加旺没了，她必须把缺了一半更快地再生出来。之前她连乡政府驻地东坑也没去过，1986年她去县妇联开会，东西南北不分，也分不清男女厕所。一次，县妇联主任带她去地区妇联开会，报销路费让她签名。她既不知在哪签，也不知自己名字怎么写。玉林地区妇联主任立马叫工作人员教她写字，她学的第一行字是“陕西省榆林地区靖边县东坑镇金鸡沙村牛玉琴”，先倒着从后面名字学起，然后再学“男、女”二字。那时还有加旺，回到家里，已经锯了腿的加旺开始教妻子学文化。1988年，牛玉琴参加省人代会，这次会上她学字提速，还买了学生作业本，一本一元，十本八元，她就一次买了十本……

沙漠治理从1万亩到11万亩；树木从零到2800万株；林草覆盖率从不足百分之二到85%；林木品种从沙柳、杨树五六种到松树、榛子、元宝枫等三十多种。就这样，牛玉琴队伍把沙漠生生逼退10多公里，保卫了周边28万亩农田不再受风沙侵袭，当地村民收入比1980年翻四番。近年，随着次子张立强林业大学专业学成，他们又把现代科学技术、理念，引进至传统治沙中，并以现代企业制度公司化运营，无疑产生出更大的影响力。

作为全国人大代表，曾经一字不识的农家妇女牛玉琴不仅治沙，不仅办学，还出资给村里通了电，通了柏油路，还建起示范蔬菜大棚，还帮五保户老人盖起新房。就像《治沙英雄牛玉琴》的作者评论：“牛玉琴有很多荣誉，但她的荣誉是沙窝窝里一个普通女人改变生活、改变命运、相夫教子终成正果的心，没有太多刻意，也没有太多如意，有的只是始终如一，为村、为民、为人的虔诚。”

病？张应龙患的什么“病”？

2000年前，著名史学家司马迁沿着宽阔的秦直道穿过沟壑纵横的陕北高原，来到夕照下的无定河畔，一条绿色的林带赫然出现在眼前。这条由榆树构成的绿色长城与秦长城相约相行，蜿蜒西去，这就是被他写入《史记》的“榆溪旧塞”。

长城和榆溪塞的榆一度阻挡了北方游牧民族的铁骑，“不敢饮马于河”，却无法阻挡漫漫黄沙向南进犯。“榆溪塞”上的巨大城堡叫镇北台，是延绥巡抚涂宗浚于万历三十五年（1607）修建的。它是明长城上最大的军事瞭望台。就在镇北台建成两年后，榆林镇不得不动员2000多名军兵、民夫，扒除长城外壁的积沙。据涂宗浚记，全长约300里的沿绥中路边墙“俱系平墙大沙，间有高过墙五七尺者”，最严重的地方，沙子比边墙高出一丈。

榆溪塞外，有乡名“补浪河乡”，四十年前，还是荒无人烟的大沙漠，80%土地都是流动沙丘。那一年，54名英姿飒爽的榆林姑娘打着背包来到这里“绿化祖国”。她们的建制称“长城治沙姑娘连”——是火红的年代留给人们集体记忆的标志性名称。为什么组“姑娘连”而非“小伙连”？当然是因为姑娘靓丽了。类似称呼，还有以后“学大寨”时期的“铁姑娘连”等。循其历史，则有花木兰替父从军、红色娘子军等。相比青年小伙，姑娘似更有耐心、细心，治沙栽树虽不是描凤绣花那样的“女红”，但也是“一针一线”做出来的。当年的“长城治沙姑娘连”首任连长已是白发苍苍的老人了，忆起当年，仍难抑澎湃的心潮：“我们头一天把树苗栽上，第二天来一看，一场大风把树苗全都拔出来了，有的则埋了进去，我们都哭鼻子，一棵一棵扶起来，然后再重新栽。”“一茬接一茬，经过40年创业，我们所看到的这一片共1.4万亩，已经林成网，树成行了。”第十三任连长边振林接着给予补充。

“女子治沙连”刚刚成立的那个年代，土地荒漠化作为全球性环境恶化的严重问题，开始引起各国政府和学界关注。为此，联合国举行荒漠化会议，并制定出防治沙漠化的全球行动纲领。这次会议的第二年，国务院批准在东北、华北、西北地区建设大型防护林工程，计划到2050年，用七十年时间，分三个阶段建设一条横跨大沙漠、四大沙地，从新疆一直延伸到黑龙江的万里防风沙林带，而陕北榆林则是此项工程的重中之重。所以，中国治沙并不是自牛玉琴始，当然也不会到牛玉琴止。

“姑娘连”治沙是集体所有制，靠政府组织出资，建的林则当然是公家的，没有政府允许，个人在国家所属的沙地栽树是犯法的。

牛玉琴赶上了个好时代，国家沙地可以承包，以后则叫租赁，十年、五十年或七十年期都行，就看当时合同怎么签了。

国家不投一分钱就让沙漠变绿，老百姓还由此有了暂时为自己所有十年、三十年或更长时间的林果，从此就吃上了饭，这等好事，何乐而不为？以1978年党的十一届三中全会为转折点所形成的新的生产关系，一下子大大解放了生产力，1984年榆林三干会召开，榆林《林木十条》规定出台后，想治沙绿化的，不仅仅是牛玉琴一家。这样想的，同时还有定边县的石光银。

“18岁当生产队长，19岁当大队长，20岁当支部书记，当时我就想，要想让这个村改变面貌，不治沙是不行的。不治沙就拔不出穷根，连自己的庄、自己的家也保不住。”石光银说。

石光银清楚地记得，每过六七年，父亲就带全家老小搬一次家，最严重的那年一年搬了两次。“沙子都上房梁了，不搬就把你埋了！”所以石光银发誓治沙。1984年，他辞去林场场长职务，从乡里承包了3500亩沙地。

天道酬勤，这一年入春以后，雨水不断，栽下的树苗大部分成活了。第二年他又看上了5.8万亩的荒沙，当年这是定边沙害最严重的地方，人们管那叫狼窝沙。当时有人就给他泼凉水：哎呀，老石疯了吗？还是当干部的，人民公社四十五年都没治了，你就治了？像牛玉琴一样，家人、亲戚、邻里都反对，但是石光银却铁定了心。

瞒着婆姨，他把家里84只绵羊和一头骡子都卖了，加上东挪西借，联络了六户乡亲，凑够10万元，成立了“定边县荒沙治理有限公司”——一步跨入“资本主义”，他要当“资本家”，不过不是独门独户独食，而是联户、合股。因他一辈子农村干部的号召力和人脉，这时候已有27户484口村民聚至老石麾下，开始了向“狼窝沙”的集团进军……

与同样是全国劳模的石光银话题刚开了头，他就让我去写张应龙。“那年张应龙跟我在北京，我们两个还有牛玉琴都在林业局开会，我说张应龙你作为一个社会青年是伟大的，真的，伟大的！你这个精神给你们年轻人，给大学生、中专生，给博士生起了一个好头！就这样干，就这样治沙！”同样的话，牛玉琴也说：“他治沙比我迟，我感到人家那治沙上了新科技，第一产业、第二产业，跟我不一样，我是靠一把铁锹、一辆架子车，我们现在开始学他……”

此时此刻，这个被老一代治沙人石光银、牛玉琴视为“伟大”“英雄”的张应龙，正在西安一个小旅馆里，被二姐、哥几个领着去看病。

2004年初冬，还在沙地里游魂一样悠荡的张应龙被二姐喊回：“西安城里大姑病了，没几天了，得去看看。”

到了西安，一家人并没去姑家，而是住进了小旅馆。第二天也没去姑家，而是去了一个精神卫生中心——是以前神经病医院的新名字。

莫非姑姑患的是神经病？可又没去病房，而是拐弯抹角把他领进了诊室，被一再摆布的张应龙此时才发现，他已被控制，连去厕所也有人跟着。

一开始他还想反抗，再后就听任家里人摆布了。“为什么？心里有愧啊！”多少年之后，张应龙二姐张彩凤说这次西安之行的原委：

“怎么能不是病？就像街上到处乱转捡垃圾吃的疯子，衣服褴褛，头发长得比我的还长，大头皮鞋裂了缝子……如果不是病，他怎么自个儿就偷偷地把父亲留给我们的六间门面房全卖掉，不和家里任何人商量？只卖了180万元，搁现在，翻十倍也多了吧？”

“如果不是病，他怎么放着皇城北京的高级饭碗不要，好不容易上出学去，又跑回神木这穷地方？回神木也不要紧，为什么偏偏一头扎进沙漠里不出来”？

他们先咨询了神经病医院，大夫说这就是老百姓说的“鬼迷心窍”，中医理论就是哪里经络不通了，导致理性丢失，做出非正常人的举动。

张应龙家里人知道，这个病能否治愈，关键是病人配合程度，只有他承认自己有病，这病才有治愈的希望。而那时候病人虽然已碰得头破血流，但是让他承认自己有病恐怕也难。所以他们全家人商量，先把他骗到西安，再想办法挟持他去看大夫。

对于自己的“被病”“被看病”，张应龙是怎么找的病根？他说：

“我与乡里签七十年合同的19.8万亩沙漠，是神木一个叫圪丑沟的地方，毛乌素沙漠的东北角，黄河支流秃尾河的发源地。为什么从北京跑回来老家？因一个教授对我讲，你们陕北神木正开发煤田，实际上今后你那里缺的不是煤炭而是水。当我来到秃尾河源头的时候，我发现实际上这儿水非常丰沛，但就一点，到处都是流沙。我就想，我怎样才能让秃尾河的水流到黄河里去？怎样让这流沙上长出树木？就这样想。治沙、种树也不一定不挣钱，挣钱种树得先有投入。我的钱花完了，就偷着把家里的门头房卖了，几年下来350万投资都花完了，我这里还八字不见一撇，又看我整天为治沙神经兮兮的，家里人就判断我真神经了，骗我去给我看病。”

“也确实病了。我哪里伟大了？哪里英雄了？我恐惧得很。一个人在沙地里走，看着昨天刚刚栽好的树苗，去年已经发芽抽条的小树，又被一场大风全部刮走、埋葬，我那孤独啊，我感到自身力量的渺小啊，无以言表。”

“再看周围，偌大无边的天底下就我一人茕茕孑立，形影相吊，没有一个同伴，没有一个能说话的人，我真想大跑、大喊、大叫，可我又跑不起来，也喊不出来。我觉得天地就像两扇慢慢合拢的磨扇，要把我磨成肉酱，我真的有点疯了……所有跟着我干的人、我给他开工资的人，再也不要我的工资，再也不信我给他们描绘的绿色长城、绿色家园、绿色银行的许诺，都离我而去，我怎么办？”

“鄂尔多斯乌审旗河南乡也有一个治沙的农家妇女，殷玉珍。她家就在沙漠深处，嫁过来40天，才看见一个人从家门走过。她想和他搭话，可跑过去那人已走远。她就回家拿了个盆，把脚印扣住，每天都来看上一眼……”

“面对一望无边的沙漠，她咬牙发誓，宁肯种树累死，也不能让沙欺负死！我不能不如它吧？”

“我就在那沙子上看到一个小甲虫，那沙子是软的，小甲虫从底下拼命往上爬，它上一点，又滑下一点，上一点，滑下一点，还爬。它为什么？我就想我连一个没有什么智慧的小甲壳虫都不如，它都不屈服，我凭什么屈服？它还勇往直前，我怎么就畏难？我肯定会找到出路。这治沙单靠一个人不行，一个英雄不行，他再大的英雄也解决不了问题，得靠大家，大家都成了英雄，这个难就不怕了……”

就这样，“被病”的张应龙坚持了下来，并且在工友四散离去后，又重新聚起一支队伍。张应龙、牛玉琴、石光银各带一支队伍，虽然现在规模也还不足够大，但是已让我们看到了那让人眼睛、心里都透亮、湿润的绿色……

保卫黄河：一组昊起的绿化照片被认为是假的

“米脂的婆姨绥德的汉。”位于黄土高原腹地的米脂，有1.6万条沟壑，其中最著名的是米脂城北20公里外的高西沟。这条大沟深三四十米，方圆四平方公里的土地上几乎看不见一块像样的、哪怕是足球场上那么大的平地，整个村庄除了山就是沟。40座山、21条沟，成为黄河中游黄土高原水土流失最典型的区域。有时一发山水，一群羊就全冲走了。每逢雨季到来，21条沟沟坎坎的泥沙倾泻而出，流向金鸡河，然后流向横贯陕北的无定河。无定河又以每立方米河水挟44公斤的泥沙，奔涌490余公里后汇入黄河。

怎样才能使坡上沟上的土不被冲走，让庄稼人吃上饱饭，是高西沟人世世代代的梦想。实现这个梦想的契机，终于在20世纪50年代的第三个春天，因举世瞩目的三门峡水库的筹建而到来。

1952年，黄河水利委员会两名水土保持技术员来到高西沟召集村民大会，说了不得了，下游发大水要把村庄冲没了，发大水的原因就是高西沟的泥沙都淤积在了黄河里。为了防灾，国家要在三门峡建大水库拦沙，如果高西沟不想办法把沙拦住，原先淤在河道里高西沟的土，三年、五年就能把三门峡淤平。三门峡淤平，如再来了山水，半个中国就要受灾，天安门城楼也摇晃三摇晃——村民，包括当时村支书高祖玉听了心里又发毛又骄傲，原来我高西沟这么重要啊！别看它蜷在山沟沟里打着灯笼也难找，原来却和天安门连着。这样一想就有思想高度，为了三门峡、天安门安全，这淤地坝说什么也得打，再说，打淤地坝能发庄稼啊。那时的农民的确有为国家舍小家的豪情，何况打淤地坝发庄稼，是看得见、摸得着、第二年就能攥到自己把里的好处。

“先是崖上种柠条、灌木，因为它抓地保水土最好了，还能给牛羊啃，还能烧火做饭。”2004年,77岁的老支部书记高祖玉面对电视采访这样回忆。可是淤地坝怎么打？家家户户刚分了土改后的地，地就是农民的命，不能不要命了！最后，村里就和技术员把淤地坝选在一条不姓任何一姓的“大银山沟”，从开春到端午，又从夏收干到冬雪飘飘，他们打了两座坝。

以淤地坝减沙增产早在清乾隆年间的1743年，陕西道监察御史胡定就已有明确认识。他在给皇帝的《河防事宜条奏》中说：“黄河之沙多出之三门以上及山西中条山一带破涧中，请令地方官于涧口筑坝堰，水发，沙滞涧中，渐为平壤，可种秋麦。”

当年，王化云去大泉山看到两个小和尚修的淤地坝，贾地主在二百年前修地坝，那时高西沟还没有小和尚和贾地主的超前。他们觉悟虽晚，可行动却扎实。多少年过去，三门峡水库虽几经改建已恢复无库状态，但力保三门峡而实施的上游水土保持所带来的现代文明和文明所产生的新生产方式，却让高西沟由此改变命运。

第二年夏天，一场洪水把大银山沟两座坝冲毁了一座，剩下的那座坝让高西沟人第一次尝到了淤地坝的好处。更重要的是他们学会了打坝，知道粮食不仅能够向山上要，还能向沟里要。1954年夏天过去后，19岁的林关石大学毕业后，从江南水乡分配至米脂山沟的水保站，两年后，比林关石小两岁的高祖玉当了高西沟村村长。这两个“小年轻”带领全村人开始修水平梯田，随后由高西沟而米脂，米脂成了“中国水平梯田之乡”。高西沟的两个“小年轻”不一味向山上要粮食，却将原来坡地退耕，改为种树种草。在1958年，“大跃进”的第一个年头，高祖玉带领村民在原来大约100亩坡地上种了30亩树、30亩草。并不是什么先知先觉，“是一点点试出来，这个试，就是怎样才好，怎样有利庄稼，怎样有利山沟不再塌就怎么干”。高祖玉这样回忆。

我前往高西沟拜访时，高祖玉已不在人世，但84岁的他在《陕北启示录》中重病缠身的镜头，还有高西沟那郁郁葱葱的沟沟峁峁，却分明让我感觉到他仍然活着，仍然守候着高西沟的山水树木。

1962年1月，《人民日报》以《山区生产的生命线》为题，报道高西沟的水土保持，并且还在头版配发社论《群众自办水土保持的范例》。报道说，从1958年到1961年，高西沟800亩土地还林还草。一时间，全国来高西沟参观的人络绎不绝。“那时候车少，但车进村得排队。”一位村民回忆说。

就在高西沟拼命打淤地坝退耕还林的时候，太行山深处的山西昔阳大寨，也在为怎样才能过上好日子而拼命开荒造田。1964年2月10日，《人民日报》发表通讯《大寨之路》，介绍了大寨经验。1964年12月21日，第三届全国人民代表大会第一次会议在北京召开，号召全国人民“工业学大庆，农业学大寨”，大寨经验后来居上，高西沟一下子冷落了下来。

从此，高西沟转入孤独的坚守。好地、淤地种粮食，阳山种果园，阴坡种牧草，次地种生态林。正如以后陕西省林业厅总工程师范民康评价，他们的1000亩草、1000亩林、1000亩粮食的“三三制”，和我们2000年开始的大面积建设大而美的大西北提出的方略是一样的。高祖玉说：“我去大寨看过，我们和他土石山区不一样，我们是丘陵沟壑，不能死搬硬套……”

虽然高西沟没有成为大寨那样的典型，但是经历了时间的检验，不仅高西沟的精神，还有他们的具体做法，已经在大西北发扬光大，并且深入人心。

1978年夏，连续几场罕见的大暴雨，使一向干旱的陕北山洪暴发，无定河沿岸十几万亩良田被冲七八万亩，榆林米脂全县被洪水冲垮土坝329座，冲毁坝地5038亩，唯独处暴雨中心的高西沟安然无恙。如果说他们在开荒造田的同时，冷静地退耕还林，从而实现中国农耕史上第一次土地利用的“逆转”，那么到1976年建起高西沟水库前后，也可能第一次实现黄河生命史上高西沟所在的小小支流由浊流变清流的“逆转”。正如当年高祖玉对王化云说的："你这三门峡泥沙不要怨我高西沟，我高西沟的泥沙没有一粒进你三门峡，进你黄河！"

一个农民，一个高原深处小小村头，直到84岁还不糊涂。谈及初衷，他说："还得感谢当年黄河水利委员会那两个小年轻对我们的吓唬，人除了想着自己，还要有个全人类的思想……"

全人类的思想？这当然属于大话了。可由这个地道的农人、老人说出来的大话，又是多么实在。

是的，真理从来都是质朴的。

2009年秋天，《科学》杂志著名记者查尔斯·曼和美国《国家地理》杂志的著名摄影家詹·理查德森等一行四人到高西沟采访说："感谢你们在这么一个伟大的地方接待我们。高西沟不仅是中国的典范，也许应该是世界的典范。"

经半个世纪的奋斗，有着21条沟的高西沟林草覆盖率达64%，21条沟还剩下唯一的一条谷字梁沟，18年前，村里人提议也把这条沟打坝，村里老人说，留下吧，留下这沟，让后人有个对比。

又经过二十年努力，这里山川已远不是20世纪几十年代的荒凉。我几上几下黄河，几次穿行黄土高原，西安—龙门—壶口—宜川—延安，宁夏—榆林—靖边—铜川—黄帝陵，特别是陕北全绿色覆盖，几乎看不到一点裸露的黄赤。其间，吴起是一个不得不说的县份。

吴起，红军从江西瑞金出发，到达陕北吴起镇，是标志着红军两万五千里长征结束的地方。得名吴起，与历史上一个带兵屯垦的兵家相关。《西行漫记》作者斯诺曾这样描述："这些拥拥挤挤的丑陋山头像海神理就的一个世界，人类能在这样恶劣的自然条件下生存，简直是一个奇迹。"

2007年夏季，当地一位摄影爱好者在吴起一个叫柴沟的地方，实地拍摄了一组退耕还林的图片，送给当地一家知名报社，编辑看了一眼照片就扔进废纸篓了：陕北有这样的地方？显然，图片是假的！作者不甘心，又把图片投至《人民日报》。2007年9月12日，这组照片在《人民日报》海外版刊出，立刻在海内外引起轰动。人们都想什么时候，能去陕北那荒凉的地方看个究竟。

2008年10月29日，安塞县碟子沟村村民冯孝岗展示了两份不同年代的林权文书：一份是他1985年与村民小组签的“承包林木合同”——类似牛玉琴、石光银当年那样的“定心丸”吧？再一份则是他刚刚领到的“林权证”。林权——造林、用林、卖林，钱归自己所有的证件。小小的证件标志着国家对于个人林木所有权和使用权的法律确认和现代产权制度的形成。

退耕还林国家给钱，少种了粮食国家给粮给钱，还林植林卖钱归己所有，农民又何乐而不为？据吴起县林业局介绍，从1999年到2009年十年间，光国家给本县农民的投入就13.86亿元，吴起10.6万农业人口，人均得到将近1万元支持。

美籍华人刘登立是中美建交后首批美国驻京记者，1995年，刘登立接受世界银行组织委托，拍摄有关中国政府在黄土高原是如何进行生态修复的影像。刘登立去过欧洲、北美洲、南美洲、非洲、中东很多地方，到陕北后，开始了对生态系统功能的研究及长达十五年的跟踪拍摄。他制作了七部纪录片，其中一部《气候变化的希望》在2010年哥本哈根世界气候变化大会上放映。

保卫黄河：金山银山不如绿水青山！

公元1080年，出生于浙江杭州的沈括来到陕北延安，出任延州知州兼鄜延路经略安抚使。在延安和富县一带，沈括发现在砂石泉水相杂的地方，常常冒出一股股黑漆一样的液体，百姓把这种液体称“脂水”，居然可以用来燃灯照明。沈括便带回家试验，灯点着了，冒出的黑烟也引起了沈括留意，他把燃尽的炭黑收集起来，制作成墨，并给这种“脂水”起名“延川石液”。由此，他在《梦溪笔谈》中描述：“鄜延境内有石油……此物后必大行于世，自余始为之。盖石油至多，生于地中无穷，不若松木有时而竭。”

同样还有黄河洪水过后，晋陕峡谷上下的人们都有到河里拾炭的习惯，大水过后，百姓常捡拾到房子一样大的炭块。

由此你可以知道，这条由上游水电、中游煤炭、下游油气所构成的黄金水道，自然资源蕴藏有多丰厚。其实，油气何止仅下游?

1907年2月，日本技师佐藤弥郎来到延长县打出深81米的中国大陆第一口油井“延一井”，标志着中国现代石油开采由陕北发轫。有着中国“科威特”之称的陕北煤油气资源丰厚，至今已探明的矿产资源有8大类48种。其中，有世界级的神府大煤田，探明储量1660亿吨，具有特低硫、特低磷、特低灰，高发热量、易开采的特点；探明石油储量12亿吨，天然气储量4万亿立方米。煤炭还要炼焦，还要火力发电，西气要东输，要生产化肥、电解铅等等。此间，铁路、公路、管道再加矿山建设再加煤炭、油气之外的铁、膨润土、高岭土、石英砂等开发，宁夏、内蒙古、山西等这个占全国能源矿产总量1/3的上中游的大河两岸，将会喧闹到什么程度?

而这种喧闹，自从人类在高原深处升起第一缕炊烟，农耕民族把游牧民族驱逐而去，就一刻也没停止过。秦汉“屯垦”与“移民实边”，明王朝推行“屯田”，清王朝推行“垦荒制”，一道道文明闪亮的光环背后，留给土地、河流与芸芸众生的，则是万劫不复的灾难。

即便在改革开放初期的保护性开发，对本来已经千疮百孔的高原生态破坏也不可小觑。正是在此背景下，有着划时代意义的“绿水青山就是金山银山”的发展理念，一经从2005年浙江湖州那个叫安吉的小村里传出，就具有了席卷神州的力量。无论是自上而下，还是自下而上，都被广大炎黄子孙所认同并变成具体行动。

当地政府摒弃之前“有水快流”的发展思路，根据当时当地承载能力，留有余地的“慢开发”。与此同时，作为国家水土保持系统的监管部门，黄河上中游局报请国家主管部门批准，专门成立了晋陕蒙接壤区水土保持监督局。

晋陕蒙接壤地区是指晋西北黄土高原、陕北鄂尔多斯高原接壤地带，包括山西省忻州市、河曲县、保德县、偏关县和吕梁市兴县，陕西省榆林市神木市、府谷县、达拉特旗、东胜区等13县市（区、旗），总面积5.44万平方公里。区域内以黄土丘陵沟壑和风沙滩地地貌为主，干旱少雨多风，蒸发量大，植被稀疏，水土流失严重，生态环境脆弱，是黄河粗泥沙集中来源区，属国家级水土流失重点治理区。

2015年5月，我前往位于西安的黄河上中游管理局和位于榆林的晋陕蒙水土保持监督局了解有关情况。业务主管孙太旻、张永江介绍，根据1991年国家正式颁布实施的《中华人民共和国水土保持法》，他们对所有区域的所有开发单位实施监督检查，凡从事可能引起水土流失的生产建设活动的单位和个人，无论铁路、公路、水工程、矿山、电力及其他大中型企业，在建设项目环境影响报告书中，必须有水保主管部门审核同意的水土保持方案。若没有对可能影响水土流失的事先预防和事后复原措施，即便工程再怎么重要，也不能开工建设。而有关水土保持方案，须与工程其他生产建设环节同时设计、同时施工、同时投产使用。

一切，都是为了自己世世代代居住的家园。

一切，都是为了那一缕炊烟。

宇宙是慈悲的载体。印度河边的阿育王对佛法的实践，其一就是推进路边植树。肯尼亚旺加里·马德伊在整个非洲推进植树，30年间种了亿万棵树。她崇拜东方“天人合一、回归自然”古训，认为人拜其他之命之赐而存活。而在母亲河边，早就把植树看作和修桥铺路一样的功德。也只有树，无论在院落还是路旁，在山前还是坡后，无论它属于独木还是森林，只要郁郁葱葱，就会给人，给这个世界以盎然生机。

不加限制的开发和只有开发才是积极人生的古老文化损伤了大自然，致使中国有林的山只10%，好多山都是荒山。但也有例外，这就是桥山。

陕西黄陵县的桥山高不过百米，也没有陡峭的山形，然而它却常年树木茂盛，绿意盎然。与环绕它的大面积黄土高原的黄土裸露、不见生机相对照，当地百姓都说桥山是风水宝地。其实这个宝地、这个风水，全是世世代代百姓保护出来的。这里的每一树、每一草，出于对先祖的敬畏，谁也不敢动一指头。仅古柏就占地面积2450亩，总株数80000多棵，其中千年以上的32000多棵。正是对先祖的敬畏，桥山免除了人类的大举入侵，免除了乱砍滥伐，免除像大兴安岭那样的火灾。如果我们都以保护圣陵这样的态度保护我们居住的家园，全国960万平方公里的土地，包括沙漠，包括黄土高原，哪一寸不都是风水宝地?！

与此相似的还有河北燕山，或许那是清东陵所在？2018年夏，我在此停住10天，写作之余，当然得到山上转一转，举目四望，一片葱郁。森林覆盖率80%以上吧?

而与此相反的，则是青海都兰古墓周围古柏林的消逝。

都兰古墓为吐谷浑王族墓。外表呈“金”字形，由泥石、柏木混层修筑，当地群众称它为“九层妖塔”，墓室建筑为一层柏木、一层石头，如盖楼一般。如此建筑，根据当时人类生产水平估计得需一万人费一年工夫。

此一古墓群有上千座坟墓，一座墓至少需要50根柏木，那就耗费5万根。5万棵古柏，最粗的直径60厘米，树龄至少2500年，一人合抱的至少需要生长上千年；最细的直径15厘米，也得生长几十年。从墓葬发掘看，年代越后的用的柏木越细，古柴达木盆地成片的古柏就这样消失殆尽。

如以每棵柏树覆盖5平方米计，仅这一墓葬出土的柏树就覆盖25万平方米。

古墓如此，宫殿则用木更多，还有黄河防洪每年必须准备的“山梢”。那些历代无节制的采伐和索取，母亲河无言、无泪、无奈，只有默默地忍受，那最早升起在高原深处的长河夕烟，难道就断送在我们一代人手中？

回答当然是否定的。

若是没有野兔、布谷和白鹳，一个田野还叫什么田野？土生土长的精灵与大自然穿着同一色彩的衣裳，按一年四季的节拍作息、作乐，与土地、水泊形成最亲密的联盟。它们不是禽兽，而是和我人之子一样，是大自然的一部分，不管人间发生什么革命，它们总是永存——不能让一只兔子活蹦乱跳、不能让一只翠鸟一个猛子就从水中衔出一条鱼的田野，它一定是贫瘠的。

第十六章

新大陆（三角洲）

我没有玷污尼罗河的水，我没有在好时光阻止它的流动。

目前的黄河入海口位于今东营市垦利区黄河口镇，由于分汊，口门有二。2019年9月的数据是：右边口门处东经119° 17′，北纬37° 49′；左边口门处东经119° 15′，北纬37° 52′。百年以来，河在三角洲入海流路一直在东经118度—119度、北纬37度—38度范围内频繁变迁。随河而下的泥沙一半淤积在河道，让河道成为悬河，一半在河口创造每年3万亩的土地。

自鄂陵湖下的黄河沿计，此时黄河已走完5054公里历程，自“玛曲曲果日”计，海拔高度也从4500米落至海平面。

年轻的新大陆充满神秘。比如大水过后一下子让人陷入灭顶之灾的“插香”；愈近大海河水愈浅，河海联合作用下的“拦门沙”；还有让河工色变，至今也找不到原因，河浪骤涌、水位骤涨的“河喘气”。当然，更有它无边的芦苇荡，无垠的野树林，丰富多彩的野生动植物……都使这片蛮荒之地成为旧时的“宽乡之地”，也成为新时代拓荒者的乐园。特别是20世纪60年代胜利油田的发现，以及一轮又一轮三角洲开发，已经使三角洲没了原来的样子。现在我们看到的丰茂，大多是黄河不断流十几年来，三角洲人用宝贵的黄河水所供养的河口湿地。

“今年黄河没断流！”由于黄河水利委员会利用小浪底水库调水调沙，黄河在经历了20世纪末连续十多年的断流之后，已保持二十年不断流。

而河口最壮观的还是“黄舌”伸进大海的部分。蓝黄相汇处，婉转的黄舌如婴儿连接母体的脐带，又像从海洋冒出的一棵巨树。

大河东流。在华夏，凡往西流淌的河都称倒淌河。河流入海是东，太阳升起也是东，“东方为大”的思想由此产生。

现在我们站在东方古国的东方，河与海的交汇处，任凭风撩起我们的衣摆，任凭浪击打我们的筋骨。静静地感受自我人生的渺小，海洋的辽阔和时光与河流的永恒。经过漫漫长旅，源头的涓涓，上游的激越，中游的雄风浩荡，下游的宽缓不迫，大河终于汇入大海，把自己消逝于无。多少日月之后，她还在日、月、风的作用下，重新从这里升腾而起，从而完成生生不已的再一个循环。“逝者如斯夫，不舍昼夜”，多少年过去，城邦沦为废墟，丰功伟绩也散为历史尘烟，唯我母亲河还一如既往，养护着她的儿女子孙。她万折而东，她必受苦难。虽然她的子孙至今还不尽善尽美地善待她，但是她仍然以顽强的再生能力把自己接起来，赓续传承，不屈不挠，不改初衷，把自己活成一个隐喻。已经给她子孙，也必将还给她子孙以养育和呵护……

扬州东门何以曾称“利津门”？

有十万年地理年龄的黄河，自大禹治水到现在，以周定王五年（前602）黄河由禹河故道改行沧州流路计，黄河有记载的历史也只有2620年。除去宋金以后、民国以水代兵黄河走徐淮故道700余年外，黄河一直在渤海湾入海。包括古冀津禹河入海口，黄河在渤海入海达1870年。

现在的入海口垦利，1961年新区划之前，原是老利津县一部分。被当地士人命名为凤凰的利津，是黄河三角洲最古老的重镇，夏时属青州，春秋战国时属齐千乘。那时鲁中和鲁北有三条大河贯穿其中，最北西是最大的黄河。周定王五年，黄河从鲁地改道沿德州、沧州去天津黄骅入海，这就让古三角洲中的鲁北只享黄河之利而不受黄河之害。中间一条古漯水经今禹城、高清一线东流至小营附近入海，齐景公在漯水两岸养马的地方就叫“千乘”，意思是马多，址在今高青县旧镇。最右一条大河就是济水——以后的名字当然就是大清河了，自黄河西北摆尾至黄骅，济水摆脱了黄河统治，像它初年尚独立时被命名为四渎那样，以黄河故道独流入海，无风无浪。它入海的地方，金明昌三年（1193）所设利津县，在三条河水孕育的沃土，河宁海晏，一片大和。

利津先人把自己的家园称为凤凰城，是因为它居海边天然高地，有史以来，黄河左摆右滚，从来没被淹过。还有南北宽20余里、东西长80余里的海湾，状如大海伸出的一只袖子，所以又称“海袖子”。风平浪静，自然成为古济水也就是以后大清河的最好入海口，成为上延内陆、下扩巨洋的津渡，成为以后渤海湾最负盛名的“铁门关”。以至黄河夺大清河入海的头三十年，清朝邑人还有诗赞曰：

黄流直下铁门关，
水浅泥深解客颜。
一夜洋船大欢喜，
惊风收入太平湾。

而在黄河未夺大清河之前，它又是何等样子？

当时的大清河内接大运河，外连诸海，北达直沽（天津），由津渡而兴的丰国镇，至清代中期，既高又厚、周长五里的关城内大街两条，建有龙王庙、关帝庙和一座双层戏楼，戏楼常有对台戏，各戏班均以自家绝活与对手争奇斗艳。而在关城河口附近，则是“仁、义、礼、智、信”五大盐场，运盐船来往于大清河之上，深远不见桅帆。

清初邑人刘学渤在《北海赋》描绘：“清河之门，铁门之关。烟水浩渺，莽沧无边。廓不知其几千万里，受众壑而吞长川……西迤神京，东对朝鲜……”

如此“北海之枢纽，东省之咽喉”的津渡铁门关，怎能不让古城利津客商云集，市肆繁荣?

即便河入黄骅二百年后又循环回来，“至千乘郡入海”，即便初回时河道紊乱无定，但它还是绕着古城走。而到汉明帝永平十三年（70）王景治河，长堤束水，从现利津城东南入海。五百年后的隋文帝开皇十六年（596），河又绕利城折向北，从现盐窝入海。再三百年后，也就是唐景福二年（893），河改道由现惠民进入无棣入海，原海岸边的高埠小城利津，距新的海岸线已达70里。津城也还是尽得河利，大清河也还是清河，还是古济水。

凤凰城兴是因为商，商是因有“渠展之盐”。宋神宗时，从这里出口的盐足21000余石。至明中后期，晒盐新法由福建入，盐业生产方式转变带来效益增长方式转变。那时，一包盐重160公斤，至清康熙年间，全年销售额50多万包。盐外运全走清河，因此清河被称“盐河”，船则称“盐划”。时大清河岸高水深，水流平缓，北出铁门关通诸海，南入会通河、北运河、黄河徐淮故道行销河南、江苏以至江南各郡县。因扬州东门一度是大清河之盐的集散地，所以扬州人就把扬州东门称“利津门”。想来三角洲的自矜和扬州人的想象力还真有意思，盐船自利津铁门关入河，一行千里，再上岸就是扬州，它扬州东门不是“利津门”又是什么门？反过来说，那清河入海口的铁门关自然就是“扬州门”了?

自然或社会巨大变化之前总先有预兆，公元1854年，就是大河变徐淮流路江苏云梯关入黄海近千年后重返东汉流路利津入海的前一年，一场特大海潮把永阜盐场大部盐池冲毁，次年6月，黄河就从河南铜瓦厢决口夺大清河入海。三十年后的光绪末年，“巨海枕其北，清河绕其东”的东津古渡铁门关终被淤填。

扬州门？利津门？此时此地，甚或几千年前后，它还有一个名字应该是——黄河入海口门。

旧时的“宽乡”之地，新时代拓荒者的乐园

那时，“先有县学，后有衙”的利津古城有四座城门，南门曰“迎薰”，北门曰“镇海”，东门曰“观澜”，西门曰“朝京”。与以商而兴的津城相反，广饶、博兴三角洲等县的农人却习惯讨饭。

地片也太宽大了，也可能因为盐碱，又不习惯精耕细作，所以三角洲的先人习惯在春天播下种子以后，就去南部丘陵地区的村庄要饭。看谁家孩子本事大小，其标准就是会不会要饭；闺女找婆家，要首先看这家人会不会讨饭。

同样是讨饭，老历城县、济南府的人，只要家里还有一口吃的，谁也不外出讨饭。实在熬不过去了，就穿戴得整整齐齐，装作出门走亲戚的样子外出，以免四邻八舍知道了笑话。而三角洲一带的人们对讨饭不觉怎么丢人，本来就是一路逃荒来的，还没落户三角洲前，他们已习惯了讨饭，还习惯了开口讨饭前先唱一小曲，所以这里曲艺特别流行，几乎人人都能哼上两段。山东地方戏曲吕剧，就是在这一带起源的。而济阳沿黄一带，农民在农闲时则组成铡草队外出，白天给人铡草，晚上就搭起台子演唱一种当地的戏曲“迷调”。人们有的给几分或一毛的钱，有的给半碗粮食，也是一种变相的逃荒要饭。以后生活安定，生活水平提高了，逃荒要饭的早已绝迹，精神文化需求显露出来，所以，惠民县胡集书会这几年越办越大。

如果说胜利油田的集中开发从全国各地调集了所有能调集的力量，以致以后随之而来的家属和寻找商机的，形成所谓移民的“宽乡之地”。而最早的移民则在明代。

“……明初，芦苇深处时有垦户。”自明初以来的600多年间，三角洲先后有三次大的移民迁入。第一次是明洪武、永乐年间；第二次是20世纪30年代，来自鲁西南洪泛区；第三次是20世纪五六十年代，分别来自鲁西南洪泛区和全国各地油田。其中，以第一次明洪武年间移民留下的记忆最为深刻，譬如至今流存的“解手”、小脚拇指的“复型重瓣”等传说。

“回、翟、常，一个娘。”“魏、梁、陈，一家人。”这些俗语是因为朝廷对移民管理不允许同姓，兄弟之间为了有个照应，就有一姓兄弟分为几个姓者。类似的还有“崇、刘、顾，是一户”等。

有明一代，仅以利津为例，全县农户已由原来的8256户增至21200户，在册土地也由明初的3.75万亩，增至万历九年（1581）的46.4万亩。还有新增8.56万亩未计入以上数字，名称是“升科额地”。

打开地处三角洲腹地的东营市地图，你会发现，那些密若星辰的村庄名称各具特色。如九户、十八户，二十一户，是以当时建村的户数多少为名的；一村、五村、头段、二段、三段、四段，则是在分配土地时将地自西向东划分成段，移民居住在哪一段，立村时就以那一段为村名；六百步村、一千二村，是以土地长度为村名的。仅有20来户的一千二村地处黄河滩区，某年凌汛漫滩，该村被冰水围困，一时误传1200个村庄被淹。越过黄河往北，则逢村必有个“屋子”缀尾，如张家屋子、利城屋子……再向西南至三角洲顶端，则多是刘家、李家、孙家——这些最早来三角洲的初始移民，村庄多以姓氏打头，如果要区别邻村同姓，那就在姓后加祖传手艺，如簸箕刘家、秤杆子刘家，同一类的还有张锢镥家等。“船王”是因立村人姓王且以船为业，“张窝”则是张家从山西洪洞县迁来后不盖房屋，多年住在窝棚里而得名。还有一村名“买河”，最早落户于此的人刚从枣强移来时住在河边，后来河改道了，就买下旧河道耕种。

“买河”？乍一听确乎有些吓人。

清咸丰五年，黄河夺大清河入海后，百余年间黄河“十年河东十年河西”，淤出了以垦利鱼洼为顶点的现代三角洲。新淤地草深林密，土地肥沃，自民国初年便有流民前来谋生，以后便成为国民政府新的移民点，曾专设“利广沾棣治荒筹备处”。1935年，山东鄄城董庄决口，淹及菏泽、郓城等15县，灾民250万人，山东省政府遂将4200人迁移到了三角洲，灾民按每组200人划成了8个大组和若干小组，此后，“八大组”成了这一区域的共称。

与军队屯垦有关的村名则有“二十师”“二十七师”“二十八旅”等。1930年，山东军阀韩复榘来到黄河口，划分土地给下属功劳兵，“二十师”一类村名由此而来。“七七事变”后军垦人员撤走，土地又归佃农，村名仍叫师旅。而带营、寨、官、道等字的村庄也与军队有关，多分布在沿海边防要塞和屯垦地区，如三角洲南部大营乡的任家大营、陈家大营等村，是齐桓公曾经屯兵的地方，明洪武年间，任、陈两姓从山西洪洞迁来，也在姓氏后面加“大营”二字。从这些村名来历看，历代当政者一直把黄河三角洲这一地区作为布防驻兵、屯兵垦殖之地。

“齐有渠展之盐。”渠展，即近代三角洲顶点宁海，明中叶后，制盐技术由煮盐变为晒盐，盐业生产遂迅速发展。至清康熙十六年（1677），这一区域的三处盐场并为永阜盐场，场区东西宽达130里，南北长120里，446处盐池，5处盐坨分列大清河两岸。清咸丰四年（1854），一次特大海潮把大部盐池冲毁，次年黄河又夺大清河入海，此后几十年黄河东溃西决，两岸盐池淤没无存，但因立灶熬盐、平滩晒盐及盐官盐商而建的村落，却依然留下“杨家灶”“孔家灶”“前灶子”“后灶子”等村名。而带滩字的村则是盐滩，如鸳鸯滩、虎嘴滩。带盐、坨字的村庄，则是盐池较为集中的地方，如盐窝、胜坨。这些村庄星星点点散落在近代三角洲上，若在地图上用线连起，就是古海岸线。沧海桑田，几百年过去，小村依在，大海却退去几百里。

长期发达的盐业，也使有的盐商从最初来此买卖渐落户入籍。如利城西街纪氏，原籍为浙江杭州府仁和县，明初为利津丰国场盐大使，后定居利城西门里。利城许氏祖上为淄川盐商，于明初在利津宁海入籍，还有以晒盐而迁入利津的大户，如盐窝镇的季、董、卢、刘，北岭乡的岳、薄、盖；汀河乡的任、林、崔姓等，在利津均有大盐场。①

1949年黄河归故后建了孤岛林场，政府又先后两次从鲁西南迁移灾民于此，确定村名时，自然而然地就想到了林字。如1952年从山东阳谷、梁山迁来的村民，建村时正值孤岛林场初建，村名为建林。从建林到护林，护林向东是广林、清林、幼林和义林，还有新林、富林、增林、利林、兴林、宝林……大孤岛这片宝贵的新淤地上，可以说是无林不成村，繁茂的野生林和生机勃勃的人工林，形成了黄河口生态最佳时期。

20世纪七八十年代胜利油田大规模开发，为了解决油田工人两地分居而创立的“油田户口”——此“特区”户口不要地方政府分田分粮，国家粮库也不给“供粮本”，但可以在油田种水稻、养鸡、养鱼、养虾，自己挣饭吃，由此吸引了大量工人家属搬迁而入。这些以油田二级单位为集中居住区的工人新村，渐次矗立于三角洲。工农村、丰收村、稻香村……与此前什么什么“屋子”、什么什么“林”相映成趣，构成三角洲靓丽又带有大工业浑厚气息的独特风景。

我的黄河口

“深山大泽，实生龙蛇。”水大了，鱼鳖虾蟹等水物也都聚集而至。芦苇漫野、走进去就出不来的河口新淤地，80多年以前，发生过一起和枣庄

① 2013年10月利津县崔光、鲁北访谈资料。

民国第一案同样让世人震惊的英商“顺天轮”劫船案。1934年6月17日晚，以王功臣、李子文、傅瑞五等五人为首的长期出没于黄河口、塘沽一带的黄河惯匪，将从天津至烟台的“顺天轮”劫持到芦苇荡边的河汊，将客商的财物掳掠一空，押着船上的六名英、日人员和国民政府前内务部长孙丹林等20名中国乘客，钻入无边的芦苇荡。

一时间，天津《大公报》、英国《伦敦日报》曝光，美联社、路透社跟踪报道。6月19日晚，英国领事馆武官连夜奔赴济南，与山东省政府接洽营救英人事宜。荒凉沉寂的黄河口，国民党海军的“永翔”“海鸥”等四艘舰艇，包括地方稽查船齐集，天上十余架中英飞机低空侦察轰炸，海上中、英、日、美十余艘兵舰炮击封锁，短短几天，光韩复榘派的飞机就投下36枚炸弹。但围剿一个多月，面对漫无际涯的芦苇荡，纵横交叉的河沟水泊，进剿大军还是无计可施。正在焦急之中，中尉副官刘景良捕获其中一个匪首的小老婆，由她带路，只带一个卫兵前往劝降，历经几天周折，找到匪首老巢，才以最后的“招安”了结。

高可没人的芦苇、荒草、红荆条、野豆子，一眼望不到边的蛮荒，直到20世纪50年代也没变。1950年、1975年、1989年曾三次查勘河口的老黄河人武洪文回忆那时情景：数不清的河汊中，渔帆点点，有时拉一网就可装满一船舱，主要是梭鱼和鲤鱼，还有螃蟹和虾。在1975年，神仙沟老口门以北已成为渔船的天然避风港，每到晚上，上百只渔船停泊，海上一片灯光，远远望去，好像一片海市蜃楼般的闹市。

曾几何时，黄河口的丰饶不再，20世纪90年代的断流让河口人没了精神。

在黄河口灯会等所有民俗中，我最动心的是正月初六的龙灯。天刚放亮，小伙子们穿上崭新的黄色龙衣，手擎五彩巨龙，在一位长者的引领下，来到河边井旁，长者舀一海碗河水或井水，洒向龙身，然后除龙首龙尾外，擎龙的小伙全都跪下，恭恭敬敬叩四个头，此为“取水”。乞求黄河安澜，风调雨顺。取水后的龙灯在回村路上经过的人家，都要燃放鞭炮以示恭迎。如果某户人家焚纸钱上香跪迎，那就苦了舞龙的小伙子们，他们也要双膝落地舞一番，谓“卧龙迎祥”。

“迎祥”，“恭迎”的是水。

不知为什么，当我看着龙舞庄严肃穆的长跪取水、迎水仪式时，会突然想起了中游“上钢钎”的祈雨取水；想起曾经的黄河三角洲行政长官为让三角洲的河不断流，面对每一上游来的黄河人“恨不能给他们下跪”的感慨。

毫无来由，身边又响起了赵牧阳嘶哑的歌声：

早知道黄河的水干了，

……

早知道尕妹妹的心变了，

……

……做啥呢？

……做啥呢？

……等啥都做完，却再也没有可以回去的家，再也没有那给灵魂以归附的河、水，那还“做啥”？

一个月黑风高的深夜，我看见后母戊鼎上的饕餮，从关锁十重的博物馆展厅逃逸而出。滚着履带，张牙舞爪，扑向眼前的一切——千万年前的青山，远古流来的绿水，斑斑古迹的帝都，包括新起的村居，包括先人常眠的墓园，摧枯拉朽，如入无人之境。人们四散而逃或拍手称快，而刚出土不久的饕餮又掉进自己疯狂所挖出的坑里。

可是为了再过多少年被重新出土？

黄河的水干了，

妈妈没了……

这是我改的歌词。“妈妈没了”，从此，我就是一个没娘的孩子了。

“河喘气”？神秘莫测的“假潮”及其他

早已不打渔的洛口村民张姓老汉，比量着河边近两人高的半截枯树说，他当时在黄河打的鱼就那么长，“挂在屋梁，尾巴耷拉到地。吃半月也不吃不完，就送邻居或烧了去集市上卖”。

2005年初秋，我在写山东河时所遇河边村民这样说。

黄河水浑，烧水喝之前，只要把新折的露着茬子的柳枝在水桶里来回搅和一会，水就变清了。他告诉我们。

打鱼半辈子，他见过鱼鳍给年轻后生开膛破肚的惨象，也见过满网鱼把拉网人生生拖到河深处淹毙的经过。而最不能使他忘怀的是水中大物逆水而上，把一条四五里宽的河面搅得波浪汹涌，水头一下子高出三尺以上。

“那大物到底有多大？你见过吗？”

“甭说这把满河水顶翻的大物，就是三五尺大鱼，那也是神了。你能看见神的鼻子、眼？它能让你看着？”老汉强调说，“就是能看着也不能看，也得闭上眼，不然，你小命就没了。”

“百年的树，百年的龟，还有我们喝水的井，再到多少万万年前就有的山、河，那都是有道业的，都是神，我们只能远远地敬着它们，而不能招惹。”老人又补充道。

老人介绍说，大物平时潜在深水，一年到头并不活动一两次，有时三两年也不见动静，只要有动静，那就是大的。远远的二三里开外，突然，水头就起来了，先是十来米宽，接着就一二里宽，先是慢悠悠的，接着就快起来，越来越快，比洪水还快，平着往前推。这时，如在河边打鱼，水一下子就没到膝盖，赶紧跑；如果行船在河里，跑是跑不掉的，只能听天由命。他见过伙计的船被顶翻的事，但人都没有事。可能是这人平时行善多，大物把他灌一肚子水后，又把他驮到脊梁上，下去十来里，再把他送岸上。

老人说的水中大物拱翻河床，显然是水文人员命名的“假潮”。

大自然气象万千，有许多现象以现在科学道理无法解释。有时看似解释通了，却也仅仅是事物的一个方面，如果以你认定的原理套整个现象却还是不得要领。譬如晋陕峡谷以下的“揭河底”，“揭河底”现象与流量、含沙量及河床淤积结构似乎有关，而黄河山东段时而发生的“河喘气”，却找不到任何生成原因。

20世纪80年代第二个夏天的一场大水，拦腰斩断了孤岛至齐鲁石化的地下输油管道。管道横穿黄河而过，关键时刻还得油建工人挺身而出。可就在大水过后，在三门峡落闸以支援油建工人的当口，一股凭空而至的“下流”向施工队伍横冲而来……多少年之后的1995年8月河口疏浚指挥部，时任管道修复的现场指挥李尚林先生谈及此事，仍不免失色。天没雨，无风，风平浪静的施工河面河水陡涨，涌浪直击施工船只。

黄河下游山东黄河段，自20世纪五六十年代，利津水文站和泺口水文站就观测到一种类似潮汐的水文现象：短时间内河涌浪翻，水势变化急骤，水位变幅剧烈，整个过程急涨缓落，一个过程一般持续3—5个小时，个别过程有的持续20多个小时。而这种变化又没有起因，也没规律可循，水文专家、学者只给它命名为“假潮”，河工和当地农民则称之为“河喘气”或“下流”“神水”。

黄河水文上有一名词“行阵水”，系水流经过河工建筑物时产生的螺旋环流，或河道水流局部产生涡流，使部分主流在小范围急骤改变方向，挤压主溜，迫使其暂时远离坝头。但当主溜远离到一定程度时，回溜或其他水体挤压作用减弱、消失，主溜就又回复原位。如此重复出现，类似“河喘气”，但又不是“河喘气”，因它“行阵水”有规律可循，“河喘气”则无规律。

海洋潮汐是地球岩石圈、水圈、和大气圈分别产生周期性运动和变化的外营力和内营力因素。除海洋潮汐外，还有固体潮汐、大气潮汐、地潮等。那河上“假潮”又是怎样生成的？为了解“假潮”变化规律，水文部门设立了专门观测断面进行研究，但至今并未找到规律。进入70年代，艾山水文站及孙口水文站也相继出现“假潮”，且趋势逐年加剧。80年代末，高村水文站也出现过此现象，至此整个“假潮”在黄河下游山东测区成为水能测报的一大难关。它的出现不仅会给正在水面施工的工程带来危害，也给水资源调度决策带来困难。

“假潮”一般发生在每年的10—12月至次年的1—6月份，“假潮”发生时的日均流量一般在200—700立方米每秒，含沙量一般在几公斤每立方米。

“假潮”一日内发生的次数并不一致，有一次、两次不等，有时还有发生三次的，一般以1—2次居多。一般“假潮”发生时，水位会从几分钟或几十分钟内猛涨0.5—1.0米左右，其来势似洪水一般凶猛，在堤坝上以人眼观测，可以看到远处有近一米的水头平推而至，落水过程则相对缓慢一些。所以当地百姓称之为“河喘气”。

其次是流量及含沙量变化，其中流速变化一般在几分钟内会从0.7米每秒猛涨到2.5米每秒以上，过水面积也明显扩展，而流量则从原来的150立方米每秒猛增到1500立方米每秒，一下子增至十倍。

“假潮”发生成因，有人认为与黄河自身的弯道水流所引起的沙波运动有关，而沙波运动明显变化是河床阻力变化，河床阻力有一个渐变过程，从而引起水流的涨落变化。如2000年4月孙口水文站实测的一次假潮过程的河床糙率变化资料表明，起涨峰顶和峰间接近落平，变化趋势呈现大—小—大的渐变趋势，涨水段变化幅度大，落水段变化幅度小，整个变化过程与沙波理论相似。

再就是传播时间。与洪水一样，假潮传播是自上游向下游传播，但传播速度比洪水波大近两倍。从杨集到孙口，洪峰传播时间为3—5小时，假潮则只需1—3小时；孙口至艾山，洪峰传播为4—8小时，假潮3—4小时；艾山到洛口洪峰14—20小时，假潮7—9小时。大白天日风平浪静，而凭空产生的洪峰，比有水流加入的自然洪峰传播速度大一倍左右。①

与此“神水”神秘莫测的现象，在黄河三角洲还有“雹子不砸三岔，蚊子不咬六合”。

三岔村属利津县北宋镇，在利城西南方向30里地方，已有300多年历史，三岔村祖祖辈辈都以种地为生，该村及周围耕地从没挨过雹子灾害，这在时常就遭一回雹灾的三角洲可谓稀罕。

雹灾多发于夏季，由于天空雨云受冷空气顶托，骤然结冰降落而成。如以科学观点看“雹砸一溜”的现象，以北部中国风雨多从西北来分析，可能是黄河三角洲陆地、河流、海域、湿地等特殊地形地貌，对西北所来气流产生影响，从而给三岔村及周围带来了有利的自然因素，所以“雹子不砸三岔”。但沧海桑田千百年，三角洲地面地形地貌变化无量，“雹子不砸三岔”却风俗依旧，这就产生许多并不靠谱的迷信传说。周围人也困惑：我们这里人也没做伤天害理的事，为什么老天偏心三岔？

“蚊子不咬六合”的六合村，原为萧神庙旧址，萧神庙原为明弘治七年

---

① 1995年8月3日黄河口与李尚林访谈；周建伟著：《黄河下游假潮现象及其影响》，《黄河史志资料》2001年第1期。

（1494）前一处贝壳岛，1855年黄河夺大清河入海，最早的入海口牡蛎嘴就在铁门关以北萧神庙岛下。萧神庙初建，缘起清乾隆年间一艘船在此避风脱险，船主为感念其指航有灵的功德，庙宇建得高大气派，有18级白条石阶。1942年春，共产党领导的清河军区、清河行政公署曾在此办公，以后又在此建了中学、师范。1947年黄河归故献砖献石治黄复堤被拆毁，以后又遭水淹。1964年利津县政府为灾民拨款重建，将萧神庙原址的老爷庙村、夹河村等六村合一，六合村名即源于此。有关“蚊子不咬六合”，如果方便去三角洲，你可去亲历一下。

“国主山川”，尊重自然

《国语·周语》载：“昔伊、洛竭而夏亡，河竭而商亡。”“是岁也，三川竭，岐山崩。”《谷梁传》载：“梁山崩，壅河三日不流。”《史记·魏世家》也载：“虢山崩，壅河。”

对于黄土高原的水土流失和历史上一再出现山崩河壅的现象，20世纪70年代地质部地下水二队所考察的结论是：黄土层在风沙堆积过程中陆续降雨，使高原形成许多很长的垂直孔洞，高深有的几十米。一遇大雨，这些孔洞同时被雨水充满，如果大面积高原内正巧有无数孔洞积水，再加河流从根上冲刷，临近河岸被称为山的黄土就会坍塌。如果量极巨，那就致使河壅甚至改道、断流。

本来是一种自然现象，但在敬畏自然、虔信天命的古人面前，却和一些王朝的兴衰联系起来。所以自春秋战国时，就有“立祈羊以固山泽”的祭祀，所谓“山高而不崩，则祈羊至矣。”

当人类还处在采集与狩猎时代，河流在原始初民面前是何等大物？它像高山以葱郁的林木给先民以滋养以庇护一样，但远比高山要粗野灵动、狂放不羁。原始社会，人们靠一块经击打磨制的石块或木棒耕植或捕猎，逐水而居，让河流给人以滋养，根本无法想象去改造它。在他们的眼里，河神圣不可侵犯。在洪水到来时，要么跑，要么死，生存不是人类说了算的事，以后学会了简单灌溉，面对洪水，也没有治理的办法，只把洪水视为一种神力。

万物有灵。那时人们即使砍一棵树或挖一口井，也需要一个仪式，祈求神灵息怒。以至现在很多乡村依然还保留着不能轻易动土的习俗。

《国语》记载，周灵王二十二年，王城西部榖水泛滥，淹及王宫西南。周灵王要修筑堤防，使榖水北流，太子晋则坚决反对，说不能开山、毁山，不能加高渊薮；不能给河流设置坝防。因为山是土的聚积，薮是物的归宿，泽是水的集中。而山谷河流，则是天地导气之所。

只有天地之气有所导，世间所有看似矛盾对立的事物才能相交、相通而和，才能使万物阜生，并循环往复，生生不已。

文明发展至农业时代，先民对河流除去敬畏之外，已产生了仇恨。那时不仅有了石器，也有了青铜器、铁器，人们种植开荒，以牛拉犁，以闸口引水，对河流充满了感激。而面对制驭不了的洪水，则充满了仇恨，又不能战胜它，只能敬畏礼遇。

《礼记·祭法》云："山林川谷丘陵能出云，为风雨……皆曰神……"

自然之魅与其说是神秘的，不如说是呈现的多姿多彩引起人们对美的惊异，对生命的敬畏，对自然的亲近。当我们用心真正面对河流时，才会感受到用显微镜和望远镜也看不到的河流生命。

人，本来就有一种超越肉身、寻觅虚幻的本能。虚幻的东西给人们带来的并非对真实的反叛和唾弃，也不是做作的虚无崇拜，而是作为共同体的同情共感。在上是仰望，在下则庇护。如以情感论，则是人类精神生活的美好享受。智者乐水，仁者乐山，红尘万丈，哪还有比沉浸山水自然、一时忘我更令人神往的境界？

> 天上没有玉皇，
> 地上没有龙王……
> 喝令三山五岭开道……
> 我来了！

曾经的一首民歌。“我来了！”在东方，其代表性的理念是20世纪“人定胜天”，在西方则是培根的“人类中心论”。

这个世界都是为人服务的。没有任何东西，人不能拿来使用并结出果实。风，吹动他的船；水，推动他的磨和他的机器，各种动物和植物创造出来，都是为了给他——人，提供衣食住行，或减轻他劳动，或给他快乐和舒适。万事万物似乎都为人做事，而不是为它们自己做事。

在这里，人杀死了自然。泛滥的所谓科学跨过地球表面，所过之处，一片荒芜！秦大兴土木，汉唐大垦殖，以至安史之乱后，繁华的黄河流域“居无尺椽，人无烟灶，萧条凄惨，兽游鬼哭其间”，经济文化中心渐移长江流域。

到后工业社会，西方人开始觉醒，阿尔伯特·史怀泽在1919年提出敬畏生命概念，凯瑟琳·M.罗斯则疾呼：“在人与自然关系中，自然需要得到尊重，自然像母亲一样孕育着人类及自然万物，同时自然也需要人类母性般的呵护。”泰勒针对培根的人类中心论，提出四条关于环境伦理原则：1.不作恶，对应观照；2.不干涉，对应敬重和公平；3.忠心忠诚原则；4.补偿正义原则等。最后他们发现，让自然来驾驭我们的行动，比让我们自己来驾驭自己的行动更为安全。①

① 苏贤贵、刘华杰、吴国盛著：《河流伦理的自然观基础》，黄河水利出版社2007年版，第7—36页。

自负的臆测使得我们倾向于把我们的本领归功于我们的力量，而不归功于自然慷慨的施舍。我们仍然只是大自然的儿女时，我们既幸福又单纯。而我们终于自由得恣意而无所顾忌，终有一天，我们发现被大自然抛弃了。

只是看着被工业社会践踏得千疮百孔的世界，西方人才发现以上有关尊重自然、保护自然的理论和呼吁。而在3000年前，我们祖宗早已把多少年之后西方所总结概括出的理念，付诸上至国君下到平民的自觉行动。

有危言耸听之嫌的“川竭国亡”论，则把此一理念推至极端，实际上，它是中国哲学关于河流文化生命的一重大命题。

商时，伯宗引华阳子的话对国君说：“国主山川。”即国家以山川为自己的依赖，没有山川就没有国家。国以山川为依凭，川涸、山崩，都属于国家大的变故。

即便没有大变故，即便平时，也不失敬畏之心。唐太宗李世民也曾说：“朕每思出一言，行一事，必上畏皇天，下惧群臣。”

“常谦常惧，日慎一日”。这和执政者常说的“如履薄冰、如临深渊”，其实是一个意思。

多样性生态系统：河流不仅只是河水

作者1995年秋写黄河口，自然避不开断流，读者热议也是断流，说“不吉之兆”。

为什么？我想，还是源对母亲河的敬畏。

清华大学人文学院教授、《河流的伦理与价值》作者雷毅先生提供数字说，国际通行标准，河流开发利用率不能超过流量40%，而黄河在20世纪90年代末，年耗用量已达350亿立方米，利用率达80%。

并且，她还远远没有达到黄河两岸人们对她的期许。

新中国成立后，国家投资上千亿元，先是主干上46座大坝的规划建设，以后在黄河流域建各类坝堰10100座。10100座！总库容720亿立方米，相当于黄河多年平均径流量的1.24倍。

与此同时是河流污染。那时全国七大水系，没有一条是干净的。

大河上下几经行走，才一步一步认识到，河流不仅只是河水，它是一个复杂的生态系统。水域、流域、湿地、沼泽、河岸、三角洲，一个个相对独立又相互联系的整体，一个各方面关系的总和。就河流伦理来说，它上游与下游关系，当代人与子孙后代关系，农、工、服务业及其他各业关系，农村与城市关系，人类与其他物种关系，都从一条河上有所体现。人，作为大自然物种之一，本来是大自然的一部分。人、土地、土地上的动植物、河流、海洋，包括缥缈虚无的天空，本来是一个共同体。

人之所以为人，在于人性，是感情动物。威廉姆·勒基《欧洲道德史》说，慈爱情感曾经只限于家庭，它的范围很快就扩大到了一个阶级，然后一个民族，再后就是全人类。为全人类解放而奋斗，也曾经是我们一个口号，但这有一个前提，就是在解放全人类的过程中首先解放自己。而正如《大自然的权利》作者赛尔特总结，每一伟大的解放运动，都把人们模糊的同情意识提升为一种明确的权利观念。对压迫者来说，就是，承认被压迫者是其所属共同体的一员。可是，培根“人类中心论”和我们的“人定胜天”“驯服黄河”理念下，人在世界上却以征服者的面目出现，这就势必给母亲河及大自然以不断戕害。

让黄河从曾经的被压迫者，从神的河、农业的河、皇帝的河到人民的河，最终回归“人”的河，乃当代黄河治理理念转变的当务之急。也确实已有转变。2003年2月12日，在北京举办的全球水伙伴中国地区委员会治水高级圆桌会议上，时任黄河水利委员会主任李国英提出“维持河流生命的基本流量”这一概念。他指出，“人们在引水发展经济的同时，忽视了黄河自身的生命存在，把水喝干了，河流是要死掉的。”

事实上，稳定着整个生物共同体的不是人类，而是其他复杂多样的生命形式，如最低级的植物或藻类，如果抽掉了自然界的基础部分，人类将无法生存下去。同样，“自我实现”也是建立在生态多样性和共生概念基础之上，将这个概念从自然生态系统扩展到人类社会，倡导并使生命形式的多样性、文化价值的多样性，应是社会进步的标志。雷毅先生引深层生态学创立者奈斯理论进一步强调说。

生物、生态多样性，自有它本身意义，也有它内涵与外延意义。就在我对书稿做最后润色时，世界《生物多样性公约》第十五次缔约方大会领导人峰会刚刚闭幕。会上，国家主席习近平的讲话，无疑表明了中华儿女致力于生物多样性的态度和决心。

我们视为自然灾害的地震、洪水、暴雨等，都是地球上作为一个生命体的自我修复。它具目的性。霹雳一声，天庭一劈两半，洪水滔天，大河改道，包括楼厦倾覆，瘟疫横行，对于人类，那是灭绝性灾难，对于宇宙万物，却是自然。那是源于它自己欣悦，以它自己固有的方式，实现自身的“善”。

人并非一切事物的衡量尺度，他不是宇宙的中心，不是一切价值的源泉，也并非进化的终点。人什么时候能把河及万物视为生命，与它共存共荣、美美与共，河流才有希望，人类也才更有希望。

河、河山、江山、江湖的汉词掂量

一提起黄河，往往令人谈河色变，不由自主地沉重起来。而长江却不，长江本来比黄河长，比黄河大，对人类、对社会经济的贡献也大。

无独有偶，中国河流文化专家乔清举先生对此也有同感。他以“河山”“江山”两词间的差异为例说，两词有时是同义，如“大好河山”“江山秀美”等，但二者仍有一层隐秘深刻的区别，如“江山易改，本性难移”，因为江山所蕴藏的含义与河山蕴藏的含义不在一个层面。举一个例子，当外敌入侵、国家民族生死存亡危急当头，人们从来不喊：“还我江山”，而只喊“还我河山”。“还我河山”，让一个民族血脉偾张。江山、河山的区别，就如同顾炎武所说“国”和“天下”的区别。岿然存在的天下河山属于历史、属于永恒。杜甫说“国破山河在”，国破是江山出了问题，而不是河山出了问题。

总之，河山是普遍的、永恒的；江山是特殊的、暂时的。与江山比，河山无疑更具本质意义。[①]今天，这两词的差别则早已不复存在。

诚如斯言。汉语有“气吞山河”“江山多娇”，前者给人带来的是壮、大、盛的感觉，后者则是妩媚、秀美，前者阳刚后者阴柔。而江一旦与河联一起使用，则就有了阳刚壮阔，如“不废江河万古流”。

江南本来是个好地方，特别在今天看。但在古代，文人墨客却多有异议，如杜甫诗“江南瘴疠地，逐客无消息”。相反，对黄河流经的中原却没人提出异议，反而赞颂有加。根源在于国人对一条大河的感情。

黄河所带有的神性是民族文化的隐秘源泉，是民族文化心理的集体无意识，这种集体无意识在思维中会成为一种自动过滤系统，在使用词义时自觉避开把河用在贬义、阴柔之美上。而她本身所具有的神性又转化为人的主观心理，即便如“不到黄河心不死”“跳进黄河洗不清”这样一些非赞颂之词，却也表现了黄河混沌、浑厚、浑然、浩然、浩荡的力量。

黄河神性除去黄河流域是中华儿女的衍生地、栖息地外，还有就是它的出处——昆仑——神仙居住的地方；还有银河，虽然只是精神意象；还

① 乔清举著：《河流的文化生命》。

有更加神秘缥缈的“河出图，洛出书”，那也是中国传统文化的缘起传说，出于河而不是出于江。

黄河的神性是黄河文化生命的深刻内涵，也是中华民族历史传承的坚实保证。这种神性在古人那里表现为对自然的敬意。《文子·上礼》说：“衰世之主，钻山石，挈金玉……覆巢毁卵……竭泽而渔……掘地而井饮……拘兽以为畜。则阴阳缪戾，四时失序，雷霆毁折，雹霜为害，万物焦夭……三川绝而不流。”连掘地为井都受指责，可见这种说法有其片面性，但当代世界有国家严禁地下水利用，不和《文子》指责掘井同出一辙？它是有片面性，但对自然保持敬意和敬畏则是不错的。

近代以来，西方文化对自然进行了“祛魅”，神性被解构，自然成了单纯的物质世界，成了人们的客体、对象，人则成了主体。主体可以对自然采取任何措施，这种态度开启了近代科学和工业之门，极大改善了人类生存的状态，这是积极的一面。但它的后果也可能对自然环境产生破坏，怎样居守中道、不偏不倚，调整人和自然的关系，有为而有所不为，才是人间正道。

从标准化堤防看河与人的三次对峙

循升起在长河之上人类第一缕炊烟，我们终于完成再一次溯本求源，再一次顺河而下，来到黄河入海口，看21世纪这一条大河。

当大河顿失滔滔，标准化堤防就成了黄河下游唯一景观。在济南泺口黄河段，从临河滩地到背河护堤，黄河内堤与外堤之间，光树林子就分了防浪林、行道林、淤背区生态林、背河护堤林几个层次。银杏、杜仲、白杨、垂柳、松柏，应有尽有，组成守护母亲河的绿色长廊，一直向下游伸展而去。而在旅游采摘林里，则可以采到冬枣、梨枣、黄金梨、水蜜桃、凯特杏等各色水果。

堤顶则是刚硬化的旅游观光线，上溯可达中游桃花峪，顺河而下则直达入海口。

穿过遮挡眼目的树丛，尽力往两堤相夹的河中心寻找，那如丝带的一线蜿蜒就是河了。

还好，是河流而不是干河，即使有时河仅仅可以没膝。两岸的拖拉机或脚踏车，已不再像20世纪90年代后期那样可以任意而过了。

经过小浪底水库一年一度的调水调沙，2001年后，黄河下游在1972年至2000年的28年断流之后，一直东流不息。

在巍峨壮观的两道大堤所形成的“水上长城”约束下，河水规规矩矩地流淌。

即便多年不遇的2020庚子大水，河水也还是规规矩矩地流淌。

自人类被孕育出的史前期，黄河一直自由流淌，西出昆仑，经黄土高原，在冲出最后峡谷后恣意舒展和扩张。公元前600年左右，随着黄河流域萌发农耕文明，人类开始改变黄河原发自然属性。春秋时期逐步形成黄河下游大堤以至以后的地上悬河，就是人类试图改变黄河的自然属性不断尝试的结果。

生死与共，爱恨缠绵。黄河自战国“壅防百川”，到21世纪束缚于两条大堤之间，在河与人千百次对峙中，我们只选取三次，看河与人的较量。

第一次较量。北宋庆历八年六月河决澶州商胡，北流至渤海湾西岸入海。河改北流，宋王朝欲回复横陇故道，以新挖六塔河40余步的容量，容纳1000步还宽的汹涌河水。刚刚塞决的商胡决口，当晚即再行溃决，河复行商胡北流。

此后黄河二股并行，宋廷以漕运和国防计，举一朝之力维持东流，而东流还是连年溃决，最终又复北流。二复北流后，宋人再挽东流，至绍圣元年（1094），筑堤七十里“尽闭北流全河之水，东还故道”，时隔三年，黄河又北决内黄，东流断流，向北冲出一条新道，经天津入海。在这一次几经反复的较量中，包括皇帝、宰相在内的人众，灰溜溜败下阵去。

第二次较量是杜充决河夺淮入海至1855年铜瓦厢决口。如果说河走徐淮故道始为人工，不如说还在河先北泛又南滚的自然循环之中，问题是朝廷以黄保运，以致牵涉四、五朝代上下七百年，所涉治河能臣数不胜数。无论南堤北分还是束水攻沙，无论康熙帝把治河当成国家头等大事，还是潘季驯四任河督殚精竭虑，以致大清王朝“竭天下之财赋以事河”，最后还是没束住河的自然本性，南流七百年后，1855年于铜瓦厢决口又复北流。

1947年黄河从花园口归故以后，就是人类与河的第三次较量了。归故的河还是老脾气，本想像一百年前的样子纵横漫流，给新中国以下马威，结果被翻身解放的两岸人民乖乖地制服了。

1958年7月，连绵而降的大雨又给了大河一个机会。7月17日，花园口站洪峰流量22300立方米每秒，为有水文观测以来的最大一次洪水。河南、山东两省发出“水涨一寸，堤高一尺”的壮言，几十万甚至上百万防洪大军，万名军人武警齐上阵，经过八天八夜抗击，洪水终于败下阵去。这次洪水与1933年相似，但两岸却没1933年那样的灾变。

1982年8月、1996年8月及更多相似一幕重演，最终都是洪水安全入海。

从桃花峪到山东垦利，河长768公里，落差89米，比降平均为八千分之一。由于河道宽浅散乱，泥沙淤积严重，河床逐年愈高，河岸一般高出地面3—5米，有的高达十余米，768公里河床全系地上河。又由于河道上宽下窄，最宽处达24公里，最窄处山东艾山只400米，所以决溢主要发生在此处河段。

与黄河的第三次较量中，最有力的武器还是堤防。对此，未雨绸缪的人民，自1949年以后，就已先后进行四次大规模的堤防建设。防御洪水标准宽河道为22000立方米每秒，窄河道为11000立方米每秒。

第一次复堤从1950年到1957年，时值新中国成立之初的经济恢复时期，也是组织起来农业合作化时期，主要是废除民埝，宽河固堤；第二次大复堤从1963年到1967年，建设标准进一步提高；第三次大修堤从1973年到1985年。三次大复堤共完成土方4.2亿立方米，用工2.07亿工时，投资4.6亿。那时复堤主要是依靠人力，最多时动员359个县的67万民工一起上堤，场面之大，为历代治河者所不及。

至1985年，第三次大修堤完成。共计培修堤防1267.3公里，两岸临黄大堤平均加高2.15米。

最近一次堤防加固，也就是堤防标准化建设，始于20世纪90年代后期长江大水之后，堤顶加宽至12米，铺设六米宽三级公路路面，背河放淤固堤100米，种适生林、防浪林等。下游1390公里大堤，建成了集防洪保障线、抢险交通线和生态景观线三种功能于一体的河上“绿色长城”。是的，长城，被国家列为重点工程的黄河下游防洪工程，其工程量相当于建造13座万里长城。走在河堤林荫道上，望着2020庚子秋4000个流量的大河，驯服的大河在灌渠一样的两岸中静流，人们尽情地享受着大堤给人的自豪和静谧。

这一次较量，人赢了。

人赢了好。人总是要赢的。

从另一方面说，在人与自然的较量中，大自然偶尔赢一次似乎也没有什么不妥，因为，人本来就是大自然的一部分。中庸，不偏不倚，向来就是中华民族在矛盾对立面前所采取的恰到好处的处世哲学。正是在此一理念下，黄委黄河文化专家侯金亮才在他《天生一条大河》中，对下游渠化的大河做出质疑：那河还叫河？还是大河？那不就是一条排水沟！

王者之河！我的母亲河从来就是王者之河而不是河中之王。多少年前，尼罗河畔亚历山大的老师亚里士多德评价天才的那话，好像本来就是说给我母亲河的。他说：“天才不受普通律法的统治，天才好像人中之神，试图将律法强加于天才的人，徒然使他自己荒谬可笑罢了。”

是这样吗？我的王者之河？我的母亲河？

是的，这是不世出的天才。泥沙俱下，悍然磅礴。大可恣肆放荡，气吞山河，小就一缕香氛，沁人心脾。在偶像下架、诸神破灭的时代，我只对您顶礼膜拜，五体投地——母亲！

“世界反水坝日”

相对海洋而言，河流是由落在或涌出地表的水所形成，由于重力关系沿沟洼斜坡向下逐渐汇集而成的流动的水体。

她的生命本质是流动，她永无休止地接纳大气层所凝聚而下的沉降，成为地球水循环的一个环节。重力和阳光给河流能量，使她像雕刻家一样塑造地壳地貌。她的生命是活生生的，不是想象。

河流为包括人类在内的动植物提供生存条件，像人的动脉一样活力洋溢并富弹性。有时它会冲出堤坝，但主要还是接受压迫，它活力与否不仅关系到陆地生物繁衍生息和生态稳定，也直接影响人类在长期文明历史传统中形成的对河流与人及其社会休戚相关的精神、心灵养成。将河流看成有生命的存在，表明人类已经认同了它的主动性、目的性和创造性，意味着河流也是拥有自我价值权利的主体。

河流使水在大气、陆地和海洋之间循环，连接起地球的各个生命系统。其生命具体表现首要是流量。不同季节、不同河段、不同年代而不同，保持最小流量或基本流量，是河流存活的第一要素。

河流生命的表现在流动，没了流动就是死水。

河流再一个生命形式是湿地。这里，生命呈多样性展开。河流所到之处，莺飞草长，万木葱茏，大千世界充满生机。

我们饮水时可见，玻璃杯倒满之后，有微微超出杯沿之上的类似嘴唇那样的边缘，专家介绍这是水的氢键结构的毛细血管作用，使液体沿固体表面趋向升高，也是地下水穿过土壤，植物从根部吸收水分养分而直达树梢的内在原理。类似人体血液循环。[①]

水性就下，但在这里却是山有多高，水就有多高，直接挑战地球引力。

水还是万能溶剂。所有养料只有通过水，才能让包括人在内所有动植物吸收。

不仅有吸热能力，让你在暑热的夏天，一到河边就凉爽起来。还有释热能力，这就是海边比内陆的冬天更为暖和的缘故。由于沙漠没有水，白天温度60度，夜里则零度以下。

人类前进的道路永远是曲折的，河水奔流的道路是弯曲的。人类有时总想捷径，直达目标，一个耳熟能详的口号曾经是：把河拉直。

河流弯曲，并非只因前路阻挡，即便在平原上，河也还是弯曲，甚至愈平原愈弯曲。河在流动过程中，底部的水带着泥沙，又由于与河床摩擦，上面流快，下面流慢，使水产生一种螺旋式运动，结果从外岸冲刷下来的泥沙就大多沉积在内岸，这正是河流弯曲的内因。

牛轭弯曲由此出现。

而在平缓的河床上，流淌的速度甚至比陡坡上还快。

河套挖渠的“河神”王同春在把河水引向相对的高地时，经反复试验，发现了一条规律：“三弯必急。就一条大河的曲折看，倒退有时也是一种前进。”

黄河是中华民族情感的维系。它散布于河床、河岸以及众多支流中的各种遗迹，是民族的遗产。它所体现的文化关怀，如以观照力更加宏大的视角解读，无疑是整个中华儿女传承、超越并不断再生的精神资源。

① 叶平著：《河流生命论》，黄河水利出版社2007年版。

人是有生命的，河流也是同样，她演绎了地球最伟大的故事，创造了地球上最伟大的活力。在“人成为地质因素”，“成为巨大的地质力量”的时代，在河流生命不能自主的态势下，如何把河流、自然生态系统视为与人一样公正、公平对待的主体，平等相处，崇尚简朴的生活和有节制的物质消费，把并不富裕的资源空间留一部分给人类的伙伴，如河流、森林、草、飞鸟，甚至是狼虫虎豹，维护一个完整的生物链，对人类自身只有好处而没有坏处。

这并不是异想天开，就在我完成《一条大河与一条大河的归宿》的两年后，1997年3月，巴西的库里提巴城，一次讨论各国反水坝经验及支持保护河流生态水资源可持续利用的国际会议举行。从此，世界水坝委员会将每年3月14日定为“世界反水坝日”。[①]

而在此前20世纪60年代，瑞士已开始拆坝。到1980年，美国拆除水坝350座，1995年到2000年五年间又拆除140座，并决定停建15米以上的大坝。

在目睹拖拉机从干涸的三角洲河道轰鸣而过时；在抚摸着毛乌素沙地那一颗再也不长的老头树、那一新绿的芽苞时；在三门峡大坝下，夜不能寐，于夜黑小雨中逡巡时；我不免感叹母亲河的伟大，在人类巨大压迫下，始终以无声的对抗，让人类给她松绑。在哀叹人类蛮力把她一节节腰斩之后，也更惊叹她天生的再生能力，把被断成的一节节自己接续起来，仍然以传说中的龙一样，蜿蜒于崇山峻岭与一马平川。虽几欲半途而废，但还是初心不改，向着远方那一片蔚蓝、那终极的归宿——大海。

河套托克托河畔，有新塑的黄河母亲雕像，同样的雕像在郑州邙山下、金城兰州河边等大河上下都能看到。细雨无声的暗夜，面对安详的黄河母亲雕像，我突然有一种依偎的冲动。此种感觉对任何一个中华儿女又何尝不是感同身受？2006年10月的一天，《河流伦理的自然观基础》作者、河

① 张中海著：《一条大河与一条大河的归宿》，第152页。

流文化专家苏贤贵偕同仁晚上去看长江。是的，是长江而不是黄河。但无论长江还是黄河，在她儿女心目中还不都一样？细雨霏霏的夜里，他们看不清眼前的大江，即便看不清，即便他们看不到她白日里的雄风浩荡，但仍能让人感觉到她在她儿女——我们人类身边的喘息，一个活生生生命的喘息。河流孕育了我们，孕育了我们的文明，我们今天给她以反哺，我们能失去什么？我们又得到了什么？我们得到的仅仅是一条河？

整个世界！

豪奢一次吧，那被“供养”的河口湿地

在三角洲黄河入海口，最值得一说的还是河口湿地。三角洲湿地消长，是衡量一条大河是否具备蓬勃生命力的标志之一。自2000年后，黄河口湿地转而增长，面积33.7万公顷。1982夏我初次踏上这片土地，1988年成为三角洲新移民的一员，1989年、1995年两次深入河口，2017年再一次深入。黄河实现人工调水调沙十年，湿地已不是十年前的荒凉。顺河而下，你会看到0.1万公顷的天然林生长茂盛，在秋天的阳光下层林尽染；1.2万公顷的天然草，幽深秀丽，如天边碧色流云；1.4万公顷的天然柽柳灌木林，攀枝连理，散点式射向海边，平铺开去，勾勒出一幅豪放粗犷的大写意；2.6万公顷的芦苇，依河傍渠，沿黄河故道一片片、一方方连绵不断，铺天盖地。秋天是三角洲景观最见层次的时候，近海处，被称为红地毯的黄须菜，似五彩云霞，又如跳跃的火焰，无边无际向天边漫卷。白色的鹳鸟、海鸥散落水上，起起落落。而最具视觉冲击的，当然还是一年一度的芦花飞雪，风乍起，芦花翻涌，好一幅壮观的“芦花飞雪图”！

除去景观的巨大感染力，还从河口井然有序的生态布局中，可以发现

如人类“人以群分，物以类聚”的秘密。芦苇丛里找不出三棱草，同样，三棱草中也找不到芦苇的摇曳。这里是红，那里是绿，这边矮矮，那边高高，界限划得清清楚楚，毗邻而居，却又互不侵扰。

新淤地上极具生命力的种子从哪里来的？风吹来的？鸟衔来的？最大的可能应该是水带来的了。从阿尔玛卿山脚下的若尔盖草原？从鄂尔多斯台地1600年前白城子下的无定河边？从河西走廊2000年前秦长城垛口？它们出身不一，来路各异，但却都顺着河流的方向，在这里找到它归根之所。不是人类勤劳地播撒，纯粹的野生野长却比人工的还要茂密，还要井然有序。

湿地包括多种类型：珊瑚礁、滩涂、红树林、湖泊、河流、沼泽、水库、池塘、稻田等，湿地广泛分布于世界各地，是地球上生物多样性、生产力高的生态系统。湿地在抵御洪水、调节径流、控制污染、调节气候、美化环境等方面起重要作用，它既是陆地上的天然蓄水库，又是众多野生动植物栖息生长之所，特别是珍稀水禽的繁殖和越冬地。湿地与人类息息相关，因此被称为“生命摇篮”“地球之肾”和“鸟类的乐园”。

地球上的生命主要靠三大生态系统支持，它们分别是森林、海洋和湿地，其中森林和海洋一向备受人们关注，而湿地却一直未能得到人们足够认识。

1971年2月2日，联合国部分成员国在伊朗小城拉木萨尔签署了一个名称非常拗口的公约——《关于特别是作为水禽栖息地的国际重要湿地公约》，简称《湿地公约》，从此，湿地保护有了可遵循的国际法律。拯救湿地，保护湿地成为全世界有识之士的共识。1992年中国政府加入该公约。

似乎是1998年长江洪水警钟的回响，进入新世纪，2000年，长江、黄河、澜沧江国家三江源自然保护区设立，以后又创建为三江源国家公园，国家投资40亿元，对黄河上游水土进行系统保护恢复治理，三江源由此焕然一新。而在母亲河入海口三角洲呢？一个一个好消息也接踵而至。

2021年10月20日，习近平总书记来到山东东营黄河入海口，实地考察了三角洲自然保护区生态多样化修复情况，对于下一步黄河口国家自然公园建设，给予了美好的展望。而在此前的2019年9月至2020年6月不到一年的时间里，总书记已四次视察黄河，并主持召开了沿黄九省区及中央有关部委负责人参加的黄河流域生态保护和高质量发展座谈会。强调“生态环境保护的红线不是说不要发展”；生态保护“重在保护，要在治理”。

而就在来入海口前几天，国家主席习近平刚在世界《生物多样性公约》第十五次缔约方大会领导人峰会上，发展了主旨讲话，与多国领导人一起，为推动“2020年后全球生物多样性框架”制定，为未来生物多样性目标设定、路径明确，做出了切实的努力。

也就此后，酝酿多年的《黄河保护法》出台，《黄河流域生态保护和高质量发展规划纲要》公布。在总书记正在视察的黄河口，设立于1992年、面积15.3万公顷的三角洲自然保护区，又累计恢复湿地188平方公里，退耕还湿、退养还滩7.5万亩。

据国际权威部门最新统计数字，在近二十年世界新增绿化面积中，中国占了四分之一！

“我没有玷污尼罗河的水，我没有在好时光阻止它的流动”。此为古巴比伦人用以逃脱死罪的誓言。而汉高祖分封诸侯的誓词是：“使河如带，泰山若厉，国以永宁，爰及苗裔”。

什么是人类最伟大的博爱行为？如果有哲人回答是“把水带给人民”，于我中华儿女则是：让母亲河归宿大海！1999年元月，国务院下文授权黄河水利委员会对黄河水资源实施统一调度，以后又出台相关条例，依靠政令、法律、科技等手段，确保黄河下游特别是河口地区不断流。

不断流使黄河入海流量不断增加，河海交汇处的浮游生物密度加大，黄河口“百鱼之乡”的美誉名存实至，属国家二级保护动物的文昌鱼、江豚、松江鲈鱼、小鲳鲸、宽胸海豚、斑海豹时有发现，金背银腹的黄河刀鱼重新嬉游于河口上下。

据最新综合考察认定，黄河口湿地有各种野生动物1543种，其中水生动物641种，鸟类从十年前的187种增加到283种，其中包括火烈鸟、白鹈鹕、勺嘴鹬等。

这东北亚内陆和环西太平洋鸟类迁徙的重要中转站、越冬栖息地和繁殖地，被称为鸟的“国际机场”。对环境和食物特别挑剔的东方白鹳飞来了，世界稀有的黑嘴鸥种群迅速扩大。东方白鹳——国家一级保护鸟类，由几年前数只增加到数十只，其中十几只在这里越冬，已成为留鸟。每年11月份，来这里越冬的候鸟达600万只。苇丛中，柽柳下，河海交汇的浅滩上，丹顶鹤、白枕鹤、灰鹤翩翩起舞，天鹅、雁鸭、鸳鸯飞翔嬉戏，金雕、大鸨、瑶鹰空中盘旋……一幅“万类霜天竞自由”的壮美画卷因黄河不断流而天绘地就！

2017年11月29日下午，我疑惑湿地内一大片一大片的稻子为什么没有收割，湿地管理人员告诉我说：那是给鸟留的过冬的粮食。

3500年前幼发拉底河边，《圣经》告诉人们，收获时不要拣净地里谷穗，第七年的安息年也不要耕种收获，谷穗留给穷人和鸟兽。这里与母亲河入海的地方的做法有异曲同工之妙。

“人造洪峰”，就是人类利用自己手中先储存的积水，一库或多库联合运用，在一定时间内集中造成一定流量的洪水，使其到达下游，从而强化洪水的塑造和创造能力、挟沙能力、水流自净能力。据2008年统计数字，黄河主管机构调水调沙六年，河槽即降低1米，下游最小卡口段，过洪能力从原来1800流量增加至3500流量。除此之外，它还包含了特殊作用，这就是供养河口湿地和湿地的生物群落。

至2017年，人造洪峰试验已经连续进行了15年，不仅从此黄河没再断流，而且在完成其他作用的同时，造就了黄河口今天如此富有的生机。

或许是天遂人愿，三角洲湿地的鱼群、候鸟翩翩起舞的那一时刻，母亲河正把自己2021第3号洪峰，以多年不见的5090个流量的汹涌，从潼关推至入海口。

此时的我，就混在守堤防洪的队伍里，以一般游人不被允许上堤的特殊优待，从济南泺口，一路撵着浪头往下跑。“两涘渚崖之间，不辩牛马”，守堤人员也俨然忘记了大水可能带来的冲决，把3000年前庄子描绘过的秋水，当成风景欣赏。

是的，大水被当作难得一见的风景。只希望再大一些。

不经历20世纪90年代那愈演愈烈的断流，是无从体验庄子说河伯“天下之美尽在己”的喜悦的。

“拦门沙”又名“铁板沙”

你晓得，天下黄河几十几道弯哎？
几十几道弯上，几十几只船哎？
几十几只船上，几十几根竿哎？
几十几个那艄公嗨哟来把船儿扳？

我晓得，天下黄河九十九道弯哎，
九十九道弯上，九十九只船哎，
九十九只船上，九十九根竿哎，
九十九个那艄公嗨哟啲把船儿扳，
唉来哎嗨哟啲把船来扳。

九十九道弯的黄河注定千曲百折，千曲百折的黄河注定走向大海。

现在，就让我们与船夫号子浩歌一曲后，暂且放下号子的沉重或者说激情，放下杞人之忧，跟随2021年10月如期而来的多年不见的洪峰，去河海交汇处领略那从浑黄到蔚蓝的奇观吧。

思绪又回到28年前三角洲金秋诗会诗人们的第一次深入。

车过黄河大桥，再行100公里至孤岛，在当时黄河口疏浚指挥部附近一简易渡口，我们换成两艘机动铁船，顺着河流向大海驶去。

或者说算不上驶，是拐弯抹角、腾挪蹒跚摸向大河深处。

时值1989年金秋，诗人兴会，又有黄河口治黄专家王锡栋、“黄河书记”李殿魁带领，我们才得以放心地探究黄河入海口的秘密。

船行得很慢，从黄河口乘船出去，水路由于泥沙的迅速淤积，有时船出去还是航道，回来时就淤平了。因此，船头王锡栋则不断以探水杆打探水的深浅。

1988年6月14日夜，王锡栋他们的“拔杆车”搁浅河口的恐怖还记忆犹新。

如此“搁浅”，1985年的中日《黄河》联合摄制组也遇到过，不过由于他们不可能到达河海交汇的最远处，所以没有遭遇王锡栋一行险些被“漂进”深海的危险，只是弃船上陆，扎起帐篷，在河海交汇处待了三天三夜。与中日《黄河》摄制组搁浅河口相比，我们1989年金秋黄河口之行是幸运的，不仅饱览了黄河口童话般的天真，还通过黄河越过黄蓝交汇的“黄舌”，走进大海。

“黄舌”，即河水入海后泥沙弥漫扩散的景观。洪水时弥漫范围可达数十公里，遥感卫星图像有逼真的反映。

看入海口黄蓝相会，最好是从空中，譬如乘坐去韩国的航班。渤海湾与莱州湾交汇处，那婉转的黄舌如连接婴儿与母亲的脐带，又像从大地冒出的巨树。黄舌楔入蓝色，开始还界限分明，随着大海敞开的怀抱和黄舌的一步步深入，浑黄慢慢消失，天地间惟余蔚蓝。

天上宏观，但那离河海太远，为了亲近母亲河，还是从天上来到河间，下船，挽起裤管直接踏到河里去。

不曾来过河口的人一定不会想到，离海越近，河水反而越来越浅。因此有人说，在黄河口行舟，驶向大海，就是驶向陆地。

水不足一米，渐渐又不足40厘米、20厘米，河水散漫间，不时就有露出水面的淤地，那河滩俨然是河海联手创造的艺术品。露出水面的滩地形如鱼鳞，是荡荡而去的流水作用在淤地留下的波纹，又像是什么深海巨物露出脊背，或是地质学家所说的“地球韵律”？

不一样的年代，一样的入海口“韵律”。

如果说源头山水是诗画，而这河口则是童话。童话里的故事往往都是不可思议，听闻新淤的河滩下埋藏着一个又一个陷阱，人一旦陷进去就是灭顶之灾。可为什么在这河海交汇的浅水中，还有两个年轻人挽着裤管信步远去？是赶海的渔人？还是天外来客？

涨潮了，海水张开双臂，好像迎上前来，迎接远道而来终于回归的游子。

黄河却没有一头扑进海洋怀抱的兴奋和冲动，形不成队列，也就没有阵势。也许是一路跋涉太疲惫，终于可以松一口气了。那初出玛曲曲果日的懵怔，那少不更事的冲撞，那穿山越岭的激越，那迤逦于平原的飘逸……不见了，只有青春释尽、什么都经历过了的散淡。

在这横宽30公里的河海间，在40厘米或10厘米的水面下，横亘着一片硬如铁板的淤沙，黄河把它携带入海，海浪又把它推上来，在反复往来的磨砺和河水与海水的化学作用下，形成了一条几乎高出水面的“门槛”，水文名词称这门槛为“拦门沙”或“铁板沙”。如果船只被风浪掼上“门槛”，船会像撞上了上中游峡谷的岩石一样，立马散架。

载不动，许多愁。这每年造陆3万亩的大河，在经了5464公里的艰难跋涉，在入海的最后一步，自己挡住了自己的出路。也许，这是黄河在自我超越之前，留给人们的最后一个悖论？

它被自己的抱负挡住了去路？

是的。不过仍然不必杞人之忧。河在垦利区境流109公里，正常年份年流经量300亿立方米，每年造陆3万亩。正是这“拦门沙”，使它由沙嘴发端，然后左右伸展，让深海变成浅海，让浅海变为海岸，让海水退后的海滩变成祖国新大陆。

西夏《圣立义海》说土地是“一切谷宝生产本源”，“众生依蔽，诸草出地，无量有利”。因此“地功无边”，“诸物为载”。《管子·轻重乙》说黄河于国土塑造之作用：“河淤诸侯，亩钟之国也。”而《山海经》说“鲧窃帝之息壤以堙洪水”，按时人注释，息壤就是能够自动生长的土地。如果说古人考证荆州城南门外有息壤遗迹，“不可犯，畚锸所及，辄复如故”，那可能仅仅是演绎，而母亲河河口每年生出的3万亩土地，那就结结实实不是神话和文人的想象了。是的，包括黄河口以上、郑州以下这偌大的古三角洲，那不都是母亲给我生民不断生息的土壤！

> 我们属于这片国土以前她已属于我们，
> 她成为我们的国土，比我们是她的人民更早一百年！

美国诗人弗罗斯特讴歌他西部土地比她的人民早一百年，我们母亲河呢？

我们母亲河，成为我们的母亲，比我们是她的人民，早的岂止是一百年？是一万年，十万年！百万年！多少万年前，在还没有我们时，她已为我们的生息繁衍准备好了大片国土；多少万年后，在我们辽阔无边的国土之外，她仍然以自己不舍的初衷继续创造。

蔚蓝、汹涌、浩荡！

除去丰厚的出产、蕴藏外，关键是蓝色国土所同时给人以视野、胸襟的开拓，特别对于出身这片黄土地经千年万年淤积沉淀，那浓得化不开的年深日久的纠结，盘根错节，还有什么比这大海的喧响与冲刷与来自大洋的风，更能让人理直气壮、胸胆开张呢！

我们的先人又何尝不是从高原顺流而下最终获得皈依和灵魂的安宁呢！

即便有脚下这道“槛”，有铁板一样的“拦门沙”！

是的，现在河水虽然散漫，虽然疲惫，但那是终于到达、终于歇一口气的慵懒。你看，穿过这蓝黄交汇的河口，河水与海水分明的界限已经不见，放眼远眺，一片蔚蓝。

在这里，已分不清哪是河水，哪是海水。河水不喧，海浪不惊。

这是谁也望不到边的一条大河
看一眼就晕眩得如水流淌
暮色已苍茫
岸上黝黑的岩石隐约如一群汲水的兽
夕阳最后返照中
厚厚的淤泥开始生长墨绿的庄稼
…………
大水之上，我把所有黑点都看成了树
你说，两条河汇集的地方
是圣地
我们的家
就在那里

宿命："河伯"遭遇"海若"的那一场《秋水》

黄河落天走东海，
万里写入胸怀间。

诗人的浪漫源出大河一路袭夺中希望中的绝望，困竭中的不依不饶。激浪涌流，不舍昼夜，并非所有都能到达大海，风和太阳、岩石及大自然的一切，给她力量也给她阻挡，或把她融化在空气中。而一朵浪花从源头到达大海又经多少日月呢？水文学名词洪峰传播告诉我们，洪水在河道以位移波方式传播运行，长度不断扩展，高度不断降低，峰型由瘦变胖逐渐平坦化。以黄河上游水文站洪峰流量5000立方米每秒为基本指标，兰州—头道拐—吴堡—龙门—三门峡—花园口—高村—利津，各站间洪水传播时间分别为264、32、12、28、24、31、50小时。[①]

当然，由于河道情况变化和流量变化，传播时间也会变化。水深由1米增至4米，流速则增加一倍以上。而黄河洪峰入海，流量则是逐减。以1954年洪水为例，秦厂水文站为15000秒立方，高村12000秒立方，到山东艾山，已减致7900秒立方。如果剔除变量，起自兰州的一朵浪花流至利津入海，共需541小时，折合22.5天多一点。

今天我们伫立于黄河口的这一片河水——准确地说，是海水。"北海"的海水，当然是如愿以偿、如期而至的那无数浪花的部分了。

---

① 黄河水利委员会白波采访，综合《河防词典》资料。

多少年之前，也有一场由无数浪花汇成的宽广无边的大水，同样如愿以偿。那是一场秋水与大海的对话。

枯水季节，河身都暴露了。泥沙、碎石，抑或不知哪一前朝的桨橹，只露出淤泥里一角。这时，河水没有那样深，水流便也不精神了。每一条文明历史的河流里都有一个时代，将多年积存的活力消耗殆尽，不再视异邦为故乡，不再为梦想而澎湃。同样，一场大水又如期而至……创造的快乐显现，才是生命的究竟啊！

我说大汛就要到来；

我说大汛终于到来。

浩浩汤汤……两岸之间，“不辩牛马”。河伯欣然，“以天下之美为尽在己”，遂陷入“天下之美尽在己”的沉迷。

可当河伯回过神来面朝东方，极目远眺而不见“北海”边际时，不免沉思无语，直到看到“海若”，他才感叹道：“闻道百，以为莫己若者，我之谓也……今吾睹子之难穷也……”是说：若不是亲眼见你，我还以为世界上再也没有比我更大的了……

此次河伯与海神的历史性晤面，3000年前庄子在《秋水》篇有记。而海神“若”也不谦虚。他说：对于井蛙，不能和它谈论海的事情，这是由于环境；对于夏虫，不能和它谈论四季，因为它压根就没见过冬天。“今尔出于崖涘……尔将可与语大理矣。”就是说，你现在从两岸相挟走出来了，我可以和你谈论大道理了。于是滔滔不绝：

“天下之水，莫大于海，万川归之”……“禹之时，十年九潦，而水弗为加益；汤之时，八年七旱，而崖不为加损……”

吾大则大矣，“计四海之在天地之间也，不似礨空之在大泽乎？”是说它四海虽大，但在宇宙间，不也就是细小石隙里的一个蚁穴？

蚁穴！

而如把自己命名为万物之灵、战无不胜的人子呢？

那不也就是马身上的一根“毫末”？

或许，海若还没说出的话是，井蛙小自不必自卑于小，四海大也不必自矜于大。宇宙万物，各安其所，大小生命都是同等的，要紧的是完善自我，而不必像五帝三皇、古今列强那样去争那“毫末”一样的霸。

只有还没走出局限、一叶障目的人，才“闻道百，以为莫己若者”，“以天下之美为尽在己”。

6000年前，我们和古希腊人一样望着太阳发呆；

5000年前，我们和古埃及人一样引水浇田；

4000年前，我们和古巴比伦人一样把泥巴玩成陶器；

2000年前，我们和古罗马人一样四处征战……

20世纪90年代的第六个秋天，我在河口疏浚工程队八天八夜，白天河上徜徉，晚上整理思绪。睡在母亲河臂弯，听不到涛声，倒是她叨叨絮语不时入梦：

“只有黄河长江流过的那个‘中华帝国’是世界上唯一持久的国家。”黑格尔如是说。

也还是他，又说：“中国的历史从本质上看是没有历史的，它只是君主覆灭的一再重复而已。任何进步都不可能从中产生。”

休矣！我可爱的哲学先生！你以为呢，我还是多少年前只会顺着你杆子往上爬、至今还茹毛饮血的类人猿呢？我没有进步，那我这5454公里的历程又算什么？眼前这一片蔚蓝又是什么？

我屈曲盘旋，可我不会倒流。

你能让我倒流？

四大古文明唯吾没断。

它断了，可它也由此吸纳新的因素而得以裂变，得以再生。而你怎么总“老皇历”呢？或许是这样的？只拿祖上“曾阔过”安慰自己的人，只能是自欺欺人；只有认自己“小”，才是真正的“大”；只有正视自己短处的民族，才是一个文化自信的民族。于此，母亲还能说什么？

亘古天地间河伯与海神的对话，庄子《秋水》记录详细。也许庄子记录时先有预料，他的现场实录，不会为他的后人视为主流，要不，他怎么会把海神命名为“若”？倘若的“若”，若有若无的“若”？乍一看有，再一看怎么又不见了？

现在，还是让我们从河伯的省悟，从这一场河伯与海神的对话中回过身，再回到我们身边这一条大河。

是的，走出“崖涘”，天地就广阔了，就不在两岸堤防，也不在自我的局限之间了。

是的，不知多少世纪以前还是多少纪年以前，还是就刚刚昨天，这条大河像它所养育的生命一样，从这里发轫，从这里升腾而起——然后在空中形成摸不着也抓不住、若有若无的一缕、一片，然后随风飘去。又在高空凝结成一团，然后又落下来，是一滴？抑或是一瓣？绵软六角形？或是固体的一颗？有时还没降临，就已被太阳烤化，重又升腾而去。有时化作倾盆，从高空掼下。积成一片的，叫湖或泽；汹涌而下的，叫河；淙淙而唱的，叫溪；从地底下冒出的，叫泉；斜挂在喜马拉雅、巴颜喀拉半腰的，叫雪帽或冰川。然后，它又踏上归途，从巴颜喀拉的脸庞终于滚落的一滴，到巴颜喀拉山脚约古宗列那最初泉涌的两眼，“柏海”的两眼……千万眼。然后，流淌，融汇。小溪、支流、支流中的支流，然后干流，然后就是——泱泱大河……澎湃，浩荡……

世界潮流，浩浩汤汤

顺之者昌，逆之者亡

从青海都兰墓出土的那一搂抱粗的松柏、松林前流过，从80万年前蓝田人掘出的地窝前流过，从180万年前人疙瘩岭那一缕炊烟前流过，从洮河边马家窑作坊前流过，从高原流过，从沙漠流过，从渭河、洮河、汾河、大汶河流过，从尼罗河、亚马孙河、恒河、密西西比河流过——无论是以水之光还是云之彩——抓起黄河口这一把泥沙，你看一看，它可是我半个中国？

无论它源自乌、赤、金、黄、褐各等各色，无论它出此藏、回、蒙、土、苗、撒拉还是哪个部落，无论它来自董志塬一个边边、腾格里一个角角还是“龙门”“三门”，无论它萌生于5亿年前燕山运动吕梁崛起时火山喷出的一团岩浆，还是至今悬挂在太行、巴颜喀拉、喜马拉雅半腰那一枚螺壳，它有什么区别？

在这河海交汇处，在我掬起的一把如水流淌的细沙中。

在我4500米海拔之上那双眸噙着、终于落下、经了重重关山，和脚下这片汪洋同样苦咸的泪滴中。

而我们这一群被称为“人”的动物，“裸虫”——相比那斑斓的狼、狮、虎、豹，抑或飞鸟，赤条条的人，从混沌未开到先知先觉，从大海到大陆，从地上到树下……终于站立，终于发现自己顶天立地，终于发现自己是世间一切的主宰，可以居高山大河之上，火星、月亮之上，作威作福。此时此地，海天之间，在这时间与空间的长河、汪洋中，是否可以重新称量一下、审视一番？

泥沙顺流而下，造就这片大陆。溪流、小河、大河，消失于无，成为大海。从河海交汇处的那一片蔚蓝中转身再看我们身后这一条大河，夕阳下，闪着漫无涯际的金光……

2014年5月5日—2018年10月19日初稿于泺源

2018年11月19日—2019年3月18日二稿于入海口

2019年6月19日—2020年9月10日三稿于南山

后 记 为什么是黄河

对于我们所处此一空前的历史转折时期，时代要求必须完成却又难以完成的民族心理重构、文化与灵魂再造，一部与传主相匹配的《黄河传》是多么不可或缺。但目前中国尚没有这么一部作品。

为什么没有？在黄河书写铺天盖地，每一浪花、每一陶片都有无数诗人吟唱的时代，为什么没有一部与她所养育的民族、与她本身相匹配的大书？我想，还是我们母亲河本身的伟大与神性让人敬畏所致。一流的学人文人知难却步，三流或末流文人热情有加却不得要领，或避难就易仅取其片段。我想，面对母亲河的仰不可及，是母亲河大书至今只见一叶不见泰山的根本所在。包括我眼下的努力。

如以自我心理分析而论，同样大江大河，长江远比黄河更巨，且后来居上，且至今不衰，但只有黄河才能让人每一提及就沉重不能自已。为什么沉重？除去难以承受、难以报答的养育之恩，任何一位黄河子孙不忍的就是她所孕育的文化重心、经济中心，为什么已远她而去？

也许正因如此，40岁之前的黄河子孙由于人生阅历不足，根本就把握不了黄河，50岁中年前后，由于来自职业、家庭、社会各方面的压力，根本就无暇展开对母亲河的书写、思考。即便偶有感觉，谁也不会为一部注定不会走红也不可能带来经济效益，相反还注定要赔、注定失败的努力买单，并再搭上至少十年工夫。等60岁后有了闲也有了经济基础，却难再有体力精力，如我们一些颇具实力的前辈。这种历史的责任似乎责无旁贷地落到了本人的肩上。即使我等了二十年，也还没等到一部我所满意的黄河书问世，这就让我苟且、偷闲、放弃初衷，找不到理由。

为黄河母亲写一本大书的冲动源于1995年8月。我在黄河口完成有关河口治理、三角洲开发的《一条大河与一条大河的归宿》5万字，为母亲河立传的念头就让我豪情满怀，但紧接着因工作职业变化而被迫搁置。十年之后的2005年，应山东黄河河务局之邀写人民治黄60年，写山东的河《一条大河与一条大河的子孙》，我觉得再也不能耽搁了，但却还是不能实施。2012年偿还三角洲欠账，以搁置已久的《一条大河与一条大河的归宿》成书为标志重新启动，2014年再次黄河行走，前后已中断二十年。

中华儿女的母亲河需要一本《黄河传》。黄河水利委员会黄河文化专家侯全亮在《天生一条黄河》中呼吁："希望中国有一本真正的《黄河传》。"学者陈原在1997年版《尼罗河传》的序中也感叹："如果有人写出一部《黄河传》，它会给我们多少欢乐与忧伤啊。"早在20世纪40年代，北京大学地理学科创始人侯仁之先生曾跃跃欲试，最终因年事已高而仅开了个头。

黄河本来就是中华民族一个最具象征意味的文化符号，几千年来，围绕它所产生的"乱"与"治"、"疏"与"堵"、"沉"与"浮"、"湮"与"兴"、"大一统"与"分洪""分流"……几乎所有中华民族的骄傲与屈辱，辉煌与灾难，文明与蒙昧，都可以从一条大河看到玄机。一部循河迹、历史文化遗迹，集一万里风光、五千年风云于一体，有着泥沙俱下，浑浊、混沌、蛮荒的大河大书的梦想，在掩埋二十年后重新掘出，想不到比掩埋前还要新鲜。

首先考虑的是本书定位。我把它定位在以中学生为主要目标读者的知识普及上，但也愿意文化、黄河研究学者在没有更好的选择前，认可这还是值得看的书。

忘记谁说的了：只有知识贫乏才去表现所谓思想——而知识，又不能仅仅局限于早让人写滥了的人文知识——即便人文知识，那也得有自己独到的感受与认知才可以入传。而以前的黄河书写者所忽略的黄河地质、地理，自觉不自觉地就首先成为我的视角之一。而五千年文明，八千里风光，一万年黄河（如从地质角度，那就不止万年、10万年），以郑州为顶点的20万平方公里古三角洲，5次、9次大改道，几千次决口，循河的诞生、发育、成长，循河迹寻文明遗迹，其间，又有多少知识需要让年轻一代有一个总体印象。而我还明白的是，对于天生一条大河，无论怎么全也还是不全。最后就干脆以无须求全为退步之策，却求凡有所及都须有作者自己的发现或表现。也许只有这样，才不至浪费读者本来就不多的读书时间。

但从另一方面说，即“只有没知识的人才表现思想”的反面，如仅有知识，那也同样让人不能甘心。而只有以现代意识观照大河，只有思想的闪电，才能把满是尘灰锈腐的遗迹照亮，从而让其发出它本来就具有的光芒。

还有最终的落脚点，以我从20世纪80年代到21世纪身份转换感同身受，我回归传统、天人合一之思考种种，都在《长河夕烟》和《新大陆》特别是有关河流伦理的思考中给以集中总结表现。是的，黄河不能半途而废。黄河能不能一如既往畅流出海，关键是她能不能恢复与生俱来的健康生命。而只有她活力饱涨甚至时或溢出堤岸，才能保证我黄河子孙的家园长青，薪火不断。

或许，这也是上天让一部黄河大书晚了二十年的全部所在。

于此，我以既不违心也不违时的原则，对黄河文化作了力所能及的反思。也还浮浅，也还远远不够。

再就是结构。同样的元素，不同的结构会产生不同的力量。而我整体结构就是母亲河早摆在那里的样子：天地之间，河海之间。我只能师法自然，一是顺着河流的方向，二是时间的方向，再是作者意识流方向，其间也不乏纵横交叉，时开时阖——也是河本来的样子。形式决定内容，以两汉前后河流冀津的禹河故道和早已消失的济水为例，包括元、明、清前后河入黄海时的徐淮故道，当代黄河书写鲜有人及，也是我薄弱环节，在此，我也努力了。

怎样让一“宏大叙事”读着不累，我以偷懒的办法，在我2亿字资料、200万走读笔记基础上，采用了田野调查笔记体片段写作方法，以此对抗当代写作中的新假大空。片段多独立成章，但由于都是自然结构中重要节点，所以又不失整体感。

而作为同类作品，最早给我刺激的则是《万历十五年》。一个“外国人”写的中国史，仅是断面，为什么具那么大冲击力？再是美国人罗斯·特里尔所写《毛泽东传》，还同样是美国人的《长征——前所未闻的故事》，还有法国人的《停滞的帝国——两个世界的碰撞》，还有马克思、恩格斯论中国一些历史事件的言论。都是中国题材，为什么本土作家既无穿透力也无感染力？这些都成为我思考该书时的参照。

既然重启黄河书写，山东河段以上的行走采风就成为前提。尽管还只是挂一漏万，家父病重期间15000公里的五上五下沿河所遇，早已使我满怀感恩。为母亲河立传，对黄河文化、传统民族文化的寻根，几成为中华民族伟大复兴之路上中华民族的集体无意识，包括一字不落、一遍一遍给我看草稿的挚友，包括始终给我属望的同仁以及现在的你。而我仅仅是你的使者。无疑，如果没有大河上下师长、同仁、朋友的强力支持，这本大书不会完成。我所书写，如以早已消逝、掩埋于九层黄沙之下的古湖、古堡、古城、古国为例，它自然是一曲黄河挽歌，但从她历尽艰险、百折不挠终于走出巴颜喀拉，终于归宿大海的历程看，它更应该是一曲黄河精神、民族精神复兴的壮歌。

如此而已。

2011年3月12日—2018年3月18日于泺源

致　谢

首先感谢当时我所在的黄河三角洲李殿魁市长给本书创作以最先、也是自始至终的支持。感谢原胜利油田会战指挥部指挥李晔、中国海洋大学侯国本教授给河书思想最先也是最终的启蒙。感谢东营河口局、山东黄河局崔光、宋传国、张春利、司义民，感谢黄河水利委员会侯全亮、王梅芝、白波、张帆及档案馆、博物馆同仁，感谢黄河上中游局孙太旻，河南局祖士保、李富中，洛阳常国俊，开封衡忠亮，濮阳齐长征，陕西张永鸣，渭南胡新平，山西李晓飞，兰考雷晓明，宁夏卜崇德、齐晓磊，甘肃朱民、徐智，青海张延得、罗延德、韩成军等同仁在我黄河行走中给予帮助和提供资料。特别是黄委黄河文化专家侯全亮贯穿全程的指引和资料分享。

感谢山东作协马恒祥、卢得志、王兆山、李广鼐、杨学峰、姬德君、陈文东、李纪钊、赵月斌、武学海诸先生源源不断的支持扶助，感谢山师大吕家乡、宋遂良、袁忠岳老师四十年一如既往的扶持。

感谢省图书馆张玉柱、周兵送上门的参考图书。感谢航天所家侄张斌夫妇从国家图书馆查寻复印的资料。感谢浙江柯平，河北郁葱，甘肃牛国庆、萨印，山东王中，湖南姜晓琳，烟台驻军王昆，以及诸诗友丁庆友、李建华、蓝野、杨森君、艺辛、郜筐、于振海、王延庆、李淑玲、李玉文、周洪成、鲁北、王玉民、王强一、姜兆欣、石如宽、王举、李义福、林琳、聂燕、贾荣平等所给予的帮助。特别是郁葱从禹河古道提供史志资料、柯平上亿字有关运河写作的资料、王昆所给予的黄河源探源筹划、庆友诗兄的殷殷嘱托，以及姜兆欣特殊时期的书稿打印和反复修改。

感谢中央党校乔清举、清华大学雷毅及苏贤贵诸专家在河流伦理方面的教诲和文字资料分享。包括山西运城作家郭瑞倩先生。

感谢中国作家协会李炳银、李朝全、高伟，胡军，中国艺术研究院王巨川、作家岳南、山东师范大学李掖平教授对初稿认真的审读和建设性意见。特别是老家教育局张维明先生所给予的从第一稿到最后一稿的审读和文字、知识上的勘误以及结构上的把握。

感谢《人民文学》施战军、《山东文学》刘玉栋、《时代文学》张世勤、《青岛文学》李林芳、《黄河》黄风、《黄河文学》闻玉霞在书稿定稿前给予的切磋和鼓励。

感谢原供职单位同仁傅绍万、张瑞云、赵念民、魏续玉、刘明洋、高金华，张红军、于江、逄春阶、孙京涛、刘君、李秀珍所给予的鞭策和支持。

感谢家人的支持帮助。

感谢山东文艺出版社李宁、王月峰、王玉书稿成稿前后给予的督促，感谢山东人民出版社胡长青社长，赵菲、刘一星编辑，特别是胡长青先生不厌其烦的勘误和包容。

感谢《中国社会科学》王兆胜先生拨冗作序。

感谢光伦兄弟，感谢偶然相遇的济南龙门道观李道长“写黄河传好，给我们民族留一个根”的一见如故和美好祝福。托你们的福，包括更多没有列入上述名字的关心支持我黄河书写的朋友，没有你们的支持帮助，一切都是不可想象的。

◎2015年山东省作协深入生活作品扶持项目

◎2018年全国作协重点作品扶持项目